物語

「在日」民族教育の夜明け

一九四五年一〇月～四八年一〇月

李 殷直

THE DAWN OF KOREAN NATIONAL EDUCATION IN JAPAN

高文研

◇目次

【第Ⅱ部】（一九四七年八月～四八年一〇月）

装丁＝商業デザインセンター・松田礼一

はじめに

これは筆者の自伝的な小説の一部であり、五部作「朝鮮の夜明けを求めて」のつづきになる物語である。筆者は三十年前に発表した三部作の長篇「濁流」で、主人公のサングニが解放直後の南朝鮮で活動する姿を描いたので、本篇では筆者の分身を宋永哲と名づけた。

宋は戦時中、厚生省の外郭団体である中央興生会の新聞局に勤務していたが、戦後、新聞が休刊になっていたので、余暇に、新たに結成された在日本朝鮮人聯盟(朝連)中央の文化部の仕事を手伝っていた。一九四五年十二月、中央興生会が解散になったので、宋は帰国を決心したが、朝連中央の組織責任者から強く要請されて中央文化部の仕事に専念することになった。

解放後の日本における朝鮮人の民族運動、特に民族教育運動は、かつて世界に類例のないものであった。それは、在日朝鮮人の特殊な歴史的事情によるものでもあった。

植民地時代の末期、日本は朝鮮人の皇民化政策を強化し、伝統的な姓名の使用を禁止し、日本式に改名することを強要した。そして一切の教育機関で朝鮮語使用を厳禁し、朝鮮の伝統的文化を抹殺しようとした。

日本においては、植民統治の初期から、朝鮮人による民族的な教育活動を一切禁止していた。したがって、日本で育った子供たちは、朝鮮の文字どころか言葉さえ知らなかった。

日本の敗戦は、在日朝鮮人たちを一挙に覚醒させた。差別と圧迫と屈辱のしがらみからのがれ、一刻も早く解放された祖国に帰って、独立国の国民として人間らしく生きることを熱望した。

だから、下関、博多、仙崎など、朝鮮への船が出る港町には、終戦の翌日から帰国をあせる同胞たちが殺到し、混乱をきわめた。

米ソによる朝鮮の分割占拠は、まったく朝鮮民族の予期しないことであった。

収奪を目的とした日本の植民地政策は、朝鮮の農民を貧窮のどん底につきおとした。飢えをのがれて、多数の朝鮮の農民が、中国東北地方(満州)に流浪し、また低賃金労働者として日本に渡ってきたのであった。

日本はせとものの食器類までを、日本から輸出して、ほとんど生産工場をつくらせなかったので、植民地時代は工場労働者の数は微々たるものであった。

ただ中国との戦争が長期化し、朝鮮が兵站(へいたん)基地となったので、北朝鮮の鉱物資源を利用した軍需工場が北部に建設され、南の農村から大量の労働者が北に移動していった。

もともと南の農村地帯は人口過密地帯で、三十八度以南が三十八度以北の倍以上の人口数であった。

戦争終結と同時に、北に移動していた多数の南の出身者が一時帰郷した。

一方、日本に渡って来ていた同胞は、戦時中の強制徴用等で急増し、その数は二百三十万とも二百五十万ともいわれていた。この日本に来ていた同胞は、九八パーセントまでが南出身であった。

終戦と同時に、北からの帰郷者、日本からの帰国者で、南はたちまち大混乱に陥るほかなかった。収容する住宅の余裕があるはずはなく、また生産工場がないので、職を求める場もなかった。農村はもともと飽和状態なので、耕す田畑もあるわけがなかった。

解放された年、南の農村は豊作ではあったが、過剰人口をかかえて、たちまち食糧が枯渇するさわぎになった。

日本から帰国した同胞たちは、一応は郷里の農村に帰ったものの、住居も仕事もなく、飢えた流浪民となって路頭に迷うことになった。

一九四五年十月、在日本朝鮮人聯盟（朝連）が結成された時は、在留同胞はなお百五十万を超え、同胞たちは意気軒昂としていた。またたく間に、全日本の津々浦々にその支部や分会が結成された。

同胞たちは、帰国するまでの間、子供たちに朝鮮語と文字を教えてくれといって、出来たばかりの支部や分会の事務所に、子供を連れておしかけて来た。

こうして日本全国に、朝鮮の民族教育運動が勃興したのであった。

戦前、日本中の学校で、朝鮮の子供は差別の嵐のなかで、いじめられ迫害されていた。朝鮮の子にとって、学校生活とは地獄の苦しみのようなものであった。

だから朝鮮の子だけが集まって、すぐ打ち解け合って楽しく遊ぶことができるようになったことは、子供たちにとってこの上ない仕合わせなことであった。

はじめて教わる朝鮮語や文字は、むずかしく覚えにくいものではあったが、教える朝鮮人の先生は、日本の学校での、差別して冷たくあしらった日本人の先生とは違って、やさしくて同胞愛にみちていた。

子供たちは、このにわかつくりの学びやで、はじめて心底から解放のよろこびを味わうことができたのであった。

ところが一九四六年二月頃になって、帰国した同胞たちの困窮状態が伝わってくると、同胞たちは急速に帰国を断念しはじめた。

朝連結成後、朝連の主たる仕事は帰国する同胞の世話をすることであって、その間、帰国業務は進行していたので、在留同胞の数は六十万にまで減少していた。

帰国を断念した同胞たちの最大の難問の一つは、子供たちの教育のことであった。もし、戦前日本の学校であのようなむごい迫害を受けることがなく、子供たちが安らかな気持ちで学校へ通うことができていたら、帰国できなくなった段階で、ほとんどが日本の学校に戻ったはずであった。

だが、子供たちは、いったん同胞たちだけの学びやで、楽しく遊ぶ友達と会い、解放の喜びを知ると、もう二度と日本の学校へは行きたくないと言い出したのであった。

必然的に民族学校建設運動がおこり、民族教育は朝連最大の事業の一つとなった。

この物語は、その流れを描いたもので、登場人物は、すべて実在の人たちであるが、ここでは特別の人を除いて仮名を使うことにした。

なお物語は、この運動の先導者たちの話からはじまっているので、主人公の登場はしばらく遅れることになる。

物語の第Ⅰ部は、東京における中学校設立を終えたところまでで、第Ⅱ部では、米軍司令部の弾圧による歴史的な教育闘争と、私立学校の認可を受けて民族教育を推進させる過程を描いた。

第Ⅰ部（一九四五年一〇月～四七年七月）

在日本朝鮮人聯盟（朝連）文化部

一九四五年十月、解放された熱気につつまれて、在日本朝鮮人聯盟が結成された。その中央総本部の事務所が、東京新宿駅の西口近くにもうけられたが、数ある部署のなかでも、インテリ青年たちの関心のまとは文化部であった。そこに行けば、抱えている悩みを、たちどころに解決することは出来ないまでも、何らかの示唆は受けられるだろうという期待があったからである。毎日のように、多数の青年たちが、文化部を訪れたのであったが、ここで偶然、四人の多感な青年たちがめぐり会うことになった。

第二次世界大戦が終わった直後、在日朝鮮人の日本残留者は、二百三十万とも二百五十万ともいわれていたが、その大部分は、一刻もはやく祖国に帰りたいという思いで、帰国を急いだ。四人の若者たちも、それぞれ帰国をあせる気持ちは一様であったが、各自の生活があったので、すぐ帰ることはできず、ちゅうちょしているような状況であった。

まずその個々の状況を説明すると、一番先に文化部を訪れたのは、羅雲基だった。

彼は一九一七年生まれで、両親はソウル近郊の町で小商人をしていた。普通学校を抜群の成績で卒業した彼は、親のすすめもあって、ソウル市内の秀才のあつまるという商業学校に進学した。その学校は当初、ソウルに移住した日本人子弟を教育するためにつくられた学校であったが、施設に余裕があったので成績優秀な朝鮮人子弟も一部収容することにした。そのためこの学校に進学した朝鮮人少年たちは、植民地社会のなかでは、羨望の対象になったものである。

学校を卒業すると、成績は下位でも、日本人はみな一流銀行や名のある商社に就職するのであったが、朝鮮人はいくら成績優秀でも、朝鮮人金融機関の金融組合にはいれるのがやっとであった。

ここで彼は、植民地の人間としての挫折感を味わい、うっぷんの捌け口を文学愛好の道にえらんだ。両親が健在で家計を助ける必要のなかった彼は、組合からもらう給料を節約して、ほとんど貯金にまわした。わき目もふらず、ひたすら忠実につとめをはたしながら、ときたま日本文の叙事詩を書いては同好人の雑誌に投稿し、その才能をほめられると、ますます東京留学の夢をふくらませていった。

そして三年間つとめ上げた職場を退職すると、ためた貯金を学資として、某大学の専門部の芸術科の創作科に入学した。その後の学生生活も謹厳そのもので、ときおり学校の雑誌に詩を発表するだけで、友達つき合いもあまりしなかった。

一九四一年十二月、繰り上げ卒業をすると、教授の紹介である出版社に勤めることになったが、その職場で、やはり詩を愛好する日本人の若い娘と熱烈な恋におちた。娘の親が反対すると、娘は果敢に家出をし、同棲結婚生活がはじまると、やがて女の子が生まれた。

戦時中の苦しい家計を彼女は必死に支えながら、ガリ版切り（謄写版印刷用の蝋引きの原紙に鉄筆で文字を書く作業）の内職などをして彼を助けた。

彼がときおり出版社に出入りしていた金氏と知り合いになったことは、彼に大きな運命的転換をもたらした。金が有名な文芸評論家であるということを知っていたので、最初会ったときから、敬意をよせてい

出版案内

2001年 冬

一般書

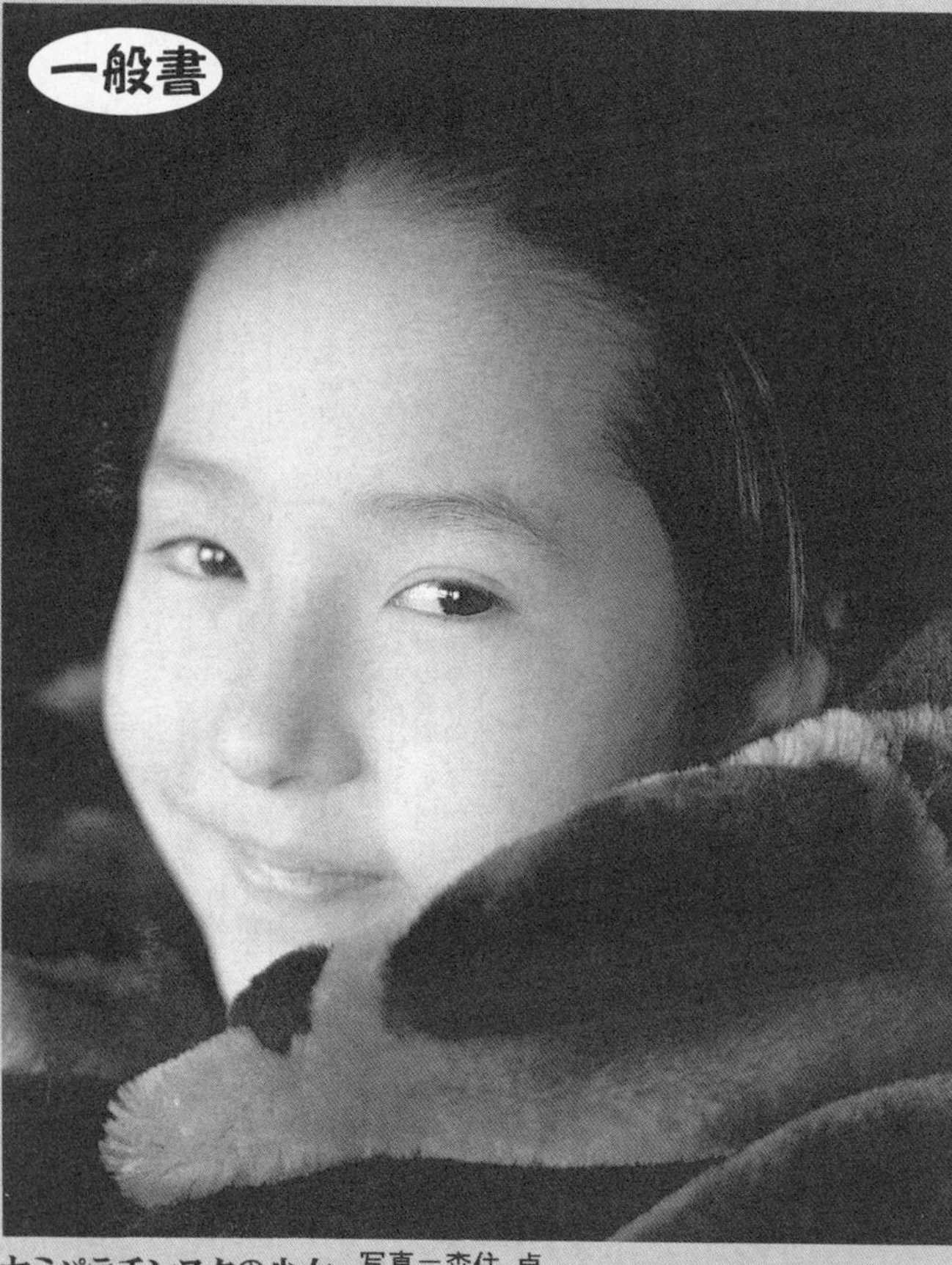

セミパラチンスクの少女　写真＝森住 卓
『セミパラチンスク－草原の民・核汚染の50年』より

KOUBUNKEN
高文研
ホームページ http://www.koubunken.co.jp/
〒101-0064東京都千代田区猿楽町2-1-8　三恵ビル
☎03-3295-3415　郵便振替 00160-6-18956

◈この出版案内の表示価格は本体価格で、別途消費税が加算されます。ご注文は書店へお願いします。当社へ直接ご注文の際は、送料（一律300円）プラス消費税を添えて、お申し込み下さい。ただし、5冊以上のときはサービスいたします。別途、【教育書】の出版案内もございます。ご希望の方には郵送いたします。

◈沖縄の現実と真実を伝える◈

191-7

観光コースでない 沖縄 第三版

新崎盛暉・大城将保他著　1,600円

今も残る沖縄戦跡の洞窟や碑石をたどり、広大な軍事基地をあるき、揺れ動く「今日の沖縄」の素顔を写真入りで伝える。

☆ ★ 097-X

改訂版 沖縄戦 民衆の眼でとらえる「戦争」

大城将保著　1,200円

集団自決、住民虐殺を生み、県民の四人に一人が死んだ沖縄戦とは何だったのか。最新の研究成果の上に描き出した全体像。

★ 155-0

沖縄戦・ある母の記録

安里要江・大城将保著　1,500円

県民の四人に一人が死んだ沖縄戦。人々はいかに生き、かつ死んでいったか。初めて公刊される一住民の克明な体験記録。

160-7

ひめゆりの少女 ●十六歳の戦場

宮城喜久子著　1,400円

沖縄戦〝鉄の暴風〟の下の三カ月、生と死の境で書き続けた「日記」をもとに戦後50年のいま伝えるひめゆり学徒隊の真実。

219-0

沖縄修学旅行 第2版

新崎盛暉・目崎茂和他著　1,300円

戦跡をたどりつつ沖縄戦を、基地の島の現実を、また沖縄独特の歴史・自然・文化を、豊富な写真と明快な文章で解説！

★ 161-5

「集団自決」を心に刻んで ●一沖縄キリスト者の絶望からの精神史

金城重明著　1,800円

沖縄戦〝極限の悲劇〟「集団自決」から生き残った16歳少年の再生への心の軌跡。

★ 249-2

母の遺したもの ◆沖縄座間味島「集団自決」の新しい証言

宮城晴美著　1,800円

「真実」を秘めたまま母が他界して10年。いま娘は、母に託された「真実」を、「集団自決」の実相とともに明らかにする。

246-8

沖縄はもうだまされない ◆基地新設＝SACO合意のからくりを撃つ

真喜志好一・高里鈴代他著　1,500円

SACO(沖縄特別行動委員会)は「基地の整理・縮小」をめざすという。だが発掘された米軍資料は全く別の事実を物語る。

☆ ★ 169-0

新版 沖縄・反戦地主

新崎盛暉著　1,700円

基地にはこの土地は使わせない！ 圧迫に耐え、迫害をはね返して、〝沖縄の誇り〟を守る反戦地主たちの闘いの軌跡を描く。

159-3

●女性カメラマンがとらえた 沖縄と自衛隊

石川真生／写真と文　2,000円

沖縄に生きる女性写真家が体当たりでとらえた自衛隊の実像と市民社会浸透作戦。

178-X

これが沖縄の米軍だ

石川真生・國吉和夫・長元朝浩著 2,000円

沖縄の米軍を追い続けてきた二人の写真家と一人の新聞記者が、基地・沖縄の厳しく複雑な現実をカメラとペンで伝える。

190-9

基地の島から平和のバラを

島袋善祐・宮里千里　1,600円

沖縄で米軍と対峙してバラ作りに励む反戦地主・島袋善祐氏が、ユーモアあふれる個性的な語り口でその半生と思想を語る。

たが、金が一高、東大出で、学生時代から革命運動に走り、何回も投獄されたということを知って、ますます金に傾倒し、その思想的影響をうけるようになった。

日本敗戦と同時に金は頭角をあらわし、すぐ自宅のそばで、朝鮮の青年をあつめ、朝鮮語講習会を開いた。この講習会で、羅は最初の講師の一人となった。普通学校や商業学校で、不充分ながら朝鮮語の講義をうけ、朝鮮文の文学雑誌や詩集などを耽読していた彼は、解放直後の在日朝鮮人としては、ごくまれな朝鮮語の実力者といえた。

講習をはじめるとすぐに、彼は学んだ教材や、読んだことのある文法解説書などを思いうかべながら、手さぐりで朝鮮語教材をつくりはじめた。きまじめで、やりはじめたことは必ずしとげようとする彼の天性といってよい性格は、この仕事にうってつけのものともいえた。

彼は、はじめ自分でガリ版で教材を刷ったが、やがてまたとない相棒をみつけることができた。たまたま創作科の学生時代に知り合った姜東奎が、ひょっこり講習会に訪ねてきたのである。

姜は一九一八年生まれであったが、彼の父は釜山で相当の財産のある人であった。しかし彼の母がその側室であったために、屈辱をなめさせられなければならなかった。

それでも普通学校はいつでも抜群の成績であった。彼は正室の息子たちのように高等普通学校に進学したかったのだが、父は彼を朝鮮人だけが通う釜山第二商業学校に進学させた。母のために身動きできないような状況の中で、彼はだまって学校に通っていたが、文芸部の活動に熱をいれ、詩の勉強をしたり、演劇や映画に夢中になり、ときには絵をかくことにも没頭した。

学校を卒業すると、いやおうなく金融組合に入れられたが、勤めて二年目に病弱な母が死んでしまったので、彼は勝手に東京の大学の芸術科に入学願書を出して、創作科に入った。父は、法科なら学費を送ってやるといったが、彼は新聞配達をしたりしながら意地を通した。

姜は、入学早々演劇同好の同胞学生とともにグループをつくり、たまたま築地小劇場で、日本の新劇劇団によって「春香伝」が上演されたとき賛助出演したりした。警視庁ではこうした朝鮮人学生の動きを思想運動ときめつけ、いっせい検挙したので、彼も学校を中途退学するはめになった。

意気消沈した彼は、父に懇願して他の学校の法科に転科し、ようやく学費を送ってもらうことになった。何処へ行ってもすぐ友達をつくる彼は、創作科に入学早々のとき羅と親しくなり、転校したあともときおり彼を訪ね、学校を出てつとめるようになっても、交際はつづいていた。

朝鮮語講習所では講師が不足していたので、姜もいやおうなく講師の役をひきうけることになり、羅の教材づくりの仕事も手伝うことになった。

そのうち、当初講習所開設を指導していた金は、日本共産党が再建されると、その仕事に没頭するようになったので、講習所の運営は、羅が全責任を負わされることになった。金は結成されたばかりの在日本朝鮮人聯盟（朝連）の中央総本部の文化部長のところへ羅をつれて行って紹介し、羅の仕事を援助してくれるようにたのみこんだ。

朝連の中央は活気にあふれ、おもな幹部はほとんど再建された日本共産党に入党して党員になっていた。当時の国際共産主義運動では、一国一党の原則のもとに、日本に在住していて、革命的な活動をしたい者は、朝鮮人であってもすべて日本共産党に入党することになっていたからである。

文化部長の李氏ももちろん入党していたので、党の上部幹部である金には特別の敬意をはらっており、金の依頼を、重要な命令としてうけとめていた。

また羅も、金の指導で早々と入党していたので、文化部長は羅を同志として懇切にもてなした。講習所を開設したときは、講習生は同胞の学生が主体であった。しかし、各学校の講義が復活しはじめると、学生たちはほとんど出て来なくなり、かわりに噂をききつけた同胞の子供たちがあつまってくるようになっていた。

一応、講習生から一定の授業料をもらうしくみにはなっていたが、最初から授業料をもってくる者はほとんどいなかったので、経営は金が知りあいの有志から寄附をあつめてきて、まかなっていた。したがって金が講習所の面倒をみられなくなると、たちまち経営がいきづまり、羅もお手上げの状態になっていた。

金が朝連の文化部長に羅を紹介したのは、朝連の文化部で金銭的な援助もしてほしいという意味合いもあったようであった。

植民地時代、日本政府は、朝鮮人に対して義務教育をおこなったことはなかった。

しかし、朝鮮に移住した日本人子弟のためには、百パーセントの義務教育を実施していた。朝鮮総督府は、日本人子弟のためには、日本人居留地域に公立学校を設置し、就学児童の少ないへき地にさえも、分校を設置した。

一方、朝鮮人児童のためには、市街地に公立普通学校（小学校課程）を設置していたが、当時の貧しい朝鮮の農民の子弟には到底はらいきれない授業料を徴集した。

朝鮮では封建社会の時代にも、民衆の間に教育熱がさかんで、全国いたるところに書堂（ソダン）という学習塾が設けられていた。それは漢文だけを教える私塾であった。

十九世紀の後半、新しい教育運動がおこり、全国各地に新式の教育機関が設けられたが、一九一〇年、日本の植民地になると、さまざまな弾圧をうけ、大半のものが運営できないようになった。存続できた学校でも、中等学校の体育時間は、日本の憲兵の監視下で授業が行われる始末であった。設置された公立普通学校も、校長、教頭以下幹部教員はすべて日本人であり、教員は軍服のような制服で帯剣をして授業を行うという強権支配であった。

朝鮮人の自主的な学校設置運動はいっさい禁止されていたため、一九一九年の三・一独立運動がおこる頃までの朝鮮人児童の就学率は五パーセントにもみたなかった。

中等学校への進学率は、日本人の五十分の一にもならない数字で、朝鮮人には教育を受けさせない愚民政策をとっていた。

三・一独立運動により、朝鮮総督府は武断統治から文化統治にきりかえた。

朝鮮の愛国青年たちは、全国的に新しい自主学校設置運動をおこし、民衆の教育熱は急激にたかまったが、弾圧によってほとんどの教育運動はつぶされてしまった。

そのかわり、若干の公立学校が増設されたが、それでも一九三〇年頃の就学率はようやく一〇パーセントに増加しただけであった。

一九三七年、日本は中国との全面戦争に突入し、翌三八年、朝鮮人青年を志願兵として戦線に駆り出すようになった。その後、一九四三年には徴兵制をしき、ようやく教育の普及をはかりはじめたが、それでも四五年の就学率が三五パーセントにすぎなかったことを見れば、朝鮮人に教育を受けさせない愚民政策がどれほど徹底していたかがわかるだろう。

こうした愚民政策のため、土木工事の低賃金労働者として日本につれて来られたわが同胞は、そのほとんどが学校教育を受けていない、いわゆる文盲状態であった。

日本人の場合は、朝鮮旅行は自由であったが、朝鮮人は日本に渡る場合、警察署長の発行する渡航証明書がなければ、いっさい連絡船への乗船が許されなかった。そして少数の日本への留学生をのぞけば、日本の企業の採用証明がなければ、渡航証明は発行されなかった。

だから密航が絶えたことがなかったが、それが発覚すると、たちどころに強制送還された。

日本の植民地の収奪政策により、生活の場を失った朝鮮の農民は働く場をもとめて、中国満州やシベリアへ流浪していったが、日本に雇用されて来た同胞たちも、その生活は凄惨をきわめた。雇用主の日本の業者は、請け負った工事が終わると、いっさい責任を負わないで、朝鮮労働者たちを街頭にほうり出した。

同胞たちは、生きる場所をもとめて大都会に流れこんだ。日雇い仕事にもありつけない人たちは、クズ拾いからはじめなければならなかった。

街の日本人たちは、朝鮮人にいっさい家を貸そうとはしなかった。家のない同胞たちは、海辺の埋め立て地や河川の土堤に、掘っ立て小屋をたてて、集団部落を形成していった。

そうした中でも、不屈の生活力を発揮する同胞たちは、故郷から妻子をよびよせて生活の基盤をつくっていった。

その同胞たちが、まず頭を痛め、心を砕いたのは、子供たちの教育問題であった。ほとんどの同胞たちが学校へ通った経験を持たなかったが、子供たちだけには立派な教育を受けさせたいという本能的意慾をもっていたからである。

日本の政府は、日本国内の一般の日本国民に対しては、朝鮮を併合したあと朝鮮人をわけへだてなく日本の国民として扱っているというように宣伝していた。朝鮮に移住している日本人たちは、それが嘘いつわりだということを百も承知していたが、日本の一般国民は政府の宣伝をそのまま信じこんでいた。

日本の政府も日本の一般国民に平等な扱いを宣伝していた手前、日本に来ている朝鮮人子弟には日本人と同じように義務教育を実施しているようなふりをしなくてはならなかった。だから、一応学校では、朝鮮の子が入学を希望すれば、これを受け入れ、適齢になった児童に対しては、父兄あてに入学通知書を送る手続きはとっていた。

しかし、朝鮮人には法律的には義務教育は適用されていなかったので、学校に来ない子供はいっさい放置するといったやりかただった。

学校教育というものを知らない同胞の親たちは、無条件に子供を受け入れてくれた学校に対して、絶対の信頼と感謝の気持ちをよせていたが、自分の子供たちが学校でどのような教育を受け、どのような待遇をうけているかということに対しては、ほとんど何も知らないでいた。

ところが、この時代に日本の学校にはいったわが同胞の子供たちは、まるで地獄のような苦しみを味わわなければならなかった。

まず朝鮮から来たばかりの子は、日本語になれていないので、その言葉づかいが、子供たちのからかいの対象になり、そのために侮辱を受けなければならなかった。貧しい生活のために粗末な身なりをした子は、それが軽蔑されるもととなり、いやがらせを受けることになった。また、日本に来ても朝鮮の農村式の食生活をしている親たちは、子供の弁当にも、にんにくのにおいのきついキムチを入れてやるので、この弁当が、日本の子供たちにあざけられるもとにもなった。

親たちが子供の宿題もみてやれない状態なので、担任の教師たちは、宿題をして来ない朝鮮の子を、ひどくにくみ虐待することにもなった。また、担任からいわれて、学校へ持っていかなければならない金を、いつもいい加減にするので、それが担任の教師からきらわれる原因にもなった。

しかし、中には天才的な才能を発揮する子もいた。ずばぬけて頭がよくて、とびぬけて勉強ができる子は、教師にも可愛がられ、日本の級友たちからも大事にされた。走るのがはやく、力が強くて、体操の時間に人気を独占する子は、学校の人気者にもなった。歌や絵がうまくて、学芸会でもてはやされる子もいた。

しかし一般の同胞の子たちは、いつも日本の仲間たちに、いじめられ、のけものにされた。そして担任の先生からも差別され、きらわれていた。気の強い男の子は、いじめられ、暴力をふるわれると、けんかをしてはしかえしをし、先生からひどい体罰をうけて、学校へ行くのをやめてしまうようになった。女の子たちは、いつも泣かされる学校がいやで、学校へ行かなくなってしまうこともあった。

戦争がひどくなり学童集団疎開になっても、行く先々で子供たちはそのようないじめにあっていた。

だから、とびぬけた一部の優等生をのぞくと、わが同胞の子たちは、おしなべて劣等生で、上級学校進学率も日本の子の平均の一割にもならなかった。

日本の敗戦は、朝鮮人の大人たちには解放のよろこびをもたらしたが、日本に居たわが子供たちには、地獄のようだったいじめの学校生活から解放されたよろこびを味わわせた。親たちが祖国への帰国を夢みてうかれているとき、わが子供たちは、のほうずに遊びまわっていた。

朝連が結成され、日本全国各地に朝連の支部が結成されると、同胞たちが続々と子供をつれて支部の事務所を訪ねてきた。

「帰国するまでに、子供たちに朝鮮語を教えてくれ」

という切実な要求だった。

そのため、同胞の子たちのあつまる処には、にわかづくりの学塾がもうけられた。たいてい支部や分会の事務所が、臨時の塾になったが、子供の多いところは、空いている工場の倉庫を借りたり、使われていない町内会の集会場などを借りたりした。

そうした中で、教える教師や教材のないことが、深刻な問題となった。

植民地時代、日本の中で朝鮮語を教えたり、朝鮮の歴史を教えたりすることは、民族独立運動につながるものとして、日本の特高警察はこれを厳しく禁じていたので、誰も文字や言葉を教えることに経験がなかった。

しかし、解放のよろこびを味わい、自主独立の道を歩く民族として、朝連を結成した同胞たちは、うばわれた祖国の言葉や、民族の文化の伝統をとりかえそうという意気込みにもえていた。朝連の組織に参加した熱烈な同胞の多くは、たとえ正規の学校教育は受けていなくても、少年時代、朝鮮の全国の農村に吹きあれた、愛国的な青年たちの啓蒙活動の影響を受けた人たちであった。たとえ教室や教具がなくても、墨をぬった板の上に白ぼくの文字を書き、教科書がなくても、わかりやすい祖国の文字を教えこむことができた。

朝鮮の文字は、習いやすく覚えやすいもので、教える人の熱意と、教わる者のひたむきな気持ちが結び合えば、すぐ字が読め、字が書けるようになるのであった。

子供たちに祖国の文字や言葉を教えなくてはならないという運動がおこったとき、能力や程度の差はあったが、少年の頃の、そうした経験をもった人たちは、誰彼となく、率先してこの運動に参加した。

しかし、教材はどうしても必要であった。朝連の全国各地の下部組織から、中央総本部あてに、連日のように、教材を送れという督促が殺到してきた。

羅が朝連の中央を訪問した翌日、文化部長は羅を呼びつけ、

「さっそく、あなたのつくった教材を大量に印刷してください。こんなに要求が来ています。当分この仕事に全力をつくしてくれませんか」

と、息せききった声を出した。

「私一人がガリを切ってつくった教材ですが、大量に印刷するとなると、一人の力ではどうにもなりません。幸い印刷を手広くやっている知人がいますから、その人の力を借りることにしましょう」

「その人に、すぐ電話で来てもらうことはできませんか?」

「すぐかけてみましょう」

印刷所の主人の若い同胞は、朝連本部の文化部長の用だと聞くと、一時間もたたないうちにとんできた。

文化部長の説明をきいた印刷所の主人は、

「五十頁の本ですから、原紙二十五枚を切るとなると、いま家に居る職人二人で徹夜すれば、明日は書き上がります。原紙では千枚刷るのが限度ですから、明後日までには千部を届けることができます」

と、自信ありげにいった。

「千部では話にならない!」

文化部長は、がっかりしながら、

「活字印刷はできませんか?」

と、きいた。

「以前、朝鮮文の印刷屋が一軒ありましたが、特高の弾圧で、活字も字母も廃棄処分にさせられてしまいました。オフセット印刷なら、原紙できれいに刷ったものを写真版にして、大量に印刷できますが、いまからたのんだのでは、いくら急いでも一週間はかかるでしょう」

「では、大急ぎでオフセット印刷もたのんでください。一万部くらいは必要です。それが出来るまで、ガリ版印刷分を、明後日から、毎日千部ずつ納入してください」

「急ぎの仕事では、職人に倍額払わなくちゃなりませんし、出来上がったら、即金で払ってもらわなくちゃなりませんが……」

「朝連の最大の仕事の一つです。金のことは心配しないでください。出来上がり次第、全部即金で払ってあげますから」

文化部長にそういわれると、印刷屋の主人は満面に笑みをうかべ、原稿の教材をおしいただくようにして帰っていった。

印刷屋の主人が帰ってから、文化部長は羅に、

「あなたの講習所で売れ残っている教材を全部もって来てもらえませんか？　文化部で買いとることにします。たしか一部三十円で売っているといっていましたね」

「実費はそんなにはかかっていませんが、講習会費をこめた値段なんです」

羅はてれくさそうに弁明した。

「いくら残っていますか？」

「二百部ほどです」

「では、それを明日もって来てください。今日、前金をあげておきます」

といってから、文化部長は経理課の方に行き、すぐに交渉をすませたとみえ、羅を経理課につれていって、「教材二百部代金六千円」の受取書に署名捺印させてから、百円札六十枚を受け取らせた。

「心配ないと思いますが、あなた、面倒でも今夜印刷所に寄って、進行状態を点検してみてくれませんか？　なにしろ、これは朝連の当面の緊急事業ですから」

文化部長はそういって、羅に礼をいうすきもあたえなかった。

羅は、こんな大金を、いままで手にしたことはなかった。終戦まで居た出版社の給料は、月百円あまりでしかなかった。女房の内職仕事などで、ようやく世帯のやりくりをしてきた。解放と同時に、金に誘われて講習所の仕事をするようになったが、金は一定の給料を決めてはおらず、入金があったたびに、五十円、百円と、小刻みにかねをわたしてくれた。

講習所の建物の借り賃や光熱費、維持費などは、金が責任をもってくれたが、朝連が結成され、講習所に支部の事務所がおかれるようになってからは、支部の常任委員会が責任を負うようになった。

講習所に来ていた学生たちが出席しなくなってから、支部に訪ねてくる同胞たちが、子供たちを連れて来るようになり、その数が二十名ほどになると、支部の専任になった講習所で学んだ大学生の青年が、子供たちの教師役をすることになった。

教材は、羅が金からわたされたかねの中から、原紙や紙を買い、女房が内職に使う謄写器で刷って、自分で綴じて本にしたもので、実費といえばごくわずかで、五百部をしあげるのに、払った原紙代と紙代、それに刷るためのインク代を合わせても三百円くらいで、あとは夫婦の労力で出来あがったものだった。それを一部三十円で売り、その売上げが、いわば羅の人件費がわりになっていた。

終戦となり、生活費が何もかもかさむようになったが、日に何冊か売れる教材のおかげで、この二カ月ほどは不自由なく生活費をまかなうことができ、また妻に対しても、手伝ってくれる謝礼として月に百円ほどはわたすことができたのだった。

そんな暮らしだったから、六千円の金はまったく予想もしなかった大金で、羅はまるで宙に浮くような足どりで妻の待っている部屋にかけもどり、無言のまま、妻の前に六十枚の百円札をならべてみせた。

「あんた、どうしたの？　こんな大金！」

「朝連の中央の文化部長が、教材の残り二百部を、全部前金で買い上げてくれたんだよ……」

「朝連は、あんたの力量を認めてくれたのねえ……」

妻の目から、たちまち涙があふれ出た。羅も、目頭があつくなったが、

「この金を、僕が一人で使っていいのだろうかと思って……」

「当然じゃないの！　あんた、教材を作るために、何日も徹夜をしながら、どんなに苦労をしたと思うの？　何回も原稿を書き直したりして……。誰の力も借りないで、あなた一人が魂をこめてやった仕事じゃないの？　あんたのものよ！　誰にも遠慮することはないわ！」

妻は、何かうっせきしたものを一気に吐き出すような調子で、強く言い放った。

翌日、二百部の教材を一人でかついで行くにはとても重すぎると思って苦慮していたが、支部の仕事をしている若い青年の一人が、いとも手軽に、自転車の荷台に二百部の教材の包みをのせて、本部まで運んでくれた。

羅は、文化部長に、ていねいに礼をのべ、

「さっそく昨夜のうちに印刷所に行ってみましたが、ガリ版書きの同胞の三人の職人が手わけして、夜中のうちに書き上げるといって、仕事にうちこんでいました。明日の朝には製本してもって来るといっていました」

と、見てきた経過を報告した。

「いますぐ、この教材を発送するために手はずをととのえて待っていました」

といって、文化部長は待機していた部員たちに作業を指示した。

申し込まれた順に、要求された部数を包装し、代金引き換えの小包で発送することになっていた。

「まだ実務になれていない支部機関に、あとで代金を送るようにといっても、かえって時間がかかるし、代金の回収ができなくなる心配もあるから、部員たちに郵便局に行ってもらって、実務の手続きを調べてこさせたのです。二百部では、五つの支部の分しかありませんが、明日からは、教材が届き次第、次々に発送させる予定です」

文化部長は、そういってから、

「それであなたに相談したいのですが、これは一般成人向けの教材だから、当面は教える人たちの参考書をかねて役立てるとしても、子供たちのためには、やさしい初歩的な教材が必要だと思うのです。その仕事を、あなたが責任をもって推進してくれませんか。この文化部に、教材編纂の事務所をおくとして、必要な人材をあつめることにしましょう。あなたには心当たりの人はいませんか？」

「友人が一人います。彼はよろこんで協力してくれるはずです」

「じゃ、明日にでも連れて来てもらえませんか。ここに職員待遇で出勤してもらうことにしましょう。あなたもここへ出勤することになれば、定期券が必要でしょうから、さっそく経理課に話して買わせることにします。それから時おり文化部に顔を出す青年が一人います。彼もきっと役立つと思いますから、彼が来たとき、あなたに紹介することにします」

文化部長は、てきぱきと事務的にことをすすめていった。

あっというちに荷造りをすませた部員たちは、すぐ隣り合わせの郵便局にもっていって、代金引き換えの手続きをすませてもどってきた。

羅は経理課から定期券を買ってもらい、ここ四、五日顔を見せない姜をたずねるために、本部の事務所を出た。

姜は高田馬場の駅から歩いて十分ほどのところに住んでいた。この辺は空襲にあってなかったので、昔ながらのせまい横丁に二階建ての木造家屋がならんでいた。

路地の奥の二階の四畳半の部屋で、姜は若い和服の娘を窓ぎわにすわらせ、絵をかいていた。

姜は羅の突然の来訪にあわてふためき、

「表通りに、『こずえ』という喫茶店があるから、そこに行って待っていてくれませんか。すぐあとから行きますから」

と、追い立てるようにいった。

娘のきれいな顔に好奇心を感じたが、羅は無粋なまねをするのも悪いと思って、黙って階段をおりた。

ほかに客のいない、うす汚れたせまい喫茶店で、三十分ほど待っていると、姜が息せききってはいってきた。

「どうも、待たせてしまって……」

姜が眼鏡をはずして、てれた顔で弁解するのを、さえぎるように羅は、

「きれいな人ですね。恋人ですか?」

と、きいた。

「いや、一年ほど前に、画塾に通っていたときの同級生です。半年ぶりに、駅前で偶然出会ったら、話がはずんで、自分の顔を描いてくれということになったものだから……」

「それは祝福すべき恋人との再会なのに、とんだ邪魔をしてしまって……」

「いや、そんなんじゃありませんよ。それより、何か急用でも?」

羅は単刀直入に、朝連本部の文化部長に依頼された経過を説明し、

「いま日本に残っているわれわれにとって、一番大事な仕事だと思うのです。あなたも明日から出勤して、一緒に仕事をはじめませんか?」

と、強くうながした。

「それは、すばらしいことですねえ……」

姜は、すぐ賛成の意志表示はしたが、

「僕は、すこし片づけたいことがあるので、二、三日たってから、あらためてあなたのお宅にお訪ねしますから……」

と、あいまいに言葉じりをにごした。

羅は姜の態度に失望したが、無理じいはしなかった。

翌日、羅が一〇時ごろ朝連本部の文化部に顔を出したときには、印刷屋がもう刷り上がった教材千部を

届けにきて、代金二万五千円を即金で受け取っていた。

「急がなくちゃならない大事な仕事だということがよくわかりましたから、明日からは、日に二千部ずつ納本できるように頑張ります。それから、オフセット印刷の方も手配しましたから、一週間後には間違いなく出来上がるようにするつもりです」

印刷屋の主人は、福々顔で、興奮気味であった。うまい商売になったので、得意満面になっているその表情に、羅は不愉快さを感じた。しかしさすが商売人だけに、表紙は上質の厚紙で、「ウリマル（わが言葉）」「教本」という文字は太字で、きれいに製本されていた。ガリ版も専門職の人が切っただけに、見事な字体であった。

手ぐすねをひいて待ちかまえていた部員たちは、瞬時のうちに発送をすませてしまった。残った新しい教材はわずか二冊しかなかった。

羅は、印刷に誤字がありはしないかと思って、一冊を入念に点検しはじめた。二頁目に誤字が一字あった。

「こんな、でたらめな間違いをやらかして！」

羅は、猛烈な怒りでわめきあげたが、そのときはもう印刷屋は帰ったあとだった。

もう発送してしまったあとなので、いまさらわめきあげてもはじまらなかった。心をしずめ教材の点検をすすめていった。五十頁の本に、誤字は十ヵ所もあった。

羅は訂正表をつくって、それを文化部長のところへもっていった。

「急ぎの仕事をたのんだのですから、このくらいの間違いは仕方のないことでしょう。あなたが印刷屋に行って、訂正表を刷ってもらって、発送した支部あてに、部数の数だけを、送ってもらうようにしてくれませんか」

部長は、おだやかな顔でいった。

それから部長は、発送した部員に、今日送った支部の住所と部数を書かせ、その一覧表を羅にわたしてくれた。

羅は部長に、印刷所に行ってよく確かめるように事前に注意されていただけに、部長から無言の叱責をうけているような気がした。

いきりたって印刷所に行ったところ、羅とそう年の違わない主人の崔は、にこやかな顔で出迎え、羅の小言を、平身低頭の姿勢できいてから、

「さっそく指示通りにします。明日からの納本には間違いがないように、細心の注意をしますから、安心してください」

といってから、

「もう、おひるを過ぎた時間ですが、一緒に食事に行きましょう」

と、誘った。羅も感情がしずまったので、ついて行くことにした。

そば屋の二階の座敷だった。もう、やみの自由販売のめん類を売っていた。やみのビールも売っているということで、すすめられたが、羅は、

「僕は酒は一切のめませんから」

と、強く辞退した。

「それより、一部二十五円の納入代金は、少しもうけすぎじゃないですか？」

と、羅が苦情をいうと、

「おっしゃる通りです。実費からすると、二十円でも採算がとれますが、物価暴騰で苦しい経営をしているものですから、急ぎの仕事で多少もうけさせてもらうことにしました。民族団体の仕事ですから奉仕しなくてはいけませんが、本部にしても代引きで発送しているのだから、損はしないはずです。一部三十円で発送しているようですから、かかった実費はもどるはずです。何はともあれ、羅先生が教材をつくってくれたおかげですから、羅先生の功績は絶大です。本来なら羅先生の功績をたたえて、盛大な祝賀会でも開くべきでしょうが、組織も出発早々で、そんなゆとりもないでしょう。日本の社会通念なら、先生の著書ですから、応分の印税をもらわなければならんのでしょうが、組織の仕事とあってはそんなものが出るわけもありませんねえ……。それでこれは、私のささやかな思いつきですが、印税がわりに、わずかながら謝礼を包むことにしました。どうぞ、お受け取りください」

そういいながら、崔は二千円のはいった封筒をさし出した。

「そんなものをもらうわけにはいきません！」

羅は、ひたすら辞退したが、崔は無理に羅の服のポケットに封筒をねじこんだ。

羅の推量では、二万五千円の代金をもらったのだから、印刷屋は少なくとも一万円以上の利益をあげているはずだった。とすれば、この程度の金を印税がわりにもらっても、こだわることはないような気がした。

家に帰って、妻に金をみせたところ、狂喜した彼女は、

「これで、子供の服が買えるわ！　着たきりすずめでしょう。この間から、やみ市でこの子にちょうど手ごろないい服に目をつけていたのよ。ほしくてたまらなかったけれど、高すぎるでしょう、とても手が出

なかったのよ。この間のお金は、大事なお金だからというので貯金しておいたけれど、これで買えるわ！ねえ、いいでしょう、子供のために五百円ほど使っても」

と、はしゃぎたてるので、つい、

「いいよ。買ったがいいよ」

と、答えてしまった。

「わあ、すごい、パパにありがとうとお礼をいいなさい！」

妻は娘を高々と抱き上げて歓声をあげた。二歳の誕生がすぎたばかりの娘は、けらけらと笑い声を立てながら、母の首にしっかり両手をまわしていた。

羅は、久しぶりに家庭の仕合わせを感じた。そしてそれが、物質の裏づけがあってのことだと思うと、一面ではやりきれない気もした。


印刷屋は、約束通り、翌日から二千部ずつの納品をした。そして、五万円ずつの即金をもらうと、笑いがとまらないような顔で帰っていった。誤字もなくなり、みごとな出来ばえであった。

朝連本部の文化部の部員たちは、連日まるで戦争さわぎのような意気ごみで発送仕事にとりくんでいた。五日ほどたつと、これまで二度も三度も催促をしてきた支部や本部への発送は一応完了した。

しかし、注文はあとからあとからとつづいて、文化部にはすでに二万部近い申し込みがきていた。羅は、発送の仕事を手伝っているわけではなかったが、毎日、製本された教材がとどいて発送されるのを見ているだけで生き甲斐を感じていた。

姜は、約束どおり三日ほど後に羅のところにたずねて来た。あいにく羅が留守にしていたため、

「朝連の本部にたずねて行く」

ということづてを残して帰っていったということだった。

それから二日たって、朝連の事務所にやって来た姜は、何かこみいった話があるといった風で、羅を表に誘い出した。

新宿の駅前は、焼けあとにやみ市のバラックが建ちならんでいるだけで、おちついて話し合う場所もなかった。結局、代々木まで歩いていって、明治神宮の中の池のほとりの枯れ芝の上に腰をおろして話をきくことになった。

羅の推察どおり、姜の恋は火がついたように燃えさかったようであった。絵が出来上がるまで、娘は三日間、姜の部屋に通いつめた。そして、描き上がった絵の前で、激情にかられた二人は、情炎のほのおをもやした。

「こうなったからには、一日も早く結婚しましょうねえ」

と、娘がいい出したとき、姜は冷静になって、自分をかえりみた。

創氏改名のあと、姜は画塾でも間借りした家でも、牧村という創氏名で通しており、朝鮮人であることは、誰にもいわなかった。彼の日本語は流ちょうで、眼鏡をかけている容貌は、連絡船や長距離列車の特高の刑事たちでさえ、朝鮮人と見わけられないほどであった。彼は日常のわずらわしさを避けるために、必要のない場所で自分から朝鮮人であることを名乗ることはしなかった。

だが、結婚となると、素性をはっきりさせないわけにはいかなかった。彼が起きなおって、自分が朝鮮人であることを打ちあけたとき、

「うそでしょう？　結婚するのがいやだから、そんないいかげんなことをいうのでしょう？」

といって、彼女は信じようとはしなかった。彼が素性を明かすいろいろな証拠物を見せると、彼女はようやく納得したが、まもなくはげしく泣き出した。

やがて感情がしずまった彼女は、

「誰にもいうことないわ。いままでのように日本人になりすましていればいいじゃないの？　私の親だって、気づくはずないわ。結婚式をあげてしまえば、あとで反対する人はいないはずだから」

と、いい出した。

「そうはいかない。僕は解放後……戦後という言葉をそういうのだが、堂々と朝鮮人として社会生活をはじめたのだ。朝鮮人の組織にも参加しているし、朝鮮人の友人だってたくさんいる。その人たちを結婚式に呼ばないわけにはいかない」

「あたし、決心しました。うちの親たちに何もかも話して、結婚を許してもらうわ」

そういって彼女は、出来上がった絵をもって帰っていった。

翌日、彼女は泣きはらした目をしてやってきた。あえば激情にもえ、体のまじわりからはじめないではいられなかった。彼女は身もだえしながら、

「両親は、絶対駄目だというのよ。朝鮮人はみな祖国に帰るというのだから、その男も朝鮮に帰るにちがいない。お前が結婚して、その男と一緒に朝鮮に行っても、決して幸福になれるはずはない。お前をそんなところにやるわけにはいかない。あきらめるんだって、両親が泣きくどくのよ……」

といって、むせび泣いた。彼は答えようがなかった。

そこまで話してから、姜は、

「その日帰ってから、彼女は姿をみせなくなってしまった。するとこんどは僕が彼女に会いたくて、気が

狂いそうになってしまった。二、三日、彼女の家のまわりをうろついてから、意を決して乗り込んでいった。彼女の両親は尋問するように、僕の決心をききだした。僕は生涯をかけて彼女のしあわせを守るといって誓ったが、あまりにしつこくいわれたので、僕もたじろぐほかなかった。すると彼女の両親は、僕をまるで詐欺師かペテン師のように、口をきわめて罵倒しはじめた。そして僕は、彼女の家から追いはらわれた。帰り道、僕は興奮のあまり自殺までを考えた……」

と、深刻な心情をのべた。

「どうも彼女は、家の中に閉じ込められているらしい。しかし、僕も冷静に考えてみると、僕の方からさわぎ立てることはないような気がしてきた。むしろ、そういうことで思いわずらっている自分がなさけなくなった。それで、あんたにかつをいれてもらって、組織の仕事にひっぱりまわされたがいいと思って、今日来たんだけれど、正直なところ、自信がない……」

そんな告白をききながら、羅は、いまはむしろ何もいわない方がよいような気がして、

「今日はこれから、僕の家へ行って、何かおいしいものでもつくらせて食べることにしましょう。明日から、朝はやく朝連の事務所に出て来てください」

といって、姜を家につれて帰った。

翌日は折悪しく雨模様の日で、十一月の初旬にしては、かなり冷えこみはじめていた。

羅が姜を文化部長のもとにつれていき、紹介しているところへ、羅と同年輩と思える青年が事務室にはいってきた。

「ああ、いいところへ来てくれた！」

部長が大きな声で青年を手招きし、羅に、

「この前話した宋永哲君だ。いい仕事の仲間になると思うんだ。宋君、こちらは羅雲基君で、この朝鮮語教本を書いた人だ。羅君の本は、いま全国のわが朝連支部にあつまって、朝鮮語の勉強をはじめている青少年たちの教材として、連日発送されているところだ。羅君を中心に、その青少年たちのための本格的な教材編纂の仕事をはじめている。ここにいる姜君は、羅君の友人で、今日からその仕事を手伝ってくれることになっている。宋君もぜひ協力してほしい」

といって、紹介した。羅には初対面の人であったが、宋永哲という名をきいて、びっくりしないではいられなかった。

「もしかしたら、月刊誌『芸術科』に『ながれ』という作品を発表した宋永哲さんじゃありませんか？」

といって、いきなり手をさしのべて握手を求めた。

「そうですが……」

と、宋はてれた表情でけげんな顔をした。

「僕も芸術科の創作科を出たんですよ」

羅は、なつかしさをこめて、手を強く握りしめたが、相手は、はにかんでいるのか、それとも迷惑だと感じたのか、わりとそっけない態度だった。

「君たちは知り合いだったのか？　それじゃ万事好都合だ！　じゃ、君たちで、よく話し合ってくれないか？　用があるので出かけるから、あとはよろしくたのむよ」

そういって、文化部長はすぐ出かけてしまった。

あとに残った三人は、なんとなく気まずさを感じながら、しばらく黙りこんでいた。

羅と姜が、一緒に芸術科の創作科にはいったとき、宋は、同じ学校ではあったが、予科出の学部の一年生であった。学部と専門部は、はっきり区別されていて、同じ教室で授業を受けることもなく、いっさい交流がなくて、顔を合わせることもなかった。ところが一年の二学期に、学校で発行されている『芸術科』という月刊誌に、宋永哲の「ながれ」という作品が二回にわたって連載された。その雑誌に作品がのるだけでも、創作科の学生たちにとってはすいぜんのまとであったのに、「ながれ」の一回目が発表されたとたん、創作指導の教授がこの作品を教材にして講義をし、「まるで急行列車がばく進するような迫力のある傑作だ」と激賞した。

羅は、その作品を読んだとき、逆境のなかで迫害をうけながら苦学をする朝鮮の少年の姿に、血がたぎるような感動をおぼえたものだった。そしてその作品が、警視庁の特高の検閲にひっかかって連載が中断されたときいたとき、羅はひそかに作者に対して、尊敬の念をいだいた。

その作品が芥川賞の候補になったというので、学校中の話題になったこともあった。またその後にも、雑誌『芸術科』に宋の長い作品が発表されて評判になった。羅は、宋という人間に会ってみたくて、何度も学部の教室に訪ねてみようと思い立ったが、いざとなると、そのころ学部の学生たちのみせる優越的な態度をみせつけられるかもしれないという不安が先に立って、ふんぎりがつかなかった。そのうち卒業まぎわになって、宋が特高警察にあげられたという噂をきき、やはり彼はすごい人間なんだという、畏敬の念をもったりした。

卒業後、小さな出版社に勤めていた羅は、宋が書いた書評が出ている業界紙をみて、彼が学芸通信社というところに勤めていることを知った。それで姜を誘い、その学芸社を訪ねようとしたが、すでに日ぐれだったので、さがしあてることができなくて帰ったことがあった。いわば彼は、永年、羅が敬意をよせていた存在であった。

それだけに、偶然に会えたよろこびで、生来愛想が悪く、人づきあいがあまりうまくない羅としては最大の親愛の情をしめしたつもりであったのに、相手のそっけない印象に、一種の屈辱感のようなものを感じたのだった。

しかし、部長がいなくなったあと、いつまでも沈黙していたのでは、主人役をつとめなくてはならない人間として大人気ないという反省の気持ちがおこった。こうして朝連本部に出入りしているからには、彼も解放後、革命的な意気込みにもえて入党もしているに違いないと推察し、しいて笑顔をみせながら、

「宋さんは、いま何をなさっているのですか？」

と、ていねいにきいてみた。

相手はてれ笑いをみせながら、無ぞうさに名刺をとり出し、

「こんな幽霊団体にまだ籍をおいています。朝連が発足したのですから、当然新聞を発行すべきだと思い、私の関係した新聞の発行権を接収するようにと、副委員長に話しているのですが、なかなか、らちがあかないので、こうしてときたま足をはこんでいるのです」

と、屈託なさそうにはなした。

だが、羅は名刺をみた瞬間、凍りついたような衝撃をうけた。

「厚生省中央興生会新聞局、みたみ新聞記者」

これは、わが民族としては到底許せない民族反逆的な機関であり、日本帝国主義の番犬の役をしているということではないか？

羅はたちまち冷水をあびせかけられたような気がした。なんという、なさけない人間だ！

ひそかに敬意をよせてきただけに、偶像が破壊されたような思いがした。こんな人間を、のうのうとして本部に出入りさせている人たちは、いったい何を考えているのだ？　優秀な人材だから、いい仲間になるといって紹介するなんて、文化部長もどうかしているのではないか？

羅は、怒りと憤懣が錯綜して、口もきけないでいるのに、宋は、にこにこして、

「あなたの書いたこの教本をみて、すごく感動しました。私は早速、この本を熟読しながら、勉強をしなおします。普通学校で朝鮮語は教わりましたが、私たちは昔のつづり字法で習ったものですから、文章を書くこともできない状態です。その上、少年時代からずっと日本人の中で生活してきたので、言葉もごくやさしい会話ができるだけです。日本文ばかりを読んで、日本語ばかりを書いて、日本語ばかりしゃべってきた自分を恥ずかしく思っています。あなたに弟子入りしたいと思いますから、よろしく指導してください」

と、相手は羅のおもわくなどには一切おかまいなしに真剣な表情で、深々と頭をさげた。

思いきり面罵したい怒りがこみあげていたが、相手の率直な態度の前で、ぶざまな感情をあらわすわけにもいかない。羅は、やっとぎこちない苦笑をうかべたが、口をきく気にはなれなかった。

そばで黙ってみていた姜が、

「宋さんは、もともと文才のある人だから、少し勉強すれば、立派な朝鮮文が書けますよ。羅さんの教本は実によくできているから、読めばよくわかるはずです。またとない教科書ですから、これを熟読すれば、たちまち力がつくに違いありません」

と、とりなすようにいった。すると宋は、はればれとした笑顔をみせながら、姜の手をにぎりしめた。

「そういわれると自信がつきます。ありがとうございました。今日は本当に運がよかった。いい人たちに

お会いできて……」

宋は、そういいながら、羅にもう一度笑顔をみせた。そしてすぐ、副委員長のいる部屋にはいって行った。

「あんたの調子のよさには、まったくまいってしまうよ」

羅が不服がましくいうと、

「名刺をみただけで、すぐいきりたたなくても、もう少し相手の人間をたしかめなおす必要があるかもしれないよ」

と姜は答え、すぐ話題をかえて、

「僕が出勤するとなると、どこに行って手続きをすればいいの？」

と、羅にいくらかあまえたようないいかたをした。羅は苦笑しながら、姜を経理課につれていった。

まだ事務系統がしっかり確立していない本部の組織のなかでは、金銭出納を扱う経理課の権限が一番強かった。発足早々の本部の財政は、組織結成に感動して寄附のかたちであつまる有志からの援助金が中心になっていた。地方組織が結成されていくにつれ、財政活動も活発に展開され、県本部からの上納金がはいることにはなっていたが、まだ日が浅いので、目立った成果はあがっていなかった。

組織結成のとき、かなり高額の寄附をした企業家が、一応財政部長になっていたが、実際の経理の担当は、組織の最高責任者である副委員長の金氏が信任した党員の金英一があたっていた。

彼は苦学して夜間商業を卒業し、その学業成績が抜群だったので、ある金融機関に採用され、四年間誠実に勤め上げたのであった。彼は朝連結成の大会に参加し、組織の仕事に参加したいと申し出て、職員の第一号としてはたらくことになった二十六歳の独身青年であった。

その彼に最初に会ったのが副委員長の金氏であり、金氏は彼の誠実な人柄にほれこみ、彼に経理の一切の責任をまかせたのであった。彼は事務的な才能にもめぐまれ、適確な判断力も持っていて、幹部の誰かが支払い伝票をもってきても、その金が組織のために緊急を要する金でないと判断したときは、かならず副委員長の裁可を得てくるように要求した。

その彼が、文化部長の同胞子弟の教育に対する熱意に感動し、副委員長に意見をもとめられたとき、それに全面的に協力することを誓った。代金引き換えで教材を発送するというのも彼の発案であった。

経理課の金は無条件に姜の定期券を買ってくれた。それは、文化部の職員として登録されたことを意味した。経理の金は、そのような事務的扱いをした。

ところが羅や姜の方は、定期券を買ってもらったものの、履歴書も提出していないので、職員になったという自覚はなく、毎日きまった時間に出勤するようなことをしなかった。それに対し、教材の編纂の仕事をしてくれればいいと思っている文化部長は、事務的なことにはいっさい無頓着であった。

だが、神経のこまかい羅は、翌日、文化部長に会うなり、

「中央興生会に居るような人間と、一緒に仕事をする気にはなりません」

と、いい出さないではいられなかった。

すると部長は、ちょっと困ったような顔をしたが、

「実は、宋君は副委員長の推薦なんだよ。彼のことは副委員長がよく知っているから、一緒に話をきくとしよう」

といって、羅を副委員長室へつれて行った。

「実は、羅君が、興生会にいるような宋君とは一緒に仕事をする気になれないといっているんですが……」

と部長がいうと、副委員長は、

「彼がそこにいるので不愉快に思うのは当然だと思うが、彼は民族愛の強い人間です。実は私も、彼にははじめて会ったとき、ひどいことをいってやったのですが、彼の書いてきた論文を読んですっかり感激したのです。彼の書いたものをすぐ英文に翻訳して英字新聞に掲載したのですが、その論文のおかげで、私たちの運動の方針が米占領軍の司令部に浸透するようになりました。いずれ近いうちに興生会は解散になり、わが朝連組織が同胞のために全面的な活動を展開することができるようになります。興生会が解散するまでは、彼がそこにとどまっている必要があります。彼はいま大事な役割を果たしています。昨日もその報告に来てくれましたが、まったく誠実な人間です。興生会が解散になれば、彼を全面的に文化部の仕事に協力させるつもりだから、もう少し彼の人間性をみきわめて、彼に手伝ってもらえるようにしたがいいと思うんだけれど……」

副委員長は、いくらか羅に遠慮したようないいまわしをしたが、羅は自分の短慮さを責められているような気がした。

「そんなに彼が大事なことをしているとは知りませんでした。つまらないことをいい出して申しわけありません」

羅は、そういって副委員長にあやまった。

文化部の部屋にもどってから、部長は、

「あんなに民族愛の強い人間が、どうして中央興生会などにはいったのか、私にもその理由はわからない。本人に聞くのもなんなので、黙っているけれど、人間にはそれぞれ事情があるだろうから……」

と、いくらか羅をなぐさめるようにいった。

羅は不可解でならなかった。あんなに学生時代に名声をあげ、特高にまでやられた人間が、何故またそういうところにはいったのか？　想像のつかないことであった。

民族文化講演会

数日後の土曜日の午後、文化部主催で「民族文化講演会」が連盟の事務所のある三階の講堂で催された。文化部に集まってくる青年たちから提議され、文化部長も大賛成で企画されたのであった。はじめは五名もあった出演希望者が、当日になると「自信がないから」ということでしりごみし、たった一人になってしまった。

早稲田大学の史学部を卒業した鄭光徹という二十四歳の若い青年で、「壬辰倭乱（イムジンウェラン）の裏話」という演題であった。前宣伝もなく急に企画された講演会であったが、それでも文化部に出入りする人たちの間で評判になったとみえ、講堂には五十名近い同胞たちが集まってきた。

講演会開始直前になって、文化部長は、その日たまたま顔を出した宋永哲をつかまえ、

「初めての講演会だというのに、発表者が一人だけ、一時間で終わってしまうのは余りにも寂しい。急で悪いが、君が鄭君の終わったあと、一時間ほど話してくれないか？　君が学校の卒業論文に書いた内容であれば、充分話せるはずだ」

とせきたてた。

「突然いわれても、何の準備もしてないのに……」と宋はしぶったが、

「もし鄭君の話が、内容の希薄なものだったら、せっかく集まってきた人たちを失望させるばかりか、今

後の文化部の活動にも支障をあたえることになる。わが文化部の名誉のためだ。勇気をふるってほしい！是非たのむ！」

文化部長に重ねて言われ、宋は断わりようもなく引き受けるほかなかった。


いよいよ講演会がはじまる時になると、連盟の中央本部の副委員長はじめ、常任委員の主だった人たちまで顔をそろえ、聴衆は百名近い数になった。

最初に、文化部長の簡単な講演会の主旨の説明があった。

「私たちは長い植民地生活のなかで、一切の民族文化を踏みつぶされてきました。解放され、我が組織が結成されて、初めてこのような講演会が開かれることになり、感慨ひとしおです。しかし急なことだったので、今日講演をしてくれるのは、若い二人の青年です。日本に留学していて、民族文化の教育を受ける機会のなかった若者たちが、愛国心に燃えてどんな隠れた民族文化の勉強をしたのか、その話をきくのが楽しみです。たとえ内容に不充分な点があっても、広く了解してきいてやってください」

そう結んで文化部長が壇をおりたあと、演壇に立ったのは、丸坊主の清純な印象をあたえる若者だった。上着だけは背広を着ていたが、ズボンは兵隊服姿だった。

「私はチョンカンチョルという者です」

と自己紹介をして語り出した彼の言葉は、濃い平安道なまりで、

「卒業前に学徒兵にひっぱられたりしたものですから、ろくろく勉強もできませんでしたが、学校の講義をきくよりは、図書館に行って祖国関係の本を読みあさっているうちに、心に刻みこまれたいくつかの断片をお話ししたいと思います」

と前置きして、豊臣秀吉の侵略をうけた十六世紀末の祖国の状況をのべはじめた。聴衆の前で話すことには慣れてないのか、どもったりつかえたりしながら、専門的な話になると日本語になったり、黒板に漢字の単語を書いたりした。

しかし、知識層とはいっても系統立った祖国の歴史はあまりわかっていない聴衆たちは、真剣な表情で彼の話に聞き入っていた。

彼は、前後七年にわたる日本の侵略軍との戦いの経過や、最後に日本軍をうち負かした李舜臣将軍をはじめとする愛国的な将軍たちの活躍ぶりをのべて、聴衆の拍手喝采をうけた。

ひととおり歴史を語った後、彼は笑みをうかべ、こんな話をした。

「実は私がしゃべりたかったのは、この戦争を契機として我が国に入ってきた嗜好品のことです。私たちが食べるキムチをはじめとして、私たちの食べ物にコチュ（唐辛子）はなくてはならない物です。我が民族は、一日もコチュ無しでは生きていかれない有様です。だから私は、子供の頃から、コチュは大昔から我が国にあった植物だと信じこんでいました。ところが、図書館で祖国関係の本を読みあさっているうちに、このコチュが侵略してきた日本軍によって持ち込まれたものだということがわかりました。

現在でも日本人は唐辛子をあまり食べませんし、おそらく四百年前も一般には食べていなかったと思います。私の読んだ本によると、あの戦争の時、参戦した日本のキリシタン大名たちの軍隊の中に、西洋人の宣教師がまじっていて、その人たちが自分たちの嗜好品として唐辛子を持ち込んだに違いないというのです。

いずれにせよ我が国の人たちは、このコチュを食べてみて、その辛さにびっくり仰天してしまいました。それでこれは、日本軍が朝鮮人を皆殺しにするために持ち込んで来た毒物に違いないと思ったようです。

それで初めは毒草と呼んで誰も口にしようとはしなかったようですが、やがて人が死ぬような毒ではないとわかったので、苦草(クチョ)と呼ぶようになりました。そのクチョがなまって、コチュになり、またコチとも呼ばれるようになりました。

この草には色々な成分があり、食欲をそそるので薬用としても使われ、体をあたためる作用もあるので、保温のためにも使われるようになりました。

夏の暑いさかりに短期間で育つ植物ですから、我が国にまたたく間に広がったようです。そして日常の食物として欠かせない漬物をはじめ、ありとあらゆる食物にこのコチュが使われることになりました。

一般のわが同胞たちがコチュを食べはじめたのは三百五十年ほど前のことなのに、私たちは大昔から、これを常食してきたものと思い込んでいるのです。ずいぶん滑稽なことじゃありませんか？」

彼がそういうと、聴衆はどっと声をあげて笑った。笑い声がしずまってから、彼はこの時代に煙草も渡来してきたことを話した。

「タムベという言葉は朝鮮語にはない言葉でした。これも外来語がなまって、いつの間にかわが固有語の一つになったのです」

ちょうど一時間ほどで彼の講演は終わったが、聴衆は大満足で、次から次と質問をかさね、会場は活気にみちた雰囲気になった。

鄭が絶賛をうけて壇を降りたあと、すぐ壇に上がった文化部長は、

「実は今日の講演会には五名ほどの出演希望者がいたのですが、今日になって鄭君のほかは辞退してしまったので、急きょ一人の代役を立てることになりました。文化部の仕事を手伝ってくれている宋永哲君で

すが、彼は大学の卒業論文に『春香伝研究』を書いたくらいですから、きっと内容のある面白い話だと思います。では宋君、頑張ってください」

といって壇をおりていった。とまどった顔で壇に上がった宋永哲は、

「四年も前に書いたもので、記憶もすっかり薄れてしまい、空襲にあって文献のすべてを焼いてしまってから、その後ほとんど勉強をしていません。急にいわれて壇に上がってきましたが、うまく話せるかどうかわかりません」

といって深く頭をさげた。

顔をあげた宋は、笑みをうかべながら、

「春香伝はわが国の代表的な古典で民族全体に深く愛された物語ですから、おそらく皆さんも春香の話はよくおわかりのことと思います。若い私がこんなことを申し上げては、お年上の方に大変失礼になると思いますが、春香伝のあら筋を大体わかっていられる方は手を挙げていただけませんか?」

と聴衆に質問した。そんな質問をされるとは予期していなかった聴衆は、当惑したようにあたりを見まわしたりしていたが、やがてあちらこちらで手を挙げはじめた。しかし、手を挙げたのは、せいぜい十名ほどしかいなかった。宋は笑顔のまま、

「では、退屈かもしれませんが、春香伝のあら筋からお話しします。

この物語は、書かれた年代も作者も不明のままですから、正確にはわかっていませんが、十八世紀の頃、つまり二百年ほど前に書かれたものだと思われます。それが古いかたちで印刷されて各地に流布（るふ）されましたが、百五十年ほど前にパンソリ（唱（チャン））といわれるうたい（謡）の台本に書きかえられました。

そのパンソリのうたい手たちによって、この物語は全国いたるところにひろがっていきました。そのパ

ンソリの台本も印刷されて全国にひろめられました。それで春香伝の類本は三十数種におよんでいるということです。それらの本は、文体や表現に多少の違いはありますが、しかし主な筋は大体一致しています。

両班（ヤンバン）たちが権勢をほしいままにしていた頃、全羅道（チョルナド）の南原（ナムウォン）という地方官庁のある町に、春香（チュンヒャン）という美しい娘がいました。彼女の母は月梅（ウォルメ）という妓生（キーセン）あがりですが、官妓（クワンギ）（官庁直属の妓生）であった彼女は相当裕福な暮らしをしていました。

春香の父は、南原府の高官をつとめた成（ソン）という両班で、娘のためにかなりな財産をのこしたのでした。そのため春香は深窓の令嬢のように育てられ、高い教養を身につけました。美しい詩を書き、書芸や音曲にもすぐれた才能をしめしたのです。春香は南原の町のほまれ高い才媛でした。

一方、南原の府使（長官）の任にあった両班の一人息子に、李夢龍（リモンヨン）という若者がいました。両班の息子は官職につくために科挙（クワゴ）という試験をうけなければならないので、幼少の頃から勉学に明け暮れるのです。天賦の才に恵まれた美青年ですが、勉強に疲れると時には物見遊山もしたくなります。

春たけなわのある日、彼は供の房子（パンジャ）と一緒に南原郊外の広寒楼という絶景の場に行きました。そこで彼は、巨木にしつらえたブランコ乗りに戯れている美しい春香を見そめるのです。

二人はたちまち恋のとりことなります。夢のような熱愛の日がつづきました。だが無情な両班のしきたりが、二人を引き裂くことになります。都の宮内官に栄転する父に、一人息子はついて行くほかありませんでした。

別離は哀切きわまりないものでしたが、夢龍は必ず科挙にうかり、春香を迎えに来ることを固く誓って去って行きます。

やがて後任の府使がけんらんたる行列をなして南原の町にやって来ました。卞学徒（ベョンバクト）という両班は強強欲無類の男でした。着任早々政務の引き継ぎの点検はないがしろにし、歓迎の宴にはべる妓生の点呼にうつつを抜かします。

彼は着任前から、南原に春香という絶世の美女が居ることを聞き知っていました。彼は官庁の下役たちに、春香を呼ぶことを強制します。

春香は妓籍にないことを下役たちはうったえますが、『妓生の娘であれば官の命によって妓籍に名をつらねるのが当然だ。今この場で命令書に署名するから即刻つれてまいれ！』と怒号します。

春香は断るすべもなく、官命による捕らわれの身となって府使の前にひきずり出されました。府使は彼女の美貌に狂喜しながら、即刻守庁（スチョン）（府使の妾になること）を命じます。

春香は条理をつくして、前府使の息子と婚約の身であることを訴えるのですが、府使は聞き入れようとはしません。妓生の娘であれば、官命によって官妓に登録されたのだから、官命に従うのが道理だというのです。

あまりの理不尽さに春香は激昂して、人倫の道をわきまえない府使の破廉恥さを面罵します。怒り狂った府使は、両班を侮辱し官命にたてついた罪人として、即刻彼女を縛りあげ、むごい笞刑に処することを命じます。

衆人環視の中で激しく笞打たれながら、彼女はたくみな詩句をつらねて、府使の暴虐ぶりをあばきたてます。そして彼女は気絶しました。

彼女が意識をとりもどしたのは牢獄の中でした。以後、彼女のとらわれの日々が続きます。

卑劣な府使は、下役どもに命じて、彼女が思い直して府使の命に従うように、あらゆる懐柔策をつかうのですが、春香は頑としてはねつけます。

そして歳月が流れて行きました。

数年後、科挙に首席で合格した夢龍は、特に王命によって、暗行御史(アムヘンオサ)の大役に任じられます。地方官吏の不正行為をあばき、鉄槌をくわえる役目です。

その調査は隠密に行い、必要に応じて兵を動員し、一挙に討伐するという強い権限をもっているのです。

そのため身なりをやつし、うらぶれた浪人のような形で旅を続けます。

彼は行く先々で、さまざまな地方官の悪行ぶりを探知します。特に彼が全羅道の南原府の境内にはいったとき、府使に収奪された農民たちの怒声をつぶさにきくことができました。

その頃、南原の町では、今年の府使の誕生祝の時、余興の一つとして、府使に反抗し続けた春香がはりつけにされるという噂が流れていました。

春香は死を覚悟し、夢龍に対する遺書を書いて、昔なじみの房子(パンジャ)に、都の夢龍に届けるようにたのみこみます。

娘が入獄したあと、その面倒をみるために月梅は財産をつかい果たしていました。娘の最後の望みをかなえさせるために、房子を旅立たせたのも月梅のはからいでした。

全く偶然に、街道筋で、夢龍と房子が出会います。

房子は夢龍のうらぶれた姿に失望しますが、春香の手紙を呼んだ夢龍が身ぶるいしながら拳をにぎりしめて立ち上がるのを見て、ただならぬ気配を感じます。長年、官庁につかえた経歴をもつ房子は、暗行御史の噂もきいていたのです。

勘のいい房子が何かを感じとったことを察した夢龍は、おのれの正体を見破られるのを避けるために、緊急の用務だといって、房子に隣郡への使いをたのみます。それが春香救命のためのものだと信じた房子は、とび立つようにかけ出します。

卞学徒（ベョンバクト）の数限りない悪行ぶりをつぶさに探索した夢龍は、府使誕生祝の宴席で討伐を敢行する計画を立て、ただちに秘密の連絡網を通して緊急の兵力の動員をします。そしてその前夜、春香と楽しい恋の日々をすごした月梅の家を訪ねます。

見る影もなく荒れ果てた家の裏庭で、すっかり老いぼれた月梅が祭壇に向かって必死におがんでいました。

都に行った夢龍さまが一日も早く出世して、娘の春香を助けに来てくれるようにといって祈りをささげているのです。

その声をきいて、夢龍は自分が今の地位につけたのは、この老母の祈りの功徳であると感じとるのでした。

やがて人の気配に気づいた月梅は、夢龍のみすぼらしいなりに失望して悲嘆にくれます。しかし気丈な彼女は、気をとり直して夢龍を牢獄に案内して春香に会わせます。彼女が惜しみなく金品をみついだので、牢番たちは牢の格子ごしに会わせてくれていたのです。

春香は夢龍が生きている間に会いに来てくれたことに感謝しながら、ひたすら彼をしたいつづけた心情を吐露します。

決行前に素性を明かせない夢龍は、明日会いに来るまではどんなことがあっても気をたしかに持ちつづけるようにと元気づけます。

翌日、府庁のやかたでは府使の誕生宴が盛大にくりひろげられます。来賓として招かれた近隣の郡や県の長官たち、府内の有力な両班たちがきら星のように席をならべている中で、府使は得意の絶頂でした。

宴たけなわの頃、この席にみすぼらしいなりの一人の若い両班が傍若無人の態度であらわれます。おちぶれたとはいえ両班の一人なのだから、この宴席に参加する権利があるというのです。

府使は激怒して追いはらおうとしますが、客の一人として参席していた隣県の雲峰の上官がとりなしてその若者を宴席の隅に案内させます。雲峰の上官は武官出身で、前日訪ねてきた房子の書簡を読み、暗行御史の書信だということを察知していたのです。

雲峰の上官はこの若者に異常な神経をつかいます。腹にすえかねた府使は、両班とはいえ無頼の徒に違いないから、詩を書かせれば無学を恥じて逃げ出すに違いないと考え、宴なかばに客人たちに詩作を要求します。

臆することもなく、まっ先に筆をとった若者は、差し出された紙にすらすらと一篇の詩を書き、御馳走になったから長居は無用だといって立ち去ります。

無礼な若者が居なくなったので府使は有頂天になり、もう面倒な詩作はやめるようにと声をはりあげます。

若者を気にしていた雲峰の上官は、さっそく使いの者に、若者の残していった詩作を持って来させます。達筆で書かれた詩は次のようなものでした。

金樽美酒千人血　　金樽のうま酒は民よろずの血によるもの
玉盤佳肴萬姓膏　　玉盤のよきさかなは民百姓のあぶらをしぼりとったもの
燭流落時民涙落　　宴席の燭台のしずくが落ちる時民百姓の涙がたれ
歌声高処怨声高　　宴たけなわの歌声あふれるとき民の怒声はいよいよ高まるなり

これを読むなり、雲峰の上官は若者こそは暗行御史その人であることを直感します。

こんな場所にじっとしてはいられないといって雲峰の上官は府使のひきとめるのを振りきって席を立ちます。次々と詩を読んだ近隣の上官たちも、怖れおののいてうろたえはじめます。宴席はたちまち修羅場になります。

怒り狂った府使がわめき上げている時、

『暗行御史出道（アムヘンオサチュルト）！』

という雷鳴のような声とともに、武装した兵の集団が一挙に宴席を包囲し、府使はじめ列席していた地方官たちを全員捕縛してしまいます。

やがて、官服に正装した暗行御史がやかたの中央にその勇姿を現わしました。まぎれもない李夢龍その人でした。

御史は、王命による処罰とのべ、府使以下地方長官たちの罪状をあばき立てます。そして入牢中の無辜（むこ）の民百姓たちの即時釈放を申しつけます。

やがて御史の前に牢番たちに体をささえられた春香がつれ出されてきました。

やかたの台上からかけおりた夢龍は、ふところ深くしのばせていた春香の指環を春香の手に握らせ、

『そなたと別れるとき形見の品としてそなたから預かった指環だ。片時も離したことはなかった。こうして再び会えたのだ。もう二度とそなたを放しはしない！』

といいながら春香を強く抱きしめました。

そこへ、暗行御史出道の噂をきいた府下の民百姓たちが、歓声をあげながらおしよせてきました。その

先頭に春香の母の月梅が居り、いつも春香につきそっていた香丹という娘もいました。民衆のよろこびの踊りの輪がひろがったとき、先頭の指揮役は雲峰の町からかけ戻ってきた房子でした。こうして春香伝は大団円を告げるのです」

ここまでしゃべって、宋は聴衆に軽く頭を下げた。

魅入られたように、うっとりときほれていた聴衆は、いっせいに歓声をあげて手をたたいた。

一息ついてから、宋は、春香伝の背景となった李朝末期の社会相について語り、春香伝に息づいている人物相について語った。

そして春香伝に一貫して流れる民衆の抵抗精神や、その革命思想について語った。また、あら筋をのべるとき黒板に書いた漢詩に盛られたものを解説した。つづいて宋は、李朝末期に起こったさまざまの民衆の抵抗運動の歴史を語った。

宋は話に熱がこもりはじめると、微妙な内容は朝鮮国語では充分語りつくせないといって、日本語で説明をはじめたりした。朝鮮語でしゃべるときは、いくらかたどたどしいところがあったが、日本語になると立て板に水を流すような調子になった。

彼の話にあおられた形で、聴衆の中からさかんに質問が出た。宋はいちいち丁寧に答えたが、質問が多方面な歴史の問題になると、頭をかきながら、

「私の勉強はほとんどが図書館の本によるもので、未熟なものですから、よくわからない点が多いのです」と率直にあやまったりした。

しかし宋の話しっぷりは熱をおびていたので、一時間半におよんだ彼の講演は、聴衆に深い感銘をあたえたようであった。

講演会は大盛況で終わり、感動のさめやらない人たちは、会場からなかなか立ち去らないで、鄭と宋をとりかこみ、感想をのべたり質問をくりかえしたりした。

聴衆の中にまじって、最初から熱心に聞き入っていた羅雲基はひどく興奮気味で、

「宋君がこんなに祖国についての勉強をしていたとは、ついぞ気がつきませんでした。何か蒙をひらかれたような気がします。ぜひ文化部長と一緒に話がしたいから、散会になってから鄭君と文化部の事務室に残ってください」

と何度も念をおした。大勢の人にとりまかれて鄭ものぼせ気味だったが、宋はいくらか疲れたようになっていた。

すっかり暗くなりかけて皆が帰っていったあと、宋と鄭は羅に強くひきとめられて文化部の事務室に行った。

「あれだけの大成功をおさめたのだから、話をしてくれた二人には、応分の謝礼と慰労会をしてあげなくてはならんのに、まだ事務になれない私のうかつさから、何の用意もしてないのですよ。まあ勘弁してください」

部長はそういって、人のよさそうな笑顔で笑った。

「それより部長、この二人に教材編纂の委員になってくれるようにぜひ説得してください」

羅が気ぜわしげに部長をせきたてた。部長は二人を椅子にかけさせてから、民族教育のために教材発行の必要性を語り、その教材の編纂のために委員会を設ける計画を話した。

「今のところは私と姜東奎という二人ではじめましたが、国語教材に手をつけただけで、わが国の歴史や

その他の科目については全然手がついていないのです」

と、羅が部長の話をひきついで、

「今日の二人の講演をきいて、うってつけの人材を得た思いです。どうか二人ともすぐ委員になってください」

そういって頭を下げた。

鄭は即答ができずにもじもじしていたが、宋は、

「僕は近々勤めている中央興生会が解散になりそうなので、解散したらすぐ帰国しようと思っています。だから今そんな大事な仕事につくのは……」

と、率直に参加できない意向をしめした。すると、それに勢いを得たように鄭も、

「僕も一日も早く帰国したいと思っています。ただ身辺にすぐ整理できないことがあるのでもたもたしていますが……」

と、暗に辞退したい意志をのべた。すると、部長が言葉を強めて、

「一日も早く祖国に帰りたいというのは、日本に居るわが同胞全体の共通した意向ですよ。この朝連の事務所に居る人たちも皆同じ考えです。しかし同胞が皆帰り終わるまでは、われわれが残って同胞の面倒をみなければならないという使命感で頑張っているのです。同胞たちが残っている限り、その同胞たちに祖国の文字や言葉や歴史を教えるのは、もっとも大事な仕事の一つです。特に祖国のことは何ひとつ知らない同胞の子供たちのことを考えてみてください。その子たちを教えないで見捨ててよいというのですか？先ず同胞たちのために必要な仕事をして、同胞が皆帰国し終わった時に帰国すべきじゃありませんか？」

その激しい気迫におされ、宋も鄭も口をつぐまされた形になった。すると、そばにいた羅が、

「私もまったく同じ心境です。仕事の意義の重大さを考えて、すぐ決心してくれませんか。目の前に大きな支障になることがなかったら、あさっての月曜日からこの事務所に出勤してください」

ウムを言わせない口調でいった。宋は沈黙していたが、若い鄭は決心したとみえ、

「どうせここのところ、ごろごろしていますから、月曜日から来ることにします」

と、はっきりいった。

「よく決心してくれました。ありがとう!」

部長が立ち上がって鄭の手を強く握りしめた。羅がつづけて宋に、

「あなたが中央興生会に居るというので、僕はすこし誤解していました。しかし今日のあなたの話をきいて、あなたがどんなに強く民族を愛し、祖国の運命を考えて勉強してきたかということを、骨身にしみるように感じとりました。どうか帰国するまで私たちに力をかしてください」

といいながら手をさしのべてきた。宋も反射的に立ち上がって羅の手を握り、

「部長やあなたの熱意にうたれました。あとのことはとにかく、月曜は十時にここへ来ます」

と答えた。


月曜日の午前中、教材編纂委員会室と決められた小さい部屋に、初めて四人の委員が顔をそろえた。

代表格の羅が、姜東奎に新しい二人を紹介した。

「土曜日の講演会のことを今朝ここの事務所に来てききました。事務所の若い人たちはみな大変な感動ぶりでした。僕はやぼ用があったので講演会は聞きそびれましたが、初めて会うあなた方に、いくらかねたましさを感ずるくらいです」

姜はひょうきんな表情でそう言って二人を笑わせた。

羅はさっそく二人に通勤定期を買いあたえるように経理課にはなしてくれたが、宋は勤め先の通勤定期券を持っているからといって断った。一方、鄭は定期券を買ってもらうと子供のようによろこんだ。

鄭は羅から、「大急ぎで小学校の子供たちに読ませるようなわが国の歴史を国文で書いてください」と頼まれた。

鄭は愛国的な民族運動家を多数輩出した伝統ある平安道の五山高等普通学校の卒業生で、国文を書くことには手慣れているようであった。そして彼については、その原稿が書き上がるまで出勤しなくても、応分の人件費は支払ってもらえるように経理課にたのんであるということだった。

「宋君は文化部長がどうしても文化部の実務を手伝わせたいようですから、文化部長とよく相談してみてください」

羅にそう言われ、宋は苦笑するほかなかった。

国文を書くことに全然自信がもてない宋は、編纂委員会では当分、よろずの相談役の役目しかないようであった。

初めての打ち合わせの話し合いは午前中で終わり、宋は鄭とならんで連盟の事務所を出た。新宿駅前の通りを歩きながら、鄭が突然、「もし午後お暇でしたら、私の住んでいる高田馬場に一緒に行ってくれませんか？　ぜひお話しがしたいのです」と言い出した。

「どうせ用はないと思いますが、勤め先に連絡をしてみますから」

宋は中央興生会の新橋の事務所に電話をかけた。上役の新聞局長は留守で、留守番の事務員はどこからも連絡はなかったという返答であった。宋は、今日は顔を出さないからと断り、鄭と一緒に行くことにした。

省線（当時の鉄道の呼称）の高田馬場駅の周辺に、奇蹟的に空襲で焼け残った一かくがあり、鄭の下宿している家はその町の裏通りにあった。

玄関から階段を上がった二階の奥が彼の部屋で、その六疊間には派手な色彩の被いをかけた女物の大型の鏡台が置いてあった。

異様な印象をうけ、宋がしばらく鏡台にみとれていると、「お察しのように僕は今、女と暮らしています。昼間は彼女は勤めに出ているのです」と、出し抜けに鄭は身の上話を語りはじめた。

鄭は平壌近郊の大地主の家に生まれ、何不自由なく育ったということであった。前述したように五山高等普通学校を卒業して、その年に早稲田大学に入学し、予科課程の高等部を経て文学部の史学科に進学、東洋史を専攻した。

長男だから跡取りを早くつくれという両親の強いすすめで、東京留学直前に四年制の女子高等普通学校を出たばかりの一つ年下の娘と結婚した。親に言われた通りはじめは休暇ごとに帰郷していたので、二年後に子供が生まれた。

ところが親の望んでいた男の子でなかったので、両親が嫁につらく当たり出したようであった。若い妻に泣き言をいわれ嫌気がさしたので、それから後は、勉強がいそがしいという口実のもとに帰郷しなくなってしまった。

実際、学部に進学して、彼は勉学に没頭していた。念願の歴史の勉強であったので励みもつき、大きな図書館をまわって祖国関係の本を読みあさるのが楽しみだった。

だが孤独の空虚さにたえきれなくなることもあった。しかし彼には花街に行く勇気はない。たまたま住んでいた下宿が廃業したので、別の下宿に移ることになり、そのため町会事務所へ配給物資の手続きに行った。そこで親切にもてなしてくれた明るい印象の魅力的な女性に出会った。

彼は急速に恋の炎に燃えた。結婚したとはいえ、つねに欲求不満を感じていた彼は、生まれて初めての恋をしているような気がした。

何回かのデートを重ねた後、彼は強引に彼女を下宿の部屋に誘い込んで性の契りを交わした。無我夢中の爆発的な行為の継続によって、恍惚境の絶頂に達したあと、それまでいっさい素性を打ち明けようとしなかった彼女が、初めて人妻であるという事実を告白した。


結婚を急ぐ戦時中の風潮におされ、女学校を出た翌年、彼女は親戚にすすめられるままに見合い結婚をしたのであったが、会社勤めの専門学校出の夫は何もかも自分勝手で、相手をいたわるようなことはまったくなかった。たちまち夫婦仲にひびが入り、半年も経たないで彼女は実家に戻った。

ところが夫が召集されることになり、彼女は周囲に強制されて婚家に戻ったが、夫が出征したあと、町会事務所の職員として勤めるようになった。彼女は算盤や簿記に堪能で、有能な働き手として待遇されるようになった。

勤めが面白くてたまらないところへ、彼とめぐりあうことになったが、彼女にとってもそれは初めて感ずる恋のよろこびだった。仲がこじれて夫とは満足な性交もないまま過ごしてきた彼女にとって、はじめて知った性の陶酔感は、彼女を別人のように変える契機となった。

彼女は婚家の反対を押し切って実家に帰ると、実家の両親と激しい言い争いのすえに、行先も告げないまま彼の下宿に転がりこんだのだった。

時局柄、当然問題になるところだったが、そのとき朝鮮人学生に対する出動命令が出て、彼もたちまち軍に駆り出されることになった。朝鮮人学生の中には、入営前に一時帰郷するという口実で行方をくらます人間もいたが、いつも優等生らしく指示に忠実であった彼は、軍の指示通り早々に入隊することになった。

その騒ぎで、彼女の家出が問題になることもなく、彼女は彼の下宿で、彼が軍隊から帰るのを待つことになった。

入営した彼は、はじめての朝鮮学徒兵としてあわただしい訓練を受けることになったが、戦局の急変で前線に移動することもなく終戦を迎え、除隊になった。まるで走馬燈のような軍隊生活で、深く考えこむこともなく、忠実なあやつり人形のように動きまわっただけだったが、除隊する彼には、陸軍少尉という肩書がつけられていた。

彼はまっすぐ下宿に帰ったが、東京は焼け野原になったという噂とは違い、彼の下宿のある一帯は奇跡のようにそのままの姿で残っていた。彼女は狂喜して彼を迎えいれた。彼女は約束通り彼の下宿で彼の帰りを待ちながら、以前と同様、町会事務所に勤めていた。

ひと通り身の上話をしおえた鄭は、沈痛な口調でいった。

「学校は卒業扱いで、卒業証書まで渡してくれたから、一日も早く祖国に帰るのが僕のつとめなんですが、彼女との生活がたち切れないままに、こんな生活をつづけているんです。終戦になって祖国との連絡がとぎれたので、送金があるわけではありません。ここの下宿代は入居の時一年分を前払いしていましたが、それも期限切れになっています。無一文のルンペンの状態で彼女に養ってもらっている有様です。彼女は才ばしこくて、勤めの給料など大したこともないはずなのに、自分の貯金もちゃんと持っていて、僕が外出する時は電車賃まで渡してくれます。僕は自分が情けなくて毎日がゆううつでした。それで今日の話をきいて、本当に助かったような気がしました。あなたのような人の仲間になれて、なおうれしかった。見たところ、あなたは僕より年長で、社会の経験も豊富なやさしい人柄のようですから、どうか何かと力になってください」

そういって、鄭は深々と頭をさげた。宋はひどくめんくらい、しどろもどろに、

「私もだらしない人間です。解放されたというのに、国文を書くのが全然駄目です。勉強しなおすつもりですから、よろしく教えてください」

といいながら、手を差し出して鄭のやわらかい手を握りしめた。

鄭も力をこめて握りかえした。労働などしたことのないような鄭の手の感触から、宋は何だか出身階級の違いのようなものを感じた。しかし、しんからうれしそうな鄭の表情を見て、ただにこにこと笑顔を返した。

帰国同胞のために！

一九四五年十二月、連合国軍総司令部の指示によって、宋のいた厚生省の外郭団体である中央興生会は自主解散することになった。

在日本朝鮮人聯盟（朝連）の運動や連合国軍司令部へのはたらきかけが効果をあげ、司令部は、中央興生会が依然として在日朝鮮人への援護事業を継続するのは、解放された在日朝鮮人の感情を無視するものだと認め、中央興生会のかわりに、その事業を朝連の自主活動にまかせることになったのだった。

中央興生会の新聞局の仕事をしていた宋は、会の解散のための雑務に追われて、数日間朝連文化部の事務局に顔を出す暇がなかった。

解散式も終わり、勤めていた幹部や職員たちは、かなりまとまった解散手当をもらった。おもな幹部職員たちは、ほとんどが日本人であったので、それぞれがつてをたよって再就職をすることになったが、朝鮮人職員たちは大半が帰国を希望した。

解散の前日、宋は厚生省の直属の課の事務官に呼ばれ、

「興生会は解散になっても、厚生省の性格上、在日朝鮮人にかかわる仕事がなくなるわけではない。君の優秀さは厚生省の民政局長をはじめ関係のおもだった人たちから注目されていた。それで、君だけは厚生省に残ってもらうことにした。解散式が終わったらすぐこの課に来てください。民生局長から、あたらし

い職務の辞令が渡されるから」

と、いわれた。しかし、宋は、「僕は同僚たちと一緒に帰国するつもりですから……」と固辞した。

「よく考えてください。あなたの将来のためにもなるはずだから……。人生にこんな恵まれた機会があたえられることは、滅多にないことですから」

そう懇切にすすめられて、それ以上強く断ることもできなかった。それにその事務官には、仕事の上でいろいろ世話になってきていた。

「もう一度考えてみます。しかし、僕の決心は固いですから、あまり期待しないでください」

といって出てきたが、宋は二度とこの事務所を訪ねることはあるまいと思った。


解散式が終わり、かなり多額の退職金をもらった宋は、ようやく解放されたという実感を感じた。

一日でも早く祖国に帰るのだ！

祖国に帰って、あたらしい祖国の建設に役立つ仕事をはじめるのだ！

気負い立った気持ちで、最後の別れの挨拶をするつもりで朝連の本部の事務所に顔を出した。顔なじみの副委員長は、彼の姿を見つけると、満面に笑みをうかべて、

「宋君、待っていたぞ！」

といって、両手をひろげ彼を抱きかかえるようにした。

「とうとう、興生会が解散になった！　今朝、米軍の司令部に行って、帰国同胞の帰還輸送事業など、同胞のための援護事業を、朝連が自主的に行うようにという指令をうけてきた！　君にもいろいろ助けてもらったが、その甲斐があったというものだ。君に一緒によろこんでもらいたいと思って、君の現れるのを

待っていたんだよ！」

　副委員長はひどくはずんだ声を出した。宋はとまどいを感じながら、

「僕は二、三日中に帰国するつもりで、今日はお別れを申し上げたいと思ってうかがったのです」

と、しずかな声でいった。すると、副委員長は、虚をつかれたようにしばらく宋の顔をみつめていたかと思うと、やがて烈火のように怒り出した。

「なんてことをいうんだ！　おれは君に文化部の仕事を手伝うようにいった時、ちゃんといったはずだ。わが在日同胞は、いずれほとんどが祖国に帰るはずだ。その同胞たちが残っているかぎり、その同胞たちの面倒をみるために、われわれは朝連を結成したのだ！　同胞たちが皆ひきあげた時、その最後の帰国同胞たちと一緒に帰るのが、われわれの任務なんだと。ここで同胞たちのために仕事をするのが、われわれの愛国の道であり、それが民族愛だということを、かんでふくめるように説いたはずだ！　それから君は、よく文化部に顔を出して協力してくれたし、興生会の動きも詳細に教えてくれたから、おれは君をまたとない同志だと思って信頼してきたのだ。それなのに、わが朝連が同胞たちのために渾身の力を発揮して働かなければならないこの時に、自分だけ先に帰ろうなんていうのは、同胞や民族を裏切ることではないか？　卑怯な利己主義者のやることじゃないか！」

　そのはげしい怒りの声をききながら、相手の民族を思う熱烈な愛情を感じ、宋は思わず胸をつまらせた。

「おっしゃることはよくわかります。しかし、私はここ数週間のあいだ、ここへ通いながら、いろいろな人たちの冷たい目を意識していました。親日派の手先の役もしている人間が、朝連に顔を出すのは、スパイでもするつもりじゃないのかという疑惑の目つきです。私はそれがたまらなかったのです。私は中央興生会のような日本の政府機関の仕事はしましたが、同胞のためにつくしたい信念で頑張ってきた自負の念

があります。だからどんな目つきをされようとも我慢してきましたが、もう興生会が解散になった以上、私の役目も終わったように感じました。だから帰国する気になったのです」

宋がとぎれとぎれにいったところ、副委員長は、やにわに宋の手を握りしめながら、

「おれは君に会った最初の日から、君の強い愛国心を感じていた！　君が強い心になれば、誰がなんといおうと、どんな目つきでみようと、そんなことは問題じゃない！　君が同胞や民族のために、どんないい仕事をしてくれるかが問題だ。明日から朝連の事務所を興生会が使っていた場所に移すことにした。それから、中央興生会が使っていた施設もわれわれが使うことになるのだ。そういう面でも君に頼らなければならないことがいくらでもある。どうしても君は必要な人間なのだ。気をとり直して頑張ってくれないか！」

そういわれた瞬間、宋は目に涙がにじむのを感じた。宋の気持ちを察しとったのか、副委員長は声をやわらげ、

「引っ越しをする時、興生会の残務整理の人間たちと会うことになるから、君も顔を合わせるのは気まずいだろう。二日もすれば引っ越しは完了するだろうから、君は週があけてから朝連の新しい事務所に出勤してくれないか。文化部にちゃんと君の机を用意しておくから……」

と、いたわるようにいった。何かいうと、涙声になりそうなので、宋は黙ってうなずいてみせた。

興生会の事務所は、終戦までは芝白金の小学校の校舎にあった。

終戦後、疎開先の小学生たちが帰ってくるので、事務所は新橋駅近くの朝鮮総督府の東京出張所ビルに移った。五階建てのしゃれた鉄筋コンクリートのビルで、管理のよさは戦時中評判になったほどだった。

終戦になっても、建物は総督府出張所の役人たちが管理していた。宋は興生会の新聞局の仕事で、戦時中からこの出張所によく出入りし、所長ともじっこんの間柄になっていた。ここに引っ越ししてからは、新聞局の新聞が発行中断になっていたから、暇にあかせて所長室に行って雑談を交わすことが多かった。

宋より十四、五歳年長の所長は、宋にはじめて会った時から、ことさらに厚意をよせてくれ、宋が本所の空襲で丸裸の状態で焼け出された時は、ワイシャツやシャツの下着までをわけてくれたりした。

宋があたらしい朝連の事務所にはじめて出勤したとき、以前は閑散として物静かな印象をあたえていた建物が、まるで生気を得たように活気をただよわせていることに驚かないではいられなかった。いつも中老の人が居眠りをしていた入口の受付の窓の奥には、若々しい同胞の青年がすわっていて、建物に入っていった宋に、威勢のいい声をかけてきた。宋が、

「今日から朝連中央の文化部に出勤することになっている宋永哲です」

と、ていねいに名のると、

「きいています。私は総務部の朴一男という者です。よろしく指導してください」

と、若者ははきはきした朝鮮語で答えた。

自分よりは七つくらい年下とみられる若者に笑顔をみせると、相手は晴れやかな笑顔で軽く頭を下げた。宋は急に晴ればれとした気持ちになって、エレベーターの入口に貼ってある指示に従い、三階の文化部室にはいっていった。

部長の李氏はもう出勤していて、やさしい笑顔をみせてくれた。

「副委員長からきいてはいたが、本当に来てくれるかどうか心配だった。君が来てくれて安心した。わたしは実務にうといから、何でも君の裁量で仕事をすすめてほしいと思うよ。君の机は、ここのわたしのそ

ばにきめた。本部がここに移ることになって、急に志願してきた人が多くなり、文化部に五人も配置されることになった。先ずみんなを紹介しよう」

そういって、部室のそれぞれの机の前にすわっている、三人の男性と、二人の女性を紹介した。

最初に紹介された人は三十五、六の大柄な人で、戦時中まで文房具店に勤めた経歴をもっているということであった。次は三十をすこし過ぎた丸坊主の人で、三番目が二十四、五のこれも丸坊主の若者であったが、二人とも学徒兵として軍隊生活をしたということだった。

女性のうち二十二という娘は、目立つほどのきれいな顔立ちであった。日本人で、百貨店に勤めた経験があるということだった。一番若い女性は同胞の娘で、女子専門学校に入ったばかりで軍需工場で働かされたといった。

部長が強くいうので、宋は自分の経歴を、女性二人は朝鮮語をまったく知らないというので日本語で、ながながと説明しなければならなかった。

大学の学部を出てから通信社の記者として三年ほど勤めたが、通信社が解散になったので中央興生会の新聞局に入り、記者生活をしながら編集や整理の仕事も手伝った、と経歴をのべると、男性たちは感嘆の声をあげながら、まず最年長の人が、

「同胞としては最高のインテリの経歴をもっていますねえ。部長が、文化部にはうってつけの指導者だといっておられましたが、私などは文化面の仕事はまるで素人です、どんどん仕事を教えてください」

と、代表するようにいった。全員がそろって拍手をした。宋はすこし上気して、

「文化部の仕事は部長の指導ですすめていきますが、同胞のための文化事業となると、何からはじめてよいのか、見当もつかない点もあると思いますが、すでに文化部は同胞のための国語教材を印刷して全国の

組織に配布する仕事をはじめています。おいおい同胞の要求に応じた仕事をひろげることになると思いますが、私もまったくの一年生ですから、みなさんと力を合わせていきましょう！」

と、あいさつした。みんなのあれこれの質問や感想をまじえた雑談が、朝鮮語、日本語、ごちゃまぜで交わされ、話はつきることなくつづき、すこし疲れをおぼえた時には、もうお昼時間になっていた。

女子職員たちは心得ていて、湯わかし場から熱いお湯のはいったやかんを提げてきたが、お茶はまだ買えないので、白湯（さゆ）で我慢してくれということだった。全員が弁当を持ってきているのに、部長だけは弁当を持ってきてないので、他の幹部常任委員たちと一緒に外食をして来るといって出かけた。宋は急いで弁当を食べおえ、気にしていたことなので、五階の出張所の所長室を訪ねていった。

朝連の事務室は、興生会が使っていた三階までで、四階、五階はもとのままにがらんとしていた。

所長室のドアをノックすると、

「お入り」

と、中から声がしたので、ドアを開けてはいっていくと、

「お、君！　よく来てくれたね！　興生会が解散になったので、君はどうなったかと思って心配していたんだよ……」

と、やさしく声をかけながら、席を立って宋のそばによって来て、来客用のソファーにかけさせ、自分も向かい合ってすわった。

宋は、かいつまんで、興生会解散のとき厚生省に残るように、本省の事務官にいわれたことや、帰国するつもりだったが、朝連の副委員長に世話になった義理もあり、強く引きとめられたので、今日から朝連の文化部に出勤することになったいきさつを話した。むずかしい顔をしてきいていた所長は、

「そういうことなら仕方がないが、厚生省に残った方がよかったかもしれないね……」

と、ため息をつくようにいった。宋が黙っていると、所長はなおも心残りがあるように、いった。

「解放された朝鮮民族のために、先頭に立って何かやりたいという熱意はよくわかるが、厚生省に残れば、君だけにしか出来ない、君だからこそ出来る、大事な仕事もあると思えるけれど……」

「私も、いろいろ考えてみました。迷いもしましたが、帰国するのが一番よいと思ったものですから……」

宋が言葉につまると、所長は思いなおしたように、

「朝連の仕事も、これからはじまるところだ。才能のある君のことだから、すばらしい活躍が出来るかもしれない。どうせはじめたことだ！　しっかり頑張りなさい！」

と、一転して、はげましてくれた。

「ありがとうございます……」

宋はすなおに立ち上がって礼をのべた。

「だけど、君が朝連の仕事をするとなると、僕と親しい間柄だということを、ひとに見せたら具合が悪くなると思うなあ……。もう、この部屋には、なるべく来ないようにした方がいいよ」

所長は、さびしそうにいって立ち上がった。

五階からおりる時、宋は誰にも会わなかったが、もう二度と所長に会いに行くこともあるまい、と心の中でつぶやいた。

外出した部長は、二時間ほどたって帰ってくる時、何冊かの本をかかえていた。

「宋君！　これを見てごらん！　祖国から来たはじめてのわが国文の本だ！　感激じゃないか？　祖国の

若い学者たちは、もうこんなに立派な仕事をはじめている」

所長が叫ぶようにいった。

かけよった宋は、部長の机の上にならべられた本をとりあげてみた。粗末なつくりの本で、紙の質も悪かったが、表紙の大きな字が、まるで告発の叫びをあげているようにみえた。

「日帝の土地収奪史」

「日帝の民族文化抹殺史」

「日帝に破壊された朝鮮の民族教育」

「解放と経済建設」

「祖国建設の基本政策課題」

ひと通り本の題名をみた宋は、部長にはずんだ声できいた。

「こんなすごい本が、どうして手にはいったんですか？」

部長は、ほこらしげに宋をみかえし、

「禁止されているけれど、商人たちは闇船で必死に交易をしているよ。その関係の人に、祖国で出た新しい本を買って来るように頼んでおいたんだよ。昨夜、横浜に着いた船の人が、この本をもって来たそうだ。本の発行日を見てごらん。みな、十一月の末に出た本だ。民族運動のために必要な本だろうからといって、値段も高くとらないで持って来てくれた。これをさっそくガリ版印刷にたのんで、二千部ずつ刷ってもらうことにしよう。組織の下部にすぐ配らなくちゃ」

と、せきたてるようにいった。

「部長が先に読まなくていいのですか？」

「そんなゆうちょうなこと、いっていられないよ。まずたくさんの人に読んでもらって、ふるい立たせなくちゃ！」

「祖国の知識人たちは、こんな本が書店に出たら、みな飛びついていったでしょうね……」

「当たり前だよ！　いま祖国中が革命的なふんいきで沸き立っているんだから。それより、早く電話だ、電話！　印刷屋に直ぐ来てもらわなくちゃ」

せきたてられて、宋はすぐ教材を刷ってもらった印刷屋に電話をかけた。

印刷屋は、一時間もたたないでかけつけてきた。しかし印刷屋は、五冊の本をみて、

「今、家の職人たちは三人で、それぞれ仕事にかかっていますから、すぐには間にあいません。それに、こんな細かい活字でぎっしり組んである本ですから、原紙を切るのに、どんなに急いでも、一人で一日二十頁くらいしかはかどりません。ほとんど三百頁の本ですから、一冊仕上げるのに半月かかります。だから、みんな一緒に仕上げるには他の印刷所の手を借りるほかありません」

と、すこし困惑した顔をした。

「じゃ、あなたから、この場で他の印刷所にも電話をかけてくれませんか？」

部長がそうせきたてると、印刷屋は、

「私が声をかけるより、本部の人が直接かけてくださいませんか？　朝連の仕事だといえば、感激して飛んで来るはずです。その方が能率的ですよ」

と、落ち着いた返事をした。

結局、印刷屋は、二冊だけを半月内に仕上げるといって、『土地収奪史』『民族文化抹殺史』だけを持って帰った。

宋は、印刷屋が書いてくれたメモをみて、二軒の同胞の印刷屋に電話をかけた。一軒はすぐ連絡がとれて、すぐ来てくれるという返事であったが、もう一軒は女の人が電話に出て、「いま主人は用で出かけていて夕方にならないと帰りませんから」という返事だった。

近い距離なのか、電話に出た印刷屋は三十分後にやって来た。部長がまた外出していたので、宋が概要を説明して本をみせると、三十五、六と見える実直そうなその人は、

「こんなすばらしい仕事なら、徹夜をくり返してでも、なるべく早く仕上げます。家には私ともう一人の職人がいますが、精いっぱい頑張ります。期日がどのくらいかかるか、やってみないとわかりませんが、一日でも早く仕上げます」

と、力をこめていった。その誠実さにうたれて、宋はすぐ残りの三冊とも、その啓明社という印刷所の主人に渡した。

「朝連の本部から仕事をもらえるなんて、夢のようです。同胞のためになる仕事が出来るなんて、こんなうれしいことは……」

その人は声をつまらせながら、ていねいに包んだ本を持って帰っていった。そばで見ていた学徒兵上がりの若い辛が、

「宋さんは、実に人当たりがいいですねぇ。注文をもらいに来た人をあんなに感動させるんだから。そばにいる僕までがうれしくなりました」

と、まじめな顔でいった。「からかわないでください」と、てれた宋は立ち上がり、

「それより、教材編纂委員会の人たちはどうしたのか、誰かきいていませんか?」

と、大きな声できいた。

「あ、その人たちは、新宿のもとの事務所に残っていますよ。そこが静かで落ち着くそうです」

と、やはり学徒兵帰りの年長の方の李が答えた。言葉つきが、すこし皮肉めいていた。

「おなじ文化部の仕事なのに、あの人たちは何か特権意識があるみたいだ」

李がさらにいいたてるのをさえぎるように、

「私も委員会の一人ですが、ここのところ他用があって連絡がとれていませんでしたが、いずれこちらにやって来ると思いますよ」

と、宋がとりなすようにいうと、若い方の辛までが、

「いや、たしかに特権意識があります。私たちには関係ないというような風で、ろくろく口もきいてくれなかった」

と、不平がましくいった。

「いいじゃないか！　仕事がしやすいというのなら、好きなようにさせたがいいよ」

最年長者の張が、そういったので、それ以上誰もそのことにふれるのをやめた。

ところが、朝鮮のことわざに、「虎が、自分の話をするとやって来る」という言葉があるように、当の委員会の責任者の羅が文化部の部屋にはいってきた。

「あ、宋さん！　やはり出勤して来ましたね」

と、いいながら、羅はうれしそうに宋のそばにかけよってきて宋の手をとった。宋も笑みをうかべて、

「何日も連絡をしないで心配をかけましたが、ごたごたもかたづいて、今日からここへ出勤することになりました。そうでなくても気になっていたので、これから新宿の事務所へ行ってみようかと思っていたところでした」

といって、かるく頭を下げた。

「あなたと急いで相談したいことがあります。どこか静かなところへ行って話をしましょう！」

羅はあたりの人たちにかるく笑顔を向けただけで、宋をせきたてるようにして部屋を出た。

応接室のようなものがあるかどうかわからないので、てっとり早い場所だと思い、二人はエレベーターで屋上に上がった。

「実は、朝連の事務所がこちらに引っ越す前の晩、副委員長からあなたの話をくわしくききました。あなたは副委員長に、興生会の実態に関する論文を書いて渡したそうですね。その原稿を英文に翻訳して英字新聞にのせたそうです。それが米軍司令部の人たちに大きな反響をあたえ、朝連中央の外務部が、その新聞のおかげではじめて米軍司令部と交渉をもてるようになったということです。興生会の解散や、朝連が興生会の事務所も占領するような形になったのも、あなたの隠れた功績が大きいといって、副委員長はとてもあなたをほめていました。その話をきいて、僕は感動しました」

羅は一気に話し、いったん口をつぐんだ。宋も、自分の原稿の翻訳が役立ったということは外務部の次長をしている人からきいてはいたが、これほどの影響をおよぼしたということは、まったくはじめてきく話であった。再び、羅が話し出した。

「それから、委員会の話で、あなたにどうしてもきいてもらいたかったことがあります。あなたは、鄭君をすごく激励して、歴史の原稿を早く書き上げるようにすすめたそうですね。僕もびっくりしてしまいましたが、鄭君は徹夜を重ね、四百字詰二百枚にもなる『少年向け朝鮮歴史』を、たった一週間で書いて来ました。一気に読める原稿で、すこし手を入れれば、立派な歴史の教材になると思うんです。彼はまだ進歩的な歴史理論を勉強していないので、封建的な考え方が脱け切れていないところもあります。しかしそういうところは書きかえればいいと思うのです。それで早速、われわれの尊敬している金先生に彼を紹介しました。あなたも知っているように、金先生は日帝時代、文芸評論家としてならした人で、今は日本共産党の中央委員になっています。先生はものすごく多忙なのですが、私が彼を一緒に連れて行って、彼の原稿を読んでもらうようにたのみこみました。先生は子供のための歴史教材の必要性を誰よりもよくわかっていますから、二、三日中にはかならず原稿を読み、どの点をどう書きあらためるべきかを、適確に指摘してくださるはずです。まだ完了するまでは時間はすこしかかると思いますが、問題は出版のことです。子供の教材ですから、大きなきれいな文字でなければならない。となると、まだ活字ができていない今、誰か達筆な人に墨の文字で書いてもらうほかないのです。書ける人材をさがしたところ、留学生の中に若い適任者がいました。ところがオフセットで数万部を印刷するとなると、用紙も少々の量ではありません。闇で買うと大変な金がいることになります。どうしても日本の政府から用紙の配給をもらわなくてはなりません。それを、どこへ行ってどう交渉すればいいのか、われわれの仲間のなかでは誰もわかりません。それで、日本の官庁の事情に明るいあなたなら、きっといい知恵があると思い、あなたにそのことをお願いしたかったのです」

そこまで話し終えた羅は、心配そうな顔で宋の表情をうかがうようにした。宋は羅のその顔をみているうちに、思わず笑いがこぼれた。

「そんなに心配することはありません。僕もその方面では素人ですが、どこに交渉に行けばいいのかということは、すぐわかるはずです。交渉先がわかれば、大胆にあたってみることです。いいですよ。僕が責任を負います。原稿が完了して印刷にかかるのは、まだまだ先のことでしょうから、僕がその間にあたってみることにします」

宋がそういうと、羅はたちまち元気をとりもどし、
「ああ、よかった！　これで安心して眠れます」
といって、もう一度、宋の手を握りしめた。

空襲で本所横川橋の同潤会アパートを焼け出された宋は、江戸川べりの知人の二間の家を借りて暮らしていた。それでも住む家があるというのは幸運といえたが、遠距離で通勤に時間がかかるのには骨が折れた。

省線の新橋から秋葉原で乗りかえ、錦糸町駅で降りて、そこが始発の城東電車に乗るのだが、この電車を小松川で降りて、バスに乗りつぎ、長い荒川放水路の大橋を渡らなければならなかった。そしてまた電車に乗り、江戸川の終点で降りるのだが、錦糸町駅から一時間もかかった。

宋の借家は、その終点から十分ほど歩いて、農家の野菜畑のそばにあった。電車の乗りつぎがうまく行く時は、一時間四十分ほどで行けたが、ふだんは二時間以上かかる場合が多かった。

帰ると、空腹と疲れでくたくたになってしまうのであったが、家の玄関を開けると、二歳半になった長男がとんで出て来て、
「とうちゃん！　おかえり！」
と、両手をひろげてくれるのが何よりうれしかった。子供を抱き上げて頬ずりをすると、子供はきゃっきゃっと、声をあげて笑った。その笑い声をきくと、いっぺんに疲れがふっとんでしまうような気がした。

電車の終点のそばの銭湯に行くほどの元気もなく、手を洗っただけで、小さいちゃぶ台にかじりつくようにして、仕度してある夕飯をかきこむ間、子供を寝かせつけた妻がそばに来て、その日の出来事などを

こまごまと話し出すのであったが、たいていのことはうわの空で聞き流していた。

「今日、こんな用紙がとどけられました。大事なもののようです」

と、妻が印刷された用紙をさし出した。宋は緊張して、用紙を手にとってみた。

それは、朝鮮に帰国する意志があるかどうか、帰国するなら、いつ頃を希望しているかということを書きこんで、提出するようにという内容であった。宋は、何回も帰国の希望を話しているので、妻は納得しているようであったが、それでも不安そうにきいた。

「いつごろ帰国するつもり？」

「朝連の仕事をはじめたばかりだから、かなりおくれると思うけれど……」

「用紙は明日中に町内事務所にもって来るようにいっていました」

「食事が終わったら直ぐ書いておく」

宋はわざと大きい声でいった。妻は一言も反対はしないが、宋と一緒に朝鮮に行くことを不安がっているということを、よくわかっているからであった。

早々に食事を終え、妻が後かたづけをすませるのを待って、宋はちゃぶ台の上にひろげた用紙に、手早く必要事項を書きこんだ。帰国希望者の人名欄には、妻や長男の名も書きこんだ。

「じゃ、これ書いといたから、明日とどけなさい」

台所で洗い物をしている妻に、ふすまごしにきこえるように大声でいってから、宋は急いで教材とノートをとり出して勉強をはじめた。

宋が普通学校で教わった古いつづり字法を、教材にある新しいつづり字法にかえるのは、なかなか容易なことではなかった。

十日ほど手さぐりで勉強をして、三枚ばかりの原稿を羅にもって行って見せたところ、間違ったところを赤鉛筆でなおしてくれながら、「宋さんは言葉を忘れてないから、この調子でもう少し頑張れば、すぐ完ぺきなものになります」と、はげましてくれた。しかし、一枚の原稿用紙に十箇所あまりも訂正されているのを見て、宋は屈辱を感じないわけにはいかなかった。あたらしい朝鮮語辞典があれば、すぐにわかるはずであったが、どこにも売っているところがないので、辞典を買うことはできなかった。

宋は、毎晩、教材を何回もくりながら、その日の出来事や感想などを、新しいつづり字法で書く練習をつづけた。

翌日から、宋は文化部の仕事よりも、副委員長にたのまれる緊急な仕事の方が多くなった。

「帰国同胞の計画輸送の仕事がはじまった。帰国する同胞たちは、たいてい生活に疲労困ぱいして意気消沈している。そのままの姿ではまるで流浪民のようだ。そんな有様で帰国したのでは、祖国の同胞が失望するにきまっている。だから、帰国同胞たちを激励して意気軒昂とさせなくてはならない。そのためには至急楽隊を編成して、演説よりも先ず勇壮な音楽で士気をたかめさせるべきだ。急いで楽隊の要員をあつめることにしたが、楽隊を編成するには、あつめて練習する場所が必要だということだ。今のところ適当な場所がない。そこで思いついたんだが、興生会が使っていた小田急狛江(こまえ)駅近くの錬成道場があいているだろう。そこを明日からでも使えるように君が交渉に行ってくれないか？　事情は君がよく知っているはずだ。君しか頼む人がいない。いま直ぐ行ってくれないか」

そういわれれば、文化部の仕事はあと廻しにするしかなかった。

宋は狛江の錬成道場には何回も行っているので、早速かけつけた。多摩川の土手の景勝の地にあった大きな料亭のあとを、興生会が同胞のための錬成場所にするため、東京中の同胞有志の基金をあつめて買収したものだった。しかし錬成とは名ばかりで、夏のあいだ同胞たちをあつめて、多摩川で、みそぎという名目で水浴をさせ、終わると、広い料亭の大広間で興生会の幹部が時局講演を何回かくりかえしただけだった。

その建物の管理をしているのは同胞で、宋とは顔なじみであった。一時は大きな飯場（はんば）も経営したことがあるという中年の人で、物資あつめや料理人あつめに手腕のある人だった。

宋が着いたのはちょうどお昼どきだったが、徐というその人は、たいそうよろこんで宋に白いご飯を食べさせ、

「興生会が解散になって、私も退職金をもらいましたが、この施設は同胞の基金でつくられたものだから、当分一人で留守番をすることにしました」

といって、さびしそうに笑った。宋がさっそく用件を話すと、

「それは願ってもないことです。朝連がこの施設を接収するのなら、私はよろこんで協力します。さっそく今夜からでも使ってください」

と、大よろこびで賛成した。ところが、すぐしぶい顔になり、こういった。

「実は、この施設には、以前料亭の主人や多くの従業員が住んでいた住宅が数棟あるんですが、その一番いい家に、戦災をうけた以前の警視庁の特高課長が来て住んでいるんですよ。興生会の幹部が入れさせたんですが、その人に立ち退いてもらう必要があります」

「戦災者なら急に立ちのき先を見つけるのも大変でしょうから、困った問題ですね」

宋も、もとの特高課長ときいてゆううつになった。徐はしばらく考えこんでいたが、すぐ気をとりなお

したように、

「今夜中に、私からその人に、明日、朝連の人たちがこの施設を接収に来るから、面倒なことが起きないように、明日中には、ここを立ち退くようにしたがいいだろうといっておきますよ。戦前なら泣く子もだまる特高課長であっても、いまじゃアメリカ軍の前では猫の前の鼠のようなものだから、早々に行く場所をさがすはずです」

と、確信ありげにいった。

十月の連合国軍司令部の治安維持法廃止、特高警察解体の指令で、もとの特高課長は失業者となり、誰にも相手にされない状態になっていたのだ。

本部に戻って副委員長に経過を報告すると、

「楽団は帰国同胞の歓送事業が忙しいので、ゆっくり練習する暇はないようだ。幸い、アメリカの楽団で名声をあげた日本人のクラリネットの達人が参加してくれることになったので、さっそく明後日の夕刻、楽団参加員たちを集めて壮行会の慰労宴を開きたいと思うのだ。君の話だと、その徐という管理人にたのめばうまくやってくれるかもしれない。さっそく明朝はやく狛江に行って、準備をするようにたのんでくれないか。準備をするために金が要るだろうから、経理部の担当部員に一緒に行ってもらうことにする」

と用務をいいつけられた。そこで宋は経理部に行き、実質的な経理部の責任者である金英一に会って、副委員長にいわれた用件を話し、明朝経理部の部員の一人と一緒に狛江に行くように手配してくれることをたのんだ。

朝はやく、宋は経理部の若い部員と狛江に行き、徐に準備をたのんだ。

「さすがに仕事がはやいですね。私も精いっぱい頑張りましょう。それでは、すぐ仕入れにあちこち廻らなくてはなりませんから、経理部の人と一緒に行くことにします」

徐はすぐ外出の仕度をはじめた。

本部の事務所に帰るつもりで、宋が徐たちと一緒に出かけようとしたところ、トラックが一台、敷地内にはいってきた。

「特高課長が、今日の昼までにひきはらうといってましたから、その荷物を運びに来たのでしょう」

徐にそういわれ、宋は、歴史のめまぐるしい変転の中に自分も立っているような気がした。

文化部に戻ると、女子事務員の井上が、「たったいま、名刺がとどきました」といって、新しい名刺のはいった箱をわたしてくれた。

「在日本朝鮮人聯盟中央総本部
　文化部　　宋　永　哲」

と刷られたその名刺をみながら、宋は、生まれてはじめて本名の自分の名刺をもったことに、深い感銘のようなものを感じないではいられなかった。

辛はじめ部員たちは、弁当をすませて、それぞれ散歩に出かけているということであった。

また部長も、午前中来客があって一緒に出かけたということであった。

新しい名刺を見た途端、宋はすぐ商工省に羅から頼まれた用紙の件で交渉に行ってみようという気になっていた。じっさい、教材の用紙の配給をもらうことは、緊急を要することだった。

時計をみると、一時十分ほど前だ。今から歩いていけば、昼休みを終えて部署に戻った担当者に会えるような気がした。

「僕はこれから、用で商工省に行って来ますから、部長が帰ったら、そう伝えてください」

女子職員にそういって、出かけようとしたところ、

「おひるの弁当は食べないのですか？」と、きかれた。

「帰ってから食べます」そういって急いで部屋を出た。

商工省は、以前、興生会の新聞局にいた時、取材に行ったことがあったので、場所はよくわかっていた。受付で、用紙配給の担当課をきいて、四階の部屋を訪ねた。受付の人に名刺を出して用件をはなしたところ、

「あの方が担当です」と、すぐ指さして教えてくれた。

担当官は、名刺をみるなり、

「ちょうどよかった。午後は現場に出張するのですぐ出かけなくてはなりませんが、一応用件をうかがいましょう」

と、ていねいに応対してくれた。

宋は、朝連で同胞のための教材を発行しているいきさつを説明し、これから大量の部数を発行したいので、どうしても用紙の配給がほしいという主旨を、懇切に説明した。

きき終わった担当官は、きびしい顔をして、

「用紙なら、朝連の人に、たしか千連（れん）の用紙を配給しましたよ」

と、強くいった。

「いいえ、私たちは、そんな話はきいていません」

と、反発するようにいったところ、

「おかしいなあ……。たしか朝連の六区連合支部とかの名儀で、委員長という人が教材を発行するということで配給をもらって行きましたよ。同じ朝連なんだから、調べてみればすぐわかることでしょう。それをたしかめてから来てください。今日はもうこれで出かけなくてはなりませんから、失礼します」

と、担当官はさっさと立ち上がってしまった。

取りつくしまもなく、宋は商工省の建物をあとにするほかなかった。なんとなくたたきのめされたような気がした。宋は朝連の六区連合支部などというものをきいたこともなかった。

ふと、羅なら、あるいは知っているかもしれないと思った。それで、すぐ近くの公衆電話に行って、新宿の委員会の事務室に電話をかけた。

折よく羅が電話に出て来たので、宋はかいつまんでいきさつを話し、六区連合支部の委員長という人を知らないかときいた。

「知っています。大変厄介な人です。そんな事情なら、朝連の東京本部に行って事情を説明してくれませんか？　私もこれから、すぐ東京本部に行きますから」

と、せきたてるようにいった。

東京本部の場所を知らない宋は、羅の電話でほぼ場所の見当がついたので、その足で有楽町に行き、あちこち迷って、駅前の交番にきいてようやく場所を探し当てた。

東京本部は、あまり広くない事務室の中に、たくさんの机がひしめくようにならべられていた。宋が入口にいる人に名刺を出して、委員長にお目にかかりたいといったところ、その人はすぐ名刺をもって奥の方に行った。やがて、奥の方から、

「こっちへいらっしゃい！」

と、大きな声がした。奥の方に行くと、長身の人が、名刺を出しながら、

「宋君には、たしか一度会ったことがありますね」

と、親しげに声をかけてくれた。

いわれてみると、顔に見おぼえがあった。宋がていねいにあいさつをすると、委員長は、

「宋君のことは何度も噂にききましたよ。総本部の文化部ならうってつけの場所ですね。それで、今日はどんな用件ですか？」

と、きいた。

宋が、商工省でいわれたいきさつを説明すると、委員長は顔色を変え、

「厄介なことになりましたね。一筋なわではいかない人間です」

といってため息をついた。

そこへ、羅があわただしくかけつけてきた。羅は委員長とは顔なじみらしく、親しげに話をかわし、六区連合支部の委員長なる人間の人物評を、あれこれと述べ合った。宋は二人の会話のやりとりをききながら、六区連合支部の輪郭や、その委員長という人のおぼろげな人となりをつかむことができた。

六区とは、東京の都心の六つの区をさしたものだった。そして、その委員長という人は、解放前は協和会（興生会の前身）の補導員をしていて、同胞の間でハバをきかした人間であったが、目ざとく知恵がまわり、解放と同時に、誰よりもはやく朝連結成の準備委員会に顔を出し、東京本部の結成のとき率先してかけずり廻り、六区連合支部をつくる中心の役割をしたということであった。

あたり前なら、協和会の補導員の経歴が問題になるはずであったが、彼はそこの住民の一人であった金氏にとりいり、誰よりも先に共産党に入党し、革命的なことをまくしたてるので、彼が連合支部の委員長

になるのを反対する人がいなかったということだった。

まっ先にはじめた国語講習会の場所も、彼の才覚で確保したものであり、費用のねん出にも中心的な働きをした。ところが彼の弁舌には、徐々にペテン師的なところが現われ、朝連の名を利用して私利を画策するふしが見えてきて、みんなから警戒されはじめたということであった。

「私に、教材出版のことは心配するな、と大きなことをいうので、私もあてにしたこともあったのですが、態度が冷たくなったので私も彼とは会わないようにしていたんです」

羅がそういうと、委員長は、

「おそらくその間に、彼は得意のペテンで商工省の担当官をたぶらかして、千連という紙の配給をもらったに違いない。しかし、それを闇で売ったとすれば、相当の大量だから噂になるはずだが、そんな噂をきかないところをみると、まだ配給券を現物化しないで、どこかまとめて売る処をさがしているのかもしれない。まだ配給券もそのまま持っているものなら、とっちめて取り上げることができるのだが……」

と、考えあぐねたというような口調でいった。

「一体、紙の闇値はどのくらいのものですか？」

と、宋は羅にきいてみた。

「印刷屋にきいたところでは、配給は一連で五十円あまりだが、闇値は五百円でもなかなか買えないそうだから、闇で売るとなると、千連なら五十万円にはなるはずです」

羅はそう答えて、ため息をついた。

「とにかく、この問題は、私が責任をもって解決しますから、私にまかせてください」

東京本部の委員長が、きっぱりといってくれたので、羅と宋は深々と頭を下げて出て来た。

羅はなんとなく元気がなかった。新宿に帰る羅と有楽町の駅で別れて、宋は新橋の文化部に戻った。

事務所の中は、部長はじめ全員そろっていて、何かいいことがあったのか、活気があふれていた。

「あ、宋君！　商工省に行ったときいたが、結果はどうだった？」

と、部長にきかれたが、部員たちの前で事実をいうのは何となく気が重かったので、

「どこか静かに話せる場所で、くわしく報告したいのですが……」

と、言いしぶると、

「じゃ、委員長の応接室を借りるとしよう」

といって、部長は宋を促して二階におりていった。宋は今まで気づかないでいたが、委員長や副委員長のいる大きな部屋のそばに、小さな応接室があった。宋が、商工省でいわれたことや、東京本部で話し合ったことなどをくわしく説明すると、部長は顔をくもらせ、

「朝連の組織は、結成されたばかりであり、いろいろな人がはいって来ているから、勝手なことをする人がいると思うよ。いずれ組織が強化されていけば、淘汰されていくに違いない。東京本部の委員長が責任をもって解決するだろうから、宋君はゆううつにならないで、信念をもって動くことだ」

と、いいながら、宋の肩をかるくたたいた。

部長との話し合いをおえ、宋が委員長室に行って、副委員長に狛江のことを報告すると、

「じゃ、君は明日も早めに狛江に行って、楽団の人たちを迎える準備をしてくれないか。慰労会は午後五時からはじめるつもりだが、ここのところ緊急会議の連続で、わたしが行くのはすこし遅れるかもしれない。その間、君がうまくとりなしておいてくれないか」

と、副委員長は気軽にいった。

文化部にもどって、部長に、副委員長にいわれて、明日は一日中狛江に行っていなくてはならないからと説明したところ、部長は苦笑しながらいった。

「楽団をつくる仕事は、本来は文化部の受け持ちだろうけれど、同胞の帰国輸送の仕事は社会部がやることになったので、楽団も社会部の所属ということになった。しかし社会部の人たちも、はじめての仕事だから誰も経験者がいないから、出発の段階では何もかも副委員長が自分で指揮をとる状態だ。副委員長はあの通り、仕事に情熱的で意欲的だから、自分が考え出したことは、自分が直接あたってみないことには安心が出来ないのだ。君は副委員長の気に入りで、いわば秘書役のように扱われているのだから、当分の間は副委員長の指図通り動いたがいいよ。委員長はおかざりで何も出来ない人だから、朝連の実際の指導は副委員長がとっているようなものだ。副委員長にいわれた通りにしたがいいよ」

そういわれて、宋は部長の顔をみつめなおさないではいられなかった。

宋のみたところ、文化部長は、副委員長に絶対信頼されているように見えたが、部長の言葉つきから、部長は部長なりに、副委員長の仕事のしかたに対して何か意見をもっているのではないかと思われたからであった。

翌日、宋は朝はやくから狛江に行った。社会部や経理部から誰か来るのかと思ったが、誰も来なかった。

徐は、手伝いに来た料理人の一人と、調理場で忙しく立ち働いていたが、お昼前には全部仕度が終わったといって、宴会場に使う二十畳ほどの部屋の掃除をはじめた。手持ちぶさたであった宋が手伝いはじめたところ、

「あなたは感心な心がけの人だなあ。興生会のときは、本部から来た人間は誰一人手を出そうとはしなかったよ」

と、ほめてから、

「昨日、特高課長が引っ越して行ってしまってから、ことさらに静かになったような気がしてね。文字通り、この建物がわれわれ朝鮮人の物になったなあ、という実感を感じたよ。日本が戦争に敗けて、われわれが解放され、朝鮮人が卑屈に日本人の顔色をうかがわなくとも、堂々と胸をはって歩けるようになったというよろこびを、しみじみと感じたよ……」

そう述懐する徐の顔のしわをみながら、この人も言い知れない苦労をなめたに違いないと、宋は感じとっていた。

お昼は、また徐が白米の飯をご馳走してくれた。食後、宴会場の部屋でよもやま話をかわしていたが、徐が急にまじめな顔になって、

「ここのところ、私のところへ遊びに来る知り合いも、めっきり少なくなったけれど、来る人、来る人、朝連の幹部の悪口をいうので、いささか閉口しているところです」

といい、いったん口をつぐんだが、

「もっとも、私のところへ来る同胞は、ほとんどが、昔、協和会の補導員をしたとか、飯場の親方をやったというような人ばかりですが、その人たちはその人たちなりに、解放のよろこびで朝連のあつまりに参加するんだけれど、新しく朝連の支部の役員になった人たちが、ことさらに同胞の以前の経歴をあげつらって、日帝の手先の役割をしたんだから、その前非を悔いて朝連のいうことに絶対服従しろと、居丈高になってどなりまくるというのです。それはまるで戦前の日本の官憲の横柄さの焼き直しのようだというん

ですよ。不愉快でたまらないから、二度とそんな連中とは付き合いたくないというんです」

そういって、徐はため息をついた。

黙ってきいている宋の顔をみなおした徐は、言葉をついだ。

「にわかに、部長とか委員長とかいう肩書がつくと、急にえらくなったような気がするんですかねえ……。昔は面事務所の雇員になっても、田舎では出世したといってうらやんだものですが、今は幹部づらする人が多くて……」

そしてまた、ため息をつき、徐は口をつぐんだ。宋は静かにいった。

「私たちは、いま新しく出発したばかりです。いろいろ幼稚な点が多くて、その方が先に目につくと思います。同胞の前で謙虚でなければならないという、基本的な教育がなされてないせいでしょうねえ……。ただ、同胞や民族のために何かをやろうという意欲だけは認めなくてはならないと思うのです」

徐は急に笑い出した。

「いや、息子の年ごろと思える若いあなたが、私より老けた年寄りのようなことをいいますね。あなたは申し分ない立派な幹部になれる人だと思いますよ。頑張ってくださいよ」

そういって、徐は宋の肩をたたいた。

夕方の五時前後に、楽団の責任者になるという三十五、六の李宗仁氏をはじめ、アメリカ帰りの演奏家という黒田氏や、三十前後から二十四、五歳までの同胞の青年五人がやってきた。

このほかにも三名ほど参加する予定であったが、都合がつかないので、今日は来られないということであった。

宋は一行を、ていねいに宴会場に迎えいれ、くつろいでもらってから、責任者の副委員長が、会議のためおくれるかもしれないから、しばらく待ってくれるように、いいわけをした。

李氏は、ざっくばらんな性格らしく、楽団員の人たちにいちいち話しかけ、座をなごませてから、宋に向かって、

「ここには日本人も参席しているし、国語を知らない若い団員もいるので、日本語で話してください。小田急で一緒の電車で来る途中、今度のわれわれの楽団の使命のようなものについてはかんたんに説明しましたが、あなたから何か話すことはありませんか？」

と、おだやかな口調できいた。宋は、すこしまごつきながら、

「突然、副委員長にいわれて、皆さんの接待役を受けもつことになりましたが、私もくわしいことはわかりませんので、あらたまって申し上げることはありません」

といって、かるく頭をさげた。

「副委員長の話では、帰国同胞たちの士気を鼓舞することに目的があるときいてますが、あなたは帰国同胞たちの実態については何かご存知ありませんか？」

「直接、帰国同胞たちに接触していませんので、はっきりしたことはわかりませんが、終戦直後、帰国旋風がまきおこった時、下関や博多の現場をみたことはあります。あの頃は計画輸送ではなく、船着場は混乱をきわめ、まったく悲惨な状況でした。おそらく大都会の空襲で焼け出され、着のみ着のままの同胞たちは、あの混乱の時期にほとんど帰国したものと思います。また大企業に集団で徴用された同胞たちも、大企業が独自に船を仕立てて、急速に送り返すようなことをしましたから、今はほとんど残っていないと思われます。いま帰国している人たちは、戦時中疎開で地方に行っていた人たちや、都会の底辺で困窮した生活を続けていた人たちではないでしょうか」

宋が答えると、黒田という人が興味をひかれたとみえ、同胞たちが日本に渡ってきたいきさつなどをさかんに質問した。宋は、わかっていることを、なるべく具体的に説明した。

「すると、朝鮮人にとって、日本は怨恨の地ということですね……」

黒田氏がため息まじりに感想をのべた。李氏はあわてて弁解がましいことをいい、若い団員たちもそれぞれに意見をのべたりして、座は活気ある談論の場となった。

そうして一時間あまりは退屈しない時を過ごすことができたが、六時をすぎると、みなうらめし気に、食卓にならべられた料理の皿を見やったりした。

宋は、これ以上待たせるのは非礼だと思い、

「おくれる人たちの分は残しておいて、私たちで先に会食をはじめましょう」

というと、李氏がよろこんで、

「悪いけれど、そうしてもらえますか。実は私もさっきから、おなかの虫もぐうぐう鳴いていたところです」

と、たちまち賛成した。

徐のはからいで、どこで手にいれたのか、一人あたりビール二本がいきわたるように用意されていた。会席がはじまることになり、ビールびんが持ちこまれると、団員たちは歓声をあげた。配給がきびしく、ビールのつく会食などは滅多にない時であった。料理も今時珍しい川魚類が出て、おいしさは格別だった。みな、よろこびを素直にあらわしながら楽しい会食をしたが、一時間もすると、飲み食いする物も底をつき、話題もなくなってしまった。しかし、副委員長が来ないのに、皆を帰すわけにはいかないので、宋は何回もいいわけをしながら、みなをひきとめた。

八時半になって、ようやく副委員長と社会部長が自動車でやって来た。

宋が、待ちきれないで会食をすませたことを話すと、副委員長は返事もしないで不機嫌な顔をした。そして、緊張して座りなおした団員たちの前で、楽団の目的は、帰国同胞たちに革命的な建国意識を持たせることにあるという主旨を、強い口調で語り出した。宋があらかじめ日本語で話すように耳うちをしておいたので、副委員長は日本語でしゃべったが、その日本語は朝鮮語のようになめらかではなかった。李氏はじめ団員たちはうんざりした顔できいていたが、黒田氏だけは真剣な顔できいていた。

ひととおりの訓示めいた話をおえて、副委員長は座談をもちかけたが、同胞の団員たちは、かたくなに口をつぐんだままであり、李氏があたりさわりのない消極的な口調で応対しただけであった。

ところが思いがけなく、黒田氏が、自分がアメリカで、ジャズ音楽を学ぶために黒人たちと親しくつき合ったが、黒人仲間に革命的な思想を伝える指導者がいなかったという経験談を語り出した。

「差別され、ひしがれている人たちを、ふるい立たせるためには、革命的な思想教育は絶対に必要なことです。その点で、朝連の指導方針はすばらしいと思います。あなたたちも、副委員長の話を肝に銘じる必要がありますすよ」

と、黒田氏は同胞の若い団員たちを説得するようにいった。

宋はおどろいて黒田氏をみつめなおした。副委員長は、黒田氏の話に感動したとみえ、さかんに質問をしたり、意見をかわしたりして、しずんでいた座は急に緊張していった。

一緒に来ていた社会部長は、四十がらみの人であったが、始終にこにこ顔をしているだけで、一言も口をはさもうとはしなかった。

宋が、会食の料理を残してあるから、食事をとるように副委員長にすすめたところ、

「運転して来た人と一緒に、あとでゆっくり食べるから、もうすこしみなさんと話がしたい。十時すぎると、新宿から省線にのりかえるのも大変だろうから、あと三十分もしたら、みなさんをお送りしたがいい」

と、副委員長はすっかりふだんの調子に戻って、おだやかな口調でいった。その心づかいの念にふれ、宋は、副委員長のせっかちな態度に不満を感じていたわだかまりのようなものが、いっぺんに消え失せたような気がした。

十時前になって、楽団員たちはそれぞれ意義ある会食だったといいながら、機嫌良く帰っていった。

一行を門の外まで出て送ってから、宋が副委員長たちが食事をはじめた宴会場の部屋に戻っていくと、

「あれ、宋君は一緒に帰らなかったの?」

と、副委員長がびっくりしたような声を出した。

「今からだと、城東電車の乗りつぎが間に合いません。錦糸町から歩くと、三時間以上かかります。今夜はここで泊めてもらうことにします」

宋が笑顔で答えると、

「どうも、見境なしに君を酷使しているようだなあ。悪いことをした。もう、こんな用事で君をわずらわせるのは慎むことにしよう」

と、副委員長は悔いるようにいった。

教科書づくり

毎朝早起きするようにつとめてはいたが、前夜、終電車近くなって帰宅したりすると、どうしても朝目のさめるのが遅くなった。しかし遅くなっても、妻は、疲れ過ぎて病気になりそうだといって決して起こそうとはしなかった。

文化部の部屋にはいってきた宋をみるなり、

「今朝、君に渡してくれといって、東京本部の委員長から、この封書がとどいたよ」

といって、部長が封筒をわたしてくれた。開けてみると、一枚の便箋に包んだものが出てきた。便箋には、「用紙配給券をとりかえしたから、とどけさせることにする。このことは一切他言しないという約束だから、君も心得て、君が商工省から直接配給券をもらったことにしてください」と書いてあるだけだった。

同封の商工省発行の一千連（れん）の用紙配給券を見ながら、宋は複雑な気持ちにとらわれた。

しかし落ち着いてはいられなかった。すぐ封書の中身を部長に見せ、羅に電話をかけた。電話に出た羅は、はずんだ声を出し、

「僕、すぐそちらに行く」

といった。羅が来たら、大勢の人のいる部屋では具合が悪いので、前に部長と話した応接室を借りることにして、総務部の担当者のところへ行って貸してくれるように申し込んだ。

とにして、総務部の担当者のところへ行って貸してくれるように申し込んだ。

「あの部屋は、委員長の来客の時以外は使わせないことになっているんですがねえ……」

と担当部員はもったいぶるようにいったあと、

「しかし宋さんのたのみなら、きいてあげるほかありませんねえ……」

と意味ありげないいかたをした。

一時間もしないで羅がかけつけてきた。応接室に行って、東京本部の委員長から来た封書をみせたところ、羅は興奮していった。

「東京本部の委員長は、本当にすぐれた指導者ですよ！　あの強欲な人間が、五十万円の利権の物を素直に出すはずはない。よほど強い説得をしたんでしょうね。これで朝連の組織の体面をつぶすようなこともなくなったし、六区連合支部といざこざをおこすこともないでしょう。それで、宋君はこのことを、すぐ商工省に話しに行きますか？」

「話すついでに、千連ほどの紙では予定の教材の出版には間に合わないから、もっとたくさんの配給をくれるように交渉することにします」

「じゃ、具体的な計画書が必要ですね。僕、これから事務所に帰って、当面必要な教材の品目、発行部数、各教材の頁数、必要な紙の量などを計算して、その一覧表を明朝はやくここへ持って来ます。それをもって商工省に交渉に行った方が、手っとり早いでしょう」

「羅君は、さすがに緻密だなあ。感心しました。その方が交渉しやすいですよ」

「この配給券は、どうしますか？」

「明日、商工省に行くとき、持っていって見せることにします。それから、持ってあるくと落とす心配もあるから、印刷所に教材をたのんで渡すまで、経理部の金庫にあずかってもらうことにします」

「それがいい。用意周到だなあ。それなら失敗することはない。僕らが力を合わせてやることは必ず成功しますよ！」

二人は笑いながら立ち上がって、互いに強く手を握りしめた。


あくる日、前に会った商工省用紙配給係の担当官に、宋は配給券を見せながら、

「朝連も出発早々で、おたがいに新しい仕事にかかりたい意欲に燃えながら連絡不充分で、それぞれ独自に計画をすすめたものだからこういうことになりましたが、同じ組織ですから、東京の六区連合支部は全面的に中央の文化部の方針に従うことになり、この配給券を中央に持って来ました。それでこの配給券は即刻印刷所に渡すことにしますが、私たちが計画している仕事はこの一覧表にあるように当面二万連の用紙を必要としています。子供たちにあたえる教科書ですから、緊急を要します。どうぞご配慮をお願いします」

と、率直に要求した。担当官はしげしげと配給券を見なおし、一覧表を見てから、

「朝連が在日朝鮮人たちの代表機関で、権威ある仕事をするところだとはきいていましたが、こんなに強力で計画性のある組織だということは知りませんでした。正直にいいますが、この千連の紙は闇に流れたものと思っていました。ここにもたくさんの朝鮮人がやって来て、配給を要求しますが、配給券がほとんど闇に流れているという噂をきくものですから、この頃はほとんど受け付けていません。この千連も、朝連の名を信じて渡したものですが、その結果について報告がないものですから、間違いなく闇にまわったものと思っていました。しかしこのような具体的な報告をきくと、朝連の組織を再認識しないではいられ

ません。さっそく上司と協議して、なるべく希望に沿うように努力します。面倒でも、二、三日後にもう一度来てください」

といって、担当官は配給券を宋に返しながら、

「お見受けしたところ、あなたは相当の文化人で、社会経験もあるようにみえますが、さしつかえなかったら、出身学校や戦前の経歴を話していただけませんか？　上司に報告するとき参考にしたいと思いますから」

と丁重にいった。宋が笑顔で経歴を説明したところ、

「厚生省の外郭団体のお仕事の経験がおありなんですね。だから、私たちがすぐ納得できるように話されるわけだ。以後お見知りおきください」

といって、担当官は自分の名刺をわたしてくれた。

三日後に商工省に行くと、担当官は笑顔で迎えてくれた。

「上司もこころよく承知してくれました。それで先ず急で必要のある二点の教材分として、三千連の配給券を、そのつど差し上げることにします。それから、この二点の教材を印刷する時、私たちに印刷所を見学させてもらえませんか？　その方が、おたがいの信頼をたかめることになりますから」

といいながら、担当官は三千連の配給券を渡してくれた。

宋は、こんなにうまく交渉がすすむとは予期していなかったので、なんだか夢をみているような気がした。ありったけの賛辞をならべたて、相手に抱きついて礼をのべたい衝動にかられたが、やっとてれ笑いをしながら、

「ありがとうございます」

と立ち上がって、配給券を両手で受け取った。

文化部へ帰る途中、宋はまるで足が宙にうくような気がした。

先ずよろこんでもらえる部長が席にいなかったので、すこし拍子抜けしたが、

「商工省から三千連の紙の配給をもらったぞ！　これがよろこばずにいられるか？」

と、大きな声をあげて、部員たちみんなに配給券を振ってみせながら、よろこびを爆発させた。

宋のよろこびの実体が、すぐはつかみとれないとみえ、みんなはすこしけげんな顔をしたが、やがて感情がしずまった宋が、いままで闇の紙でつくっていた教材が十分の一の安い紙で印刷できるようになったという説明をすると、ようやく納得した顔になり、さらに、

「闇で買う値段で計算すると、百五十万円の値打ちの量なんだよ。僕たちの給料がいま二百円だから、七千五百人分の給料に相当する金だ」

と宋が説明をつけくわえたところ、先ず若い辛が、

「宋さんはすごい腕前なんですね！　どうしてそんな神わざみたいなことができるんですか！」

と、いぶかし気にいった。

宋はすぐ羅に電話をかけた。

「三千連の配給券をもらうなんて、奇蹟のようなことじゃないか？　いますぐとんで行くから」

と、羅もうわずった声を出した。

すぐとんで来た羅は、配給券を何度もなでながら、

「すると、教科書の印刷の準備を大急ぎですすめなくてはならなくなったなあ」

と、つぶやいたかと思うと、

「編纂委員会の連中にはっぱをかけなくちゃいけないから、明日の四時頃、この文化部室にあつまってもらうことにします。宋君、みんなに、商工省の交渉がどうしてうまく成功したかを説明してやってください。きけばはずみがつくと思います」

と、即刻思いついた意見をのべた。

二人はその足で経理部に行き、責任者の金に、配給券をあずかってくれるようにたのんだ。金はおどろいた顔で、

「この前の千連と、これで四千連の紙が配給でもらえるなんて、宋さんはまるで手品師のようじゃないですか！」

と感嘆の声をあげた。


部長には来客が多く、内密な話も多いとみえ、すぐ客と一緒に外出してしまうので、宋はきちんと報告をする時間もなかったが、翌日午後四時からひらかれた編纂委員会には部長も出席した。

羅は先ず教科書の進行状態の概況を説明した。羅自身が責任を負っている初級用の国語教科書は、墨の筆字も終わって、一両日中に印刷所にまわせる状況だといった。

次に鄭のうけもった歴史教科書は、書きなおしが手間どって、まだ筆字にまわせない状態だといった。

姜がうけもった童話の本は、進行がはかどらないありさまだということだった。

「宋君は、日本の商工省に行って、もうこれらの本の出版に必要な紙の配給をもらって来ているんですよ。われわれの予測では、この紙が一番の難問だったのに、まだ本の原稿も出来ないのに、もう宋君は配給券

をもらって来た。まるで電光石火の早わざです。宋君、その交渉の経過をみんなに話してくれませんか。みんなにも、はげみがつくはずですから」

羅にそういわれ、宋は、商工省との交渉の経過をかいつまんで話した。

「私は、私たちの教科書の発行の必要性を具体的に説明し、理解してもらっただけです。ものわかりの良い担当官に会えたのが幸運だったのかもしれません。私にも、こんなに早くうまくいったのが不思議なくらいです。何も特別なことはありませんでした」

宋が話しおえたあと、

「宋さんのひたむきな情熱が、相手を感動させたのだと思いますよ。何といいわけしても、教科書の進行状況がこんなにおそいのは、責任を負った私たちの情熱が不足しているせいですよ」

姜がそのような感想をのべると、各自、多少弁解めいたことはいったが、全力をつくして進行をはやめるということを約束した。

短時間で会議は終わった。終始だまってきいていた部長が、

「みなさんの愛国心と才能に期待しているのですから、どうか全力をつくしてください」

と結びの言葉をのべた。

みんな、そのまま帰るのが何か物足りないというような顔をしていた。文化部で、何かもてなすことを考えるべきだったと宋は感じたが、部長がいるので黙っているほかなかった。

そのあと話があると羅がいったので、皆が帰ったあと宋は二人で部屋に残った。

「地理の教科書の問題です」

と、羅は話を切り出した。

子供用の地理の教科書の原稿を、適任者が見当たらないので、大学の地理学科に通っている知人の留学生にたのんだということだった。彼はソウルの高等普通学校卒業生で、戦前から国文で童話を書くほど国文にたんのうな人だった。ところが、期待して原稿をもらってみると、幼稚で話にならないというのであった。

「そこで考えたのですが、宋君が書けるのではないかと思ったのです。宋君は学生時代から、社会に鋭い眼を向けた立派な小説を書いたじゃありませんか。この前、学術発表の宋君の講演をきいた時、宋君の歴史の研究や社会学の研究が大変なものだということを感じました。それでなおのこと、宋君なら書けるに違いないという確信をもちました。それで、参考のために、いま日本の小学校で使われている日本の地理教科書と、戦前、朝鮮総督府が発行した朝鮮年鑑が一冊あるので、それを一緒にもって来ました。宋君なら、これらのものを参考にすれば、わが国のやさしい地理の本はかならず書けるはずです。これを読んでよく考えてください。宋君なら、きっといいものが書けるはずです」

と、宋に強引に迫ってきた。

「地理学を習ったこともないし、門外漢の僕に書けるわけがありません」

と、宋は強く辞退したが、しかし子供たちに絶対に必要な、祖国の地理の教科書が誰も書けないということをきくと、宋は責任を感じないわけにはいかなかった。

それでしぶしぶ、考えてみる、とだけ答えた。ところが羅は、まかせきって、安心したというような顔をして帰っていった。

おそくなった暗い夜道をあるきながら、宋は重い荷物を背負ったような負担を感じていた。

ところが家に帰り、食事のあと羅からもらった日本の小学生用の地理教科書を一気に読んだ宋は、こんなやさしい内容なら、そんなにむずかしく考えることもないと思った。朝鮮年鑑をくってみると、小学校のやさしい教科書に書けるような自然地理の材料はいくらでもあった。

猛烈な意欲にかられた宋は、すぐさま原稿用紙をひろげ、教科書の草案を書きはじめた。次から次へと想が湧いて、夢中になって書いているうちに、気がついてみると、もう明けがたの四時になっていた。あわてて床にはいったが、頭がさえてなかなか寝つかれない。また起きて書きはじめ、とうとう出勤時間になるまで一睡もしなかったが、さほど疲労も感じなかった。

この調子で書きすすめば、十日間のうちには草稿が出来上がりそうな気がした。だが、事務所に行くと、教科書にかまっていられないような用が、後から後からとおしよせてきた。出勤早々、祖国の本の謄写をたのんだ印刷屋が、『日帝に破壊された朝鮮の民族教育』を千部ほど仕上げて持って来た。

「職人と二人で、連日徹夜をして、先ずこれを持参しました」

印刷屋は誇らしげにいった。仕上がった本を見るなり、部長は興奮気味で、

「宋君、この本を今日中に、全国の下部組織に送付するように手配をしなさい」

といいつけ、中央の各部署にも、これを一部ずつ配るようにいった。

張はじめ部員全員が、いいつけられた仕事にとりかかり、宋は印刷屋をつれて経理部に行き、今日納品分の金額を支払ってくれるように金にたのんだ。

部室にもどると、急用だということで、部長とともに副委員長室に呼ばれた。

「全国各支部で子供たちをあつめて開いている、帰国までの国語講習会は、いま猛烈な勢いで進められている最中だが、どこでも講師不足で悩んでいる。各地から青年たちを特訓する短期講師養成所を設けてくれという要求が殺到しているのだ。これも文化部の緊急課題だ。私の思いつきだが、狛江の施設を利用す

れば、すぐ開けるはずだ。文化部ですぐ対策をたててくれないか？」

いきなり副委員長から命令調でいわれ、文化部長は、

「さっそく始めましょう」

と気やすく引き受けた。

「学監というか、運営の責任者というか、組織部の次長に一人適任者がいる。彼を後で文化部に行かせるから、宋君、一緒に相談して対策をたててくれないか？」

副委員長はそういうと、常任委員会を開くからといって、部長をつれて出ていった。

一人で文化部の部屋に戻りながら、宋はとてつもない荷物を背負わされたような気がして、何となく重苦しさを感じた。待つ間もなく、組織部の次長の玄という、宋より二つ三つ年上の人が文化部にやってきた。

「副委員長の話では、狛江の施設のことは宋さんが何もかも知っているから、すぐ一緒に行って具体的な段取りをきめるようにということでした。これから直ぐ一緒に狛江に行ってくれませんか？」

と、初対面のあいさつもそこそこに、狛江行きの催促であった。

途中の電車の中で、玄は偶然な成り行きで日本共産党再建の事務を手伝っていたが、朝連が新橋に引っ越すとき、朝連の組織部の次長として参加することになったいきさつを簡単に話した。

「いきなりこの仕事を命じられましたが、何の経験もなく、何の対策もありません。宋さんと相談すれば、万事うまく行くはずだといわれましたから、よろしくお願いします」

といって、玄はていねいに頭を下げた。宋は、とまどいを感じながら、党員であれば無条件に信頼され、組織の重要な任務をうけもつということを、おぼろげながらわかりかけていただけに、すこし釈然としな

いものを感じた。

狛江に着くと、徐は大よろこびで宋を歓迎し、紹介された玄にも親切に応対した。徐の説明によると、百名くらいの寝具の用意もあり、講義に使える部屋も、泊まれる部屋も心配ないということであり、食事に必要な米か外食券を持参すればよいということ、まかないの要員も土地の人を雇えること、運営の費用さえあればあとは自分が責任をもつということも話した。玄は、

「後は講習会の講師の問題です。これは宋さんに一任するようにという副委員長の話でしたから、お願いします」

と、気安く話した。

徐と具体的な打ち合わせをしたいという玄を狛江に残して、宋は一人で帰ったが、途中ふと思いついて新宿の羅のところに寄った。

講習会開設の話をし、講師については教材編纂委員会で責任を負うほかないという意見をのべたところ、羅も、

「無条件に引き受けるほかないでしょう」

と、快く引き受けた。羅はつづけて、

「よろこんでください。鄭君の歴史教材の訂正原稿が出来上がってきました。申し分ない出来です。さっそく清書にまわしました。徹夜作業で四、五日中には出来上がります。すでに清書が出来ている教材と合わせて、一緒に印刷にまわしたいのですが、印刷所の交渉を文化部でやってくれませんか?」

と、せわしげにいった。

「今日、これから帰って、すぐ交渉にあたってみることにします」

といって、宋は急いで席を立った。

事務所に帰るなり、

「いよいよ教科書の大量印刷をはじめることになりました。誰か印刷所に明るい人はいませんか?」

と部員みんなに大声で呼びかけたところ、辛がすぐ、

「僕の下宿の主人が印刷所に行っていて、その方面に明るいようだから、今夜帰ってさっそく話してみますよ」

と答えた。

時間はとうに正午を過ぎていた。空腹を感じ、机の中から弁当を取り出してひろげたが、急に気だるさを感じ、すぐ箸をつける気になれなかった。あくびが出て、ゆうべ徹夜したことを思い出したが、急に考える気力もなくなったような気がした。


翌朝、いつもよりおそく出勤してきた辛は、

「昨夜、下宿の主人に教えられたので、今朝早く葛飾区に焼け残った大きな印刷所に行ってみました。すごく大きな建物で、工場は半分くらいしか動いていないようです。工場長という人に会って話をききましたが、オフセット印刷ならよろこんで引き受けるといいました。値段も勉強するとのことです。教科書だといったら、すごく感動して、ぜひやらせてくれといいました」

と、興奮気味に話した。

宋が直ぐ羅に電話をかけたところ、

「じゃ、今からすぐそちらへ行く。辛君と一緒に僕もその印刷所に行ってみたいから」

と答えて、一時間もしないうちにやってきた。

羅からねぎらいの握手をされて、辛はてれながら、いそいそと羅をつれてまたその印刷工場へ出かけて行った。

印刷所から戻ってきた羅は、用意の出来ている国語教材から先に印刷してもらうといって、その日のうちに原稿をもってまた辛と一緒に印刷所に行った。辛が出かけるとき、宋は経理部にあずけていた用紙配給券千連分を持たせてやった。

辛はすっかり暗くなってから、事務所にもどって来た。

「いや、羅さんのきめこまかいのには驚きました。印刷所の工場長や職人さんたちに、実に念入りに指示をするものだから、みんな恐縮していましたよ。工場長は商工省発行の用紙配給券をもらってびっくり仰天してしまって、こんなありがたい話がとび込んで来るなんて、福の神にめぐりあったようなものだって感謝感激でした」

と、うれしそうに報告した。

「商工省の人たちが、印刷の現場を見学したいといっていたから、辛君、もう一度案内してください。そのときは僕も一緒に行くから」

「政府の役人が見学に来るといったら、工場の人たち、またびっくりしますよ」

「僕も、さっそく明日の朝、商工省に行って、いつ見学に行くか、きいてくるから」

「それにしても、宋さんの外交手腕は大したもんだなあ」

と、辛は大声を出した。おそいので他の部員たちは帰ったあとであり、部長は外出先からそのまま帰ったようで、事務所の中はほかに誰もいなかった。

「祝杯でもあげたい気分だが、辛君、どこか飲ませるところ知らない？」

「僕は全然知りません。あったところで、ものすごい値段をとるにきまってますよ」

「深川の同胞の町なら、いつでも飲めるんだけれど、今から行くのは時間がおそすぎるし……」

「またの機会にしましょう」

そういって、辛は先に帰って行った。


翌朝、商工省に行って、印刷をはじめたから、いつ工場の見学に来てくれるのかと都合をきいたところ、

「上司にきいてきます。ちょっと待ってください」

と席を立った担当官は、しばらくしてから戻ってきて、

「明後日の午後なら都合がつきます。午後一時過ぎに迎えに来てくれませんか」

と笑顔で伝えた。

帰って部長に報告したところ、

「その時は、中央の自動車を使うといいよ。各部に一台ずつ、用務のとき乗るようにあてがわれているけれど、私は自動車に乗るのがいやで、全然使っていないんだ。けれど、そんな大事な用務なんだから、総務部に話しておいたらいいよ」

といわれた。

ところが、宋は連日用に追いまくられ、当日昼近くになってようやく総務部に自動車の手配をたのみに行ったところ、

「いつも文化部は使わないので、今日は全部出払って、空いた車はありません」

ということだった。やむなく部で待っている辛に、

「しようがない。商工省まで歩いて行こう」

といったところ、

「みんな大した用もないのに乗り廻していて、文化部じゃ大事な用事でもよこさないんだから、まったくけしからん」

と、憤慨した。午後一時、辛をつれて行くと、商工省の担当官は上司らしい人と、すでに外出の仕度をして待っていた。

上司という人は係長という名刺を渡してくれた。

「今日は辛というこの部員が道案内をしますから」

と、宋は二人に辛を紹介した。二人は愛想よく、辛にもそれぞれ名刺を渡してくれた。

宋は車を用意できなかったことを気にしていたが、商工省の方ではちゃんと車が手配してあり、案内役の宋と辛が便乗させてもらうことになった。

一面焼け野原の戦災地を通る道すがら、宋が本所で空襲にあった話をすると、その後はもっぱら戦災のことが話題になり、工場に着くまで話はつきなかった。

役人の二人も工場の大きさにすこし驚いたようすだったが、工場長らの丁重な出迎えを受け、めんくらったような表情をした。

教材は印刷されている最中であった。工場長が、二人に丹念に印刷過程を説明した。二人は、二言、三言、かんたんな質問をしただけで、見学はあっけなく終わってしまった。

工場長に見送られ、工場の外に出た時、係長という人は、

「よかったですねえ……。こういう大きな工場で教科書が印刷できて、さぞかしみなさん、およろこびでしょう」

と、感想をもらした。

役所まで戻るから、車で送ってくれるといったが、宋は、寄り道があるからといって辞退した。幾重にもお礼をいう宋に、二人は笑顔をみせて帰っていった。

「日本の政府の車に乗るなんて、生まれてはじめてのことでした。なんだか急に偉くなったような気がしました」

「配給した紙が闇に流れやしまいかと、彼らは点検の意味で来たのだから、ほっとしたようだ」

「宋さんはいくらかゆううつそうですねえ。素直によろこべばいいのに……」

「辛君のおかげで、こんな大きな工場で印刷できたので、彼らの印象もたしかによかったようだ。さあ、今日はこれから祝杯をあげに行こう」

宋は、しゃにむに辛をつれて深川枝川町の同胞の部落に行った。

何回か行ったことのある同胞の家に行き、酔いがまわるまで、どぶろくを飲んだ。

「すっかりご馳走になって、申しわけありません。私は噂にはきいたことがあるけれど、同胞の部落に行ったのは、はじめてです。それにしても、宋さんは豪酒家ですなあ……。あんなに飲んでも、しゃんとして歩いている」

帰り道、辛はひどく感心したような口ぶりだった。

翌日、商工省にお礼に行くと、担当官は、

「係長も感心していました。次の教科書を印刷する時、必要な用紙はいつでも配給してあげますから、申し出てください」

と約束してくれた。

用紙のことでは、実はもう一つ、宋にとって気がかりでならないことがあった。

宋が勤めていた中央興生会の新聞局は、発行している週刊新聞の印刷を朝日新聞の本社の印刷局の工場で行なっていた。終戦後、新聞発行が中断されている間も、その用紙は自動的に朝日新聞の工場に配達されていた。もともと宋が朝連の中央に行ったのも、その新聞の発行権を、朝連が接収するようにに交渉するためであった。その時、副委員長は、

「いずれ興生会はわれわれが接収することになる。新聞の発行権も自動的にわれわれのものになるから、心配することはない」

と、こともなげにいった。だが、興生会が解散したあとも、その新聞の発行権については、誰も関心がないようであった。

宋が、ある日、副委員長にそのことを提議したところ、

「朝連は解放直後から発行している国文の解放新聞を機関紙としているから、いまさら新しい新聞は必要ないよ」

と、すげない答えだった。

「でも、配給された大量の用紙が朝日新聞社の倉庫に保管されたままです。紙は必要ですから、その用紙を接収する必要があるじゃありませんか？」

と強くいったところ、

「それは君が適当にやってくれないか」

というだけであった。

宋は、何回となく朝日新聞の印刷局を訪ねた。はじめは、はっきりした担当者が不明で、さっぱり話が通じなかったが、ようやく印刷局の責任者に会い、その用紙が保管されていることを確かめることができた。

興生会の事業を朝連が引き継ぐことになった経緯を説明し、その用紙を朝連に引き渡してくれるよう交渉したところ、その責任者は、

「結構ですよ。引き取りの場所はどこですか？　相当膨大な量ですから、新聞社の大型トラックで運んで行ってあげますよ」

と、親切にいってくれた。

宋は、とびたつ思いで朝連に戻り、総務局の人たちに、

「膨大な量の用紙だから、新聞社のトラックが来たら、間違いなく受け取ってください」

と、念入りに頼みこみ、次に新聞社へ、運搬してくれる日時を打ち合わせに行った。

「ちょうど今日、大型トラックが空いているので、これから直ぐ運ばせます」

という答えをきいて、宋は、有楽町の朝日新聞社から新橋の朝連の事務所に息せききって帰り着いたところ、総務局の連中は、

「たったいま、大型トラック三台が、輪転機用の丸形大型用紙を満載してきたんだが、この倉庫にはとても入りそうにもないし、大変な重量なのでとても少人数の人手ではおろせそうもないので、そのまま持って帰って保管してくれるようにいって帰したところだよ。あのままではすぐ使えないから、裁断工場に運

んで裁断してもらうしかない。その段取りがついてから、こちらから取りに行くことにしたから……」

と、のんきな声で説明した。

宋はがっかりしたが、総務部の人たちにまかせた以上、仕方がないと思って黙ってしまうほかなかった。

ところが、一週間ほどたって総務部から、

「段取りがついたので、新聞社に用紙を取りに行ったところ、政府からつい先日、終戦後解放団体に配給して未使用の用紙は、全部返納するようにとの通達があったので、政府に返納してしまったそうだ。あのとき無理をしてでも受け取っておけばよかったのに、残念なことをした」

という報告があった。憤まんやるかたない思いで、宋はまた朝日新聞の印刷局に行ってみた。

総務部でいわれた通りであった。

「せっかく運んでいったのだから、あのとき受け取ってくれたらよかったんですよ。悔いてもあとの祭りです」

といわれて、すごすごとひきさがるほかなかった。

打ちのめされたような虚脱感にとらわれ、暗い気持ちで文化部に戻ったところ、入口で、印刷所に出かけるという辛が、

「羅さんが、早くから来て宋さんの帰りを待っていますよ」

と声をかけてきた。辛のその明るい顔をみると、宋は、思いなやんでいた自分を恥じるような気になり、急いで部室にはいっていった。

羅は、宋をせきたてるようにして、誰もいない屋上にひっぱって行った。

「あなたにお願いした地理の原稿を急いで仕上げてもらわなければなりません。いつごろ出来上がります

か？」

「ここのところ連日夜がおそいので、おくれがちですが、今度の日曜までには書き上げるつもりです」

「わかりました。それから、狛江で講習会を開くということで、その責任者になった玄さんから相談をうけたんですが、玄さんは全国各地の青年たちを集めて、組織活動のための政治教育をしたい意向のようですが、僕の考えでは、緊急を要する初等教育の教員を養成するのが先だと思うのです。そのために、あなたにぜひ相談にのってもらいたいのです」

羅の話では、まず玄を説得するのが先決だが、観念的な理論をのべる玄には、話し下手な自分よりは宋の方がうまく説得できるはずだというのだった。

「そのことなら、文化部長に話してもらった方がよいのじゃないですか？」

「いや、具体的で迫力のあるあなたが適任ですよ！」

と、羅はいやおうなく、今夜中に結論を出すために、新宿の事務所で玄と落ち合う約束だから、今から一緒に行ってくれということであった。

新宿の事務所で、玄は宋の顔を見るなり、

「狛江の徐さんは、よほど宋さんを信頼しているとみえて、宋さんのたのみだから、どんなことでも協力するといって、講習会を開くための準備作業に積極的に動いてくれました。おかげで明日からでも講習会をひらけそうになりました。各地方から講習生の青年たちを集めることも、中央の組織部が猛烈な活動をしてくれたので、来週早々五十名ほどの志願者が集合する段取りになりました。問題は講師をそろえることだけです」

と、確信にみちた説明をした。

「そのことで、宋さんの話をきいてくれませんか？」

と、羅が口火を切り、宋はうながされて玄に対し、初等教育の教員を養成することの緊急性と重要性を説明しはじめた。

「何よりも大事なことは、解放前、日本の学校のなかで、われわれの子供たちが、残酷きわまりない民族差別と迫害を受けてきたことです。そのため、戦争が終わると同時に、同胞がわれ先に帰国しようと動きはじめると、わが子供たちはほとんどが、日本の学校に行かなくなってしまいました。そのため親たちは、帰国するまでに、子供たちに言葉を教えてもらうつもりで、全国各地に朝連の組織が出来るのを待ちかねて、子供たちを支部の事務所に連れてきたのです。教員も教材もないところで、事実上の民族教育がはじまったのです。全国各地の矢のような催促をうけて、中央の文化部では教材の発行をはじめて、関連の事業は着々と進行しはじめていますが、教員の問題はきわめて深刻な状態です。能力のあるなしにかかわらず、すこしでも国語を教えることのできる人たちが言葉を教えてきましたが、子供たちのためには、体系的な教育が必要です。そのために教員を大量に養成することが、なによりも緊急な問題です。だから、せっかく志ある若者たちを集めるのですから、その若者たちが、講習をうけて、すぐ子供たちを教えることが出来るようにするのが、今は何よりも急務だと思うのです」

そこまで話したところで、玄が口をはさんだ。

「言葉は朝連の支部で教えるとしても、帰国するまでは、子供たちを日本の学校へ通わせた方がよいのじゃないですか？」

宋はうなずいて、つづけた。

「そう考えられるのはもっともです。じっさい、子供の教育が心配な親たちが、帰国するまで日本の学校へ行くように、どんなに一生懸命にすすめていると思いますか？　しかし、わが子供たちは、二度と日本の学校へは行きたくないといっているのですよ。それほど日本の学校は、わが子供たちには地獄のような場所であったのです」

「そんなにひどかったのですか？」

「実際に日本の学校に通った、わが子供たちでなければ、わからないことです」

「子供を教育する学校で、そんな地獄状態があったとは、信じられないことですね……」

「常識では誰でも、そう思うでしょう。私は、東京へ来て苦学をしている少年時代、本所でクズ屋をしながら夜学に通っていました。雨の日、商売に出かけられない時、場末の映画館に行くと、学校に行っていなくてはならない子供たちが、映画館の中におしかけてきているのです。子供たちはみんな同胞の子たちばかりでした。子供たちにきくと、学校で日本の子たちにいじめられるから、学校へは行かないと、口ぐちにいっていました。同胞の子供たちは、ほとんどが学校へは行っていないということでした」

「それはいつ頃のことですか？」

「一九三四年から三五年頃のことです」

「その後は、日本が戦時中になっていくから、いくらか変わったのじゃないのですか？」

「私は一九四一年、大学三年の時、同胞が経営する、犯罪少年を収容する施設に行って、三カ月ばかり子供たちを教えたことがあります。その頃の統計で、日本で問題を起こす少年は、八割が家庭の破壊から生まれるということでした。ところが同胞の少年の場合は、八割が学校生活の破綻から起こっているのです。私が教えた子供たちも、一人残らず、学校の中で日本の子たちにいじめられ、学校へ行かなくなって、不良の道に走るようになったということでした。終戦直前、学童疎開があったときも、同胞の子たちは、疎開先でもいじめられて、逃げて帰るという始末でした」

「こんな具体的な話をきくのは、はじめてのことです。なんだか、ひどく責任を感じますねえ……」

玄が、そうつぶやくと、羅も、

「宋さんのいまの話は、僕もはじめてきく話だけれど、その子供たちのために、ますます頑張らなくてはなりませんね」

と相づちを打った。

それが結論のようになって、講習は教員養成に重点をおくことになり、講師は羅が責任をもって教材編纂委員会で推薦することになった。


羅に催促されたということより、宋は使命感にとりつかれたようになって、地理の教科書の執筆を急ぎ、約束前の土曜日には徹夜をしたすえ、とうとう三百枚ほどの原稿を書き上げることができた。

途中、気に入らないところは何度も書き直したりしたが、出来上がった原稿を読みかえしてみると、よどみなく一気に読み通すことができた。

自信はなかったが、一仕事しおえたという満足感はあった。

月曜早々、羅のところへ原稿を持って行き、

「綴字法にだいぶ間違いがあると思いますから訂正してください。それに、不備な点があれば書き直しますから、指摘してください」

といって、原稿の袋を差し出したところ、

「さすが、宋君だ、約束を果たしてくれましたねえ！　今からすぐ読んで、読み終わったら電話をします」

といって、感激をあらわにした。

文化部に戻ると、同胞の印刷屋に依頼してあった祖国の書籍の残りの分が届いたので、その発送を手配し、つづいて次の仕事の打ち合わせのため文化部長と長時間を費やしている間に、昼食をとるのも忘れていた。


「部長さん、お昼時間はとうに過ぎてしまったのに、お食事はなさらないんですか」

女子事務員に注意され、気づいた部長は大声で笑いながら、

「もう二時か！　仕事のはなしが大事だから、食事のことなんか忘れてしまうんだよ。わしはいいとしても、みんなに悪いことをしたなあ」

と、あやまった。それで、静まりかえっていた部屋の中がさわがしくなったときに、羅があわただしく部室にはいってきた。

羅は部長にあいさつをしてから、直ぐ宋のところにやってきて、

「電話をしようとしたが、原稿を読んで、あんまり興奮したものだから、どうしても話しがしたかったんだ」

といったかと思うと、宋をうながして屋上にひっぱって行った。

「まるで面白い物語り本を読むように一気に読んでしまった。綴字を直すところは、ごくわずかだから、あとでよくたしかめて訂正することにする。不思議な力をもった文章だよ。とてもわかりやすくて、愛国心がにじみ出ているのにびっくりした。特に日帝時代の農民たちの苦しみが、短い文章ながら、生き生きとよみがえってきた。教科書というより、熱い血のかよった歴史物語のような感じだ。これは教わる子供

たちより、教える教師の方が熱中するにきまっているよ！」

といって、羅は何度も宋の手を握りしめ、

「君にこの仕事をたのんで、本当によかった！　いいものを書いてくれて、なんと感謝していいかわからないよ……」

と、精いっぱいの感動を伝えた。

「たくさんの写真や挿絵が必要だが、それは僕が工面する。忙しい仕事の合い間に、よくあんなすごいものが短時間のうちに仕上げられたねえ……。お礼のいいようがないよ」

そういい残して、羅は帰っていった。

三・一独立運動記念祝賀大会

年が明けて、一九四六年を迎えた。朝連の組織活動は急速に発展していくようにみえた。宋の居住している東京のはずれの江戸川区地域でも、一月早々、支部結成後はじめての同胞全体をあつめた集会がもたれた。

中央本部でも、職員は地域の集会に参加するようにいっていたので、宋も集会に参加したところ、いきなり支部の文化部長に推薦された。

中央の文化部に出勤しているからといって辞退したが、支部の同胞のあつまりは主に夜行なわれるから、そういう場合、顔だけ出してくれれば、同胞たちへのはげみになるからと強く説得されて、しぶしぶ承服するほかなかった。

その数日後、日比谷公園で、東京ばかりでなく関東近県の同胞をあつめた大集会がもたれることになった。

一九二三年、関東大震災の時、大逆罪という名目で検挙され、無期懲役で秋田刑務所に入れられていた朴烈氏が釈放されたので、その歓迎大会が催されることになったのだ。

戦後、連合国軍司令部の政治犯釈放の指令で、日本共産党幹部ほか政治犯三千人が釈放されたのにもかかわらず、なぜか投獄二十二年の最長記録を持つ朴烈氏だけは出獄できなかった。

十月、朝連が結成されてから、秋田県本部は連日、秋田刑務所に押しかけ、朴氏の釈放を要求しつづけた。

それが、年が明けてようやく実現し、秋田で同胞たちの盛大な歓迎集会がもたれたが、朝連の中央でも全国的な歓迎集会を開催することになったのだった。

この集会に参加した宋は、本部の職員ということで、本部席のはしに腰かけていた。

四十五、六とみえる朴烈氏はわりと健康そうな顔で、微笑をうかべ、まわりの人たちと無言の会釈をかわしていた。

最初に歓迎のあいさつをした副委員長は、祖国独立の高志をつらぬいて二十二年間の獄中生活を耐えぬいてきた朴氏の愛国思想を激賞した。

多数のあいさつがつづいたあと、朴烈氏の裁判のとき、終始一貫、朴氏の無実を訴えつづけたという布施辰治弁護士が演壇に立った。

朴氏は席を立って、布施氏にていねいなお辞儀をした。布施氏は朴氏の手をかたく握りしめ、参加した大群衆は熱狂して万雷のような拍手を送った。

布施氏は、関東大震災の時、朝鮮人虐殺の原因をつくった、朝鮮人暴動のデマを流した日本の政府当局が、ありもしない大逆事件なるものをデッチあげて、朴氏たちを検挙したことを克明に説明した。当時、若々しい青年であった朴氏が、祖国独立のためにたたかいたいという純真な気持ちで、日本政府に反抗する無産者同盟の運動に参加しただけなのに、その同志の金子文子と共に、不当検挙したものだと暴露した。

布施氏が、獄中闘争のあげく壮烈な自殺をとげた金子文子女史のはなしを詳細にのべたとき、朴氏は涙にくれて目頭をおさえつづけていた。

見ていた宋は、朴氏の人間的な一面にふれたような気がして、あらためて朴氏の表情をみつめた。

おわりに演壇に立った朴氏は、この会合を開いてくれた朝連の幹部に対する感謝の言葉をのべ、

「牢獄の中にずっといて、時勢の動きについて何も知らない私ですが、ただ牛のようにおとなしく、朝連の指示どおりに動いていきたい」

という感想をのべ、また大きな拍手をうけた。

その夜は、狛江の施設で、朝連中央の歓迎宴が開かれた。宋も副委員長に誘われて宴席に参加した。

ところが、副委員長の歓迎のあいさつがあり、朴氏が謝辞をのべ、中央の委員長が乾杯の音頭をとって、会食がなごやかに始まった直後、不意に数人の男が会場にとびこんできたかと思うと、一人の男が、

「この共産党の赤ども！　お前らに朴先生をいいように利用されてたまるか！　朴先生はおれたちがお連れする！」

と叫んだかと思うと、一人の男が、いきなりピストルを発射した。轟音とともに、宴席の中央の天井が撃ちぬかれて大穴が出来た。

万座騒然とした中で、男たちは脱兎のような勢いで朴氏をかかえて走り去った。

動転していた会場の人々が、ようやく気をとりなおして男たちのあとを追いかけはじめたときは、男たちは敷地の外に待機させていた自動車に乗って逃げてしまったあとだった。

副委員長はあわてふためいている人たちをしずめて宴席にすわらせ、

「アナーキストたちの動向に無警戒だったのは、私たちの失策だった。朝連結成直後から彼らが破壊工作をたくらんでいるという噂はきいていたが、しばらくそのきざしが見えなかったので、つい安心していた。ごく限られた一部の連中だと思うが、朝連に不満をもつ人たちを扇動して、反動団体を組織する動きは濃

厚だ。とにかくせっかく出された物は食べて、われわれの結束を固める力をたくわえることだ！」と、みんなに会食をつづけるようにうながした。

しかし、気抜けしたふんいきの中で、元気のいい発言をする人はいなかった。宋は、思想運動や組織運動の葛藤を実物で教育されたような気がした。


在日同胞たちの祖国への帰国の組織的計画輸送を第一の事業目的にしていた朝連の活動は、四六年の一月末頃から急激に帰国同胞が減少しはじめたことによって、大きな岐路にさしかかった。よろこび勇んで帰国した同胞たちが、ほとんど職にありつくことができず、農村も飽和状態で、集団的なルンペン状態におちいっているという噂は、同胞社会の中をかけめぐっていた。中には、日本人の朝鮮からの帰還船に、日本語の達者な帰国同胞たちが、日本人になりすまして乗り込んでいるということであった。船が待ちきれず、闇船に乗って帰国した同胞たちが、逆に闇船で逆密航してきているという噂もあった。

この転機に直面して、朝連の運動方針を協議するための緊急全国大会が開かれることになった。まだ残雪がつもっている東京千代田区の永田国民学校の講堂が会場となっていた。文化部の仕事は山積していたが、宋は、わずかの暇をみつけて会場にかけつけた。

宋が会場に入った時、一人の代議員が鋭い論調で、朝連の活動の欠点を攻撃していた。その論旨は、朝連は在日同胞の生活を守り、同胞大衆の利益のために奉仕しなくてはならないのに、機関の指導幹部たちは大衆の意見をきこうとはしないで、独善的な官僚のような態度をとっているということで、いろいろな事例をあげながら非難攻撃していた。

なかなかの雄弁で説得力があったので、宋もついききほれていた。ところが壇上に立っている進行係は、

「あなたの主張はもっともなことであるが、いま大事な新しい議題の説明に入らなければならないから、その話はあとまわしにして、議事を進めることに協力してください」

といって制止しようとした。すると発言者は猛烈にいきりたって、

「大衆の率直な意見をのべている最中なのにその発言を封殺しようとするのは、官僚主義そのものじゃないか！」

と、まくし立てた。代議員席のあちこちで、「その通りだ！」という野次がとんだ。すると進行役は、

「いくら正しい発言だといっても、あなた一人でもう二十分も同じことをくりかえしているのですよ。これでは議事の妨害のためだというほかありません。発言を中止してください！」

と叱咤するようにいった。しかしその瞬間、猛烈な野次をとばす声が続出した。進行役は、

「会場収拾のため、十分間休憩にします」

と宣言し、席を立ってしまった。すると、それを待っていたかのように、代議員席の大部分の人たちが、立ち上がって拍手をした。

宋はあっけにとられて席を立ち、入口近くにすわっていた総務部の部員に、

「一体どうしたの？」

ときいてみた。

「反動派の連中が、会議を混乱させようとして、組織的な行動に出ているようです。弁舌のたつ数人を代議員にしたてて、最初から、入れかわり立ちかわり、同じことを繰り返しているので、会議は全然進展しない状態です。困った連中です」

と説明してくれた。

宋は白けた気持ちで、会議を傍聴する気をなくし、文化部に戻って仕事をはじめた。

その日の夕方、おそくなって会場から帰ってきた総務部の部員が、わざわざ宋のところへ来て報告をしてくれた。

「あれから大変なことが起こりましたよ。会議が再開されてからも、やはり同じような妨害発言が繰り返されたので、たまりかねた執行部が、待機していた会場整理員の若い青年たちを動員して、発言者たちを会場から排除しようとしたところ、中の一人が、いきなり壇上にかけ上がり、ピストルを二、三発乱射したのです。その時の光景がまったくみものでした。壇上ですましかえっていた執行委員たちが、あわてふためいて演壇の下にかくれたり、椅子の下にもぐりこんだりして、こっけいきわまりない状況でした。ピストルを振りかざした男は暴言を吐きちらしながら、ゆうゆうと会場から出て行きました。それをしおに、代議員席にもぐりこんでいた一味らしい連中も、一人残らず会場から姿を消してしまいました。ひと騒動あったけれど、あとは静かになって会議は一気にはかどりました。

つまり結論は、帰国同胞が急減した現状で今後の在日同胞たちの行くえを決定するためには、先に祖国の現状をつぶさにたしかめることと、祖国の指導者たちの方針をきいてみなければならない。そのために、副委員長を団長にして、中央の委員数人がソウルを訪問することになりました。具体的なことは副委員長に一任することにして、会議は終わりました。

次の全国大会は、祖国訪問の代表が帰って来る頃合いをみはからって、五月頃に大阪で開くことになりました」

そう語ったあと、総務部員はさらに説明をつづけた。

「組織部の常任委員からきいた話では、今日会場でピストルを乱射して騒いだ連中は、この前、狛江で朴烈氏をかっさらっていったアナーキストの一味に違いないというのです。彼らは、朝連結成の当初は、在日同胞が一つの組織に団結して、同胞の利益のためにたたかうことを誓っておきながら、自分たちだけで新しい組織をつくる策謀をすすめているに違いないというのです。

彼ら一味は、最初、朝連の組織を牛耳るつもりであったが、全然理論的な勉強もしないで、どう猛な暴力ばかりをふるう連中だから、組織の中から浮き上がってしまって、誰にも相手にされなくなってしまったものだから、そういう分派行動に出たのだろうということです。

しかし彼らが自殺行為のような行動をして、組織から逃げ出していったのは、朝連の組織のためには、かえって大きなプラスになるというのです。彼らが別の組織をつくって、同胞たちに呼びかけても、同胞たちは、大衆の利益のためには何をする能力もない彼らについて行くはずはないというのです。まったく無鉄砲で困った連中ですね……」

最後はそういって慨嘆した。

その話をききながら、宋は、組織活動のむずかしさを思い知らされたような気がした。

それから数日後、副委員長が突然、文化部にやってきて、部長と宋に、こういった。

「三・一独立運動記念日の行事の準備を、いっさい組織部にまかせておいたんだが、いま確かめたところ、宣伝のためのポスターを全然つくってないというのだ。解放後、はじめて行なう行事だから、組織部の人たちも誰一人気がつかなかったようだ。事前に点検しなかったわしにも責任があるのだが、いまさら組織部の人たちを責めても仕方がない。文化部では、大きな印刷所に仕事をたのんでいるのだから、大至急、ポスターを作ってもらえないか?」

副委員長はすっかり困りはてているようだ。幸いそばに印刷所係の辛がいたので、宋は辛に印刷所に電話をかけてもらった。

大急ぎで電話をかけた辛は、

「今日の三時までに原稿をもって来てくれれば、明日中に印刷してくれるそうです。ただし、色刷りは駄目で、単色で、教科書印刷用紙の紙でよければ、間に合わせるといっています」

といった。副委員長は、

「何でもいい! 明日、ポスターが出来上がれば、明日の晩のうちには東京の各支部や関東各県に配布できるはずだ! 一時間内に筆の字のうまい人に原稿を書いてもらって来るから、すぐ手配をたのむ!」

といい残して、かけ出していった。

「辛君、原稿をもって来るのを待ってないで、辛君が副委員長室に行って、出来上がるのを待って、もらって来なさい」

部長も上気して、辛にいいつけた。すると、辛が、

「私は一度も副委員長室に行ったことがないので……」

と、いくらかしりごみするようないい方をした。

「いいよ。僕が行ってくる」

宋が、気軽にひきうけて、三十分ほどして副委員長室に行ってみた。

あいさつを交わしたことはなかったが、顔見しりの中年の人が、腕をまくり上げて、副委員長の机の上で達筆をふるっていた。

新聞紙の一頁ほどの大きさの紙に、

「同胞たちは皆集まりましょう」という見出しの文字の次に、紙の中央に、

「三・一独立運動記念祝賀大会」

という特大の文字を書き、

「一九四六年三月一日午前十時

東京上野公園運動場広場

主催　在日本朝鮮人聯盟中央総本部」

と、書き上げた。

下書きをしたとみえる紙が、机の下に置いてあった。

「今度は見事な出来ばえです。風格のあるいい字です。同胞たちがみて、感動するに違いない！」

副委員長が、書いた人を絶賛してから、宋をふり向いて、

「字が乾いてないから、よごさないように気をつけて、持っていきなさい」

と、注意した。達筆の人は、よく心得ているらしく、古新聞紙を裏表に重ね、上手に巻いてくれた。

息もつかないで見とれていた宋は、その原稿を受け取ると、大急ぎで文化部に帰った。原稿をひろげてみた部長は、

「単色刷りなら、黒より赤の方がいい。そして、中央の題字がはえるように、両わきに線をいれた方がいいと思うが、辛君、印刷所の人たちとよく相談してみなさい。総務部にいっておいたから、自動車に乗って、大急ぎで行ってきなさい！」

といって、辛を送り出した。

翌日、午後二時頃、印刷所から刷り上がったポスター一万枚が文化部に届けられた。待ちわびていた文化部員たちは、総員でポスターを副委員長室に運びこんだ。

「まったく天佑のようなはやさだ！　三・一までは、あと三日しかないが、なんとか今夜中には、各支部に届くように手配しておいたから、なんとか間に合うだろう。まったく文化部は大活躍をしてくれた！　感謝するよ」

副委員長は感動して労をねぎらってくれた。

一同が部室に戻ると、女子事務員に一枚のポスターを壁に貼らせた部長が、つくづくとながめながら、

「三・一独立運動記念祝賀大会がもてるなんて、本当に夢のようだ。つい半年前までは、この文句を口にしただけでも刑務所にぶちこまれたのに、感慨無量というほかない！　解放されたという実感がこみ上げてくる……。この日はきっと、同胞たちが雲のようにあつまるに違いない！」

と、しみじみと呟くようにいった。

若い頃、独立運動をしたということで、何回も投獄されたという話をきいているだけに、宋は、部長の心のうちが思いやられ、なんとなく涙がにじむような気持ちになった。

だが、そんな感傷に浸っている暇はなかった。羅が、またとてつもない大きな仕事をもちこんできたからであった。

「こんな辞書があればよいと、夢にまで見ていたんですが、留学生の魚君が、この国語大辞典をもっていたんです。私も偶然その話をきいて、昨夜、魚君のところへ訪ねていってこれを見ました。これは、総督府の激しい弾圧と迫害をうけながら、わが国文学者の文世栄先生が編纂したものです。ようやく愛国的な

有志たちの協力を得て出版することができたんですが、総督府の朝鮮語抹殺政策で、学校で朝鮮語教育が禁止されて、やがて朝鮮語の出版が禁止されるようになると、この辞書も書店から姿を消してしまいました。

私もこの辞書が欲しくてたまらなかったのですが、高価なものだから、出版当時はつい買いそびれていました。ところがようやく買える金ができたときは、もうどこへ行っても、この本をみつけることはできませんでした。

ところが留学生の魚君が、この辞書をもっているという話をきいて、正直、私は半信半疑でした。魚君の話によると、彼の父が出版の直後にこれを買って、隠し持っていたものを、彼が日本へ留学に来るとき、日本へ行ってどんな勉強をしようとも、祖国の勉強を忘れないようにといって、この辞書をくれたというのです。隠し持っていたものだから、表紙もはいで、別の紙でこのようにくるんであるのです。

私はこの本をみたとき狂喜して、これを即刻オフセットで複写して出版しようと提議しました。彼は、莫大な金がいるし、そんなことは不可能だろうといって相手にしてくれませんでしたが、教科書を印刷して出版している中央の文化部なら、この出版は可能なはずだから、この辞書を貸してくれるようにたのみこみました。

彼は、はじめのうちしぶっていましたが、これはいま私たちが始めている民族教育のために絶対に必要な本だからといって、彼を口説きました。彼は一晩考えて決心したといって、この辞書を今日、新宿の事務所にもってきてくれたのです。

見てごらんなさい、二千頁をこす分量です。いまのところ、わが国の国宝級のものです。即刻、印刷所にたのんで出版しようではありませんか！」

と、まるで熱にうかされたような調子で、羅は部長をかきくどいた。部長は即座に、

「これは何をおいても、すぐはじめるべきだ。宋君も、そう思うだろう？」

と、宋に同意をもとめた。宋はいままで、そういう辞書があるという話をきいたこともなく、実物を見るのもはじめてのことなので、ただ度肝を抜かれた思いで本をなでまわしていたところであった。

しかし、宋は決然としていった。

「もちろん大賛成です。どうでしょう、こんな大事な本だから、羅さんが辛君をつれ、直接印刷所に行って、すぐ印刷ができるかどうか、相談してみてくれませんか？　日本全体でも、戦後まだこんな大きな本は出ていないはずですから、印刷所でも、おそらく歴史的な大仕事になると思いますから……」

羅は感動して立ち上がり、部長と宋の手を交互にかたく握りしめながら、

「さすがに、お二人ともわかりが早い！　じゃ、辛君、今すぐ一緒に行ってくれますか？」

と、辛をせきたてた。

あっけにとられて傍でみていた辛は、

「たった今、印刷所はポスターを刷ってきて、朝連のために大仕事をしたというような顔をしていたから、その上こんな大仕事を持ち込んだら、きっと目を廻すでしょう……。部長、こんな大事な用で行くのだから、総務部に自動車で行けるように電話をかけてください」

と抜け目のないいいかたをした。

その日の夕方、印刷所に行った辛の報告をきくために、宋は外の部員たちを先に帰らせ、一人で事務所で待っていた。部長は、三・一記念大会の緊急対策会議で出かけていた。

すっかり暗くなって戻ってきた辛は、

「新宿の事務所に羅さんを送ってきたものですから、おそくなりました。宋さんのいった通り、印刷所は工場長はじめ幹部たちが顔をそろえて、戦後こんな大仕事ははじめてだといって、大変な騒ぎでした。見積りをつくるのも簡単じゃないといっていました。用紙は教科書の配給の紙を使うから心配ないとしても、辞書用の特別用紙はまだ出廻ってないから二千頁をこすと、大変な厚さだから、製本の見本をつくってみないと単価の出しようがないといっていました。むろん、表紙も特別な厚物でなければならないから、それをそろえるのも相当な費用がかかるというのです。どんなに急いでも、具体的な見積りが出来上がるまで、一週間はかかるそうです。ただ、オフセットの原版だけは、すぐとりかかるといっていました。用紙も膨大な量が必要だから、発行部数を五千部と予定しても、いま印刷所にまわしている商工省の配給用紙では間に合わないそうです。

宋さん、商工省に行って至急、配給用紙の追加をもらってきてください。宋さんの役目もいよいよ大事になってきましたよ」

といって、辛は宋の顔を真剣にみつめた。

一九四六年三月一日、解放後はじめて開かれた三・一独立運動記念祝賀大会は、上野公園に二万余の同胞の大群衆を集合させた。

国鉄の電車を利用して、上野駅から隊列を組んで会場に行進してくる支部があるかと思えば、何台ものトラックで会場に乗りつけてくる支部もあった。

同胞たちは、みな一様に歓喜にみちた表情で、先に会場に来ていた支部の人たちは手を振り、歓声をあげながら、あとから到着した支部の人たちを迎えいれた。

トラックの荷台を二つ並べてつくった臨時の演壇では、帰国同胞歓迎の仕事で活躍している楽団の人たちが、ひっきりなしに勇壮な解放の歌の行進曲を演奏していた。

準備委員会に出席して帰ってきた文化部長は、

「委員たちは五千名の同胞が集まれば成功といえるといっていたが、副委員長は、一万名は集めたいものだと力んでいた。みんなは欲張り過ぎるといって笑っていたよ。それでも一万名は集まってほしいものだねえ……」

と、いっていた。

この日、朝はやくから会場に来ていた宋は、続々と集まってくる同胞たちの熱気に、いいようのない興奮状態におちいりながら、集合している同胞たちの数を数えようとして焦っていた。予定の午前十時には、ほぼ一万名に達したと推算されたが、同胞たちはなおひっきりなしに集合してきていた。

予定の時刻になったので、演壇で演奏していた楽団の人たちが壇上からおりて、開会のための準備があわただしくはじめられた。

司会役の宣伝部長がマイクの前に立って、

「同胞たちが、まだぞくぞくとしてつめかけてきており、近県の各支部から、すこしおくれるという連絡もきていますから、開会をすこしおくらせることにします。その間、帰国同胞慰問団の楽団の人たちに演奏をつづけてもらいますから……」

と述べると、観衆からいっせいに歓声と拍手がおこった。

おくれてくる同胞たちの集団を迎えいれる歓声や拍手が、引きもきらないので、会場はけんそうをきわめ、ふだんは野球場に使われている広い運動場が立錐の余地もないように埋めつくされていった。

大会は予定より一時間近くもおくれ、午前十一時近くになって開会された。司会者はすっかり興奮して、

「みなさん、驚かないでください！　会場に参加した同胞は二万名を越えました！　わが民族の宿願である独立が達成した今日を、どんなに待ちのぞんでいたかを、輝かしく証明するものです！」

と絶叫した。と同時に、同胞たちの間から、いっせいに、

「朝鮮独立万歳！」

の雄たけびがおこり、熱狂した群衆は、何回も何回も万歳を叫びつづけた。

やがてざわめきがおさまり、主催者を代表してあいさつに立った副委員長は、

「まだ少年の身ではありましたが、北の咸興の町で独立万歳の示威運動に参加した私は、今日この日を迎え、みなさんと共に、胸の張り裂けるような思いをしています」

と、独立運動で犠牲になった愛国的英雄たちの霊に感謝をささげるとともに、日本帝国主義の敗北とわれわれの解放は、わが国の独立を保証するものと信じていたのに、米、ソ、英の三国外相の会議によって、わが国は米、ソ、英、中の四国による五カ年間の信託統治が宣言され、わが民族の上に暗雲がたれこめたという時局解説に移っていった。

「日本にいるわが同胞たちは、解放と共に、独立する祖国に帰ろうという熱意に燃え、われもわれもと帰国の途につきはじめた！」

と語り、祖国の政情の不安や、経済の混乱から、帰国同胞の大半が路頭に迷っている状況をのべた。

「このような情勢の中で、日本に残っている私たちは、帰ろうにも帰るあてがなく、帰国希望者はほとんど絶無の状態です。しかも、同胞のほとんどは、職場から放り出された形になり、お先まっ暗の中で、生活の糧を求めてのたうっているありさまです」

と、深刻な同胞の現実を語った。そして副委員長は、こういう事態の打開策を探求するために、祖国の為政者たちと緊急に連絡をとりあい、われわれの進むべき方向をさぐるべきだと力説した。聴いていた群衆の中にも、陰うつな空気がただよっていたが、副委員長の話に期待をかけるような絶讃の拍手が鳴りひびいた。

そのあと次々と立った弁士たちは、副委員長のように、現実に立脚して展望を考えるという論旨はほとんどなく、ただ三・一独立運動の精神をひきつぐことや、民族独立精神を謳歌して熱狂的な拍手をうける人が多かった。

だが、群衆の熱狂ぶりは、だんだんとさめていくようだった。

宋は、きいていて、いらだちのようなものを感じはじめていた。当面、何をしたらいいのか、重大な問題が提起されているのに、その核心にふれていないと思えたからであった。

絶叫的な演説がつづくと、退屈してきたとみえ、野次をとばす人があらわれたりした。数時間も立ちつくしていたので、小さい子供たちをつれていた婦人たちは、すっかり疲れはてて、どんどん隊列からはなれはじめた。あわてた司会者は、やがて休憩を告げ、昼食が終えたあとデモ行進をすると宣言した。

同胞たちは、それぞれに弁当を持ってきているようであった。支部ごとに公園のあちこちの枯れ芝生の上にたむろして、おたがいに持参したおかずを分け合ったりしていた。年配の人たちの中には、水筒の焼酎らしいものを飲み合っている人たちもいた。そして屈託のない笑顔でたのしげに話し合っていた。

そういう光景にみとれながら、宋は、どこへ行っても故郷の農村育ちのなつかしい人情味を失わない同胞たちの美しい姿に、一種の感動をおぼえた。

デモ行進は、上野から駿河台に出て、神田の錦町を通り、宮城前のお堀端を通るコースであった。プラカードもなく、幾人か旧朝鮮の国旗である大極旗をかかげている人がいるだけであり、若者たちの歌う朝鮮語の合唱がとどろくだけで、きわめて物静かな行進であった。

しかし沿道には、この物珍しい朝鮮人の行進を見物する日本の市民たちが群がっていて、緊張した姿の警官たちが立ちならんでいた。

行進は、日比谷公園横の、連合国軍の司令部の建物の前までであった。

朝鮮を解放してくれた解放軍としてのアメリカに、感謝を表明するための行進であった。司令部の建物の前には、アメリカの軍服姿の人や背広姿の人たちが大ぜい立ちならんでいた。行進した人たちは、朝鮮独立万歳、アメリカ軍万歳を三唱し、手を振りながらその前を通り過ぎて、日比谷公園で解散した。

司令部の前のアメリカ人たちは、熱狂的に万歳を叫ぶ群衆に、笑顔で応え、さかんに手を振ったりした。

しかし、戦前からアメリカの黒人差別政策に反感をもっていた宋は、一九四五年三月九日夜から十日のあけがたにかけての、大量の市民虐殺的な空襲（東京大空襲）に激しい憎しみをもっていた。そして戦後、南朝鮮に進駐したアメリカ軍が、解放軍歓迎を叫ぶ朝鮮の民衆に背を向け、日本に代わり朝鮮を植民地としてアメリカが統治するかのような布告を次々と発布していったことに対しても、我慢ならない怒りを感じていた。

解放後、占領軍による日本での進歩的な民主政策は、在日朝鮮人を抑圧していた特高制度はじめ、苛酷な差別を廃止させる方向をたどっていたので、同胞たちは肩を張って街を闊歩できるようになっていた。宋も、それらの司令部の措置には好感を抱いていたのは事実だった。しかし、朝鮮における三相会議の直前、アメリカが、二十年間の信託統治案を持ち出したという話をきいた時、アメリカが根強い植民地支配の意図をさらけ出したものとしか受け取れなかった。

日比谷公園で行進が解散になったとき、同胞たちはみな晴れがましい表情をしていたが、宋はなんともやりきれない気分にしずんでいた。

日比谷公園からすぐ近くの朝連の事務所に戻ったが、大会で休みとあって、宿直の人以外、人影もなく、ビルの中は閑散としていた。

文化部室のあかりをつけると、宋の机の上に、

「自宅から、急用があるから直ぐ帰るようにという連絡がありました」

という書きつけが置いてあった。

大急ぎで帰ってみると、妻の節子が、

「おもやの先生が急用とのことです」

というので、すぐかけつけていった。

丸山という通名から、鄭という本名にかえった先生が、

「これを、あなたにあげようと思って、待っていたのです」

といって、分厚い封筒を差し出した。宋がけげんな顔で見返すと、

「五千円はいっています。受け取ってください」

「こんな大金、受け取るいわれもないのに……」

と、宋がしぶると、

「あなたには、いろいろ世話になっていたから、いずれお礼をしたいと思っていたのだが、たまたま金が

はいってきたので、気持ちだけを包んだのです。事情は何もきかないでください。あなたが黙って受け取ってくれれば、私も気が晴れます」

と強くいって、封筒を宋の手ににぎらせた。

その真剣な表情に気おされして、宋は黙って受け取るほかなかった。

朝連結成大会直後、鄭氏が急進派の連中に拉致され監禁された時、宋が副委員長にかけ合い、鄭氏をぶじ自宅に連れ戻したことがあった。不愉快な事件であったので、宋も忘れようとつとめ、そのことでいっさい話し合ったことはなかった。

その事件から数カ月もたっているのに、こんな大金の謝礼をもらういわれもないと思ったが、立ち入って事情をきくのもはばかられて、宋はただ黙って頭をさげた。鄭氏の経営する学園の職員宿舎に、家賃も払わないで暮らしていることにも気がひけたが、宋はただあまえることにした。

五千円の札束をみて、節子は狂喜した。

「あなたが興生会からもらった退職金の五千円は、あなたが本を買うといって千五百円もつかい、シャツの着がえや坊やに着せる物を闇買いするので、一千円あまり使って、貯金の残りが半分に減ってしまったので、心細かったのよ。あなたのもらってくる三百円の給料だけじゃ、とても生活費に間に合わないのに、これで当分ひと安心ねえ……」

と、のんきなことをいった。

「無駄使いは出来ないよ。何が起こるかわからないのに……」

宋は不機嫌になって、妻をたしなめたが、二日後に青天のへきれきのように、通用していた円が封鎖され、新円は月五百円しか渡されないとは、知るよしもなかった。

三・一大会のあったあくる日から、文化部の仕事は、まるでてんてこまいの騒ぎになった。のんびりかまえて、あまり連絡にも来なかった玄が、突然、文化部にやってきて、

「明日のうちに地方から三十名の青年たちがやってくることになった。あさっては開講式をやって、講師たちを紹介しなくてはならない。手配はすんでいるでしょうねえ」

と、宋に向かって、おどすような調子でいった。何故、もっとはやく連絡をしてくれなかったのかと、玄と押し問答をくりかえす余裕もなかった。すぐ羅に電話をかけ、宋が新宿の事務所におしかけるようにして、羅が責任をもつことになった講師の手配をきいた。

羅はあわてもしないで、

「私と姜君、それに鄭君とあなたはいつでも出かけられるでしょう。先ず、はじめの二、三日はこの四人が講義を担当し、あとは玄君と相談して時間割をつくり、必要な講師の交渉に当たればいいでしょう……。どうせ、開講式はあさっての午前九時になるはずだから、開講式のすんだあと、玄君と話し合うことにしましょう」

と、明快な結論を出した。

「姜君と鄭君には、あさっての九時までに狛江に着くように、僕から連絡をとっておきますから、あなたもその時間に来てください。あなたは文化部の仕事が大変でしょうけれど、あさってから二日間ばかりは、狛江に泊まりこむようにしてくれませんか」

そういわれると、無条件に承知するほかなかった。

正午頃には印刷所の人が来ることになっていると辛にきいていたので、宋は大急ぎで文化部に戻った。

印刷所の人は、二千頁を製本した辞書の見本をもってきた。

「なにしろ、こんな分厚い本なので、綴じ込みもしっかりしなくてはならないし、表紙もこのくらいの厚紙にしないと、本がもたないです。ざっとした概算ですが、五千部印刷すると、単価は三百円、一万部だと、単価は二百円になりそうです」

そんな印刷所の人の説明をきいて、部長はうなるような声を出し、

「五千部で三百円の原価だと、安くても五百円の定価をつけなくてはならんのに、そんな高い本を同胞たちに買わせるのはすこし無理なんじゃないだろうか？　募金が大変だけれど、一万部刷ることにして、二十万円の募金運動をはじめようじゃないか？　先ず、大阪で五万円、東京で三万円あつめることにして、私がさっそく明日から大阪の本部に行くことにしよう！」

と、断固とした決意を表明した。そして宋にきいた。

「現在、在留同胞が六十万というが、世帯数はどのくらいの数字になるだろうか？」

「一世帯、五人平均とすると、十二万世帯です」

と、宋が答えると、部長は、

「同胞全体に、あたらしく国語の勉強をはじめてもらわなければならないのだから、同胞の家庭全部にこの辞書一冊ずつを普及する運動を展開すれば、一万部を消化するのはむずかしいことではないはずだ！」

と、確信ありげにいった。

「組織の各支部を通し、分会ごとに浸透させなくちゃなりませんねえ……」

「今、各支部にあつまって勉強している子供たちの父兄に話せば、必ず買うはずだ！」

そういう部長の言葉に、宋はいくらか遠慮がちに、

「在日同胞の九割は、戦前、学校教育を受けてない人たちです。はたしてどれだけの父兄が、辞書を読む能力をもっているでしょうか？」

と、いった。部長は虚をつかれたような顔になり、

「そういう歴史的な現実を、まったく考えないで、運動を進めようとする私たちの盲点があるのはたしかだ！　だが、民族教育をすすめるためには、一万部の朝鮮語辞典を、ぜがひでも同胞たちに行きわたらせるべきだ！」

その部長の言葉が結論になり、その場で印刷所の人に、一万部を大至急印刷するようにたのんだ。

膨大な注文に、印刷所の人は有頂天になって帰っていったが、その帰りがけに、

「用紙の配給券を至急お願いしますよ」

といった言葉が気になり、宋はその場で、商工省の用紙係の担当官に電話をかけたが、担当官は出張中で、明朝でないと出勤しないということだった。

翌朝、一番に商工省へ行き、担当官に辞書の発行を説明し、教育の基本教材なので、大至急印刷する必要があることを力説した。

「趣旨はよくわかりました。しかしそんな膨大な本を一万部も発行するとなると、ざっと二千五百連の用紙が必要になります。それは教材分として一応配給券は差し上げますが、教科書以外の単行本の用紙配給は、別の配給機関で扱っています。

朝連では、教科書以外にいろいろな謄写印刷の単行本を出しているといっていましたね。活字印刷以外は用紙配給の対象になっていませんが、朝鮮の活字がなくてやむを得ない事情ですから、その分も受けつ

けるように紹介しますから、その機関に行って手続きをしてください」

といって、紹介状を書いてくれ、教科書用紙追加分として三千連の配給券を渡してくれた。

それから担当官は、

「実は、新聞を発行したいからといって、朝鮮の人たちの申請が数十件も提出されていますが、役所では処置に困っています。朝連の仕事は、私たちが直接検分に行ったので無条件に信頼できますが、他の申請の件はいままで横流れの傾向がはなはだしかったものですから、いまのところいっさい配給申請に応じていません。朝連が責任をもって、これらの申請を整理して統合してくれれば、おまかせしてもよろしいと思いますが、一つ、あなたが責任をもって朝連の機関にはかってみてくれませんか」

と、丁重な提案をした。

「わかりました。さっそく上部の人たちに相談してみます。私は明日から数日間急用をひかえていますので、三、四日後に来ますから」

といって、商工省を出た。

文化部に帰り、もらった配給券を部長に見せてから、辛に渡し、

「辞典一万部の分量で二千五百連に該当するときいたが、この三千連の配給券は、他の教科書二種類分を合わせた分量だから、印刷所によく説明してください」

というと、辛は大喜びで、

「さすが、宋さんの信用は絶大なものですね！　この配給券をもらったら、印刷所の連中、目をまわしますよ。おそらく徹夜をしてでも、印刷を急ぐはずです」

と、はずんだ声を出し、大急ぎで出かけていった。

宋はさっそく部長に、商工省の担当官から提案された要件を話した。

「そのことなら、宣伝部長に話したがいいと思うよ。君が、宣伝部長に直接話してくれないか？」

部長は、その話にあまり関心を示そうとはしなかった。

しかし宋には大事な用件と思えたので、さっそく宣伝部に行って部長に会った。宣伝部長とは一度も話し合ったことがなかったので、宋はいくらか気が重かったが、宣伝部長はひどくきさくな人柄らしく、

「君の噂はいろいろきいたよ。商工省と交渉して大量の配給券をもらっているとはきいていたが、君はよほど商工省の人たちに信頼されているんだねえ……。実はわしのところにも、新聞発行の紙の配給券をもらいたいからといって、陳情が来ているくらいだ。皆必死になってとびまわっているから、大変な騒ぎだとはきいている。さっそく常任委員会にかけて、皆の意見をきいてみることにする。結論が出たら、直ぐ君に連絡をするから……」

と、気やすく引き受けてくれた。

「私は明日から、狛江で講習会がありますので、二、三日後に、あらためておうかがいします」

といって、宋は文化部に戻った。

民族学校・教員速成講習会

狛江（こまえ）まではかなり時間のかかる距離なので、おくれてはいけないと思い、宋は朝六時に今井橋発の一番電車に乗って出かけた。

それでも狛江の小田急電車の駅に降りた時は八時半過ぎになっていた。ところが駅の改札口を出ると、羅が前方を急ぎ足で歩いていた。大声をあげると、羅が振り返り、

「いやあ……。あんたはずいぶん遠いはずなのに、早いですね」

と嘆声をあげながら、近づいてくる宋を待ってくれた。

「おどろきましたよ。三十名の予定が五十名を越したということです」

と、羅ははずんだ声を出した。

「二日も前から、青年たちがつめかけてくるので、玄君は目をまわしているようです。その知らせをきいたので、僕は朝はやくやって来たんですが、講習会にかける同胞たちの期待が並みたいていのものではないということがわかりますねえ……」

と、羅はひどく意気込んでいた。

建物の入口に待っていた玄が、二人の姿を見ると歓声をあげて、臨時の事務室にしている部屋に二人をひっぱっていった。

「中央の総務部から手伝いの人に一人来てもらっていますが、彼は昨夜おそくまで仕事をしてくれたので、今朝はおくれるはずです。お二人が早く来てくれたので、今日の開講式の心配はなくなりました。私一人で、心細くて、気が気じゃなかった……」

といって、大きくため息をついた。

「寝具はここに用意されているから心配ないが、食糧は統制だから、米を持参するか、外食券を持って来るように、事前に連絡してあったんですよ。ところが、やって来た青年たちは千差万別です。りちぎに二斗の米袋をかついで来た青年が何人かいましたが、二升か三升くらいしか持って来ないのが多いし、外食券をきちんと持って来たのはほんの少数です。何も持たないで来た者がかなりな数です。それに、講習費とまかないの費用で、一人あたり一カ月百円ほど持って来るようにいったのに、金を全然持って来ない連中もいるのです。まるで土木労働者の飯場にころがり込んだようにやって来た者たちもいます。本気で講習を受けるつもりでやって来たのか、行くあてがないので避難場所を求めてやって来たのかわからない状態です。一人ひとり面接をし直して、秩序を立て直す必要があります。私一人では手が廻りませんから、お二方ともぜひ協力してください」

玄の説明に、宋はたちまち重苦しい気分にさせられたが、羅は強い口調で、

「日課表はつくりましたか？　あらかじめ念を押したはずですが……」

と詰問するようにいった。

「草案はつくりましたが、不充分ですから手直ししてください。それからこれは開講式の式順です」

といって、玄は二枚の紙を羅に差し出した。羅は黙って受け取り、むずかしい顔をして見わたしてから、無言でその紙を宋にわたした。

日課表の草案はずさんなものだったが、開講式の式順には、副委員長が開講の訓示をすると書いてあった。

「日課表は、開講式の終わったあと、相談することにしましょう。そして、面接のこともそのとき話し合うことにしましょう」

羅は事務的に切り口上でいった。機嫌を悪くしているということが、羅の表情によみとれ、宋はそっと羅の袖をひっぱった。

宋は羅を事務所の外に誘い出し、小声で、

「幸い副委員長が開講式にお出でになるのだから、実情を話せば、適確な対策をたててくれるはずですから、玄さんの言い方に神経を立てない方がいいですよ」

と、なだめるようにいうと、

「申しわけない……。だけど、教育には何よりも愛情が大事なのに、玄の突き放したような冷酷な言い方が、かんにさわったので……」

と笑顔をかえした。

気まずさを感じたのか、玄はすぐ講堂に使う大広間の方に行って開講式の準備をはじめた。

以前、料亭をしていた頃、宴会の食卓に使っていた長い卓が、疊の上のすわり机にはちょうど釣り合っていた。その部屋に行って玄の手伝いをするつもりであった宋は、部屋に入るなり天井の中央を見上げないではいられなかった。朴烈氏の出獄歓迎宴の最中、暴漢がピストルで撃ちぬいた天井の穴は、そのまま残されていた。

玄は正面の壁の前に立てかけた大きな黒板に、白墨で開講式の式順を書いていた。机は、一列に四卓ずつ並べられ、六列になっていた。一卓三人ずつ向かい合ってすわれば、七十二人がすわれることになる。日帝時代、皇民化教育の場として使われたこの建物が、朝連によって民族教育の場に生まれ変わるということに、宋はいいようのないよろこびを感じないわけにはいかなかった。

九時過ぎになって姜と鄭がやって来た。副委員長も自動車でかけつけてきた。

玄は講習生たちを、五つの班別に組んだとみえ、各班長が青年たちをつれて秩序正しく講堂に入って来た。集まった講習生は、さらに増えて六十名に達していた。

一班の班長が号令をかけて全員起立し、開講式がはじまった。

先ず壇上に立った玄は、学監として講習生たちの世話をやくことになったと自己紹介をし、次に開講のあいさつをする副委員長を紹介した。

副委員長は班長の号令で、全員の礼を受けてから、全員をすわらせて、静かな口調で語りだした。

副委員長は解放のよろこびを語り、民族団体の朝連結成の意義を語り、朝連の組織が同胞のために尽くしてきた仕事について述べ、特に全国の支部でいっせいに始めた民族教育の成果について語った。

語っていくうちに副委員長の声は力がこもり、わが子供たちを教えるという民族愛の使命をになってこの講習会に参加してきた人たちの熱意を高く評価し、全力を尽くして勉学にはげむように激励した。そして最後に、また静かな口調になった。

「この講習会の講師をする先生方は、諸君とはあまり年齢の違わない若い青年たちだ。だが彼らはすぐれた才能をもった有能な人たちで、この数カ月の間に、おどろくほどの仕事をし、絶大な功績を積み上げた。諸君たちが、この先生たちの才能をむしり取るような気概でぶつかれば、必ず大きなものを得るはずだ」

と結んで、熱狂的な拍手をうけた。

次に講師たちの紹介があり、開講式はぶじ終了して、お昼の休憩時間になった。宿舎の総責任をになった徐は、さすがに手慣れたもので、近隣の農家の主婦たちを臨時に雇い入れ、食事の時間になると、全員の食事を講堂に運びこんだ。

「今日は特別です。学校のはじまりだというので、お祝いに特別なご馳走も用意しました。いつもこんな料理が出ると思ってはいけませんよ。そして、ふだんの食事は、調理場のそばの食堂で食べることにします。せっかくのご馳走だから、酒があればなおいいですが、勉強する人たちの会合だから、酒は遠慮した方がいいでしょう」

みんなが席についたとき、徐がそう説明して皆を笑わせた。

副委員長や、本部からの職員も参加して、食事会は七十名を越える盛会だった。

今どき珍しい川魚料理や豚肉料理もそえられて、みんな歓声をあげながら食事にかぶりついた。

食事が終わって事務室にひきあげた副委員長は、玄にわざわざ徐を呼んで来させ、

「徐同志、大変な苦労をかけさせましたねえ……。今どきこんなすてきなご馳走にありついて、講習生たちは一生忘れられない感激を味わったと思います。この講習会は、わが朝連にとっても歴史的な行事ですが、その出発の日に、あなたは大きなよろこびの贈り物をしてくれました。感謝します」

といって、徐の手を握り、何回も打ちふった。徐は涙をこぼさんばかりに、

「私も解放後、こんなうれしい思いをするのははじめてのことです。同胞のために、こんな立派な学校が、ここではじまるなんて、夢にも思いませんでした。むしろ感謝したいのは私の方です」

といいながら、副委員長に抱きつくようにした。その光景に、そこに居合わせたみんなが、思わず拍手

をした。

休憩時間のあいだに、羅は、さっさと日課表を手直しし、先ずそれを宋に見せてから、玄に渡し、

「先ず、はじめの一週間は、この通り進めてみて、授業の進行状況を見ながら、次の日課表をつくることにしてはどうですか」

といった。玄は満面に笑みをうかべ、

「さっそくこれを午後の授業開始のときに全員に知らせます」

といって、表をもったまま大急ぎで事務室をとび出していった。羅は、宋に、

「今日はここに泊まる予定で来たのでしょう？　午後の授業が終わり、夕食がすんでから、玄君のいっていた講習生の個別面接を、姜君と僕ら三人で手わけしてやりましょう」

というと、そばにいた姜が、

「面接って何のこと？」

と、きいた。羅が姜に、かいつまんで講習生たちの実態を説明しはじめた。そのとき帰り仕度をはじめていた副委員長が、

「宋君、ちょっと話がある」

といって、宋を事務室から誘い出した。講堂の大広間には休憩時間のあいだも講習生たちがたむろしていたが、その次の十疊ほどの部屋には誰もいなかった。

「突然だが、宋君、ここへ引っ越して来ないか？　ここに、二、三間ずつの個人住宅に使える場所が、いま五つほど空いているときいた。私がまず明日、ここへ引っ越して来ることにした。羅君も二、三日中に越して来ることになった。君が越して来れば、何もかも好都合だと思うんだが……」

出しぬけにいわれて、宋は、とっさに返答が出来なかった。

「君はたしか、江戸川の鄭寅学の家にいるといったね。そこからすぐに越せない事情でもあるの?」

「鄭氏は、あの事件後、私をひどく頼りにしているものですから……」

「何か特別の義理でもあるの?」

「別に特別なことはありませんが、学生時代、学校入学の時に保証人になってもらったのと、大学の頃、鄭氏の経営する少年院の仕事を何カ月か手伝ったことがあります。それに、解放前、空襲にあって焼け出され、鄭氏の学院の職員宿舎に入れてもらって、今日まで世話になっているものですから……」

「じゃ、肉身のように面倒をみてもらっているわけだね……」

「そんな密接なものではないのですが……」

「君が鄭のところにいるというので、誤解されている点もあるようだから、一日も早く出た方がいいと思ったのだが……。君のやさしい人柄を考えると、急に出て来いというのも無理かもしれないなあ……。事務所ではめったに君と話す機会もないし、ここで一緒に暮らすようになれば、いろんな相談相手にもなれると思ったのだが……」

副委員長は、何かもっと話したそうであったが、それ以上は何もいわなかった。


午後の最初の時間は、羅の国語講義だった。謹厳な羅の講義に、講習生たちが緊張しているせいか、しずまり返っているようであった。

一方、事務室の中は、話題が豊富で、しかも頓智のきく姜の面白い話に誘われて、笑声が絶えなかった。

九十分の講義時間を、ただの一分もたがえないで、いくらか疲れたような顔で事務室に戻ってきた羅は、笑いの余韻がただよっている部屋の空気に違和感を感じたのか、いくらかむっとした顔をしていた。玄は、ばね仕掛けのように立ち上がり、

「お疲れさまでした。講習生たちは、どんな具合でしたか？」

と、声をかけた。

「知識水準がまちまちで、国語の理解能力がふぞろいなので、授業を進めるのが容易ではないようです。おたがいに大変な努力が必要なようです……」

羅は、しずんだ声でいった。

「大変な学校をはじめたもんだね……」

姜が、つぶやくようにいうと、

「この現実の中で、新しいものを生み出さなくちゃならないのだから……」

羅は、つきつめたようないいかたをした。

「次の僕の講義なのですが、何をしゃべればいいのか、全然見当がつきません」

鄭が心細そうな声を出した。

「なあに、いつか講演会で君がしゃべったように、わが国の歴史を教えるのだという確信をもって話せば、みんなよくきいてくれるよ。心配することはない」

羅は、急に元気づいたような声を出した。宋にしても、三時限目の講義をうけもたされているものの、全然自信はなかった。

しかし、手さぐりで、朝鮮地理の教科書を書いたことを考えると、話しはじめれば、いくらでも話すことはありそうな気がした。

十分の休憩時間の後に、二時限目の鄭の講義が始まってから、羅が宋に話があるといって、さっき副委員長がつれて行った部屋に宋を誘い出した。

「さっき副委員長と、何か大事な話をしたの？」

「いや、ここへ越して来ないかといわれたけれど、今すぐは越せない事情を話しただけ……。君は、ここへすぐ越して来るそうだね」

「うん。二、三日中に越してくるつもりだ。それより他に大事な話はなかったの？」

「いや、何も話さなかった」

「そうか……。副委員長は君をすごく信頼しているから、きっと大事な話があると思ったのに……」

「なんだろう？」

「いや、副委員長が何も話さなかったのなら、まだ話す時期じゃないと思ったのかもしれない……」

そういって、羅は口をつぐんだ。宋も、それ以上きくのも気がひけた。

「それより、講習生たちの面接をするのはきわめて大事だということを、授業をしてみて、より痛感した。姜君はあまり気乗りしないようだし、それに今夜、用があって帰るというから、大変だけど、君と二人で手わけして、今夜のうちにすまそうよ」

羅は、いやおうなしに宋を承服させた。


今日授業のない姜は、鄭の授業がはじまってすぐ帰っていった。

鄭も九十分授業をきちっとすまして、晴れ晴れとした顔で事務室に戻ってきた。

「歴史は、歴史的な事件よりも、生きた人間の具体的な物語りの方がはるかに面白いということは、歴史を勉強した学生時代にも考えたことだけれど、朝鮮の歴史を全然習ったことがないという人たちも、生きた愛国者の物語りにひどく感動するということが、よくわかりました」

と、感想をもらした。

三時限目は、もう四時に近い時間になっていた。慣れない九十分授業を二時限もつづけて受けて、講習生たちはほとんどが疲れ切ったような顔をして坐っていた。

だが、宋がはいって行くと、班長の号令でいっせいに立ち上がって敬礼をした。みんなが坐って座がしずまるのを待ち、

「さっき開講式で紹介されたように、私は朝鮮地理の教科書は書きましたが、しかし、学生時代に地理の勉強をしたことはありません。だが、地理や歴史の勉強は、自分の祖国を愛するために必要な課目だと思うのです。私もみなさんと同じように、植民地時代の教育を受けた人間ですから、学校で日本の歴史や地理は教えられたけれど、わが祖国朝鮮の地理や歴史は教えられませんでした。しかし祖国を愛する人間になりたいという意欲には燃えていましたから、つねに祖国に関する書籍をあさっては読みつづけ、朝鮮地図を部屋の壁にはりつけて眺めつづけました」

と、自己紹介をかねた話をし、次に朝鮮の十三の道名道庁所在地のいえる人は手をあげてみるように、ときいた。

すると、手をあげたのは、三分の一にもならなかった。

ところが、日本の都道府県名や県庁所在地がいえる人ときいたところ、ほとんど全員近くが手をあげた。

「このように、私たちは日本の植民地教育を受けてきた人間たちです。しかし、解放された私たちは、自分たちの手で、愛国的な民族教育の運動をおこしたのです。考えてみれば、私が植民地教育を受けながら、

つねに民族を考え、民族を愛する気持ちを失わなかったのは、小さい時、熱烈な愛国青年に教育されたおかげだと思うのです。一番大事なことは、わが子供たちに、祖国愛、民族愛を強く教えこむことです」

といって、宋は幼少の頃受けた教育のことを話した。

「一九二〇年代、三・一独立運動の後、朝鮮の愛国的な青年たちが、学校へ行かれない貧しい農村の子供たちに、愛国的な魂を教えこもうとして、全国各地に、それまであった漢文ばかりを教える封建的な書堂のかわりに、新しい民族教育をする塾のような学校を建てていったのです。金がないから立派な校舎が建つはずがありません。空いている農村の舎廊坊（サランバン）（客間）や、広い物置のようなところで塾がはじまりました。

その塾に私は数え年六つの時から通いはじめました。ところが半年ほどして、学校新築のための募金運動をはじめようとしたところ、警察は独立運動のためだときめつけ、先生を検挙し、塾は閉鎖されてしまいました。しかし、同じような塾が二キロほど離れた村に出来たので、そこへ通いはじめました。その塾も半年ほどでつぶれ、四キロほどの距離にある少し大きな塾に移りました。このように愛国的な青年たちは、日本の権力につぶされてもつぶされても、愛国的な教育運動をやめようとはしなかったのです。だが、日本の権力は、やがてこれらの活動が出来ないように弾圧し、勉強を続けたい者は町に新設された官製の公立普通学校に入らなければならないようにしてしまいました。その学校は授業料をとるので、貧しい家の子は入ることができなかったのです。私の父は教育熱心だったので、血のにじむような借金を重ねながら、私を普通学校に入れてくれました。私は三年生に編入して普通学校に通いはじめましたが、校長や教頭が日本人の普通学校では、民族愛とか祖国愛などという言葉は一度もきいたことがありません。

考えてみれば、満でいえば五歳か六歳の幼い私の頭に、民族や祖国を考えて勉強するようにしみこませてくれたのは、塾の愛国的な若い先生たちであったのです。真の民族教育というものは、祖国愛に燃える教師の情熱のほとばしりだと思うのです」

宋が力をこめて、そのような話をすすめて行くと、教室の空気は張りつめたようになり、講習生たちの目は、一様に光り輝くように変わりはじめた。

宋は夢中になって体験談を語りつづけた。みんなが真剣な表情できいてくれているので、時間のたつのも忘れていたが、ふと気がつくと、一時間以上もたっていた。宋はあわてて話をやめ、

「肝心な地理の授業はしないで、余計なおしゃべりをしてしまって……」

と言い訳がましくいうと、あちこちからいっせいに手が挙がり、めいめいに立って感想をのべはじめた。

「とてもいい話でした。胸が熱くなりました」

「勇気がわいてくるような感じです」

「これから勉強する目標が、しっかりつかめたような気がします」

「一番大事な話をしてくれたと思います」

われもわれもと、いい出しはじめたので、教室は騒然となってしまった。

班長をつとめた人が立ち上がり、みんなを制止して、

「一人ひとり、手を挙げ、先生に指名されてから話すようにしてください」

というと、間髪を入れず、中ほどの席からすばやく手が挙がり、

「先生は、どういう勉強をしたのですか？　それを話してください」

という質問がとび出した。たちまち賛同するような拍手が起こった。宋は苦笑しながら、

「小説が書きたくて、文学の勉強をしました」

と答えると、

「もっとくわしく、どんな小説を書いたのかを説明してください」

とせきたてられ、

「大学の予科の頃から、短いものをいくつか書きましたが、学部一年の時、『ながれ』という題で、少年時代に東京へやって来て、工場に通いながら苦学をしたことを四百枚ほどの長篇で書きました。それを学校で出している雑誌に連載しはじめたのです。発表そうそう大変な評判になり、芥川賞候補に推薦されたりしましたが、警視庁の検閲で発表中止になり、二回にわけた百五十枚ほどが発表されただけで、あとは原稿も行方不明になってしまいました。その後、百枚ほどの作品を二、三篇書きましたが、戦争がひどくなって発表も出来なくなり、仕事をしていたので、書くのもやめてしまったままです」

その答えだけでは満足できないで、あとからあとからと質問がくりかえされ、とうとう授業時間が終わってしまった。

玄が講習生たちに書かせた簡単な経歴書によると、日本で育って中学を出たのが一割程度、中学の中途退学が一割くらいだった。あとはみな戦時中に日本に渡って来た人たちで、夜間中等学校に通った経験のある者が三割程度、あとはみな戦時徴用で日本に来た者ばかりであった。

その大部分が、解放後、帰国するつもりであったのが、出来れば進学したいと思って模索するうちに帰国の機会を失い、せっぱつまって朝連の組織にかけこんだということであった。

朝連の各組織でも、若い働き手が必要な時であり、その仕事の手伝いをするうちに、集まって来る子供たちの教育が大事だということを痛感するようになった。

中央からこの講習会開催の通達があり、ぜひ参加したいという本人たちの希望もあったが、組織から正式に推薦されて来た者もいた。

日本に親兄弟の家族がいて、自宅で暮らしている者が約三〇％、自立して間借りして暮らしている者がおよそ三〇％、朝連の組織の施設に寄宿している者が二〇％、残りの二〇％はまったく住所不定の浮浪者とかわりない有様であった。

したがって、学資や生活費の負担できる者は六〇％くらいで、四〇％は徒手空拳の状態であった。

羅と宋は、三〇名ずつを受け持って面接をはじめた。

あらかじめ玄が全員に予告をしていたので、講習生たちは落ち着いてはいたが、中にはひどく緊張して、いくらかおびえている者もいた。しかしみんな率直で、はきはきと所信をのべるので、面接は能率的にはかどっていった。

半分ほど進んだところで、宋は思いがけない話をきくことになった。

青森から来たというその青年は、宋とは二つ三つしか違わない年だった。一九四二年、徴用でかり出され、江原道から北海道の炭坑に連行されたが、二年たったら帰すという約束を踏みにじられ、物資不足で作業服の配給もなくなり、飯の量まで減らされると、仲間たちの不満の反抗意識は日に日につのっていった。

仕事をさぼり、露骨に反抗したということで、何人かの仲間が監督になぐられるという事件があり、激昂した五十人ほどの仲間が炭坑から集団脱走した。近くの山の中に逃げ込んだが、集団行動をとったのではすぐ見つけられるというので、分散行動をとることにした。

山奥へ山奥へと、夢中になって逃げているうちに、彼はひとりぼっちになってしまった。木の葉が紅く色づきはじめる頃であり、夜になると冷えこみはじめ、終日何も食べていないので、腹がへってたまらなくなった。はるか山すそに人里らしい明かりが見えたので、彼はつかまっても仕方がないと覚悟をきめ、山すそにおりて明かりのついている家の戸をたたいた。

顔を出したひげの濃い爺さんが、彼の話をきくと、

「今日、町に行って、炭坑の朝鮮人が集団脱走したという噂をきいたよ。大変だったろう……」

といって、すぐ家の中に入れ、先ず飯を食べさせてくれた。それは、アイヌの人の家だった。

その家にかくまわれ、一生懸命畑仕事を手伝っているうちに、家族のような親しさも感じ、終戦の日まで一緒に暮らした。その家にとっては大事な労働力になっていたので、終戦になっても直ぐ帰るとはいい出しにくく、二、三カ月たってしまった。

朝連が結成されたという噂をきき、彼はようやく決心がついて、その家の人たちと別れを告げることになった。爺さんは涙をうかべ、大事にしまっている財布の中から旅費を出してくれた。

連絡船が青森に着いた時、彼は腕章を巻いた朝連の人に会い、すすめられるままに青森支部の仕事を手伝うことになった。

故郷で普通学校は卒業したものの、家は貧しい農家で、進学ははかない夢であった。日本に行けば苦学が出来るという噂はきいていたが、そういう機会をみつけることもできなかった。徴用され日本に行くことになった時、彼は苦学の道をみつけることが出来るかも知れないと思い、徴用されたことを絶望的には考えていなかった。

炭坑のなかで、それがどんなひどい錯覚であったかを、いやというほど思い知らされたが、青森支部の仕事をしているうちに、おそまきながら、また向学の夢が芽生えはじめた。帰郷しても彼に耕作する田畑

はなく、就職をするにも、戦前の苦い経験が身にしみて、絶望感が先に立った。

支部の事務所に集まって来る同胞の子供たちに言葉を教えながら、ますますかりたてられるような思いになっていた時、この講習会の通達はまるで燈台の灯のようにうつった。彼は支部の役員たちを説得して、支部推薦の形で、講習会に参加したのであった。

「私はアイヌの人たちのことは何も知らなかったのですが、あの人たちと一緒に暮らすうちに、あの人たちが一般の日本人たちに差別され、迫害されて苦しんできたことを知りました。あの人たちは、朝鮮人に対して、同じ立場の者たちだという親愛感をもって接してくれました」

宋は彼の話に感動して、その脱走物語が劇的に思えたので、もっと彼の話をききたいと思ったが、彼との対話だけに時間をつぶすわけにもいかなかったので、またゆっくり話し合える機会をつくるつもりで彼との対話を打ち切った。

宋は予定よりも面接が早く終わったと思って事務室に戻ったところ、羅の方がもっと能率的にすませたと見え、玄と二人で何か熱心に話していた。

宋の報告をきいた後、羅が結論を出すようにいった。

「問題は、食糧も外食券も持たないで来ている人たちの食糧をどうするかということと、費用を持たずに来ている人たちの費用を、どう補助するかということです。この二つの緊急課題のほかは、講習を進めながら解決していけると思うのです」

つづいて、玄がいった。

「食糧問題は、ここのまかないをしてくれる徐さんが、ここの町の食糧配給の担当官とじっこんの間柄のようですから、徐さんにたのめばいい智恵が出ると思うのです。ただ、徐さんにそのことをたのむには、徐さんが宋君をとても信頼しているようだから、宋君から徐さんにお願いした方がいいのではないでしょうか」

「それはいい！　宋君、ぜひ頼みます」

と、即座に羅が賛成した。

宋は、いやともいえず、

「徐さんが、まだ寝ていなかったら、今夜のうちにでも頼んでみましょう」

と、引き受けた。

「補助金の問題は、明日、僕が副委員長に会いますから、副委員長にお願いして緊急対策をたててもらうことにします」

と羅がいったので、玄と宋は手をたたいてその意見に賛同した。


徐の住居の明かりがまだついていたので宋が行って声をかけると、徐がすぐ玄関をあけて宋を迎え入れてくれた。

宋が、いいにくそうに講習生たちの食糧問題のことを話すと、徐はにこにこ顔で声を低め、

「もれてはいけない話ですが、ここからあまり遠くないところで、私と親しい同胞の一人が、戦時中軍の工事場の飯場を経営していたのですよ。その飯場で働いていた同胞たちは、ほとんどが炭坑やその他の徴用先から脱走してきた人たちだったのです。もちろん食糧配給券などあるわけがない。ところが、軍は緊急な工事だから、その労働者たちのために、いくらでも食糧配給の券を書いてくれました。軍の命令ですから、食糧配給所では優先的に配給をしてくれたのです。それが終戦になって、そこで働いていた同胞た

ちが大量に帰国してしまいました。軍は解体してしまったので、飯場を管理するところもありません。帰国同胞たちは、転出証明書など持って行くはずもないから、飯場の親方のところに配給台帳がそのままそっくり残されたままです。

はじめのうちはその配給をそのままもらって、親方たちはずいぶんいい思いもしました。しかし、工事がなくなり、労働者たちがいなくなったのに、いつまでも同じ配給所に大量の配給をもらいに行くこともできなくなりました。親方たちは配給してもらえる転出先がみつからないまま、台帳をかかえて四苦八苦の状態です。私の親しい親方も数百名の台帳をもっているはずです。この講習会には六十名の同胞青年たちが来ています。その人にたのめば、六十名の転出証明書はわけなく出してくれると思います。しかし、これは絶対他にもれてはいけないことだから、私が明朝早くその家に行ってたのむことにします」

話をきいて、宋は、世の中には奇想天外なこともあるものだと思った。

「まかしておきなさい」という自信にみちた徐の声を背に送り出された宋が、事務所に戻ると、羅と玄は深刻な顔で宋の帰りを待ちわびていた。

宋がかいつまんで徐の話を説明したところ、

「まったく信じられないことだ！　そんな奇蹟的なこともあるのか……」

と、羅がうなるようにいうと、玄も、

「戦争が終わるまで、わが同胞たちは日本軍に虫けらのように酷使されたのだ！　そのおこぼれの恩恵を、わが講習生たちが受けるのは皮肉なめぐり合わせだが、当然のことかもしれないなあ……」

と感嘆したようにいった。

翌朝、朝食が終わって講義がはじまろうとする時、中央本部から宋あてに「大急ぎで帰って来るように」という電話があった。

幸いその日の講義をうけもつ講師たちが顔をそろえていたので、宋は安心して新橋の本部に戻ることができた。

文化部の事務所に入るなり、辛が、

「昨日から、宣伝部長が何回もやってきて、宋さんはまだ出勤しないのかとうるさくいいつづけていますよ。すぐ宣伝部に行ってみてください」

というので、宋は、文化部長への狛江の講習会の報告もそこそこに、宣伝部長のところへ顔を出した。

「あ、君、待っていたよ！」

宣伝部長は急いで立ち上がり、宋をつれて応接室に行った。

「君がもってきた新聞用紙の配給券の話は、とても大事なことで、宣伝部としてはすぐにでも取り組みたいのに、常任委員会にはかったら反対意見が多くて、まったくお手あげのほかなかった」

と、部長は落胆したような声を出し、

「朝連が配給問題の干渉をしようものなら、やたらにピストルをぶっ放して暴力行動に出る連中が、また何をやらかすかわからない。あの物騒な連中が朝連を離れて独自の活動をはじめたので、みんなやれやれと胸をなでおろしているのに、騒ぎを呼びこむことはないというのだ……」

と、しずんだ声でいった。

「じゃ、今日にでも商工省の担当官に会って報告することにします。返答を待っているはずですから」

「君が商工省の担当官の信頼を受けているということは、すごいことだよ。どうか心証を害しないようにうまく話してくれよ」

宣伝部長は立ち上がって宋の手を握りしめた。

そのあと宋は商工省へ行き、担当官に会って事情を説明したところ、

「現在、在日朝鮮人団体の全般的な動向をわかりやすく説明してくれませんか」

と、いわれた。

「私も統計的なことははっきりわかりませんが、朝連が結成された時、在日同胞のほとんど全員がこの組織に参加したのです。ところが一部の若い人たちが、朝連の活動に不服をとなえ、朝鮮建国促進青年同盟というものを組織しました。建青といっていますが、過激な行動をとる人もいるので、組織はごく少数です。出獄した朴烈氏を拉致していったのもその仲間の一部です。朝連に反対する新しい団体をつくるという噂も出ていますが、まだはっきりした形としては出発していません」

「朝連は日本共産党員が牛耳っているという噂もありますが、それは本当ですか？」

「組織の幹部の中に共産党員がいるのは事実なのですが、ごく少数です」

「どうして日本共産党に入るのですか？」

「戦前、日本の中で、朝鮮の独立を政策としてかかげたのは、非合法の日本共産党だけでした。だから朝鮮の独立を希望し、その運動に参加した人たちは、みな日本共産党の影響下にありました」

「どうして朝鮮共産党に入らないで、日本共産党に入ったのですか？」

「戦前からの国際共産主義運動には、一国一党の原則がありました。共産主義運動をする者はみな居住地の共産党に入るという原則です。ソ連に居住する者はソ連共産党に、中国に居住する者は中国共産党に、

日本に居住する者は日本共産党に入らなければならないという原則です。朝鮮に帰れば朝鮮共産党に入るのですが、日本の中には他の国名をつけた共産党は一切ないのです」

「失礼ですが、あなたは共産党ですか？」

「いいえ、まだです。共産党に入るためには理論的な勉強をかさね、革命的な使命感に徹して実践活動をつみあげなければ、入党の資格はないことになっています」

「では、朝連の中心になっている党員は、みな偉いのですね？」

「若い時から運動をして刑務所暮らしをした人たちです。愛国思想に徹している人たちですから、同胞たちの絶対的な信頼を得ているわけです」

「戦前、朝鮮人はみな協和会の会員だったという話ですが……」

「民族運動や社会運動は一九三〇年代になって特高の徹底的な弾圧をうけ根絶やしにされ、無組織状態だったのです。ところが一九三七年、中国との戦争が起こると、日本は朝鮮に志願兵制度をもうけ、いわゆる皇国化教育を徹底するようになりました。それと同時に、日本の本土内では、特高警察の管轄内に協和会なる組織をつくり、朝鮮人の成人は一人残らず協和会に加入させ、協和会手帖なるものを持たせました。それをもっていないと、つかまって警察に連れて行かれたのです。だからわが同胞たちは、この手帖を『犬の監札』と呼んで極度に憎んでいたのです。特高は警察に従順な朝鮮人を補導員というものに任命し、協和会会員である朝鮮人の指導に当たらせました。一般同胞は、これを日帝の手先だといってきらっていましたが、郷里に里帰りをする時は、特高から渡航証明書なるものをもらわなければならないので、補導員の世話になるほかなかったのです」

「じゃ、朝鮮人は四六時中、特高に監視され弾圧されていたので、日本の権力にいつも反感をもっていたわけですね……。いろいろ勉強させてもらいました」

担当官はそんな謝辞をのべてから、

「私たちも、いろいろ研究して対策を考えたいと思いますが、またあらためて、あなたに連絡したいと思います」

と鄭重なあいさつをした。


印刷所に発注してあった教科書は、初等国語読本一、二、三、児童国史読本、朝鮮地理と相次いで完成して、文化部に届けられた。

文化部はその発送のため、部員全部が連日残業をする忙しさであった。事前に、各県本部宛に、支部別に注文書を送って来るように通達してあったので、各支部からの注文書が連日文化部に送られてきていた。

そのほかにも、謄写印刷で注文してある単行本が次々と納本されてきた。教科書は女子部員二人が注文書を整理して、あらかじめ表をつくってあるので、その表に従って代金引き換え小包として発送すればよかったが、成人用の啓蒙書である単行本は、注文を受けたのではなく、居住人口に応じて配分して各本部宛に送りつけるため、その配分表は部長の承認をうけ、宋がほとんど一人で作成していた。

文化部の雑務に追われ、狛江の講習会場の羅と電話連絡をとり合い、宋がようやく狛江に出かけたのは、四日ぶりのことだった。

何よりも講義が先なので、羅と話し合う間もなく講堂に入った宋は、活気にあふれた雰囲気に驚かないではいられなかった。みんながにこにこ顔で、うれしそうに、くばられたばかりの新しい地理の教科書をなでていた。

宋は先ず、各自の所感をのべてみるようにいった。真っ先に手を挙げて立ち上がった講習生は、たくみな朝鮮語で、

「こんなすばらしいわれわれの地理教科書を見るのは、生まれてはじめてです。解放されて半年しかたたないのに、こんな立派な教科書を作り出すなんて、先生たちは私たちとあまり年も違わないのに、まったく偉いもんですねえ……」

と感嘆した言葉をのべると、それに賛同するように、いっせいに歓声があがった。

そのざわめきがしずまると、まん中あたりにすわっていた講習生が立ち上がり、日本語で、

「私は母国語を習いはじめたばかりなので、残念ですけれどこの本が読めません。どうすればよろしいでしょうか？」

と、なさけなさそうな声を出した。すると、あちこちで手が挙がり、「私たちもそうです」という声があがった。

宋はあらためて質問し、数をとってみた。すらすらと読めるというのが四〇％くらいで、どうにか読めるというのが二〇％、全然読めないというのが二〇％であった。

「羅先生が対策をたててくれたはずだけれど、国語を習いたての人たちはどういう指導を受けることになったの？」

すると、中の一人が答えた。

「羅先生が三日前から、夜二時間ずつ特訓をはじめてくださったのです。どうにか一字一字は読めるようになりました。特別講義はつづけるけれど、昼間はわからなくとも皆と一緒に講義を受けるようにとおっしゃってくださいました」

「よしわかった。それでは、はじめのうちは、みんなによくわかるように日本語で講義をすることにして、大事なことは国語で教えます」

というと、またいっせいに歓声が上がった。

「われわれが朝鮮の地理を勉強するのは、朝鮮という国をよく知るためです。われわれにとって一番大事なことは、祖国を愛することであり、祖国の繁栄のために尽くす人物にならなければならないということです。

昔から愛国者たちは、自分の国の地図を大事にし、いつも自分の国の地図を眺めつづけたということです。この教室にも、わが国の地図がかたすみにかけられていますが、地理の勉強は先ずこの地図を見ることからはじめなければなりません。

この地図を見てごらんなさい。山が多く平野がすくない。だが、わが国は昔から錦繍江山（クムスカンサン）といわれた美しい国です。美しい自然に恵まれた国なのです。この美しい自然に育った人たちが、心優しい人でないはずがない。だからわが国は、人情豊かな国だといわれてきました」

このような調子で地図を説明していった。

講習生たちは、宋の文学的な語り口に、何か物語りをきいているような気持ちになったのか、うっとりと聞き入っていた。こうして地図の説明だけで、九十分の授業はあっという間に終わってしまった。

講習生たちの熱烈な拍手に送られて事務室にもどると、羅と玄が笑顔で待ちかまえていた。

「相変わらず宋さんの講義は受けていますね」

玄がお世辞とも皮肉ともつかない調子でいったが、羅は、

「講習生たちのふんいきは活気にみちているでしょう。物質的に保障された安心感からです」

と事情を説明した。

「徐さんのはたらきは神業のようなものでした。一挙に六十人分の配給を受けるようになったものだから、食事は毎食山盛りです。それに費用も、副委員長のはからいで本部の経理課から特別補助が出るようになったのです。今度の講習生たちは幸運に恵まれました。死ぬ気になって勉強しようという気を起こしたのです」

そういう羅も仕合わせそうだった。彼はここの敷地内に引っ越して来たということだった。

「せまい間借り部屋から、二間つづきの広い家に来たものだから、子供たちは大喜びです。毎日裏の河原の土手に行って、とんだりはねたりしています」

「副委員長も越して来たんでしょう?」

「ええ、越して来ました」

羅は何か話したそうであったが、玄の表情をうかがい、急に顔をこわばらせて黙りこんでしまった。

副委員長の南朝鮮行き

三月に新円が発行され、旧円は全部貯金として封鎖され、月に生活費として一世帯五百円しか引き出せないことになっていたが、給料だけでつましい生活をすることになれている宋にとっては、大して苦にもならなかった。ところが、この新円をたくみに利用して、にわかにふくれ上がる連中が出てきた。

朝連結成直後、民族雑誌を出したいといって文化部に宋を訪ねてきた元という男がいた。原稿をたのまれ、短い随筆のようなものを書いて渡した。その男は詩を書くといって、幾人かの原稿をあつめ、四十頁ほどの謄写版刷りの雑誌を発行した。売れるはずもなかったが、男は寄附集めにはたくみで、つづけて三号ほど出した。

ところが旧円封鎖になると、男は大きな出版社を設立する名目で、多額の封鎖貯金をもっているにわか闇成金から、多額の小切手を出資金として投資させ、その半分を新円で払った。インフレで日に日に物価が高騰する状態の中で、封鎖された貯金は一年もたつと三分の一の値打ちに低落すると見込まれていた。それに新円でなら、不動産などは半額以下で買えるということであった。新円は事務所設置のためとか、社員募集のためとかいう名目で、いくらでも封鎖貯金から新円で払い出してもらう口実ができた。

男は出版社を設立したから、宋に副社長として実務を担当してくれといって来た。生活費はいくらでも出すし、新設した会社の株の三分の一を渡すといった。

しかし、宋はその男を人間として信頼していなかったし、朝連の仕事をやめる気もなかったので、うますぎる話の提案を断わった。

ところが男は、新入社員たちの前で訓示だけでもしてくれと懇願するので、仕方なく日本橋の焼け残りのビルに設置された事務所に行き、いずれも大学生だという日本人男女が八人ばかりそろっているところで、通りいっぺんのあいさつをして帰ってきた。

徒手空拳の人間が、時流を利用して大きな事業をはじめることもできるという事実を目の前に見て、宋は一種の驚きを感じないではいられなかった。


売り切れた教科書の再刊や新しい教科書のための配給用紙をもらうために商工省に行った時、すっかりうちとけ合う間柄になった担当官が、こういった。

「上司の人たちと、いろいろ協議したんですが、もし朝連が新聞を発行するというのなら、朝鮮人を対象として予定している二十万部の枠の中から十五万部分を配給してもいいということになりました。朝連に新聞発行の計画があるかどうか、近日中に知らせてくれませんか？」

十五万部分とは、すごい量であった。思いがけない好運に恵まれたような気がして、宋はとびはねるように事務所にかけもどり、先ず文化部長に報告した。しかし文化部長は、そっけない調子で、

「その問題は、宣伝部長と話し合っているんだろう」

といっただけだった。

せっかく気負い立っていたのに、冷水をかけられたような気がしたが、宋は気をとりなおして宣伝部長のところへ行った。

「へえ……。それはすごい話じゃないか!」

宣伝部長は感嘆したような声を出したが、

「十五万部ときいても実感が湧かないが、どのくらいの分量なの?」

と、小さい声でいぶかしげにきいた。

「戦前、中央興生会の新聞局が、全国の隅ずみまで同胞関係に配布していた新聞の部数が四万部でした。日本の地方新聞も十万部を超えているのは、ほんのわずかです。十五万部を発行するとなると、全国的にもかなり大きな新聞ということになると思います」

「それは豪勢じゃないか! さっそく常任委員会にかけて、大々的な朝連新聞社を設置するように提案することにする」

宣伝部長は自信まんまんの声を出したが、宋は、彼が基礎的な常識もそなえていないことに失望を感じ、たよりない思いをするほかなかった。

「常任委員会は、いつ開かれますか?」

「こんな大問題の緊急協議だから、おそくとも明晩には開けるようにする」

「じゃ、明後日の朝には結論がきけますね」

「うん。明後日の朝、出勤したら直ぐ私のところに来なさい」

宣伝部長にそういわれ、宋はいくらか安心する気になった。

文化部長は、国語大辞典の出版費用の問題で頭をいためていた。膨大な金額だから、なるべく文化部独自で金策をするように、と常任委員会でクギをさされたようであった。

若い時から映画に異常な関心があった部長は、同胞の啓蒙と朝連活動の記録をとるために映画製作を思いたち、副委員長の協賛のもとに、日本共産党系の映画人たちに連絡をつけ、かなり多額の製作準備金を渡したようであった。ところが相手は、具体的な仕事はすすめないまま言いわけばかりして、日時をついやしていた。たまりかねた部長は、渡した金の返済を求めたが、あいまいな態度をしめすばかりであった。

部長は、はじめてその事実を宋に打ち明け、金を渡した三人の人に会って、金を回収してくるように命じた。話をきくだけで腹が立ち、宋が、

「だまし取られたのではないですか？」

というと、部長は色をなし、

「共産党の責任ある人の紹介で会った人たちだ。そんな詐欺師のようなことをするはずはない！」

と叱るようにいった。

宋は部長に書いてもらった三人の別々の住所を訪ねて、次々に三人と会った。三人とも、部長と同じくらいの年輩で、非合法活動の経歴をもっているようにみえ、部長のいうように人をだますような人たちではないようにみえた。

宋は一人ひとりに、朝連の文化部の資金ぐりの困難な状況や、苦境に立たされた部長の立場などをつぶさに語り、早急に金を返済してくれと強く要求した。

はじめはいろいろ言いわけをしながら、丁重に応対していた人たちが、若い宋にはげしくなじられると、露骨に不愉快な顔をして、抗弁するようないいかたをした。その人たちの言葉の端々から、党の文化活動に必要な資金を、朝連の幹部からカンパしてもらったつもりでいるということを汲みとることができた。

それらの話をききながら、宋は猛烈な怒りを感じたが、相手と喧嘩をしてもはじまらないと思うほかな

かった。結局は、お人よしの部長が、現実の把握ができないまま、いいように相手に利用されたのがいけないのだと考え、すっかり滅入った気持ちで事務所に戻った。沈痛な表情の部長に、

「あの連中には誠意のかけらもありません。返済する意志もなければ、能力もない人たちだと思います。返済を求めるなら、あの連中を紹介した党の幹部に強く抗議して、応分の対策をたててもらうほかないと思います」

と、強い口調で報告した。部長は絶句し、しばらく黙りこんでいたが、やがてひとりごとのように、

「もう一度、関西の有力な県本部をまわって、辞書の前金をあつめてもらうほかないなあ……」

と、つぶやいた。

約束の日の朝、宋は早く出勤して、宣伝部長のところに行った。しかし、宣伝部長はすっかりしょげかえっていた。

「朝連の機関紙は、解放新聞があるのだから、新しい新聞を出す必要はない。用紙も充分配給してもらっているのだから、心配ないというのだ。会議の席上、解放新聞の責任者がそう主張すると、誰も異論をとなえる人がいなかった。俺ひとり主張してみても、まったく相手にされなかった……。

それから解放新聞側の説明では、現在はガリ版刷りで一萬部くらいしか出していないけれど、国文活字を手に入れるために南朝鮮との密貿易をしている関係にも手をつくしているし、それが駄目でも、字母をつくる日本人の職人に文字を教えこんで、不充分ながらも一生懸命つくらせているから、いずれ近いうちに活版印刷がはじまる見込みだから、今はその方に全力をそそぐべきだというのだ」

そのような宣伝部長の話をきいて、宋は自分の意見をのべてみた。

「現在のところでは、同胞の若い層ではまだ国文を読めない層が圧倒的に多いし、朝連の活動を日本の社会にひろく知らせるためには、日本文の新聞を発行するのもぜひ必要なことではないのですか？」

「俺もそのことを力説したよ。ところが解放新聞の強い発言におそれをなしたのか、みんな黙りこんでいるばかりだった」

「副委員長は、大衆の動向をよくつかんでいる人だから、当然、発言があったはずじゃないですか？」

「それが残念なことには、副委員長が出張中で、会議に出席していなかったんだよ。副委員長が居たら、当然、俺の意見をとりあげてくれたはずなんだが……」

「文化部長は何もいわなかったのですか？　文化部長なら話がわかるはずなのに……」

「あの人は、何を考えているのか、終始沈黙を守ったままで、一言も口をきかなかった。ゆううつそうな顔でむっつりしているだけで……」

宋は、副委員長が出張中という言葉に異常な衝撃をうけた。羅が何か話したそうにして、急に口をつぐんだことを思い合わせて、副委員長が、かねて計画していた南朝鮮行きを断行したのに違いないと思った。正式な旅行ができない状況だから、闇船に乗っていったに違いなかった。

とすれば、いっさい秘密にされて、おそらく重要な幹部以外は誰にも知らされていないはずだった。だが、宋は直感で、胸にひびいてくるものを感じた。

副委員長がいなければ、共産党の直系勢力といわれる解放新聞の代表者が、絶対的な発言権をもっているに違いなかった。党経歴の浅い宣伝部長の発言が問題にされなかったのは当然なことであったかもしれなかった。

副委員長がいなければ、誰に話しても無駄なことのように思え、宋は絶望感におちいったまま、それ以上何もいわないで宣伝部長のそばをはなれた。

宋としても、のこのこと商工省に出かけて、朝連は新聞を発行する気がないようですなどと、ばかげたことをしゃべる気にはなれなかった。

副委員長がいないことで、文化部長も大きな打撃をうけたようであった。

辞書の金策で関西旅行をした文化部長は、期待したほどの成果が得られなかったようで、帰ってきて苦慮していたが、ついに体調を悪くして入院してしまった。結婚もしない一人暮らしで、仕事がおそくなると食事もおろそかになり、それが体を悪くする原因の一つにもなっていたようであった。

宋が一人で見舞いに行くと、部長はうらさびれた病室のベッドで、めい想にふけっていたようだったが、笑顔をうかべて起き上がり、あれこれと割に元気な声でよもやま話をはじめた。

そして、ふと思い出したように語りはじめた。

「たしか一九二八年の冬のさなかだった。はたちそこそこの私は、ある独立運動団体の下ばたらきをしていたが、突然、上の人から、日帝の警察が咸鏡南道の国境近くのある村で、運動の主だった人たちの秘密会合場を、夜明けを期して襲撃するという情報を知らされた。

私のいた町からその村までは十キロほどの道のりであったが、雪のつもった山道を、四時間以内に駆けつけて、警察の襲撃前に各自逃避するように知らせなければならないという、重要な任務を私は負わされた。

怖れをしらず、どんなことでもやりとげるという自信にみちあふれていた私は、よく知っている道でもあり、二時間もすれば到達できると信じて夜道を駆け出した。だが、降りつもった雪は三十センチほどにもなっていて、いくらも歩かないうちから、私は息苦しくなり出した。

そのころは時計などを持ち合わせているわけではなく、どのくらいの速さで歩いているのか、見当もつきかねていた。あえぎあえぎ、道の半ばほどにある峠にさしかかったとき、くたびれはてた私は道ばたの大きな木の下にぶっ倒れてしまった。

疲ればかりではなく、はげしい眠気におそわれて、そのまま眠ってしまいたかったが、厳寒の雪の中で眠ってしまっては、間違いなく凍死してしまうに違いないという意識で、私はやたらに目をこすりつづけた。そして、また立ち上がり歩き出したが、ものの百歩も歩かないうちにまた倒れこんでしまった。

そのまま眠りこんで死んでしまった方が楽なような気がした。しかし、私がこのまま死んでしまえば、運動の指導者たちが皆つかまってしまうに違いないことを考えると、たとえ這ってでも予定の時間までには目的地にたどり着かなければならなかった。

私は気力をふるいおこして、また歩きはじめた。私にどこからそんな気力が湧いたのかわからない。倒れては起き、倒れては起きて、私はとうとうその村にたどり着き、見張りをしていた一人に急を告げると、私はその場で気絶してしまった。

目がさめたとき、私はあたたかいオンドル部屋に寝かされていた。私は二日間も昏睡状態をつづけたということであった。

付き添ってくれた人の説明で、集合していた人たちが退散してしまった一時間あとに、警官隊がおそってきたということであった。奴らは村中を家さがししたが、結局手ぶらで引き揚げるほかなかった。

私はひどい凍傷で、二カ月以上も寝ていた。その後、運動は日帝の徹底的な弾圧で壊滅してしまったが、私はあのときのことが、唯一の生きたあかしのような気がする。

このことは誰にもしゃべったことがなかったが、今日はどういうわけか、つい君に話してしまった」

部長のその話に、宋は、体中がほてるような感動をおぼえた。ふだん口かずの少ない部長の秘められた愛国的な情熱が、一気に噴き出したように感じたからであった。宋は、あらためて部長に親愛感と尊敬の念をもたずにはいられなかった。


副委員長のいないことで、中央の各部局の部員たちの間に、急に緊張感がたかまったようであった。副委員長は、とくに若い部員たちの絶大な支持を受けていたからだった。

ところが、副委員長がいなくなってから、各部署の部長たちが、急に居丈高になって、部員たちに命令をおしつけはじめた。日常の業務のなかで部員たちの信頼を受けている部長は、急に態度をかえることはなかったが、部員たちから疎外されがちだった部長ほど、官僚風を吹かしはじめる傾向があった。各部局の幾人かの部員の有志たちの間から、

「緊急部員総会を開き、部員組織を強化しよう」

という声がおこり、常任委員会の正式承認のもとに部員総会がひらかれた。業務に実績のある部員たちから、

「運動に対して見識もなく能力もない人たちが、朝連の結成当時のどさくさのなかで常任委員におさまり、役員風を吹かしはじめている。部長たちの一部の人たちは、正直にいってかわってもらいたいものだが、今の機構ではどうにもならない。実際のところ、僕ら部員たちの活動でようやく名目をたもっている部がいくつもある。この際、部員たちが一致結束して奮起しようではないか」

という意見が出され、数名の部員が討論に参加して雰囲気をもりあげた。

司会者から発言をもとめられ、宋も立ち上がって意見をのべた。

「私の見たところでは、常任委員たちは解放前の非合法活動の中で運動の実績をもった人たちで、それが評価されて常任委員に選ばれたと思います。しかし実務に経験が浅く、実際の仕事にぶつかってとまどっているのだと思います。その点、部員たちは、解放前、それぞれの職場で働いた経歴があり、優秀な能力で成果をあげている人が多いと思います。要はわれわれ一人ひとりが、同胞のために全力をつくすという信念をもって誠実に仕事をし、各部署では仕事をすすめる上で積極的に話し合いをすれば、大事な人の和がたもてるのではないでしょうか」

せっかく活気をおびた空気を鎮静させるような発言に不満をもったとみえ、何人かが無能な常任委員を激しい口調で攻撃した。

司会者をつとめた経理課の金は、冷静に調停役をはたし、部員たちの結束をつよめ、今後の活動をすすめるために、部員会を正式に発足させることを提議して、全員の賛同を得た。

そして部員会の代表委員を選出することになり、その場で推薦された五名の候補者の中から、全員記名投票で選ぶことになった。七十人ほどの参席者のはなやいだ空気の中で開票がすすめられたが、最初からトップに立った宋の名が呼ばれるたびに、場内から拍手が起こった。

結局、四十票ほどの圧倒的多数で宋が選ばれ、次点は金が二十票近くの得票になった。

全く予期していないことだったので、宋は面くらってしまったが、みんなに手をひっぱられ、演壇に立ってあいさつをしなければならなかった。

部員会の最初の行事は、三日後の日曜日に全員親睦をかねた遠足をしたことであった。

朝連結成後はじめての遠足なので、意外に人気を呼び、部員総会に顔をみせなかった人たちまで部員一人残らず参加し、中には家族を連れて来た人もいて、百名近くの人数になった。同胞の有志がご馳走をつくって出してくれるというので、国鉄奥多摩沿線の公園に集合し、時間の早い会食をはじめた。飲みものは金が手配し、中央本部のトラックで運んできた。

桜はまだつぼみの頃だったが、出された焼肉のご馳走に一同はすっかり感動し、宴たけなわになると皆で歌いはじめた。

歌は音楽学校を中退したという総務部の若い部員が、断然みんなを圧倒し、いつの間にか彼の独演会のようなかたちになっていった。彼の歌うイタリア民謡は、絶妙な節まわしで、大喝采をうけた。

すると、そこへ突然若いアメリカ兵が一人やってきて、さかんに手をたたきはじめた。アメリカ兵の出現に興味をもった若い部員たちが、彼をとりまいて片言まじりできいたところによると、彼は朝鮮派遣の米軍部隊から休暇をもらって近くの日本の基地に来たばかりで、イタリア系であり、なじみの歌声にすっかり感激して寄ってきたといった。

彼はすすめられると、同胞の焼酎をよく飲み、焼肉も遠慮なくつまみながら、朝鮮人たちと友達になれてうれしいといった。そして、南朝鮮の朝鮮人は嫌いだといった。理由をきくと、韓国の米軍基地で番兵をしていたが、しょっちゅう基地に積んである物資を盗まれるのに、犯人をつかまえることができなくて、いつも上官に叱られてばかりいたということであった。

上機嫌になった彼は、イタリア民謡を歌った部員と抱き合って親愛の情をしめし、基地に帰る時間だといって、よろめきながら帰っていった。

当初の計画では、お昼の会食をすませて、御嶽(みたけ)の駅から鳩の巣までの渓谷の景観を歩いて観賞しようということであったが、酒がすっかりまわって酔いつぶれてしまった人たちもいたので、いったん解散して、有志だけが御嶽の駅へ行くことにした。

酒を飲んでいない若い部員の一部や女子部員たちが決行に賛成したので、宋が皆を引率することになった。ところが若者たちの中には渓谷の美しさに歓声をあげ、河原に降りて遊びはじめるものが出たので、他の元気のいい部員だけで先に行くことにした。

途中、アメリカの兵隊が話した南朝鮮の基地のことが話題になり、何人もの人が、自分たちも反米的な住民たちが基地の物資を盗み出しているという話をきいたといった。そして、米軍が南朝鮮に強行進駐して朝鮮の統一を妨害していることに憤慨した。

話題はいつとなく副委員長のことになった。同行している部員たちは、ほとんど全員、副委員長が密航で南朝鮮に行った事実を知っていた。混乱している南朝鮮の現状では、在日同胞の問題を協議する責任部署があるはずもなく、副委員長は途方にくれているに違いないという推測が多く、副委員長は南朝鮮などに行かないで、そのまま朝連中央にいてくれた方がよかったということで意見が一致した。

宋はそれらの話をききながら、自分なりの推測をした。解放直後の九月初旬、米軍の朝鮮進駐以前に、ソウルでは建国準備委員会が設置され、建設されるべき朝鮮人民共和国の構想が発表になり、その閣僚候補名簿が発表され、その記事が日本の新聞にものった。そこには多年愛国運動をつづけてきた代表的な人士の名がすべて網羅されていた。それと同時に朝鮮共産党が再建され、建国準備委員会で重要な役割を果たしていることも発表されていた。

それを読んだ時、宋は異常な感動をおぼえたのであったが、おそらく副委員長の脳裡にもこのことが深く刻みこまれたに違いなかった。

米軍進駐後、多くの変遷はあったが、建国準備委員会が解散されたという報道はなかった。おそらく副委員長のソウル訪問の目的は、この建国準備委員会の要人たちに会って、在日朝鮮人問題を論議するためであったに違いない。宋はそう信じていた。

なぜ中学校をつくるのか

朝連東京本部の文化部長の要望で、東京本部管内の初等学校の代表者の緊急会議が中央の文化部で開かれたのは、桜が満開の頃であった。

部長が入院中なので、宋が中央の文化部を代表して議長席に座った。先ず東京本部の文化部長が、緊急課題の説明をした。

「現在、都内の初等学校数は十九ですが、生徒はおよそ二千三百名ほどで教員数は七十名ほどです。今日出席しているのは、その中の十の学校の代表です。実は一昨日、東京本部で学校代表者会議を開き、中学校開設の議題を討議したのですが、現在の情勢の中で、中学校を新たに設置することは東京本部としては手にあまる大事業なので、直接中央に問題を提議した方がよいという結論になって、今日こうして代表者たちが参加したわけです。

ご承知のように初等学校が各地に設置されたのは、同胞たちが本国へ帰国するまでの間に、子供たちに祖国の言葉や文字、歴史や地理などを速成で教えるためでした。予想した計画では、今年の五月頃までには同胞たちの帰国がほとんど完了するので、初等学校も使命を終え閉鎖されることになっていたのです。

ところが、今年の一月頃から帰国は中断状態になり、現在は帰るに帰れない同胞たちが日本に踏みとどまるほかなくなったのです。

ここで、進学を希望する子供たちの問題が深刻な課題として提起されたのです。初等学校設置当初は、日本の中学校や女学校に在学していた生徒たちも、ほとんど全員、日本の学校をやめて、われわれの学校にやってきました。

しかし帰国を断念するほかなくなり、この四月の新学期にその子供たちが、以前通っていた学校に復学を申し出たところ、日本の学校ではこぞって渋い顔で復学に難色をしめしはじめました。理由はいろいろあります。中途退学なので進級試験も受けておらず、復学するにしても、もとの学年に繰り入れるには職員会議の承認を受けなければならない。退学後の未納の学費を納入する問題もある。せっかく朝鮮の勉強をはじめた子供たちが、日本の学校へ戻って日本の子供たちとうまくゆくかどうか、それも問題だ。

結論は、戻ってほしくないということです。復学の交渉に行っていやな目に会った子供たちは、こぞってあんな学校へは二度と行きたくないといっているのです。しかし現実には、年齢的に中学へ進学しなくてはならない子供たちが、大量にいるのです。

実に、子供たちにとっては死活の問題です。親たちも頭をかかえて、毎日のように学校や支部に来て打開策をもとめています」

以上の説明のあと、各学校の代表たちは、子供たちの具体的な状況の説明をはじめた。胸のつぶれるような思いできいていた宋は、ほとばしる激情にたえきれなくなり、まだ全員の報告も終わってないうちに立ち上がり、

「事前に十分な対策をたてなかったのは、私たちの怠慢です。どんなことをしてでも、早急にわれわれの中学校をつくらなくてはなりません。いま部長は入院中ですが、私が中央常任委員会に提案して、中学校設置をすすめてもらうようにします」

と、叫ぶようにいった。参加者たちはいっせいに立ち上がって拍手をした。

「結論が出たようなものですから、もうこれ以上議論をすることもありません。あとは責任をもってすすめてくれるよう、よろしく頼みますよ」

東京本部の文化部長は、宋の手を握りしめた。


東京本部の人たちが帰ったあと、宋はすぐ文化部長の入院先の病院を訪ねた。部長は少し疲れた様子で寝ていたが、宋が枕もとに近づくと目をさました。

宋はこの間の文化部の仕事の状況を報告し、今日、東京本部から提起された中学校設置問題を説明し、常任委員会に提議したいという希望をのべた。

聞き終わった部長は、微笑をうかべながら、

「君の若々しい情熱がほとばしるようだ。私が元気なら、常任委員会に行って熱弁をふるうところだが、いまはその気力がない。はたして常任の中で賛同する人がいるかどうかわからないが、副委員長が留守だということは残念だ。副委員長がいれば、君が期待するような明快な判断をしめしてくれるはずだが……。一応この問題は組織上の大問題だから、組織部長に会って、よく事情を説明して、君が常任委員会に出席して説明できるように頼んでくれないか。あとで私から組織部長に電話をしておくから……」

部長にそういわれて元気が出た宋は、本部にかけもどり、すぐ組織部長のところへ行った。

組織部長は、なぜかうかぬ顔で宋の話をきき、いきなり、

「君、党籍がまだだね？」

と、きいた。虚をつかれた思いで、宋が「はい」と答えると、

「君は中央興生会にいた経歴があるね」

と、いってから、

「部員の常任委員会参席は許可しないことになっているが、部長が入院中であり、病院からの部長の電話もあったから、明朝の常任委員会に出ていいよ」

と、そっけなくいった。

屈辱の思いで組織部室を出た宋は、いまさらのように組織から冷たい眼で見られている自分を意識しないではいられなかった。


常任委員会の司会役は組織部長だった。会議がはじまる前に組織部長は、文化部長が入院中なので、この会議に文化部を代表して部員の宋君が出席することになった、と紹介した。委員たちの中には誰も異議をとなえる人はいなかった。

その日の会議の第一議題は、中央の各部署の自動車使用問題だった。

中央の自動車は八台あり、委員長室と外務部だけが専用の一台ずつをあてがわれ、あとの六台は各部が必要に応じて総務部に申請して使用することになっているのであった。発言しはじめた委員は、自動車が必要もないのに私用に使われることが多く、自動車が必要な場合に申請しても、配車されない場合が多いという不平を述べた。出席しているのは各部の部長か副部長という肩書きをもっている人たちであったが、彼らも先を争って自動車の配車の不公平さを非難した。

自動車を管理している総務部長は、ひたすら弁明につとめたが、発言者たちは納得しようとしないで、

「第一、委員長だけが送り迎えをして個人の自家用車のようになっているのは、われわれの組織にふさわ

しくない官僚主義的なやり方ではないか？」
「外務部専用にあてがわれている一台は、組織の用務に使われることは滅多になくて、もっぱら部長の私用に使われている現状ではないか？」
という指摘が相次いだ。
「自動車をふやして各部に一台ずつあてがえば、不公平がなくなるのではないか？」という案も出たが、財務部の常任から、「自動車の運用にはかなりの経費がかかり、今の財政状態からみて、むしろ自動車を減らした方がいいと思う」という発言があると、「それなら委員長室と外務部の専用を廃止すべきだ」という意見が出て、議論は紛糾した。

文化部ではよほど緊急な用でもない限り自動車を使ったことがないので、総務部の部員から、自動車を一番使わないのは文化部だといわれている宋は、自動車使用のくだらない議論に熱をあげている常任委員たちの顔を、いま一度見廻わさないではいられなかった。

論争は、はてしなく続いた。宋はいらいらしたが、司会役の組織部長が黙っているので、我慢して待っているほかなかった。

常任委員会は午前中で終わることになっているのに、自動車論議が延々二時間も続いたので、文化部提案の中学校設置問題はわずか三十分でかたづけなければならないことになった。

すっかり興ざめしてしまったが、宋は勇気をふるいおこし、中学校設置の必要性を具体的に強調した。

すると、まっ先に返ってきた言葉が、
「子供たちは、祖国に帰ってから中学に入れたがいいじゃないか？」
という一言だった。宋が熱をこめて吐露した話を全然きいていなかったということだった。次に出た発

言は、

「中学をつくっても教える人がいないじゃないか？」

という言葉だった。宋は声を大きくして、

「いま東京には優秀な留学生がいくらでもいます。中学校が出来たら、よろこび勇んでとびこんで来るすぐれた人材が数限りなくいるはずです！」

と、叫ぶようにいった。すると、

「中学校をつくるには莫大な資金がいるのに、その金はどこから出るのだ？」

という、さめたような冷たい発言が出た。宋は、あらためて常任委員たちの表情を見わたさないではいられなかった。先日の部員たちのあつまりで、「今の常任委員の大部分は、能力も誠意もない連中で、えばることしか知らない。あんな連中はみなたたき出すべきだ！」といった激烈な発言があったことを思い出した。

怒りがこみあげ、

「朝連の組織は、同胞たちのために無から有をつくり出す献身的な働きをする団体ではありませんか？同胞たちと共に英雄的な運動を起こすべきではありませんか？」

と、わめくようにいった。若い宋の激しい言葉に気おされしたのか、常任委員たちはみな口をつぐんでしまった。すると司会役の組織部長が、

「文化部の提案は、緊急で重要な課題だから、指導委員会に提起して政策決定をしてもらうことにしましょう。ここで論議しても結論の出ることではないから」

といって、しめくくりにした。

こうして午前中の常任委員会は閉会になった。憮然とした思いで会議室を出た宋に、あとから出てきた顔見知りの組織部次長が、かるく肩をたたきながら、

「宋君、大した迫力だったなあ」

と、声をかけてきた。そして、小声で、

「君が部員会の代表に選ばれたという話をきいた。それで君とじっくり話しがしたい。あとで連絡をするから時間をつくってくれないか？」

といって、足早に去っていった。


二日後に、委員長室で指導委員会が開かれるから出席するようにと、宋は呼び出されて行った。委員長室には、組織部長と次長、総務部長と財務部長が来ていた。

そこでの司会役は総務部長だった。宋は、中学校設置問題を提起したいきさつをきかれ、東京本部の人たちの具体的な報告を詳細に説明した。総務部長は笑顔で、

「君は常任委員会の席上で、教員問題は即座に解決できると、たんかを切ったそうだが、具体的な腹案でもあるのかね？」

と、きいた。

「留学生諸君とはよく会っていますから、相談すれば簡単に解決すると思います」

「君の話は、すこぶる楽観的だなあ。なんでもすぐ出来そうな気構えじゃないか？　しかし中学校設置は、そうたやすくはないよ。先ず建設委員会をつくり、建設資金集めをしなくてはならない。時間もかかり、多くの人手も必要だ。その準備はわれわれがやるから、資金募集のため有志を集めて説明をするとき、君

が出て有志たちを納得させるように熱弁をふるってほしい」

といわれた。

ようやく希望がかなえられそうだというよろこびで、うきうきして文化部にもどると、狛江の講習所から、すぐ来てくれという羅の催促の電話がかかってきた。

文化部の仕事の多忙さを理由に、宋の受け持っている授業はのびのびになっていた。腹を立てているに違いない羅の不機嫌な顔を予想して狛江にかけつけたところ、意外にも羅はにこにこしながら、

「宋君、中学校設置のことで大車輪の活躍をしているようだね。で、仕事は順調にすすんでいるの？」

と、気ぜわしげにきいてきた。宋が一通りの経過を説明すると、

「中学はぜひ必要だと、僕も考えていたんだが、中央で本腰をいれてくれれば成功間違いない。宋君、でかしたね！」

と、手をとってうち振ってくれた。

「実は、講習生を派遣してくれた各地方から、教師が足りなくて困っているから、講習期間を短縮して、至急帰して欲しいという要求が相ついで来ているんだよ。講習生たちの意見は大部分が、もっと勉強をつづけたいといっているけれど、現地の事情を考えると、一日でも早く帰っていかなければ申しわけないといっている人も相当数出てきているんだ。それで講師団の何人かが相談し合ったんだが、終了を一カ月間短縮し、この四月に第一回の修了式をやればどうだろうという案が出た。宋君の意見はどうだろう？」

「僕も皆の意見通りにしたがいいと思うよ」

「とすると、宋君も忙しいのに悪いけれど、今日から二日ばかり、泊まり込みで授業をすましてくれないだろうか？　短縮分をおぎなう意味で、ここのところ、夜も三時間授業をつづけているのだから……」

そういわれると、宋も無条件に承諾するほかなかった。

その場で文化部に電話をかけて事情を話し、二日ばかり出勤できないから、留守をよろしく頼むと伝えた。

二日間の予定が、結局三日間も泊まり込むことになり、宋は受け持ちの授業を全部すませて、四日目の朝、文化部に出勤した。

「留守中、組織部の次長が何度も訪ねてきましたよ」

と女子事務員にいわれ、組織部に行ってみた。

「や、宋君、まったく忙しい人だねえ。狛江に行っていたんだって?」

次長は、人なつこい顔ですぐ立ち上がり、宋を誘って近くの喫茶店に行った。腰かけるなり、

「おどろいたねえ……。そんなに忙しいのに、いつこんな連載物の原稿を書いたの?」

といって、手にした雑誌をひろげてみせた。それは朝連神奈川県本部の有志たちが出している『民主朝鮮』という月刊雑誌だった。

「いや、僕は、はじめて見る雑誌です」

ページをめくってみて、そこに「朝鮮小説史」の宋の訳文の第一章がのっていた。

宋は、遠い記憶をたぐりよせ、学生時代ソウルに旅行し、ソウル帝大の文学部講師をしていた金台俊先生に会い、三日間個人教授をしてもらって、先生から贈られた著書を東京に戻って翻訳し、学校卒業後、知り合った学校の後輩にあたる男に貸したものだということを説明した。

「その玄という人が、この雑誌の編集をしているようだ。彼の連載小説ものっている。なにしろはじめて

の朝鮮人の雑誌なので、各方面で大変な評判になっているらしい。朝連の神奈川県本部が大々的に宣伝しているせいもあるようだが……」

そういって、そこで言葉を切ったあと、組織部次長は、

「もっとその話をききたいが、それはまたの機会にして、どうだろう？　君、入党の手続きをしないか？」

いきなりいわれ、宋はたじろがないではいられなかった。そして気をおちつけ、ゆっくりした口調で答えた。

「解放後、朝連の中央に顔を出すようになってから、にわか党員たちのえばっている姿をいやというほど見せつけられました。私は党の組織というものを尊敬し、そこで愛国的にたたかってきた人たちに敬意をいだいていました。しかし、わが同胞を利用することばかり考えている日本の党員たちに会って、幻滅を感じ、一国一党の原則があるとはいえ、朝鮮人が日本の党に入ることに疑問を感じました。それに、党に入るとなると、理論的な勉強も、もっと積みあげ、活動の面でも同胞たちから尊敬の目で見られるようにならなければならないと思います。そういう確信がもてるようになってから、党に入りたいと思います。空えばりするうすっぺら党員にはなりたくないからです」

次長はしばらく黙りこんでから、宋の顔を見つめ、

「君の気持ちはよくわかる。たしかにいろいろ問題はあるが、組織活動をするためには、党に入り、党の規律を守りながら党に支えられることが絶対に必要だ。ちゅうちょすることは、君自身のためにも、朝連の組織活動のためにも、願わしくないことだと思うよ」

しかし宋は口をつぐんで、それ以上答えようとしなかった。次長はため息をつきながら、

「君は必ず決断をすると思うが、その日を待つとしようか……」

といって立ち上がった。

総務部長は確信ありげにいったが、計画は遅々として進まないようであった。宋はいらいらしたが、といってやたらに催促するわけにもいかなかった。

狛江の講習会は、四月の末日に修了式が行なわれた。宋は万難を排してその席に参列したかったが、文化部では連日部員総動員で夜勤をくりかえしながら、教科書の地方発送に没頭していた。部長がまだ退院していないのに、宋一人が脱けて行事に参加するわけにはいかなかった。羅には断わりの電話をかけたが、ひどく残念がっていた。

文化部員たちは、メーデーの行事にも参加できなかった。

一週間つづいた発送業務が終わり、ようやく、みなほっとしているところへ、狛江から羅がやってきた。

「帰っていった講習生たちは、どこでも大変な人気らしい。わずかの間に、見違えるような先生になったといって、すごく評判がよいようだ。大阪本部から参加した講習生は、たった三名だったが、その三名の評判のよさに、大阪本部では大変な衝撃をうけたらしい。なにしろ大阪本部管内は三十五も初等学校が出来ているのだから、教員の数も三百名を越えるし、その質の問題で大阪全体の組織が頭を痛めているということだ。

それで昨日、大阪本部の文化部長から突然電話がかかってきて、大阪本部で早急に教員の短期講習会を開きたいから、狛江の講師団が一週間ばかり大阪に来て集中講義をしてくれというのだ。大阪は三十五の学校に一万五千名もわが子供たちが集まっている。その教育の重大さから考えて、この要望に必ず沿うようにすべきだと思うんだ。宋君もなんとか都合をつけてぜひ参加してほしいんだ。宋君が行くことで、講師団も勇気づくと思うから……」

そう口説かれ、宋も断わるわけにはいかなかった。すぐ入院先の部長のところへ行き、事情を説明して了承を得た。

教科書の発送が終わったので、当分の間緊急の用務はなさそうなので、宋は部員たちに留守の間のことを頼み、羅たちと一緒に大阪に向かった。

大阪本部に一行が着いたとき、本部の講堂にはすでに百名あまりの講習生たちがぎっちりつまっていた。本部の事務室で簡単な自己紹介のあいさつを交わしただけで、文化部長は羅以下講師団一行をつれて講堂に行き、講習生たちに一行を紹介した。

マイクの前に立ち、講師団を代表して、羅がソウル育ちらしいきれいな朝鮮の標準語であいさつをした。きっすいのソウル言葉はききなれないせいか、講習生たちは静まりかえってきいていたが、羅が話し終えると、歓声をあげて拍手した。

昼食時間ということで、文化部長は一同を本部近くの同胞の経営とみられる食堂に案内した。

「講習生たちは全員、電車で通うことになっているので、各自弁当をもってきています。午後から授業をはじめていただきたいのですが、時間の割り振りは先生方がきめてください。先生方の宿所は、近くの旅館にきめてありますから、あとで私が案内します。

それから、午後の授業のはじまる前に、大阪本部の委員長が先生方にごあいさつをしたいそうですから、食事が終わったら、私が委員長室に案内します」

文化部長はものやわらかい印象の人だった。羅や宋より十歳ほど年上のようにみえた。食事は純朝鮮式の味つけで口あたりがよく、一同は大よろこびで、出された料理をきれいにたいらげた。

一緒に食事をした部長は、すぐ一同を委員長室につれていった。大阪本部の委員長は、中央の副委員長の一人でもあり、しじゅう中央に来ていたので、羅は顔なじみであった。委員長が先になつかしげに羅の手をとり、

「あなたは教科書編纂で大変な功績をあげていますねえ……。立派に印刷されたすばらしい教科書を見て、私も感激しているところですよ。またこのたびは教師養成講習で大きな成果をあげましたねえ……。大阪の無理な願いをききいれ、こうして来てくださって感謝にたえません」

そういって委員長は一同に向かって深く頭を下げた。そして、宋の顔を見かけると、

「あ、あなたはたしか中央の文化部の方ですね……。あなたが中央の部員会の代表に選ばれたことをききました。なにしろ、朝連の中央には、常任委員会よりも大きな力をもっている部員会があるという、もっぱらの評判ですからね……。中央の部員会は、地方の各本部の関心の的ですから」

といって、大きな声で笑った。さらに委員長は滑脱な話術で一同をくつろがせてから、

「先生方に対する期待は絶大なものです。立派な成果があがるように、よろしくお願いします」

といって深々と頭を下げた。

短期講習の時間の割り振りは、大阪へ来る汽車の中で打ち合わせがすんでいた。最初は、羅が朝鮮の国語の教え方について集中的に講義をし、次は宋が、地理の講義よりも、どうすれば子供たちに祖国や民族に対して誇りをもてるようにするかということを、わかりやすく解説する。そして鄭は、わが国の歴史の概説をまとめて講義する。

また講習生が退屈しないようにするために、合間合間の時間に、音楽の先生が、子供たちにすぐ教えら

れるような伝統的な童謡や、愛国者たちが残した「鳳仙花（ほうせんか）」、なじみ深い民謡などの歌曲を歌って教える。そして数学の先生は、算術の教え方の要点をとらえて、すぐ理解できるような講義をする。理科の先生は、わが教材がまだ不備な現実の中で、日本のどのような参考書を読んで子供たちにわかりやすく教えるかという要点を説明する。

体育の先生は、現在、初等学校でほとんど体育教育がなされていない現状から、簡単に指導できる要項をつくって、すぐ教えられるいくつかの実技を教える。

以上の時間の割り振り表を書いた紙を、羅は大阪本部の文化部長に渡し、講義が行われる講堂に大きく書いて貼り出すようにたのんだ。

旅館で出す食事よりは、同胞の食堂で食べた方がよいだろうという大阪本部の文化部長の配慮で、食事は三度三度その食堂に行くことになった。また授業のない時間には、各自、自由に旅館でくつろぐことになったが、七人の一行のうち、年の若い方の講師たちは、二階の二間続きの部屋にとじこもるのは窮屈だとみえ、さかんに出歩いていた。

羅の計画通り、授業は順調に進んでいった。百名を越すので、多少ざわつくことが気づかわれたが、講習生たちの態度はきわめてまじめで、授業中、みな熱心にききいっていた。それでも宋の授業中には話の面白さにひきこまれたのか、講堂が爆笑の渦につつまれることもあった。若い音楽や体育の先生も、講習生たちが真剣に授業をきいてくれているといって感動していた。

授業のない時、旅館の部屋でごろごろしていると、鄭がさかんに宋に話しかけてきた。最初新宿で会った頃のように、親愛の情をこめて、いろいろと身辺のことを打ち明けたりした。宋も親身になって鄭の話をきいた。

「実は僕、足立に引っ越して行ったでしょう。中学校をつくりたいから、手伝ってほしいと誘われたからなんですよ……」

鄭が、思いがけないことを話し出した。

「相当な財力をもっている人らしくて、自分の持っている借家を無条件に貸してくれたんです。私は感激して頭からその人を信頼したんですが、中学校をつくるという話はさっぱり進展しないので、すっかり失望してしまいました。今、全国にあるわが初等学校は、どんなに小さな学校でも皆、朝連の組織でつくった学校でしょう。ところがその人は、自分が号令をかければ同胞が集まってくると思いこんでいたようです。その点、あなたは組織の力で中学校を設置しようとしている。あなたの活動ぶりを見て、僕は感動しました。中学校をつくる仕事なら、僕、どんなことでも協力します。文化部の中学校をつくる仕事に、僕も手伝わせてください」

「いまのところ、総務部で建設委員会が推進している段階だから、まだ僕らの出番ではないのですよ」

「しかし、いずれ具体的な仕事がはじまるわけでしょう……」

「その時はいくらでも人材が必要になるのだから、むろん協力をお願いすることになると思います。ところで、あなたは現在、教材編纂委員会の所属で、人件費もそこから出ているのでしょう？」

「そうですが、私は中学校の仕事がしたいのです」

その熱意に動かされ、宋は、仕事が具体化したときは必ず協力を頼むからと約束した。

そこへ、旅館の女中さんが部屋の掃除にきた。彼女は二人の姿を見て、話しかけてきた。

「朝連の幹部はみんな共産党員やときいてますけど、おたくらも共産党員どすか？」

「いや、僕らは幹部でもなく、共産党員でもありません」

宋が答えると、

「でも、おたくら講習会の先生で来なはったんだから、立派な幹部だっしゃろ？」

宋は笑いながら、幹部でなくても先生になることがあると説明し、なぜそんなに共産党員に興味があるのかときいた。

「いま共産党は大した人気やね。この前の選挙のときも、このあたりみんな共産党に投票してますねん」

「あなたも共産党に投票したんですか？」

「そうどす。うちら労働者やから、労働者の味方の共産党を支持しますわ」
三十四、五のどこか知性的な顔だった。きくと、志賀義雄の演説会を何度もききに行って感動したということであった。宋は、戦時中旅行をして会った旅館の女中さんたちとはまるで別世界の人のような新鮮な印象をうけた。時代が変わったということを、人間を通して教えられたような気がした。
一週間の講習会は大成功であった。

修了式のとき、講習生の何人かが講習をうけた感想をのべたが、だれもが子供たちを教えることに自信がもてるような気がするといった。

終わりには講習生全員で、講習会で習った「鳳仙花」の歌を合唱した。

その歌をききながら、宋は、祖国独立のためにたたかい、壮烈な最後をとげた愛国者たちのことを考え、涙がにじみ出るのを感じた。

すべてが終わった夜、本部の常任たち四、五人がいつもの食堂で講師一同をねぎらう会食会を催してくれた。モツの焼肉がふんだんに出て、どぶろくを皆が酔いつぶれるまで飲まされた。

大阪からもどってくると、宋は総務部長に呼ばれて、ようやく中学校設置のための期成委員会が結成され、東京都内ばかりでなく関東近県の財力ある同胞有志をあつめて、募金のための懇談会を開くことになったという話をきかされた。

「三百名ほどの招待状を出したから、当日は少なくとも半数くらいは来てくれると思う。君が趣旨説明をすることになっているから、しっかりたのむぞ！」

総務部長は上機嫌な顔でいった。

「その懇談会はいつ開かれるのですか？」

「一週間後だ。場所は上野の精養軒に予約してある。それに運よく、学校の設置場所もきまったから、午後いっしょに現場に行ってみよう」

総務部長は笑いがとまらないという調子であった。その場所は、朝連板橋支部委員長の英雄的な活動で、奇跡的に借りられたということであった。

昼食の弁当を食べるのもそこそこに、宋は気もそぞろに総務部長の車に乗り込んだが、板橋支部に寄って支部の委員長を乗せていくということで、車は曲がりくねった道をかなり長時間走りつづけた。

支部の委員長は、事務所の前で待っていた。いったん車から降りた総務部長は、支部の委員長と親しげに握手をかわしてから、宋を彼に紹介した。年齢は総務部長と同じくらいにみえたが、支部の委員長はつるつるの禿げ頭で、ひどく精悍な印象をあたえた。

現場に行く途中、支部の委員長は場所を借りるまでのいきさつを、ながながと説明したが、きっすいの咸鏡道なまりで、しかも力のこもった早口の弁舌は、宋にはききとりにくいところも多かった。

理解したところを要約してみると、朝連支部結成直後、あつまって来る子供たちのために、学校建設の必要を痛感し、板橋区役所に行っていきなり区長に面会を申し込み、学校設置場所を提供してくれと申し込んだ。

区長は、はじめは言を左右にしてあしらっていたが、支部の委員長が机をたたきながら、日帝時代の迫害に責任を負わないのかと声を荒立てると、あわてて四、五名の部下を呼び、適当な場所をさがせといいつけた。

部下たちは支部の委員長を別室の応接間に案内し、具体的に子供たちは何人で、学校の規模はどのくらいの大きさが必要かということをききはじめた。

その時あつまっていた子供は五十名くらいだったが、いずれ増えるにきまっているし、学校を建てたら近隣の区からも来るに違いないと考え、とっさに三百名くらい入れる校舎が必要だと答えた。すると、その中の年配の男が、ていねいな言葉で、区内には三百名も収容するような遊休施設はないので、そのくらいの学校を建てられるような空き地をさがしてみるから、三日後に来てくれるようにいってくれた。

くれた名刺の区の総務部長を三日後に訪ねたところ、区内に空き地はかなりあるが、みな個人所有で賃借関係が面倒になる、もっと探してみるから、もう少し時間の余裕をくれといった。その後、三日おきくらいに督促に行って五回目に行ったところ、区の総務部長は、

「ありました、ありました！」

と、喜色をうかべて、すぐ北区にある関東財務局の出張所に案内してくれた。

「板橋区の保証で学校を建てるのなら、すぐお貸ししますよ」

と、出張所の職員は気軽にいって、現場に連れていってくれた。

区の総務部長と一緒に見に行ったところは、旧陸軍の火薬庫の跡地で、北区から板橋区にまたがる広大な敷地であった。その一部の、板橋区と北区の地境いにある一万坪ほどの施設が、まだ契約ができていないということであった。

しかしいくつもの申し込みが来ており、近いうちには敷地の契約は完了するはずだといった。支部の委員長は、この莫大な権利をとられては大変だという欲が出て、

「これから出張所へ行って、仮契約をしましょう。区の総務部長も立ち会ってください！」

と、強引に誘い、その足で出張所に行き、仮契約の書類を作ってもらって署名捺印し、立ち会い人として区の総務部長も名前を書き入れ、印を押してくれた。

仮契約書は二通つくり、一通を支部の委員長が持ち帰った。委員長はふところから、その仮契約書を出して見せながら、

「こんな膨大なものを借りはしたものの、正直なところ、大きな悩みをかかえこんだようなものでした。板橋の子供たちをあそこまで通わせるのは、道のりが遠く、しかも交通の便も悪くて、とても不可能なことです。それにあそこへ新しく学校を建てるとなると、大変な資金が必要なのに、板橋支部だけの力ではどうすることもできません。東京本部に何度か相談に行ってみましたが、みんな頭を振るだけで誰も相手にしてくれません。そのうちに財務局の出張所から、正式な手続きをしにくるように催促がきはじめたのです。宝の持ち腐れかと思って夜も眠れないくらいでした。

そこへ、天から降って湧いたように、中央で中学校をつくるという噂がきこえてきたのです。それで、中央にとんで行った次第です」

自動車の運転手は、はじめての道なので、持っている東京都内の地図だけではわかりにくいとみえ、途

中、車をとめて交番できいてみたり、道ばたの大きな商店に入ってたずねたりしたあげく、行った道を戻ったり遠回りしたりしながら、ずいぶん時間をかけてやっと目的地にたどり着いた。しかし、支部の委員長の話にききほれていたので、車中の宋たちはすこしも退屈しなかった。

そこはコンクリートの塀がめぐらされており、入口に頑丈な鉄製の大きな両開きのとびらがあった。勝手知った支部長が入口にある呼び鈴のボタンを押すと、やがて中から人が出てきて、とびらを開けてくれた。

なるほど、中は広大な敷地だったが、いくつもの高い土塀がめぐらされた半地下壕のような建物が何十棟もあり、ほかに物置小屋のような簡単なつくりの建物が十数棟あった。芝生でおおわれた空き地が点在し、守衛のいる事務所風の建物の前には二百坪ほどの広場があった。

入口の傍には軍の将校たちの乗る馬をつないでいたという、ばかでかい建物が一棟あって、その建物の隅には、馬の世話をしていた兵卒が泊まっていたという畳敷きの部屋が二間ほどあった。

「これを整地して学校を建てるとなると、大変な手間がかかりそうだなあ……」

総務部長は溜息まじりにいった。莫大な経費のかかることを心配しているようであった。

「あの平屋建ての三棟ほどを改造すれば、二十坪ほどの教室なら、十二室くらいはすぐ出来そうですよ」

と宋がいうと、総務部長は、

「君は気がはやいなあ……。もう学校をはじめる気でいるのか？」

あきれたようにいい、

「それより建設委員会の寄附あつめが先だ！」

と、たしなめるようにいった。

それから数日後の日曜日、東京や近県の同胞の有志をあつめて、中学校の建設のための寄附あつめの説明会が、上野の精養軒でもたれた。

期成委員会では、各支部を通して、三百枚ほどの招請状を出したということであった。

当日、中学校設置の必要性を説明するように総務部長からいわれた宋は、開会一時間前の九時から、会場に行って待っていた。空襲で焼け残った上野の精養軒は、東京の代表的な集会場の一つになっていたが、料金前払いの朝連は上得意の一つであったとみえ、朝連本部ではよくこの会場を使っていた。

ところが、定時になっても、なかなか人はあつまらないで、ようやく百名ほどがあつまった十一時になって、会がはじまった。

はじめに本部の総務部長の開会のあいさつがあり、つづいて期成委員長の簡単な趣旨説明があった後、宋が司会者に紹介されて演壇に立った。あつまった人たちは年配の人が多く、若い宋に驚いたような視線を向けた。

宋は静かな口調で、解放直後からの民族教育のいきさつを話しはじめた。

「解放されて、私たちはほとんど全員が帰国する決心でした。朝連の仕事も、帰国する同胞たちの世話をすることが中心でした。ところが日本で生まれ、日本で育ったわが子供たちは、かんじんの祖国の言葉を話すことも、祖国の文字を読むこともできない状態です。わが同胞たちは、帰国の船に乗るまでの間だけでも子供たちに祖国の言葉や文字を教えてくれといって、全国いたるところに出来たわが朝連の支部に子供たちをつれて来たのです。こうして日本全国にわが民族学校がつくられました。

解放されたわが祖国が米ソによって分断されなかったら、私たちは六月頃までに、ほとんど全員が帰国したはずです。ところが、先に帰国した同胞たちは、祖国に帰っても働く場所がなく、ほとんどが失業者で路頭に迷う有様になったのです。

日本に来ていたわが同胞は、大半が南の農村出身です。南のわが農村は、戦前から人口過密で、耕す田畑もなく、生活に困った同胞たちは中国の満州やロシアの沿海州や、日本へ流れていったのです。徴用で日本に連れられて来た同胞たちも、最初のうちは大多数が南の農村出身だったのです。したがって南の農村に帰国した同胞たちに、耕す田畑があるわけはありません。

それにわが国には、ほとんど生産工場がありません。解放前、あらゆる日用品、雑貨にいたるまで、日本の工場で造られた製品が商品として売りこまれていたのです。

戦争末期に、北朝鮮に大きな軍需工場がさかんに造られはじめました。そこへ南の農村から大量の労働者が送りこまれてきました。戦争が終わり、その労働者たちが南へ一時帰郷するのですが、南北が分断されたので、北へ帰ることもできなくなったのです。生産工場がないので、都会へ出ても働く場所はありません。

こうした事情から、帰国した同胞たちがみな乞食になってしまったという噂が伝わって来はじめたので、この二月頃から帰国者がすっかり途絶えてしまったのです。

わが同胞たちは、帰国準備のため荷造りした荷物をほどいて、祖国の事情が好転するまで、日本にとどまるほかないと覚悟をきめることになりました。ここで一番深刻な問題として提起されたのが、わが子供たちの教育のことです。

一部の人たちは、いとも簡単に、力のない私たちが苦労をして無理に学校をつくるよりも、設備の整った、世界的にも教育水準の高い日本の学校へ子供たちをもどした方がいいといっています。これは、日本の学校の実情を何も知らない、解放前、日本の学校のなかでわが子供たちがどのようにみじめな状態にあったかをまったく知らない人たちのたわ言です。

解放前、日本の学校へ子供たちを通わせたわが親たちは、大半が学校教育を受けた経験をもたなかった人たちです。だから親たちも、子供たちの学校生活にはまったく無知で、あまり関心もなかったのです。

それで、親たちでさえ気づかなかったことですが、日本の学校の中でのわが子供たちの生活は、いわば地獄のようなものでした!」

ここまで話したとき、宋の感情は急激にたかぶり、思わず声がたかくなったので、いったん口をつぐんで聴衆を見まわした。場内は水をうったように静まりかえっていた。

宋は、激しい感情をぶちまけるように語り出した。

「解放前、私たちは、植民地の人間として、どこへ行っても差別され、侮辱され、軽蔑されてきました。ところが、日本の学校の中では、それがあまりにも直接的だったのです。

学校の中で、わが子供たちは、朝鮮人と呼ばれるかわりに、やい鮮公——朝鮮人という言葉を略して、せんこうと呼ばれました。

学校という社会は、勉強がよく出来る子、運動がよく出来る子は、まわりから尊敬されます。担任の先生も特別扱いにします。日本の学校の中でも、頭がよくて、よく勉強をして、いつも優等生になる同胞の子もいました。また運動会でいつも一等をとる子もいました。相撲をとって一番になる子もいました。そういう子たちは、学校中の評判になり、学校で賞状をもらうので、朝鮮人の子を同等に扱っているという証拠にもされました。

しかし、貧しい家庭のわが子供たちは、家に帰っても勉強机があるわけではなく、宿題があっても、家の中で教えてくれる人もいないので、宿題もちゃんとしていけなかったのです。

また、学校で必要な経費を持ってくるように、担任の教師にいわれても、貧しい親にねだることができないで、持っていくことができなかったのです。そのため担任の先生になじられ、たび重なるときびしい体罰をくわえられます。

貧しいわが子供たちは、きちんとしたきれいな服装をして学校へ行くこともできませんでした。お弁当のおかずも、家でいつも食べるキムチの切れっぱしです。まわりの日本の子たちは、せんこうは、きたなくて臭い！ と、ことごとにはやしたてます。

このようなわが子供たちに対するいじめは、日常茶飯事で、ひどい集団暴行を受けることもありふれたことでした。せんこうといわれるのがいやで、子供たちは外出着は朝鮮服しかもたない母親が、運動会に来ることにも反対しました。にわか雨で母親が傘をもって学校へ迎えにいったのに、娘はそれを日本の子に見られるのがいやで、わき道からぬれねずみになって逃げて帰る始末でした。

我慢強い子、勉強ができる子は、それでも学校へ通いつづけましたが、普通の子たちは、学校へ行かなくなるのが大半でした。気の強い男の子は、二年生くらいのときから、いじめられると、しかえしをして喧嘩をします。だから年中喧嘩ばかりするというので、担任の体罰の対象にもなります。こうして、いじめられるのがいやで、学校を途中でやめてしまう子が大半でした。

解放前、朝鮮人には日本の義務教育法が適用されませんでした。日本では、日本政府が日本国民に対して、朝鮮人を対等に扱っているという風に宣伝していたので、日本の小学校で就学通知書は出していましたが、学校へ来なくなると、厄介払いをしたという調子で、学校へもどすような措置は何もとりませんでした。

だから日本の中でさえ、朝鮮人の子の中等学校進学率は日本の子の一割程度にしかならなかったのです。つまりわが子供たちは、日本の学校の中で暖かく教育されたのではなく、差別され、いじめられて、つめたく放り出されたのです。だから学校へ行かないわが子供たちは、埋め立て地で鉄くずをひろったり、街の中をほっつき歩いて、悪い遊びをおぼえると、かっぱらいもするようになっていったのです。

一方、女の子たちは、家の中で内職の手伝いなどすると、わずかでもかせぎの足しになるので、母親によろこばれていたのです。

解放されて、わが子供たちが支部の事務所にあつまって、祖国の言葉や文字を教わりはじめた時、わが子供たちは、どこでも例外なく歓呼の声をあげました。それは、祖国の言葉や文字を教わることよりも、おなじ同胞の子たちがあつまって、せんこう、くさい、きたないという言葉をきかされていじめられたり、さげすまれたりしないで、わけへだてなく、声いっぱい笑ってたわむれ合うことができたからです。

わが子供たちにとって、朝連の学校は、文字通り解放の天国であったのです。

いま日本全国で、五百五十あまりのわが学校があり、五万五千のわが子供たちが勉強しています。この子供たちにとって、進学しなければならない中学が必要だということは、いまわれわれにあたえられた最大の課題の一つです。

ある人たちは、日本の中学校は、小学校ほどは民族差別はひどくないはずだし、中学校を建てるとなると、教える先生をあつめるのも大変なことであり、設備を整える費用をあつめるのも容易なことではないから、中学からは日本の中学に通わせた方がよいのではないかといっています。

いま東京の各朝連の学校には、日本の中学に通っていた生徒たちが、かなりな人数、通っていますが、その子たちの話でも、いまさら日本の中学には戻りたくないといっています。解放された雰囲気の中で、新しい祖国にふさわしい勉強をしたいといっているのです。

たしかに私たちは、まだ中学校をつくった経験はありません。小学校も同じです。解放前、私たちが日本の中で民族のために学校をつくるのを、日本の権力が許さなかったからです。ところが解放後、何ら事前の準備がなかったのに、これだけの学校が出来たではありませんか。たしかに施設は不充分で、教師も不揃いではあるけれど、わが子供たちは、かつては想像もできなかったような活気にみちた勉強をしているではありませんか。

これは、私たちの創造的な民族愛の力でつくり上げたものです。中学校の先生といえば、何か特別えらいものでもあるかのように考えたのは、かつて私たちが日本の権力におさえこまれて、そう考えるようになっただけのことです。大学に通った人なら、誰でも中学生を教える力をもっています。現在、東京だけでも、何百名という、日本の大学に通っているわが同胞の留学生がいます。彼らも解放後、愛国心に燃えて留学生同盟という組織をつくりました。彼らの中から、いくらでも中学校の先生を迎え入れることができます。

設備の点でも、最初から壮大な建物を考えるよりも、どんな粗末な建物でも、生徒たちを座らせる机と椅子があり、黒板のある教室があれば、学校をはじめることができます。学びたい生徒があり、教えたい先生があれば、どんなに貧しい設備でも、内容の充実した愛国的な学校をつくることができます。

たとえいま私たちがすぐ帰国できなくても、日本で育てている私たちの子供に、将来祖国や民族のために働く立派な人間になってもらうためには、私たちがすべての力を尽くして立派な教育機関をつくっていかなくてはなりません」

そういった内容を、宋は力をこめて話した。話しの途中、宋は自分が少年時代、苦労をしながら、貧しい同胞の子供たちと接触した具体的な例などを挙げ、戦前、優秀な素質を持ちながら不良少年の仲間に転落してゆくほかなかった具体的な例などを説明した。

話は一時間あまりもつづいたが、きいている同胞たちは終始緊張した面持ちできいてくれたばかりでなく、話し終えた時は、皆はげしい拍手でこたえてくれた。一緒に話をきいていた総務部長も、顔を紅潮させて立ち上がり、

「みなさんも、今の話をきいて、中学校を建てることがどんなに緊急で大事なことか、よくわかったと思います。この熱気の消えないうちに、みなさんの誠意を、ここに用意した紙に記入してください」

といって、聴衆席の前に並べてあった用紙に全員記入することを要請した。

しぶる人、進んで書く人、喜色をうかべた人、迷惑げな顔の人、さまざまな表情が交錯したが、出席者は一人残らず、用紙にそれぞれ記帳した。

会が終わり、出席者全員を招待した昼食会の席上で、総務部長は、

「みなさんの熱誠あふれる寄附申し込みの金額は、総計三百万円をすこし超えました。予想外の数字です。これで念願の中学は立派に出発できると思います。その日をはやめるために一日も早く寄附金を本部あてに送金してください」

と訴え、万雷の拍手をうけた。

精養軒からの帰り道、総務部長は、

「この寄附が本当に集まるかどうか、これからの集金が大変だと思うよ。気分にまかせて申し込み書に記帳しておいて、いざ集金に行くと、居留守をつかったり、言い訳をしたり、なんだかんだと難癖をつけて

しぶるなど、実際に金を手にするまでは信用できないからなあ……。今日の昼食会の出費がまるまる損にならなければいいんだが……」

と、悲観的なことをいったかと思うと、

「それにしても、宋君の話は説得力があるなあ……。戦前の学校でのわが子供たちのいじめられかたを、あんなにくわしくきいたのははじめてのことだ。朝連の学校が雨後のたけのこのように、あんなに沢山できて、子供たちがよろこんで集まるのは、朝連が愛国的な仕事をはじめたからだと思っていたが、今日の話をきいて、その真実がわかったような気がした。宋君は戦前、日本の厚生省の仕事をしていたと聞いたが、よく朝連の仕事をする気になってくれたねえ……。君が文化部にいて千人力だと、文化部長からいわれたことがあるが、君の真価の一面を今日はじめて知ったような気がした……」

と、何か述懐するようにいった。


狛江の学院では、一般青年の講習会がはじまった。百名近くの講習生の過半数が女性だった。朝連の組織をあげての女性同盟の結成運動がはじまり、その運動のはたらき手として、若い女性たちを教育する必要があったからであった。そのため、男子班と女子班を分けて講義をする必要もあった。

教務をうけもっている玄から、植民地時代の祖国の農村状況を講義する必要があり、他に適当な講師がいないから、宋にぜひうけもってほしいという強い要請があった。

ちょうど部長も退院して事務所に出勤しはじめたばかりであった。朝鮮語辞典の製本が完成し、一万部の分厚い大量の本が本部に納本されてきたので、部長も無理をしてでも出勤しなければならなかったのだった。部長の売り込みで、予約をとっていた各地方本部への発送作業で、文化部は部員総動員でその仕事にとりかかっていた。

部長から、大事な講義だから、何をおいても参加すべきだと激励され、宋は発送の仕事から抜けるのに気がねを感じながら、一人、狛江の学院に急いだ。中には幾人かの年配の婦人もまじっていたが、二十代の若い女性がぎっしりつまっている講堂にはいって、何かむせるようなものを感じ、宋はいくらかの気恥ずかしさを感じないではいられなかった。

しかし気をしずめてしゃべりはじめると、話はよどみなく進んでいった。

宋はまず農村での階級構成から説明しはじめた。しかし、地主、自作農、小作農、雇い農といった言葉の意味がよくわからないようなので、いちいちその実態からわかりやすく説明しなければならなかった。ところが、その説明の言葉つきが面白いといって、若い娘たちは声をあげて笑い出した。その笑い声で講堂の中は活気づいたが、かんじんの講義はさっぱりはかどらなかった。

宋の予定では、一時間半の間に、農村の実態や、貧しい農民たちが生活苦にたえかねて流民になって海外に流れ出ることになり、日本に渡ってきた同胞たちがほとんどそうした農民たちであったことを話し終えるつもりであった。ところが一時間半たって休憩時間になっても、話は三分の一も進んでいなかった。

しかし玄は、そのことも予想ずみだったらしく、

「どうせ今日いっぱいはかかると思って、そのつもりで予定を組んでいるから、今夜、夜の時間まで講義をつづけてください。それでも終わらなかったら、今夜ここに泊まって、明日の午前中で終わるようにしてくれれば結構です。教室で笑い声がたえないのをみると、あなたの講義はすごく受けている証拠だから、その調子でたのみますよ」

と、念をおすようにいった。

玄にいわれた通り、次の時間に講堂に入って行くと、講義前に年配の婦人が立ち上がり、

「先生の話が一番面白いといって、みんな大よろこびですよ。若くてうぶな顔をしているから、まだ独身だろうといっているんですが、先生は独身ですか？」

と、まじめな顔をしてきいた。宋はてれ笑いをしながら、

「いいえ、子供が一人います」

と答えると、へえと溜息まじりの嘆声がもれてきた。

夜の時間が終わっても、講義は終わらなかった。授業が終わると、何人かの娘たちが宋をとりかこみ、何かと質問をした。どこの大学を出て、何を勉強したかということまできききはじめた。宋が文学を勉強して小説を書いた話をすると、「ふわ、すてき！　ぜひ読みたいわ！」と、はすっぱな声を出す娘もいた。

宋と同じ年くらいの背の高い女性が、

「先生、子もちって嘘でしょう？　そんな風にはみえないわ」

と、きつい調子できいた。

「いいえ、本当です」

「奥さんは日本人？」

詰問するような口調だった。宋はうしろめたさのようなものを感じた。

「そうです……」

「勉強した同胞は、みんな日本人と結婚したのね！　きらいよ！」

その激しい怒りの言葉に、宋は答えようがなかった。気まずさを感じたのか、娘は黙って宋のそばをはなれていった。

挫折した朝鮮国語講座

六月の中旬、朝連の全国大会が大阪で開かれた。宋は全然予期していなかったのに、文化部長によばれ、「宋君も本部推薦の代議員に選ばれることになっているから、ぜひ参加してほしい」といわれた。

本部の常任委員は大会の役員選考で選ばれることになっており、文化部の次長にするためには常任委員でなければならないから、この大会で常任委員に推薦するためだという説明をうけた。

そういう待遇をうけることはうれしいことであったが、宋は気が重かった。また、組織部次長から入党をすすめられ、それを辞退したのだから、常任委員に任命されることはあり得ないことのように思われた。しかし、それを口に出していうこともできないで、黙って部長について大阪へ向かった。

広い中島公会堂の会場がほとんどいっぱいになるほどの代議員で埋まり、大会は開会前から活気を呈していた。前回、東京の永田国民学校の講堂で開かれたさいに会議を妨げていた異分子が、すっかり組織から抜けていったために、会場の雰囲気は整然としてなごやかさをただよわせていた。

しかし今は、同胞全体が帰国をあきらめ、日本に定着するために、生活の基盤をかためなければならない時期であった。一時の生活の方便としてよりかかっていた闇市が、このところ大きな弾圧をうけはじめ、同胞たちはすっかり不安におののいていた。会議では、それに対応するような活気にみちた建設的な計画が打ち出されなければならなかった。

だが、演壇に立った報告者や、政策の提案者たちの演説は、たいてい型にはまったような観念的な言葉が多く、場内をわき立たせるような気迫に欠けていた。

大会二日目になると、だれた空気が場内に流れ、席を立つ代議員の数が目立つようになっていた。

そこへ、この前大阪の教員講習会ですっかり顔なじみになっていた大阪本部の文化部長が、案内するところがあるからといって宋を誘いにきた。本部の代議員たちは会議が終わるまで席をはなれてはならないという注意をうけていたが、宋はあたりをはばかるようにして、大阪の文化部長について会場を抜け出した。

大阪の文化部長は、この前来た時に接待をうけた食堂に案内し、奥まった一室に上がりこんだ。すぐ焼肉と葡萄酒が出された。文化部長は酒をのみながら、組織の活気のなさを慨歎した。共感するところが多く、宋もあいづちをうちながら、すすめられるままに、口当たりのよい葡萄酒を次から次へとのみほしていった。

いつのまにか泥酔してしまい、気がついて目をさましたのは真夜中で、大阪の文化部長とならんで服を着たままその部屋に寝ていた。頭が割れるように痛かった。食卓はかたづけられていたが、枕もとに水をいれたやかんとコップが置いてあった。たてつづけに何杯かの水をのみこんだが、はげしい頭痛で、起き上がることもできず、またくずれるように倒れこんでしまった。大阪の文化部長にゆり起こされた時は、もう朝の八時過ぎだった。頭痛は相かわらずはげしく、吐き気がして水ものめなかった。

店の手洗い場で顔を洗い、備えつけのタオルで顔をふいて部屋にもどると、文化部長は朝食がわりに味噌汁だけでもすするようにすすめてくれたが、宋は吐き気がするといってことわり、文化部長について店を出た。

文化部長は近くの喫茶店に誘いこみ、熱いコーヒーを注文した。ふうふう息を吹きかけながら、一杯のコーヒーをのみほすと、いくらか落ち着いてきたような気がした。

「度数の弱い酒ほど酔いはひどいときいていたが、葡萄酒でこんなに酔いつぶれたのは私もはじめての経験です……」

といって文化部長は苦笑した。

いずれも代議員の二人は、開会の時間すれすれに会場にもぐりこむことができた。本部の代議員席には皆がきちんと席についていた。みな無言でかたい表情をしていた。

会議は順調にすすみ、午前中で全日程を終えて閉会になった。

せっかく大阪に来たのだから、寄り道をするといって各自出かけていったが、宋は本部の部員会でいつもコンビになる経理課の金と二人だけで、大阪駅から東京行きの汽車に乗った。向かい合わせの席につくなり、金は、

「あんたが大阪本部の文化部長に誘われて行ったことは聞いていたけど、よほど歓待されたとみえ、ふつか酔いのような顔をしていますね……。お昼弁当も食べなかったようだけど、おなかは大丈夫ですか？しかし、あんたは昨夜いなくて幸いでしたよ、不愉快な目に遭わないで……」

と、説明をはじめた。

今度の大会で、中央の部員五名が常任委員に推薦されたということだった。昨夜、その選考があったが、委員の一人が筆頭に書かれた宋の名前をみて、

「この人間は、中央興生会にいたことがある人間で、まだ入党もしていない。どっちへ転んで行くかわか

らない人間を、本部の常任に推薦することはできない」

と、強く反対したということであった。他の四人の推薦には誰も反対しなかったが、委員の一人が、「文化部長のたっての申し込みで、宋君を推薦したのに、彼をはねてほかの人たちを推薦したのでは、文化部長の面目まるつぶれということになる。それに部員会で選んだ部員代表を落としたとあっては、部員会全体に動揺もあたえかねない。どうしても宋君を推せないというのなら、他の四人もこのさい遠慮させて、この問題はもう一度本部の常任委員会で論議すべきだ」

と主張したので、結局すべてお流れになってしまった。

代議員で来ている部員たち全員に、昨夜のうちに説明する約束になっていたので、代議員の部員たちは宿舎の部屋で待機していたところ、委員からそのような報告をうけ、皆すごく不愉快になっているということであった。

「僕はどうでもいいけれど、あんたも推薦されていたはずなのに、僕のせいで迷惑をかけたことになりますね……。申しわけない」

と、宋があやまると、金は、

「反対した人間というのは、本部の部長の一人で、封鎖預金の払い出しに朝連の名をつかって便宜をはかってやり、かなり私腹をこやしているということを、僕は知っている。そんな人間があんたの経歴になんくせをつけるなんて恥しらずもいいとこだ。きっと自分の弱みをかくすために虚勢をはったのだろう」

と、吐き捨てるようにいった。金の話をききながら、宋は、組織部の次長に強く入党をすすめられたとき、素直に応じればよかったという悔いのようなものを感じた。

しかし、自分が正しいと思ったことに、信念を持つべきだということを考え、もっと毅然とした姿勢で生きるべきだと思い直した。

大阪の大会から帰って間もなく、文化部に、学校の建設委員の一人になっているという姜氏が宋を訪ねてきた。

「あなたの噂はいろいろな人からきいていましたが、ちょうど本部に用があったついでに寄りました」

といって、あらためて名刺を出した。「朝連東京都江東支部委員長」という肩書であった。

宋は実は、姜氏とは終戦直前からの知り合いであった。東京が三月の大空襲をうけて東部一帯が焼け野原になった時、同胞の集団部落であった深川枝川町だけは同胞たちの必死の消火活動によって奇跡的に焼け残り、それが新聞に大々的に報道されたことがあった。当時、興生会の新聞局の記者をしていた宋は、取材のため枝川町に出向き、町内会の副会長をしていた姜氏に会い、感激的な接待をうけた。それが縁で、宋はたびたび枝川町に行くことになった。そこにはいつでもどぶろくを売っているところがあったからであった。

しかし解放後、朝連の仕事をするようになってからは枝川町に出向くことも少なくなり、姜氏に会うこともなかった。

再会のよろこびをかわしてから、ひと回り年上の姜氏は宋を近くの喫茶店に誘い、枝川町の変貌ぶりを話した。姜氏が中心になって枝川町に朝連の支部を結成し、東京都内でも屈指の活動をしていることをのべたあと、姜氏はいきなり、

「私は枝川町を同胞の文化村に改造するつもりで、いま着々と計画をすすめているところです」

と、抱負を語り出した。

その手始めに、帰国した同胞たちの空き家へ、住居のない同胞の文化人たちを移住させはじめたということであり、宋にも、交通の不便な江戸川区の端などにいないで、都心に近い枝川町へ越して来ないかという、単刀直入の勧誘だった。宋が返事をしぶっていると、

「決心がついたら、直ぐ私のところへ電話をしてください。いつでも引っ越し荷物を運ぶオート三輪をさし向けますから」

姜氏はそういい残して帰っていった。

文化村をつくるという言葉に、宋は魅力を感じた。しかし、鄭氏に世話になった義理を考えても、今の住居をすぐはなれるわけにもいかなかった。

ところが、思いがけないことがかさなり、宋は引っ越しを決心することになった。

姜氏と会った翌日の新聞に、南方で捕虜になっていた旧日本兵の帰還船が東京港に着くという短い記事が出た。

「もしかしたら、私の兄も乗っているかもしれない……」

呟くようにいう妻の言葉をきいて、宋は次の日の出勤前に、本所（今は墨田区になっている）の区役所に寄り、引き揚げ兵の業務を担当する係に会い、妻の兄が出征する時の住所と氏名を書いて、

「こういう人が引き揚げ船で帰ってきたら、私の事務所に電話をしてください」

といって、名刺を渡しておいた。フィリピンに行ったという便りが最後で、死んでいるのやら生きているのやら、何の連絡もなかったのだから、帰って来るというあてがあるわけではなかった。それが、翌日の昼頃、本所の区役所から電話があり、前日会った係官から、

「奇跡というほかありませんが、本人が訪ねてきました。区役所の前の戦災地の空き地にテントをはった臨時休憩所がありますから、そこに来てください」

と、告げられた。宋は、部の人たちに事情を話し、大急ぎで現場にかけつけていった。

区役所の前は、見渡す限りの焼け野原であった。その焼け跡に設けられたテントの中に、色あせた兵隊服を着た三十がらみの人が三人ばかり、青ざめた顔で板の長椅子に腰かけていた。

その端にすわっていた人が、宋を見かけると、かすかな笑みをうかべて立ち上がった。

宋は夢中でかけより、手をわしづかみにして、

「よく帰って来ましたねえ……。ご苦労さまでした!」

と声をかけると、相手はぽろりと涙をこぼした。きくと、妻の兄は港で船をおりると、まっすぐ本所のもとの住みかへ行ったということであった。しかし空襲で焼けた同潤会アパートは、改造してみな人が住んでいたが、被災した先住民の行き先はわかりようもなく、絶望的な思いで区役所を訪ねたということであった。

一緒に腰を掛けていた人たちも、戦災をうけた家族の行方がわからなくて、やはり区役所に来た人たちだということだった。

妻の兄は一見して、ひどい栄養失調のようにみえた。近くには食堂のようなものはなかった。歩くのもやっとのように見える相手をつれて、錦糸町の駅におりたところ、駅前の闇市場でうどんを売っている店があった。

妻の兄は、むさぼるように丼にかぶりついた。宋が二杯目を注文すると、妻の兄は少しはにかみを見せたが、それもまたたく間にからにした。三杯目をすすめると、さすがに満腹だというので、相手をうなが

して城東電車に乗った。

いくらか元気が出たとみえ、妻の兄は、ぼつぼつと話しはじめた。

妻の兄は二日ほど眠ってばかりいたが、見違えるように元気になり、もと勤めた職場に行ってみるといって、三日目の朝、出勤する宋と一緒に家を出た。

その夜、妻の兄は帰って来なかった。心配する妻に、

「きっと婚約者のところに行ったに違いない。相手も住み込みだから、二人が一緒に暮らせるところを探すのが先だ。それより簡略でいいから、二人のために結婚の宴をもうけてやることだ」

と、宋はこともなげにいった。順序からいえば、妻の兄は実の母が厄介になっている福島の母の実家に先に行くのが道理のはずであったが、行きしぶっている気配だった。

翌日帰ってきた妻の兄は、ぱりっとした背広を着ていた。婚約者が用意してあったということであった。

宋は、鄭にたのんで、今住んでいる住居を妻の兄に渡し、深川の枝川町に越して行けば万事円満に解決できると思った。今の住居にすっかりなじんでしまった妻は、気がすすまないようであったが、

「いまどき、すぐ住居が見つかるはずはない。復員したばかりの兄さんは無一文のはずだから、金のかかることもできないはずだ。僕の計画を兄さんに話すから、賛成してくれるのならそうしよう」

宋が強くいうと、やっとうなずいた。

妻の兄は、おろおろしていたが、宋がいっさい責任を負うからというと、満面に喜色をうかべた。

新橋の駅の食堂に、客のたてこんでいない時は小宴会の出来る席があることを宋は知っていた。話し合いのあった二日後に、その場所で、午後二時からささやかな結婚の宴をひらいた。

料理は駅の食堂であり合わせのものを出してもらい、酒は枝川町特製の合成酒を二升ばかり買ってきた。出席者は、妻の兄の親しい人で会社の上司にも当たる人と、婚約者の叔母に当たるという中年の婦人の二人だけで、あとは当人二人と宋夫婦、それに子供の七名だけの宴であった。駅の食堂の支配人が気をきかして三三九度に使う用具をそろえ、支配人と若い女子従業員が世話役になって、型通りの式を挙げることができた。皆、満足して祝盃をあげた。

宋は、会食には一升だけで間に合わせ、あとの一升を支配人にわたしたところ、支配人はすっかり顔をくずしてよろこんでくれた。

四時半頃まで使ってよいということであったが、祝いの会食は三時半頃で終わり、新婚夫婦は新橋駅から、上司の紹介だという熱海の宿へ向かった。

帰りに妻から、江戸川の土手を歩きたいといわれ、宋は久しぶりに息子の手をひいて、緑こい江戸川の桜並木の土手を歩いた。住居のつい近くにある、花の名所といわれるこの土手に、仕事に追いまくられて妻を一度も誘って来なかったことを、宋は悔いないではいられなかった。

「明日は引っ越してしまうのだから、ここに来ることもないわねえ……」

妻は心残りがするようにいってから、急に口調をかえて、

「兄さんは、会社からもかなり祝儀をもらったようだし、叔母さんたちも祝儀を出したのに、今日の会計はあなたにまかせっきりで、少しもお金を出そうとしないもの。あたし、なんだか情けなかったわ……」

と、嘆くようにいった。

「復員したばかりで仕方がないよ。旅行の費用にもいるのだから……」

「住居まで兄さんに明け渡して、深川の方は大丈夫なの？　あたし、ここが気に入っていたのに……」

妻は愚痴っぽくいった。

「歓迎されて行くんだ！　心配することはない！」

宋は断ち切るようにいった。

翌日、打ち合わせた通りに、深川から迎えの三輪車が、午前中にやって来た。

母屋の鄭に、住居を復員した妻の兄に渡して深川に越していきたいと申し出た時、鄭は愕然としてしばらく口をきけないでいた。

「君が朝連の仕事で、家に帰れない日が何日もつづいているのを知っていたから、いずれ越して行くものとは思っていたが……正直なところ、君をいつまでも傍にひきとめておきたかった……。しかしそれは、わしのわがままな願いだから……」

そういって承知してくれた鄭の悲しげな顔を、宋はまともに見上げることができなかった。幾多のいきさつはあったが、断ち切れない肉身の情のようなものが通い合っていた仲であった。

戦災を受けた身なので、荷物といえば、寝具と行李一つと、簡単な炊事道具と、本が何冊かあるだけだった。

三輪車には荷物をつんでも、宋の親子三人の座る空間が充分にあった。

鄭夫婦の切ない表情の見送りをうけ、宋は十カ月あまり住みなれた江戸川をはなれた。

三輪車を運転しているのは、二十を過ぎたばかりと思われる若い青年であったが、ひどく緊張していて、ほとんど口をきかなかった。しかし、道順にはくわしいとみえて、迷うことなくひた走りに走って、一時間もしないうちに深川の枝川町に到着した。

朝連の支部の事務所の前で、姜氏が待っていた。

「部屋がきまるまで、事務所の宿直室でくつろいでもらうことにしました」

姜氏はそういって、運転して来た青年に宋の荷物を事務室の中に運びこませた。

宋はとまどいを感じたが、黙って寝具を宿直室に運びこむほかなかった。

「奥さん、事務所の炊事場にはガスがはいってますから、煮たきに面倒はないはずです」

姜氏は宋の妻にそういって、人のよさそうな笑顔を向けた。

「すぐ入れる部屋があることはあるけれど、なるべく静かで落ち着いたところがいいと思うので、そこがきまるまで、二、三日ここで我慢してください」

姜氏にそういわれると、宋は笑顔でうなずき、夫婦で一緒にお礼のあいさつをのべた。

文化村をつくるという姜氏の言葉をうのみにして、たしかめもしないでやってきた自分の軽率さを悔いてもはじまらないことだった。

妻もめんくらったようであったが、親切に運んでくれた青年に、こまごまとしたことをきいたりして、買い物ができる場所をたしかめたりしていた。

三日目の夜、部屋がきまったというので、姜氏に案内されてその部屋に行ってみた。

ひどく汚れた六畳間であり、炊事場は三軒共同用であり、便所も三軒共同であった。

幸い翌日が日曜日であった。宋は越す前に妻に手伝わせ、はがれた壁に白い紙を貼りめぐらし、新しいござを買ってきて、汚れたきたない畳の上に敷きつめた。

その仕事をしている最中に、近所の住民たちがさかんにのぞきに来た。

「あんなきたない部屋が見違えるようにきれいになるのねえ……」

と、しきりに感嘆した声を出した。これが文化村をつくる手はじめの仕事なのかと、宋は内心苦笑するほかなかった。

事務所の宿直室に置いてあった荷物をすっかり運び終えてから、宋は用意した六コ入りの石鹸箱をもって、隣り合った三軒の家に夫婦であいさつに行った。

「偉い先生が来るという噂はきいていましたが、まだ若いご夫婦ですねえ……。子供さんも可愛いし……。どんな仕事をしているんですか？」

と、みな同じような質問をした。

出入り口のすぐそばに三畳間があったが、そこには六十過ぎのお爺さん一人が住んでおり、すぐ隣は二十四、五の若い男の一人の暮らしで、はずれの部屋には中年の日本人夫婦が、女学校を出たばかりという娘と住んでいた。爺さんはいきなり、

「その部屋はわしが住んでいたのに、支部の委員長が来て、あんたはどうせすぐ帰国するのだから、この三畳でいいだろうと、強引に追い出されたんだよ。腹の虫がおさまらなかったが、あんたのような人のよさそうな夫婦が越してきたので、やっと納得する気になった……」

と、いい出したので、宋はいいようのない申しわけなさを感じ、

「私は、そんな事情は少しも知らなかったものですから……。本当にすまないことをしました。お許しください」

と、あやまると、

「あんたが悪いんじゃないから、あんたがあやまることはない。委員長は同胞たちのために良いことをしているかもしれないが、強引なやりかたが多すぎるから、面と向かってさからう者はいないけれど、陰で

不平をいう者は多いよ……」

と、爺さんは嘆くようにいった。


その夜、支部の委員長が町の同胞の有志五、六名をつれてきて、新居移転の祝いをしてくれた。皆が持ってきてくれたドブロクで乾杯し、おかずも、委員長が持ってきた乾メンタイとキムチで、全員ほどよく酔いがまわるまで歓談した。

委員長の心尽くしと、同胞たちの好意に感動した宋は、

「私もこの同胞たちの部落に越してきたからには、村の同胞たちのために力いっぱい尽くしたいと思います」

と誓わないではいられなかった。

皆が満足した表情で帰ったあと、宋は妻に、

「ここに引っ越してきて本当によかった！」

と述懐した。

ところが、その翌朝はやく、前夜訪ねてきてくれた同胞一人が、

「米がなくなっているように見えたから、持ってきました」

といって一斗入りの米袋を差し出した。宋は面くらい、まさかただでくれるわけはないと思いながら、

「お値段はいくらくらいでしょうか？」

と、きいてみた。

「六百円です」

相手はこともなげにいった。六百円といえば、宋のもらう二カ月分の給料であった。

「あいにくいま現金がありませんので、給料をもらった日にお支払いしてよろしいでしょうか?」

と、宋がおずおずきくと、

「あ、結構ですよ」

相手はおおような笑顔を残して帰っていった。だが宋は、一刻もはやく米代を払わないではいられない気持ちだった。

出勤前に、二百メートルほど先の隣町の委員長の家を訪ね、前夜のお礼をいったあと、米をもってきてくれたいきさつを話し、

「悪いですが、六百円貸してくれませんか? 給料日にお返ししますから……」

と、無心をいった。

宋はそれまで他人から借金をした経験がなかった。とっさにこういうことができたのは、委員長に肉身の情のような信頼感をもったからであった。

「あんたも苦労をするねえ……」

と、委員長は苦笑しながら即座に金庫から六百円の現金を出してくれた。そしてさらに二万円の小切手を渡してくれながら、

「これは封鎖預金の小切手だけれど、中央の経理課に持って行ってたのめば、現金にかえてくれるはずです。あなたが持っていけば、たぶん十五パーセントの手数料を差し引くと思います」

といった。

宋はその足で、米をもってきてくれた同胞の家を訪ねて代金を払い、出勤早々、経理課に行って小切手

のとりかえをたのんだ。担当の部員は無表情で、一万七千円の現金を渡してくれた。

金を受け取ると、宋は一種のむなしさを感じないわけにはいかなかった。噂で、金持ちの封鎖預金払い出しの手伝いをして小遣いかせぎをしている部員たちがいるという話をきいたことがあった。そういうことにいくらかの不愉快さを感じていただけに、宋は自分も結局そのたぐいの人間の一人になったような気がしたのだった。

その日は文化部に来客が多く、宋はその応対でいくらかおそくなったが、帰りみち、枝川町のバスの停留所に降りて、まっすぐ委員長の家に寄り、現金のはいった封筒を渡した。委員長は金額をたしかめ、

「たしかに受け取りました。ご苦労さんでした。手間賃をあげなくてはならないけれど、それではかえって失礼になるから、今朝貸してあげた米代は、返してもらったことにします。気を悪くしないでください」

といって、むしろ宋をいたわるような表情をした。

宋はなぜか涙がこぼれそうな気がした。

宋が枝川町に越して一週間ほどたった後に、初等学校として使っている元の隣保館の建物で、成人のために朝鮮国語を教える夜間講座が、朝連の支部主催で開かれることになった。かねて支部の委員長が開設を希望していたが、講師の希望者がいないためにのびのびになっていたのだった。

宋が、自分で講師をひきうけると積極的にいい出したので、話は急速に進展した。

教室は初等学校の上級班が使っている広い部屋を使うことにし、教科書は先ず初等学校の初級班で使っているものをあてることにした。

毎晩、七時に授業をはじめ、一時間半ばかりの国語教育をし、十分の休憩後に一時間ほどの歴史講話を

することにした。

同胞の大人たちは学校教育を全く受けたことのない人が大半だった。それでも男たちは、故郷と便りをかわすために、飯場などで国文を教わった人がかなりいたが、女の人たちは文字の読めない人がほとんどであった。幼い時に日本に来たり、日本で生まれた人たちは、日本の小学校には通っていたが、朝鮮語は親たちの使う言葉を聞きおぼえただけで、朝鮮文字は全然読めなかった。それに、かなり多数の同胞の日本人妻も、やはり朝鮮語を知らなかった。

これらの人たちに朝鮮語を教えることは、朝連の啓蒙事業の最大の課題の一つで、朝連のあらゆる会合で強調されていたが、それを実践しているところは数えるほどしかなかった。

大張り切りの委員長は緊急分会長会議を開いて、分会全体の同胞の実態を調査し、啓蒙を必要とする同胞の実数を調査し、該当者たちを説得して、入学申込書を提出することを督励した。大体の見積りでは、盟員数が幼児も入れて全員六百六十名とあるから、少なくとも該当者は二百名はいるはずだった。

距離の関係で枝川町までは通いきれない人を除いても、百名ほどの申込書はもらえるはずだと、委員長は判断していた。

三日後に、分会長たちは九十余名の申込書をもってきた。委員長は大喜びで、開講式の日は支部長たちも受講生たちと一緒に全員参加するように要請した。宋は委員長から申込書綴りを受け取り、大学ノートに全員の出席簿を作った。

開講式当日は、宋は文化部長に事情を話し、一時間早く早退したいと申し出た。

「君は多忙で毎日疲れているのに、そんなことまで引き受けて過労になりやしないか?」

と、文化部長は心配してくれたが、

「今までの講習会で慣れていますし、同胞たちを教えることは楽しいことですから、気力さえあれば疲れることはありません」

宋は笑顔で答え、百名近い受講生たちを迎えることに期待をふくらませながら帰路を急いだ。

宋は六時前から教室に行って待っていたが、六時十分に委員長が一番先にやってきた。六時三十分過ぎになって、分会長たちや受講生たちが、ちらほら顔を出しはじめた。しかし開講時間の七時になっても、六名の分会長のうち二名は姿をみせず、受講生たちも四十名ほどしか集まらなかった。いらいらしていた委員長は、

「もう時間だから、はじめましょう！　これだけ集まってくれたのだから、ありがたいと思わなければ……」

といって、自分から先に立って受講生たちを教壇近くにすわらせた。開講式の司会役を受け持っていた支部の総務部長が、あわてて開会の宣言をし、

「先ず支部の委員長から開講のあいさつをします」

と、紹介した。教壇に立った委員長は、

「私たちが解放されて朝連の組織をつくった時、真っ先にはじめたことは、日帝に踏みにじられたわが民族の誇りをとりもどすことでした。私たちは、誇りたかい民族として暮らすためには、何よりもまず祖国に帰ることだと考え、一日もはやく帰国するために無我夢中になっていました。しかし皆様がよくわかっているように、祖国に帰っても暮らしていけないことがわかり、今日にいたっています。

幸い、民族の誇りをとりもどすために、わが子供たちに民族教育をする学校をつくり、いまわが支部でも百二十名の子供たちが集まって楽しく勉強しています。

ところが、日本の植民地時代、学校に行かせてもらえず、言葉や文字まで奪われ、文盲にさせられた上、民族の歴史も教えられたことのない同胞の大人の人たちの大部分は、解放されたとはいえ、わが民族の誇りも知らない暮らしをつづけています。朝連はこれらの大人たちのために、民族の文化を教える啓蒙事業をおこすことを最大の課題の一つとしてきました。わが支部でもこうした夜学をつくりたいと考えつづけてきましたが、よい先生を迎えることができなくて、今日までのびてしまいました。

しかしこのたびまさに天運のように、わが支部にすばらしい先生が越してきてくれました。もう噂をきいて知っている人もいると思いますが、この先生は、解放前、日本に留学に来て大学を卒業し、いま朝連中央の文化部で民族教育事業のために献身している方です。先生は自分から進んで講師の役を引き受けてくれました。感謝感激のほかはありません。

話したいことは山々ありますが、少しでもはやく、みなさんに先生の話をきいてもらいたいので、私のあいさつはこれで終わりにします」

といって、全員の熱烈な拍手をうけた。つづいて紹介された宋は、教壇に立って一礼したのち、

「宋永哲（ソンヨンチョル）と申します。ここで皆様に私の経歴をのべるのが礼儀ですが、それは授業のときに追い追いと申しのべることにして、まずこの町に越してきたばかりですから、ほとんどの方たちは初対面なので、何かとこれからお世話になると思います。どうぞよろしくお願いします。なるべく授業の時間をはやめたいと思いますので、開講式のあいさつはこれで終わりにします」

といって壇をおりた。それで開講式はあっけなく終わり、委員長や分会長や総務部長などは教室から立ち去りはじめた。

すると、教室の後ろの方にすわっていた若い青年二人が立ち上がって一緒に出て行こうとした。宋はあ

わてて青年たちのそばにかけより、

「あなたたちも講習を受けに来たのでしょう？」

と、声をかけた。二人は立ちどまって頭をかきながら、

「そのつもりで来ましたけれど、ここにいるのは女の人たちばかりなので、とても気恥ずかしいので、僕たちは近いうちに青年同盟の東京本部で講座がはじまるときいていますから、そちらの方に参加することにします」

といった。

「国語講習を受けるのは一日も早い方がいい。恥ずかしがることはないから、一緒に受けなさい」

宋は、たしなめるように強くいった。その気迫におされたのか、青年たちはしぶしぶもとの席にもどった。

そのやりとりがおかしく見えたのか、くすくすと笑う女の人たちの声がきこえた。教壇にもどった宋は、

「では講義のはじめに出席をとります」

と朝鮮語と日本語でいってから、申込書に書かれた名前を朝鮮語で読んだ。

半分以上が参加しておらず、返事のない人が多かったが、それでも出席者は四十一名なのに、返事をしたのは三十名しかいなかった。宋は日本語で、

「日本人の奥さんが何人かいらっしゃると聞いていますが、申込書の名前通りに朝鮮語で読んだので、わからなかった方がいると思います。それに朝鮮の本名を朝鮮語で呼ばれた経験がないので、わからなかった人もいると思います。悪いけれど、返事をしてない方は、手を挙げてくれませんか？」

と、きいたところ、ちょうど十一人の手が挙がった。

宋はノートをもって、手を挙げた人たちのそばに行って名前をたしかめた。そして、日本人の奥さんには日本の本名を出席簿に書きそえてもらった。

そんなことで少し時間をとってしまった。気がせく思いで教壇にもどった宋は、

「さあ、授業をはじめましょう！　教科書はこの本を使うことにしましたが、用意して来た人はいますか？」

教科書を手にかざしてきいたところ、誰も持って来た者はいなかった。

「支部の事務所にあるはずだから、とって来てくれませんか？」

と、二人の青年にいいつけた。

急いで行って来た青年たちは、

「まだ取り寄せてないそうです」

と、がっかりしたような声でいった。

「じゃ、明日買ってきてもらいますから、今日は教科書なしで授業をはじめましょう。私が黒板に書きますから、みんな写してください。

朝鮮文字は、このように、母音十文字、子音十四文字が基本です。この二十四文字を組み合わせて言葉の文字を綴り合わせていくのです。朝鮮は四千年以上の古い歴史を持っている国ですから、言葉は非常に発達して、微妙な発音の多い美しい言葉です。

文字は、昔は漢字を使い、朝鮮語の発音に合わせていましたが、五百年前に新しい朝鮮文字を作ったのです。世界のあらゆる文字の中で、最も科学的ですぐれたものなのです。

先ず、この二十四字の基本文字をしっかりおぼえましょう。

母音は日本語のアイウエオに似ていますが、日本語にない発音が三字あります。さあ、私が声を出しますから、みんな一緒に声を出してください」

しかし、日本語しか話せない人は、この三字の発音がどうしても正確に発音できなかった。

子音は、最初は発音しやすい、カ、ナ、タ、ラ、マ、バ、サ、ア、ジャ、チャ、ガ、ダ、パ、ハで読ませたが、これも日本語の発音にない四文字は、なかなか区分けがつかないようであった。が、とにかく二十四文字の記号と発音ができるように、何回も書かせ、発音をくりかえさせた。

悪戦苦闘する思いで、一時間以上発音の練習をつづけ、基本文字も理解できたようであったが、さすがに皆くたびれたようであった。

宋は少し休憩をとり、あとは朝鮮の古代史の話を三十分ばかりつづけた。

家に子供を置いて来ている家庭の主婦が大半だったので、みな落ち着かない様子であった。宋も疲れを感じたので、最初の晩の授業はそれで終わることにした。

翌日、支部の総務部長は教科書を取り寄せてきて、講習生たちが来ると、全員にそれを買わせた。

だが、授業開始の七時になっても、なかなか講習生たちがそろわないで、十分すぎになってようやく三十名ほどになった。教科書がそろったので、先ず前の晩教えた基本文字の発音を復習させ、教科書に従って授業をすすめた。

やさしい教科書なので、初級の小学生なら十時間くらいはかかりそうな分量を一気にすすめることができた。カギヤ表といわれる、母音、子音を組み合わせた百四十文字の発音と書き方を反復し、どうやら全員が声をそろえて読めるようにした。

夢中になっていたので、一時間半の時間がまたたく間にたってしまった。「もう帰らなければ……」という出す人たちが出てきたので、歴史の話は次にのばすことにし、その晩の授業はそれで終わることにした。

「どうですか？　授業は面白かったですか？」

宋は気になって、帰りかけた受講生たちにきかないではいられなかった。素直に、面白かったと答えてくれる人が多かったが、

「休まないで続けて来てくださいよ。勉強することも辛抱が大事ですから」

と、宋は受講生たちに懇願するようにいった。

ところが、三日目はひどい雨になった。やって来たのは、二人の青年と、若い娘たち三人だけであった。

「きっと雨なので子供をおいては出にくいのだろう。国語の勉強は、皆がそろってから始めるとして、今夜は面白い朝鮮の古典物語の話をしましょう」

宋は朝鮮の代表的な古典物語の話をはじめた。春香（チュンヒャン）の話は、朝鮮では誰でも知っていることであったが、若者たちは今まできいたことがないといった。

宋は物語りに出てくる人物たちの名前を黒板に書きながら、わかりやすく話しはじめた。美しい恋物語なので、五人の若者たちはたちまち夢中になってききほれた。

物語りを理解させるために、その時代の朝鮮の官僚制度や封建的な身分制度、それにその時代の風習、背景になる地域の地理なども、くわしく説明しなくてはならなかったので、思いのほか時間がかかり、春香伝の話を終えるのに二時間もかかった。

その間、休憩もなしに語りつづけたが、若者たちは大満足で、

「先生、すごく面白かった。国語の勉強より、こんな話の方がいいや」

「先生、すごく面白かった。国語の勉強より、こんな話の方がいいや」

と、口ぐちにいった。

四日目は快晴の日だった。

授業がはじまるまでに、三十名ほどの人が集まったので、宋は救われたような気がした。授業を始めようとしたところ、前の席にすわっていた中年の婦人が立ち上がり、

「先生、隣りの姉ちゃんにきいたけれど、昨夜とても面白い昔話をしたそうですね、その話をしてください！」

といった。すると、いっせいに拍手の音がした。どうやら、若者たちは面白い話の噂をひろめ、それでこの夜の出席率がよくなったもののように思えた。

宋は苦笑いして、

「国語の勉強が大事だから、はじめの時間は教科書の勉強をして、歴史の話の時間に、その話をしましょう」

といって、出席をとりはじめた。

カギヤ表の復習をはじめたが、この二日間で読み方を忘れたとみえ、またくりかえして読み方の練習をしなければならなかった。

次はバッチム（支えるという意味の言葉）に入るのであったが、急に発音が複雑になってくるので、おぼえこむのに骨が折れるようであった。

子音は、すべてバッチムに使われるのであったが、十四字がバッチムの時には七つの音に統合されるのであった。教科書にやさしい例が出ているので、何度も声をそろえて発音させていった。

発音は不正確でも、のみこみ方は割にはやくて、授業はかなり能率的にすすんでいった。しかし、カギヤ表百四十字に、この一字のバッチムをすべて綴り合わせると、千九百六十文字、約二千の発音となる。公式としては簡単に理解できても、濁音を合わせてせいぜい三百くらいしか発音がない日本語から、いきなり二千の発音にはいることは、とうてい無理なことのようであった。

「正確な発音ができないからといって、気にすることはありません。ただ慣れていけばいいのだから……」

と、宋はかんでふくめるようにいいきかせた。さらにカギヤ表に、強音を出させる複数の子音を綴る五行（つまり五十字）があった。それに単数のバッチムを合わせると、さらに七百の文字と発音が増える。それに、二つの子音をならべた「二つバッチム」があり、これの使いわけは、さらに複雑さを増し、朝鮮語の発音は基本的におよそ三千五百の発音となる。

授業の途中、一人の中年の朝鮮婦人が手を挙げて、

「朝鮮語がこんなにむずかしい言葉だとは知りませんでした」

と、嘆くようにいった。

「そうです。数限りない発音から成り立っているので。それだけ豊富な感情を表現できるのです。だから詩に書くと、美しい調べをうったえることができるのです。わが農村の学校に行ったことのないお婆さんでも、実に才たけた美しい言葉で、嘆きをうったえたり、激しい感情を吐露することができるのです。朝鮮の文字がしっかりわかれば、朝鮮語が、どんなにすばらしい言葉であるかということもわかるはずです。こういう言葉、こういう文字を使いこなしている朝鮮人が、どんなにすばらしい民族であり、そういう朝鮮人がどんなに誇らしいものであるかということも、よくわかってくるはずです」

宋はたかぶった感情をうったえないではいられなかった。

しかし、大半の受講生たちは、授業についてくるのが大変なようであった。一時間半ばかりの授業を終え、

「少し休憩して、次に昨夜話した春香伝の話をします」

と宋がいうと、受講生たちは歓声をあげたが、

「子供のことが心配です。それに帰りがおそいと亭主がいやがるから……」

といって、十人ばかりの女の人たちが先に帰っていった。

宋は気をとりなおし、春香の話を三十分くらいでまとめ上げて、その晩の授業を終わりにした。それでも皆は、春香の話に満足していた。

次の五日目には、時間になっても出席者は十名くらいしかなかった。授業が急にむずかしくなって、みんないや気がさしてきたのではないかと気づかい、宋は自分の授業のすすめ方を反省してみたりしたが、

「来ない者はいいじゃないですか。少人数だけでも授業をはじめましょう」

出席した者が腹立たしげにいい出したので、宋はしぶしぶ授業をはじめるほかなかった。

教科書通り、複雑な複合バッチムにはいったが、受講者が少ないせいか、皆によくのみこめたようで、授業は調子よく進められた。一時間半の授業を終え、

「今夜も物語り本の話をしてください」

と皆に望まれたので、歴史の時間には沈清（シムチョン）の話をした。これも有名な話であったが、受講生たちはきいたことがないといった。

幼いとき母をなくし、盲目の父の面倒をみた孝行娘の話で、親孝行物語りの典型といわれ、悲しく切な

い物語りであった。

やはり背景の状況と解説が必要なので、かいつまんで話しても、一時間以上かかってしまった。受講生たちは感動しきったようで、涙をにじませた人が多かった。

帰りに、今日休んだ人たちに話しかけて、明日は皆出席するようにすすめてくれと頼んだが、六日目の土曜の夜は、雨の夜に来た五人だけが出席した。

ついにたまらなくなった宋は、初等学校の教室にある手鳴らしの鐘を持ち出し、部落中を歩き廻って鐘を鳴らしながら、

「講習会を始めますから、早く出席してください！」

と叫んでまわった。それに刺激されたのか、五名ばかりの婦人たちが申しわけなさそうな顔で出てきたので、ちょうど前の晩の顔ぶれになった。

宋は気持ちをふるい起こして授業をすすめていったが、受講生たちはなんだか気乗りがしないようであった。

国語の授業が終わると、婦人たちは、

「帰りがおそいと、家の者がうるさいから……」

といって、五人そろって帰ってしまった。

すると三人の娘までが、

「毎晩おそいといって、親たちがやかましいから……」

といって帰ってしまった。

残った二人の青年たちは拍子抜けした顔で、

「先生、もう夜学は駄目ですねえ……」

と、がっかりした声を出した。

「どうしたのだろう？　何かきいてない？」

と、宋がきくと、

「あちこちの家で、夜学のことでもめごとがあったようだとはきいていますが……」

と、一人が答えた
「先生が若くて美男子で、張り切り過ぎたものだから、亭主たちが焼きもちをやいたのかもしれませんよ」

もう一人が、からかうようにいった。

「ばかをいうものじゃない！　この夜学は、朝連の組織に課せられた重大な啓蒙運動の一つだ！　これがうまくいかないことは、組織にとっても大きな損失になるのだよ。どんなことがあっても、夜学を成功させていかなくちゃ……。君たちも協力をたのむよ……」

宋は青年たちをたしなめながら、言葉をつくして力になってくれることを要請した。


日曜日は休み、月曜の夜から講習会を続行することにした。ところが、二人の青年以外、時間になっても誰ひとり顔を出さなかった。宋が部落を廻ろうとして、手鳴らしの鐘を持ち出したところ、青年たちが、

「僕たちが、村中をどなってまわりますから……」

といって、宋の手から鐘をもぎとるようにして出かけていった。よほど声をかぎりに叫びまわったとみえて、帰ってきた青年たちはへとへとに疲れていた。しかし、いくら待っても受講生たちはやって来なかった。

「もう駄目です！　夜学はあきらめましょう……」

「僕たちは近くはじまる青年同盟の講習会に参加しますから、心配しないでください」

青年たちからそういわれ、宋は返す言葉もなかった。

落胆した青年たちを帰したあと、宋は直ぐ委員長の自宅を訪ねた。委員長は晩酌をたのしんでいる最中であった。宋は夜学の一週間の経過を話し、みじめな失敗に終わったことを報告し、何か噂にきいていないかときいてみた。

「いろいろ話はきいてます。まったくの準備不足というほかありません。まず男どもから啓蒙しなくてはいけないのに、婦人たちばかりを集めて始めたのが間違いでした。日本に渡ってきて底辺で生きてきた同胞の実態を、私は誰よりもよく知っていると自負していましたが、おしつぶされて生きてきた男どもの封建的な怨念のようなものに、考えが及ばなかったのです。解放されて、大会などに動員されて革命的な雰囲気には染まったとはいえ、意識の革命は全然できていないのです。教育というものを受けていない男たちに、先ず読み書きを教え、民族の真の独立と意識の革命から教えるべきだったのです。私たちの啓蒙事業はそれが基本なのに、今の私たちの力では、それが出来ない。その点、婦人たちの方が感覚がはやい。少しでも新しいことを学びたいし、学べばすぐ感情にあらわす。その変化をみて、男どもは猛烈な反発と怒りを感じたのです。あなたの授業をうけて、女房どもが帰ってきてうれしそうに話すのを見て、亭主どもは腹を立て、女房をどなり散らし、暴力までもふるい出したということです。

あちこちで夫婦喧嘩がおこり、夜学が魔物のようにきらわれ出したのです。喧嘩をしない家でも、隣り近所のつき合いがあるから、夜学に行かなくなり出したのです。

だれも夜学に来なくなるわけです。先ず男どもから集めて始めるべきでした……」

「私の教え方のまずさに原因があったのではないでしょうか？」

「いや、それは正反対です。あなたが学識の高い有能な人だという評判は、たかまっているばかりです。女房をぶっぱたいた男でさえ、俺のぼんくらな女房をこんなに感動させたのだから、きっと偉い先生に違いないと、酔った席でいいふらしている話もききました」

「では、どうすればいいのですか？」

「きいた話では、祖国が解放されて、全国的に啓蒙運動がはじまった時、出席しない男どもをかり出すために、講習に出席する者たちに優先的に貴重な日用品を配給したということでした。ここでは男どもを強制的にひっぱり出すことはできない。何かとびつくようなえさがあてがわれないといけないのに、そんな力がわたしたちにはないのだから、あらゆる機会を利用して辛抱強く説得するしかない。いつそれができるのか……」

委員長は溜息まじりにそういい、

「とにかく、私のあさはかさから、あなたには苦労をかけて、つらい思いをさせました。まあ、かんべんしてください」

といって、宋にさかんに酒をすすめた。すすめられるままに、たてつづけに飲み出した宋は、すっかり酔いつぶれてしまった。

東京朝鮮中学校の開校

中学校建設の敷地問題は、建設委員会の指揮役である中央の総務部長の指示で、文化部の会計担当をしている李部員が交渉にあたり、関東財務局の王子出張所との間に正式な賃貸契約が結ばれた。最初から交渉にあたっていた朝連板橋支部の委員長の献身的な奮闘の成果であった。

膨大な旧陸軍施設の管理に手をやいていた財務局の出張所では、正式な借り手がきまったことをよろこんだ。施設の管理にあたっていた職員を引きあげるだけでも相当な経費の節約になるので、正式な地代の策定や賃貸料などは具体的な校舎建設がはじまってから正式にきめるという、きわめて大ざっぱな契約書であった。

李が担当になったのは、解放前、学徒出陣で軍曹にまで進級した経験があるので、軍の施設を管理するのは適任であろうという総務部長の判断であった。李は宋よりは二つ年上であったが、晩学で、専門学校に在学中、学徒出陣にかかったのであった。

特異な経歴の持ち主で、咸鏡南道の地方都市で中等学校卒業後、東京の専門学校に入学したが、学費がとぎれ、運送会社の荷運びとして働いているうちに会社の事務員をしていた日本人女性と恋愛して結婚した。周囲の反対を押し切って結婚したために彼女は会社をやめることになったが、勝ち気で有能な彼女は短期の理髪学校に通い、免許をとって理髪店の職人になった。

一方、実直に勤めていた季は、他の運送会社に見込まれて転社し、相当の待遇を受けるようになった。夫婦は勤勉に働いて貯蓄し、裏町で小さな理髪店を開くことができた。

勉学の望みを捨て切れないでいる夫の気持ちを察していた彼女は、彼に復学をすすめ、太平洋戦争さなかに、彼は以前通っていた専門学校に復学した。三年の上級に進学した時、学徒出陣ということになり、学校では卒業証書を授与してくれた。

彼の入隊中、空襲で家を焼かれ、彼女は二歳の長女を抱いて世田谷の間借りの家で除隊した夫を迎え入れた。彼は当初、帰国を考えて悶々としていたが、彼女はもう一度頑張りなおすというので、日本に踏みとどまって働くことを考えた。

李が文化部に就職を希望して来た日から、宋は彼の相談相手になり、二人はたちまちじっこんの間柄になった。教科書の発送や印刷所の支払い関係など、面倒な会計実務を李はたくみにこなし、部内の信任を得ていたので、宋は李が中学校建設の実務の責任をになってくれたことを感謝しないではいられなかった。

だが、建設委員会の基金募集の寄附の集金はなかなかはかどらず、校舎に使う建物の修理の着手もいつになるか予測がつかなかった。

東京本部管内の各初等学校から、連日のように問い合わせをうけ、宋は毎日がいらだつ思いであった。

そういう暑苦しい日々がつづいている時、宋は下関にいる兄から、思いもよらない電報を受け取った。体の具合を悪くしていた兄嫁が、突然なくなったというのであった。

すぐ駆けつけるにしても、先ず金が入り用になるに違いないと考えた宋は、手もとにある貯金通帳をもって中央の経理課の信頼のおける金にたのんで、封鎖されている金額を現金にかえてもらうことにした。

通帳には興生会からもらった退職金の使い残りと鄭からもらった五千円、合わせて七千五百円が封鎖されていたが、毎月の生活費として五百円ずつ二回払い出したので、六千五百円が残っていた。

事情をきいた金は、即座に、

「通帳と印鑑を私に預けなさい。私が責任をもって払い出せるようにしますから、先ず現金を立て替えることにします。こういう場合、一五パーセントの手数料をもらうことになっているけれど、肉身の死という特別の事情だから、私が釈明して五パーセントにしてもらうことにします」

といって、六千百七十円を渡してくれた。その厚意が胸にしみて、宋は涙ぐみながら金を受け取った。

千円だけは家に残し、宋は急行列車で下関に向かった。

下関駅に着いたのはあくる朝で、山陰線に乗りかえ、二つ目の駅の綾羅木という郊外の町に降りて、何人もの人にきいて、はじめての兄の住居にたどりついた。

養鶏所の鶏小屋を改造したみすぼらしい板の間のござ敷きの部屋に、兄は小さい二人の子をかかえて、ぽつんとすわっていた。

「形ばかりの葬式は昨日すました。これからどうしたものかと、思案にくれていたところだ。よく来てくれた……」

兄は、白いきれで包んだ骨つぼを見やりながら、

「俺一人では、とても子供たちの面倒は見きれないし……」

とつぶやくのを、その言葉じりをひったくるように、宋は、

「下の小さい男の子は、僕が引き取っていって育てる!」

と、叫ぶようにいった。顔を上げた兄の目に、みるみる涙があふれた。

「まだよく乳ばなれもしてないのに、母親が寝こんでしまったから、俺がおかゆを食べさせていたけれど、消化不良をおこして下痢ばかりしている。そして、食べ物をほしがって泣いてばかりいる。うまく育ってくれるかどうか……」

こころもとなさそうに呟くのを、

「なあに、きっと治してみせる！」

と、宋が断定するようにいうと、兄もようやく明るい顔になって、

「お前がその子の面倒をみてくれるのなら、上の女の子は、秋田の女房の実家の母親にたのむことにする。やさしい人だから、きっと預かってくれると思うから……」

と、決心したようにいった。

そして、その日のうちに荷仕度をし、子供たちをつれた兄は宋とともに東京行きの急行に乗った。

翌朝、兄が疲れたようなので、大阪駅で降り、梅田駅前の闇市の食堂で朝食をとり、駅前の宿屋の部屋を借りて兄と子供たちを休ませ、宋はかねて来てくれるようにいわれていた同胞の統合新聞社を訪ねた。

宋が商工省からいわれていた新聞発行の用紙割り当ては、朝連の中央が断わるかわりに、朝連中央の宣伝部長のあっせんで、関東で申し出ていた三社と、関西で申請した五社が、それぞれ統合して、東京、大阪で十万部ずつの新聞を発行することになった。

商工省の配給の担当官と親密にしていた関係で、宋の功績をみとめた両社の社長は、宋に会って礼をのべたいといってきた。

東京の新聞は『国際タイムス』という名称で、日本語版の日刊紙を発行し、創刊記念のパーティーに宋もよばれた。大阪では『朝鮮新聞』という朝鮮語版と『新世界新聞』という日本語版を発行した。

宋がわざわざ訪ねてきてくれたことをよろこんだ社長は、自分の事業の成功談を語りながら、宋が文筆活動をしていることをきいて、新聞に連載物を書くようにすすめた。即答はさけたが、宋は大きな贈り物をもらったような気持ちになって、駅前の宿屋に戻っていった。兄は待ちわびていた。

もう一度闇市で食事をし、子供たちのしゃぶるあめを買って列車に乗った。

東京駅に着いたのはかなりおそい時間だったが、タクシーに乗って兄たちを枝川町につれて帰った。持って行った金は、兄も金を用意してあったというので、ほとんど手をつけないで持ち帰った。

あくる日、兄は女の子をつれて秋田に発ち、宋は幼い甥を妻に背負わせて、朝連の本部で開設している診療室に連れていった。そこでは、順天堂の名医といわれる年配の人が毎日午前中診察にあたっていた。

泣いてばかりいるやせた男の子を入念に診察した医者は、

「先ず下痢をとめなくてはいけないが、おなかを冷やさないようにあたためなければならない。闇市でさらしを売っているそうだから、それを買って巻いてやりなさい。食べ物をむやみに欲しがるのを、無理にとめようとしないで、辛抱強く子供をなだめることです。薬はあげますが、すぐきくものではない。子供の病気は、知恵をはたらかせて世話をすれば、自然となおってきます。決してあせってはいけません。子供がいつも安らかな気分でいられるようにつとめるべきです」

そう、さとすようにいいながら、薬をくれた。

宋はその足で女房とともに上野のアメ横に行って、闇のさらしを買った。女房が目をみはるような高い値段であったが、宋は惜し気もなく一反をまるまる買った。

「帰って、すぐ幾重にもおなかに巻いてやりなさい。すこしきつい目に巻いてやれば、そう沢山は食べられないはずだ。いつも食べものをほしがっているから、白米の飯のおにぎりをつくって、いつも両手に持たしてやりなさい。幸い新円がたっぷりあるから、闇米を買うのも、子供がほしがるものをあてがうのも、充分足りるはずだから……」

そういって女房を先に帰し、宋は事務所に戻っていった。

その日、留守中の仕事がかさなり、おそくなって家に帰ったところ、待ちかねたように妻が、

「腹をしっかり巻いて、おにぎりを持たせてやったら、あんまり泣かなくなったわ。歩けていた子が、下痢をはじめて歩けなくなったってきいたけれど、すわっている気力がないのか、おんぶしてやらないと泣きやまないのよ。背中ですっかり寝こんでしまったから、おろして寝かせたのよ。眠っていてもおにぎりは手から放さないのよ。可愛そうに……。一体なおるのかしら……」

と嘆くようにいった。

「最初のおにぎりは、むしゃぶるように食べてしまったけれど、二つ目からは、かじってはやすみ、かじってはやすみして、ずいぶん時間をかけて食べたのよ。いま、手にしているのは四つ目よ。さすがにかじるだけで、のみこみはしないけれど……」

元気そのものの四歳になった長男が、ぐっすり寝こんでいるそばで、小さいやせこけた甥は、弱々しい息づかいで寝入っていた。

黙って夕飯を食べながら、宋は心の中で、どうかはやく治ってくれと祈りながら、また一面では、きっとよくなるに違いないと思いこみはじめた。

夜中に子供がはげしい声で泣き出した。

「ひどい下痢で、おしめがどろどろよ……」

おしめをとりかえ、始末をしおえた妻が、

「このひどいにおい！」

といって窓を明けはなった。巻いたさらしまで汚れたといって、新しいのに巻きかえ、子供が泣きわめくのをなだめながら、新しいおむすびをにぎらせ、子供をおぶって子守りうたを歌い出した。

子供はようやく泣きやんだ。一緒に目をさました宋は、ぼんやり窓べにもたれて暗い外をながめながら、妻に苦労を背負わせたことに呵責を感じた。

しばらくして子供は寝こんだらしく、妻は子供をそっとおろして寝かせた。それから、汚れものを洗いに外に出ていった。洗いものを干しおえて帰って来た妻は、疲れが出たのか直ぐ寝息をかきはじめた。

しかし宋は目がさえて、なかなか寝つかれなかった。

それから二日後、用がはやく終わったので、宋はめずらしくまだ明るいうちに家に帰った。出かけたらしく家には誰もいなかった。宋がぽつねんと窓べで新聞を読んでいたところ、長男の手をひいて帰ってきた妻が、いきなり背中からおろした子供を畳の上にほうり出すようにしながら、

「こんな子のために、どうしてあたしに苦労をかけるのよ！」

と、わめきあげたかと思うと、声をあげて泣きだした。

宋はあっけにとられて、黙って妻を見つめるほかなかった。

しばらくして、気をとりなおしたのか、

「今日、買い物に出かけて、この子が背中で猛烈な下痢をしたものだから、おしめからはみ出た汚物で私の着物まですっかり汚れてしまったのよ。人まえで恥をかき、臭いにおいをまきちらしながらバスに乗る

のも気がひけて、一時間も歩いて帰って来たのよ。連れていった家のタカナオがいい迷惑よ。歩きつかれて足が痛いってぐずり出したのよ。

帰ってきてすっかり着替えて、子供たちの物まで洗ったけれど、この子が火がついたように泣くものだから、洗濯する間もおぶい通しよ。この子のことがすっかり近所に評判になっているらしくて、たったいま、この先の八百屋の出店に買い出しにいったところ、隣りの棟の日本人のおかみさんから、『そんな病気の子を背負いこまされて、よく我慢しているねえ……。あんたも人がよすぎるわよ』ってからかわれたわ。あたし、よっぽどのろまに見られているのよ。情けないったら、ありゃしない！」

と、愚痴をならべはじめた。

甥を預かるについては、「僕は兄貴に育てられたようなもので、兄貴のおかげで学校も出してもらった。だから、兄貴のためにはどんなことでも尽くして、むくいなければならない」と、かんでふくめるように、妻にはいいきかせてあった。しかし、妻のやりきれなさもよくわかるだけに、ただ黙ってきいているほかなかった。

ほうりだされてはげしく泣いていた子は、妻から新しいおむすびをあてがわれると、笑顔をみせて泣きやんだ。

五日ほどして秋田から兄が帰ってきた。亡くなった兄嫁の実家の母はこころよく預かってくれたということだった。

兄は息子の顔をつくづくと見つめなおし、

「気のせいか、顔色がだいぶよくなったような気がする。それに、以前ほど泣かなくなった。かあちゃん、かあちゃんと呼んでいるのを見ると、すっかり母親のようになついているような気がする。偉い病院の先生にみてもらったそうだけれど、きっとよくなってきているんだよ……」

と、感動したような声を出した。

宋は、兄の安心したような顔を見るのがうれしかった。

兄が、戦時中おぼえた溶接の技術を生かして、なるべく東京の近くで仕事を見つけたいというので、宋はぶりよく事業をはじめた知り合いの同胞のところへ兄をつれて行ってたのんでみたが、適当な仕事は簡単に見つかりそうもなかった。

兄は二日間ばかり、東京のおもだった闇市場を歩きまわって、小さな台秤一つと、竿秤一本を買ってきて、

「やはり下関へ帰って、商売をはじめる算段をしてみる。下関では今のところこれが手に入りにくいから、商売のいいもとでになると思う」

といって、荷をまとめて下関に帰っていった。

それから何日かたって、女性同盟の結成大会を祝賀する東京管内のいくつかの支部の芸能公演が、神田の共立講堂で開かれた。競演形式がとられており、宋も中央の文化部を代表して審査員の一人に選ばれていたので、舞台のそでにすわっていた。

演目の進行中、頭がかゆいので無意識に手でかいたところ、指先にふれたものがあったのでつまんだところ、それは毛じらみであった。宋は仰天しないではいられなかった。

兄が秋田につれていった上の女の子の頭に毛じらみがたかっていたことは知っていたが、兄はなんとも

ない様子であったので、まさか自分にその毛じらみがうつろうとは、夢にも考えていなかった。生理的にいっときも我慢できない思いだった。

そっと抜け出し、共立講堂の外にでると、裏通りの床屋を見つけ、幸いすいていたので、理髪台に腰かけるなり、職人に、「丸坊主にしてください！」と、たのんだ。

「え？　どうしたんですか？」

「毛じらみがうつったようです」

「水銀軟膏をこすりつければ取れるはずですよ」

「一刻も我慢ならないのです！」

宋は、早く刈るように督促した。

「もったいないなあ。戦時中、坊主頭にされて、戦後このくらい伸びるのに、ずいぶん時間がかかったはずなのに……」

職人は残念そうに呟きながら、バリカンをかけていった。

あっけなく刈り終わり、頭を洗ってもらうと、生き返ったようにさっぱりした。

宋は共立講堂にもどる気はなくなり、まっすぐ枝川町の家に帰った。妻は、坊主頭を見るなり、

「どうしたの？　一体……」

と、びっくりした声を出した。

「毛じらみがうつっていたんだ！　あんたの頭は大丈夫か？」

「あたしはなんともないわ。どうして、あなたにうつったのかしら？」

「それでも、よくたしかめたがいい」

そういいながら、宋はまっ裸になり、シャツの上下をひっくりかえしてみたが、しらみもそのたまごのようなものも見つからなかった。

「子供たちは大丈夫かなあ?」

「毎日洗っているんですもの。心配ないわ」

妻は、シャツを着なおしている宋を見やりながら、

「帰った兄さんもなんともなさそうだったのに、あなただけに毛じらみがうつるなんて、不思議だわねえ……あなたにもばちが当たったのよ」

といって、面白そうに笑った。


翌日出勤すると、文化部の人たちが、「どうしたんですか? その頭……」と、あきれたような声をだした。

宋は、毛じらみのことを口に出すのは、はばかられて、「頭に皮膚病が出たようなので、思い切って坊主にしました」と言いわけをした。

「子供のような顔になって、可愛くみえるわ」

女子事務員たちが手をうってからかった。

しかし、そんなのんきな冗談をいいあっている暇はなかった。東京管内で一番生徒数の多い荒川支部の初等学校から、宋に電話がかかってきた。

「中学校はいつ開校できるのですか? 子供たちがじりじりして待っているんですよ!」

何回もくりかえされている、いらだちの声だった。

「建設委員会を督促して最善をつくしています」

同じ返答をくりかえすほかなかった。

そのあと宋は、すぐ総務部長のところへ行き、

「各初等学校から、中学校はいつ開校するのかと、連日矢のような催促です。建設委員会が能率を上げて推進できるようにはたらきかけていただけませんか？」

と、うったえた。

「建設委員会の責任をひきうけた二人の委員が泰然とかまえているもんだから……。今日の午後、二人がここへ来ることになっているから、そのとき君と事務局長役になった李君とで、二人にハッパをかけてくれないか？」

総務部長にそういわれて、宋はすぐ李のところに行き、二人の委員を口説く手だてを相談した。

ところが、午後にやってくるという二人が、三時頃になってようやく現れた。

いいかげんいらだっていたが、宋は自重するように自分にいいきかせながら、二人を応接室に案内し、李とともに、初等学校から矢のような催促をうけている現状をうったえ、開校をはやめるようにうながした。それに対し、

「開校をはやめるには、どうすればいいと思うのかね？」

年上格の五十男が、あごひげをなでながらそりかえった姿でいった。

「最初の入学予定者は、現在のところ四百名くらいです。いま借りている王子の施設のうち二棟は、改造すれば、十教室にはなります。専門職にたのめば、一週間もあれば工事が出来上がるはずです。黒板や机や椅子は、製造工場に註文すれば二週間以内に出来上がるとききました。つまり今すぐ大急ぎでやれば、

半月で開校できるのです」

李が説明すると、

「費用はどのくらいかかるのかね?」

ひげ男がききかえした。

「今、物価が毎月のように上がっていますから、いますぐだと二百万円くらいですむと思いますが、一カ月たつと三百万円くらいになると思います」

李が、即座にこたえた。

「うむ。寄附がなかなか集まらないのに、そんな大金、いますぐは無理だよ……」

そばにいた四十がらみの委員が、にべもなくはねつけるようにいった。李はきっとなって、

「寄附申込台帳に記帳されている金額は、三百万円を超えているときいています。委員全員が誠意を出して活動すれば、三百万円はすぐ集まるはずじゃありませんか?」

切り返すようにいうと、委員はせせら笑いながら、

「そんなに簡単に金を出すと思うのかね? 記帳はあいさつがわりで、いざ金を出すとなると、生身を切られるようなつらい思いをするのだよ! すぐ集められると思うのは、金をもたない人間たちの妄想で、金持ちはなかなか金を出すものじゃないよ!」

といった。

「しかし、努力すれば多少いくらかでも集金できるはずじゃありませんか? たとえ全額そろわなくても、工事会社にいくらかの手つけ金を出せば、教室改造の仕事ははじめるでしょうし、黒板や机は完成の時に支払うとして、先に注文はできるはずです。開校をはやめるには最善をつくすべきではありませんか?」

宋は重ねて力説した。

「どうも参ったなあ……。君たちはおそろしい借金取りのようだ。それで、開校はいつ頃にすればいいと思うのかね？」

ひげ男が、すこしなだめるようにいった。

「各学校では、九月一日の新学期の日を望んでいますが、あとわずかしかありませんから、それは無理ですが、せめて九月の十五日には開校できるようにすればよいと思います」

宋が答えると、

「よく、わかった。総務部長とも相談して、明日、工事会社の人たちを呼んで、まず仕事をたのむことにしよう」

そういって、二人の委員は立ち上がった。

はたして委員たちが、納得してくれたのかどうか、宋はなんだかうまくはぐらかされたような気がして、心もとなかったが、あとは李に、総務部長に経過を報告するようにたのんで、羅に電話で呼ばれていたので、新宿の事務所へ急いだ。

羅は、初等学校の高学年を対象に、雑誌を出す計画を立てていた。その発刊のために委員会がひらかれ、夜八時頃まで討議がつづいた。宋は、その出版のための用紙の手配をたのまれるとともに、原稿の一部を書くように依頼された。

その次の日、宋が商工省の用紙配給の担当に会って紙の配当券をもらい、おひる過ぎに文化部に戻ると、李がにこにこ顔で、

「建設委員の代表たち、本気のようだよ。午前中、総務部長のところへ、建築会社の人と学用具製造会社の人を呼んで、工事の依頼と注文をしたよ。明日、現地を見てから契約書を交わすことにした。それで、これから二人の委員たちに現場を見てもらうことにしたが、あんたも一緒に行かないかね？」

といって、誘った。しかし宋は、

「僕はこれから部長に教科書編纂委員会の報告をしなくちゃならんから、悪いけれど、あんただけで行ってきて」

とたのんで、李に一任した。

次の日、建築会社と学用具会社の人たちは、直接現場で待っていた李と落ち合って、丹念に見てまわったということであった。

建築会社の人は、学校の校舎として使うのなら、いまある建物をこわして新築した方がいいのだが、とりあえず修理するだけでも三、四年はもつはずだから、費用はいくらもかからないといった、ということであった。

それで建築会社は、わずか十万円の手つけ金を渡しただけで工事の契約をしてくれた。一方、学用具製造会社は、製品完成の時に現金払いすることにして、見積書を置いていった。

九月十五日開校の見通しがたったので、宋は教員編成を急ぐため編纂委員会の鄭を電話で呼んだ。開校予定がたったというので、鄭はよろこんでとんできた。

入学予定者は、委員たちには四百名といったが、東京の各初等学校の申込予定者は三百二十名ほどであった。近県からも志願者が来るはずだから、ほぼその数に変わりはないはずだった。

五十名平均で八学級になるはずだから、大ざっぱに計算して十五、六名の教員は必要になると思われた。

教科の予定は、朝鮮国語が週に五時間、日本語が週に三時間、英語が四時間、数学が五時間、理科、歴史、地理が各二時間、体育、美術、音楽が各二時間、修身にかわる社会教育が二時間、実習工作が二時間、合わせて三十三時間になる。したがって、朝鮮語に最低二名、日本語、英語合わせて最低三名、数学二名、理科、歴史、地理各一名、体育、音楽、美術、各一名、社会、実習各一名という目算であった。必要な人員は留学生同盟に連絡すれば、すぐ集まるはずであった。

「人選は文化部長が当たることになりますが、予定者は鄭君が留学同の人たちと相談してきめてくれませんか？　歴史は鄭君が担当するから心配ないとして」

と、宋がいうと、鄭は、

「私にまかせてください。有名大学の学生といっても、実力はぴんからきりまであるから、優秀な実力者を推薦してもらうようにします」

と、自信ありげにいった。

その翌日から、鄭は一人、二人と、候補者をつれてきて宋に紹介した。そのたびに宋はすぐ部長に会わせた。部長は、簡単な経歴をきくだけで、「みんな選り抜いてきた人だから、私に異存はありません」と、あっさり承認してくれた。

三日もたたないうちに、男子十二名、女子一名と、大学の卒業をひかえた二十二、三歳の若い人たちがそろった。

「開校の日時が確定すれば、三日前に速達で通知を出しますから、それまで待ってください」

宋は、それらの予定者にていねいにあいさつをして送り帰した、ところが、鄭は、

「留学同でいくらさがしても、地理を専攻した学生は一人もいないそうです。開校予定日までに、方々の学校にあたってみるとはいっていますが……」

と、がっかりしたようにいった。

地理の担当問題だけを除いて準備は順調にすすんでいるように見えた。ところが、思いがけないところで破綻がやってきた。施設の現場に行ってみた李が、まっさおな顔で帰ってきて、こう大声で報告したのだ。

「建築会社の人が、次の支払いをしてくれないから、工事は中止するといって、仕事をほうりだして帰ってしまったんですよ！」

宋は李とともに総務部長のところにかけつけ、「どうしたことなんですか？」と、ねじこんだ。総務部長も驚き、

「あの代表たち、契約の日に来ただけで、そのあと全然姿をみせないから、わたしにとっても寝耳に水だ。すぐ電話をかけてみる！」

といって、二人の前で電話をかけたが、電話を受けた先も、「社長は留守でわかりません」と、取り合いようのない返事をくりかえすだけのようであった。

暗然とした思いで総務部を出ると、李が宋をさそって屋上にあがり、「どうも、あのひげ親爺にいっぱいくわされた感じだ」といって、重大な事実を告白した。

契約の翌日、ひげ親爺は李を誘って現場に行き、入り口の宿直室の建物と並んでいる鍵のかかる頑丈な倉庫を開けさせ、トラック二台で運んできた洋服布地をつめこんだということであった。そして、鍵は自分が預かるといって、ひったくるように持っていったというのであった。

「絶対に鍵を渡してはならなかったのに、無理にポケットにねじこまれた金の入った封筒のために、つい鍵を渡してしまった。僕は買収されたわけだよ。あとで数えてみたら、金は千円だった。あの布地なら、今の闇値だと、一千万円近い品じゃないかと思うのだ。畜生め！　そんな闇商売にあの倉庫を使うつもりで、契約書を交わすような芝居をうったのだ！　あの倉庫をぶちやぶって、あれを闇市でたたき売りにしてやりたいよ！」

李は、はげしく自分の弱さを責めながらいきり立った。

「このことを、総務部長にありのままに報告しよう。部長が建設委員会の責任者なんだから、あんたは言いづらいだろうけれど、二人いっしょに行って話そう」

宋がそういうと、李はしばらくして、

「いや、これは僕の良心の問題だから、僕が一人で話す。問責をうけても、僕が責任を負わなければならないから」

といって、李は宋を振り切るようにして総務部長室に戻っていった。

その後、部長とひげ親爺との間にどういうやりとりがあったのか、翌日、ひげ親爺が総務部長室にやってきて、宋と李を呼び、部長の前で、

「わしが責任をもって工事をつづけさせる。心配しないでわしにまかしなさい」

と、たんかを切った。

とてもその言葉を信用する気にはなれなかったが、宋は黙ってひき下がるほかなかった。

それからひげ親爺は毎日のように部長室に顔を出した。しかし工事は再開しなかった。それればかりか、学用具製造会社から、品物は完成したが、代金の払い込みがないから納品はできないという通告がきた。

その製造会社を紹介したのは、文化部員の最年長の高だった。高も中学校開校を助けるつもりで、あちこちたずね歩いて、その製造会社を見つけたのであった。その通告の来た日、ひげ親爺は図々しく高を呼びつけ、

「君が紹介したのだから、納品から先にしてもらうように交渉できないかねえ……」

といい出した。高は憤然として、

「私はただ工場を見つけただけです。契約はあなたたちが結んだんじゃないですか？　交渉するなら、あなたがやるべきでしょう……」

と、一蹴した。

九月十五日の開校は不可能になってしまった。宋は、一人で総務部長と会い、

「これ以上、開校を延ばしていったのでは、民族教育を放棄するようなものです。中央本部の経理から、せめて黒板や机を引き取る費用くらいは臨時に支出できるようにはからってくれませんか？　部員たちに訴えたら、一カ月分の給料の遅配くらいは我慢してくれるはずです」

と、強く迫るようにいった。

「わたしもその意見に賛成だが、どうも常任委員会の空気が、中学校設置の意見にそれほど賛成じゃないんだよ……」

そんな消極的なことをいった。

「わかりました……」

憤然として文化部にもどった宋は、文化部長の席に行き、

「これ以上、中学校の開校を引き延ばすことはできないと思います。たとえ教室がなく、黒板や机がなくても、青空で子供たちを教えはじめなくてはならないと思います」

と、うったえた。

「君のその革命的な発想は感動的だ！　思いきってやってみることだ！」

部長はすぐ賛同した。宋は鄭に来てもらって、自分の具体的な計画を話した。

先ず中央の文化部が中学校建設の母体となってきたのだから、先ず文化部の部員全体の意志統一のための緊急会議を開くこと。

次に教員志望の人たちをあつめ、青空教室で、中学をはじめることに賛成してもらう。

三つ目は、各初等学校に呼びかけ、中学入学のための口頭試問をするという名目で、志望者全員を集め、中央常任委員全員を啓発する必要がある。

そして、志望生徒全員に青空教室で学校を発足させる覚悟をもたせる。

そのため、各初等学校の教員たちや、子供たち、父兄たちに、その趣旨に賛同してもらうよう、各学校単位に意志統一に向けての会合を開いてもらう。

それらの計画をすすめるのに十日くらいはかかるはずだから、中学校の開校は十月五日とする。

開校式兼入学式は学校建設予定の旧陸軍の敷地で挙行し、各教員の協力のもとに学級編成をし、担任をきめ、出席簿を作成する。

その上で、翌日から現地で青空教室を開始する——。

宋の説明をきいて、鄭は感動でふるえがとまらないといい出した。

宋はその場で部長に提議し、部の緊急会議をひらいた。宋はまず中学校設置運動の出発から今日までの経過を報告し、敷地契約以後のことを李に説明してもらった。そして次に、宋が開校を待ちきれない子供たちの現状を話し、建設事業は進まないが、もはやこれ以上引き延ばせないことを伝え、青空教室開始の構想を述べた。

部員たちは、それぞれに中学校設置のことに関心をもち、そのなりゆきを心配していただけに、全員、宋の意見に賛同し、さかんに手をたたきながら、成功のために助力すると誓ってくれた。

二日後、連絡のとれた十名の教員志望の人たちが文化部に集まってきた。

宋は校舎改造の進まない状況を説明し、中学校を待ちきれない子供たちの切実な状況を述べたのち、青空教室をはじめるほかない実情をうったえた。

ところが二、三の質問があっただけで、あとはみな黙りこんでしまった。宋が、かさねて協力を要請したところ、中で一番年配の東大生が、

「そんな無謀なやりかたで、果たして学校が成りたちますか?」

と、冷静な声できいた。すると、鄭が激情にかられたように、

「僕たちは今、無から有を作り出そうとする革命的な仕事を始めようとしているのです。成功するかどうかは、僕たちの努力いかんにかかっているのですよ!」

と、強い調子で、叫ぶようにいった。

「私は心配してきいたのですよ。反対しているわけではありません。だから宋さんの要請にはついて行きます」

東大生は、同年配の鄭を見返すようにしながら、静かにいった。いかにも秀才らしく見える端整な顔を

見つめながら、宋は、

「ありがとう。感謝します」

といって、その手をとって握手した。すると、五、六名の学生たちが立ち上がって拍手をしながら、それぞれ、「僕たちも賛同します」と、意志を表明してくれた。

宋は東京本部の文化部長に電話をして、管内の初等学校の責任者たちを、翌日の午前中に緊急招集してくれるようにたのんだ。そして、宋自身も東京本部に出向き、開校をはやめるためには、青空教室をはじめるほかないことを説明した。

初等学校の校長というのは、年配の名誉職が多く、実際に集まってきたのは若い先生たちばかりであった。

中学進学を切望している子供たちに急き立てられて、しびれをきらしていた各学校の先生たちは、もろ手をあげて賛成してくれた。

「では、明日午前十時頃までに、進学希望の生徒たち全員を、新橋の朝連中央の会館に連れてきてくれませんか？　入学のための口頭試問をする名目です。実際は中学校設置について、ほとんど関心のない中央の常任委員たちを啓発するのが目的です」

と、開校準備のための教室の改造や、校具の購入が停滞している状況を、あらためてくわしく話した。

「子供たちは大喜びだろうなあ」

「これが張り切らずにいられれますか？」

「革命的なデモ騒ぎの一種になりますよ」

先生たちは口ぐちにそういって歓声をあげた。

文化部の事務所に戻った宋は、部長はじめ部員一同に、いよいよ明日、東京中の中学志望の子供たちを集めることを話した。そして、三百名以上の子供たちを入れる場所がないから、屋上を待機の場所にすることにして、女子事務員たちに案内役になってくれるようにたのんだ。

当日、宋は三十分ほど早く出勤した。総務部長に、子供たちを集めることは前日に話しておいたが、屋上の状態を今一度たしかめておきたかったからだ。

屋上の確認を終えた後、なるべく平静にして落ち着いていたいと思ったが、気がたかぶって、席にじっとすわってはいられなかった。また屋上に行ったり、玄関に行ったりと、エレベーターを何度も昇り降りした。

それでもやっと気をしずめ、三階の事務所の席にかけていると、九時半になって、いきなり玄関の受付から電話がかかってきた。

「子供たちが大勢おしかけてきてますよ！　早く来てください！」

受付にいる総務部の部員たちが悲鳴のような声を出した。宋は女子事務員たちをつれて、急いで玄関口に降りていった。

入口の前の階段のところに、五十名ほどの子供たちがたむろしていた。宋が顔を見せると、うれしそうな顔をして三人の先生たちがそばにかけよってきた。東京都内には十九の初等学校があったが、港支部と品川支部と深川支部の学校が一番乗りしたわけであった。

女子事務員たちに、急いで屋上に案内させようとしたが、エレベーターは大人十名くらいしかのれないので、子供を無理につめこんでも十四、五名しか入らない。エレベーターを運転しているのは、今は総務の部員になっているけれど、もとの総督府出張事務所の職員をしていた若い日本人女性であった。学校別に整列してもらって、引率の先生を先頭に、順番を待たせることにした。

女子事務員二人のうち、一人は先に屋上に一緒に行ってもらって、屋上で待機する案内をしてもらうことにし、一人は玄関口で、到着順に列をつくらせる役をやってもらうことにした。

ところが、先着の子供たちを運びきれないうちに、続々と子供たちの部隊がやってきて、玄関口の階段の前は何列もの行列がつくられることになった。朝連中央に用があってやって来た人たちは、この子供たちの大集団におそれをなして階段でのぼりはじめたが、先に屋上にあがった子供たちがまた下りのエレベーターにのって下に降りてくるのには閉口した。宋はあわてて女子事務員に指示してエレベーター前で立ち番をさせ、降りてきた子供たちは階段をのぼるように注意させることにした。

エレベーターが六階になる屋上までを往復するのには、五分くらいの時間がかかる。そこで、後続の大部隊は階段でのぼらせようとしたが、子供たちはエレベーターでなければいやだといい出した。ビルの建物のエレベーターに乗るのははじめてという子供たちが多く、皆が乗りたいといって頑張った。

結局、子供たち全員を屋上に運び上げるのに、一時間半ほどの時間がかかってしまった。その間、ほとんど全員の子供が下りのエレベーターに乗りこむので、階段をのぼる子供たちもひきもきらなかった。

子供たちをいっぱい押し込めているのでエレベーターに乗るわけにいかなかった宋は、階段を何回も歩いて往復して、屋上の状況をたしかめに行かなくてはならなかった。

口頭試問をするために、鄭や先生たちも来ていたが、この騒ぎでそれどころではなくなった。エレベーターを運転している女子職員も汗びっしょりで、途中から担当がかわったりした。一応全員を運び終わったあとも、子供たちは面白がって、われ先にと下りのエレベーターに乗り込むものだから、騒ぎはいっこうにおさまらなかった。

こうしてまるで子供たちの大部隊が建物を占領したようなかたちになったため、本部の常任委員たちや部員たちも仰天してしまい、啓発どころか、子供たちに圧倒されたかたちになってしまった。

「こんなに中学に行きたい子供たちが多いのには驚いてしまった……」

誰も彼もがおなじようなことを口にした。宋は屋上に行き、待機している初等学校の先生たちに、

「これでは口頭試問はできそうにないから、私から子供たちに、よく納得してもらうように説明することにします」

といって、しばらく待ってもらうことにした。

ところが、正午になって、さらに三多摩管内の七つの初等学校から五十名あまりの子供たちがやってきた。東京都の郡部は三多摩本部として別の組織になっており、宋は連絡もしていなかったのであったが、三多摩本部が噂をききつけ、緊急に管内の学校に通知をしたということであった。

子供たちは昼食の用意はしてきていないので、いつまでも待たせるわけにはいかない。宋は引率の先生たちを集め、子供たち全員に、中学校開校の説明をしたいから、集合させるようにたのんだ。

エレベーター乗りで夢中になっていた子供たちが屋上に集合するのにも、また少し時間がかかった。

屋上はかなりの広さなので、三百五十名ほどの子供たちを全員コンクリートの床の上にすわらせても、さほど窮屈な感じはしなかった。

「マイクの設備がないから、私の声がよく聞こえるように、なるべく前につめてください」

といって、宋は声をはりあげて話しはじめた。朝鮮語がよくききとれない子供たちがいるので日本語で話した。

「今日はよく来てくれました。ありがとう!」

そういって、ていねいに頭を下げると、子供たちもいっせいに頭を下げた。

「中学に入りたいお友達が大勢いるとはきいていましたが、こんなにたくさんの人が来てくれたのには、正直、私もびっくりしました。みなさんも、おんなじ気持ちをもっているお友達がこんなに大勢いるので、おどろいたでしょう」

というと、子供たちは、いっせいに元気な声で、

「はい!」

と、答えてくれた。

「私たちは、今年の春から中学校を建てるために、いろいろ努力をしてきました。お金をもっている同胞のみなさんたちに、寄附をしてくださいとお願いをしたり、たくさんの方たちに学校をつくる仕事のお手伝いをたのんでもきました。

さいわい王子というところに学校を建てる広い土地がみつかり、そこを借りることができました。それで、九月のはじめには学校が開けるように、いろいろ努力をしてきました。

しかし、お金をあつめるということは、大変むずかしいことです。学校を建てて教室をつくり、黒板や机や椅子を買い入れるためには、たくさんのお金がかかります。

お金が思うようにあつまらないので、学校をはじめるのがのびのびになり、九月の十五日には、はじめようと決心しましたが、それもできなくなりました。このようなありさまでは、いつ学校がはじめられるのか、見込みがたちません。みなさんも、これ以上待ってはいられないといって、いきり立っているという話をききました。

そこで、私たちは考えました。教育というものは、物や金がなければなりたたないものではない。教える人と、学ぶ人がおり、教育しようという精神が強ければ、かならずなりたつものであることを、私たちの偉い愛国的な人たちが教えてくれたのです」

そして宋は、一九三一年の三・一独立運動を語り、日帝の弾圧で独立運動は失敗したが、愛国者たちは全国の津々浦々で啓蒙運動をおこし、無数の学塾をつくったことを話し、愛国精神の伝統はそのなかでつちかわれたということを話した。

「さいわい、私たちのまわりには、これから育つわれわれの後輩に、愛国的な教育をしようとする熱意をもった大学生たちがたくさんいます。

問題は、教わりたいという熱意をもったみなさんです。立派な勉強をして将来、民族や国家のためにつくしたいという愛国的な精神があれば、どんな苦しい目にあっても、それをつきぬけて前進しようという勇気がおこるはずです！

みんなが心を一つに合わせ、自分たちの力で立派な学校をつくりあげようという勇気があれば、どんな場所であっても、教育はうけられるはずです」

そして宋は、十月五日に開校するという具体的な構想を話した。青空教室で授業をはじめるという現実も説明した。日本の権力の猛烈きわまる弾圧の下でも、死をおそれないでたたかった愛国者たちのことを語り、その精神をうけついで勇気を出せば、われわれの力でかならず立派な学校を建てていくことができるという未来像も描いてみせた。

声を限りに、一時間にわたって、ありったけの心情を吐露しつくした宋は、その場でぶっ倒れそうな疲れをおぼえた。

しかし、宋がしゃべり終わって一礼すると、子供全員がいっせいに立ち上がって、割れるような拍手をした。

引率の先生たちばかりか、まわりに立っていた数十名の父兄たちも、熱狂的な拍手をした。

「いやあ……宋さんがこんなすごい熱弁家だったとは知らなかった……。きいていて何度も涙が出そうで、我慢するのに骨が折れた」

と、いつそばに来ていたのか、李が肩をたたきながら、

「これで、五日の開校式は成功間違いなしだ!」

と、はずんだ声を出した。


開校式の日は前夜から雨が降っていたが、明けがたになってやんだ。

宋は朝はやく家を出て、八時に現場に着いたが、すでに李が先に来て待っていた。

「雨なら露天で式もできないと思い、心配で眠れなかったが、晴れたので助かったよ。なんだか幸運に恵まれた気がする。きっと幸先がいいに違いない」

李はそういいながら、倉庫のあるところへ宋を誘っていった。

「きっと火薬を入れた箱だと思うのだが、演壇がわりに使えるんじゃないかな」

広い倉庫の片隅に幅一メートルに長さ二メートルほどの箱が十ほど積み重ねられていた。高さは五十センチほどなので演壇にはほどよい大きさであった。

箱は厚板つくりなので、かなり重かった。二人は汗をかきながら、箱二つを事務所に使う建物の外にある空き地に運んだ。そこは五百坪はあると思われる広さで、半分は芝生におおわれていた。その広場のは

しに箱を二つならべると、なんとか格好がついた。

九時に鄭がやってきた。三人で今日の式順をきめる打ち合わせをすることになっていた。

「司会は宋君がやらなくちゃ。今日の主役だから。そして開校のいきさつを話してもらうことにし、次は校長のあいさつということになるのだが、校長がまだ決まってないのに、どうしよう？」

先に発言した李が困ったような顔で二人に問いかけた。

「僕は文化部長がいいと思うのだが、まだ意見をきいてみてないから、あとで見えたとき相談してみる」

宋がそういうと、二人も賛成した。

「次は入学生代表の決意を表明させなくてはいけないが、これを決めるのも難問だなあ……」

李が宋の顔を見ながらそういったので、

「一番入学生の多い荒川初等学校から選べばいいと思うから、あとで荒川の先生にきいて代表を選んでもらえばいいのじゃないかなあ」

と、答えると、二人とも同意した。

「あとの順序はどうする？」

「僕は学校の実務の責任をもつ人を先ず紹介したがいいと思うよ。学校建設委員会の事務局長であり、実質的に開校準備のため奔走してきた李さんに、学校の庶務主任になってもらい、教員の交渉などに骨折った鄭さんが教務主任になってくれたらいいのじゃないかなあ……。あとで文化部長に意見をきいて了承してもらうから。

それから、新任の先生たちの紹介は、鄭さんにやってもらって、学級編成や各級の担任を決めるのは、式がすんでからでないと無理だから、それはあとで発表することにすればいい」

宋がそういうと、二人は無言でうなずいた。

「それから終わりに父兄代表にあいさつしてもらうことにしたらいいと思うよ。この学校の敷地をみつけて献身的につくしてくれた板橋の支部の尹委員長の長男も入学するのだから、その尹氏にぜひ話してもらいたいよ」

それで式順は決まったが、まだ掲示板もないので、式順を書いてはることは省略することにした。


開校式は午前十時にはじめると予告してあったが、九時半までにはほとんどの初等学校の子供たちが引率教員につれられてやってきた。

門は開け放たれていたが、頑丈な巨大な鉄のとびらが印象的だったとみえ、入ってくる子供たちが、さかんになでまわしていた。

十時ちょうどに中央の常任委員たちがやって来たが、思いがけなく、委員長をはじめ常任委員の大半の人たちがやってきたのだった。宋は文化部長と総務部長くらいしか出席しないものと思っていただけに、びっくりしないではいられなかった。

子供たちの会館占領騒動がよほど効果的であったうえに、校舎も建っていないのに開校するという破天荒なやりかたに衝撃を受けた面もあったようであった。

東京本部からも、委員長や文化部長ほか数名の常任が参会し、三多摩本部の委員長と文化部長もやってきた。さらにおどろいたことに、千葉県本部からも文化部長が、初等学校の教員数名と二十名ばかりの子供たちをつれてやってきた。

宋は急いで文化部長を事務室に誘い、校長あいさつとして、文化部長にあいさつしてもらいたいと申し入れた。しかし文化部長は即座に反対した。

「委員長がわざわざ出向いてきているのに、委員長をさしおいて私がしゃべるわけにはいかないよ。委員長を校長としてあいさつさせなさい」

「では、先に委員長に祝辞をのべてもらって、校長として文化部長があいさつしてください」

宋がかさねていうと、

「校長任命を常任委員会で論議もしてないのに、そんなことはできない。いいから委員長にさせなさい！」

と、文化部長は強くいった。中学校建設にはまるで無関心であった委員長に、宋は不信感をもっている。それで、

「では、今日だけの校長代理ですよ。常任委員会では文化部長がなるように決めてください」

宋は、そういって、しぶしぶ文化部長の意見に従うことにした。

「学校の役職として、李さんを庶務主任、鄭君を教務主任として紹介してもかまいませんか？　本人たちは了承しています」

「鄭君よりは、君が教務主任をやって欲しいけれど、君は文化部の仕事があるから、仕方ないね……」

文化部長は複雑な表情で答えた。

宋が文化部長と話し合っている間、李と鄭は、子供たちを出身学校別に整列させていた。一方、委員長や常任委員たちは、改造しかけて中断したままの工事現場を見廻ったりしていた。

板橋支部の委員長が、板橋初等学校の列のそばに来ていた。宋はかけよってあいさつをし、父兄代表としてあいさつしてもらうことをたのんだ。支部委員長の尹氏は相好をくずしてよろこんだ。

はたしてきちんと来てくれるかどうか、多少心配していたが、教員予定の人たちも九時半頃までに全員顔をそろえていた。宋は彼らの熱意に感動しながら、一人ひとりと固い握手をかわした。

結局、開校式は三十分おくれて十時半にはじめた。

箱をならべたにわかづくりの演台に立った宋は、

「私が今日司会をつとめることになった、中央本部文化部所属の宋永哲（ソンヨンチョル）です」

と、自己紹介して一礼し、

「今日、新入生としてここに集まったわが生徒は、今日、千葉から来た新しいお友達二十名も合わせて、三百九十八名になります。

今日は中央本部の委員長をはじめ来賓の諸先生も大勢いらっしゃっています。

父兄の皆様も、三百名以上の方たちが来てくださいました。

これだけ多くの方々に来ていただきながら、かける腰かけもなく、マイクの設備もないところで開校式を行なうのは、大変申しわけないことですが、どうしてこのようなかたちで学校をはじめなくてはならないかということは、初等学校の先生方や、ここにいる生徒のみなさんによく話していますから、父兄のみなさんもおわかりになっていらっしゃると思います。

いずれにしても、私たちは、今日ただ今から、みんなで力を合わせて、立派な学校をつくっていきたいと思います。では、開校式のはじめに、学校の責任者である校長の役として、中央本部の委員長に、ごあいさつをたまわりたいと思います」

全員に声がいきとどくように、宋は力いっぱい声をはりあげて話した。

宋が壇をおりると、すぐ中央本部の委員長が壇に上がった。文化部長にいわれて満足したのか、委員長は得意満面の顔で、とうとうと中学校開設の意義について語り出した。

観念的な言葉が多く、子供たちにはわかりかねる話であったが、解放前、キリスト教会で牧師役を長い間つとめていたということで、声もよく通り、よどみのない雄弁調であった。少し話が長く、しかも朝鮮語なので、よくききとれない子供たちは退屈そうであったが、それでも皆おとなしく立っていた。

最後に、これから立派な校舎を建てていくから、みんな熱心に勉強して、祖国のために尽くせる人間になるようにといって、委員長は長い演説を終えた。父兄たちが熱心に拍手しはじめたので、子供たちもつられたようにさかんな拍手をした。

つづいて宋が壇にのぼり、

「次に今日の入学生の代表の決意をきくことにしますが、一番入学生の多い東京荒川の初等学校の代表が話をします」

と紹介すると、

「はい！」

と、大きな返答がして、列の中央のところから元気そうな男の子が走ってきた。

壇に立つと、自分の名前をいったあと、日本語で話しはじめた。

「私は、いまの初等学校ではじめて祖国の文字や言葉を教わりました。毎日、朝鮮人、朝鮮人といわれ、いじめられていた日本の学校と違って、同じ朝鮮人だけが仲良く、楽しく勉強ができるのがうれしくてたまりませんでした。でも、私は今年の四月から中学にあがらなくてはならない年です。もう二度と日本の学校には行きたくありません。それで、はやく私たちの中学校ができることを待ちのぞんでいました。いくら待っても学校ができないので、私は待ちくたびれて腹が立ってきました。今日ここに私たちの学校から四十名のお友達が一緒に来ましたが、そのお友達たちと、毎日不平ばかりいっていました。

ところが、いよいよ私たちの中学校がはじまるときいて、うれしくて天にものぼるような気持ちでした。この間、朝連の中央本部に行って、今日司会をしている宋先生の話をききました。教室がまだ出来てないし、黒板や机はないけれど、教える先生方がいるから、勉強ができるというのです。青空教室をするときました。私は先生の話をきいて、感動して泣きました。今日こうして私たちの中学校がはじまるのです。私はこんなに大勢のお友達と、楽しい青空教室の勉強をするのだと思うと、胸がわくわくします。一生懸命勉強して、みんなの力を合わせて立派な学校をつくっていくのだと思うと、勇気がわいてきます。これから熱心に勉強します。先生のみなさん、どうかよく教えてください。お願いします」

そういって、その子は深く頭をさげ、壇をおりていった。満場割れるような拍手であった。

その子の話をききながら、宋はあふれ出る涙をおさえることができなかった。涙をふきふき壇に上がった宋は、李と鄭に壇上に上がってもらい、涙声のままで、

「これから学校の実務をうけもってくれる二人の先生を紹介します。学校建設のことや学校事務の責任になってくれる庶務主任の李先生です。それから、教務のことを担当してくれる教務主任の鄭先生です」

宋は二人にあいさつをのべるようにすすめたが、二人とも涙でまっ赤にした目で頭をふり、ただ深々と礼をしただけで壇をおりた。

「次は、皆さんを実際に教えてくださる先生方を、鄭先生から紹介してもらいます」

宋はそういって壇をおりた。

鄭は先生たち全員を壇上に上げ、教科目ごとの担当の先生を紹介した。そのあと鄭は、

「学級編成ができていないので、各学級の担任の先生はまだ決めていません。今日この式が終わってから、各初等学校の先生方がもって来てくれた名簿によって、学級を決め、そのあと先生方の会議をして、学級担任を決めます。だから明日、皆さんが学校へ来た時に、学級編成の名簿と、担任の先生方を発表します」と、説明した。子どもたちは真剣にきいていた。

宋がまた壇に上がった。

「式の最後に、今日の新入生の父兄を代表して、板橋支部の委員長の尹先生を紹介します。先生は、いま私たちが立っているこの学校の敷地を見つけるために英雄的な活動をしてくださった方です。ここは以前、日本の陸軍の火薬庫のあった跡地です。八千坪もある広大な土地です。現在は倉庫の建物や火薬の爆発を防ぐためにつくった土手の防壁が無数に残っていますが、いずれこれを整地してたくさんの校舎と、広い運動場ができるわけです。それでは尹先生、どうぞ」

宋に呼ばれ、尹はゆっくりした歩調で壇に上がった。非常に度のつよい咸鏡道なまりで、しかもはや口であったが、声はよくとおった。

尹は、中学校開設は民族の歴史的な大事業であり、同胞たちの宿願であったことを語り、同胞全体が結集して学校を成功させるべきだと力説した。父兄たちはひどく感動したようで、大きな拍手をしたが、子供たちには全然ききとれなかったようなので、宋が日本語で、話の内容をかいつまんで、わかりやすく説明した。すると子供たちは、熱狂的な拍手をした。

これで一応式は終わり、宋は閉会のあいさつをしたあと、

「李先生から、通学のための定期券のことで話があります。また鄭先生からは明日からの登校についての準備などのお話がありますから、そのまま少し待っていてください」

といい、壇をおりて委員長以下来賓に頭を下げ、礼を述べた。

「いや、感動的な開校式だった！」

「わが民族の歴史に残るような出来事だ！」

「これこそ革命的なやり方じゃないか？」

「それにしても、宋君たちはよく決断をしたもんだなあ……」

それぞれ感想をのべたが、だれもが興奮さめやらない様子であった。


中央の委員長はじめ来賓たちはすぐ帰っていったが、父兄たちや引率の初等学校の先生たちは、そのまま子供と一緒に待っていた。

李は、父兄たちや子供たちに、通学定期のことでもよりの国鉄十条駅の駅長と交渉したが、学校の認可がおりないと通学定期は売れないから、都から学校認可を受けるまで普通定期しか発行できないというのを強引にねじこんだところ、実際に学校がはじまるかどうかをたしかめてから、上部と相談するといってくれた、といきさつを話した。そして、今日これだけ大勢の子供たちが十条駅に降りたのだから、駅長も事実を認めて交渉に応じてくれるはずだから、通学定期が買えるかどうかは明日返事すると伝えた。

鄭はまた、教科書はいま中央で発行している成人用の国語読本と、歴史教科書、地理教科書は本部の文化部から取り寄せて買ってもらうことにし、日本語、英語、数学、理科の教科書は当分日本の中学用を使うほかないから、日本の教科書販売所と交渉して取り寄せることにする、二、三日は教科書なしで授業をはじめるほかないから、ノートを三冊くらいと鉛筆と弁当だけは必ず持参するように、登校は明日九時からにする、と伝えた。

二人の説明が三十分くらいで終わったので、子供たちはそれぞれ父兄たちや初等学校の先生たちと一緒に帰っていった。

子供たちと父兄たちが帰っていくと、火が消えたようにひっそりしてしまった。あとは、新任の先生たち十二名と宋と李と鄭の三人、合わせて十五名だけが事務室に残った。

幸い事務室にはそれだけの人がすわれる椅子があった。めいめい椅子にかけて一服することになったが、

「もう一時近い。みんなおなかがすいたでしょう。表通りに食堂があるから、お昼を食べに行きましょう。食券は用意してあります」

と、李がいい出して、全員つれだって表通りの食堂に行った。

食事がすんで李が代金をはらうのをみて、「李さん、金は大丈夫ですか?」と宋がきくと、

「文化部の経費として使うことにしました。部長の了承はとってあるから心配ありません」

李はこともなげに答えた。

「いずれ、学校の経費は独立させなくてはならないのに、肝心の授業料の金額も決めてない。新入生を入れるとなると、入学金ももらうべきなのに、そんなこといっさい考えていないのだから、僕らはずいぶん間が抜けていますね……」

と、宋が自嘲するようにいうと、

「それより、一番大事な学校名も決めてないじゃありませんか?」

「そういえば、今日の開校式も、ただ中学校開校式といっただけだった」

「学校の看板もつくってないですよ」

「僕らはただ、われわれの中学校を開くことだけに熱中していて、ほかのことは念頭になかった!」

そういって、二人は声を合わせて笑った。

食堂から事務室にもどって、はじめての職員会議をひらいた。自然と宋が座長になった。

先ず学校名を決めることからはじめた。

「東京朝鮮中学校にしてはどうですか？　これには中央の常任委員たちばかりでなく、誰も反対しないと思います」

と、鄭がまっ先に意見をいった。国名をつけるのは大胆すぎるとか、わが民族を象徴する「青丘」とか「鶏林」などいろいろな意見が出たが、結局、「東京朝鮮中学校」に意見が一致した。

次は授業料と入学金を決めることであった。

これも、日本の私立中学校の例などが持ち出されて、さまざまな意見が出たが、同胞たちの生活の現状を考え、授業料は月二十円、入学金は十円くらいにしたがいいというのがおおかたの意見だった。

「これは、教室がきちんとでき、黒板や机などが入って、正常な授業をはじめてから発表した方がいいと思います。青空教室の間は、金のことはいい出さない方がよいと思います」

と、李がいったので、みなそれに賛同した。

学級編成のことになり、四百名を何クラスに分けるかというので議論が沸騰した。日本の中学が普通五十名だから、五十名にしたがいいという意見が大部分だったが、教員の人員や経費を考えれば、六十名にしたがいいという強い意見も出た。

結局、学校の基礎がかたまらない現状では、学級を多くするより少なくした方がいいという意見が通り、きちんと整備されるまでの間、六学級にすることに決まった。

またこの学級編成では、同じ初等学校出身だけが固まれば、妙な対立感情が起きかねないから、各初等学校出身者を六等分して公平に平衡がとれるようにすることにした。男女を別組にするか、共学にするかということでも意見がもめたが、共学にすることにまとまった。そして、各初等学校の名簿をこの場でそれぞれ六等分することにした。

ところが、各学級の担任の選定ということになると、みな口をつぐんでしまった。そこですぐ担任を引き受けられる先生に手を挙げてもらい、六つのくじをつくって引いてもらうことにした。

家庭科を担当する女の先生は、担任になることを辞退した。担任を引き受けていいという先生が鄭を入れて八名いたが、まるで遊びごとをするように笑い合いながらくじを引いた。

六名の学級担任が決まり、二人がはずれたが、用務のあるときはおたがいに助け合って子供たちに接することにした。

あとは時間割の編成だった。それは鄭が責任をもつことになり、各教科の先生と打ち合わせてつくることにした。

問題は、地理を教える先生がいないことだった。

「宋さんが、地理の教科書を書いたくらいだから、適任者が決まるまで二日間だけ学校に出てきて授業をしてくれればいいじゃありませんか？」

鄭がそう強く主張した。

「文化部の仕事があるから、二日間をまるまるあけるのは無理ですよ。宋さんは文化部になくてはならない人だから」

李がすぐ反対した。

「教科書があることだし、朝鮮語をうけもった先生も教えられると思います」

宋はそういってことわろうとしたが、

「言葉を教えるのとは違いますよ。ましてや祖国の地理は民族精神を教え込む上でも重要な科目です。いまのところ、宋さんのほかにはありません！」

鄭は断固として自分の意見を固持した。ほかの先生たちは口のはさみようもなく、重苦しい沈黙が流れた。

「仕方がありません。文化部長ともよく相談して、週十二時間の授業は消化できるように努力してみます」

宋がそういったので結論になり、職員会議のおもな議題は終わった。

出席簿の作成などは鄭が担任に決まった先生たちとこれからすぐに取りかかるというので、宋は大急ぎで文化部に戻って行った。もう退勤時間が迫っているのに、部長はじめ部員全員が、宋の帰りを待ちわびていたようであった。

「開校式のことは皆に話したが、学校の今後の見通しなどを話してやってくれないか？　なにしろ中央の全体の部署で、文化部が中学校をつくっているものと思い込んでいるようだから、ほかの部の人たちが部員たちをつかまえては中学校のことをきいてくるらしい」

と部長がいうので、宋は、先ず今日の最初の職員会議のことを話し、

「教室の整備ができるまでの間、明日から青空教室をやります。困難な問題は山のように重なっていますが、若い先生たちが歩調を合わせてくれているから、きっとうまく行くと思います」

といったところ、みんな拍手をした。

宋は部長に、

「学校名を、東京朝鮮中学校にすることは、常任委員会の承認を得なくて大丈夫でしょうか？」

と、気になっていたことをきいた。

「わたしから、次の常任委員会に報告する。異論はないと思うよ。委員長には帰りの車に一緒に乗せてもらったが、えらいごきげんで、すっかり校長におさまった気でいるよ。宋君のいうことなら、なんでも無条件に賛同すると思うよ」

文化部長は苦笑しながら、そういった。

在日朝鮮人決起大会と朝連弾圧の罠

翌日、文化部に出勤した宋は、大急ぎで要務を片付け、十条の学校へかけつけた。

「待っていたよ！　やはりあんたが居ないと不安でならない」

事務所にいた李が、うれしそうに宋を迎えいれ、朝からの学校のできごとを話しはじめた。

「昨日の夕方おそくまで、手わけして学級の出席簿をつくり、今朝は鄭君と八時までに学校に出勤しようと打ち合わせて朝八時十分前に学校に来たところ、おどろいたことに百名近い子供たちが、入口の扉の外で待っているじゃないか！　大急ぎで扉の鍵を開けて子供たちを中に入れたんだが、九時の定刻前には子供たち全員が学校へ来てくれた。それに、埼玉や千葉や神奈川の先生たちが、十名ばかりの子供たちを新しく連れて来たので、僕はその受け付けに大わらわだった。

定刻に先ず全員を広場に集合させて、鄭君が学級編成の名簿を読み上げたが、A組の六十三名を整列させるのに十分もかかってしまった。それから担任を受け持った先生たちが次々と名前を読みあげて学級編成をすすめていったんだが、最後のF組が整列し終わるまで一時間以上もたってしまった。

でも、子供たちはおとなしく待っていて、元気のいい声で返事をして、きめられた列に並ぶと、たちまち古い知り合いのように話しかけ合い、すぐ親しそうに打ちとけはじめた。今日はじめて連れて来られた子供たちも、各学級にわけて組に入れさせた。いまちょうど、各担任たちが思い思いの場所で初の学級会をやっているところだから、見廻ってみたがいいよ」

李にそういわれ、宋はすぐ事務所を出た。火薬庫跡のあちこちに土手がつくられており、それが芝生におおわれているので、五、六十名がすわって語り合うにはうってつけの場所がいくつもあった。

宋は先ず鄭の居るA組に行ってみた。緊張気味の鄭が、土手の上に立って日本語で熱弁をふるっていた。その話を、生徒たちは屈託のない顔で聞いていた。

それから少し離れた場所でB組の会合が行われていたが、車座になっている真ん中に担任の教師がいて、教師が何かしゃべると、みなどっと声を合わせて笑っていた。

次にC組に行ってみると、生徒一人ひとりが立ち上がって自己紹介をしているところだった。一人がしゃべり終わって腰をおろすと、みんな力いっぱい手をたたいていた。

六つの組を全部まわってみたが、どの組も子供たちは活気にあふれていた。教室がないことや机や椅子や黒板がないことに、何の違和感も感じてないようであった。

ただ新しい学校がはじまり、たくさんの同胞の友達と一緒になれたことが、うれしくてたまらないという風であった。


はじめての学級会が終わり、お昼時間になると、子供たちは遠足気分で、学級会をした芝生の上でいっせいに持ってきた弁当をひろげた。中に弁当を持って来ていない生徒も何人かいたようであったが、おたがいに遠慮も気兼ねもなく、分け合って食べていた。

李は、茶を出す用意ができてないので、前日買った大きなやかんに、水を入れてくばって歩いた。

そうしたお昼の光景を見て、宋はいいようのない感動をおぼえないではいられなかった。同胞どうし、何でも分け合い助け合うという民族の美徳を、素直に見せ合っている子供たちの姿に、たとえようのない美しさを感じた。

弁当を持ってきていない宋は、李を誘って表通りの食堂へ行く道すがら、その感動を話したところ、

「あんたはやはり文学者だなあ。僕はそれどころじゃないよ。これから十条駅の駅長とかけ合わなくちゃならんから、悪いけど食堂へは、あんた先に行っててくれないか」

といって、宋を食堂の前に置き去りにしてしまった。

一人で食事をして学校の事務所に戻ったところ、鄭が、

「生徒たちの熱気はすごいもんだ。中学校の開校を待ちわびていたのは彼らだ！　僕らは生徒たちに尻をひっぱたかれているような気がするよ」

と、溜息まじりにいった。

午後は二時間、授業担当の教員たちがそれぞれ話をすることになっていた。教員たちがみな事務所を出払ったので、一人取り残された宋は、しばらくぼんやりしていたが、ふと新聞掛けがあるのが目についた。朝日、毎日、読売、そして赤旗が並べて掛けられていた。李が事務能力にすぐれていることは知っていたが、昨日開校したばかりなのに、こんな新聞まで取り揃えていることには驚かないではいられなかった。

その新聞の一つを手にして読みはじめようとしたところへ、思いがけなく文化部の女子事務員二人が入ってきた。

「李さんから、手が足りないから手伝いに来てくれるように電話があったんですよ。部長さんに、すぐ行くようにいわれて大急ぎで来たところなんです」

彼女たちの説明を聞き、

「李さんは今、十条駅の駅長さんのところへ行っているから、やがて帰って来るでしょう」

といっているところへ、李が息せききって帰ってきた。

「あなたたちが来てくれて助かった。生徒たちの定期券を買うので、通学証明書を出さなくちゃならんのだが、印刷が間に合わんから、仮の証明書を出すことにして、必要なゴム印と角判の印章を大急ぎで作ってもらったのだ。近くの印章屋が、三日はかかるというのを、昨夜たのみこんで、今日の昼までに作ってもらった。あんたたち二人して、さっそくこの用紙に判をおしてくれないか！」

李は袋に入れてきた印判やスタンプ台、印肉、用紙などを取り出して、自分で先ず模範を示した。

ゴム印は、校名と校長名の二種類で、角判は学校印と校長印とであった。入学式だけの仮の校長であったはずの本部の委員長が、名実ともに校長になったということに、宋は割りきれぬものを感じていたが、口に出していうわけにもいかなかった。

「駅長は、学校の正式な認可が出てからでないと通学定期は売れないといって頑張っていたが、昨日の入学式で、十条駅が近来にない売り上げをあげたというので、考えが変わったらしい。珠算学校などと同じ形の通学定期を売ってくれると約束してくれた。十条駅でしか買えないのは少し不便だが、今日からでも売ってもらえることになった。駅長を口説きおとしたのは一つの成果だった」

李はいくらか誇らしげにいった。

「すごいことじゃないですか。李さんの手腕は大したものだ！」

宋は感動して李をほめたたえた。さっそく作業にとりかかった女子事務員たちが、二人のやりとりをきいていたとみえ、くすっと笑った。

「いや、笑いごとじゃない！　昨日からの李さんの活躍ぶりはまるで神わざだ。僕は心から敬意を表しているよ！」

　宋がそういうと、

「集まってきた子供たちの喜びようを見て、僕は脳天をうたれたような気がした。この子たちのために、どんなことでもしなくちゃならんと思って、僕はふるい立ったんだよ。それで無意識のうちに気迫のようなものが湧いたようだ。だから相手が無理をきいてくれたんだよ」

　と、李はしみじみと述懐するようにいった。


　午後の学課担任の時間も、各組ごとに芝生の上で行なわれたが、先生たちもはじめて同胞の子供たちを教える喜びにふるい立っていた。聞いている子供たちも真剣で、元気のよい声で質問したりしていた。

　ひと通り見て廻った宋は、何か奇蹟が実現しているような気がして、たかぶってくる感情をおさえきれなくなり、事務室に戻って忙しそうにしている李をつかまえ、とりとめもなく感想をのべたてたりした。

　予定していた二時間の授業が終わると、李はその間に女子事務員たちが大急ぎで作り上げた通学証明書の用紙を、各組の担任の先生たちに分けて渡した。いったん広場に集められた子供たちは、李から、十条駅で定期券を買う要領の説明をうけた。

　これで開校第一日の授業は終わったのであったが、子供たちは誰一人そのまま帰ろうとはしなかった。みんな、はじめて知り合ったたくさんの友達に夢中になって、それぞれに話したいことが山のようにあるようであった。また中には、担任の先生を取り巻いて、さかんに話しかける子供たちもいた。子供たちは、はじめて見つけた自分たちの楽園のような気がしているようであった。

　すっかり日がくれた頃になって、子供たちはしぶしぶ帰りはじめた。

翌日、文化部に出勤した宋は、文化部長から思いがけない吉報を聞いた。前日の中央の臨時常任委員会で、註文してある中学の教具の代金を、中央の財政から立て替えることを決議したというのであった。

「総務部長の提案だったが、委員長が真っ先に賛成したので、誰も反対意見がなかった。今朝早々に経理課から金が出ることになっているから、高君がその金をもって注文先の会社にかけつけることになった」

そういっている部長のそばから、高が、

「いま、会社に電話をかけたところ、午前中には現場に納品できるように手配するということでした」

と、うれしそうに付け加えた。喜びの感動にふるえながら、宋はその場で学校の李に電話をかけた。

「それはすごい！　先生たちにすぐ伝えて、受け入れの用意をはじめるから、あなたもすぐ学校に来てくれないか」

と、李ははずんだ声で答えた。

宋が学校にかけつけたとき、子供たちは歓声をあげながら、改造しかけたままほうり出されている部屋の掃除をしている最中であった。一般の倉庫用に使われていた建物とみえ、二十坪くらいに区切られている部屋が、五つずつ二列に並んだ平屋の建物であった。

教室にするために、コンクリートの壁が大きな窓わく分だけくりぬかれていたが、硝子窓を取り付けるわくもまだはめられていなかった。屋根はトタンぶきで、床はコンクリートで固められていた。二列の部屋の中央には通路があり、その通路から部屋に入る扉は頑丈な板製だった。その通路側の壁も、窓わく分だけくりぬかれていた。

なんとも殺風景な印象をあたえる建物であったが、子供たちははしゃいで部屋の中をかけまわっていた。

正午近くになって、教具を満載した五台のトラックが学校に到着した。先頭の車から降り立った高は、歓声をあげながらかけよって来る生徒たちの大群に、とまどいを感じたのか、こわばった表情で無言のまま、出迎えた宋や李と握手をかわした。

なにしろ大勢の子供たちが手伝うので、あっという間に、黒板や教卓や生徒用の机や椅子がそれぞれの教室の中に運びこまれた。大ざっぱに十教室、五百名分と註文してあったので、黒板は十教室に据えつけられることになったが、その据えつけ作業だけは運んできた会社の人があたることになった。

あらかじめA組からF組までの教室はきめられていたが、子供たちは運びこまれて並べられた机や椅子に、勝手気ままに腰をおろし、ぴかぴか光る新しい机をなでまわしていた。

さわぎがおさまったころには昼食時間はだいぶ過ぎていたので、とりあえず子供たちがすわった場所で机の上に弁当をひろげて食べることになった。

その昼食時間、教員たちは事務室で、生徒たちの席順をきめる打ち合わせをした。共学とはいっても、男子と女子を一緒に並ばせるのにはみな反対で、二人用の机になっているので、机を四列に並べ、二列ずつ男女別に並ばせることにした。また席順は、当分の間、身長順にし、長身の子を最後列にすることにした。眼鏡をかけた子は一人もいなかったので、視力は問題にならなかった。

午後の教室での最初の時間に、席順をきめることで、子供たちから不平が出た。

「はじめから気に入ってすわった場所だから、動きたくない」

「みんな今すわっている席がいいというのに、無理にかえなくてもいいでしょう」

「私たちの意見は無視するのですか？」

そういった子供たちの反論にたじろいだ担任の教員たちが、次々に事務室に戻ってきて、

「大体、最初からきちんと決めておかなかったのがいけなかったのです」

と、不平をいいはじめた。しかしそのうち、うまく子供たちを説得した学級が出てくるかもしれないと思って、宋はしばらく黙って待っていたが、やがて鄭までが深刻な顔をして戻ってきた。

「子供たち全体の不満が急に爆発したような状態だ。なんとか皆を納得させないと……」

と、鄭が呟くようにいうと、李が大きな声で提案した。

「こういう場合、全体の子供を広場に集めて、宋さんに説得してもらいましょう」

「うん、それがいい」

と二、三の教員が小さい声で賛同した。結局それが結論になり、緊急に子供全員を広場に集合させた。

宋が一人で演壇に立った。教員たちはそれぞれ担任の組の後方に立っていた。子供たちは、もつれた席順のことで何か説教をきかされるのかと思ったのか、一様に緊張した面持ちであった。

宋は声をはりあげて語り出した。

「昨日、私は学校へ来る時、みんなが、青空教室なのでつまらなそうな顔をしているのではないかと、心配でたまりませんでした。ところが学校に来てみると、みんなは、はじめてつくられた学級の友だちと車座になって、担任の先生の話をきくのに夢中でした。

私は、みんなが夢と希望にみちた眼で先生をみつめているように思えました。みなさんは不平をもつどころか、感動でいっぱいのように見えました。特に、昨日、授業が終わっても、皆は家に帰ろうともしないで、新しくできたたくさんの友達と、日が暮れるまで、話しに夢中になっているのを見て、こんな喜び

と幸せを感じさせてくれる学校というものが、この世界にほかにあるだろうかと思いました。私はなんともいいようのない感動をおぼえました。

みんなが感じた喜びは、あまりにも痛ましい過去の歴史があるからです。日本の学校の中で、私たちは朝から晩まで、毎日毎日、朝鮮人、朝鮮人といわれ、いじめられ苦しめられました。私たちにとって学校とは、地獄のような苦しみの連続だったのです。

ところが、日本が戦争に敗け、私たちは解放された。私たちは皆祖国に帰るつもりでした。そしてみんなは、祖国に帰るまでの間、祖国の文字や言葉を教わるために集まりました。それは、学校とはいえない寺子屋のようなものでしたが、そこでは誰一人朝鮮人といっていじめる者はなく、みんなおなじ同胞たちが、いたわり合い、助け合いながら勉強をする、よろこびの学びやであったのです。

だが、祖国には帰れなくなった。日本で暮らさなくてはならないのに、中学に行きたくとも、日本の中学には行きたくない。私たちの中学ができることを渇望していたところへ、私たちの学校ができた。

みなさんは、ここへ来てたくさんの友達に会った瞬間から、よろこびと感動にわれを忘れていたのです。そこへ今日、思いがけなく黒板や机や椅子がやってきた。みなさんのよろこびは爆発したのです。改造しかけてほうり出されている、汚れた教室の掃除に夢中になり、机や椅子を運ぶのをわれ先にと手伝いました。そして、教室に運びこまれた、ぴかぴか光る新しい机や椅子にさわったとき、これこそ待ちに待った私の物だという気持ちでいっぱいになったのです。

その気に入った机と椅子で、楽しい弁当を食べたばかりなのに、席順をきめるといって、先生がややこしい話をはじめたので、みんなは、せっかくのよろこびにけちをつけられたような気がして、怒りが爆発したのだと思います。

今までは何か気に入らないことがあっても口に出してはならないという、みんなの遠慮があったと思います。それが一気に吹き上げてきたのだと思います。

席順のことは、あらかじめ決めておいて、みんなに前もって説明していたなら、不平不満がおこるはずもありません。実は、先生たちも、机や椅子がこんなにはやく来るとは予想もしていなかったので、席順のことも、机が来てから、昼食時間にはじめて相談して決めたことです。

それをいきなりみんなに押しつけるようにいったのは、先生たちのあやまちでした。このことは、私が先生たちみんなにかわって深くおわびします。

物事を、秩序正しく組み立てて、計画通りに進めていけないのは、私たちの大きな弱点ですが、それは仕事をはやく進めたい気持ちからのあせりがあるからだと思います。学校の校舎がきちんと建って、教室の準備がちゃんと出来てから学校をはじめていれば、何の手違いも起こるはずはありません。それを、何も無いところから、学校をはじめたのですから、食い違いがおこるのも無理はありません。その点を、みんなにもよくわかってほしいのです。

私たちは、先生と生徒がみんな一緒になって学校をつくりはじめているのです。みんな一緒に考えながら、力を合わせて進んでいくほかありません。席順のことも、みんなが気持ち良く、楽しく勉強をしていくために、先生たちが考えたことです。先生たちは、誰も、みんなの気持ちを踏みつけにしようなどとは考えていません。その点をよく考えて、どうしたら、みんな楽しく勉強できるかを、先生とよく相談してください。お願いします」

そういって、宋が深ぶかと頭を下げると、生徒たちはしんとなって、黙りこんでしまった。

そのとき、突然、李が演壇にかけ上がってきた。そして、いきなり大声で叫ぶようにいった。

「大事なことを忘れていた！　みなさん、おしっこや、うんこを我慢することはできないでしょう」

その突拍子もない言いかたに、生徒たちはどっと笑い出した。緊張していた空気は、いっぺんになごやかになり、子供たちの笑い声はなかなかおさまらなかった。

「この敷地の中には方々に便所があるので、昨日、一昨日は、みんなそれぞれ勝手に用を足していましたが、教室がきちんと決まったからには、使うべき便所を決めなくてはなりません。その相談がまだ出来ていなかったのです。

先ず女子生徒の使う便所です。入口のもと馬小屋のあった大きな建物の便所が一番大きいから、そこを女子生徒専用にしたがいいと思います。次に男子生徒は、教室の近くの便所が八カ所ほどあるから、それを共用にするか、組別に分けるか、相談して決めてください。

そして、各組とも便所の掃除当番を決めて、毎日きちんと掃除をしてください」

そういって、李は壇をおりた。生徒たちはみんな笑いながら手をたたいた。

こうして生徒たちは、すっかりなごやかな表情にかえって、それぞれ担任の先生のあとに従って教室に戻っていった。

宋の説得に感動したのか、それとも李の笑いを誘う話に拍子抜けしたのか、生徒たちは何もいわないで、先生の指示通りに男女それぞれ四列になり、身長順に席についた。みんな決められた席につくと、

「これが僕の席だ！」

「これがあたしの机と腰掛けなんだわ！」

といっせいに歓声をあげた。

掃除当番は、席順の列別に決めた組もあり、出席簿の順番で決めた組もあった。ただ女子便所は、たしかめた女子生徒たちから意見が出て、入口の建物の便所だけではせまいので、男子分としてあった八カ所のうち二カ所を女子専用にまわすことで落着した。

一時間もたたないうちに、それぞれ学級会が終わり、担任の教師たちはほっとした顔で事務室に戻ってきた。

「子供たちは実に素直だ！　本当にいい子たちだ！　あらためて教える意欲を感じたよ！」

B組の担任の長身の徐がそういうと、教師たちは口をそろえて、子供たちのほがらかさを語り出した。

つづく午後の二時間は学課の授業をすることになり、宋は李に誘われて学校の備品の買い出しについて行った。

掃除道具の不足分、弁当時間に使う子供たちの湯飲み茶わんと、店をまわりながら、李は達者な口調で、店の主人たちとかけ合い、新設した朝鮮中学を紹介しながら、勉強してくれるように交渉した。店の主人たちも大よろこびで応対し、すぐに配達してくれることを約束した。

「ここの住民になったのだから、地元の人たちと仲よくしなくちゃならんので、今朝はやく町内会長のところへもあいさつに行った。頼まなくてはならんことが、次から次と無数に出てくるんだよ」

そういう李を、宋はたのもしく思わないではいられなかった。

「今日もかなりの出費だが、費用は大丈夫なの？」

「中央の文化部の会計の地位を利用して、文化部の費用として使っているのだが、いつまでもつづけられるものではない。一日も早く学校の独立会計にする必要があるよ。幸い教室が出来たから、明日のうちにでも父兄あての文書を作って、入学金と授業料を納めてもらうように訴えるつもりだ。父兄会長になった尹氏が熱心だから、校長と連名の要請文にするよ。教員たちの給料もはらわなくちゃならんし……」

「忙しいだろうに、そういう文章は鄭君に書いてもらったら？」

「なあに、僕が自分で書くよ。鄭君は教務主任の役割をうまくやってくれればいいが、まだ年が若いせいか、人付き合いがうまくいかないようだ。文化部の仕事も大事だが、学校の基礎が固まるまでは、当分の間、学校に毎日顔を出してほしいよ」

李は宋の顔をのぞきこむようにしながら念をおした。


学校のことに没頭している間、家のことはかまっていられなかったが、ある朝、妻から、

「エイちゃんの下痢がすっかりとまったようよ！」

という耳寄りな話をきいた。

「下痢がとまったら、食べものもあまりほしがらなくなったわ。薬がきいてきたのね」

「さっそく、先生のところへ連れて行ってみてもらおう」

胸のたかなりをおぼえながら、宋は妻をせきたてた。

朝連中央の診療室で、入念に子供を診察した順天堂病院の老先生は、

「奇蹟のようなききめだ。このような症状の子が多くて、たいていはなおらないのだが、もう大丈夫だと思う。心をこめて手当てをしたかいだよ。いくらか肉もついてきたようだ。完全になおるまでは、この腹のさらしは巻きつづけたがいい。そして、ほしがるときは食べさせたがいい。もうすこし肉がついたら、歩けるようになる。もうすこしだ！」

先生は顔いっぱいに笑みをうかべ、調合した薬をわたしてくれた。

上の男の子もつれて行ったので、まだお昼には早い時間だったが、新橋駅前の中華料理屋に入って、おいしそうなシューマイを注文した。

椅子におろされた小さな甥っ子は、ちゃんとすわって、シューマイをぱくぱく食べはじめた。妻は、甥の口に上手に入れてやりながら、

「ありがたいわ。きっと神様がこの子を守ってくれたのよ。隣の家の、この子と同じように下痢をしていた子は、もうあと何日ももたないと医者にいわれたそうよ……」

そういって、涙ぐんでいた。上の子は食欲旺盛で、二皿も食べた。宋は心の中で、妻の労苦に感謝しないではいられなかった。

一方、下関の兄からは、数日前、はじめた商売がうまくいきはじめたという便りをもらっていた。

妻や子供たちを先に帰し、ちょっと文化部に顔を出した宋は、鄭の電話ですぐまた学校にかけつけなければならなかった。地理の時間の割当てだというのであった。

先ずA組から授業をはじめることになった。宋の書いた教科書は、全員の手にわたっていた。

「この教科書を習ったことのある人……」

と、きくと、手を挙げたのは四、五人ほどしかいなかった。それも、十頁ほどしか教わらなかったということであった。

「じゃ、これが読める人」

ときいたら、十人ほどが手を挙げた。

それで結局、宋が一節ずつ読み、あと子供たちについて読ませた。一度だけではうまくついて読めない

ので、二度三度読み直したりした。

二頁ほど読みすすんだとき、宋は子供たちが退屈そうにしていることを察しとった。読むことをやめた宋は、黒板に、

「山紫水明」

と書いて、

「昔からわが朝鮮は山紫水明の国といわれていた。とても美しい国だということだ。その美しい国に、わが民族は高い文化をつくりあげて暮らしてきたのだ。その美しい国、すばらしい国であることを教えるのが地理という科目だ」

といって、自分の育った美しい田園風景を話してきかせた。子供たちはうっとりして聞きほれ、宋が話をやめると、

「先生、つづきを話してください」

と催促した。しかし宋は、

「教科書の勉強をどんどん進める必要がある」

そういって、教科書のつづきの音読をはじめた。

そして五頁ほど音読をすませ、それを日本語でやさしく翻訳して説明した。こうして一時間が終わった。

次のB組でも、まったくおなじ水準であった。音読に退屈したとみると、朝鮮の景色の話をしたりした。

そして、A組と同じ分量ほど、教科書の解読をすすめた。

その日はC組まで、午後に三時間の授業をした。

週十二時間の授業を消化するためには、どうしても週に四日は学校に行かなければならなかった。うち

二日間は午後から、二日間は朝から学校へ行くことにした。午後からの日は、午前中だけ文化部に出勤し、朝からの日は、授業が終わってから文化部にかけつけることになった。

宋の授業は、子供たちにすごく受けているようであった。宋も、子供たちと接している時間は楽しかった。

教室での授業が充実しはじめてから、子供たちの勉学態度も真剣になり、父兄たちの信頼も厚くなってきたようであった。

李が父兄にあてた要請文は簡潔な達意の文章で、授業料の納入は予定よりも成果をあげた。李と宋の見込みでは、八割の納入があれば成功だと思ったのが、九割近くの成績であった。それで予定日には、教員全員に本部の職員と同じ規定の給料を払うことができた。

だが、建設委員会の方の募金は、あいかわらず怠慢で、教室の改造工事はそのままの状態であった。

学校の評判がたかまると、校長役の本部の委員長は、校長の名誉職に執着が強くなったとみえ、開校一カ月後に、副校長という職責の人を学校へ派遣してきた。解放前、著名な音楽家として名をなした人であったが、総督府の高官たちに取り入り、その子弟たちの個人指導などをして権勢をふるっていたというので、解放となるや、ソウルの知識人たちから糾弾をうけ東京へ逃げてきた人だった。委員長とは、同じキリスト教関係のつき合いで親交があったということであった。

そんな経歴の人を推薦したのは、まったく委員長の独断であったが、中央の常任委員たちは誰も口をさしはさまなかったようであった。

その人が学校に赴任してきて、教員たちに会ったとき、教員たちはほとんど全員が無関心なよそよそしさで迎えたということであった。

その日、宋は、午前中は文化部に出勤していて、午後学校へ行き、李の紹介でその人に会った。もう還暦に近い温厚な紳士という印象で、別に悪い感情は抱かなかったが、個人的に親しみを持とうとは思わなかった。

「校長から、あなたが中学開校の中心的役割を果たしたという話をききました」

といって、金というその人は、宋の本貫（ほんがん）をきいたりした。

「あ、李王朝の重臣に同じ本貫の人が居ます。近い親戚になるのではないですか？」

と、感情をこめていわれたが、

「私の家は貧しい農民の家柄です。李朝時代の貴族とは何の関係もありません」

と、たち切るように答えた。

それっきり副校長とは個人的な会話を交わすこともなかったが、李は、その人の人柄に好意をよせているようであった。ある日、李は、

「副校長のいうには、解放前、ソウルのある有名な私立学校が、学校基金あつめに大音楽会を催し、大きな成果をあげたということだ。日比谷の公会堂で、基金あつめの大音楽会を開催してはどうかというのだよ。参考のために、日比谷公会堂の使用料などを調べてみたらどうだろう？」

と、宋に相談をもちかけてきた。

「時代が違うよ。今、われわれが音楽会を催しても、日本人の観客が集まるはずはないし、同胞たちが高い入場料を払って来るわけもない。計画を立てても無駄なことです」

宋は、即座に反対した。

老人は、二日に一回くらい学校に出てきたが、話し相手になってくれる教員もなく、李は忙し過ぎるので手持ちぶさたですることもなく、半日くらい暇をつぶして帰っていった。

米の配給が半減し、アメリカから持ちこまれた小麦粉が常食になるにつれ、ほとんど職場を持たない同胞たちは、生活をもっぱら闇市に依存するようになった。

枝川町の同胞たちも、大半が農村への買い出しか、闇のドブロクつくりにあけくれていた。

闇米の値段は日に日に上がっていったが、子供たちの飢えを満たすためには、その米を買うほかなかった。

警察の買い出し取り締まりはますますきびしくなり、闇市の弾圧もだんだん激しさを増していった。

同胞たちの生活が追いつめられていくとき、祖国から伝わってくる消息も、重苦しい話ばかりであった。

南朝鮮一帯でも、一九四六年春から食糧不足を訴えはじめていたが、アメリカの軍政府は、農村の供出を督励するばかりで、日本でのようにアメリカから食糧を運びこもうとはしなかった。日本の総督府時代の統計を単純に信じこんでいたアメリカ軍政府は、日本に大量の米を移出していた朝鮮で、食糧が枯渇するはずはないと判断していたのだ。

たしかに解放された年、朝鮮は豊作であった。ところが、解放とともに北朝鮮に出かせぎに行った同胞や、日本から引き揚げて来る同胞たち数百万が、怒濤のように南朝鮮の農村を埋めつくしてしまった。そのため、都市ばかりか農村でも食糧が足りなくなった。

その対策として、米軍政府は農村に麦の供出を指令した。収奪のひどかった総督府時代でさえ、麦の供出はさせなかったのに、米軍政府のこの暴虐ぶりは南朝鮮の全人民を激昂させた。

九月末から労働者によるゼネストが始まったが、これに全人民が糾合して、南朝鮮全域にわたって大々的な反米デモが起こった。それは一九一九年の三・一反日独立運動よりはるかに大規模なものだった。

大邱（テグ）市では、決起した市民の人民委員会が行政機関を占拠して、米軍政府と十日間にわたる抗争をつづけた。しかし、米軍政府は大々的に武力を発動して無慈悲な鎮圧作戦を断行し、大量の虐殺者を出した。

この報道は全世界をかけめぐったが、日本では米軍司令部の禁令により、闇の中に封じ込められた。しかし、弾圧を避けて日本へ密航してきた同胞たちによって、またたく間に同胞全体の社会につたわり、在日同胞全体の反米意識は急激にたかまっていった。

米占領軍司令部は、在日朝鮮人全体を祖国へ帰還させる計画をたてていた。そのため日本政府を督励して帰国希望者を登録させ、米軍による撃沈をまぬかれた客船を帰還船として帰還のための計画輸送をさせた。

こうした中で朝連が結成され、朝連が組織をあげて帰還業務にあたると、これを積極的に利用するために、業務に従事する朝連の幹部たちに全国の鉄道の二等のフリーパスを支給させたりした。

しかし四六年の二月になると、帰国した同胞たちが生活のあてもなく、失業者として路頭にあふれ、日本への逆密航がはじまると、帰国希望者は絶無の状態となった。

そこへ、南朝鮮の米軍政府から、収拾のつかないありさまだから、日本からの帰還を中止してほしいという要望がきた。事実上、ごく少数をのぞいて帰国は中断状態だったが、米軍司令部は、九月になって、帰国しないで日本に残留している朝鮮人は、日本の法律を遵守するようにという指令を、たび重ねて公布し、植民地時代、朝鮮人取り締まりを徹底していた日本の警察機構を使って、ふたたび朝鮮人取り締まりにあたるようにした。

これより先、占領直後の米軍司令部は、反米の拠点となっていたとみられる日本の右翼を牽制するために、朝連の組織活動を利用しようとした。たとえば闇市で、日本の暴力団組織と朝鮮人集団が衝突したりした場合、以前なら日本の警察が一方的に朝鮮人を抑えつけていたのを、いっさい警察が介入しないように圧力をかけた。また、米兵たちが交通機関に無賃乗車して横柄にふるまうのをまねて、朝鮮人の若者が無賃乗車するのを放任したりした。

だが、この司令部の指令が出てからは情勢が一変した。日本の警察は植民地時代と変わらないような峻厳さで、朝鮮人の不法行為を取り締まった。在日同胞に対する警察の過酷な取り締まりは、直接生活を圧迫するかたちになり、同胞たちは不安におびえつづけた。

そういう同胞たちの不安が朝連の組織をつきあげるかたちになり、一九四六年十二月初旬、人民広場（皇居前の広場をその頃はそう呼んでいた）での、「生活権を要求する在日朝鮮人決起大会」となった。

その日、宋は文化部に出勤して、決起大会に参加する本部の部員たちと一緒に歩いて会場に行った。午前十一時の定刻前に、会場には東京都内ばかりでなく、関東近県の同胞が二万名も集まっていた。この日は中学校の生徒全員も参加することになっていたので、宋はすぐ生徒たちの並んでいる場所に行った。李や鄭ばかりでなく、教員も全員参加していた。

開校以来はじめての集団参加なので、子供たちは遠足にでも来たつもりになったとみえ、開会前なので、広い芝生の上を晴れやかな顔でかけまわっていた。

「組織の命令だから仕方がないが、こんな大会に中学一年生を参加させることもないだろうに……」

と、鄭が宋のそばに来て小声で不平がましくささやいた。ひたむきに進めている授業を妨げられたのが腹立たしいようであった。

「でも、子供たちはすごく楽しそうじゃないの?」

と、宋が答えたところへ、

「開会します!」

というスピーカーの声がしたので、教員たちは生徒たちを整列させるのに大わらわになった。

壇上には議長団が十名ほど並び、弁士たちが次々に登壇して熱弁をふるいはじめた。みな悲壮な叫び声で、同胞の凄惨な生活を訴え、生活の道を与えてくれることを要求しつづけた。

同胞の大群衆は、熱狂して弁士たちに拍手を送った。

やがて、日本政府に対する要求文が読み上げられ、

「この要求がいれられるまで、われわれは一致結束してたたかいましょう!」

という最後の言葉に、熱狂的な喚声があがった。

その要求書を持って、大会で推薦された各組織の十名ばかりの代表が交渉委員になり、大会参加の全員が首相官邸までデモ行進することになった。二万人のデモ行進の行列は遅々として進まず、広場から国会議事堂のそばまで行くのに一時間もかかってしまった。しかも坂道のところで進行が完全にとまってしまい、デモ隊は道ばたに腰をおろして待たされることになった。

お昼はとうに過ぎて、やがて二時になろうとしていた。弁当を持ってきていない子供たちは、腹をすかしているはずなのに、みなおとなしくしていて騒ぎもしなかった。大会に参加した同胞たちの悲壮感が、子供たちにもしみこんでいるようにみえた。

「まるで難行苦行じゃないか？」

「これも試練なんだろう……」

鄭と李は、そんなことを呟いていた。

宋は、辛抱強く我慢している子供たちの姿に、一種の感動をおぼえていた。子供たちには、この大会の意味がよくわかっていないかもしれないが、同胞たちと共に、日本で生きる苦しみを、少しでも感ずることが出来るようになれば、それは教育上の大きな成果の一つにもなるように思えた。

待たされている時間が長くなり、退屈してきた子供たちは、仲間どうしでふざけ合ったり、小さいかたまりになっておしゃべりに夢中になったりしていた。

およそ一時間もたったと思われる頃に、にわかに先頭の方から駆け戻ってきた隊列指揮者の一人が、

「緊急解散です！　すぐ解散してください！」

と叫び出した。

突然のことに、すわりこんでいたデモ隊は、あわてて立ち上がりはしたものの、さっぱり見当がつかないのでまごまごしているところへ、多数の警官隊が駆け寄ってきて、

「進駐軍の緊急命令です。すぐ解散しなさい！　従わないと逮捕されます！」

と、わめきあげた。

とっさのことで、デモ隊の群衆はあわてふためきながら、隊列をくずして、来た道を歩いて戻りはじめた。

しばらくして、別の指揮者の一人が駆けつけてきて、

「緊急事態が発生したのです！　大会は中止になりましたから、みんな静かに家に帰ってください！」

そう叫びながら、歩いている同胞たちの中を駆けぬけていった。

中学生の集団は日比谷公園まで歩いて戻り、

「明日は正常の授業に戻ります」

と、鄭が全員に伝えてから解散した。

当初の予定では、デモを終えてから、全員、会場の広場に戻り、交渉委員の報告をきいてから閉会するということになっていた。宋はいいようのない不安を感じながら、文化部の事務所に戻っていった。会館の中は騒然としていた。宋は総務部に行ってみた。デモ隊の先頭を指揮していた部員の一人が、蒼白な顔で自分の机の前に呆然とすわっていた。その部員は宋を見かけると、黙ってそばに寄ってきて、無言のまま宋の手を引いて屋上にのぼっていった。

「大変な陰謀にひっかかったと思うよ。このままでは朝連はつぶされてしまうのじゃないかなあ……」

と大きな溜息をついて、彼は詳細にいきさつを語った。

最初、交渉委員たちが首相官邸の受付に行ったとき、秘書官のような人が出迎えて、丁寧な態度で委員たちを応接室へ案内し、要求文書を受け取ると、しばらく待つようにいって、首相の居る部屋に入っていったということであった。

「僕も委員に混じって応接室に入っていったんだが、中では会議をしていたのではなく、どこかと電話連絡をしていたようだったよ。

とにかく、ずいぶん待たされた。やっと出てきた秘書官は、きわめて重要な事項が多く、即答はできかねるから、閣僚たちと相談して、後日文書で回答するから、今日はお引き取り願いたいということです、といった。そこでこちらの代表委員から、首相の責任あるご返答をききたい、といったところ、その旨お伝えします、といって、また中へ入っていった。

ところが、それからまたなかなか秘書官は出てこなかった。こんども長いこと電話連絡をしているようだった。

ところが、その間に思いがけない騒ぎが起こった。デモ隊の先頭に立っていた青年隊の一部三十名ばかりが、官邸の守衛たちの制止をはねのけて、応接室に乱入してきたのだった。交渉委員たちが驚いて、

『君たち、勝手な行動をしてはいけないじゃないか、表へ出て待っていなさい』

とたしなめたが、

『あんたたちが手ぬるい態度だから、なめられてるんじゃないか！　交渉が終わるまでおれたちは出て行かない！』

と、一人が大声でわめき上げた。青年隊の先頭には中央の部員たちがいたのに、乱入した青年たちはどこの所属なのか、見たこともない連中だった。そのわめき声に、秘書官がおどろいてとび出してきた。

『各方面の意見を聞かないと、責任ある回答はできない立場なのです！』

と、色をなしてきつい声を出すと、わめいた青年がいきなり、

『ふざけたことをぬかすな！　おれたちの力を知らんのか？』

と叫ぶなり、持っていた竹竿で応接室のシャンデリアをたたき割りはじめた。すると、やはり竹竿を持っていた十数名がいっせいにたたき割りはじめた。

『君たち！　やめんか！』

仰天した委員たちが、乱暴をする青年たちにとびかかって、ひとしきりもみ合ったあげく、かけつけた

守衛たちの力もかりて、ようやくその青年たちを応接室の外へ押し出した。

委員たちは、秘書官や駆けつけた守衛たちにひたすらあやまりながら、

『私たちが責任をもって弁償しますから、勘弁してください』

といって、守衛たちと一緒になって散乱したシャンデリアの破片の後かたづけをした。

騒ぎがおさまったあと、中の部屋はまるで人気がないようにひっそりしていた。電話連絡はひっきりなしに続けられているようだった。

重苦しい沈黙の長い時間が過ぎたあと、いきなり、けたたましいサイレンの音がしたかと思うと、多数の警官隊が首相官邸を取り巻き、指揮官とみられる人が多数の部下とともに応接室に入ってきて、

『進駐軍の緊急指令です。即時解散命令が出ました。服従しない者は即時逮捕します!』

といって、室内にいた交渉委員たち全員を外へひきずり出していった。

解散のとき見たら、青年隊のうち、乱暴をはたらいた連中はいつ、どこへ消え失せたのか、影も形もないのだよ。彼らが持っていた竹竿も、デモのプラカードに使った竿ではなさそうだった。きっと挑発するためにもぐりこませたスパイグループに違いないよ。

それに、大会の会場で、デモ隊が戻って来るのを待っていた議長団の全員が、暴動扇動の首謀者ということで、全員進駐軍に捕らえられていったよ。あまりにも話が出来すぎているよ。

日本政府がかんでいるかどうかはわからないが、米軍司令部が朝連弾圧のために仕組んだ罠に、きれいにはまりこんだようなもんだ……」

そういう解説をききながら、宋には返す言葉もなかった。

数日後、待ちかまえていたように米軍の軍事裁判がひらかれ、逮捕された十名の朝連の幹部は全員が南朝鮮に強制追放された。

嵐にもまれる中学校運営

十名の幹部が強制追放されたとはいえ、朝連の毎日の仕事には変わりはなかった。

宋が文化部の仕事に追いまくられているところへ、部内にちょっとした異変が起こった。李が中学校の専任になったあと、実務の処理の中心になっていた最年長の部員の高が、にわかに退職することになったのであった。

もともと商才のあった高は、飲食店を経営する知人の店の帳簿をみてやったり、店のやりくりの相談にのっていたりしていたのであったが、偶然この店に出入りしはじめた朝鮮引き揚げの日本人婦人と知り合いになった。

高と同年輩のその婦人は、平壌で大きな料亭を経営していたということであった。戦争がひどくなって表向きの商売ができなくなってからも、高級軍人相手の闇商売をつづけてかせぎまくったということであった。軍人を通して利権にあやかりたい朝鮮人商人を仲介して、彼らから受け取る謝礼もなみたいていのものではなかった。

突然の日本の敗戦で、日本に引き揚げなくてはならなくなった彼女は、かせいだ金を現金にかえ、背負いきれないほどの大きな袋に、百円札の束をぎっしりつめて、誰よりも先にソウルに南下した。一日もはやく帰国をあせる一般の日本人とは違って、彼女はかねてなじみのあった朝鮮人の商人と手を組んで、新しい商売をはじめた。引き揚げる日本人から二束三文で買った家を、家をほしがる朝鮮人に売り、莫大な利益をあげていったのである。しかし仲間の朝鮮人が悪質な親日派と見られ、行方もわからないような形で暗殺されてしまったので、彼女は一人で引き揚げることになった。

ところが、彼女一人ではどんなにがんばって背負っても、百円札を百万円以上運ぶことはできなかった。そこで彼女は、引き揚げる日本人たちを買収し、五人ほどに背負わせて、三百万円の札束を日本に持ち込むのに成功した。

ところが戦後の日本では、朝鮮銀行発行の紙幣はただの紙くずでしかなかった。引き揚げてきた地方都市では換金の方法もない。それで東京でならばなんとかなると思い、東京に住居を移して、手さぐりで相談のできるところを探し歩いていたというのであった。

女性を手なずけることにも相当の技術をもっている高が、婦人からそういう打ち明け話をきき出した時にはすでに肉体関係ができたあとだった。実物の札束を見せられたとき、高はどんな手段をつくしても、その金をもって帰国しようと決心をしたということだった。

突然の帰国をいい出したとき、高は宋だけに、絶対秘密だといって以上の事実を打ち明けた。彼はその婦人に、帰国して、その金を貴金属に変え、それを闇船で日本に運び、それを元手に二人で大きな商売をはじめようという約束を交わしたということであった。高は詳細には語らなかったが、その女性は性技にかけても抜群の能力をもち、高もそれに陶酔させられたとのことであった。

突然の高の帰国は、部内の人たちを唖然とさせた。彼はふだん、自分は絶対帰国しないと公言していたからであった。

宋は高の秘密を誰にも話さなかったが、人生にはさまざまな生き方があることを思い知らされたような気がした。

高の帰国後の消息は知るよしもなく、彼がその後どういう生き方をするかということも、予測のつかないことであった。


年の瀬になって、宋は緊急にもち上がった教員講習会のことでとびまわる羽目になった。

狛江の学園は、進行中の教員養成や青年学校のことで手いっぱいで、地方の各初等学校の現職教員の冬休み中の短期講習は宋が責任をもつほかなかった。

講習生を寝泊まりさせる場所は、中学の敷地内にある廐舎（きゅうしゃ）の畳部屋に、無理すれば五十人ほどは泊められそうであった。寝具は、東京本部で緊急救護用として配給してもらった毛布が百枚ほどあるというので、それを借りることにした。食事は、自炊は不可能なので、学校近くの大衆食堂にたのんで食べさせてもらうことにした。

問題は、講習内容と講師のことであった。経験のない人たちがにわか先生になったので、一番苦労しているのは、子供たちをどう教えるかという、教育技術の問題であった。それには、熟練した教師の話をきかせるのが、最も効果的であると宋は考えた。

たまたまその頃、全日本教員組合協議会の結成のことが報道された。それは前年の暮れにつくられた全日本教員組合がさらに広がったものだった。宋はさっそくその本部を訪ね、委員長に会って、講習会の主旨を説明し、有能な講師の派遣を依頼した。

「朝鮮の同志たちの革命的な活動によろこんで協力させてもらいます」

と、委員長は即座に快諾した。

ところが、肝心の朝鮮中学の教員たちは、中学の施設を使って講習会を開くことには、あまり賛成ではなかった。

宋は、鄭はじめ教員全員に、短期講習会の必要性をかんでふくめるように説明し、

「ほとんど子供を教えた経験もなく、しかも学力も充分ではない人たちが、四苦八苦して子供たちを教えているのです。算術や理科を教えるのに特に苦労していると思います。この中学で先生たちは、もう二カ月半も子供たちを教えたのですから、先生たちの体験談がもっとも効果的だと思うのです。だから、先生たちもぜひ講師になってください」

といって頭を下げたところ、先生たちの表情がほころび、

「僕たちも講師になれるのかなあ……」

と、興味をしめしたりした。それで宋は、あらためて教員全員に、講師になってくれるよう依頼した。


中学校では、冬休み前に学科目の試験を行ない、生徒たちの成績表をつくることになった。

寒さはだんだんきびしくなっていったが、建設委員会の基金あつめは依然としてはかどらず、校舎の修理作業は中断のままなので、生徒たちは手袋をはめたまま授業をうける有様だった。しかし、教師や生徒たちは気迫にみちていて、教室の中はいつも緊張感がただよっていた。

ひと通り試験が終わり、生徒たちの成績表をつくってから、緊急職員会議がひらかれた。

「生徒たちの学力差が目立ち過ぎる。次の新年早々の学期から、学年や学級の編成替えをする必要があります」

鄭の提案に、全員が賛成した。生徒の中には、解放前、日本の中学に通っていた生徒がかなりおり、ま

たきわだって学力の高い生徒が数人いた。

「各学級の平均九十点以上の子たちと、中学一年修了以上の子たちを集めて、二学年級をもうけることにしたらどうですか？」

B組担任の徐の意見に、全員が賛成した。

「その数をまとめると、ちょうど五十六名になります。多い級で十二名、少ない級で五名、平均十名くらいの子が、各級から抜けることになるのですが、二年級一組、一年級五組に編成し直すほかありませんね」

鄭がそういうと、李がすぐ、

「その必要はないでしょう。一月には、神奈川、千葉、埼玉など近県から、かなり多数の子を編入させてくれという要望が来ていますから、一年の学級編成はそのままにしていいでしょう」

といった。

「すると、一学級増えることになる。教員を増やす必要もあるのに、経理面は大丈夫ですか？」

鄭が心配そうにきくと、

「なんとかなるでしょう」

李は泰然としていた。

授業料の納入は順調で、李は教員たちの十二月分の給料を支払い、わずかながら歳末手当も支給した。

学期末の終業式前に、二学年進級組の発表が行われた。該当した生徒たちは躍り上がって喜んだ。

授業終了の翌日から、中学校の校舎で教員短期講習会をはじめるので、宋はその準備に追いまくられていた。

東京本部の総務部長が、約束通り毛布をトラックに積み込んでくれるのを見届けてから、中学校にかけつけたときは、もう終業式が終わり、生徒も教員たちも帰ってしまったあとで、事務所には李一人だけがすわっていた。

「先生たちも満足そうだったので、ほっとしたところだが、宋さんは文化部から給料が出ているというので、講師料も全然払ってないんだけれど、負担が重すぎませんか？　わたしの裁量でいくらか出せるのだけれど……」

と、李が案じ顔できいた。

「なあに、僕は文化部の仕事の一環として学校に来ているのですから、心配することはありません。事情が変わって、中学の専任になれば、学校から給料をもらうことにします」

「どうも潔癖すぎるなあ……。そこがあんたのいいところだけれど……」

「それより、講習会をやっている間、僕一人では心細いから、あなたも時々顔を出してくれませんか？」

「無論、手伝いますよ。大晦日までは毎日定時には出勤しますから」

と、李はこころよく引き受けてくれた。

間もなく東京本部のトラックが来て、畳の部屋へ毛布を運びこんだところへ、講習生の第一陣がやって来た。愛知県からの五名で、四十がらみの年配の人が引率者格だった。

まだ三十前の宋は、目上に対する鄭重なあいさつをしたので、相手はめんくらったが、宋はすぐその人に講習生の代表幹事役をやってもらうように頼んだ。

部屋は少し狭かったが、四十五名の講習生を四班にわけ、各班とも年長者を班長とし、代表幹事の統率のもとに自治的な生活をしてもらうことにした。

食事は三度三度、街の食堂に行ってもらう不便はあったが、講習生たちも、その方が気が楽なようだった。

講習は中学の教室の一つを使うことにしたが、まだ電気の設備がないので、授業は午前九時から午後四時半までとし、夜は部屋で講習内容の討論をしたり、教員経歴の長い人の経験談をきくことにした。

翌日午前十時の開講式に、全日本教員組合の本部から委員長以下四名もの幹部が参席してくれた。それで宋は、予定を変え、日本の教員に教育技術の話をしてもらう九十分授業のかわりに、来てくれた四人の先生に三十分ずつ話してもらうことにした。

最初に教壇に立った組合の委員長は、

「日本の津々浦々に数百の朝鮮の初等学校が建ったという噂は聞いていましたが、こうしてまだ条件も充分に整備されていないところで中学を開校した、朝鮮の方々の革命的な熱意と情熱に感動しないではいられません。

日本の中で朝鮮の学校が建ったということは、日本に新しい国際的な転機が起こったという歴史の証明です。私たちは、日本の教育の民主化のために、新しい第一歩を踏み出したばかりですが、はからずも、新しい朝鮮の民族教育の発展にいくらかでも寄与できる機会をあたえられたことに、無上の光栄を感じます」

とのべて、熱烈な拍手をうけた。つづいて委員長は、日本の軍国主義教育の犯罪性をことこまかにのべ、新しい民主教育の基本となる問題をるる語った。

話したいことが無限にあるようであったが、時間が四十分近くたったことに気づいたとみえ、あわてて、

「いずれにせよ、私たちは皆さんの民族教育の発展に助力できることは何でも誠意をつくしますから」といって話を終えた。

次の先生は、国粋的な日本の反動教育が、植民地である朝鮮で朝鮮人を傷つけたばかりでなく、朝鮮で教育をうけた日本人子弟たちをどんなに醜くゆがめていったかを、さまざまな実例をあげて話した。その話が長びき、かんじんな話ができなかったことを悔やみながら、三十分きっちりで話し終えた。

三番目の先生は、日本の侵略戦争によって教育がどのように崩壊していったかを、いろいろな実例をあげて説明した。そして、戦争のない平和な社会をつくるために、教育はどうあるべきかを説いた。

最後に立った先生は、教育者は生徒たちの前で誠実で真剣でなければならないということを語った。そして、好かれる先生ときらわれる先生の話をした。話にユーモアがあり、講習生たちは腹をかかえて笑いころげた。

四人の先生たちの話を、講習生たちと一緒に聞きながら、子供たちをどう教えるかという、かんじんの教育技術の話はほとんどなかったので、講習生たちが期待はずれで失望したのではないかと宋は気づかったが、講習生たちは四人の先生の講演に大感激のようであった。

午後は、鄭に歴史教育の話と、物理学校を出た数学の先生に、算数をどのように教えるかという話をしてもらうことにしていたので、宋は四人の先生を接待するために、同胞がドブロクを売っている店に案内した。

十条の駅前から近い裏通りのしもたやであったが、食卓二つに十ほどの丸椅子が置かれてあるだけの小さい店だった。先生たちは、こんな店は初めてのようであったが、コップに白いドブロクがつがれると、みな喚声をあげながら乾杯した。

「案外おいしいですね」

そういいながら、先生たちは遠慮なくコップをあけていった。

先生たちは、宋から全国的な民族教育の現況をききながら、しきりに感嘆詞を連発した。

大根とモツ肉の煮込みをさかなに一升瓶が三本もあいたところで、先生たちが席を立ちかけたので、宋は文化部で用意して来た封筒を先生たちに差し出した。交通費にしかならない薄謝だったが、遠慮して受け取ろうとしなかった先生たちも、宋のたってのすすめに気持ちよく受け取って帰っていった。

客たちが帰ったあと、勘定を受け取りながら、同胞の店の主人は、客たちが教員組合の委員長や幹部たちだときいて、

「へえ……、そんな偉い人たちなんですか？　若いあなたが年配の人たちを上手にもてなすのを見て、ほとほと感心していたんですが、本当にえらいもんですねえ……。若いあんたたちがそんなにえらいんだから、中学も出来るわけだ……」

と、しきりにほめ言葉をならべた。


学校に戻ったときは、あたりはもうすっかり暗くなりかけていた。授業が終わったところだったので、宋は受講生の幹事代表をつかまえ、

「教員組合の先生たちを接待したので、酒気をおびています」

と、詫びておいて、

「今日の講習はどうでしたか？」

と、きいた。

「みんな大よろこびです。二人のわが先生たちの講義もすばらしかった。二人の先生には、今夜の討論会に残ってもらうことにしました。第一日目から、すごい成果です」

といって、宋の手を取りうち振ってくれた。

みんなが夕食をとりに出かけたあと、事務室に残っていた李は、

「宋さん、疲れすぎていますよ。今日はもう家に帰ったがいいですよ」

と、すすめてくれた。

「でも、講習生たちがいるのに、先に帰るわけには……」

「心配ないよ。先生が二人もついていてくれるから」

李にせきたてられて、その夜は家に帰ったが、翌朝、講習生たちのことが気になって、宋は八時に学校に行った。

九時からの授業は、中学の国語の教員にたのんでいたが、彼は八時半には学校に来てくれた。次の音楽の指導の中学の教員も、時間前に学校に来た。

午後の最初の授業は、狛江から羅が来てくれた。教員講習については、彼はすでに権威者になっていて、彼が講師から抜けるわけにはいかなかった。彼は一時から九十分授業をつづけて受け持ち、夜の討論会にも参加してくれた。

宋は終日、講習生たちにつきそい、その夜は講習生たちと学校に泊まった。

三日目の二時限の時間に、予定していた体育の教員が来なかったので、宋が地理の教え方について講義をすることにした。ところが講習生たちは、地理を教えたことがないといった。初等科の五年から教えることになっていたが、講習生たちのうち五年以上を担当しているのはわずか二人しかいなかった。その中

の一人が代表幹事であったが、彼は苦笑しながら、「勉強不足で、これから学ぶつもりです」といった。

宋は地理教科書の概略を説明し、これを熟読して、朝鮮地図をかかげて教えれば、授業はすすめられるはずだと話した後、

「日本で育っているわが子供たちに、祖国の国土に対する愛着がもてるようにするのが、地理教育の目的だから、教員たちが自分の育った生まれ故郷のことを、くわしく話してやることからはじめるべきです。そして、朝鮮で旅行した思い出話などしてきかせれば、子供たちは大よろこびすると思います」

と、のべた。ところが講習生たちは、ほとんどが一世であったが、子供のころ日本に渡って来たものだから、朝鮮で旅行したことがなく、ましてやソウルに行ったことのある人は一人もいないということであった。

宋がソウル旅行の話を、ついもらしたところ、みないっせいにソウルの話をしてくれとせがみはじめた。ソウルの話をはじめると、途中何度も質問がはさまり、とうとう授業の終わる時間までソウルの話をしなければならなかった。

宋には物足りない授業だったが、終わると講習生たちは拍手喝采だった。


夜の討論会で、講習生たちがいちばん深刻に問題にしているのは、朝鮮国語を速く覚えさせることができないということであった。家庭で朝鮮語を常用し、両親が朝鮮語でしか会話をしない家の子は、幼い時から朝鮮語を話しているので、文字のおぼえもはやく、教科書もすぐ読めるようになるが、両親が日本語で会話をする家庭の子は、言葉を覚えこむのが容易でなく、字を習うのも大変なので、すぐ退屈してしまうというのであった。

しかも、学年別の編成ができない少人数の塾のようなところでは、年齢の差のある子供たちを一緒にして教えるので、なおさら難しいということであった。

そういう苦衷を訴えられ、羅は責任を感じたとみえ、予定をかえて、講習の大半の時間を国語を教える講義にし、直接、羅自身が担当することにした。幸い歳末になり、狛江の学園が休暇に入ったので、羅は講習が終わるまで中学校に泊まり込んだ。

講習会は大晦日まで講義を行ない、元日だけは休んで、さらに五日まで講義をつづけ、六日に終了する予定だった。食堂の主人は好意的で、元日も店を休まないで講習生たちのために食事を用意してくれると約束した。そしてまた、羅が講習会の全責任を引き受けてくれたので、宋は安心して文化部の仕事にもどることができた。

李も歳末には文化部に出勤し、文化部の費用として中学校で使った金額の明細を部長に報告し、新年度からは中学校の独立会計とすることを誓った。

教科書出版、辞典出版、啓蒙書の出版など、文化部ではこの一年間、かなり大量の出版活動をしたが、教科書代金が全額回収できたので、出版活動は赤字を出さないですむことができた。中央本部では、歳末に、常任や部員たちに給料のほか若干の手当も支給した。

出版活動、教員養成を主とした狛江の学園の運営、中学校建設など、文化部の活動は歳末の中央常任委員会で高く評価されたということであった。

二十九日、各部ごとに納会が行なわれたが、文化部員たちは労をほめたたえられたので、みな手をとり合って喜んだ。ところが帰りがけ、宋は部長に呼びとめられ、思いがけない話をきくことになった。

「宋君にも強くいわれたことだが、映画製作のために日本人の同志たちに多額の前金を渡したのは大失敗だった。映画は製作されないで、渡した金は回収できなくなり、わたしはその責任を追及されることになった。新年早々、常任の部署異動が行なわれる予定だが、わたしはよそに廻される見込みだ。文化部の功績は、羅君と宋君の活動によるものだった。大阪の大会で、宋君が常任になっていたら、次の文化部長は無条件に君になってもらうところだったが、次の部長には誰がなるかわからない。部長が代わって、君はやりにくいことが起こるかもしれないが、君は信念をもって仕事をしてきた人だ。君が頑張ってくれれば、文化部は安泰だから、しっかりやってくれないか」

部長は悲痛な顔で、宋の肩を抱きかかえるようにした。宋は胸にこみあげるものがあり、口をきくこともできなかった。

革命の同志だと信じこみ、無条件に相手を信じて、多額の金を渡した文化部長の人の良さには、腹を立てたこともあったが、今では部長を責める気持ちはなくなっていた。ただ相手の人間たちの卑劣さが憎いだけだった。純粋無垢といってよい文化部長の人柄に、ひそかに敬意をいだいていただけに、部長の無念さが思いやられ、何とかなぐさめたい気持ちでいっぱいだったが、言葉にすると浅薄なせりふになりそうで、ただ黙っているほかなかった。

羅の献身的な努力により、講習生たちは大きく力づけられたようであった。講習会修了の時、講習生たちの表情には生気がみなぎり、終了式が終わると、全員が羅を胴上げしてその功をねぎらった。

終了式には中学校の教員たちも参加したが、みな手をたたいて喜び合った。

講習生たちが全員引きあげた後、宋は元日も休まないで講習生たちに食事を出してくれた食堂の主人にあいさつに行った。宋が鄭重に礼をのべたところ、食堂のおかみさんは満面に笑みをうかべながら、「いい商売をさせてもらって、こちらがお礼をいいたいところですよ。それに皆さん、本当にお行儀がよくて、うちの従業員たちも大喜びでした。ところで先生、お礼に差し上げたいものがあるんですよ。皆さん外食券を持って来ていただきましたけれど、中にはお米を持ってきた方たちもいて、ちゃんと規定通りもらいましたが、余分にもって来られた方もあって、米が少し余りました。一斗ほどです。ほかの人のいる時は具合が悪いですから、先生、明日にでもリュックか何かもって来て、そっと持って帰ってくれませんか」

と、思いがけないことをいってくれた。ちょうど、闇で買った米も底をついていた。講習会で苦労をした羅や李たちのことを考えると、いくらかうしろめたさを感じたが、宋は翌日、リュックを持って来て、喜んで米の袋をもらって帰った。

甥はすっかり元気になっていた。見違えるように肉がつき、大きな笑い声をたてながら、表へかけ出したりした。新年早々、中央本部の診療室の順天堂病院の先生にみてもらったところ、

「もう大丈夫です！　正常の発育状態にもどりました。サラシの腹巻きもはずしていいです。薬ものませなくて結構です。見込みのないと思われた子供が、こんなに元気になるのを見ることは嬉しいことですねえ……。心をこめて世話をされたお母さんのおかげです。お父さんはお母さんに感謝しなければいけませんよ」

老先生は笑顔でそういった。医者は宋の実の子だと思いこんでいるようだった。宋は、いいようのない感動をおぼえながら、医者に何度もお辞儀をして礼をのべた。

中央本部の常任部署の異動は行なわれないようなので、宋はひそかに安堵していたが、まったく予想もしなかった事件が起こった。

新しい学期がはじまった数日後、学校の鄭から文化部の宋に緊急電話が入った。

「大変なことが起こりました。すぐ来てください」

というので、あたふたとかけつけたところ、鄭は蒼白な顔をして、

「朝連中央の監察委員という人がやって来て、反動団体が中学校乗っ取りを策謀しているのに、それに呼応して陰謀をたくらんだということで、中学校の教員五名をいきなり呼びつけて、学校から出て行け、と怒鳴り散らしたんだよ。五名の教員は憤然として帰ってしまった。監察委員という人は、えらい剣幕で残っている教員たちに、君たちが学校をしっかり守っていけ、といいのこして帰って行ったよ……。

このどさくさで、授業を中断したままなのだが、授業を休むわけにはいかんじゃないか。とにかく宋さんも一緒に授業を受け持ってください！」

と、命令するようにいった。

「僕はいままで中央の文化部にいたのに、そんな話、きいたことがないよ。何かおかしいじゃないか？僕は中央に戻って、監察委員長にきいてみる！」

宋が、なじるようにそういうと、

「それより、生徒たちを動揺させないためにも、授業をするのが先じゃないですか？　中央には明日にでも行ってきくことにして、今日は授業をしてくれませんか？　お願いします……」

鄭は態度をかえて、哀願するようにいった。

宋も、生徒たちを動揺させないことが大事だと考えないわけにはいかなかった。とにかく、残っている

教員全員で教室に入り、生徒たちには、先生たちの急用で授業時間をかえて行なうということにした。

宋が入って行ったのは、新学期から二年に進級した特別クラスだった。一時間、授業が中断したあと、先生たちの都合で時間割をかえたというので、皆けげんな顔をしたが、宋が授業を受け持ったということを無条件によろこんだ。

「今日は地理の教科書を持って来てないから、何か面白い昔話でもしてください」

新しい級長になった生徒がそういい出したので、宋は古典物語の中の「春香伝」の話をした。生徒たちは大喜びで、物語に出て来る地名や人物などをいちいち質問するので、その説明に手間どり、物語は半分も進まないうちに一時間の授業は終わってしまった。

午前中二時間の授業をし、午後は三時間の授業をした。授業が終わり、残った教員たちで緊急会議を開いたが、みな気の抜けたような顔でお互いの顔を見合わせるだけだった。

反動団体といっても、どういう団体なのか、誰も説明をきいていないので、まるで五里霧中の話だった。

とにかく宋が中央の監察委員長に会って真相をきいてくるということで、一応みな納得したが、翌日からの授業をすき間なく担当するためには、残りの教員たちが二つ以上の科目を受け持ち、日に五時間以上ずつ担当しなければならないということになった。

翌日、早く本部に出勤した宋は、先ず監察委員会の部屋に行ったが、委員長は地方に出張中とのことであり、定時になっても三人いる委員が誰も現れなかった。その部屋で留守番をしている女子事務員に、昨日中学校に行った委員が誰なのかをきいたが、女子事務員は知らないとのことであった。

文化部室に戻ったが、部長もまだ出勤していなかった。宋は学校のことが気がかりで、その後すぐ学校にかけつけた。

宋は三時間目の授業に間に合うように行くと約束していたのだったが、学校に着いた時は、もう三時間目の授業時間が二十分も過ぎていた。宋が息せききって教室にかけこんで行くと、

「先生、おそい！」と、いっせいに子供たちの非難の声が起こった。


以後、非常事態がつづいた。とにかく授業を埋め合わせるために、宋も朝早くから学校に出勤し、日に六時間から七時間の授業を受け持った。

英語担当の中心だった徐がいなくなったので、鄭が英語まで受け持った。宋も全学級の日本語授業をまかされた。時には朝鮮語の作文の時間も受け持たされた。教員たちは連日重労働をしたように、くたくたに疲れはてた。

そんな状態が二週間もつづいた。宋は、文化部に顔を出すこともできなかった。数学や理科を除いては、どんな科目でも一応教えられるというので、もっとも過酷な労働をしいられたのは鄭と宋だった。

七時間もの授業をつづけ、へとへとになった宋が職員室に戻ると、李と鄭が、中年の人と熱心に話しこんでいた。個人的に話したことはなかったが、宋は、その人が中央の常任委員の一人であることは知っていた。

宋の姿を見ると、その人はすぐ立ち上がって宋のそばに寄ってきて名刺を出した。中央の監察委員という肩書きだった。

「君は僕をよく知らないだろうが、君が中央の部員代表になった時から、僕は君のことをよく知っているのだよ。中学校に非常事態が起こったというので、実情を聞きに来たところだが、いま李君と鄭君から、

五人の教員が急に居なくなったので、君たちがえらい苦労をしているということを聞いたところだ。さあ一緒に話を聞いてくれないか」

その人は、宋を李や鄭の居るところへ誘っていって話し出した。

「ここに来て、いきなり五人の教員を追い出すようなことをした委員の独断的な越権行為は、部内で批判の対象になり、その人は責任をとって急きょ他の部署にかわることになった。しかし、その人があああいう行動をとったのは、それなりの理由もあってのことだから、その点は了解してほしい。

十二月の占領軍司令部の朝連弾圧事件は、たしかに謀略があった。首相官邸での暴力事件は、反動団体である建青の一部の者が紛れ込んで起こしたのは事実のようだ。それで、監察委員会は極度に神経がたかぶっていたのだ。

建青が、この中学校の開校直後から、中学校をつくるという宣伝をはじめた。そして、この一月早々、あの五人の教員たちが建青の幹部に会ったという情報が入った。

建青が中学校乗っ取りをはかっているという推理を、あの委員はうのみにし、激昂のあまり委員会にはかりもしないで、あのような独断行為をしたのだ。

客観的に見て、建青が中学校をつくる能力などは無い。また、五人が建青の幹部に会って、どういう話をしたのかも、よくわかっていない。騒ぎ立てるほどのことはないのだが、米占領軍司令部が、朝連弾圧のためにまた何を企むかわからないという思いで、あの委員が極度に神経質になっていることだけは確かだ。それだけは、わかってほしい。

しかし、中学校のこの事態は急速に解決しなければならない。それで、特に宋君にお願いしたいのだが、新しい監察委員の一人に、朝連江東支部の委員長だった姜氏が選ばれた。宋君とはじっこんの間柄のはずだ。宋君はその管内に住んでいるのだから、宋君が五人の教員を呼んで、姜氏に会わせてくれないか？姜氏は性格の穏和な人で、うまく説得してわだかまりをほぐしてくれると思うのだ。五人の教員が復職してくれれば、円満解決ということになるのだから、宋君がぜひ骨を折ってほしい」

そう言い残して、その人は帰っていった。

「なんて、くだらんことをしでかしたのだ！」

鄭が吐き捨てるようにいった。同じように憮然とした顔をしていた李が、溜息をつきながら、

「組織にはいろいろなことがあるよ……。この際、宋さんがひとつ頑張ってください！」

と、とりなすようにいった。

その夜、学校から帰った宋は、支部の姜委員長の自宅を訪ね、監察委員からきいた話をした。

「わたしも相談をうけていますが、やめさせられた先生たちが、素直にいうことをきいてくれるかどうかわかりませんね……。自信はないけれど、今度の日曜の朝、私の家へ連れてきてくれませんか」

と、承諾してくれたので、宋は翌日、学校へ行って、鄭に五人に連絡をとってくれるように頼んだ。

ところが鄭は、五人一緒よりも、代表格の英語担当の徐だけを連れていくのがいいという意見を出した。

そして鄭は、徐が中心になって、五人がときどき会っているという話をした。

「徐君が納得すれば、みな行動を共にするはずだから……」

鄭のその提案を受けて、宋は日曜の朝、家に訪ねてきた徐を委員長の家へ案内した。

委員長は宋にも同席してほしいような顔をしたが、組織の内部の話が出るはずだから席をはずした方がいいと考えて、宋はすぐ自宅に戻っていった。

翌月曜の朝、五人が一緒に学校へ出て来たので、残っている教員はもちろん、生徒全員が歓声をあげて歓迎した。

授業が正常に戻ったので、宋は朝礼が終わるとすぐ文化部に戻っていった。

長い間留守にした文化部の仕事が気がかりであった。部長はずっと欠勤しているうえ、体調をくずして数日入院もしたということであった。

商工省へ教科書の用紙の配給をもらいに行く仕事は、以前、辛を連れて商工省へ行き、事務引き継ぎをしてあったので、宋が休んでも重大な支障はなかった。ただ啓蒙用の文献を出版する仕事は宋が一人で受け持っていたので、宋が休むとその仕事は中断していた。

ただこれについては、書籍を送っても代金引き換えの処置をしていないので納金がなく、各地方本部の反応もだんだん薄れてきていたので、部内でも文献発行はやめた方がいいという意見が出ていた。

この一事からも類推されるように、若い血気にあふれ、革命的な雰囲気にわき立っていた中央の各部署も、最近はいくらか沈滞気味であった。部員たちの独自の集まりもなくなってしまったので、部員代表という宋の役割も有名無実なものとなっていた。

米軍司令部の十二月の弾圧事件は、たしかに朝連の全組織に大きな影響をあたえたようであった。

中学校の建設委員会の活動も、まったく休眠状態になってしまった。教室の改修作業は放てきされたままであり、厳冬の中を、子供たちはがたがたふるえながら授業を受けなければならなかった。教員が全員もどって、授業は前にもまして充実していったが、教員たちも、生徒たち同様に心身共に冷えきっていた。

そうした中で、教員たちは、四月の新学期になれば、大量の入学希望者が押しよせて来ることが予想されるので、その受け入れに対策を立てることを考えなければならなかった。

黒板と机と椅子は、当初五百名分を用意してあったので、百名分の余分はあったが、四月には少なくとも三百名の新入生が見込まれるので、教室や教具のことも心配だった。

名目だけの副校長は、なんの能力もなく、何も期待できる人ではなかった。中学校の職員の中で事実上の中心的役割を果たしてきた李と鄭は、

「中学校のこの難局を打開するためには、どうしても、宋さんが文化部と中学校の二足のわらじをはくのをやめて、中学校の専任になってくれなくてはなりません。私たち二人だけでは力不足で、どうしても宋さんの活動力に頼るほかありません」

と、いい出した。

中学校の窮状を、骨身にしみて感じている宋は、ためらいもしないで、

「僕もそうするつもりです」

と答えてしまった。

しかし、文化部長の意見もきかないで、独断で決めていい問題ではなかった。二人に事情を話し、翌日、文化部に出勤したが、部長は依然として欠勤中であった。

副委員長に説得されて朝連の仕事をはじめた宋は、誰よりも副委員長に相談したかった。しかし、副委員長は南朝鮮に行ったきり、依然として消息不明のままだった。

宋は、中学校開設のことで何度も総務部長と話し合っていたので、結局この問題を総務部長に話すほかないと思った。宋が、中学校の状況を説明し、文化部をやめて中学校に専念するほかないという決心をのべると、総務部長は、

「中学校は大事だから、その方がいいと思うのだが、文化部は君がいなくなっても大丈夫だろうか？」

と、心配そうにきいた。

「教材編纂や教員養成の狛江学園は、羅さんが全責任を負っているし、出版の仕事は辛君が立派にやりこなしています。啓蒙文献の出版は私がやってきましたが、部内でも廃止論が出ているくらいですから、中断してもやむを得ないと思います」

と答えると、

「病休中の文化部長は、君だけが頼りのはずだが、中学校は君が必要だと思うから、当分中学校に専念するほかないね……」

と、総務部長はあいまいな言い方をした。

宋は、文化部の部員たちに事情を話し、当分中学校に専念する決意をのべた。

中学校引っ越し騒動

復校した五人の教員は精勤していたが、二月の中旬になって、朝鮮国語を担当していた教員の一人が、学籍をおいたままだった大学を卒業するには講義に専念する必要があるからといって、急に学校をやめてしまった。すると、鄭が、

「僕の住んでいる足立に、すごい国語の先生がいた。中学生時代からソウルの文学雑誌に詩を発表したすばらしい人だ」

といって、宋と同年輩の人をつれてきた。教員たちは皆大歓迎したが、琴というその人は、ひと通りあいさつが終わったあと、宋に近づいてきて、

「鄭さんから、あなたの話をききました。小説を書いているということですね。私という人間を、ぜひあなたにわかってもらいたいので、一度、足立の私の家に来てくれませんか？　一晩じっくり語りあかしたいと思います」

と、周りの人にききとれないように小声でいった。宋は少しめんくらったが、

「ええ、よろこんでうかがいます」

と、笑顔で答えた。

琴が学校へ来て三日後、宋は足立の彼の家について行った。路地裏のむさくるしい家だったが、琴の母

親というおばあさんが出てきて、きっすいのソウル言葉であいさつをした。

道すがら、琴は自分の経歴を語っていた。

代々熱烈なキリスト教の家庭で、父が教会の牧師をしていたので、たびたび住居を移し、少年時代はソウルで暮らしたが、中学は大邱（テグ）のキリスト教系統の高等普通学校に通った。父が日本の教会関係で、京都に転居することになり、彼は猛勉強をして三高（第三高等学校）に合格した。ところが父が病死してしまったので、彼の家は苦境のどん底におちいり、学費がつづかなくなったため二年で中退するほかなかった。母は教会関係の知り合いを頼り、彼の下に弟と妹のいる家族をかかえて東京に移った。彼は肉体労働をしたり、時には夜間の専門学校に通ったりしたが、どれも長続きはしなかった。しかし、そういう中でも、中学時代からはじめた詩作だけはやめなかった。

教会の伝道師をしている母はきびしく、彼は母に絶対服従した。戦争がきびしくなった頃、彼は気が進まなかったが、母の強い希望で結婚した。

解放後、彼の血はうずき、朝連結成運動に参加したかったが、共産主義を極度にきらう母の制止で動くことができなかった。足立の朝連支部で民族学校をつくった時、彼に来てほしいという要望があったが、これも母の強い反対で行きそびれた。だが、弟と妹が、日本の学校へ通うのをいやがり、民族学校へ行くといい出したので、母も折れるほかなくなった。民族学校へ通い出した弟と妹は見違えるように生き生きしてきた。

中学校開設の噂をきいた時、彼は飛び立つ思いだったが、今まで躊躇してきた自分に引け目を感じ、志望して出る勇気が出なかった……。

二人きりで部屋にこもり、すっかり自分の過去をさらけ出したあと、彼は根掘り葉掘り宋の経歴をきき

はじめた。そして宋の話を聞き終わったあと、

「あなたは仕合わせな人ですねえ……。自分の好きなように自由に生きて来た！　たとえつまずきがあったとしても、それは価値ある人生です！　僕もこれからは、あなたにあやかって、自分の自由意志で生きたいものです」

琴は、にじみ出るような声でいった。

その琴が、三月になって、びっくりするような話をもってきた。

「本所の戦災地に、とてつもない大きな学校がある。鉄筋コンクリートの四階建てで、教室は六十近くある。大きな体育館をかねた講堂もある。床板や天井板は焼けおちたが、教室はそのまま使える。なんでも東京一の高等小学校だったらしい。

その学校を、建青の青年たちが、中学校を建てるといって占拠しているのだ。建青では学校をつくる能力がないので、宝の持ちぐされだ。いつまでも学校が開けないと、立ち退くほかないそうだ。その学校をわれわれが使えば、願ったりかなったりじゃないか？」

とても信じられない話であった。

とにかく行ってみようということになり、宋と鄭が、琴と一緒に現場へ行ってみた。

地下鉄で浅草の終点で降り、吾妻橋を渡って五分ほど歩いたところにその学校はあった。

玄関の入口に、「朝鮮建国青年同盟墨田支部」という看板がかけられていた。

玄関わきの事務室のような部屋を住居用に改造したとみえ、扉がしまっていた。琴が声をかけると、中から三十前後の男が顔を出した。

琴とは知り合いらしく、二人は親しげに握手した。連れが中学の先生だときいて、男は満面に喜色をうかべた。はずみがついたように、男は階段をかけ上がるようにして三人を案内した。

床の板や窓の硝子は焼けおちていたが、鉄の窓わくはそのままで、頑丈な建物は壁に割れ目一つなかった。

二階、三階、四階はコの字型に十五教室ずつが並び、曲がり角に階段と便所とがあって、陶器製の便器はそのままで、水道さえ直せばそのまま使えそうであった。

現在使っている、あの殺風景な教室とくらべると、まるで雲泥の差であった。窓の硝子だけ入れれば、修理をしなくてもそのまま使えそうだった。

一階にも十の教室があった。講堂も床板や天井板は焼けていたが、広い舞台があり、二千名は入りそうな広さであった。見終わって、宋は男に、

「都からは正式に使う許可をもらっているのですか?」

と、気になることをきいた。

「まだ正式な文書はもらっていませんが、中学をつくるなら使ってよいという確約をもらっています」

男はためらいなく答えながら、宋を強くにらむようにした。疑われて心外だといわんばかりだった。

「中学校がここへ来てくれるなら、私たちは大歓迎です!」

男は何度も声を強くしていった。

男に見送られて校門を出ると、鄭はすぐ、

「すごい学校だ！　直ぐここへ引っ越すことにしようよ!」

と、せっかちな声を出した。

「僕もいっぺんに気に入った！　だが、引っ越すとなると、朝連中央の意向をきいてみないと、僕らだけではきめられないよ。それに、教員たち全員の意見をきいてみないことには……」

と宋がいうと、鄭は、その言葉をひったくるようにしながら、

「朝連中央が、いったい僕らに何をしてくれたというのだ？　開校のとき教具を買ってくれただけじゃないか。子供たちが寒さにふるえているのに、教室を直してもくれなかったじゃないか。それに、いきなり先生たちを追い出して学校をつぶしにかかったり、委員長の校長は、開校式以後、ただの一度も学校に顔を見せないで、役にも立たないでくの坊の副校長をよこしただけじゃないか。そんな中央の意向をきく必要がどこにある？　学校は僕たちが守ってきたじゃないか。僕たちがきめてやるべきだ！」

と、わめくようにいった。その剣幕におされて、宋はしばらく口をつぐんだ。

「たしかに、先生全員の意見はきく必要があるから、みんなの都合がつく日に全員ここにつれてきて、見てもらってから意見をきくことにしよう」

と、鄭はいくらか声をやわらげていった。宋は不愉快になったが、黙りこんでしまった。

翌日、宋は学校へ行く前に文化部に行った。部長にいっさいを話して対策を相談したかった。

ところが、部長席には総務部長がすわっていた。

「急に部署がえになった。文化部は文教部と名称が変わった。わたしが部長になった。前の部長はほかの任務についてもらうことになった。それで文教部次長には羅君になってもらうことにした。羅君は君を強く次長に推薦したんだが、君は中学校が大事だから、そのまま中学校の専任として居てもらうことにした」

その言葉をきいて、宋はなにか裏切られたような気がした。そんな大事な人事問題の論議があったのな

ら、自分を呼んで一言いってくれてもいいのに、頭から無視したやりかたとしか思えなかった。しかし前の部長にも会えないのに、相談をもちかけてもはじまらないと思った。

宋は黙って中学校に戻った。

教員全員が顔をそろえる日は、結局、学期末の試験を終えた翌日しかなかった。

その日は李も参加して、教職員全員が本所の学校を見に行った。

教員たちはただ感嘆詞を連発した。誰一人、ここへ移転することに反対する人はいなかった。宋はかげに李をそっと呼び、

「朝連中央に報告して、了解を得る必要があると思うのだが、このまま黙って事をすすめていいだろうか?」

と、相談してみた。

「そうした方がいいには違いないが、中央に話すと、頭から反対する人間が出てきたりして、ことはややこしくなるだけじゃないかな。既成事実をつくって押しまくるほうがいい気がするよ」

李はこともなげにいった。

見て来てからの職員会議で、春休みが終わった直後に、引っ越しを断行することにした。

それまでは、話が外部にもれると、どんな邪魔が入るかわからないから、秘密を守った方がいいということになった。

生徒たちには、桜が満開になる頃だから、始業式の翌日、全校生を名所である村山の貯水池に遠足に連れて行き、そこで引っ越しの決行を宣言することにした。すると、体育の先生が、

「どこかの中学校で、学校引っ越しの時、生徒全員が腰掛けを背負って歩いた新聞記事が出ていたが、奇抜な発想だと思います。うちの生徒たちにもそれをやらして、王子から本所まで歩かせたらどうですか。十二キロほどの道のりはあるけれど、一生の思い出になるはずです。ぜひそれをやりましょう」

と、提案した。みな大喝采で賛成した。

このように、先生たちは若い稚気にみちていた。

だが、宋は中央に無断で決行したのでは、必ず後で大きな混乱が起こりそうに思えて不安でならなかった。

それで鄭に、そのことを話したところ、たちどころに、

「頭のよい人間とは何も出来やしない！　そんなことで何が出来るのだ！」

と、どなりつけられた。

しかし、宋は気がやすまらなかった。そこで決行三日前に中央に行き、文教部長に本所の学校の説明をし、

「しあさって、教員全員結束して校舎乗っ取りを実行します。後で必ず問題が起こると思いますが、それについては中央で大人の知恵をはたらかせて、うまく問題を解決してくださいませんか」

と、頼んだ。しかし文教部長はおろおろして、

「そんな大胆なことをして、大丈夫かね？　よく考えたがいいよ……」

というだけだった。

宋は鄭にも責任をまっとうしてほしかった。それで遠足に行く前日、鄭に、

「今度の決行は、僕たちにとっては命がけのことだ。どんなことがあっても、教職員、生徒全員が一致結束して、最後まで貫き通さなければならない。今度の決行は鄭君の発想が出発点なのだから、鄭君が全責任をもって全員を引っ張っていってほしい。それで、明日、生徒に決行を宣言する時、僕は全員の前で鄭君を校長として推薦する。鄭君は校長として覚悟を決めるべきだ！」

といって、鄭の手を握りしめた。鄭は感動して、

「そこまで僕をたててくれるのなら、僕は死んだつもりでやるよ！」

と、手を握りかえした。

村山貯水池の土手は、桜がみごとに咲いていた。快晴だったので、生徒たちはうきうきしていた。生徒たちが弁当を食べたあと、公園の広場に生徒全員を集めて、鄭が新校舎へ引っ越すことを宣言した。教室が五十五もある建物だときいて、生徒たちは熱狂した。しかし、途中どんな邪魔が入るかわからないから、引っ越しが終わるまで、みんな秘密を守るようにいった。

ついで体育の教員の崔が、腰掛けを背負って十二キロの道を歩くのだから、皆二メートルほどの縄か紐を用意してくるようにいった。

最後に宋が、この命がけの決行を成功させるために、教職員、生徒が一致結束することを訴え、その中心となる校長を推薦するとのべて、鄭の手を高く持ち上げた。何か無条件に熱気に浮かされたようになっていた生徒たちは大歓声をあげたが、教員の一部に鼻白んだ表情がうかんだのを、宋は見のがすことができなかった。

机や黒板を運ぶためには、トラックが必要だった。宋は枝川町でトラック運送をやっている同胞に、その仕事を頼み、一万円ほどかかるという運送費は、鄭が足立の有志からの寄付で支払った。

決行の日、生徒たちは整然として自分の椅子を背負って行進していった。

教員たちは皆、担任の生徒たちと行動を共にした。

宋が一番最後の組の生徒たちと校門を出ようとすると、あたふたとかけつけてきた老副校長に袖をつかまれた。

「こんな大胆なことをして、もし失敗したら責任は誰がとるのですか？」

と、泣き出しそうな顔でいった。

「その時は、私が責任をとります」

宋はそう答えながらも、やはりこの人に一言も相談をしなかったのはいけないことだったと、反省しないではいられなかった。

行列が同胞の密集居住地域である三河島あたりにさしかかったとき、同胞たちが多数街頭にとび出してきて、

「これは一体どうしたことですか？　何処へ行くのですか？」

と、心配そうに教員たちをつかまえてきいた。

「すばらしい学校の校舎を乗っ取りに行くところです」

教員たちは愉快そうに答えた。

途中何事もなく、一行は本所の校舎に着いた。

生徒たちは、大きな校舎を見上げて手をたたいてよろこんだ。しかし、教室の中は焼けた敷板のかけら

がそのまま散らばっているので、すぐに椅子を運びこむわけにはいかなかった。

生徒たちが背負ってきた椅子を運動場の片隅に積み重ねている時、机や黒板をのせたトラックが次々にやってきた。黒板は濡らしてはいけないので、校舎の廊下に立てかけ、机は椅子とともに運動場の隅に積み重ねた。

先ず教室の掃除をしなければならないのに、必要な掃除道具を持って来ていないので、李が、浅草の大きな店に行って交渉し、翌朝、運ばせることにした。ほうきやちり取りばかりでなく、スコップも必要だった。

一階の建物の中に住んでいる建青支部の家族たちが、総出で生徒たちを歓迎した。中には年とったおばあさんもいて、涙をこぼしながら生徒たちに手をふった。

長道中で、生徒たちはすっかりくたびれていた。その日はそれで帰し、翌日は全員で教室の掃除をすることにした。

翌日は、生徒たちが入るだけの教室の掃除は半日ですみ、机や椅子や黒板を運びこめば、午後からは授業ができると見込んでいた。ところが掃除を始めてみると、床の上の残骸を取りのぞくのも容易でなく、何ともないようにみえた壁のコンクリートもくずれ落ちたりして、運び出されたゴミは増えるばかりだった。作業は一年生の力では手にあまるものであった。

ちょうど掃除を始めたところへ、朝連中央の監察委員二人がやってきて、宋を表へ呼び出した。

二人は校舎の中には入らず、塀の外から学校の建物を見て、

「中学校の教員たちが欲を出すのは無理もないなあ……。これから建青本部に交渉に行くから、君も同行

しなさい！」

宋の知らない年輩の委員が命令口調でいった。一緒に来た江東支部の委員長の姜は、微笑をうかべて、自分たちの乗ってきた自動車に乗りこむようにうながした。

九段の建青本部に着いてみると、そこは以前、陸軍憲兵隊の本部があった建物だった。

建青本部では、総務部長という宋と同年輩くらいの青年が出てきて応対した。

「どういういきさつで、東京朝鮮中学校があそこへ移って行ったのか、くわしい事情はわからんが、あの学校は朝連中央が建てた学校です。あそこで学校を続けるとすれば、当然、東京朝鮮中学校の看板をかけ、朝連中央が運営にあたります。それに異存はありませんね？」

年輩の監察委員が、いきなり高飛車にいった。

建青の総務部長は、少しひるんだ様子だったが、やがて姿勢をただし、

「私も昨日、墨田支部から報告があって、中学校が引っ越してきたことを知りました。しかし、あの建物は、建青の支部が中学校をつくるために東京都から借り受けたものです。学校を開くとなれば、当然、建青支部が主人にならなければなりません。突然、朝連中央が運営にあたるといわれても、すぐ承服するわけにはいきません。支部の意向を尊重しないで、この場でお答えすることはできません」

と、つっぱねるようにいった。あとは押し問答がつづいたが、宋が意見をのべるすきはなかった。

あと味の悪い喧嘩わかれのような形で、三人は建青本部を出た。帰りの車の中で、監察委員たちは宋に一言も口をきかなかった。

虎ノ門のところでおろしてもらい、宋は地下鉄で浅草に向かったが、年輩の監察委員の態度がどうしても腑に落ちなかった。話をまとめるためでなく、ぶちこわしに行ったようなものだったからだ。

浅草の終点でおりて、吾妻橋にさしかかり、宋は橋の中央の欄干にもたれて川上の方を眺めた。隅田公園の両岸の桜はまだ花盛りで、花吹雪のはなびらが橋の上にまで飛んで来ていた。

心に重くのしかかっている疑惑の念は、ますますつのって行くばかりであった。ただ、朝連中央が移転に絶対反対だということだけは、はっきりつかめたような気がした。

学校の方へ向かってとぼとぼと歩いていったところ、四つ角に一軒、仮建築の駄菓子屋が目についた。店先に立っている若い男が、にこにこして会釈するのを見て傍に近寄ってみたところ、それは宋の出た学校の一年後輩だということがわかった。

意外な奇遇におどろいて、宋が声をかけたところ、彼は半年前からこの店を開いたということであった。きかれて、宋が朝鮮中学の教員だということを話すと、

「あの焼けあとの学校に、朝鮮の中学が建つという噂はきいていましたが、さっぱり建ちそうにもないので、近くのわずかばかりの住民たちは失望していたんですよ。学校ができれば、この街の復興にも役立つと思って、みんな期待していましたからね……。ところが昨日、たくさんの生徒さんたちが、あの学校にやって来たでしょう。びっくりしましたねえ。とてもうれしかったですよ。今日は朝から、大勢の生徒さんたちが私の店へお菓子を買いに来てくれました。感謝感激ですよ」

彼は上機嫌でしゃべりまくった。沈んでいた宋の気持ちがいくらかほぐれてきた。

「ところで、あなたは今、小説を書いていますか?」

と、きいた。彼が学生時代熱烈な文学青年だったのを覚えていたからだ。

「僕は学校を出ると、すぐ兵隊にとられたでしょう……。よく死なないで助かったものです。復員してみると、ここは焼け野原じゃありませんか。小説どころじゃありません。僕はすっかり書くのをあきらめま

した。両親は戦災で死にましたが、ようやく昔の跡地に家業をつぐ店を出すことができたので、僕はこれから商人として頑張っていくつもりです」

と、彼は胸をはった。宋は一種のうらやましさを感じた。

学校にもどると、みんな掃除をやめて昼の休憩をとっているところだった。

宋の姿を見かけると、鄭と李がかけよってきた。宋はありのままを話した。鄭は腹立たしげに、

「彼らが何をしようと、僕らはここで頑張ればいい！　いままでここへ、外部から文句をいいに来た人間は誰もいない。朝連中央の干渉を受ける必要はない！」

と強がりをいったが、李は憂うつそうに黙りこんだ。

翌日は誰もなんともいって来なかった。生徒と教員たちは掃除に専念した。

片付けははかどっていき、大中小の教室のもろもろのゴミを運動場まで運び出すことができた。

三日後に、教室の掃除がほぼ終わりかけた頃、中央の文教部の部員が宋を呼びにきた。

「中央で緊急会議をはじめるから、宋さんに、鄭という先生と琴という先生をつれて来てくれということです」

といわれ、琴がなぜ呼ばれたのか、宋はひっかかるものを感じた。

中央で琴のことを知っているはずはなかった。とすれば、誰かが中央に、中学校の内情を報告しているとしか思えなかった。

しかし、せんさくの暇はなかった。宋は鄭と琴と一緒に、部員の乗ってきた自動車に乗って中央に行った。

連れていかれたのは、中央の会議室だった。そこには中央の常任の大多数が同席しているようにみえた。ところが、座長役をしているのが、中学校の建設委員会の代表委員をしていた人間であるのを見て、宋は不愉快な気分をおさえることができなかった。入っていった三人が、示された席につくと、その座長格の委員が横柄な声で、

「宋君、君は金をいくらもらって、建青へ学校を売りわたしたのだ?」

と、詰問した。宋はあっけにとられた。しばらく声が出なかったが、気を取り直し、

「何てことをいうんですか! あんまりひどいじゃありませんか!」

と、大きな声で反発した。

「ふふん! えらそうな口をきくな。じゃ、なぜ生徒たちを建青の建物の中へひっぱって行ったのだ?」

座長は、憎々しげな声できいた。

「それは、建設委員会の責任者であるあなたが、職務怠慢で、教室の修理をほったらかしたからですよ! 子供たちが、寒いさなかに、どんなにふるえていたと思いますか? その時、あなたは一度でものぞきに来たことがありますか? 子供たちがふるえている姿を見て、私は毎日胸がつぶれるような思いでした」

そこまでいったとき、宋は激情にかられ、ほとばしり出る涙をおさえることができず、言葉をとぎらせてむせび泣いてしまった。

すると、後ろの方の席から、

「男のくせに、泣くやつがあるか! ちゃんと、いいたいことをいえばいいじゃないか!」

と叱咤する声がした。宋は思わず後ろを振り向いた。そこには、前の部長のいきりたった顔があった。

その顔を見た途端、宋は余計悲しみがつきあげてきた。涙声は、どうしてもとまらなかった。それでも

宋は、声をはりあげて、

「この四月中に、またたくさんの新入生を受け入れなくてはなりません。しかし、教室が用意できる見込みはない。そこへ天から降ってわいたように、本所の学校の話をきいたのです」

「つべこべぬかすな！　お前は朝連中央に無断で、教員や生徒たちを煽動して、建青に学校を売りわたしたじゃないか！」

座長は、自分が侮辱されたことでいっそう腹が立ったとみえ、そういって怒鳴り出した。宋は、すぐ前にすわっている文教部長を見た。当然、一言いうべきではないかと思った。しかし、文教部長は視線をそらして上の方を向いていた。

宋は、そばにいる鄭を見やった。彼が責任をもって答えるべきことだった。しかし、鄭はうつむいたきり、まるで借りてきた猫のようにちぢこまっていた。

宋は、卑怯な人間たちの本体を見たような気がした。だが、彼らを責めてみてもはじまらないと思い、またふるい立ってつづけた。

「売りわたしたのではなくて、私たちは学校を乗っ取りに行ったのです！　すばらしい建物を見て、私はいっぺんに気に入りました。建青が、学校もつくれないのにあのままにしているのはもったいないと思ったのです。あそこへ行けば、教室の問題はたちどころに解決します。それで、教員全員を連れていって見せました。先生たちは大喜びでした。それで、生徒全員と一緒にあの学校を乗っ取りに行ったのです。

私たちは大成功したのです。あそこで頑張れば、あの建物は、私たちの学校のものになるのです。わずかの補修費だけで、金の心配もしないで、私たちは安心して、続々と子供たちを入学させることができるのです！」

宋が勝ちほこったようにいうと、

「うるさい！　黙らんか！　中央は中学校建築のために特別予算を組んだのだ！　生徒は全員明日中に連れ戻せ！」

座長は高圧的に命令調でいった。しかし宋も負けてはいなかった。

「あなたは、私たちの前で何度も嘘をついてきた人間です。あなたのいうことは信用できません！　ましてや、あなたは私たちに命令する権限はないはずです！」

宋がそうわめき返すと、座長のそばにすわっていた年輩の監察委員が立ち上がって、おだやかな声でいった。

「この会合は、朝連中央常任委員会が主催したもので、座長は中央が委嘱したのです。座長は中央の決定を伝えたものです。中学校のために中央が特別予算を組み、建築もすぐはじめることにしたのです。生徒を連れ戻すことも中央の決定です。

宋君の心情はよくわかるが、無条件に中央の決定に従いなさい！」

そういわれると、返す言葉がなかった。宋は潔くいった。

「私も、朝連の組織の一員です。中央の決定とあれば無条件に従います。学校の建築がすすめば、子供たちが一番よろこぶことです。明日、全員を連れて帰ることにします」

それで会議は終わった。文教部長も、鄭も、最後まで一言もいわなかった。

会議が終わったあと、羅と組織部の次長である蔡（チエ）が、三人を近くの中華料理店につれて行った。蔡が、

「文教部長がひどく気にして、三人をねぎらってくれと頼まれたんだよ……」

そういいながら、みんなに酒をついだ。

「宋君が泣き出したとき、僕はそのつらい心情が思いやられて、もらい泣きしたよ……」

羅がそういって、宋と乾杯の盃をふれ合わせた。

「それでも宋君が、いいたいことをちゃんといってくれたから、胸がすっとした。実際、今度の引っ越しは革命的な事件だった。朝連中央は痛撃をうけた形だ。連日の緊急会議だった。はじめは一部に、引っ越しを既成事実として認めようという意見もあった。だが、十二月の米軍司令部の弾圧事件の陰謀に、建青の青年部隊が動員されたという情報が、根強くしみこんでいて、建青とかかわり合いを持つことは絶対に避けなければならんというのが結論になった。それで、学校建築のために中央が特別予算を組み、緊急工事を進めることになった。そこで建設委員会の委員たちが急に主人づらをするようになったわけだが、宋君が痛烈にやっつけてくれて痛快だった」

蔡は、このように内部事情まで話してくれた。だが、宋は、依然として泣き出したいような心情だった。


学校に戻ると、二階の十の教室の掃除はきれいに終わって、黒板や机や椅子が全部運びこまれていた。

「明日から正常な授業ができる」

そういって教員たちはよろこび、生徒たちは皆先に帰したということだった。

鄭がどうしても話したがらないので、宋が教員たちに、朝連本部での会議の説明をした。

明日、生徒全員を連れて王子の学校に戻るほかなくなったことを話すと、教員たちは一様に憤慨した。

「この際、朝連とは関係なく学校をやってゆくことはできないのか？」

と、いい出す人もいた。宋は言葉をつくして説得するほかなかった。

「鄭先生！　あんたはどうなんだ？　黙ってばかりいないで何かいうべきじゃないか？」

と、鄭に攻撃の矢を向ける教員もいた。だが、鄭は声を失ったように黙りこんでいた。

「宋さんの話をきくと、この引っ越し騒動で朝連中央が学校建築に本腰になったというから、多とすべきかもしれませんねえ……。明日、引き揚げるほかないでしょう」

徐がそういうと、不平をいっていた人たちも口をつぐんだ。

教員たちが帰ったあと、建青中央の役員の一人という人が、宋たちのいる部屋にやってきた。彼はそこに残っている鄭を見かけると、

「やあ、これは先輩！　なつかしいですね！」

と、鄭の手を握ってうち振りながらよろこんだ。高等普通学校の一年後輩ということだった。

彼の話では、朝連の幹部が帰ったあと、建青本部では二日間にわたって論議がくりかえされたということだった。その結果、東京朝鮮中学校の看板をかかげることはやむを得ないことだという結論になった。そして、何はともあれ、この場所で学校がつづけられるように協力すべきだということに意見が一致したので、彼が、その結論を中学校の教員たちに伝えに来たということだった。

彼はすっかりはしゃいで、

「僕も教員の一員に加えてもらえませんか？」

と、いい出した。

「僕らは明日、生徒全員とここを引き揚げてもとの場所に戻ることになった……」

鄭がつきはなすように呟いた。彼はびっくり仰天してわけをきき出し、鄭はぼそぼそと説明をしたが、

なかなか納得ができないようであった。

そこへ米軍のジープ一台がやってきて、肩章のない軍服を着た若い男が降りたった。建青の彼とは知り合いらしく、二人は小声で何か話し合っていたが、やがて二人でジープで立ち去っていった。

翌朝はやく、中央の文教部員がやってきて、中央のトラックが荷物を運びに来るから、黒板や机や椅子などを積み込みやすいように運動場に並べておいてくれといいに来た。あわせて教員や生徒たちは、全員一緒に学校へ帰るようにという指示を伝えた。

朝礼の時間になり、生徒全員に引き揚げる話をしなければならなかったが、やはり鄭がしぶるので、宋が生徒たちを説得しなければならなかった。

宋はなるべく子供たちがよく理解できるように言葉を選びながら、学校は朝連の中央がつくったこと、その学校の建物を建てる役目をになった人たちが、役目をはたさなかったので教室がなくて苦しんだこと、近くたくさんの新入生を迎えなくてはならないのに、教室がなくて困りはてていたところへ、この学校の話を聞いてとびついて来たこと、生徒全員が移転をしたので、朝連中央が大衝撃をうけたこと、中央が緊急予算を組み、学校建築をはじめることになったこと、ここは建青が占拠している建物であること、朝連と建青のかかわり合いのむずかしいこと、円満に学校を続けていくためには、王子の学校へ戻るほかないこと……をかなりの長時間にわたってるる述べたあと、生徒たちにさまざまな苦労をかけた申しわけなさについて話しているとき、宋はまたしても胸がつまって泣き声をたてないではいられなくなった。

すると、女子生徒たちがいっせいに声を出して泣き出した。男子生徒たちも、もらい泣きをはじめた。こうしてしばらくは泣き声のるつぼの中にあるようであった。

最後に宋が、力をこめて、

「新しい教室が次々に建つはずのもとの学校へ、みんな胸を張って堂々と帰ろう！　もうだまされることはない！　われわれはこの引っ越しを決行したことによって、大きな勝利をかちとったのだ！　万歳を叫ぶ気持ちで前の学校へ帰ろう！」

と叫んだとき、生徒たちはいっせいに手をたたいた。

説明が終わり、生徒たちは授業をうけるためにではなく、机や椅子や黒板を運び出すために教室に戻っていった。

宋が、たまり場のように使っていた入口近くの部屋にもどると、建青中央の昨夜の青年が来て待っていた。

「なんとか、引き揚げないでとどまることはできませんか？」

彼は未練がましくいった。

「昨日来たのは、進駐軍の人ですか？」

宋がきくと、

「司令部の情報部の通訳をしているアメリカ二世の同胞です。中学校が移転したという情報をききつけて、実情をたしかめにきたんですよ」

と答えた。

「建青は、司令部の情報部とじっこんの間柄ですか？」

「そんなことはない。ただ時々彼らがやって来るので応対しているだけです」

彼の答えをききながら、宋は、米軍司令部の情報部が出入りするところにおれば、朝連の中央が黙っているはずはないと考えないわけにはいかなかった。

生徒たちが運動場へ机や椅子や黒板を運び終わった頃、中央のトラックがやってきた。

生徒たちは、トラックに積みあげる仕事も手伝うことになった。


教員たちはみな陰うつな顔をしていた。それでも隊列をくんだ担任の生徒たちと共に、地下鉄の浅草駅へ歩いていった。

建物の中に住んでいる建青支部の人たちは、みな悲嘆にくれたような顔をしていた。中には、「あんたたちはひどすぎる！」と、怨嗟の声をあげる人もいた。宋は、ひたすら頭を下げつづけ、腰をかがめて、その人たちの前を通っていった。

生徒たちは上野まで行って、省線に乗りかえ、十条駅に向かった。それから池袋駅で乗りかえて赤羽行きの電車に乗りこむと、生徒たちは子供らしくはしゃぎはじめた。そして、十条駅に降り立ったときは、みな晴れやかな顔になっていた。

十条駅前からは、また隊列をくんで学校まで歩いた。宋は生徒たちの最後の列のうしろから校門に入った。

事務室には中央の文教部長が来て待っていた。トラックが来て、生徒たちは机や椅子をもとの自分たちの教室に運びこんだ。明日からは正常の授業にもどるといわれて、生徒たちは歓声をあげた。

生徒たちを帰したあと、文教部長は教員たちを集めて、ねぎらいのあいさつをした。

重苦しい顔をしてきいていた教員たちは、部長の話が終わると、早々に立ち去っていった。鄭も、そっと消えるように居なくなっていた。

事務室に残っているのは、李と宋だけになった。宋は文教部長の前に立って、

「今度の引っ越し事件は、私が首謀者のように見なされていますから、私は責任をとって学校をやめます」

といって、頭を下げた。

「何をいい出すのだ？　誰も君が首謀者だとは思っていないよ」

「でも、昨日の中央の会議では、座長が、私が建青に学校を売り渡したといって侮辱したではありませんか？」

「あれは彼の独断でいったことで、中央の常任たちも、彼のあの発言にはみな憤慨しているんだよ……」

「しかし、これだけの大事件を起こして、誰も責任をとらないではしめしがつかないでしょう？　私のほかには誰も責任をとる人間はいません」

「君の気持ちはわかるが、君は絶対にやめてはいけない。生徒たちが引き揚げる時、君が涙ながらに生徒たちを説得したという話をきいた。生徒たちは誰よりも君を信頼しているんだよ！　その君がやめたら、生徒たちがどれだけ動揺するかわからない。君は生徒たちのためにも、学校で頑張りつづけなければ……」

部長は言葉をつくして宋をなだめた。

新校舎建設と最初の運動会

生徒たちが学校へ戻ってから二日目には教室の補修工事がはじまり、新しい校舎の建築のための整備作業もはじまった。教員たちも張り切って緊急会議を開き、新入生のための入学試験日をきめ、東京都内や近県の初等学校に連絡した。

待ちかねたように志望者たちがつめかけてきた。四月下旬に行なわれた入学試験には、三百名あまりの子供たちが集まってきた。

ところが、試験をしてみると、基礎学力が足りなくて、中学の授業にはついて行けそうにない子供たちがかなり多数にのぼった。それには次のような事情があった。

小さい塾のようなところで、一人か二人の先生が二十名ないし三十名くらいをかかえて教えていたのを、近くの学年単位で授業している初等学校に統合する運動がはじまっていた。今回の事態は、それらの塾が、年かさの子供たちを一挙に中学へ入れようとしたためであった。

そこで中学校では、それらの学力の低い子供たちの学校の先生たちに連絡して、彼らを学年別に初等学校の高学年に編入させるように説得した。

こうして入学と決定した生徒は、二百五十二名になった。それを、新一年生とし、五学級に編成した。

教員の志願者は意外に多く、やめた先生も二、三人いたが、教員の数は倍増した。

五月初旬、新一年生を迎える入学式が行なわれた。

引っ越し騒動がおさまったあと、文教部長に説得されて学校にとどまることになった宋は、なるべく目立たないように控え目な行動をとっていた。そのせいか、新一年生を迎えるための職員会議では、末尾のE組の担任が宋におしつけられた。

学級数が十二に増え、地理の担当時間が週二十四時間になったが、宋は黙って一人で担当することにした。

老副校長は、引っ越し騒動の直後に辞任した。教職員を統率できなかったというのが辞職の理由であったが、ソウルの事情がかわり、民主陣営が軍政庁の弾圧をうけ、解放後、親日派として糾弾された人たちが軍政庁の擁護を受けて続々と要職に返り咲くことになり、もうソウルに帰ってもいいという見込みがついたからであった。

ところが、委員長は依然として校長職に固執し、またしても植民地時代に名声を博したという、老年の音楽家を副校長に任命して学校に派遣してきた。

若い頃、名歌手として一世を風靡したというこの金氏は、前の人の温厚な印象とは違って、まだ野心満々とした貪欲そうな風貌であった。しかし、まったく時代感覚のずれている人であった。就任した日、教職員たちに対して最初にはなった言葉が、

「グッモニン、エブリボディ」

だった。

当人はしゃれたつもりであったろうが、教職員たちはみな憮然とした表情で見ていただけであった。そ

れでも本人は平然としていた。

その副校長が、最初に発した爆弾宣言は、教務主任を代えるということであった。

「教務主任は、自分に逐一業務を報告すべきなのに、いまの鄭君は全然それをしない。鄭君にやめてもらって、わしが任命する」

といい出した。教員たちは、いっせいに反発した。

「教務主任は教職員たちが選挙で選ぶべきです」

という声に、副校長は、

「じゃ、いまの鄭君は選挙で選んだのかね？」

と、反問した。

「開校式の時、朝連中央が指令したのです」

と、徐が答えた。

「じゃ、選挙じゃないじゃないか？　いまここで選挙すればいい！」

副校長がそういうと、鄭が、

「今日は学校に来ていない教員がかなりいます。明日は全員がそろうと思いますから、そこで緊急職員会を開いて選挙した方がいいでしょう」

といった。それに副校長も同意した。

その日の下校時、鄭がそっと宋の傍にきて、

「明日の職員会議の時、教務主任の選挙をしないですむように、宋さんが職員たちを説得してくれませんか？」

と、哀願するようにいった。宋は相手の顔を見返さないではいられなかった。

だが、卑劣な相手の人間性を、いまさら非難してもはじまらないと思った。中学をつくるために、苦労を共にしてきた同志だと考え、

「いいでしょう。やってみましょう」

と、かるく答えた。


職員会議がはじまると、冒頭に副校長が、はじめて教務主任を選挙するのだから厳正に行なうべきだという訓示をたれた。宋はすぐ立ち上がった。そして、中学校の開校のための鄭の労苦を評価して、朝連中央が指名したのだから、職務上の過失もないのに、かるがるしく代えるべきではないと、鄭の留任を力説した。

すると、徐がすぐ立ち上がって反論をのべた。

「あの引っ越し騒動は、学校にとっては運命を左右する重大事件でした。あのとき鄭先生は、自分が校長になって、教職員や生徒たちと一致団結して目的達成に全力をつくすと、大言壮語しました。引っ越しは成功したのです。それを朝連中央が反対したといって、めめしく引き揚げてしまいました。鄭先生は一言も弁明しないばかりか、教職員や生徒たちの説得は宋先生一人にまかせてしまいました。実に卑怯なふるまいです。そのことだけでも、鄭先生は自分から教務主任を辞任すべきです。

あの事件以来、先生たちは誰一人鄭先生を信任していませんよ！　教務主任は代わるべきです」

と述べると、多数の教員が拍手をした。

宋は、その意見に反対することはできなかった。また、反対してはいけないと思って黙ってしまった。

すると、体育の崔が立ち上がって、

「ただ、いきなり無記名投票をしては、新任の先生たちは、誰がどうなのかわからないし、散漫になると思います。それで、その任にふさわしい先生を何人か候補者に推薦してから、投票したらいいと考えます。それで私は、もっともふさわしい先生として、宋先生を候補者として推薦します」

というと、多数の先生たちが拍手をした。宋はすぐ立ち上がり、

「崔先生の言葉はありがたいが、私はあの事件の責任を痛感しているので、本当は学校をやめるつもりでした。だから、いまひたすら控え目にしているところです。また私は開校の準備をしてきた人間ですから、道義上、鄭先生の留任を主張したのです。私は絶対に辞退します。そして、あらためて候補者として鄭先生を推薦します」

といった。まばらな拍手があった。

ほかに、徐を候補者に推薦する教員が数名あった。それで決選投票になり、二十二名の投票で、徐が十二票を得て新しい教務主任になった。

副校長は満足そうに拍手をし、徐の肩を抱いて当選を祝福した。

鄭が十票もの票を得たのは、宋の力説と推薦があったからで、そのことを教員たちは、はばかりなく口にしていたが、鄭は宋に礼をいうどころか、顔も合わせないようにして帰ってしまった。

その日、帰りがけに琴が宋のそばにきて、二人で一杯飲みたいといった。

宋は琴を十条の同胞の店に連れていった。ドブロクをかわしながら、琴は、

「あんたはまったく損ばかりする人間だなあ……。今日、黙って崔さんのいう通りにすれば、おそらく絶

対多数であなたが当選したはずですよ。あなたが候補になれば、徐さんは辞退して無投票全員一致ということになったかも知れない。あなたは同志の友情を重んじて一生懸命鄭さんを応援し、縁の下の力持ちの役ばかりしているけれど、あなたも感づいているだろうけれど、あれはそんな価値のある人間じゃありませんよ。あの引っ越し事件で、私はあなたと鄭という人間を、よく観察することができました。私も中学校の教師に世話してくれたので、鄭には恩義を感じているけれど、あの事件を通してまったく彼の卑劣さに幻滅を感じました。

引っ越す前、あなたは鄭に朝連中央の意向をたしかめてからにしようといったそうですね。鄭が私にべらべらしゃべったのですよ。彼はその時、あなたを朝連亡者だといって非難してましたよ。ところが、朝連本部に呼び出されたとき、私は彼の卑怯なふるまいに、情け無さというより腹立たしくてなりませんでした。ところがあなたは立派だった。相手を面罵しながら、いいたいことを全部いった。

もし、あなたの考え通り、事前に朝連中央の人たちをあなたが説得したら、建青と朝連の和解にも役立ったでしょうし、円満に引っ越しもできて、学校の発展にも万々歳だったと思うんですよ。

開校の時のいきさつも聞きましたが、開校の時、あなたが校長の役を買って出れば、誰も反対しなかったはずです。一体、あなたは何に対して、そんなに遠慮をしているんですか！　それはあなた自身にも損になることであり、学校の発展のためにもマイナスになることですよ！」

琴はじれったそうに、たてつづけにコップの酒をのみほした。

「その根本は、私自身の決断のなさにあります。あなたもうすうす知っていると思いますが、朝連は共産党員が指導力を握っています。共産党員にならなければ、組織で信頼を得ることができません。私は朝連中央の部員代表に選ばれたとき、強く入党するように勧められました。しかし、私は理論の勉強の足りなさと、にわか党員たちの浅薄なふるまいに反感を抱いていたので、入党をことわりました。それは、ある意味で私が保守的な思想から抜けきれていないことであり、信念と勇気に欠けていることを証明することになります。

私は、能力のある人間だと評価されている一方、日和見主義者と見られ、疑われもするのです。本当の革命をめざす者なら、正義のためには人をおしのけてでも前進しなくてはならないということを知っていながら、私は足踏みをしています。そういう自身の弱点を自覚しているので、私は引っ込み思案になるのです」

宋がそう述懐すると、琴は、

「私の見たところでは、あなたは立派な共産主義者ですよ。思想にゆるぎがあるとは思えません。堂々と入党して、指導者として先頭に立つべきですよ。あなたが朝連に忠実だということは、あの日のあなたの態度で、私ははっきりわかりました。あなたは入党して、先頭に立って旗を振りなさい。自己犠牲的になることはありません」

琴は断言するようにいった。

「琴さんが、そんな積極的な考えをもっているとは知らなかった。あなたこそ率先して革命陣営に入るべきじゃないですか?」

「私は、家庭の桎梏から抜け出られない人間です。母が死ねば変わるかもしれませんが……」

琴はうつろな笑い方をした。

体育の崔が学校の活動で大きな役割をするようになった。

彼は生徒たちの体育のためにスポーツ競技をすすめる必要があるといって、いろいろなサークルをつくり、生徒全員がどれかのサークルに入ることを義務づけ、教員たちも、何かのサークルの指導役の責任をになうように強制した。

ソフトボール部が、生徒たちの間では一番人気がなかった。その部の指導をかって出る教員は誰もいなかった。そこで宋は、新一年生の女子生徒が十名ばかり集まったその部の責任者になることを引き受けた。学生時代に神宮球場に六大学や東都大学の野球を見に行ったりして、野球には興味があり、ルールもある程度は知っていたが、宋は野球をしたこともなく、バットを振ってみたこともなかった。しかし、崔の指導をうけて、子供たちに、ソフトボールになじませることはある程度できるようになった。

サークル活動がさかんになると、運動場の拡張が切実になってきた。建設委員会も、運動場の予定地の倉庫の建物を取りこわしたりしたが、崔は体育の時間に生徒たちに運動場の整地の仕事をさせた。崔の上手なおだてにのって、生徒たちは日曜にも学校へ来て整地作業をした。

六月十日は、一九二九年、抗日独立運動を起こした記念日であった。

その日までには、何とか運動場を整備して中学校としては最初の運動会を開催しようという案を鄭が提起した。

崔が大賛成して、教員全員も異議なく決定した。崔はその準備のために、自分の後輩のまだ体育大学在学中の学生を、補助教員として連れてきた。

しかし、完全な整備は間に合わず、百メートル競争やリレー競争などは出来そうにもないので、騎馬戦や棒倒し、綱引き、生徒たちの集団体操や組み立て体操、それに各学級別の仮装行列、サークルのバレーボールやバスケットボールの試合、教員たちのソフトボール試合などを組み込んで、集まってくる父兄たちにも楽しんでもらおうということになった。

崔は宋に、教員対抗のソフトボール試合で片方の投手役を受け持てといって強く勧めた。そのため放課後に、崔相手にボール投げの練習をしなければならなくなった。


中学校開校以来、最初の大行事だというので、当日は生徒の父兄ばかりでなく東京はじめ近県の同胞たちが集まってきた。

朝連結成以来、三・一独立記念日などいろいろの記念大会に多くの同胞が参加していたが、はじめての大運動会ということで、爆発的な人気を集めたようであった。

開会式では、中央の委員長が校長としてあいさつし、大満悦のようであった。

同胞たちとしては、はじめて見る中学生たちの演技なので、開会式後の集団体操から拍手かっさいだった。プログラムが進行するにつれて同胞たちの感激ぶりは高潮し、いたるところで酒宴が開かれた。いつの間にか運動場の隅には、テント張りの濁酒売りや、食べ物類を売る店などが現われていた。

休憩の昼食時間に各学級対抗の仮装行列が行なわれたが、二年生組の「パルチザン闘争の金日成部隊」が圧倒的な人気を得た。

最後に登場した宋の担任級は、「物語りに出て来る人物たち」だったが、準備不足や生徒たちの気おくれもあって、予定の半分の人員が前の組よりはるかに遅れて群衆たちに姿を見せた。それでも一部の見物人たちが盛んに拍手をしてくれた。

仮装行列のあとに教員たちのソフトボール試合を見せたが、時間の関係もあり、見物人たちが退屈してはいけないので、三回だけの短縮試合だった。宋は捕手役の崔の好リードで、三振を四つもとり、相手チームに一点もあたえなかった上、味方は崔の大ホームランがあったりして一方的な勝ちになった。

午後に行なわれた男子生徒の組み立て体操は、崔の苦心の指導によるもので、五段まで組み上がった生徒たちが、一挙にくずれ落ちるスリルがあり、観衆の絶賛を博した。

運動会の全種目が終わるまで、同胞たちはほとんど帰ろうとしなかった。

閉会式では、副校長が得意満面で演壇に上り、とりとめもない長い演説をした。興ざめした同胞が続々と帰り出したので、ようやく副校長は演壇から降りた。


こうして運動会は大成功に終わった。

朝連中央の幹部たちも、ほとんど全員参加していて、帰りに文教部長は教員たちの労をねぎらったりした。また、まったく思いがけないことであったが、感激した同胞の多数が、会場で学校に寄付金を差し出した。

父兄たちと一緒に生徒全員を帰したあと、教員全員が職員室に集まったところで、李は寄付金総額が、教職員の全員の二カ月分の給料に相当する多額であることを伝えた。思わず教員全員が拍手をした。李はその場で副校長に、

「寄付金も入ったことですから、これから先生たちの慰労のために、同胞の飲み屋に行ってはどうでしょう?」

と、もちかけた。しかし、閉会式のあと、委員長から、無駄な長談義をして同胞たちのひんしゅくを買ったことを注意され、すっかり不機嫌になっていた副校長は、

「そんな無駄づかいをすることはないでしょう!」

と、一言のもとにはねつけて、さっさと帰ってしまった。教員全員は憮然として黙りこんでいた。すると、李が、

「いいから行きましょう！　後で私が適当にいいつくろっておきますから」

と、いい出した。

「副校長のあの性格だから、あとで面倒なことになりませんか？」

教務主任の徐が、気づかわしげにいった。宋は、その態度が、かんにさわり、

「先生たちを慰労することは大事なことです。副校長があとで文句をいい出したら、私が弁解します。李さんのいう通り、今すぐ行きましょう！」

と、いうと、教員全員が拍手をした。徐は黙りこんだ。しかし教員全員がはしゃいで出かけはじめると、徐ものそのそと後からついて来た。

なじみの同胞の店に行って、教員たちは痛飲した。宴なかばの頃、宋の傍に来た琴が、

「あんたは、また損な役を引き受けましたね」

といって、肩をたたいた。

翌日は学校は休みで、次の日の二時間目に学校に現われた副校長は、いきなり職員室で、

「わたしがいけないといったのに、みんなで散財したというじゃないか！　誰が煽動したんだ？」

と、どなり出した。みんな黙っていると、

「宋君！　君だろう！」

と副校長が宋をにらみつけ、宋が、

「煽動したわけじゃありませんが、私が行こうといったのは事実です。はじめての運動会が大成功したのに、教員たちを慰労するのは当然なことじゃありませんか？　副校長も常識的な立場でものを考えるべきでしょう」

というと、副校長は烈火のように怒り出した。

「君は何の権限があって俺に説教するのか？　生意気で不遜だ！」

宋はあきれて、黙って副校長を見かえした。そのとき授業の開始を知らせる鐘が鳴ったので、宋は黙って教室へ行った。

副校長はそれ以上いいがかりをつけなかったので、宋も知らぬふりをしていた。ところが、それから四、五日たったあと、副校長は、また二時限がはじまる前に職員室に来てわめきはじめた。

「無断欠勤をして、わしのところへ欠勤届も持って来ないふらちなやからがおる。昨日休んだ者は、すぐわしのところに来なさい！」

そうきめつけられても、誰も顔を上げようとはしなかった。職員室の中は凍りついたような雰囲気になった。宋は徐の方を見た。彼が弁明して副校長をなだめなくてはならないのに、彼はそしらぬ顔をしていた。

「なぜ出て来ないのだ！　この卑怯なやつらめ！」

副校長の、その罵詈雑言を聞くにたえかねて、宋が立ち上がった。

「時間割で授業のない日は、休むのが慣例になっています。それは無断欠勤とはわけが違います。それをいきなり、先生たちの人格を傷つけるようなののしり方をするのは、間違ったことではありませんか？」

宋のその言葉に、副校長は激怒した。

「また君が出しゃばるのか！　君はただの平教員のくせに、わしにいつもたてつくのは無礼じゃないか！」

そうわめかれて、宋も闘志がわいた。

「からいばりはやめなさい！　きたない言葉でわめき散らすのは、あなたの醜い品位をあらわすものではありませんか？」

そういわれて、副校長は興奮のあまり、言葉がつかえたようであった。その時、授業開始の鐘がなった。宋は副校長を無視して、さっさと教室へ向かった。

副校長は、宋を手ごわいと思ったのか、その後は何ともいってこなかったので、宋も黙っていた。

ところが、六月の末になって、夏期手当が出ることになり、教員たちは給料の一カ月分ずつをもらうことになったのに、宋だけは給料の二〇パーセントになったと、李が申しわけなさそうに説明した。

「手当の査定に、副校長と教務主任が干渉してきて、副校長は給料の一・五倍、教務主任と庶務主任の僕は一・二倍、教員たちは一律に一・〇になった。ところが、宋君は雑誌や新聞に原稿を発表して、相当の謝礼をもらい、副収入も多いはずだから、手当をやる必要もないが、〇・二だけやろうというのだよ。僕は強く反対したんだが、二人が大変な剣幕だったので妥協するほかなかった。かんべんしてくれないか」

二人が宋を憎んで復讐しにかかっていることは目に見えていた。宋は笑いながら李にいった。

「僕はたしかに、わずかながら原稿料をもらっている。手当は彼らのいう通り辞退することにする。僕が荒だてなければ、おだやかにすむことだ。我慢することにしよう……」

そうはいったものの、宋は内心、血が煮えたぎっていた。

ところが、副校長はとうとう自爆するような行動を起こした。七月早々、学期末の試験について相談するための職員会議を開いた席上で、副校長が、

「教員たちの態度が勝手気まま過ぎる。学校の秩序を保つために、教員たちが守らなければならない規程のようなものをつくろう」

と、いい出したのであった。

即座に、教員たちから蜂の巣をつついたような反論が起こった。そんなものが無くても、円満にやってきたのに、そういう規程をつくって、副校長が権力をかさに独裁をふるおうという魂胆じゃないか、といっせいにいい出した。副校長はまた例の悪いくせを出して、どなり出した。すると、体育の崔が立ち上がり、

「こんな副校長の下では働けない！　僕らみんな不信任投票をしましょう！」

と提案した。教員多数がいっせいに拍手した。

それで全員が、信任か不信任かの投票をすることになった。ところが家庭科の女子教員が、「私には投票を遠慮させてください」といい出したので、その場の二十一名が投票することになった。

結果は、信任はただの一票で、二十票が不信任だった。信任票を投じたのは、副校長がつれて来た新任の教員だった。本人が皆の前でそういった。つまり、全員が不信任ということだった。

そういう結果が出たのを見て、副校長は、

「君たちが、そんなことをしてわしを追い出せると思っているのか？　とんでもない、わしは絶対にやめない！」

捨てぜりふのようにそう言い残して、副校長は肩をいからせながら帰っていった。

副校長が姿を消すと、職員室はたちまちなごやかな空気になった。

「徐先生が不信任の投票をしてくれるとは思っていなかった。これで徐先生もわれわれの同志だ！」僕は徐さんが副校長の腹心じゃないかと疑っていた。これで徐先生もわれわれの同志だ！」

鄭がそういって徐の手をとってうちふった。

「僕はただ円満にやっていきたいと思っていただけです。副校長のあの人柄には、私もあいそがつきました」

徐がそういって皆に笑顔をみせた。

「この結果を、朝連の中央に話して、副校長をやめさせてもらわなければならないんだが、誰がその役をしてくれますか？」

崔がそういうと、皆が宋に視線を向けた。宋は静かにいった。

「副校長は、あんな強がりはいったけれど、本人にも人間としての良心はあるはずです。こんなに教員全員に嫌われて居すわる気にはなれないでしょう。少し日にちをおいて、本人の出方を待つことにしてはどうですか？」

それに二、三の異論はあったが、結局、宋のいう通り、本人の出方を見守ることにした。

翌日、宋が二年級の教室に入ると、女子生徒二、三人が教壇にかけよってきて、

「これ、こんなに先生の写真が新聞に大きく出ているよ！　すごいねえ……」

といって、ひろげた新聞を見せた。同胞の統合新聞である国際タイムスの文化欄に出ている記事だった。宋が月刊雑誌に発表した小説が、各方面で好評を博している紹介記事にのった写真だった。

「どれどれ、僕たちにも見せて」

大勢の男子生徒たちも群がってきた。

生徒たちにせがまれ、宋は発表した小説の内容を話さなければならなくなった。

「先生は、小説家なんだねえ……」

「こんなにえらい人だとは知らなかった」

「先生が一番だよ！」

生徒たちは、それぞれに宋をほめたたえ、正常な授業にはならなかった。

生徒たちにせがまれ、朝鮮の古典物語の一部を話すことにした。生徒たちは、宋からこのような昔の物語りをきくのを一番よろこんでいた。

どの教室に行っても、宋は大人気だった。宋の担任している全校で一番おさない生徒たちは、無茶苦茶に宋に甘えてなついていた。宋はその生徒たちに接するのがうれしかった。学校の教員となったことを、仕合わせに思わないではいられなかった。


副校長は二、三日、学校に姿を見せなかった。

ところが、生徒たちの学期末試験がはじまった日から、ゆうゆうと学校にあらわれはじめた。悪びれた様子どころか、ふんぞりかえっていた。それを見て、教員たちはみな苦虫をかみつぶしたような顔をしていた。

口に出していわなくても、どの顔も、宋に早く朝連に行って処置してくれるように、せきたてていた。

宋は、絶望を感じないではいられなかった。どんな悪人でも人間としての良心のかけらは持っているはずだと、宋は信じこんでいたからだった。

一日ためらったのち、宋は朝連本部に行って文教部長に会った。

そして、副校長不信任決議に至ったくわしいいきさつを話した。

「僕はいろいろ考えたのですが、教員たちの不信任決議で副校長が追い出されたという噂が立つと、彼を推薦した委員長の面子にもかかわると思うのです。また学校のためにも利益になることではない気がするのです。

それで、私がことごとに副校長と対立して学校に争乱を起こすので、二人に同時にやめてもらったことにすれば、いくらかおだやかに解決すると思うのですが……。

幸い、もうすぐ学期末で夏休みになります。学期末に副校長が居なくなれば、学校の教職員たちは蘇生した思いになって、二学期から心機一転して頑張る気になると思います。だから、私の願い通りに処理してほしいのです」

宋の話をきいた文教部長は、

「それでは、君が犠牲になることではないか？」

といって、表情を曇らせた。

「いいえ、私はあの引っ越し事件の時、学校をやめる決心をしていました。学校の難問を解決するために一役買うのですから、むしろ幸いだと思います」

「それで、学校をやめて、君はどうするつもりだ？」

「私は本来、文学を志した人間です。幸い大阪の朝鮮新聞から、小説を連載してほしいという申し込みもありますから、文学に専念したいと思います」

宋が明るくそう答えると、部長は、

「よく相談して、学期末までには解決するようにする」

と、約束してくれた。


宋が明るい顔をしているので、朝連本部に行ってきたものと感じたのか、何人かの教員たちがそばに来て結果をきいた。宋は一切くわしい話はしないで、

「学期末には落着するはずだ」

とだけ答えた。

それがたちまち全教員たちに伝わり、教員たちは、目的が達成できたかのようにうきうきしはじめた。

副校長は相変わらずふんぞり返っていたが、教員たちは誰も見向きもしなかった。


いよいよ学期末の終業式の日が来た。

宋は、朝連中央の文教部長が来るものと信じて、早めに学校に行った。

ところが、文教部長は来ないで、珍しく父兄会会長である板橋支部の委員長が、朝礼のはじまる前に学校に来た。会長は来るなり、副校長室に入っていった。

ものの五分もたたないうちに、副校長の大きなわめき声が職員室にまで聞こえてきた。

やがて血相を変えた副校長が、教員たちには視線も向けないまま、かんかん帽を片手にもって、脱兎のような勢いでとび出していった。驚いた教員たちはいっせいに立ち上がり、呆然としてうしろ姿を見送った。

興ざめした顔で、あとから出てきた父兄会会長が、黙って宋のそばへ来て、袖をひっぱるようにして副校長室につれて行った。

「文教部長が、面倒な役目をわたしに押しつけたんだよ」

といって、一息ついてから、

「中央でいろいろ相談したようだが、結局宋さんの提案どおりにすることにしたそうだ。それでわたしが、文教部長のかわりに、中央常任委員会の決定を通達に来たのだよ。副校長は、その通達を聞くなり、まるで気が狂ったようにわめき出した。ひどい男だねえ……。礼儀も何もわきまえたもんじゃない。委員長にねじこんで、退職通達を撤回させてやるといってとび出していったんだが、委員長も常任委員会で、皆に責められて散々あやまったそうだから、とり合うはずがないよ。

文教部長は、今日、生徒たちが帰ってから、誰にも何もいわないで、宋さんにそっと帰るようにいってくれといっていたよ。

教員全体には、宋さんが帰ったあと、わたしが通達を発表することにするよ。

宋さんには申しわけないことをしたって、文教部長はいっていたよ。

そうそう、宋さんに、明日の午前中、文教部に来てくれといっていた」

会長は、ささやくような小声でいい、かるく宋の肩をたたいた。宋をなぐさめるような仕草だった。

宋は目的が達成できたと思って、ほっとしたが、よろこんでいいのか、悲しんでいいのか、複雑な感慨にとらわれた。

担任をしている教室に入り、生徒たちに通知表を渡し終えてから、夏休み中の注意事項を伝えた。そし

て最後に、

「元気よく遊び、勉強もするんだよ……」

といいかけて、これがこの子たちとの別れになるのだと思うと、急にこみあげて来るものがあった。

それをかみ殺すように、宋は大声を出して笑った。

子供たちも大声で笑った。

急いで職員室に戻ると、教員たちは、まだ誰も教室から帰ってきていなかった。

自分の使っていた机の引き出しの中の私物を急いでカバンの中につめこみ、宋は逃げ出すように、こっそり職員室を出た。

新築校舎の基礎工事が完了した工事現場の前を通りながら、宋はそれを学校の隆盛発展を予告する象徴のように感じた。宋は、やるだけのことはやったという満足感をおぼえた。

どこで宋を見ていたのか、父兄会長が近づいてきて、校門のところまで見送ってくれた。そして、宋の手をとって握手をしながら、

「元気で頑張るんですよ！　宋さんはどこへ行って何をやっても、立派にやりとげる人なんだから」

と、別れのあいさつをした。

校門を出てしばらく歩きかけてから、宋は立ちどまって校門の方を振り返った。

そして、心の中で学校に別れを告げた。

第Ⅱ部（一九四七年八月〜四八年一〇月）

布施辰治弁護士と岩手県宮古の委員長夫妻

朝早い名古屋駅前の広場は、人影もまばらだった。

駅の食堂も閉めたままで、駅前の食べ物屋らしいところも、まだ店を開けていなかった。

「しょうがない。駅に……」

と、宋は連れの音楽の教師に声をかけようとしたが、そばに居ないのに気がついて、あたりを見廻した。

彼は、すこし離れたところで、若い女と立ち話しをしていた。しばらくして宋のそばにもどって来るなり、

「かわいそうでなりません。昨夜から何も食べてないそうです」

と、何とかしてやらねば、という思いをこめていった。

「しかし、見た通り食べ物屋はどこもあいてないし、僕たちも講習会場まで行かないことには、朝御飯にはありつけませんよ。ここから一時間以上はかかるというのに、そんなところへ連れて行くわけにもいかんでしょう」

宋は、たち切るようにいうほかなかった。

「何とかしてやらないと……」

「お金でもあげたらいいかもしれないけれど、あいにく僕も持ち合わせがないし……」

そういう宋の顔をみつめ、あきらめがついたのか、彼は女のところへ戻り、しきりにあやまるようなかっこうをしていた。憔悴しているようには見えたが、若い女はきちんとした身なりだった。

暗い顔をして戻った彼を促して、始発の名鉄に乗りこんだが、宋も口をきく気にはなれなかった。

東京駅の前でも、朝はやく、そのようなことをいって話しかけてくる若い女がいるということを、宋はきいたことがあった。食糧事情も経済も極度にいきづまった情勢の中で、それは日常茶飯事のことかもしれなかった。だが、しんから心を痛めている音楽教師の純情さを、宋は黙って見守るほかなかった。

川和までの道のりは、宋にとっては初めての旅路なので、沿線の風景の移り変わりを緊張しながら見ていた。あっという間に終点に着き、駅で講習会場となっている寺のありかをきくと、

「この横の坂道を真っすぐ登って行くと、十分足らずで着きます」

と、親切に教えてくれた。

かなり大きな寺だった。開け放たれた本堂の広間が講習会場らしく、多くの人たちが立ち働いていたので、そこへ二人が近づくと、責任者らしい人がかけ出して来た。愛知県本部の文教部長という名刺を出しながら、

「宋さんとは初対面ですが、あなたの文章は雑誌でよく読んでいますし、東京に行って来た教員たちから、あなたの噂話をたくさんきいていますから、わたしは宋さんをよく知っていますよ。それにしても、音楽の先生が来てくれて大助かりです。大歓迎しますよ！」

と、周りの人たちにも聞こえるように大声で話した。

ちょうど朝食の準備が出来たというので、着いたばかりの二人も一緒に食べることになった。

食事の世話は、ここの支部の女性同盟の人たちが受け持ってくれているということで、寺の台所を借り

てつくった、純朝鮮式の食べ物がならんでいた。宋もおいしく食べたが、音楽の教師は大満足で、名古屋駅での出来事はきれいに忘れてしまったような明るい表情になっていた。

中学校をやめた宋を気づかって、中央の文教部長がこの講習会の講師として音楽の教師と共に宋を派遣したのであった。


講習生は五十名ほどで、愛知県下の初等学校の教員ばかりだった。前日まで国語の講師と体育の講師が集中講義を行ない、夜行で中央に帰っていった。あとの講師のことが心配だったが、中央の連絡通り、早朝に二人が来てくれたので、感謝感激だと、文教部長は笑顔を見せていた。

宋は歴史と地理の講義をすることになっていたが、講習生のほとんどが祖国の歴史や地理を習ったことがないというので、二つの課目を分けることなく、祖国の通史から話すことにした。

一時限九十分授業を日に二回くらいの予定であったが、実際に講義を始めてみると、半日ほどで講義を終えるには、どうしても日に三時限以上は必要だとわかった。

音楽の教師は、午前、午後、一時間ずつの予定が、実際に唱歌を教える練習をはじめると、一時間では間に合わないというので、二時間、三時間とつづく場合もあった。

若くて美男の音楽の講師は、声がとても美しいので、講習生たちにせがまれ、教科書以外の祖国の民謡までも歌わされた。

炎天つづきの真夏なので、午前八時から十二時まで授業がつづくと、みな汗みどろになり、昼食を終えると、せっかく海水浴場に来ているのだからといって、全員海に行った。

一時間ほどで海から上がっても、疲れのため、一時間くらいは昼寝をしなければならなかった。

午後の授業は二時半から五時までつづき、五時半から夕食だった。そして夜は六時半から二時間ほど討論があった。

講習生たちは、大半が、年数も学力も違う五十名近くの教員たちで、一人で教えるにはその教え方で大変な難儀をしいられた。

ここの文教部長は子供たちの教育を身をもって実践した人なので、それぞれの小さい学校で苦労している先生たちに、どのように子供たちを指導するかという具体的な相談相手になっていた。そのために講義もし、討論会ではもっぱら講習生たちの苦情を聞き、その解決策を話し合っていた。

講習生は全員、寺で合宿していたが、東京から来た二人は、駅から寺へ来る途中にある旅館に泊めてもらっていた。午前中の授業が終わると、宋は先に宿に帰り、海水浴をすませると宿の部屋で昼寝をした。音楽の講師は、講習生たちの人気を独占していたが、海に入った時は、五、六名いる女子講習生たちにとりまかれて、大はしゃぎであった。

旅館には三人ばかりの女子従業員がいたが、彼女たちにも音楽教師は大もてで、夜、泊まり客の少ない日は、彼らの部屋に来て、美声の彼にいつまでも歌わせたりした。三人のうち二人は三十なかばの闊達なたちのようであったが、二十二、三の若い娘は先輩たちに遠慮してか、いつも控え目であった。

宋は十日あまりで通史の講義を終えた。あとは具体的な地理の講義であったが、講習生たちは宋が小説を書いているという話をきいたのか、朝鮮の文学の話をしてくれとせがみ出した。そのため三日ばかり音楽の時間までつぶして、午前中四時間ぶっとおしでしゃべりつづけるはめになった。

明日で講義が終わるという前日、さすがにくたくたになった宋は、昼食をすますと宿に帰り、海にも行かずにぐっすり寝こんでしまった。目をさましてしばらくすると、気配を察したのか、若い従業員が冷たい麦茶をもってきてくれた。礼をいうと、

「お寺には、朝鮮の学校の先生たちが来て講習を受けていなさるとききましたが、その先生たちを教えになさったんだから、まだお若いのによほど偉い先生さんなんですねえ……」

と、感嘆したようにいった。そんな話から、ふと彼女は、

「戦争がひどくなる前、あたし、浜松で芸者をしたことがあるんですよ。まだ、はたちそこそこの小娘でしたけれど……」

と、身の上を打ち明けるようにいった。芸者ときいて、宋は驚かないではいられなかった。全然化粧もしていない地味ないでたちからは想像もつかないことであった。

「何か事情でもあったのですか？」

「家のためでしたけれど、戦災で家族も家も、みんな焼けてなくなりました。一人で生きることになって、かえってわたしはさっぱりした気持ちです。強く生きて行くほかありません」

彼女はそういってから、からになったコップのおいてあるお盆をもって、さっさと階下におりていった。宋は、おもいがけない人生の縮図の一面をかいま見たような気がした。

愛知県での講習会の責任をはたし、宋は八・一五解放記念日の前日、東京に戻るなり中央の文教部に行って報告をした。文教部長は笑顔で、ねぎらいの言葉をいってから、

「岩手県本部から青年講習会の講師の要請が来ているんだよ。疲れて大変だろうけれど、十六日の夜にで

も発ってくれないか？」

といって、出張予定表と、旅費を差し出した。

それを受け取って家に帰りながら、宋は、文教部長の心遣いを、あれこれと考えないではいられなかった。

文教部長は、宋の申し出どおり、中学校の副校長をやめさせるために宋を同時に辞任させることにしたが、そのことについては一言もふれようとはしなかった。そして、中学校をやめた直後に、愛知県の講習会に行かせたのは、宋が適任だからということもあろうが、学校をやめた宋に余計なことを考える暇をあたえないためであったかもしれなかった。

それに、愛知県から帰って来るなり、つづいて岩手行きを命じたのも、たまたま岩手から要望があったのに適任者がほかに見当たらないためなのか、それとも宋に余計なことを考える暇をあたえないためなのか、その真意がはかりかねた。

家に帰ると、子供たちは元気であばれまわっていた。特に奇跡的に下痢がなおった甥は、まるまるふとってきて、二つ上の大きい長男と、とっくみあいをはじめたりしていた。

子供たちのために、八・一五の記念大会には行かないで、鎌倉の海にでも連れて行こうかと妻にもちかけたところ、

「およしなさいよ！　あなたらしくもない。無駄なお金はつかわないで、記念大会に行ったがいいわ」

と、かるくあしらわれてしまった。

朝早く盛岡駅に着いて、県本部を訪ねていったところ、委員長や常任委員たちは歓迎してくれたが、か

んじんの青年講習会はまだ具体的な案が立っていないということであった。

委員長が中央本部に行ったさい、青年講習会を開くから講師を派遣してほしいという要望はしたが、具体的な案が立ってから講師派遣の連絡をとる予定だったということであった。それで、中央の文教部長のひとり合点ということだけは明らかになったが、県本部の委員長は、

「わざわざ来てくれたのですから、各支部に連絡をとって、緊急集会を開くまで旅館で待ってもらうことにします」

といったかと思うと、何を思いついたのか、

「今日のおひる、臨時常任委員会を開きますが、会議のはじまる前に一時間ばかり、祖国が独立を失う前後の歴史の話をしてくれませんか？」

といい出した。宋は少し当惑したが、委員長が宋に帰ってもらう口実にするつもりかもしれないと思い、かるくひきうけた。

会場は十人前後がすわれる会議室であったが、集まったのは、委員長ほか五名の常任委員だけだった。

宋は、中国が宗主国づらをして朝鮮の政治に干渉し、日本が侵略の野望に燃えて策謀しているとき、一八八二年に起こった反日軍人蜂起の壬午（じんご）軍乱、一八八四年の金玉均等の愛国者による甲申（こうしん）政変、一八九四年の農民戦争と日清戦争、東学農民軍と日本軍との決戦、三国干渉と親露派の親日派打倒、日露戦争と植民地化、一九〇七年万国平和会議への密使派遣事件と植民化の徹底、その間の義兵闘争、一九一〇年の日韓併合、極端な植民地政策と一九一九年の三・一独立運動などを、かいつまんでのべたが、みながあまりにも真剣になってきくので、つい二十分も話がのびてしまった。

宋が話し終わると、委員長が立ち上がって、

「いや、驚きました。こんな感動的な話を聞くのははじめてです。いや、学識のある深い内容です。これはわが県の同胞の青年たちにぜひ聞かせなくてはならない」

といって、宋の手を強く握りしめた。

それで結局、宋は旅館に案内された。たまたまその旅館に、有名な弁護士の布施辰治先生が来て泊まっていた。宋を案内した県の常任に紹介され、宋は初対面のあいさつをしたが、部屋が隣り合っていたので、宋は布施氏からいろいろな話を聞くことができた。還暦をとうに過ぎた老人であったが、朝鮮の話をする時は、若々しい熱気がこもっていた。

「日本人は、朝鮮人に対して原罪のようなものを犯しています。私は朝鮮に行って、朝鮮の社会の実態を調べているうちに、償っても償い切れないものがあることを骨身にしみるほど感じました。私は、朝鮮人のために自分の一生を捧げようという決心をかためました。

私は、日本人に関する裁判事件は、政治犯か人権問題にからむ民事事件を除いては、一切の破廉恥事件にはかかわっていません。しかし朝鮮人の場合は、どんな破廉恥事件であっても、調べてみると、植民地差別から来る人格的崩壊が根源をなしています。だから私は、朝鮮人の政治犯ばかりでなく、どんな破廉恥罪でも弁護に当たっています」

先生のその声を聞いて、宋は身がふるえるような感動をおぼえた。

旅館には、県下の地方都市から商売のために来ているという若い同胞の青年も泊まっていた。あか抜けした印象のその青年は、旅館で退屈そうにしている宋に話しかけてきて、

「面白い処へ案内しましょう」

と、誘った。青年が連れていった処は、ダンスホールだった。明るいホールには、かなり客がたてこんでいた。男女同伴で来ている人たちもいたが、たいていは一人で来ているということであった。

若い男女が多く、演奏曲がスピーカーを通して流されると、めいめい誘い合ってホールの中で踊っていた。踊れない宋は、五段くらいのスタンドになっている観覧席で眺めていたが、青年は向こう側のスタンドにすわっていた若い女性を誘って、上手に踊りはじめた。一曲が終わると、スタンドに引き揚げる人たちもいたが、多くの人たちは手をつないだまま次の曲のはじまるのを待っていた。青年は同じ女性と五曲ほど踊ってから、スタンドの宋のそばに戻ってきた。

「知り合いの娘さんですか?」

と、きくと、

「いいえ、今日ここへ来て、はじめて会った人です」

と答えた。

「踊りながら楽しそうに話していたので、恋人かと思いました」

踊り出すと、初対面でもうちとけて話せるということであった。当時、ダンスは大流行で、若い娘たちもダンスを楽しみに一人で来ているのだと、青年は説明した。演奏楽団もないホールは、入場料も安く、出入りも自由なので、このように繁昌しているということであった。

宋は、自分が時代おくれの人間になったような気がして、一人で先に旅館に戻った。

むし暑いので、襖や障子を開け放ち、布施先生はシャツ姿のまま窓辺で涼んでいた。宋が廊下に手をついてあいさつをすると、先生は笑顔をみせ、

「ここへ来て、すこし話していきませんか？　わたしも、ここでの仕事が終わったので、一息ついているところです」

と、いってくれたので、宋は先生のそばに座り、きかれるままに身の上話をしたりした。

「逆境にたえて、強く生き抜いてきたわけですね……。えらいもんだ！　私は多くの愛国的な朝鮮の青年たちに会ってきましたが、あなたにもそのような気骨を感じます。自由な世の中になって、若い情熱を捧げて民族のために働くということは、きわめて仕合わせなことです」

と、先生は激励してくれた。

先生からいろいろな話をきいているうちに、宋は、ついぶしつけにきいてみた。

「先生も党に入っていて、批判されたりすることがあるのでしょうか？」

すると、先生は宋の顔をみつめて、

「組織の中で、いろいろ苦労していると見えますね。私も批判されることがあります。納得できないことがあっても、組織を守るためには堪えていかなくてはなりません」

と、さとすようにいった。

三日後、盛岡近くの支部は集会が出来ないということで、東海岸の宮古支部に行くことになった。

盛岡駅から山田線に乗ったが、途中はトンネルが多く、暑いため開け放たれた窓からは、石炭をたく黒い煙が吹き込んできて、たちまち顔が黒くすすけてしまうほどであった。宮古までの三時間ほどの旅は、まったく難行苦行といってよく、宮古駅に降りると、先ず洗面所で顔を洗わなければならなかった。

宋を案内した本部の常任が駅から支部に電話をかけると、トラックが迎えにきてくれた。宮古支部の委員長が、木材や魚の運搬業をやっているので、トラックは委員長の個人所有だということであった。トラックに乗ってきた支部の総務部長に案内されて、支部の事務所に行った。駅から車で十分ほどの港に近い場所で、大きな倉庫を改造したような建物だった。

大きな支部の看板と共に、商事会社と運輸会社の看板がならんでいた。トラックがとまると、建物の中から中年のエプロンがけした婦人がとびだ出してきて、

「遠いところをご苦労さまでした」

と、流暢な朝鮮語で出迎えてくれた。

本部の常任は顔なじみらしく、婦人と親しげにあいさつをかわした。

「東京から来た宋先生です」

と、本部の常任が紹介すると、婦人は、

「こんなへんぴなところへ、東京のお客さまがお見えになるなんて、はじめてのことです。主人が大喜びすると思います。主人はいま釜石のほうへ行っていますが、夕方にはもどります。それまでどうぞゆっくりくつろいでください」

と、丁寧な言葉で奥の方に案内した。

二メートル幅くらいの通路の両側にいくつも部屋があったが、奥に客間に使っているらしい、畳も新しい十畳の部屋があった。その部屋に、宋と本部の常任は案内された。

すぐ冷えた麦茶をもってきた婦人は、

「汽車ですっかり汚れたでしょう。総務部長さん、お客さんたちを風呂場に案内して、体を洗ってもらってください。その間に汚れたシャツを洗って干しておきますから」

と、総務部長を追いたてるようにした。

建物の裏側に大きな風呂場があった。ちょっとした銭湯くらいの大きさだった。お湯はわいていなかったが、広い洗い場で汚れた体を心ゆくまで洗って出ると、もりそばの昼食が用意されていた。

「いつ見ても、ここの奥さんは活気にみちているねえ!」

本部の常任がそういうと、

「大変な女傑だよ!」

支部の総務部長が、すぐ相づちを打った。二人のやりとりをききながら、宋は不審に思えたので、

「あんなに朝鮮語がうまいのに、奥さんは同胞じゃないのですか?」

と、きいてみた。

「いや、日本人です。日本人であんなに朝鮮語がうまい人は、日本中、二人とはいないでしょう!」

と、総務部長はいいながら、ここの支部の委員長夫婦の話をした。

委員長は一九二〇年代のなかば、朝鮮の田舎町で普通学校を出て日本人商店で働いていたが、日本の鉄道工事の労働者募集の広告を見て応募し、同胞の若者数十名とともに、岩手県の山の中に来た。トンネルを掘る仕事に、朝鮮の若者が次から次へと渡って来ていた時期だった。

二、三年働いているうちに要領をおぼえた彼は、二十一の若さで同胞の労働者相手の飯場をつくった。その時、まだ十八の娘と知り合って結婚し、二人で飯場をはじめた。

彼女も貧しい農村出身で、工事場近くの町の食堂で女中として働いていたのだった。

二人は献身的に働いた。日本語をまったく話せない労働者たちの世話をしているうちに、彼女はすぐ朝鮮語を覚えはじめ、やがて朝鮮語で日常の会話ができるようになった。彼は若い妻に朝鮮の文字を教え、

文章も書けるようになった彼女は、文字の書けない労働者たちの代筆をするまでになった。

彼らの飯場は大変な人気の的になり、年々飯場の収容人員が増えて、一九三〇年代になり、鉄道工事が終わる頃、彼らはかなりの貯えが出来ていた。東北一帯に不況の波がおしよせ、娘売りの話がさかんなとき、娘が無断で朝鮮人と結婚したということで勘当扱いにした彼女の親たちは、当時としては破格の仕送りを受け、彼ら夫婦の前に来て三拝九拝したということであった。

鉄道工事は終わったが、それに引き続くように大規模な軍の施設工事がはじまり、大量の朝鮮人労働者が岩手県の東海岸に呼びこまれるようになった。彼ら夫婦は特に請われて、大規模な飯場を経営することになった。

夫婦は相変わらず誠実に働いた。町の商人たちとも大量の取引きが進むにつれ、信用も得るようになり、町の有力者にまつりあげられるようになった。

戦争が拡大され、軍の施設工事はますますふくれ上がった。それまで彼らは釜石に大きな飯場をかまえていたが、宮古にさらに大きな飯場をかまえることになった。

食糧の配給がきびしくなり、炭坑などを脱走した同胞たちが、軍施設の工事場になだれこむ現象が起こると、彼の経営する飯場はさらに多くの同胞たちを抱えこむようになった。彼は物資調達の必要上、水産業者や、木材会社と連携をもつようになり、その運搬業もかねることになった。

終戦で一切が虚脱状態になった時、彼は軍から多額の現金支払いを受けたので、窮迫した知り合いの日本人業者から多くの建物や敷地、船舶などを、懇願されて譲り受けるかたちになった。同胞労働者たちが集団で引き揚げていったので、膨大な飯場の建物はすべて空き家になったが、彼はそれを処分しようとはしなかった。

朝連結成運動が起こった時、彼は率先して運動に参加し、居住地域の同胞たちに推されるままに支部の委員長になり、所有している建物を支部の施設に提供した。

「金額ははっきりわかりませんが、県本部建設のとき、相当多額の寄附をしたはずですよ。きわめて謙虚な人柄で、私たちにも丁寧な言葉づかいですから……」

と、支部の総務部長は結論のようにつけ加えた。


県本部の常任と支部の総務部長が二人連れ立って出かけて行き、宋はひとりで本を読んでいたが、疲れたので横になっているうちに、いつの間にかぐっすり寝込んでしまった。強くゆさぶられて目を覚ますと、本部の常任が、得意気な顔でいった。

「大した成果ですよ！　ここの税務署の係長は話しのわかる人だ。支部で二十人を集めて講習会を開くといったら、何もいわずに二ダースのビールと、五升の日本酒の特配券をくれましたよ」

しかし、一緒に帰って来た支部の総務部長は、うかぬ顔をしていた。

「急に二十人も集めて講習会を開くのは、不可能なことです。みんな、山の仕事や魚の加工場の仕事で、きつい肉体労働をやっていますから、夜集めるのも無理な話です」

「いつも成績のよいこの支部だから、大丈夫だと思って、講師の先生をわざわざお連れしたのに……」

と、本部の常任がいくらかなじるようにいうと、支部の総務部長は強くさえぎるようにいった。

「大体、本部の計画が無茶ですよ！　同胞たちの生活の現実をつかんでいないから、無理な要求をするんです！」

激しい口論でもはじまりそうな気配なので、宋は、

「僕は散歩でもしてきます」

と、その場を避けようとしたところ、本部の常任が大声を出して笑いながら、

「ここで僕らが神経を立ててもはじまらないでしょう。講習会は出来ないけれど、ここの支部の委員長にたのんで、せっかく配給の酒もあることだから、東京から来たお客さんを歓迎する宴会でもやりましょうよ。支部の委員長は太っ腹なんだから、総務部長さん、あなたが上手にたのんでくださいよ」

と、もちかけると、総務部長も苦笑しながら、

「委員長が帰ってきたら、よく相談してみます」

と、折れたので、その場はおさまった。

立ちかけた宋は、座りなおしたが、やりきれない思いだった。しかし、座をやわらげるためにも黙って微笑をうかべるほかなかった。

そのあと総務部長は、すぐ座をはずして奥に行き、奥さんと何か話しこんでいるようであった。しばらくすると、奥さんの大きな笑い声がきこえてきた。

すぐもどってきた総務部長は、はれやかな顔で、

「今夜のことは心配しないでまかせてください。私は支部の事務所で用をかたづけていますから」

といって、出かけていった。二人きりになると、本部の常任は真顔になり、

「あなたには、いやな思いばかりさせていますが、これもわが運動の現実かもしれません。民族や祖国のために、素晴らしいことをするのだという理想は高く掲げてはいるけれど、実際はほとんど何もやっていない。時にはペテン師になったのじゃないかと思って、自分を疑うことがあるんです。基本的に組織を立て直す時期に来ているのじゃないですかねえ……」

と、深刻な顔をした。

「変な話だけれど、私は戦時中、東京都電の運転手になったことがあるのです。運転技術を習うのは、そんなに難しいことではありませんでした。とにかく事故なく無事に運転しようと思って、毎日が真剣でした。一種の充実感があったのはたしかです。私たちは今、同胞のために尽くすのだと、念仏のようにとなえています。ところが、具体的に同胞に何をどう尽くしていいのか、まるで雲をつかむような気持ちです。何でもいい、体を動かして、具体的な仕事をしないと、ただのペテン師になりかねない……。そんな不安がつきまとうのです……」

宋は答えようがなかった。

聞けば、彼は東京で専門学校を出て、日本人女性と激しい恋愛をして結婚したということであった。はじめ朝鮮と貿易をする商事会社に勤めたが、戦争で貿易が駄目になり、会社は解散した。失業して職業紹介所に行き、都電の運転手に応募することをすすめられたということであった。

しかし空襲にあい、妻の実家のある盛岡に来て終戦となった。彼は解放された祖国に帰りたかったが、妻は絶対反対した。そして朝連の組織運動の熱気に包まれ、県本部の常任として社会部長の肩書きをもらった。

県本部社会部長の名刺は、最初は威力を発揮した。日本の官公署は何処へ行っても丁重に応対し、無理でない要求は何でも聞き入れてくれた。

帰国する同胞のあっせんで、彼はとびまわっていた。彼は仕事に張り合いを感じ、妻の前で、胸を張って将来の抱負を語った。

ところが、帰国業務はすぐに中断してしまい、社会部は何をしていいか、具体的な仕事が何も目の前に現われなくなった。そこで本部の委員長が、同胞の啓蒙講習会を開くという案を出した時、彼はすぐそれにとびついた。

だが、結果はこのように惨たんたるものになってしまった。彼は、帰国推進事業をするとき、帰国同胞の歓送会用として、県下各地の税務署から気前のよい特別配給券をもらっていた。本部の常任委員会でも彼の外交手腕はもてはやされた。その記憶が習性のように残っていて、配給券をもらってきたのであったが、ペテン師のような役割をしたという自己嫌悪の念を強くするというのであった。

彼の絶望的な告白をきいているうちに、宋もまた、自分も似たような境地に立たされていることを考えないではいられなかった。東京へ帰ったら、これから行くべき道を真剣に考え直すべきだと思った。

深刻な話し合いで時間も忘れているとき、支部の委員長が帰ってきた。四十代後半の日焼けしたたくましい体つきの人だった。

委員長は満面に笑みをうかべて、宋を歓待した。奥さんもそばにつきっきりであった。

初対面のあいさつが終わると、総務部長はすぐ委員長夫妻を支部の事務所へ連れて行って、何か打ち合わせをしていた。事務所から出てきた委員長は、すぐ宋たちのところへ来て、

「さあ、こちらへいらっしゃってください」

と、奥の自宅の方へ案内していった。広い居間には、大きな卓の上にたくさんのご馳走がならべられていた。

入浴をすませてゆかたに着替えた主人が座についた時には、宋たちを駅から運んできてくれたトラックの運転手も座のはしにすわっていた。

先ずビールで乾杯したが、瓶ビールはほどよく冷えていた。あるじは宋に、

「生まれはどこで、どこの大学を出ましたか？」

と、きいた。宋の答えをきいたあるじは、

「うちのせがれ二人が仙台の東北大学に行っているんですが、このへんじゃ秀才といわれているので、親ばかは鼻を高くしています」

と、うれしそうに話した。

「戦前、東京の大学へ行かせたくらいだから、お家はよほど大金持ちだったでしょうな？」

と、きくので、宋は、

「農村のひどい貧乏な家の子供でした。普通学校に通ったことさえ、奇跡のようなことでした」

と答えると、

「へえ、それが、どうして東京の大学へまで？」

と、興味ありげにきき出したので、

「普通学校を出て、日本人の薬屋の小僧になったんです。そこで主人の家にある小説を読んで夢中になり、苦学をして小説家になろうなどと、とてつもない夢を描いたんです。それで警察に二十五回も足を運んでようやく渡航証明がもらえたんです。日本に来ても小僧をしたり、屑屋をしたり、散々苦労をして、東京に出て来て夜間商業を卒業しました。そこから幸運の星に恵まれたんです。私の後から日本に来て下関で鶏肉商をはじめた兄が、私に学資を送ってくれるようになったのです。私は金持ちの息子たちと一緒に昼間の大学予科から学部へと何不自由なく卒業することができたのです」

と、答えると、あるじのそばにすわっていた奥さんが、

「それはいい話ねえ！」

と、感嘆したような声を出した。それから話題は、日本人商店の小僧のことになり、あるじは、「わたしは小僧をしながら、絶対にだまされてはならないということを知った。真面目に働けば店を出してやるなどと、日本人はよくいうが、あれはだましの一手だ。だまされてたまるかと思って、わたしは日本行きを考えた。日本の工事場に応募すれば、無条件に日本に来られた。そこで必死で働いた。まじめにやれば認めてくれる人も出て来る。三年間働いて、同胞の飯場を何カ所か経験するうちに、こんな飯場なら俺だってやれるという自信がついた。二十そこそこの若僧が、途方もない夢を描いたもんだが、そのとき女房に会えたのが運の恵みだった。飯場の飯がたまらなくなると、俺はこっそり町の食堂に行くようになり、そこで働いている娘がいっぺんに好きになった。可愛い顔で俺にあいそがよかったんだよ。俺は夢中になった。この娘と一緒になれば、なんでも出来ると思った。無茶苦茶に、俺と一緒になって飯場を開こうと、もちかけたんだよ。驚くほど素直に娘はいうことをきいてくれたんだよ。俺は天下を取ったような気になったよ」

そういって、あるじはコップのビールをぐっと飲みほした。

「感動的な話ですねえ……」

本部の常任が嘆声をもらすと、あとを引き継ぐように奥さんが話し出した。

「食堂で働いているとき、鉄道工事をしている土方さんのような人たちがたくさん来ましたが、女中ふぜいだと見くびって、ぞんざいな口をきく人が多かったんです。ところが若いこの人は、いつも丁寧な口をきいてくれるので、すごくうれしかった。それにとてもきれいな標準語でしょう……。とても異国の人には見えませんでした。わたし、すっかりのぼせてしまって、話しかけられるのがうれしくて仕方がなかったんです。だから、なんでもいいなりになって、何のためらいもなく一緒になったんです……。親もとには一年に一度くらいしか里帰りをしていませんでしたし、まわりに反対する人もいなかったのです。

ところが、飯場をはじめてからが大変でした。若僧のくせに飯場などを開いて生意気だというのです。古参の飯場の親方たちが、主人に因縁をつけて暴力をふるったりするのです。そんなとき、私はなぜ正直なうちの主人をいじめるのかといって、泣きながら、むしゃぶりついていったものです。うちの飯場を、徒党を組んだ人たちがたたきこわしに来たこともありましたが、その時は、うちの主人をひいきにしていた鉄道の技師さんが、警察に電話をかけてくれて、大勢の巡査さんがやってきたものだから、無事にすんだのです。

乱暴な男たちとは違って、飯場のおかみさんたちは私に親切でした。私が習いたての下手な朝鮮語であいさつをすると、アイゴ、アギセガクシ（まあ、子供花嫁さん）といって可愛がってくれました。キムチの漬け方や、朝鮮料理の作り方など、ずいぶんたくさんのことを教わりましたよ。私が飯場のおかみさんを無事に勤められたのも、その方たちのおかげです」

奥さんは、しみじみと思い出を語った。

夫婦の思い出話をききながら、すすめられるままに酒をのみ、ご馳走を食べた。刺身や煮魚、焼き魚は、どれもこれも美味しかった。宋は、こんな美味しいものは、はじめて食べたような気がした。

宴が終わり、総務部長が二人の泊まっている部屋に来て、この地域の同胞たちの生活ぶりを話した。ほとんどが、木材会社や水産加工場の仕事をしているが、たいていは支部の委員長の紹介によるものだということであった。

商売をはじめた同胞が五軒ほどあるが、その人たちが店を出す時、委員長が保証人になって銀行から資金を借りるのをたすけた。真っ正直に働いてきた委員長の影響をうけて、同胞たちは何処へ行っても勤勉に働くので、きわめて評判がよいということだった。

よそではドブロクをつくるか、闇の買い出しをする人が多いが、この支部管内では身寄りのない未亡人がわずかに二軒、ドブロクを作って生計をいとなんでいるだけだということだった。

「それは、支部の委員長が絶対的な経済力と信用をもっているから、できることだ。ほかでは真似をしようとしても出来ることではない！」

本部の常任が、断定するようにいった。

「だけどまた、委員長が、同胞のために尽くそうという誠実さがあるから、出来たことですよ」

支部の総務部長が不平がましくいうと、

「いくら誠実さがあっても、ここの委員長のように実行できる力がなければ何も出来ない……」

本部の常任は嘆くように呟いた。

結局、講習会はできないままで、宋は本部の常任とともに盛岡に引きあげて来た。しかし宋は、宮古支部の委員長夫妻に会えたことで、大きな収穫を得たように満足感を覚えた。

東京に戻った宋は、中央本部の文教部長に会って、ありのままの報告をした。

文教部長は憮然とした表情をしたが、

「二、三日ゆっくり骨休みしたがいいよ。来週のはじめにまた来てくれないか。新しい仕事の連絡があると思うから……」

といった。

朝連・江東支部の委員長になる

居住地の深川の枝川町に帰ると、初等学校の校長をしている金が、宋の帰りを待ちわびていた。金の話は単刀直入であった。

「ここの支部の委員長が、東京本部の委員長に栄転したことは知っているでしょう。それで代わりの委員長を選ばなければならないのに、適任者がいないので、二カ月も放置してきた。今度の日曜日に支部の臨時大会を開いて委員長を選ぶことになっているが、いままでのところ立候補を申し出ているのは、この町に転居してきてまだ半年にもならない正体不明の男だけだ。なんでも昔、田舎の面事務所の書記をしたことがあるという経歴を本人が語っているが、証明する人は誰もいない。

この町には、前の委員長が文化村を作るといってかなりの知識人を移住させてきた。その中から委員長を選ぶべきだという意見が持ち上がっていて、あなたが中学校をやめたというものだから、青年たちの中から、あなたが最適任だからと、僕に交渉するように一任された。

あなたが、中央の用で岩手県に出張したというものだから、気が気じゃなかった。中央から他に任務を与えられてないのなら、何もいわないで、支部の委員長になることを承知してほしい。青年たちのたっての望みだから……」

こうしていやおうなしに押しつけられた形になり、その晩のうちに二十人ばかりの青年が支部の事務所に集まり、宋は断わりようもなく立候補することを受諾するはめになった。

　支部の総会の準備は着々と進められていた。日曜の講堂には、立錐の余地もないほど人がつめかけてきた。そこには、宋が立候補するという噂をききつけて、この支部から中学校へ通っている二十名近い生徒たちまでが集まってきていた。会の進行は総務部長の安が担当し、会の議長は金がつとめた。

　議長は、支部の委員長が長期間空席だった理由を説明し、この総会が新しい二代目の委員長を選ぶ歴史的な会合であることを語って、二人の立候補者を紹介した。

　最初の立候補者、田は、慶尚南道出身で一九〇六年生まれ、一九三〇年に昌寧公立普通学校を卒業後、郷里の面事務所に勤めたが、苦学を目的として、一九三八年に東京に来て、夜間商業に三年通ったが病気で退学、会社勤めなどをしたという経歴だった。

　次の候補者の宋は、全羅北道出身、一九一七年生まれ、一九三三年に日本に渡り、一九四一年、日本大学法文学部卒業、編集記者生活四年、解放後、朝連中央の文化部勤務、東京朝鮮中学校教員生活一年と、簡単な経歴がのべられただけだった。

　次に、候補者二人が立候補の抱負をのべた。

　先に演壇に立った田は、宋よりも十一年も年上だということに自負の念をいだいたとみえ、かなり早口の達弁で、支部の委員長はこうあるべきだという理想を得々として並べたてた。その調子が、日本の地方議員の選挙演説とよく似ているのをみて、宋は内心、彼がよほどの執心をもっていることを感じとらないではいられなかった。

　次に宋が所信をのべることになったが、彼は正直に、

「私はいきなり立候補するようにいわれて、ただまごついているばかりです。数日前、岩手県に行って実

に模範的な支部の委員長に会いましたが、その人は戦前、数十年間その地域で仕事をし、かなりの資産を持ち、その地域の日本人社会でも名士といわれる人でした。支部の委員長には、そのような人で民族愛の強い人がなるべきだと思うのです。

多少の学歴があり、組織の仕事に経験があるといっても、社会的に何の力もない私のような人間に、はたして委員長がつとまるかどうか、よくわかりません」

と、簡単なあいさつをのべただけだった。それでも場内には熱烈な拍手の音がした。

投票用紙が配られることになったが、中学生たちが強くほしがるのを、議長は笑顔で、

「民主主義的な選挙とはいっても、社会的な常識もあることだから、十八歳未満の人は選挙権がないものとして、中学生たちは遠慮してください」

と、やさしくたしなめた。

投票総数は百五十八票だった。開票の結果は、田の得票は四十二票、宋が百十六票だった。

開票が終わると場内に歓声が上がり、数十名の青年たちが、壇の下にすわっていた宋をいきなり引っ張り出して胴上げをした。さらに、興奮した青年たちは、胴上げだけでは満足しないで、宋を肩にかつぎ上げ肩車にして講堂内を歩きまわった。

議長の金があわてて、まだ総会は終わってないからと青年たちをなだめ、場内の秩序をとりもどした。

次は、宋が新任の支部の委員長としてあいさつをすることになった。

宋は、もう引っ込み思案ではいけないと思った。

宋は、自分たちを取り巻く難しい情勢を語った。帰国は思いとどまったものの、同胞たちはほとんどが失業状態といってよかった。生計の手段として、ドブロクつくりか、闇の買い出しをする有様だが、日本

の官憲の取り締まりは日に日に厳しくなるばかりである。それに日本の経済は日に日に回復しつつあり、統制がなくなって自由販売になる日は間近に迫っている。同胞全体が真剣になって、生活の立て直しをはからなければならない。戦前、同胞たちは迫害と圧迫に耐えながら、必死になって生活の道をさぐりつづけた。それが人目にどんなに卑しく見えようとも、生きるために堂々と胸を張って頑張ってきた。

いま、朝連の組織も重大な岐路に立っている。組織として、同胞たちに生活の方途を示さなくてはならないのに、具体的に同胞たちの前に解決策をあたえることが出来ない。組織は苦悩している。結局、個々の同胞の生活は、同胞個々人が自分の知恵と自分の努力で解決するほかない。

支部の委員長として一体何が出来るのか？　ただ同胞の皆さんと一緒に、手さぐりで道をさがし出すほかない。問題は、われわれ皆が、誰かがなんとかしてくれるだろうという、あわい期待と、甘えた気持ちを絶対に持ってはならないということだ……。

そういうことを、宋は血を吐くような思いで吐露した。そのはげしい熱弁を、会衆は黙って聞いてはいたが、はたしてわかってくれているのかどうか、宋には心もとなかった。ただひとりよがりの観念論をのべているようで、空虚な気持ちにかられながら、宋は話を終えた。

それでも会衆は熱狂的な拍手をした。すると、来賓として来ていた隣りの中央区支部の委員長が、突然手をあげて、

「今の新任の委員長の話に私は感動しました。新たに祝意をのべるとともに、私の所感の一端をのべたいと思います」

といって、演壇に立った。

「新任の委員長は、私より十も年下だ。だが、高い学識と、真剣に組織を考えてきたその造詣の深さが、

今のあいさつに、にじみ出ていた。私はすっかり教えられるような思いでした。これから、わからないことがあると、あなたに相談に来ますから、よろしくお願いしますよ」

そういって、宋の手を強く握りしめた。それでまた、万雷の拍手が起こった。

閉会の前に、宋は議長をしている金に、そっと、副委員長は決めていないのかときいた。まだ決まってないときき、ここで田を副委員長に推薦してもかまわないかときくと、金は気軽に、それは委員長が決めることだと答えた。それで宋は、議長の閉会のあいさつの前に、演壇に立って、

「副委員長は委員長が推薦していいということですから、田さんを副委員長に推薦します」

と述べたところ、またしても場内をとどろかすような歓声と拍手が起こった。

議長の金は、閉会のあいさつで、

「今日の総会は興奮と感激の連続でした。皆さんの圧倒的な支持で、すばらしい新委員長が選出されました。おそらくわが支部はますます発展していくと思います。皆さんの熱い声援を願ってやみません」

とのべ、最後の支部発展を祝う万歳を三唱した。

集会は終わったが、余韻さめやらない形で、有志たちが講堂に残り、即席の祝賀酒宴が開かれた。町の中にふんだんにあるドブロクの一升瓶が次々に持ち込まれ、大根のにわか漬けのキムチをさかなに、みんなでよろこびの乾杯をした。誰も彼も満足そうな顔をしていたが、特に田のはしゃぎようが、ひときわ目をひいた。

宋は、中央支部の委員長とは初対面だった。ところが、孫というその人は、閉会後も宋の傍を離れないで、親しく話しかけてきた。酒宴は暗くなるまで続き、ほどよく酔いがまわったところで散会になった。

宋は、ずいぶん大勢の人にすすめられて、かなりの酒をのんだが、酔いはまわらなかった。

そのあと金がどうしても二人きりで話がしたいというので、学校の職員室に行った。校長の金の席も、職員室の中にあった。

金は隣の椅子をひきよせて宋をかけさせると、熱っぽく話しはじめた。

「今日はこんなに大成功するとは、想像もしなかった。あんたを無茶苦茶に説得して立候補させたのだけれど、内心、どうなることかとひやひやしていた。あの田という人はなかなかのくせ者で、慶尚道出身の同胞の家を訪ね歩いて、かなり前から工作をしているという話はきいていた。町の青年たちもそれが心配で、どうしてもあなたを引っ張り出してくれといっていたのだよ。この町は圧倒的に慶尚道出身の同胞が多い。だから、もしかすると、田が過半数の得票をするかもしれないという不安があった。ところが票を開けたら、あなたが七〇パーセント近くをかっさらってしまった。噂をきいていた青年たちも、内心不安だったんじゃないかなあ……。だから、あの開票の結果をみて、あんなに感動したんだと思うよ。考えてみると、今日の出席者は半数近くが婦人たちだったけれど、あの婦人たちは一人残らずあなたに投票したと思うよ。

あなたは成人教室は失敗したといっていたけれど、婦人たちは寄るとさわると、成人教室の話をし、あなたの労苦をほめたたえていたそうだから……。私は今日、婦人たちの表情を注目していたんだが、みんなすごくうれしそうな顔をしていたよ。

とにかくあんたは、絶対的な支持を得て新しい委員長になった。委員長が居なくて、空白のまま低迷していたわが支部が息を吹き返したことになる。ただ、あんたの就任のあいさつをきいていて、僕もいろいろなことを考えさせられた。あんたに場違いな重い荷物を背負わせたのではないかという呵責の念にもかられたが、中央支部の委員長の発言で救われた気がした。

私はここへ来る前、月島に住んでいたので、あの人とは何回も会ったことがある。戦前からの商売人ではあるが、実に勘の鋭い人で、人を見るのがはやい。めったに人をほめないあの人が、年下のあなたに傾倒するのをみて、僕はびっくりしたよ。

この支部がよくなることは、同胞全体が願っていることだ。しっかり頑張ってください」

話し終えた金は立ち上がって、宋の手を強く握りしめた。


宋は人生の再出発をする覚悟で、支部の事務所に初出勤をした。まだ早い時間なのに、もう総務部長の安が出勤して事務所の掃除をしていた。

安は宋の顔をみると、敬語をつかって丁寧に朝のあいさつをした。

「僕たち、同じ年なのに、敬語はおかしいですよ。友達どうしのように付き合いましょうよ」

宋が笑顔でいうと、

「それでも委員長ですから……」

「委員長という肩書よりも、支部の仕事をする仲間じゃないですか。むしろあなたがこの支部を守ってきたのだから、あなたが支部のあるじのようなものですよ。いわば先輩格なんだから」

宋はそういって、あらためて友人らしく握手をした。安はてれ臭そうな顔をしながら、

「校長の金さんから、あなたの人柄はきいていましたが、そういってもらえると気が楽になります。じゃ、これから、かしこまった敬語をつかうのはやめにします」

といって笑った。安も、前の委員長がこの町に連れてきた一人だった。

安の前に支部の総務部長をしていたのは、大学出で戦前かなり大きな軍需会社に勤めた経歴をもち、宋が成人教室をはじめたとき、なにかと協力してくれた人で、親しく付き合っていた。ところが彼は、支部の財政の足しにしようとして、東北の港にキムチを漬ける元になる塩辛の仕入れに行ったところ悪徳商人にだまされ、全然使い物にならないものをつかまされてしまった。かなり多額の金を、彼は個人の力で弁償する能力もなく、資金を出した同胞たちの袋叩きにあい、逃れるように町を去っていったのだった。

そのあとに町に来た安が総務部長になったが、宋は彼と接触する機会がなく、話し合ったこともなかった。校長の金の話では、彼はすぐれた事務能力の持ち主だということであった。

「さあ、何から始めていいか、見当がつかないけれど……」

宋が笑顔でいうと、

「先ず東京本部にあいさつに行ったがいいですよ」

と、安は忠告するようにいった。いわれてみると、たしかにそうだった。組織の上部に報告に行くのが、常識だといえた。

急いで出かけながら、宋は安に指示されて操り人形のように動いている自分がこっけいに思えて、苦笑しないではいられなかった。

丸の内にある東京本部は、京橋に新築中の建物が完成間近なので、引っ越し準備で大わらわであった。ようやく委員長をみつけてあいさつをすると、

「この騒ぎで、昨日の支部の総会にも顔が出せなかった。女房が出席していたので、くわしい話をきいたよ。君が委員長になってくれて、本当によかった。しかも圧倒的な票をとったそうだね。おめでとう。いずれ引っ越しがすんでから、京橋の方に来たとき、ゆっくり話すことにしよう」

と、追いたてるようにいった。

そのあと宋はゆっくり日比谷公園の中を歩いて、中央の文教部に行った。中央も何か異変が起きたのか、あわただしい様子であった。文教部長に会うと、

「緊急事態が起きて、中央の事務所を近々引っ越さなくてはならなくなった。君のことを決定するゆとりがなかった。あと二、三日して、もう一度顔を出してくれないか」

と、いいづらそうにいった。

「僕、昨日の居住地域の支部の総会で、支部の委員長に選ばれました」

宋がそういうと、文教部長は目をまるくし、

「へえ、君が支部の委員長に！　くわしく事情を話してくれないか」

と、せきたてるようにいった。宋が一部始終を説明すると、

「君は生徒たちに好かれるように、居住地域の同胞たちにも人気があるんだなあ……。何はともあれ、支部の委員長に選ばれたことは名誉なことじゃないか。君が中学校をよくするために、自分から進んで退職したことが、結果的に幸運を呼んだことになった。君なら立派な委員長になれるよ！　しっかり頑張るんだよ」

文教部長は宋の手を握りしめてくれた。

支部に帰ると、安が、

「支部の財政状態の現状がわかると思いますから、一応帳簿を見てくれませんか」

といって、財産目録、現金出納帳、元帳などの帳簿を出して見せてくれた。金がいったように、安のす

ぐれた事務能力が、一目瞭然でわかるような、見事な記帳ぶりであった。

支部の唯一の財源といってよい、同胞の盟員たちからの盟費の徴集はほとんどなく、寄附が若干ずつあるだけだった。人件費を払っている常任は安一人だが、それが二カ月分も未払い状態だった。電気、水道代は学校と一緒なので、学校の財政で支払われているが、若干の物品代の負債があった。同胞たちに貸し出した金が若干あったが、半年以上も返済されていなかった。一見して、支部の財政状態は枯渇寸前であった。

財産目録を見ると、処分のしようもない無駄な物を買い入れて、そのまま倉庫の中で眠らせているものがかなりあった。購入は、ほとんどが一年以上前のものだった。安の就任以前に行きづまっていた財政を、安は必死で切り盛りしてきたことが歴然としていた。

財産目録に仙花紙四連とあるのが気になって、宋は安に案内してもらって、倉庫の隅に積んである現物を見た。それは、戦後、安物の単行本の印刷用に使われている用紙で、謄写版印刷では使えない粗悪な紙で、支部にはまったく無用の物だった。

宋が中央の文化部で啓蒙文献を発刊したり朝鮮語辞典を発行したりしている頃、中央の常任幹部の一人が、自分独自の事業として漢字辞典三千部を印刷したことがあった。販売の見込みが立たないと、その人間は、人のいい文化部長にそれを押しつけ、文化部に全額現金で買い取らせたことがあった。宋は猛烈に反対したが、文化部長は中央の部内の恥を表にさらしてはいけないといって、宋をだまらせたのであった。そのときその人は、仙花紙の配給をかなりもらったが、売りさばくことができないから、それも文化部で引き受けてくれといってきた。そのときはさすがに、文化部長は宋の反対をおさえきれなくて、その申し出は断わった。

そうしたことがあったのを、宋は仙花紙を見るなり思い出し、くだんの中央の常任幹部が、東京本部に強請して各支部に買いとらせたものであると直感した。購入年月も符合していた。

そのことは安にはいわなかったが、宋は組織の最高幹部の一人が組織を利用して私腹を肥やしている現実があることに怒りを感じないわけにはいかなかった。

一応帳簿を見終わった宋は、安の労苦をほめたたえはしたが、支部の財政の窮迫状態には暗たんとなるばかりだった。

「安さん一人で苦労を重ねてきたと思いますが、何か打開の道はないでしょうか？」

と、安の意向をきいた。安は宋の顔を見つめ直してから、

「実は消費組合を作ってはどうかと思って、この部落の中の分会長さんたちに相談をしてみたんですが、誰も乗り気になってくれないので手つかずのままです。この部落の中には食料品や日用品を売る店がないので、住民たちが不自由しています。戦前、隣保館の購買部に使った建物が、そのまま残っているから、それを使えばすぐ始められると思うんです」

と、意欲的に話した。

「そんな計画が立っているのなら、すぐ分会長会議を開いて話を進めることにしましょう」

宋がいうと、安は顔を輝かせて、

「じゃ、さっそく今夜、事務所に部落の中の六名の分会長さんたちを集めることにします。ほかにも平河町分会と亀戸分会とがありますが、距離が遠く離れているので、今夜来てもらうのは無理ですから、後日、私が案内することにします。それから、宋さんは江東区の区長と、深川警察署長と、城東警察署長に就任の挨拶に行った方がいいと思うんです。明日の朝、名刺が出来てきますから」

てきぱきと事務的な話をした。

その夜、七時頃、六名の分会長が事務所に集まってきた。四十代から五十代の人ばかりで、この部落には戦前から住んでいる顔役だということであった。

宋は皆と面識はあったが、個人的に話し合ったことはなかったので、年配者に対する丁重なあいさつを一人一人にした上で、

「はじめての分会長会議ですから、先ず一献さしあげるのが礼儀だと思うのですが、私はご承知のように素寒貧の書生上がりですし、支部の財政も窮迫していますので、私が皆様に一杯ずつのお茶をおつぎすることで勘弁してください」

といって、一人一人にていねいにお茶をついでまわった。すると、一番年配の五十五、六の人が、

「委員長は、学識をかさにふんぞり返ると思ったのに、孝行息子のようなふるまいには感心した！　娘の婿にしたい若さなのに、べっぴんの日本人の嫁さんがいるのにはがっかりした」

と茶化したので、皆どっと笑った。それで空気はいっぺんになごんだ。

宋が、支部の財政の確立のために消費組合を設置する必要があることを力説し、総務部長の安に具体的な説明をさせた。聞き終わった分会長たちは、

「結局は、物を売り買いする商売をはじめるということじゃないか？　この統制経済のときに、そんなことができるのか？」

と、半信半疑のようすだった。安が、いろいろ調べた実情を話し、可能なことから始めれば、半年もすれば必ず発展の見込みがあるとのべた。

「しかし、始めるには相当の資金がいるだろうに、その金はどうする？」

という質問に、

「前の委員長はじめ、有力な同胞の何人かに融資もたのんでいます」

と、安が答えると、

「手廻しのいいことだ。じゃ、始めてみることにしたら……」

年長の分会長がいったので、他の人たちもしぶしぶ同意した。

「じゃ、明日から総務部長に準備にかかってもらうことにします」

と宋が決定を宣言し、会議を終えた。

「せっかく集まったんだから、わしらが出し合って委員長を接待しよう。安さんも一緒に行こう！」

年配の人が誘うと、皆すぐに賛成し、一行はドブロクを売っている同胞の家に行った。

皆が機嫌よくすすめるので、その夜、宋は酔いつぶれるほどにのまされた。


翌朝、安から刷りたての名刺をもらい、宋は早々と江東区役所の区長を訪ねた。

区長は外出中とかで、総務部長という人が応接室で応対した。五十がらみの温厚な印象の人であったが、

「朝鮮人の人たちは、みんな帰国するのだと聞いていたのですが、まだ残っているのですか？」

と、朝鮮人に対する無関心ぶりを示した。

宋はすこし腹が立ったが、ひたすら感情をおさえ、丁重な口調で、解放後の米ソ分割による混乱ぶりと、急いで日本から帰国した同胞たちが、職もなく、路頭に迷っている現状を説明した。そして帰るに帰れない六十万の同胞が日本に踏みとどまっており、江東区にも八百名ほどの同胞が住んでいることを話した。

「皆、何をして暮らしているのですか？」

「ほとんどが、定職がなく失業状態です。大半が闇商売にすがって生きていますが、いずれ日本の経済が復興すると、何か正常な職につかなくてはなりません。だから、区の行政に何かとお願いしなくてはならないと思います。何とぞよろしくお願いします」

「そうですか。具体的なことで何か役に立てるのだったら、協力は惜しみません」

と、その人は通りいっぺんのあいさつをした。

区役所をあとにしながら、宋はむなしさを感じた。しかし、気をひきしめなおし、近くの深川警察署に行った。

署長は気持ちよく応対してくれた。宋が丁重に新任のあいさつをすると、五十前後とみえる署長は、

「ずいぶんお若いのに委員長になられて、失礼ですが、どこの大学を出られましたか？」

と、きいた。宋が私大の文学部を出たときいた署長は、

「じゃ、文学をやっているんですか？」

と、興味あり気にきいた。宋が学生時代、小説を書き、いまも同胞の雑誌に短篇などを発表していると話すと、

「いいですね……。私も下手の横好きに俳句などを作っているんですが、投稿などしてもめったにのせてもらえません」

と、人のよさそうな笑顔をみせた。ひとしきり話しがはずんだあと、署長は、

「朝鮮の人たちが、闇商売をしなければ生活ができないということは、よくわかっています。なぜ取り締まらないいんだという投書が来たりしますが、上部の命令が来ない限り動きたくはありません。しかし一部

の若者たちが、悪い暴力団まがいの行為をするのは困ります。隠匿物資摘発などといえばきこえはいいが、この頃はやっているのは集団強盗の一種です。そんな中に朝鮮人の青年が多数混じっているという情報が入ってくるのです。この署の管轄でも、かなりの被害届が出ているのですが、確証がないので逮捕できないでいるのです。あなたは、こうしたことをどうお考えですか?」

署長は真剣なまなざしできいた。

「私も、不当な暴力行為は絶対反対です。私は朝鮮の貧しい農村で育ちましたが、小さい時から人倫に反した行ないをしてはいけないという、きびしいおきての中でしつけられました。朝鮮人は誇り高い民族です。民族の正しい伝統を受け継ぐためには、その民族の誇りを守らなければなりません。朝連の運動も同胞たちに民族の誇りを持たせようとするところにあります」

「それを聞いて安心しました。朝連が学校をつくるのに一生懸命なのも、わかるような気がします」

宋は戦前の長い生活体験から、日本の警察は朝鮮人を迫害し弾圧するための機関のように考えていたので、戦後も、朝鮮人を取り締まる対象としか考えていないのではないかという疑念をもっていた。だが、この署長の印象は、朝鮮人をあたりまえの人間として考えているように感じとれた。宋は、戦後の日本の警察の変わった一面をかいま見たような気がした。

深川警察署を出ると、宋はその足でバスに乗り、城東警察署を訪ねた。

まだ四十代とみえる恰幅のいい体格をした署長は、笑顔で宋を迎えてくれたが、あいさつがすむと、別に話題もないような顔をした。戦災を受けたあと、ほとんど朝鮮人が居住していないので、朝鮮人にかかわる事件は何もないとみえた。

一応儀礼的な訪問を終えたので、宋はいくらか気が軽くなり、警察前から亀戸駅行きのバスに乗った。

一面焼け野原の亀戸駅の正面の大通り前にある、大きな新聞販売店の看板のある簡易建築の家が分会長の家だと聞いていたが、バスの終点で降りると、たしかにすぐ目についた。開け放たれた家は、広い土間に三畳間一室だけのバラック建てであった。

中に入ると、部屋にすわっていた三十五、六の人が出てきた。

「朴さんですか？」

宋は声をかけて、支部委員長の名刺を出した。

「あ、これは新しい委員長さん！　支部の総会の日は、通知は受けていましたが、何しろ私は一日中店番をしてなくてはいけないので、出席できませんでした。新しい若い委員長が選出されたと、安さんから電話で知らせを受けていましたが、わざわざ訪ねて来てくださるとは思いもよりませんでした。狭いですが、お掛けください。お茶代わりに牛乳でも一本のんでください」

といって、朴は一合瓶の牛乳のふたをとってくれた。

朴は宋のことを断片的にしか聞いてなかったらしく、宋の経歴をききだした。宋が本町の横川橋で空襲で焼け出された話をすると、

「よく助かりましたねえ……」

と感嘆しながら、自分の過去を語り出した。

彼は釜山近くの小さい町の普通学校を卒業して、町の日本人商店に雇われた。その経歴は宋と似通っていた。同級生が釜山の商業学校を卒業し、東京の専門学校に入学して、夏休みに帰郷したのを見かけ、うらやましさに耐えきれなくなって、東京へ行って苦学をする決心をした。

神田の夜間中学に願書を出して、入学試験の通知をもらえば、警察から渡航証明書をもらえるという便

法も、その同級生から教わった。

一九三五年三月、東京に来た彼は、その中学に入り、苦学の方便として新聞配達員になった。入学当時、彼はすでに二十一歳になっていたが、同級生に一つ年上の人がおり、すぐに親しくなった。その人に誘われ、新聞配達の職場を、神田から江戸川区の小松川に変えた。ところが、その同級生は三年生の秋に、召集になって中国の戦線に渡った。

「君は朝鮮人で兵役の義務がなくていいねえ、うらやましいよ」

別れる時いった同級生の言葉が、いつまでも耳に残った。日本人から、朝鮮人がうらやましいといわれたのは、はじめてのことだったからであった。

彼は、わき目もふらずに真面目に働き、休まずに学校に通った。夜間中学を卒業した彼は、その中学の近くにある大学の夜間専門部に入学した。郷里で出世するには法科を出なければならないときいていたので、法科を選んだ。

彼は、勤め先の新聞販売店でも最古参になっていた。新聞の新規読者の勧誘にもいい成績をあげていたので、彼は店の主人に信用されて集金の業務もまかされるようになり、給料も破格といえるほどに増えて、かなり貯金もできるようになった。

店には主人の遠縁にあたるという娘が田舎の高等小学を出て来て、女中がわりに働いていた。四つ年下のその娘を、彼は妹のように可愛がっていたが、娘も彼の下着を黙って洗ってくれたりしていた。

彼が専門部に入った時、年齢はすでに二十六で、娘は二十二になっていた。娘の実家からは、嫁に行かせなければならない年だから、郷里に帰って来るように催促が来ていた。店の主人は、彼を引き止めるために、二人が結婚することを強くすすめた。

彼は専門部を出るまでは結婚しないつもりであったが、娘がよそへ嫁に行くということには胸が痛んだ。彼が悶々としていたある日の晩、娘は彼の寝ている部屋にそっと忍びこんできて、「私が嫌いですか？」と、涙ながらに訴えた。激情にかられた彼は、娘を抱きしめ、勢いのおもむくままに契りを結んでしまった。

翌朝、店の主人に結婚したいと申し出たところ、主人は大喜びで、田舎から娘の親を呼び、強引に説得して二人の結婚を承服させた。娘が彼に夢中になっているのを見て、娘の親もあきらめたようであった。主人の家で簡素な式を挙げ、彼の部屋が新居になったが、二人の生活は以前と変わりなくつづけられた。ところが、彼の新妻はたちまち身ごもり、翌年の春には男の子が生まれた。彼は人生に充足感を感じ、仕事にも学業にも精を出した。

彼が専門部を卒業したという知らせをうけた故郷の親もとから、釜山の道庁の職員に採用してもらえそうだから、すぐ帰って来るようにという連絡がきた。道庁で出世した昔の同級生が推薦してくれたというのであった。

彼は心を動かされたが、妻子を連れて帰る決心がつかなかった。店の主人は、店をやめることに絶対反対していた。実質上、新聞店の経営は彼が責任をもっているような状態だった。

もし卒業が半年おくれていたら、新たに朝鮮人に適用された徴兵制にひっかかり、彼も学徒出陣に駆り出されるところだった。

一九四五年三月九日の夜から十日の未明にかけての米軍機による大空襲で、東京の東部一帯が壊滅的な打撃をこうむった時、荒川放水路のおかげで、彼の住んでいる小松川は無事だった。だが、被災地の大通りが黒焦げの死体で埋まっているのを目撃した店の主人は、恐怖状態に陥って、店を彼に譲り、郷里の田舎に疎開してしまった。毎月、疎開先に生活費を送金してもらうことだけが条件だった。

こうして、彼は、またとない幸運に恵まれたわけであった。彼の中には猛然と勇気がわきおこった。新聞が四頁になり、夕刊がなくなるという騒ぎで、疎開のため購読部数は減りはしたが、販売店の収入はそれほど減りはしなかった。

どんな場合でも、新聞を読まないでは生きていけない都会人の習性を、彼は体験を通して知っていた。彼は、被災後の後かたづけをしている亀戸駅や錦糸町駅などを、何日間も見てまわった。被災の後でも、駅に乗り降りする人は毎日かなりの数であった。被災後、十日もたった頃、錦糸町駅前の焼け跡に、小さなバラックが建ち、朝日新聞販売所という看板が立った。以前、販売店があった場所だった。彼がそこを訪ねてきいたところ、以前の経営者が開いたということだった。朝刊だけの立ち売りだが、客の要望があるので、毎日や読売も取り寄せて売っているということであった。

亀戸駅前は被災がはなはだしく、そういう場所が出来そうにもなかった。彼の店は読売の販売所なので、本社の販売部に行って、亀戸駅前に販売所を設けたいと申し出たところ、本社の人は大喜びで承諾してくれた。

小松川の端の方に疎開家屋の古材やトタン等がうず高くつまれているのを彼は知っていた。幸い近くに休業中の小さい建築屋があるのをみつけ、亀戸駅前の焼け跡にバラックを建ててくれるようにたのんだところ、快く承知してくれた。

彼はさっそくリヤカーを借りて、建築屋と、古材やトタンを運び、駅前の焼け跡の目立つ場所に二日がかりで十坪ほどのバラックを建てた。そして本社の販売部に連絡して、毎日二百部ずつの発送をたのんだ。彼はついでに、朝日、毎日、日本経済、東京などの販売部を訪ね、発送をたのんだところ、どこも即座に承知してくれた。

彼は建築屋に特大の立て看板をつくってもらい、建築屋の世話で都合してもらったペンキで、新聞販売所と自分で書いて立てた。

新聞は亀戸駅あてに発送してくるので、午前五時の始発電車で着いた。彼は自転車で亀戸駅に行き、駅どめの新聞を受け取ってバラックに運んだ。

最初の日、読売、朝日、毎日の二百部ずつと、日経、東京の百部ずつは、店を出して一時間もしないうちに売り切れてしまった。翌日は倍増してもらったが、それもまたたく間に売り切れてしまった。

一週間後には三紙は千部ずつになり、二紙は三百部ずつになった。彼一人では間に合わないので、店の若い配達員一人に手伝ってもらった。

彼は月極め読者を、前金をもらって募集した。月極めは、断然、朝日の方が多かった。

四月、五月と、東京は大空襲がつづいたが、小松川は無事で、彼は一日も休まないで亀戸駅前の販売をつづけた。

八月、終戦になると、月極め読者は急激に増えはじめた。九月になり、以前亀戸駅前で販売所をやっていた人たちが疎開先から戻ってきて、開店の交渉をはじめたが、それぞれの本社の販売部は彼との契約の実績があるので、どこもとりあわなかった。

亀戸駅前の新聞販売は、こうして彼の独占事業のようになった。一九四七年九月現在で、彼の月極めの読者は合わせて二万部に達していた。失業者があふれているので、配達員の希望者はいくらでもいた。

亀戸での配達は、食事の世話ができないので、みな食事自弁で給料をきめた。一方、小松川の店は旧態依然で、女房が一人できりもりしていた。

彼は毎日の売上をきちんきちんと近くの銀行に預け、紙代の支払いを期日より一日もおくれることなく払い込むので、各社から絶大な信頼をうけていた。戦争が終わってからは、取引きは戦前の慣習にもどり、紙代の納入は二カ月の猶予があった。その間に資金の流用も可能であった。

最初に焼け跡に新聞を買いに来た客の一人に株屋がいて、親しくなったその人から、進駐軍の命令で解体になった旧財閥の大企業の株が暴落しているが、その株を買っておけば必ず高くなるはずだから買っておくようにすすめられた。彼はその人の指導で、流用できる資金の中から、紙代納入に支障を来たさない範囲でそれらの株を買った。その人の予言通り、株価はうなぎ昇りになった。

毎日のように多額の売り上げ金を貯金するので、銀行からも絶大な信頼をうけ、事業に必要ならいくらでも融資するといわれた。取引銀行の支店長は彼に、焼け跡の売りに出ている土地を買っておけば、必ず地価が高騰するはずだから、買っておくようにすすめた。彼はいずれ販売所を新築するつもりでいたので、バラック近くの売りに出た土地をかなり広く買い入れた。足りない分は銀行の融資をうけた。

地価も日に日に上っていった。彼はいつの間にか、想像もしなかったような資産家になっていた。

彼自身にも、自分の所有している株価や土地の価格が時価でどのくらいなのか、想像もつかなかった。彼はそれらの株や土地を手放す気はないので、実質的には何もないもののように考えていた。そして小松川での夫婦の生活は千篇一律で、以前とひとつも変わらない質素なものであった。

しかし、彼の祖国や民族に対する関心の深さは終始一貫していた。朝連の江東支部が結成されたとき、彼は率先して参加し、当時自分の誠意の限りの基金を寄附した。そして、亀戸の分会長に任命されたことに感動した彼は、配達員一人の給料に相当する額を、毎月の会費として納入することを約束していた。

「支部の委員長さんに、わざわざ来ていただいたので、うれしさの余り、つい長談義をしてしまいました。この界隈にもあちこちバラックが建ちはじめて、同胞のホルモン焼き屋さんなども出来ましたが、それらの同胞をあつめて親睦会を開きたいとは思いながら、私が店にかかりきりなのでなかなか暇をつくることができません。配達する人たちにきいて、同胞と思われる家に目星をつけておきましたから、そのうち暇をみつけて、訪ね歩きたいと思います。そのとき支部から、どなたか一人、手助けに来ていただけませんか？」

分会長の朴のその申し出に、宋は感激して、

「よろこんで参加します。私が来られなければ、総務部長の安さんをよこします」

と、約束した。

「納めに行く暇もないので、私の会費を三カ月も滞納してしまいました。配達員一人の給料の額と約束したので、最初は月額三百円でしたが、いまは五百円に増額しています。失礼ですが、委員長が三カ月分千五百円をもって行ってもらえませんか？」

といわれ、宋はあわてて、

「領収証も持って来てないのに、いずれ安さんが来ると思いますから……」

といって、受け取るのを辞退しようとしたところ、

「委員長の名刺に受け取りのメモを書いてくれれば結構です」

といって、朴は現金を差し出した。宋は、やむなく金を受け取り、名刺に受け取りのメモを書いて渡した。

「こんな多額の金を会費として納入してもらって恐縮です」

宋は感激しながら金を受け取った。

支部の事務所に帰った宋は、安に区役所や二つの警察署を訪問したことを話し、亀戸の分会に行って分会長の朴に会った報告をして、もらってきた会費を安に渡した。

「分会長からくわしい身の上話をきいたが、実に誠実な人柄だねえ……。あの人は事業家としても大成しそうだ」

と宋が話すと、安は、

「あの人はどこへ行っても大した評判ですよ。あの人の住んでいる小松川は江戸川区で、江戸川支部でもあの人を愛国者の鏡のようにいっていますよ」

と、激賞した。そして安は、消費組合の準備作業が着々と進行していることを報告してくれた。

宋は昼食を食べていないことも忘れ、すっかり愉快な気持ちになって早目に家に帰った。ところが、家には思いがけない知らせが待っていた。

おびえ顔の妻の説明によると、つい先刻、入国管理局の役人という連中が四、五人、大型の自動車で押しかけてきて、隣の家の奥さんを、「密入国した」というかどで、手錠をかけ、乳飲み子と一緒に車に乗せて連れ去ったというのであった。あるじは留守であり、騒ぎに近所の二、三人の女たちがかけつけたが、あっという間の出来事で、誰も叫び声を出す暇もなかったということであった。

近所の話では、隣の奥さんは、解放後、夫と一緒に帰国する予定だったが、実家の親が危篤という便りに、夫より一足先に小さい男の子をつれて帰国した。ところが、おくれた夫が帰国を断念し、日本に踏みとどまる決心をしたので、一年たって闇船で夫のところへ戻ってきた。その無理がたたり、子供が栄養障害をおこした。

宋が甥を下関から連れてきた時、同じ症状の子をかかえて、隣どうし苦しみ合っていた。そして宋の甥は回復したのに、隣の子は回復できないまま息をひきとってしまった。隣の奥さんの悲嘆ぶりを見て、宋は一面申しわけなさを感じながら、深く同情していたのだった。

その奥さんが、密航ということで拘禁されたということに、宋は猛烈な怒りを感じないではいられなかった。日本政府は、在日朝鮮人に外国人登録制を実施し、登録証を所持していないと、いつ、どこででも犯罪者として拘束する方針だということが報道されていた。かねてからそのことに憤慨していた宋は、隣の奥さんの事件に、いよいよいたたまれない感情が激発し、日本政府糾弾の抗議文を書きはじめた。

早い夕食直後から書きはじめた原稿は、真夜中になってようやく書き上がった。

宋は、先ず隣家の若い婦人が乳飲み子と共に密航という名目で、白昼多数の日本の官憲によって拉致された事実を書き、それは常識的に考えて、不当な犯罪行為で、戦前と同じように在日朝鮮人の人権を無視し、迫害と弾圧をはじめたものだと指摘した。

これと関連して、日本政府が計画している外国人登録法制定は、戦前、日本政府が在日朝鮮人に「協和会手帖」なるものを強要したのと同じ手法ではないか？　日本の警察は朝鮮人とわかれば、時と場所にかかわりなく不審尋問を行なっては、手帖を持っていない場合、犯罪者扱いにして即時警察に連行し、なぐる蹴るの暴行をほしいままにした。つまり、外国人登録法なるものは、戦前の協和会手帖制度を焼き直したもので、在日朝鮮人を再び警察の監視下に置いて弾圧を繰り返そうというたくらみであると断定するほかない……。

そうした内容を、具体的な事例をならべて書き上げたものであったが、およそ二十五枚の分量になった。

読み返してみると、感情的な過激な表現もあり、重複したところもあったので、表現をかえて整理したところ、ちょうど二十枚になった。

作業を終えたときは、すっかり夜が明けていた。

徹夜をしたのであったが、感情がたかぶっているせいか眠くもなかった。一番バスを待ちかねて、その原稿を持って国際タイムス社に行った。

社の編集部にはまだ誰も出勤していなかったが、受付に文化部長に渡してくれるように頼んで、枝川町の支部の事務所に戻った。

「朝から大変な騒ぎでした」

宋の顔を見ると、安が待ちかねたように大声を出した。奥さんを連行されていった姜基洙が、朝早くから事務所にきて、入国管理局に奥さんを連れ戻しに行くから、支部の委員長か誰かが一緒に行ってほしいと頼み込んだということだった。

安はさっそく宋の家にとんで行ったが、宋が夜通し原稿を書いて、朝飯も食べないで出掛けたと聞き、とりあえず三人ばかりの青年を呼び集めた。そこへ、噂をきいた婦人たちが大勢おしかけてきた。激昂した青年たちが、委員長の帰りを待つより、まず僕たちが先に行こうといって、姜をうながして、四人で出かけていったということであった。一行が出かけた後も、興奮した婦人たちはしばらく騒ぎたて、

「支部の役員たちがしっかり頑張ってくれなければ、駄目じゃないですか！」

と、安は尻をひっぱたかれる思いをしたといった。

安からそんな話をきいているところへ、国際タイムスの文化部長の尹から電話がかかってきた。

「出社するなり、あんたの原稿を渡されて読んだ。すごい迫力のある論説なので、文化面にのせるより一

面の論壇にのせた方がいいと思って、社会部長のところへもって行ったら、読むなり興奮して、今日の新聞の一面のトップにのせることになった。三時半頃には夕刊新聞の売り場に出るはずだから、誰かに買わせてよんでください」

ということだった。そのことを安に説明したところ、

「じゃ、昨夜徹夜して書いたというのは、その原稿のことですか？　文章が書けるということはすごいことですねえ……。門前仲町に夕刊売場があるから、誰かに買ってきてもらいますよ」

と、安はうれしそうにいった。

抗議に行った青年たちは、昼過ぎになって、意気消沈して帰ってきた。

「いんぎん無礼な態度で、軽くあしらわれてしまいました。いくら夫が日本に在住していても、いったん帰国したら、日本には戻れないことになっている、密航は固く禁じられている、摘発されたら無条件で本国追放となる、進駐軍の厳命だから致し方ない……。同じ言葉の繰り返しです。不当行為をなじって、いくら責めてみても、全然そしらぬ顔です。姜さんは、涙ながらに哀願したけれど、係官たちは、自分たちは命令で動いているだけだから、なんの権限もないと言い張るだけでした。姜さんは、もすこし粘ってみるといって残りましたが、僕たちは仕方なく帰って来るほかありませんでした」

代表格の青年が、すっかり気落ちして報告した。

「進駐軍から何をいわれているか知らないけれど、日本の役人たちの鼻っ柱は強くなりましたねえ……」

一人がそういうと、みな相づちをうった。

すっかりしょげかえっている青年たちをなぐさめるように、安が、宋の書いた日本政府に対する抗議論

文が、今日の国際タイムスにのることになったことを説明した。

「それはすごい！　僕が三時半になったら、門前仲町にその新聞を買いにいってきます！」

代表格の青年が、跳び上がらんばかりの調子でいった。

消費組合の売店の工事がはじまったというので、宋は安と、その工事の現場に行って、仕事をはじめた大工さんたちと話し込んでいるうちに、時間のたつのも忘れていた。

「委員長！　これ、ごらんなさい！　こんなに大きく出ていますよ！」

突然、背後から大声で呼びかけられたので、驚いて振り返ると、工事場の向かいの四つ角の路上で、自転車に乗ったままの青年が、上気した顔で新聞をふりかざしていた。

「委員長は、先に事務所に帰っていてください」

と、安がいうので、宋はそのまま青年のそばにかけより、青年から新聞を受け取った。

一面の半分をついやして、宋の書いた論説がのっていた。宋と一緒に歩きながら、青年は、

「国際タイムスは割に人気があるんですねえ、僕が門前仲町の売店に着いたのは、新聞がとどいて五分後だというのに、もう三部も売れていました。その店には毎日十部ずつ来ているということで、僕が残りを全部買いたいといったら、毎日必ず買いに来る客がいるからといって、三部しか売ってくれませんでした。あまり長文なので、見出しだけ読んでとんで帰ってきたのです」

息をはずませながら、青年はつづけ、

「人道を無視した日本当局の暴挙を糺す！　という見出しの大きな活字を読んだだけで、僕は胸がおどりました。外国人登録法制定をたくらむ日本政府の意図は何か？　という副題も、迫力があります」

そういってせき込む青年の背中をなでてやりながら、宋は、

「ご苦労様でした。感想は、事務所に行って、ゆっくり読んでから聞かせてください」

と、労をねぎらった。

事務所に戻ってみると、姜基洙が放心したような顔ですわっていた。なんといって元気づけていいかわからないで、宋は姜の手をとり、

「奥さんに会えましたか？」

と、きいてみた。

「会わせてくれませんでした。いくら哀願してみても、とりつくシマもありません。妻は彼らのいうように強制送還になるのでしょうか？」

と、うつろな声を出した。

「そんなことさせていいものですか！　必ず取り戻す道はあると思います」

宋は激励するようにいった。

「姜さん！　この新聞を読んでごらんなさい。委員長が、姜さんの奥さんが強制的に連れて行かれたときいて、昨夜、徹夜して日本政府を攻撃する論文を書いたのです。それを国際タイムスが、今日の新聞にこんなに大きくのせてくれたのです」

青年が大きな声でそういいながら、新聞を一部、姜に渡した。

姜はむさぼるように新聞を読みはじめた。宋も、青年も、夢中になって新聞を読んだ。

宋は、自分が書いた原稿のような気がしなかった。怒りに燃えた猛将が敵陣に向かって獅子吼しているようなひびきを感じた。

読み終わると、なぜか体が固くなったような気がした。気をしずめるために、しばらく息をとめていた

ところ、突然、青年が大声を上げた。

「委員長！　すばらしい論文です！　この文章をわが同胞が読んだら、誰でもたたかう勇気をふるい起こすと思います。また、日本の当局者たちがこれを読んだら、鉄槌で打たれたような衝撃を感じると思います。これはものすごい威力をもった武器になると思います。姜さん！　明日の朝、この新聞をもって入管に行きましょう！　あの連中だって、これを読んだらひるむに違いありません」

読み終わった姜は、青年の激情にかられた声をきいて、身のおきどころがないといった様子であった。

その夜、宋は、ひどい疲労を感じながらもなかなか寝つかれないで何度も便所に通った。翌日、事務所に出勤した宋は、安から、

「顔色が悪いですよ。どこか具合が悪いのではないですか？　家に帰ってすこし休んだらどうですか？」

と、すすめられた。

「なあに、大したことはないですよ」

と答えて、本部から来た文書などを整理していたが、ひどくだるくなったので、安にことわって家に帰ってしばらく寝ることにした。

家に帰ると、妻が、

「あんた、隣の奥さんが帰ってきたわよ。たった今、あいさつに見えたわ。割に元気そうだった」

と、とんきょうな声を出した。

「何だって？　奥さんが帰って来た？　それ本当か？」

宋も、つい大きな声を立てないではいられなかった。その声が、隣にまでひびいたのか、すぐ姜が顔を

出した。姜はひどく恐縮しながら、

「実は、今朝はやく交番の巡査がやってきて、入管から電話があって、奥さんを釈放するから、すぐ迎えに来るように、ただし誰にも知らせないで一人で来るようにとのことだから、一人ですぐ行きなさい、といわれたものですから、一人でとんで行ったんです。

係官は、調べがすんだわけではないが、家に帰すようにという指令が出たから釈放するが、調べがあって、呼び出しがあれば必ず来るように、そして、このことはあまり周囲に話さない方がいいと注意しただけで、すぐ妻をつれて来ました。

何が何だか、狐につままれたような気がしましたが、妻や娘の元気な顔をみると、涙が先に出て来て、何でもいわれた通りにしますと約束して、家にとんで帰ってきたところです。

これは私だけの勘ですが、新聞に出た委員長の論文が日本の相当上層部で波紋を起こしたものだから、あわてて釈放したものだと思います。何はともあれ、私は、委員長のおかげで妻や娘が帰ってこられたものだと信じています。お礼のいいようもありません。ただ周囲に何もいわないように、きつくいわれたものですから、支部にお礼にも行かれませんが、勘弁してください」

といって、そそくさと帰って行った。

とても信じられないことであったが、姜の話をきいているうちに、宋は急に体が軽くなって行くような気がした。宋にもわかりかねることではあったが、降ってわいたように、姜の妻や娘が帰って来たことを、素直に喜ばないではいられなかった。

何ともいいようのない感激にとらわれているとき、安がやって来て、

「国際タイムスの文化部長から電話がかかってきて、すぐ電話をくれとのことです」

と、知らせてくれた。宋は、急に元気になって立ち上がり、安と一緒に事務所にいって国際タイムスに電話をかけた。電話口に出た文化部長の尹は、

「社長が、どうしてもあなたに会いたいというものだから、今日、いそがしくなかったら社まで来ていただけませんか？」

と、丁寧ないいかたをした。宋は、すこしためらったが、尹からかさねて、

「僕からも、たってお願いするよ。僕の顔をたてると思って、ぜひ来てください」

といわれたので、断わりようがなかった。宋がそのことを安に話すと、

「体は大丈夫ですか？」

と、安は心配した。宋が小声で、姜の奥さんと娘が帰ってきたことをきいて、急に元気が出てきたことを話すと、安は笑いながら、

「私もその話をききました。帰って来た話は、あっという間に部落中にひろまっています。まるで奇跡が起こったようだと、みんな驚いていますが、無事に帰って来たことをよろこんでいます」

と、こともなげにいった。

国際タイムスの社長は、宋の手を固く握りしめて応接椅子にかけさせてから、

「今朝、法務庁の高官が三人ばかり随員をつれて訪ねてきましたよ。日本政府の高官がわざわざ訪ねてくるなんて、わが社はじまって以来の名誉なことでした。最初にいったことが、昨日のわが紙に出た、あなたの書いた論説のことでした。晴天のへきれきのような論説で、痛撃をうけたというのです。

私はうれしくなって、あれはわが社の論説委員の一人が書いたもので、民族愛の怒りがほとばしり出た

名文だといって、社内でも評判になったといってやりましたよ。

高官はとても謙虚な態度で、今度制定される外国人登録法は、基本的に在留外国人の人権を保護するためのもので、本質的に戦前の協和会手帖などとは性質の違うものだということを、るると説明しながら、外国人の大部分を占めている朝鮮の人の人権を傷つける意志は毛頭ないというのです。

その法案を制定しようとする大事な時に、入国管理局の一部の担当者たちが、行き過ぎた行為に出たことは、残念きわまることで、直ちに是正する処置をとるとともに、弱い立場にある朝鮮の人たちを迫害するような印象を与える行為が二度とあってはならないことを、当事者たちに徹底させることにしたといいました。

そして、どうか誤解をといて、外国人登録法の真意を理解してもらえるよう協力してほしいと頼み込んで帰りました。

ともかく、あなたの原稿は、わが社にとって、大ホームランをかっ飛ばしたような効果を挙げたのです。時機適切な論説でした。あなたの筆力と迫力が、あの名文によってわが紙の名声をたかめる役をしたのです。

今夜はあなたをかこんで、感激の慰労宴でも設けようかと考えましたが、経費節約をしなくてはならない状況なので、原稿料代わりにいささかの謝礼を包みました。お受け取りください」

といって、のし袋をさし出した。

それからしばらく二人で雑談を交わしたが、宋は新聞の威力というものを、あらためて思い知らされたような気がした。そして、姜の奥さんが急に釈放された理由も推察できた。宋と年の違わないタイムスの社長は、新聞社の社長という権威に陶酔しているといった話しっぷりで、宋は違和感を感じ、ちょうどいい話しの切れ目に、早々に席を立った。

　社を出ようとすると、文化部長の尹に声をかけられた。尹は、退勤時間だから一緒に帰ろうと誘った。尹は宋よりは二、三、年上で、詩を書いていたが、無類の酒好きであった。新橋駅の裏通りに同胞のドブロク屋があって、一人百円もあれば、どんぶり二杯はのめるというのであった。尹には金がないのを見て取り、宋は自分で出すつもりで尹について行った。

「君が朝連支部の委員長になったときいて、文学は捨てるのかと思って案じていたんだが、旺盛な筆力があるのをみて安心したよ。委員長になった所感をききたいね……」

　せまい屋台店の席に着くなり、尹がきいた。

「同胞たちの生活の面倒をみなければならない仕事なのに、とても僕では役に立ちそうもないよ……」

「だが、君の文章に現われる同胞に対する情熱はすごいもんだ。名委員長になるかもしれないよ」

尹はそういいながら、出されたドブロクのコップを一気にのみほした。

「大新聞が充実しはじめたので、一時人気の的になった新興夕刊紙は、徐々に経営が苦しくなってきた。うちも経営引き締めのため人員整理をするかもしれない。俺なんか真っ先に槍玉に上がりそうだ……」

　尹は吐き捨てるようにいった。

「社長はえらい張り切りかただったのに？」

「あの人の虚栄だよ。一面では細かく計算しているから、あの人の本心はなかなか見抜けないよ……」

ゆううつそうな尹を、なだめようもなく、宋は尹のコップに黙ってドブロクをついだ。

「俺は悲観なんかしてないよ。いざとなったら、植民地時代に鍛えた洗濯屋の職人としての腕がある。それより、俺は今おそまきながら恋をしているんだ。俺は戦前、無頼なところがあったから、なかなか女どもが近寄ってくれなかったけれど、新聞社の文化部長という肩書をもらったものだから、好意を寄せてくれる女性が現われた。社の経理課にいるオールドミスだ。俺は短兵急に、下宿の部屋についてきた彼女を押さえこんでしまった。つい三日前だよ」

「それはすごいじゃないですか。すぐ結婚式をあげなくちゃ！」

「社内の空気が緊張しているから、まだ結婚を口に出せないでいる。式なんかどうでもいいけれど……」

「じゃ、親しくしている文学仲間たちを集めて、祝いの会をしようじゃありませんか」

「ありがとう。しかし、彼女がどういうか相談してみないと……」

尹はしぶるような返事をした。


その夜、宋が家に帰ってもらった袋を開けてみると、二千円が入っていた。

「支部の委員長の給料は千円ということになっているけれど、当分、給料はもらえそうにない。思いがけない収入があったから、この金を使ったがいい」

といって、妻に渡すと、

「この頃、子供たちがよく食べるので、お米がもうなくなっていたのよ。闇米を買うお金がないので、どうしようかと思っていたのよ」

妻は救われたような顔をした。

暴力団事件と支部委員長辞任

一九四七年九月十五日、とてつもない大きな台風が関東一帯を直撃した。

荒川や江戸川が氾濫し、支流の中川の堤防が数箇所決壊し、葛飾区、江戸川区の大半の住宅が水浸しになった。

その地域には同胞も多数居住していたので、朝連の東京本部では、被害地の同胞救済のため総力をあげることになった。

宋が委員長になったばかりの江東支部でも、幸い町内にあった伝馬船一艘をトラックに積み、宋は青年数名と共にトラックに便乗して被災地に向かった。

江戸川放水路の内側は無事だったが、放水路の外側は巨大な湖水のようになっていて、平屋建ての家はほとんど軒下まで水につかっていた。

放水路の外側の高い堤防の上に、各地から集まった救護隊のテントが立ちならんでいた。その中に朝連東京本部のテントもあった。

十数名の人がたむろしていたが、中に一人、葛飾支部の人がいて、被害状況を説明していた。葛飾区内にはおよそ二百五十世帯ほどの同胞が住んでいるが、半数近くが床上まで浸水したということだった。幸い怪我人はなく、浸水家屋の人たちは、それぞれつてをたよって避難し、屈強な若者たちが残って水びたしの家を守っているといった。

江戸川支部管内は、浸水した同胞家屋が二十数軒で、避難している人たちはいないといっていた。

葛飾支部の人は、江東支部のもっていった伝馬船に大喜びで、同胞の家々を巡視するのに好都合だといい、さっそく櫓の漕げる青年二人をつれて、その伝馬船に乗って出掛けて行った。

台風の後の快晴の天気は、真夏のように暑く、テントの中も人いきれで汗びっしょりになった。

「ここに居たのでは、やることもないから、いったん引き揚げた方がいいですよ」

本部から来た人がそういうので、宋も洪水の現場を眺めていても仕方がないと思い、手持ちぶさたにしている残りの青年たちと共にトラックで支部に帰った。


支部の事務所では、安が憂うつな顔をして待っていた。

「消費組合の売店は、工事は出来上がりましたが、いざ品物を仕入れるとなると、いろいろ支障があって、全然手のつけようがありません」

といってため息をつき、

「日用雑貨品は、闇市には出ていますが、以前の問屋はまだ戸をしめていて、仕入れ先を見つけるのも容易ではありません。食生活に必要な野菜や魚などは統制がとかれていないので、限られた商人しか仕入れることができない仕組みです。消費組合というのはやはり理想論で、この厳しい状況の中では、やりようもないようです。ここ何日か走り廻ってみて痛感しました」

と、絶望的なことをいった。

「分会長たちや有志たちを集めて、何かいい知恵はないか、相談してみてはどうですか？」

「せっかく分会長たちの協賛を得て店の工事をしたのですから、一応は相談しなくてはなりませんが、見込みはたたないでしょう……」

といいながらも、その晩、安は町の中の分会長や有志など十人ばかりを事務所に集めた。

安の報告をきいて、分会長の一人が、

「総務部長が自信あり気にいうので賛成したのに、そんなことでは何も金をかけて店の工事をする必要もなかったじゃないか!」

と、怒りをこめて抗議した。それでしばらくもめたが、やがて一人が、

「わしの知っている人が浅草で靴屋をはじめたが、その人にきいてみたら、案外道が開けるかもしれない」

と、意見を出した。

「浅草なら、私も行ってみました。靴屋を出している同胞二人ばかりに会って、いろいろきいてみましたが、いまのところはわずかな材料を使って作っているので、家族がかりで小売りをしているのが精一杯だというのです。仕入れができる見込みはありません」

と、安が実情を説明した。皆が黙りこんだ中で、一人が突飛な案を出した。

「いっそのこと、この町で同胞たちが作っている密造酒を一手に引き受けて売りさばく仕事をはじめてはどうだろう。支部で仕事がなくて遊んでいる青年たちをあつめて、この頃あちこちの盛り場に出来ている飲み屋に売りこんだら、うまく行くと思うが……」

すると、その案に二、三人が賛成した。

宋はあわてて手をあげて制止しながら、静かにいった。

「朝連は同胞の生活権を擁護するためにたたかってはいますが、日本の法律に違反することを公然とやる

のは無謀なことです。いずれ日本の経済はどんどん自由化し、闇市などは近いうちに無くなると思います。今どうしようもなくて、多くの同胞がドブロクをつくっていますが、それも今に安い酒が出廻って売れなくなると思います。他人に後ろ指をさされないで、堂々と生きられるように、それぞれがまっとうな生き方を考えるべきだと思うのです」

座はふたたび重苦しい空気になった。すると、一人が腹立たしげに、

「委員長は、大学を出て学問があるから、そんな立派なことがいえるのです。一晩で書いたものが新聞にのって、その謝礼で闇米が買えたという噂をききましたが、学問のある人と違って、わしらのような体で働く以外に能のない人間は、生きるためには手当たり次第、何でもやるほかないんですよ！」

と、つっかかるようにいった。宋は虚をつかれたような気がした。妻が闇米を買うときに、近所の女たちにしゃべったことが噂になったのだと思った。

だが、ここでひるんではいけないと思った。

「私は勉強をしたおかげで、今こうしてはいますが、日本で暮らしている私たちには、いつまたどんな迫害が来るかわかりません。現に、私の知っている同胞の新聞社の文化部長は、社が経営不振で、いつクビになるかわからないといっています。日本の新聞社は私たちを簡単には雇ってくれません。彼は失業したら、昔習った洗濯屋の職人の腕を生かして生きていくつもりだといっていました。

私も少年時代、鶏肉屋の小僧をしていて、鶏をさばく技術はもっています。苦学時代に屑屋をした経験もあります。失業したら、いつでも体を張って生きる覚悟と自信はもっています。職業の貴賎は人格とは関係がありません。何をしていても、人に頭を下げないで堂々と生きていけることは、普通の人間なら、誰にでも出来ることです」

と、強くいった。座は白けたが、みな粛然としていた。

結局、何ひとつ成案がないまま、あつまりは終わった。皆が帰ったあと、安は、

「私のために、委員長に不愉快な思いをさせましたねえ……」

と、あやまるようにいった。

「いや、そんなことはありません。私がふだんから皆にいいたかったことです。植民地時代は、同胞たちは迫害をうけても、生きる気迫は真剣でした。解放後、いくらか生き方に甘えがあるような気がして、いつも気になっているのです。それを正直にいったのですから、たとえ嫌われても仕方がありません」

と、宋がいうと、

「そういわれると、私の考えにもいくらか甘えがありました。消費組合のことは一つの失敗として棚上げにし、あらたな手立てを考えることにします」

といって、安はいくらか明るい顔をしてみせた。


支部には、各分会ごとに世帯主の氏名と、世帯の人員を書いた簡単な名簿があるだけで、原籍地や、職業や、学歴や、年齢などを記載した戸籍簿のような書類は備えられていなかった。安にきいてみると、前の委員長のとき、一度詳細な調査票を作ろうと計画したことがあったが、字の書けない世帯主が過半数で、そういう調査票に記入できない実態であり、調査票を作るとなると、支部の実務者が各世帯をいちいち訪問して、聞き取り表を作るほかなかった。ところが、同胞たちがそうしたことに反感をしめすので、結局実行できないで終わってしまったということであった。

そこで宋は、以前成人教室の時の経験を思いうかべ、その時協力してくれた青年たちを集めて、同胞た

ちの生活の実態調査をするために協力してほしいと訴えた。同胞の生活の実態がわからなければ、同胞の具体的な相談にのることもできないし、適切な助言もできないからだという理由も説明した。

「同胞たちは、具体的な利益になることでなければ協力しませんよ。何か特別配給でもあるといえば、よろこんで応じますよ」

一人がそういうと、みんな同意をしめした。

「委員長の理想主義はわかりますが、いま実態調査をはじめるのは無理だと思います」

積極的に発言した青年の言葉が結論のようになってしまった。

前の委員長の文化村を作るという呼びかけでこの町に移住してきた一人に、有名なオペラ歌手の金永吉氏がいた。戦前、藤原歌劇団のテノール歌手として一世を風靡した永田絃二郎である。空襲で自宅を焼かれ、住居に困っていたので、宋と前後してこの町にきた。

前の委員長は、彼を礼遇して支部の文化部長の名称をあたえ、本部の執行委員にも推薦した。宋が委員長になってからも、その礼遇をつづけていたが、具体的には支部の仕事は何もしていなかった。

宋よりは四つ年上で、さっぱりした人柄に宋は好意をもち、親しく話し合うようになっていた。

町のはずれに、江東造船という小さな木造船を作る会社があって、そこの専務をしている宋と同年輩の大学出の玄という人がいた。その玄が、宋が委員長になったあと、

「町の中の知識人を集めて親睦のつどいをしませんか?」

という提案をしてきた。

青年たちとの話し合いが失敗したあと、宋は玄と話し合い、玄のよく通う同胞の飲み屋で、校長の金をまじえ、金永吉も加えて四人で親睦のつどいをした。

「前の委員長は、われわれをこの村に呼びはしたものの、文化村を作るための具体的な対策は何ひとつ立てないまま東京本部に行ってしまった。インテリの何人かが村に来ただけで文化村になるわけはない。正直いって、私たちは水に浮かんだ油のような存在じゃないですか？」

ほどよく飲んだところで、玄が話題を提起した。

「僕は校長として、学校の運営に夢中で、あたりをかえりみる余裕もありませんが、正直いって孤独ですねえ……」

校長の金がいうと、

「同胞は質朴で、チェサ（法事）や誕生祝いがあると、私をよんで御馳走をしてくれますが、あとは歌をねだるだけで、心の通い合いはありませんねえ……」

歌手の金氏が寂しげにつけ加えた。

「私も村に来て、同胞たちのために何かしたいと思い、成人教室を開いたりしましたが、から廻りで終わってしまいました。支部の委員長にまつり上げられたので、今度こそ何か具体的なことをはじめなくてはなりませんが、暗中模索をするばかりです」

宋がそういうと、金氏は、

「前の委員長のとき、文化部長の肩書きをもらったので、具体的な仕事の対策を立ててくれと頼んだのですが、結局何も立てられなかった。何をするにもそれ相応の土壌が必要です。文化村などは空念仏です。私にとっては生活上の問題とあって、たまにある出演の交渉に来るマネージャーが不便でたまらないというんですよ。どこか便利のいいところに越して行くことばかり考えています」

と、深刻そうにいった。

宋としては、何か同胞たちのためになる発想もあってほしかったが、具体的には悲観論ばかりであった。四人は泥酔するほどドブロクを飲んだが、結局その酒代は玄が負担した。

翌日、宋が迷惑をかけたことを謝ったところ、玄は笑いながら、

「久し振りに腹の底をぶちわって痛飲しただけでも、親しい友達ができた感じでした。愉快だったですよ」

と、楽しげな顔をした。


宋は、のびのびになっていた平河町分会の訪問に行った。深川の警察署や江東区役所の庁舎のある界隈で、空襲の災害からまぬかれた地域であった。その地域に同胞数軒が住んでいて、生活状態も枝川町の同胞たちよりはるかに良いということだった。

分会長は、日本では珍しい咸鏡道出身の同胞で、かなり年輩の温厚な人だった。

分会長の家は、かなり大きな構えの古い二階建てだった。

「戦前は裏庭にある小さい町工場で軍需会社の下請け仕事などをやっていましたが、いまはやることがないので、恥ずかしいことですが、改造して小さい飲み屋をやっています」

分会長は、ざっくばらんに話し、宋を案内した茶の間で、宋に酒をすすめた。

白い徳利で出された酒は、少し色はついていたが焼酎よりいくらか薄い味で、口あたりがよかった。

「焼酎を改造したものですが、すこし工夫したもので、役所に届けを出して許可をもらい、僅かですが酒税も納めています。家の店に飲みに来る客だけに提供する少量だけを造っていますから、噂にも立たないようにひっそりとあきないをしています」

と、分会長はつつましい口調でいった。体調をくずしているので自分は酒をいっさい口にしないともい

った。

「故郷で高等普通学校を中退して、苦学を目的に東京へ来たのですが、中途で挫折し、欲を出さないでつつましく生きることに専念しました。幸い、この地で生活基盤をつくって細々と暮らしてきましたが、空襲で焼けなかったのは幸運でした。

長男が中学を卒業したばかりだったので、兵役にもひっかからなくて、解放になりました。朝連結成の時、郷里の知人から幹部になるように強くすすめられましたが、私は固辞し、ここの支部の分会長だけを引き受けました。

長男のあとの長女も、まがりなりにも女学校は卒業しましたが、私に似たのかどこにも出ようとしないで、家の手伝いをしています。長男は中学のとき野球の選手だったものですから、いま支部の青年たちを集めて野球チームを作るといってとび廻っています。

次男が去年東京朝連中学に入ったので、あなたのことを知っています。評判の先生だったのに、中学をやめて支部の委員長に立候補したのには驚きました。私も、支部の総会であなたに一票を入れた一人です。

委員長としてのあなたの評判は、思いがけなくここの警察署の人たちから聞きました。うちの店には署の人たちがたくさん来ますが、署長があなたに会ってから、署員たちに、今度の朝連支部の委員長は年は若いが学識の高い立派な文化人だ。朝連を暴力団のように思いがちであったが、あの思慮深い人が指導するからには節度ある行動をするに違いない。よく心得て対応するように、と訓示したそうです。それだけでも、あなたは朝連の組織に大きく貢献したことになります。今後ますます功績を積み上げてください」

そういって、分会長はしきりに酒をついだ。宋は、甘えすぎてはいけないと思い、ほどよく切りあげて席を立った。

東京本部の会合に出かけたり、支部の同胞たちのささいな相談ごとに乗ったりしているうちに、月末になった。安がいいにくそうな表情で、

「委員長や私の給料のことで、会費の徴収につとめましたが、全額は無理です。半額だけでも……」

といい出したので、宋はあわてて制止した。

「もう噂になっているくらいだから、安さんもきいたと思いますが、私は新聞社から思いがけない謝礼をもらいました。それで給料はもらったことにします。それより安さんの給料の遅配分があるでしょう。それを全額先に清算することにしましょう」

といって、宋は安が遠慮するのを無理に、宋の分として用意した分まで合わせて安の未払いの分全額を支払った。

安は恐縮して辞退しようとしたが、宋は安の生活の苦しさも察していたので、強くいって安を納得させた。

そんなやりとりをしている時、宋の妻が、速達が届いたからといって支部の事務所に封書を持って来た。大阪の朝鮮新報社からだった。

「かねてお願いしていましたが、新報に連載する国文の長篇小説を大至急執筆してください。社長からも是非にということです。先ず当初のあいさつの言葉と、五回分の原稿を来週中に届くように送ってください」

前からいわれていたことなので、宋には大体の腹案が出来ていた。一回、四百字四枚半で、百円という安い稿料だったが、隔日刊、月十五回で、千五百円になるから、生活費にはなる計算だった。

さっそく、承知したという葉書を出し、安に、
「これで半年間の生活費は保証されることになりました。支部の仕事に専念することができます」
というと、安は、
「文章が書けるということは、すごい利得があるものですね。うらやましいことです」
といって笑った。

宋は学生時代に、日本文ではじめて四百枚の長篇を書いたことがあった。これを学校で出している月刊雑誌に二回にわたって発表した。すごい評判になったが、警視庁の検閲で発表中止になってしまった。そのあとは二、三回、百枚ほどの作品を発表し、解放後は『民主朝鮮』に短篇をいくつか発表しただけだった。

国文は解放後、運動の中で勉強し直し、短い文章を解放新聞などに発表しただけだった。したがって国文で長篇小説を書く試みははじめてのことであったが、宋には抱負の念が湧いていた。

題は「松肌（ソンギ）」ときめた。

飢えた朝鮮の農民が、ひもじさを耐え忍ぶために、松の皮をはぎ、中にある幹のうすい白い内皮をとって煮て食べる。それをソンギと呼んだ。それは、朝鮮農民の苦闘を象徴する言葉だった。

その朝鮮農民の伝統を受け継ぐ若い在日の青年群像が、愛国事業に奮闘する話であった。在日の大衆のために、わかりやすい文章で、退屈しない面白い話にしたいと思っていた。

ふた晩がかりで、五回分の原稿を書き、それを朝早いバスで東京駅前の中央郵便局に行って速達で大阪の新聞社に送った。

折り返し、大阪の新聞社から喜びの礼状がとどき、やがて連載の第一回がのった新聞がとどいた。宋も感動したが、支部の安をはじめ青年たちが歓声を上げた。

東京の解放新聞が出るたびに、固定読者に配って歩いていた青年が、

「解放新聞には、むずかしい政治論文ばかりがのっているけれど、この新聞には大阪の繁昌している同胞の食べ物屋や、食品類を売る朝鮮市場の話などが面白くのっている。委員長の面白い小説がのりはじめたことであり、この新聞ならたくさんの同胞たちが喜んで買って読むはずだ」

といって、さっそく大阪の新聞社の東京支社に連絡して、新聞を送ってもらい、その宣伝をはじめた。一週間もたたないうちに、青年は支部管内で三十数部の固定読者をつくった。

宋の連載小説がのり出して、関西での朝鮮新報の読者も増えはじめたが、東京での読者の増え方は急激であった。連載小説の波紋で、宋にあいさつをする同胞の婦人たちが増え、中にはわざわざ宋の妻のところへ来て、小説の内容を話してくれる人まで出て来た。

その波紋は意外なところまでひろがり、東京の足立区に居住する同胞の婦人が、宋あてに小説を読んだ感想文を送って来たりした。また、その影響なのか、長いこと消息がなかった極東出版という出版をはじめた吉から、至急会いたいからといって、一枚の演劇の切符が送られてきた。文化座という劇団が公会堂で公演している「春香伝」の切符だったので、宋は喜んで出かけた。

その「春香伝」は、戦前、築地小劇場で公演された台本を一部修正して演じたものということであったが、春香伝研究の論文を書いたことのある宋にとっては、きわめて物足りないものであった。観劇のあと、喫茶店に寄って、吉は宋に感想をきいてから、

「あんたは大阪の新聞に小説を連載して評判になっているようだが、春香伝を、日本語で日本の大衆にわ

かりやすい小説として書いてくれませんか？　原稿料をはずみますから」

と、要請した。

「書きたい気持ちは山々だが、単行本の長篇となると、一気に書き上げなくてはならないのに、現在僕は支部の常任になっているので、その暇がない。残念だが機会を待つことにしましょう」

と、宋が答えると、

「あなたは文学をやるべきで、支部の委員長などをしていたのでは、道をあやまりますよ！　委員長などやめて、すぐ書きはじめて欲しいですね」

そうせきたてるので、宋は苦笑するほかなかった。


連載小説の反響はさらに意外なところにもあった。

東京中学の生徒たちが、四、五人で放課後、江東支部に宋を訪ねてきた。

「先生の小説を読んだ生徒たちが大勢いて、みんな大喜びです。夏休みが終わって、先生が学校をやめたというので、みんながっかりしていました。江東支部の委員長になったときいて、さすが先生は偉いと噂していました。ところが、先生の小説が大阪で出ている新聞にのりはじめたので、みんなで先生に会いに行こうと話し合ったのです。でも、いきなり大勢おしかけたのでは先生に迷惑をかけるかもしれないから、先ず私たちが代表で来ました」

と、代表格であいさつをしたのは、二年生の文という女子生徒だった。

この生徒は終戦のとき女学校二年に通っていたが、帰国するというので、言葉を習いに朝連の講習所に通いはじめた。中学開校のときに、一年に入ったが、二年級を作るとき真っ先に選ばれた一人だった。背が高く、学力もあるので、女生徒たちの中では際立っていた。教室に入ると、いつも笑顔で強い視線を向けてくるので、宋の脳裏にもいつとはなしにこの子の印象が焼きついていた。

生徒たちの訪問を受け、胸があつくなった宋は、

「わざわざ来てくれてありがとう……。どう、みんな元気にしている?」

といって、生徒たちの顔を見廻した。

「先生がいなくなって、みんなつまらないといっています!」

やはり二年組の男子生徒が、ぶっつけるようにいった。すると、もう一人の男子生徒が、

「先生がいる時は、先生たちがまとまっていたのに、いまはみんなばらばらですよ……」

と、嘆くようにいった。

「鄭先生がいるじゃないか?」

と、宋が反問すると、

「あの先生は、先生がいた時、いつもあの先生を立てていたので大きな顔をしていたけれど、先生が居なくなると、先生たちからつまはじきにされて、すみっこで小さくなっていますよ。新しい学期になって、先生たちが、英語の先生の一人を教務主任に選んだけれど、人がいいだけで、何の能力もないようです。だから先生たちは、てんでんばらばらで、みんな勝手気ままにえばりかえっています。教室で生徒たちをどなりまくっている先生が多くて、生徒たちは学校がつまらなくなったといっています」

二年組の男子生徒のその説明をきいて、宋は気が滅入った。

「あの学校は、生徒が中心になって作った学校だ! 先生たちがどうあっても、生徒たちみんなが力を一つに合わせれば、学校はよくなって行くはずだ」

宋が元気づけるように、そういうと、女性徒の文が、

「先生がいつも生徒たちの気持ちを一つにまとめるように勇気づけてくれたおかげです。入学前に、朝連中央会館の屋上で先生がしてくれた話や、入学式のときの先生の話は、今でもよく覚えています。いつも先生が力づけてくれたから、生徒たちは心を一つにすることができたのです」

と、激しい口調でいった。

「僕は鄭先生がやってくれると信じていたのに……」

と宋がいうと、文は、

「先生は、あの先生をかばい過ぎました。あの先生はいくじのない人です。そんな力はありません」

と、きめつけるようにいった。宋は息をのんで、女生徒の顔を見つめなおした。少女というより、成熟してきた娘の艶が輝いているように見えた。宋は口をつぐむほかなかった。

すると、一緒にきた二年組の女生徒の一人が、

「文さん、先生を責めるようなことをいってはいけないよ。私たちは今日、先生のやさしいお話を聞きに来たんじゃないの」

と、なだめるようにいった。

すると、文はきっと顔をあげ、宋を見つめた。その眼に、涙がきらめいていた。万感がこめられているように見えて、宋はどのように受けとめてよいかわからなかった。

生徒たちは気をとり直したのか、小説の話をきいたり、支部の委員長はどのような仕事をするのかとか、とりとめのないことをきいたりした。

一時間半ばかり居て、生徒たちは、

「どうしても先生の話をききたいという生徒の有志が二十名ほどいます。みんなしてもう一度来てよいでしょうか?」

と、きいた。

「いいけれど、ここは支部の事務所で、ほかの来客がいたりしたら困るから、せまいけれど僕の家に来てください。みんなも土曜日の午後からがいいでしょう」

と答えると、今度の土曜日に必ず来るといって帰っていった。

次の土曜日の午後三時頃、なんと五十名近い生徒たちが押しよせてきた。宋は初等学校の校長の金にたのんで、講堂の大きな教室を借りて、みんなを掛けさせた。

宋は先ずみんなに、話してほしいことをきいた。いろいろな質問があったが、中に、

「朝連という団体はどういう組織で、どういう仕事をしているのか?」

と、きいた子がいた。宋は奇特な質問だと思い、朝連結成のいきさつや、全国各地にできた組織の全容をわかりやすく説明した。

その事業は、最初は同胞の帰国の世話をすることがおもだったが、一九四六年春、帰国が途絶えるようになった状況などを説明し、それからは同胞の生活を守ることと、同胞子弟の教育をはじめることに全力をつくしてきたこと、そして現在、日本全国の各地にある民族学校の現況をのべた。

生徒たちはそういう話をまとめてきくのは初めてだったようで、みな喚声をあげたりした。

「じゃ、いま朝連は、学校をつくることが一番大事なことなんですね!」

と質問する子がいたので、その通りだと答えたところ、

「では、どうして朝連の中央では、私たちの学校に、学校をうまく発展させ、先生たちをうまくまとめ、生徒たちを元気づけるような人を校長にしないのですか？」

と、するどくききかえしてきた。

「今の校長は、立派な人だときいているが……」

と、宋が答えると、いっせいに反発の声が上がり、

「先生は今の校長に会ったことがないのでしょう？」

ときくので、そうだと答えると、

「全然だらしがないですよ。先生たちが勝手に騒いでも、知らん顔をしているだけです」

というので、宋は答えようがなく、まごついていると、二年組の学級委員をしている生徒が立ち上がって、

「中学開校の時、先生が新しい学校の中心でした。それなのに、先生はどうして学校をやめたのですか？」

と、責めるようにいった。宋は答えにつまったが、気をしずめて静かに、

「やめた副校長のせいで先生たちが苦しんでいたので、私が副校長と一緒にやめるのが、学校のためによいと思ってやめる決心をしたのです。それで学校に新しい校長が来て、学校が円満に発展すると思っていました」

と答えたところ、すぐにもう一人の二年組の学級委員が立ち、

「ところが、新しい校長が来てから、学校の中が混乱しているのです。先生は責任を感じませんか？」

と、つめよった。

「責任は感じます。しかし、私は自分で出来る精いっぱいのことをしてきました」

「じゃ、先生、学校にもどってください!」

と、たたみかける生徒に、

「私たちは朝連という組織の中で仕事をしています。中学校は朝連の中央が責任をもって指導しています。学校がもめれば、中央で必ず適当な対策をたてるはずです。私はこの支部の委員長になっているのですから、いまこの組織を守らなくてはならない。勝手に動くことはできないのです」

宋がさとすようにいうと、

「むずかしいことはわかりません。先生、責任をとってください。逃げるのは卑怯です!」

かさねて、そう攻撃するのを、さえぎるようにしながら、女子生徒の文が立ち上がった。

「そんなに先生を責めてはいけません。私たちがどうすればいいかを、先生に相談に来たのではありませんか?」

その言葉に、あちこちで「そうだ!」という賛同の声が上がった。

それでいったん冷静になったところで、宋は、はじめに出された質問のうち、まだ答えてなかった問題をかいつまんで説明した。だが、生徒たちの関心は、もっぱら学校の現状についてであった。

数人の生徒が立ち上がって、教室の混乱ぶりを具体的にのべた。生徒たちが騒いでも、全然無視してしまい、騒ぎ過ぎると授業を途中でやめて教室を出て行ってしまう先生のこと、ささいなことで生徒に体罰を与え、生徒が悲鳴をあげるのに足蹴りにする先生のこと、授業時間に平気で他の先生の悪口をいう先生のこと、授業料を持って来られない生徒を教室の中で侮辱する先生のこと……生徒たちの先生に対する不満はさまざまであった。

そういう話をきいていると、宋は、学校の教師集団が求心力を失って情緒不安定におちいっているように思えてならなかった。また、それだけきいても、不適格な人が校長の座にいることがわかるような気がした。どうしてそのような人を校長にしたのか、中央常任委員会の不見識が嘆かわしかったが、宋は生徒たちの前でうかつなこともいえず、黙ってきくほかなかった。

そんなことで、時間がどんどん過ぎてゆき、あたりが暗くなってきたので、

「帰りの遠い人は家で心配するから、もう帰りなさい。どうしても話がしたい人は、場所を移して、私の住居の部屋ですることにしましょう。ここは学校の講堂で電気代がかかります。十五、六人も座ればいっぱいになるから、なるべく学級委員だけが残るように……」

そういって宋が立ち上がると、大部分の生徒たちはしぶしぶ帰っていった。

女子生徒はなるべく帰るようにすすめたが、学級委員ということで、文と他の二人の女子生徒が残り、宋の部屋に移ったのは総員十五名の生徒たちであった。宋は妻に耳打ちして、皆に握り飯をつくってあてがい、みんなで会合をする間、子供をつれて学校の宿直室にでも行っているようにいった。

生徒たちは、宋が六畳一間の部屋に住んでいることで驚き、また壁いっぱいの本棚に本がぎっしりつまっていることにびっくりしたようであった。

生徒たちは真剣になって、どうすれば学校をよくすることができるかを討論し合った。生徒たちだけで意見がまとまらないときは、宋が助言をするようにした。

先ず、各学級ごとに緊急学級会を開いて、生徒全員に意見を出させ、生徒たちがやるべきことを先に決め、先生に対する不満を一つひとつ整理して、それぞれの先生に改めてほしい項目をあげ、先生に反省を求める。学校に対する要求は、全学級の意見をまとめて、二年級の委員たちが学校側に伝える。どうしても反省しない先生に対しては、学級ごとに糾弾のつどいをする。学校に対する要求がききいれられない時

は、生徒全員が決起大会を開いて、学校の責任を追及する。それぞれの学級で生徒全員が協力して知恵をはたらかすようにする……。

そんな風に全員の意見が一致したのは、九時近い時刻であった。

宋は、帰りの電車の時間に遅れては大変だからといってせきたてたが、どうしても話し足りない生徒の何人かは終電に間に合えばいいといって、十時過ぎまでねばった。文もその中の一人であった。

宋が最後の生徒たちを送って事務所のところまで来ると、子供たちをつれた妻が事務所の表に出て待っていた。

「まあ、こんな時間、電車は大丈夫？」

と、とんきょうな声をあげて、妻が文に声をかけると、

「心配ありません。どうも御馳走さまでした」

文は女の子らしく、しおらしい声で丁寧にあいさつをして帰っていった。

「子供たちが、早く家に帰ろうとぐずり出したので、三十分も前から表に立っていたのよ」

妻は不平がましくいった。宋は黙って、両手で二人の子供たちの手をにぎって歩き出した。妻はあとからついて来ながら、

「目立ってきれいな子ねえ……。あんたの最大の愛弟子なんでしょう？」

と、からかうようにいった。

それっきり、生徒たちは宋を訪ねてはこなかった。ところが、数日後、本部で会合があって出かけた時、中年の荒川支部の委員長が、

「いま中学校で生徒たちが騒ぎ立てて、先生たちが困りきっているというが、うしろであんたが扇動しているそうじゃないか？　けしからんことだ」

と、露骨に非難するようなことをいった。宋はむっと腹を立て、

「どこでそんなくだらん噂をきいたのですか？　人を侮辱するような中傷はやめたがいいですよ！」

と、どなりつけるようにいった。相手はぷいと横を向いて、何もいわずに歩き去った。

それから二日後、中学校の教務主任から、

「二、三日中に、ご高見を拝聴したいからうかがいたいと思います。お時間をさいてください」

という丁重な封書がとどいた。ところが、何日待っても相手は現われなかった。宋は黙殺するほかなかった。ただ枝川町から中学校に通っている二、三人の生徒が、

「えばっていた先生たちが、生徒たちにつるし上げられ、泣きわめくのが滑稽だった」

と噂し合っているのをきいただけであった。宋は誰からも中学校の実情をきくことはなかった。

ふだん、支部には常に反抗的だという中年の朴という人が、ひどく恐縮したような様子で事務所に宋を訪ねてきた。

「委員長さまに、お願いしたいことがありますだ……」

と、慶尚道なまりの強い口調でへり下ったいいかたをした。

「どうぞ、遠慮なく話してください」

宋は気軽に相手をした。

その人は、住居の立ち並んだ町の外側の空地になっている市有地に、風呂屋を建てたいという、とてつ

るということであった。近くに銭湯がなく、バスに乗って大衆浴場に行く不便さであり、浴場を建てるというのは無条件に歓迎すべきことであった。

その人は戦前、錦糸町駅近くに住んでいたが、空襲で焼け、戦後その界隈が闇市になったので、跡地の権利を持っていたところ、最近その一帯を買い占めたいという人が現われ、かなりまとまった金を手にすることができたというのであった。

一九三〇年代に日本に来たその人は、方々で風呂屋のかまたきをしたということであった。知人をたよって東京へ来て運が向いたのか、かまたきをした浴場の主人に見こまれ、空襲直前に主人が田舎に疎開したので、それまで着実にためた金で浴場を譲り受けた。大衆浴場を持ちたいというのは多年の念願であった。その夢が実現した途端に戦災にあったので、運命とあきらめて枝川町に来たのであったが、跡地の権利だけは必死で守った。それで、この町に浴場を建てる気になったというのであった。

先ず土地を借りる交渉や、浴場を許可してもらう手続きなど、すべて日本の官庁相手のことだから、自分のまずい日本語ではおぼつかなく、ようやく自分の名前が書けるだけのありさまでは、学識の高いという支部の委員長の力を借りるほかないと、率直に希望をのべた。

宋は即座に協力を約束し、自分に好意をもってくれたという警察署長を訪ねて協力をたのんだ。署長は、宋の説明をきくなり、

「あの地域に公衆浴場がないのは、住民の生活に不便なばかりか、公衆衛生上にも大きな問題となっていたことですから、そんな計画を立てている人がいるとは、まったく奇特なことです。土地を借りるのは、あの辺は埋め立て地だから都の港湾局の管轄ですが、あの町の外れに港湾局の出張所があるから、そこに行けばいいでしょう。いきなり行ったのでは相手にしてもらえないかもしれないから、警察署と区役所の、

公衆浴場の必要性を強調した添え書きが必要だと思います。

浴場の許可は区の担当課がありますが、ここの署員に一緒に行ってもらえば、話が早いと思います。明日にでも本人を連れて来てくださいませんか？　簡単な経歴書を作成する必要があると思います」

と、いともたやすく万事心得た話し方をしてくれた。

翌日、盛装した朴をつれて署長のところへ行った。署長はすぐに衛生関係の担当者を呼んで、朴に経歴書を書かせようとしたが、それは宋がつきっきりで手伝ってやらなければならない作業であった。先ず本籍地の道、郡、面、里などの漢字の書き方からはじまり、日本に渡ってきて勤めた浴場の住所や浴場名なども、朴は正確な漢字では書けなかった。

汗をかいて、思い出しながらぼくとつに語る朴の言葉を、きちんとした書類に書き上げるのに、宋も小一時間はかかってしまった。担当警官がけい紙に清書した経歴書に、朴は持参の印鑑を力をこめておした。担当警官が、宋と一緒に署長のところへ朴の経歴書を持って行くと、署長は一読してにっこり笑いながら、担当官に、

「面倒でも、港湾局土地払い下げ申請書の添え書きを書いてくれ給え。それから、区の担当係のところへは、ご足労だが君がこの朴さんを連れていって手続きなどのことで便宜をはかってもらえるように頼んでくれないか？　そして区からも港湾局あての添え書きをつけてもらうようにしなさい」

といって、目で朴を連れて行くように合図をした。担当官と朴がそばを離れてから、署長は、

「委員長の同胞に対する面倒見のよさには感心しました。愛情がないと出来ないことです。頭が下がる思いです」

「いいえ、私こそ、何から何までお心遣いをしていただいて、お礼の申しようもありません」

宋はあらためて署長に深ぶかと頭を下げた。

「こんな楽しいことだけならよろこばしいのですが、実は気が滅入ることもあります。昨日、置き引きということで、枝川町の中年の一人を拘留しましたが、大した罪でもなく前科もないので釈放してもよいのですが、お会いになりますか?」

「この場で釈放してくださるなら、よろこんで連れて帰りますが……」

「それが実は込み入った事情があるのです。数日前、ここの管轄内で悪質な集団強盗事件がありました。隠匿物資摘発という名目で、倉庫を襲ったのです。やり方が巧妙で、覆面で日本刀をひき抜いておどし、倉庫の番人たちを縛り上げておいて、倉庫の鍵を取り上げ、倉庫の中の高価な洋服布地を、トラック一台分、ゆうゆうと運び去って行ったのです。番人たちを一人も傷つけないやり口は、まさに手なれた連中の仕業だと思われます。番人たちは犯人たちの顔を全く見ていないので、人相も年齢も見当がつきません。ところが番人の一人の証言で、昨日拘留した中年の男が、最近倉庫の周りをよくうろついていたというのです。刑事たちの勘では、彼が犯人たちを手引きしたのではないかと疑っているのです。そんなわけで、もすこし調べがつかないと、釈放というわけにはいきません」

署長にそういわれると、宋は返す言葉もなかった。

朴をつれて帰るつもりで担当官のところへ行ってみると、二人して区役所に行ったということなので、宋は重い足をひきずるようにして事務所に戻ってきた。

日暮れ時になって、朴が出かける時の盛装した服のまま、上気した顔で事務所に顔を出した。

「警察のおまわりさんも、区役所の係の人も、本当に親切な人たちですねえ……」

と、大きな声で叫ぶようにいった。朴の説明によると、区の係員は、同行した警察の担当官の話をきいて、願ってもないことだと大喜びし、さっそく許可申請書を代筆してくれ、署長の添え書きと同様な港湾局あての区長の添え書きも作ってくれたというのであった。

そればかりか、区の係員は、わざわざ港湾局の出張所まで同行してくれ、持参した区長や署長の添え書きを差し出して、公衆浴場の必要性を力説し、その場で用地払い下げ申請書を書いてくれた。出張所の人も、区役所の係員の説明に感服し、最善を尽くして、短時日のうちに払い下げ認可が出来るようにすると約束してくれたというのであった。

「こんなに、とんとん拍子にうまく行くとは思わなかった。警察の担当のおまわりさんと、区役所の係員は、私の最大の恩人だ！」

と、叫ぶようにいいながら、とび上がらんばかりであった。そばできいていた安が、いまいましげに、

「それは、委員長が警察署長のところへ何度も足を運んで頼んだおかげじゃないですか？　あんたはまだ、委員長に一言もお礼をいわないじゃないですか？　委員長こそ、最大の恩人なのに！」

と、叱りつけるようにいった。朴は、いくらか鼻白んで、

「委員長は、わしらの身内じゃないか？　支部の委員長が、わしらの面倒をみるのは当たり前のことじゃないか？」

と、反駁するようにいった。宋は、

「まあいいじゃないですか。朴さん、うまくいってよかったですね。早く許可が出るのを待ちましょう」

と、とりなすようにいうと、朴は仏頂づらをして、黙ったまま事務所を出て行った。

「あの朴という人間は、周りの人たちに、朝連は赤だから嫌いだと、公然といって歩いていた人間ですよ。

身勝手さがひど過ぎます」

安は腹の虫がおさまらないようだった。

「彼のいうように、身内だからという意識があるからでしょう。人の個性はさまざまだから……」

宋が、なだめるようにいうと、

「委員長は人がよすぎます。わからない人間はきびしくいってやらなければ、つけあがるだけですよ」

安は興奮がさめやらぬようであった。

数日後、都の港湾局から、宋に電話がかかってきた。

「委員長さんですか？　申請の出ている朴という人は信頼できる人ですか？　朝連の支部で、この事業を全面的に支援していますか？」

といった問い合わせであった。

「全面的に支援しています。何でしたら、私がそちらに出向いて、くわしく申し上げましょうか？」

と答えると、

「それをきけば安心できます。わざわざ来ていただかなくても結構です」

といって、電話がきれた。

それから三日後に、朴が、おずおずと事務所に顔を出した。安が事務所に居ないのを見はからったようであった。朴はふところから封書を取り出した。港湾局からの土地払い下げの認可書だった。

「すごいじゃないですか！　土地が払い下げられるのですよ！」

と、宋が大声でいうと、

「そこにこまごまと書いてあることがよくわからんから、くわしく教えてください」

「土地代金を期日までに納めること、印鑑証明を持参することなどですよ。用意はしてあるのでしょう?」

「してあります」

「じゃ、いますぐ出張所に行って、手続きをして、代金を払い込みなさい。一緒に行ってあげましょうか?」

「いや、私一人で行きます。この前行って要領がわかっていますから」

といって、朴は出ていきかけてから、また宋のそばに戻ってきて、

「委員長さん! 何もかも、あなたのおかげです。ご恩は一生忘れません……」

と、涙ぐんだ声を出した。宋は黙って立ち上がり、朴の両手をしっかり握りしめながら、

「これからですよ。しっかり頑張ってください!」

というと、朴は無言のまま幾度も頭を下げた。


朴が払い下げてもらった土地は、表通りではなかったが、裏通りの四つ角の百坪で、枝川町の住宅街からは二分もかからない場所だった。

建築屋が来て区画に標識を立てると、朴が公衆浴場を建てるのだという噂がいっぺんにひろがった。その標識が立ったあくる朝、夜明け早々、

「委員長いるか!」

と、どなる声がしたので、宋が部屋の戸を開けると、
三十四、五と思われる背の高い男が、日本刀のようなものを提げて、いきなり部屋に押し入ってきた。起きたばかりの妻が悲鳴をあげようとすると、男はどすのきいた声で、

「騒がんで、奥さんは子供をつれて表に出ていてください。委員長に重大な話があるから」

と、おどすようにいった。

「いきなり、失礼じゃないか！　ちゃんと名を名乗って、あいさつをしてから入るべきでしょう」

宋が大声でいうと、

「つべこべ言うな！　俺のいうことを、おとなしくきけ！」

と、いったかと思うと、いきなり日本刀をひき抜いて、部屋に敷いてあるござの上に突き立てた。

妻は悲鳴をあげながら、二人の子供を抱きかかえるようにして部屋の外へ出ていった。

「乱暴なまねはやめないか！　静かに話しをしろ！」

宋が恐怖感をはらいのけるように強くいうと、

「委員長は、この間、警察署に行って、俺のおじが留置されていることを知りながら、連れて帰ろうとはせずに見殺しにしてきたな！」

男のそのどなり声で、ようやく男の正体が見えてきたような気がした。宋は落ち着きをとりもどし、

「僕は同胞を見殺しにするような人間ではない！　ちゃんと納得ができるようにわけを話しなさい」

と、さとすようにいった。

「うるさい！　つべこべいうな！　委員長たる者は、同胞が警察署につかまったら、ごり押しをしてでも連れて帰るのが役目じゃないか？　それが何だ！　金儲けをする人間のためには、走り使いのまねまでして、可哀想な罪のない同胞がつかまったというのに、ほおかぶりをする！　卑劣じゃないか！　いったい金もうけ野郎の走り使いで、いくらの駄賃をもらったのだ？」

「でたらめをいうのはやめなさい！　いったい、あんたのおじという人は、何で警察につかまったのか、

そのわけから説明しなさい」

「余計なことをいうな！　いますぐ警察に行って連れ戻せばいいのだ。さもないと、ただじゃおかんぞ！」

「そんなおどしに屈服すると思うか？　僕は同胞の正義のためなら、命を惜しまないが、理不尽な暴力は許さない！」

男は突き立てた日本刀をひき抜いて、斬りかかるまねまでしたが、宋が毅然とした態度をくずさないので、あきらめたのか、散々悪態をついたあげく、

「俺のいうことをきかなければ、この町には住めないようにしてやる！　今に見ておれ！」

と、捨てぜりふを残して帰っていった。

男がどなっている間、誰一人近寄ろうとしなかった隣り近所の人たちが、男が帰ったあとに、どっと押しよせて来て、

「怪我はありませんでしたか？」

「大丈夫ですか？」

と、気遣いはじめた。

「あれは、この町で恐れられている暴力団の親玉なんですよ」

「下手にさからったら大変な目にあいます」

「今日は無事にすんでも、あとのたたりがあるかも知れない……」

と、口ぐちに恐怖感をならべたてた。そんなことをきいているうちに、宋はだんだん腹立たしさがつのってきた。

男が立ち去ってしばらくたってから、妻が子供たちをつれて帰ってきた。

「あたし、事務所にかけこんで行ったら、安さんや青年たち四、五人がいたので、すぐ警察を呼ぶようにたのんだけれど、みんな黙っているだけだったわ。ただおろおろしているだけ……。情けなくなって涙が出てきたわ……。みんな、暴力団をおそれているのね。あの男がこの町の支配者なのかしら？」

そういう妻に答える気もせず、ちょうど配達されてきた新聞を読みはじめたが、気がたかぶって、目は活字の上をさまようばかりだった。

出勤時間になって、宋が事務所に出向いていくと、安が気まずそうな顔で、

「今朝は、なんにもできなくて……。申しわけないとは思いましたが、あの男たちにはさからえないものですから……」

と、弁明するようにいった。きくと、町の中に数名の仲間が居て、ふだんはおとなしくしているが、何かあると、集団で町の中をほしいままにしているということだった。

「朝連の組織があるのに、いままで何もしないで暴力団をのさばらしていたのですか？」

宋が非難するようにいうと、

「同胞たちの中には、あの暴力団の勢力によりかかって生きている人たちもいるのです。青年たちの中には、反発する人もいたのですが、個人的なテロにあうと屈服してしまうようになってしまって……」

「それじゃ、事実上、彼らが同胞たちを支配しているようなものじゃないですか？　朝連はかざりものに過ぎないのですか？」

宋は腹立たしげにいったが、安は口をつぐんでしまった。

宋は絶望感を感じた。直感的に、襲ってきた男は警察署長のいった集団強盗の一人ではなかろうかという疑念が起こったが、それをただそうという気にもなれなかった。

宋には、朝連支部の委員長たる者が、暴力団におどされて、手も足も出ないようでは、潔く委員長の職を辞退してしまったがよいように思えた。居ても立ってもいられない気がして、宋は安に、友達に会いに行くからといって事務所を出た。

宋は、いつも組織の問題で悩んでいる時、何かと助言してくれた蔡にたまらなく会いたくなっていた。蔡は、新学期はじめに結成された教職員たちの組織である教育者同盟の委員長になっていた。その教育者同盟は、新築した東京本部の一室を借りて事務所をおいていた。本部で会合のあるたびに、宋はその事務室に寄って蔡に会っていたのだった。

「君に支部の委員長は似つかわしくないが、仕事はうまく行っているの？　はやくやめて君に合う仕事をした方がいいよ」

と、蔡は口癖のようにいっていた。

蔡に会うなり、宋は暴力団に襲われた話や、同胞居住地域全体がその暴力団に支配されている実態がわかったことなどを話し、支部の委員長をやめたい気になったが、それは組織の人間として、めめしい考え方ではなかろうかと、苦哀をうったえた。

蔡の答えは簡単明瞭であった。

「犯罪で警察につかまった人間を連れ戻しに行くのも委員長の仕事とあっちゃ、君がやれる仕事ではない。君は文化面か教育面の仕事をすべきだ。ちょうどいい！　この教育者同盟で協力してくれる人材がなくて困っていたところだ。君は支部の委員長をやめて、ここに来た方がいい。組織の名分をたてるためには、君が支部の臨時総会を開いて、暴力団支配を打破できないようでは委員長を辞職するほかないと宣言し、堂々と辞めたがいい」

そういわれると、一度にわだかまりが解けたような気がした。

急いで支部の事務所に戻った宋は、自分を推薦してくれた初等学校の校長の金に来てもらい、安にも同席してもらって、委員長をやめたいから臨時総会を開きたい、と率直に意見をのべた。金は深刻な表情で、

「あんたの性格では、委員長を続けるとしたら、暴力団と正面からぶっつかるに違いない。そうなると、いろんな混乱が起き、あんたばかりか、あんたを支持する多数の青年たちも暴力団のリンチを受ける事態になりかねない。しかし、あんたが辞めるというのは無理もないが、同胞大多数はひどく失望すると思うよ。公衆浴場の問題をたちどころに解決していくあんたの能力は、この支部にとっても絶対に必要なんだから……」

と、暗に辞任に反対した。一方、安はとび上がらんばかりにおどろき、

「委員長にやめられたら、支部の前途は闇ですよ……」

と、嘆くようにいった。宋は、

「僕がつづけるとしたら、暴力支配は絶対許さないつもりだから、悲惨な事件が起きるのは目に見えています。だから、やめるほかありません。今度の日曜日に臨時総会を開きましょう」

と、結論を下すようにいった。すると安が、

「それなら、臨時総会を開く前に分会長たちを集めて意見をきいてください」

といった。それには宋も反対できず、明晩のうちに分会長たちに集まってもらうように安にたのんだ。

ところが、分会長たちは半数以上も参席しなかった。

宋が暴力団に脅迫されたことは、支部中に知れわたっているはずだった。一番先に出席した平河町の分

会長も、宋に会うなり、噂をきいたといって安否を気づかってくれたくらいだった。それなのに多くが欠席したということは、暴力団といざこざを起こしたくないという意志表示のように、宋には受け取れた。

少数の分会長に、宋は自分の心情を率直に語って、辞任したい意向をのべた。ほかの人たちは無言のままだったが、平河町の分会長は、

「あなたが暴力団と張り合うのは無謀なことです。あなたはほかにやることが多い人です。辞任するのもやむを得ないことでしょう」

と、宋の選択に賛同する意見をのべた。

ところが、青年たちが宋の辞任に猛烈に反対した。そのうちの一人は、

「暴力団は、おどしてはみたものの、委員長の毅然たる態度に結局何もできないで退散したじゃありませんか。委員長が辞めたら、奴らのおどしに屈服して逃げ出したことになるんですよ。総会は絶対反対！僕らは支部の大半の人たちに総会をボイコットさせて流会にもちこみますから」

といって、宋に思い直すように迫った。宋が、

「彼らはあたり前の常識は通用しない人間たちですよ。私は、暴力反対を支部のスローガンにするつもりです。どんな不慮の事態が起こるかわかりません。しかし私はそんなことを起こしたくないのです。卑怯と思われても仕方がありません」

と説得しても、青年たちは同意しなかった。

宋は総会を決行した。

去る者はあとをにごさないようにするために、僅か二カ月の任期だったが、その間の活動報告や財政報

告はきちんとまとめた。

当日、青年たちはほとんど出かけてしまっていた。しかし、青年たちが予告していたのとは違って、かなり多数の同胞が出席した。臨時総会というので、隣の中央支部の委員長も来賓として出席した。

宋は、開会のあいさつで、自分が委員長を辞任するつもりで臨時総会を開いたいきさつを簡単に説明し、後の人が仕事をしやすいようにするために、任期中の活動報告と財政報告をすることにしたと述べて、一気に議事を進行させていった。

ところが、宋が財政報告の途中、緊急発言の提議があり、

「やめる人間が、くだくだとしゃべることはないでしょう。早く次の委員長の選挙をして会議をおしまいにすべきです」

という発言が出た。発言したのは、戦時中、この町に町会事務所があった時、町会事務所の書記をしていた人であった。彼は村のボス勢力の後押しを受けて、新しい委員長に立候補することを宣言していた。

その発言のすぐあと、校長の金が発言を求めた。

「委員長は辞意を表明しましたが、多くの同胞たちは委員長の辞任を認めてはいません。委員長が辞任したいというのは、皆さんもよく知っているように、不慮の暴力事件があって、委員長が深い心の傷を受けたからです。それなのに、委員長の報告の途中、委員長の人格を傷つけるような発言をするのは失礼な行動です。委員長は最後まで報告を継続してください」

というと、場内に拍手が起こった。宋は苦笑しながら、大急ぎで報告を終えた。

あとは新しい委員長の選出なので、宋は座をはずして事務所に行った。おそらく他に立候補する人もいないはずだから、無投票で新しい委員長が選出されるものと思っていた。

重荷をおろした気持ちで新聞を読んでいるところへ、あわただしく安が事務所に入ってきて、

「委員長は再選されるかもわかりません。校長の金さんが、今日総会をボイコットした多数の青年たちは委員長の留任を強く要求しているのに、その意志を無視して新しい委員長を無投票で選任することはいけない。委員長を対立候補として決選投票にすべきだ、と主張したので、投票することになりました。委員長が敗れれば、仕方がないが、もし再選となれば、どんなことをしてでも留任するように説得する、と金さんが力説したので、そうなったのです。今日は欠席者があまりにも多いから、総会に来ている中学生たちにも投票権を与えることになりました」

というのをきいて、宋はあわてて立ち上がり、

「そんな無茶をして……。すぐやめさせなくちゃ」

といってかけ出そうとした。それを安は強く制止しながら、

「成り行きにまかせたがいいですよ。委員長はここで我慢して居てください。投票が終わってから迎えに来ますから」

といって、講堂にもどっていった。宋は、なんともやりきれない気持ちになっていた。

そこへ、中央支部の委員長が入ってきた。

「いやあ……すごい光景を目撃しました。あなたがやめたいという心境はよく理解できるが、あなたをやめさせたくないという勢力が、こんなに強くなっているとは想像もしませんでした。ここはもともと保守的な地域の勢力が強くて、あなたが委員長になってからのやり方に反感をもちはじめ、今度の臨時総会を契機にあんたをこっぱみじんにしてしまおうと、保守派が策をねっていたという噂はきいていました。ところが、今日来てみて、あなたを支持しているのは青年たちばかりじゃないということがよくわかりまし

た。まったく、白熱した雰囲気に驚きました」

といいながら、宋の肩をたたいた。そこへ安が、開票がはじまったといって迎えにきた。宋も中央支部の委員長と一緒に講堂に戻った。

はじめは新しい候補者が圧倒的な得票であった。ところが、宋の票が徐々に増えはじめた。投票総数は百二十八票だった。前回より三十二票も少ないのは、青年のほとんどが欠席したからだった。相手の得票数が先に六十票に到達した。四票差でリードしていたので、当選は確実と思えたのに、つづいて宋の票が出た。一票の開票ごとに、場内に喚声が上がった。

結局、六十五票対六十二票で相手候補が当選した。一票は無記名の白票だった。

圧倒的な勝利を確信していたとみえ、相手候補は票が接近しはじめると顔面蒼白になっていた。司会役の金が、

「姜相優氏が三票差で当選し、新しい委員長となりました」

と宣言しても、姜は気まずそうな顔をして立ち上がろうとしなかった。

宋が気軽に立ち上がって壇上に上り、

「私がやめるつもりで臨時総会を開いたのに、思いがけない投票になって、姜さんに申しわけないことをしました。私はもともと支部の委員長には向かない人間でした。姜さんは新たに信念をもって立派に支部を運営して行くと思います。私も力の限り応援しますから、しっかり頑張ってください。お願いします」

と、あいさつして壇をおりた。会衆はいっせいに拍手した。

姜はしぶしぶ壇上に上り、

「今日、青年たち多数が欠席していなかったら、当然、宋氏が委員長に再選されたはずです。私は当選し

たといっても複雑な気持ちです。しかし彼は、どうしても辞めるというのです。辞めたい人を無理にひきとめることはありません」

と、感情をこめた発言をし、かねて用意していたとみえ、新しい委員長としての抱負をながながと述べはじめた。

共産党への入党と民族学校廃止の策謀

支部の委員長を辞めたことで、宋は一種の解放感を感じていたが、一方ではうしろめたい気持ちもあった。総会のあった翌日の朝はやく、青年たちの代表格の若者が三人、宋の部屋にやってきた。

「僕たちは作戦を誤まった。僕たちがボイコットすれば、当然総会はお流れになると思ったのに、委員長は断行してしまった。地域のボスたちが策動していることも知っていたが、僕たちはたかをくくっていた。何が何でも委員長を強く説得することが先だった。僕たちのあやまちで、こういう結果になってしまったが、委員長は入党していなくても革命家だと信じていた。暴力団事件のとき、僕たちが委員長を擁護する姿勢を強く示せなかったのは僕たちの間違いだったが、結果的に委員長は暴力とたたかうことを放棄してしまったんですよ。大衆に対して裏切り行為をしたことになるんですよ！

姜がいくら抱負をのべても、彼は地域のボスたちの手先の役をのがれることはできないし、暴力団の勢力と手を切ることもできないのです。委員長はこの地域の同胞たちのために、もっと忍耐強く頑張るべきだったのです」

と、非難されて、返す言葉がなかった。大衆を裏切った卑怯者として罵られているような気がした。

革命は一人で出来るものではない。同志たちの力を結集し、同志たちに助けてもらわなければ何もできないのだということを、宋はあらためて思い知らされたような気がした。

青年たちが帰ったあと、宋は、これからの生き方について、根本的に考えなければならないと思った。だが、それよりも先ず生活のことを考えなければならなかった。支部からはとうとう給料をもらわなかったことを、自分では潔いと思っていたが、配給をもらうのはまだ先なのに闇米は底をついてきたと妻にいわれてみると、考えこまないではいられなかった。

大阪の新聞社から原稿料が送ってくるのをあてにしていたが、こちらから請求をするのも気の重いことであった。

宋は、意を決して極東出版社の社長を訪ねた。支部の委員長をやめて、春香伝の執筆に専念したいから、当分の生活費として原稿料の前借りをしたいことを率直に話した。

社長は喜び、その場で一万円の小切手を切ってくれた。

帰りに銀行に寄って小切手を現金にかえ、家に帰って妻に渡したところ、

「支部の委員長をやめた途端に福の神が舞い込んで来たのねえ……」

と、無心にいわれた言葉だったが、宋は痛烈な皮肉をいわれたような気がした。

「米を買ったら、残りは貯金しておくんだよ。当分収入はないんだから……」

わざと不機嫌な顔でそういい残して、家を出た。誰よりも、蔡に会って痛飲したかった。

蔡は教育者同盟の事務所に居た。宋が支部の委員長を辞めた話をすると、

「それはよかった……」

と、無条件によろこんでくれた。宋は支部の青年たちに非難されて、痛烈な自己反省をしたことを話し、

「前から何回もあなたに入党を促されながら、しぶってきましたが、本気で同胞のために仕事をする気なら、入党するのが当然だということを痛感しました。悪いですけど、私のために保証人になってください」

と、素直にたのんだ。

「何よりもうれしい話だ！　よく決心してくれました」

といって、蔡は宋の手をかたく握りしめた。

「ただ私は、入党する時は必ず一緒に行動しようと誓った仲間がいます。彼に話して、一緒に入党したいのですが……」

と、宋がいうと、

「それは誰ですか？」

と、蔡がきいた。

「中学校にいる鄭君です」

宋が答えると、蔡はまじめな顔になって、

「入党は個人の信念によるものです。他人のことなんか気づかう性質のものではないのです」

と、断ち切るようにいった。

「保証人はもう一人必要だから、君もよく知っている組織の幹部の一人に頼むことにしよう」

そういって、蔡はすぐ宋に入党申込書を書かせた。


宋は蔡にいわれて、教育者同盟の常任委員の一人として蔡の仕事を手伝うことになった。しかしとくに用のない日は、家にこもって春香伝を書きはじめた。

歌謡調の原作は何回となく読んでいるので頭に深くこびりついていたが、宋は、それを清純な若者の美しい恋物語にするために、情景の描写や、登場人物たちの個性を描き出すのに苦慮しなくてはならなかった。物語の舞台となる南原というところに行ったことのない宋は、まったく想像の世界として描くほかなかった。

はじめは流れるように調子よく書き進めていったが、読み返してみると、浮薄な通俗小説のように思えて、何度も書き直さなければならなかった。

そのかたわら、大阪の新聞の連載小説も、十日ごとに五回分ずつ、きちんと期日までに書いて送った。この方は、あらかじめ骨組みをしっかり考えていたので、さほど苦労しないで書き進めることができた。

そんなある日、宋は教育者同盟に必要な謄写用紙をもらうために、中央本部に行った。その頃、中央本部は新橋のもとの朝鮮総督府出張所の建物から、月島の仮事務所に移転していた。

宋とは初対面の新任の書記長という人が応対し、愛想よく用紙を渡してくれながら、宋が教育者同盟の常任委員だというので、教育問題に関する意見をたずねてきた。その人は、

「近頃、運営難で四苦八苦している民族教育を、いっそのこと中断してしまってはどうかという話が出ているが、君はどう考えるかね?」

と、思いがけないことをいった。

宋は、唖然として相手の顔を見返した。朝連の最高幹部の一人が、こんな軽率なことを口にしていいのかと思った。そして腹立たしげに、

「どんなことがあっても、私たちの学校はつづけるべきだと思います」

と、答えた。

教育者同盟の事務所に帰って、委員長の蔡にそのことを話したところ、

「党の強いあと押しで書記長になったあの人間は、どうも軽薄なところがあって、僕も虫が好かないが、中央の常任委員会で論議もされていないことを、いきなり君に話すとは許せないことだ」

と、いまいましげにいった。そして、あらためて、

「君の入党申請が許可になった。君の居住地域の江東区枝川町の細胞に所属することになる。あの細胞の責任者はいまのところ東京本部の委員長をしている姜氏になっている。通達が行っているから、細胞会議の時は君に知らせがあるはずだ。勤務先でも、党員が三名以上になればブロック会議をすることになっている」

と、知らせてくれた。

その日、家に帰ったところ、宋を激しく批判した青年の一人が訪ねてきて、

「今夜七時から細胞会議がありますから、姜氏の家に来てください」

と、いってから、

「もう少し早く入党してくれていたら、支部の委員長を続けてもらえたのに、まったく残念でたまりません。しかし、あなたが党員になってくれたので、僕たちは百人力を得たような気持ちです」

と、手放しでよろこんでくれた。

細胞会議に集まったのは十人ばかりだったが、姜氏のほかは全員枝川町に住む同胞の青年たちばかりであった。姜氏は宋の入党を歓迎する簡単なあいさつをした。参加者全員がそれぞれ感想をのべた。

他に議題はなく、いわば宋の歓迎のための細胞会議のようだった。支部の新しい委員長の仕事ぶりが話題になるかと思ったが、それもなかった。宋はなんとなく失望感のようなものを感じた。

短い会議が終わって帰りがけに、姜氏が宋だけにきこえるように小声で、

「君がはじめから党組織に入っていてくれたら、中学校の仕事ももっとうまく行くはずだったのに、悔やまれてならんよ……」

と、嘆くようにいった。


翌日、宋が教育者同盟の事務所に出勤したところ、思いがけなく中央の文教部次長になっている羅が訪ねてきた。羅は蔡に断わって宋を喫茶店に誘い出し、

「入党おめでとう」

といって手を握り、

「あんたが早く入党してくれていたら、文教部の仕事は、適任者のあんたに任せきっていたはずなのに、人付き合いの下手な僕は苦労しているよ」

と、苦笑しながら、

「実は、文学をやる人たちを集めて組織を作ろうという案が出ているんだよ。あんたが最適任だから、その仕事を引き受けてくれないか?」

と、いい出した。

「その仕事なら、あんたがやればいいのに。もともとあんたは詩人じゃないか?」

「広範囲な人を集めるには、人付き合いのよいあんたじゃなければ駄目だ! 姜君と、小説を書く京都出身の朴君は、先に話してあるから、あとはあんたが連絡をして、先ず発起人たちの親睦会という名目で準備委員会を開くようにしてくれないか? 会合費くらいは中央の文教部から出せるから」

と、羅は強引に押しまくり、宋に断わる隙を与えなかった。宋はいやおうなしに引き受けるほかなかっ

た。

事務所に帰り、蔡にその話をしたところ、

「それは君にうってつけの仕事じゃないか！　この事務所を準備委員会のたまり場にすればいい。すぐ連絡をはじめたがいい！」

と、積極的に賛成してくれた。

宋は先ず神奈川の民主朝鮮社の編集部で小説を書いている三人あてに、簡単な趣旨を書き、発起人になることを承諾してくれること、準備委員会は後日通知するから、出席して欲しいと手紙を書いた。

次に、手近な国際タイムスの文化部長の尹に電話をかけた。尹は、

「そうじゃなくとも君に会いたいから、今すぐ訪ねて行く」

といって、事務所の住所や行く道順をきいた。

中学校の詩人の琴に電話をかけるのは、授業時間の妨げになると思い、自宅あてに至急会いたいから暇をみつけて事務所に来てくれと葉書を書いた。

事務所で書いた郵便物を近い郵便局に出しにいって戻ったところ、思ったより早く尹が訪ねてきた。

喫茶店の席につくなり、尹は、

「ついに僕は首を切られることになった！」

と、沈痛な声を出した。覚悟はしていたものの、今朝出勤するなり社長に呼ばれ、職務上の失策を幾つか指摘された上、きくにたえないようなばりざんぼうを受けたというのであった。

即刻辞表を出せという風に受け取れたが、何かいえば涙声になりそうだったので、黙ったまま社長室を出たというのであった。社内で取りつくろってくれそうな人もいないといった。宋は、なぐさめようもな

く、

「僕が社長に会って話をしてみようか？」

というと、尹はいくらか気をしずめ、

「会っても無駄だと思います」

と、溜息まじりにいった。

宋は、尹が平静さを取り戻すのを待って、同胞の文学者の集まりを持ちたいという主旨を話した。

「私のような人間を文学仲間と考えてくれるだけでも救われたような気がします。たとえ新聞社を首になっても、詩人としての誇りをもつように、とさとされたような感じです」

尹はそういって感動を見せた。


無駄であっても、尹のためになればと思い、宋はその足で国際タイムス社に行った。社長は宋を、一応歓待してくれた。

ところが、宋が、仕事が変わったといって名刺を出したところ、

「えらい変わり身が早いですなあ」

と、冷笑するようにいった。社長は気配を察したらしく、露骨に警戒するような固い表情になった。

しかし、宋は臆しないで、尹のことを寛大な目で見てやってくれないかと、静かにいった。社長は即座に、

「あなたのところへ泣きこんで行きましたか？　下らない人間だ！」

と、吐き捨てるようにいい、つづけてまるで速射砲を撃つような勢いで、尹の欠陥を並べ立てた。

社長はさらに、それでも収まらないように、自分が忍耐強く尹の面倒をみてきたことを列挙した。ついで、とうとうと自分の人生観をのべたてた。宋は呆気にとられて相手をみつめているほかなかった。しかしそのうち、猛烈な怒りがこみあげてきた。成り上がり者根性丸出しに弱い立場の同胞を見下す態度が許せないと思った。まるで、この前来た時の美辞麗句を並べた人間とは別人のようにみえた。

だが、宋は言い争う気にはなれなかった。相手の言葉が、とぎれるのを待ち、

「失礼しました」

と、一言を残して、さっさと部屋を出た。

怒りはなかなか静まらず、宋は感情をおさえるために、やたらと舗道を歩きつづけた。

それから二日後、琴から、学校の帰りに事務所を訪ねるという電話がかかってきた。三時半頃、事務所に来た琴は、宋の手をとるなり、

「会いたかったよ！」

と、まるで恋人に会うような声を出して、事務所に同席した人たちを笑わせた。

蔡と琴は前に一度会ったことがあるので、お互いに顔をおぼえていた。

「琴さんはすごい詩人です」

と宋が紹介すると、蔡は琴と握手を交わしながら、

「宋君のおかげで、この事務所に続々と文学者たちが来てくれるので、はなやいだ空気になります」

と、笑顔でいった。そして宋に、

「琴さんとつもる話が多いでしょう？　先に帰ったらいいですよ」

と、気をきかせてくれた。

宋はすぐ琴をともなって枝川町に向かった。家で、ドブロクを買ってきて、くつろいだ話がしたかった。帰り道のバスの中で、琴はのべつ幕なしに語りつづけた。副校長にやめてもらいたいために宋が学校をやめたことを知って、宋のやりそうなことだと感心したこと、いきなり支部の委員長になったと聞いて、偉い人間は違うんだなあと思ったこと、中学校の生徒たちが大挙して宋に会いに行き、子供たちが全校をあげて抗議運動を起こした時、一部の人間は宋が後ろで糸を引いていると誹謗したが、生徒たちがあんなに強く団結したのは、生徒たちが宋を心から尊敬しているせいだと感じたこと、教師たちが動揺しているとき、鄭が利己的に立ち回り、何人かの教師に入党をすすめ、琴自身もしつこく誘われたこと、琴は家庭の事情で入党できないからと強くこばんだこと、鄭の入党勧誘は、朝連中央に取り入り、その力を背景に学校でのさばろうという野心からだと見透かされ、入党者もほとんどなく、鄭はますます孤立するようになったこと……。

そんなことを一気にしゃべってから、琴は、

「僕が前にもいったように、あんたが中学の校長になるのなら話は別だが、あんたはいい時に学校をやめてよかったと思うよ。大阪の新聞に連載小説を書いたり、最近は長編小説を書きはじめたという噂もきいたが、小説家としてのあなたが花開いたじゃないか？　うらやましい限りだ！」

といって、また強く宋の手を握りしめた。

家に帰り、部屋でくつろいでドブロクをたてつづけにのみほしながら、琴は、

「それにしても、宋さん、あんたは運の強い人だねえ……。必要以上に敵もたくさんつくるが、踏まれても蹴られても、這い上がる人だ」

と、感嘆するようにいった。宋は、酔いが回らないうちにと思い、琴に文学者の集いの話をし、

「あなたも発起人の一人になってください」

と、たのんだ。

「それはすごい！　宋さんのいうことなら、なんでも賛成します。私もぜひ仲間に入れてください」

と、琴はうれしそうな声を出した。

話もはずみ、よくのんで、ドブロクの一升瓶が二本も空になった。しかし琴は、終電車の間に合いそうな時間に、きちんと立ち上がって帰っていった。

琴が帰ったあと、宋はあれこれと考えこまないではいられなかった。

入党する時は必ず行動を共にしよう、と強くいったのは鄭だった。宋はそれを友情の絆だと信じこんで、馬鹿正直に守っていた。しかし、琴からきいた話によると、鄭はかなり早くから入党しているように思われた。

あれこれ考えてみると、中学校の引っ越し騒動が失敗した後、鄭は保身のためにこっそり入党したのかもしれなかった。

だが、いまさら鄭の不実さを責めてもはじまらないと思った。本質的に功利的な人間は、豹変するのは当たり前で、それをなじるのは自分の愚かさを考えない人間のやることのように思えた。

文学者の集いの発起人となる、めぼしい人たちの同意が得られたので、宋は準備委員会を発足させてもよいと思い、羅と連絡して、親睦の会合をもつ日時をきめるために、中央の文教部に訪ねていった。

すると羅は、

「実は党の中央から、朝連中央のブロックに指示があり、明日の昼、関東の朝鮮人党員の緊急大会が開かれることになった。重要な会合らしいから、その大会がすんでから相談しよう」

というので、宋は同意するほかなかった。その会合には、新米党員の宋も招集されていた。

その会場は、五百人以上が座れそうな、かなり広い会堂だった。きめられた時間に会堂に入った宋は、入口近くで偶然、鄭に出会った。鄭は意外な顔をして宋を見たが、すぐ顔をそむけて群衆の中にまぎれこんだ。

集まった会衆は三百人は超えそうであった。党の中央の書記局の日本人が司会をした。

司会は、講演者として党の中央委員を紹介した。四十くらいと見える達弁のその中央委員は、

「今日は朝鮮の党員諸君に重大な問題を真剣に考えてもらいたい」

と、前置きして、いま全国で行なわれている朝鮮学校の実態を語り出した。

とても学校とはいえない、みすぼらしい校舎、貧弱な設備、そういう施設で勉強している子供たちのみじめさ、不十分な教材で授業している教師たちの学力不足や経験のなさ、とても十分な教育とはいえないお粗末さ、それに無理な学校経営のために、ほとんどの朝連組織が運営難で破産状態におちいっていることなどを列挙し、子供たちに安らかな教育を受けさせるためには、ここで大悟一番して、子供たちを安心して勉強させることのできる日本の学校へ転校させ、朝連は本来の民生事業のために全力をつくすべきではないかと、とうとう四十分にわたってしゃべりまくった。

宋はきいているうちに、だんだん怒りがこみあげてきて、居ても立ってもいられない思いになった。

解放された朝鮮民族の尊厳というものを全く考えないで、植民地時代の優越感をふりかざし、朝鮮人を

蔑視したもののように思えてならなかった。

講演者が話し終えるのを待ちかまえ、宋は手を挙げて緊急質問の意志表示をした。場内整理係が宋にマイクをもって来てくれた。

「いまの講演は、事前に朝連の中央に相談して、その了解の上にしたものですか？」

と、きくと、講演者は少しうろたえ気味ではあったが、

「いや、わが党の中央委員会の意見です」

と、断固たる調子で答えた。

「では、講演の内容について、朝鮮人党員としての意見をのべていいですか？」

宋がたたみかけるようにいうと、司会者が講演者とふたことみことささやき合ってから、

「どうぞ」

といってくれたので、宋は場内の会衆がよくきこえるように演壇の下まで進み出てから発言をはじめた。

「いまの講演は、基本的にわれわれ朝鮮人の立場を無視したものだと思います。私たちが解放後、民族教育をはじめたのは、朝鮮人でありながら朝鮮語を知らない、朝鮮の文字も知らない、祖国の歴史も知らない私たちの子供たちに、言葉や文字を教え、誇りある朝鮮人の魂と心を教えるためでした。

植民地時代、われわれ朝鮮人は文字や言葉を使うことも禁止され、祖先伝来の名前まで奪われていました。私たちは、朝鮮は滅びるべきもの、つまらないものと教え込み、ひたすら日本に服従し、日本の奴隷となることを強要する教育を受けてきたのです。

解放は私たちに民族の独立を与え、私たちは踏みにじられた民族の尊厳をとりもどし、奪われた民族の文化、民族の言葉と文字をとりかえすことを、最大の使命としたのです。

私たちは日本全国いたるところで、講習会を開き、寺子屋のような民族教育の場をつくったのです。同胞のほとんど全員が帰国を希望したのですが、米ソの強制占領により、祖国が分断され、帰国しても生活ができなくなったので、私たちは子供たちを教育するために、全国的に学校作りをはじめたのです。日本の学校に子供たちを入れたのでは、朝鮮の言葉も文字も、祖国の歴史や地理も、かんじんの民族の魂も、民族の心も、教えることはできないからです。誇りある独立国民としての教育ができないためです。

講演者は、私たちの教育施設の貧弱さを指摘しました。たしかにその通りです。

しかし、一切の無の状態から、貧しい同胞たちが、精いっぱいの力を出し合ってつくったものです。どんなにみすぼらしくても、私たちには御殿のように光り輝いてみえるものです。

講演者は、私たちの教員の質の低さをのべましたが、戦前、私たちは日本の学校の先生になるような教育の機会をほとんど与えられませんでした。本職の先生がいないのは当たり前です。多数いた留学生たちは、戦時中から戦後にかけて、ほとんど帰国してしまいました。日本に残っている知識階級はほんの少数です。

しかし、言葉を知り文字を知っている人たちが、子供たちを教えたい熱情をもって先生になることを志願してくれたのです。知識や経験が浅く、能力は不十分でも、たぎるような民族愛をもって、自分で勉強しながら子供たちを教えているのです。

優秀な教師である最大の条件は、子供たちに好かれ、子供たちに尊敬されることです。

その点、わが学校の先生たちは、日本のどんな学校にもひけをとらない立派な先生たちです。

講演者は、子供たちに安らかな教育をさせるために、安心して勉強させることのできる日本の学校へ転校させろと強調しました。今、日本のどこの学校に、私たちの子供を安らかに教育させる、安心して勉強させる場があるというのですか？

講演者は、戦前、私たちの子供たちが、日本の学校で、どのような状態で、どのような扱いをうけていたのかを、少しでもわかっていて、そのようないいかたをしたのですか？　まったく無知、無関心の状態での放言というほかありません。

戦前、私たちの子供たちは、日本の学校のなかで、どのような状態であったか？

日本政府はわれわれ朝鮮人に対して解放に至るまで義務教育を施行したことはありません。

日本の本土では、日本市民に、朝鮮人を公平に扱っていると宣伝するために、学校に子供たちを入れていいとはいってくれました。しかし、私たちの子供たちが、日本の学校の教室に入ると、朝から晩まで、朝鮮人、やい朝鮮人といわれて、差別され、侮辱され、いじめられてばかりいました。迫害されて、男の子が反抗すると、日本の子たちから袋叩きにされました。日本人の教師には、朝鮮の子は喧嘩ばかりするといって、容赦なく体罰を加えられたのです。

勉強のよく出来る子、走ることの速い子、相撲の強い子などは、学校の中の英雄です。そういう子たちは、無事に学校に通っていましたが、大多数のわが子供たちは、早い子は小学校の二年頃から、普通の子は小学の三、四年頃から、学校へ行かなくなるのです。まがりなりにも小学校を卒業できたのは、半数にもみたなかったのです。中学校進学率は、日本の子たちの一割にもみたない数字だったのです。

義務教育でないから、朝鮮の子が学校へ来なくなっても、学校では放任状態でした。日本の学校とは、わが子供たちにとってはまさに地獄のようなところだったのです。

だから、学校に行かないわが子供たちは、貧しい家の中で内職をしている母親の手伝いをするか、埋め立て地に行って鉄屑を拾うかして家計を助けていたのです。

同胞の密集地域の場末の映画館などは、雨の日は昼の日なかに、学校に行かない子供たちで一杯でした。解放とともに、わが子供たちが、講習所などに集められた時、本来なら、知らない言葉や文字を習うのはおっくうなはずなのに、なぜ歓呼の声をあげながら、よろこび勇んで通いはじめたと思いますか？そこには、朝鮮人といっていじめる子などなく、みな仲よく遊んでくれる仲間たちばかりがいたからです。なぐったりしないで、やさしく迎えてくれる同胞の先生がいたからです。

わが子供たちは、地獄から天国へ来たようなよろこびを感じたのです。わが子供たちは、わが学校で、はじめて解放のよろこびを味わったのです。

私たちは、わが子供たちにとっては地獄でしかない日本の学校へ、絶対にやるわけにはいきません！たとえ朝連が破産状態になろうとも、死力をつくして、わが学校を守り、わが学校を発展させるべきです。

外見だけを見ないで、講演者が実際に私たちの学校へ行って、おだやかな顔で、たのしそうに勉強している私たちの子供に実際に接してみたら、口が裂けても、あのような暴論はのべないはずです。民族優越感にこりかたまり、民族差別と蔑視の精神に徹した過去の帝国主義時代の反動的な権力者がいいそうなことを、堂々とのべたてるのは、わが朝鮮人に対する侮辱以外の何ものでもありません。われわれに陳謝し、暴言を撤回すべきです。

言いたいことは山ほどありますが、話が長くなりますから、私の話はこれで終わります」

宋が聴衆に一礼してマイクを放すと、場内から万雷のような拍手がとどろきわたった。

「オルソ！（その通りだ）」

という叫び声が方々から起こった。

騒然とした中を、宋はゆっくり歩いてもとの席にもどってすわった。

講演者と司会者は、ひどく動揺しているようであった。二人で何かささやきあっていたかと思うと、場内がしずまるのを待つようにして、司会者が、

「いまの発言は、一つの意見としてのべたものだと思います。発言の予定者がいますから、その意見をきくことにします」

といって、一人の名前を呼んだ。指名された人は、演壇のマイクの前に立ったが、

「今の発言をきいて、私は自分の述べようとした意見が間違っていることに気付きました。それで私は、意見を述べることをやめたいと思います」

といって、さっさと引き下がった。

司会者は、おろおろしながら、次の人の名を呼んだ。その人も、マイクの前に立って、

「私も何もいうことはありません」

といって退いてしまった。

司会者は、また講演者の傍らに行って二言、三言話し合ってから、

「ほかに意見をのべたい人はいませんか?」

と、会場に向かってきいた。方々から、いっせいに手が挙がった。

司会者から指名された人は、壇上に上がったかと思うと、マイクを握るなり、講演者に向かって、

「さっきの会場発言は正論だと思います。聴衆に謝罪し、発言を撤回すべきでしょう!」

と、詰め寄るようにいった。

すると、講演者は激怒して、ぱっと立ち上がり、

「何をぬかすか！　失礼だろう！」

と叫んだかと思うと、演壇をかけおりるようにして場外へとび出していってしまった。

会場は騒然となった。司会者はあわてふためいて、しばらくおろおろしていたが、やがて消え入るような声で、

「今日の会合は、これで中止にします。散会してください」

といったかと思うと、そばに置いてあった書類袋のようなものを抱えるようにして、あたふたと立ち去ってしまった。

しかし、聴衆はすぐ散会しようとはしなかった。一人が壇上に上がり、マイクを握って、

「朝連中央の人はいませんか？　こんな会合を開いて責任を感じませんか？」

と叫びだしたが、急にマイクの音が切れてしまった。やがて会堂の人が出て来て、

「主催者が閉会したといって帰っていきましたから、皆さん帰ってください」

といってせきたてはじめたので、皆しぶしぶと帰りはじめた。

宋は、あたりを見廻したが、鄭の姿は見当たらなかった。羅や蔡が来てないかと思ってさがしてみたが、どこにもいなかった。


翌日、宋が事務所に行くと、蔡が待ちかねたように、

「昨日、僕は用があってあの会合には出席しなかったが、君が大活躍をした話をきいたよ。実は、昨夜、緊急中央常任委員会があって、あの会合のことが大問題になった。中央の中枢部がまったく知らないところで、あの会合が計画されたらしい。

一国一党という国際共産主義運動の鉄則があるから、在日の同胞もみな日本共産党に入党しなければならないが、日本共産党の日本人が朝鮮人運動を指導するのは、いろいろな矛盾があるようだ。現在、日本共産党の中央には朝鮮人の民族運動を正確に反映させる朝鮮人党員の論客がいない。そのため、日本人幹部の主観で朝連を指導しようとするから、いろいろな摩擦が起こることになる。

日本の党の中央で、民族学校無用論が台頭しはじめたのは、学校建設運動が盛んになって、朝鮮人からの日本の党への献金が激減してからだ。日本の革命が主で、朝鮮人運動は従だという考え方に支配されている日本人幹部は、朝鮮人運動を民族至上主義の日和見だと批判している。つまり、朝鮮学校は日本革命の妨げになるという判断だ。

それで、公然と朝鮮学校無用論がとなえられはじめ、その先頭の論客が、昨日講演した中央委員だ。彼は日本の党の中央委員の中でも、やり手として評判の人間だ。それだけにうぬぼれも強いわけだ。彼が強引に主張して、昨日の会合を計画したらしい。

朝連の幹部の中でも党の中で羽振りのいい彼に追随し、彼におもねる人間が出てきた。君が会った書記長もその一人だ。おそらく君の反論がなかったら、あの中央委員に盲従する何人かの朝鮮人党員が、彼の主張に尾びれをつけて、朝鮮学校廃止論を公然と唱え出したに違いない。そうなると、へたをすれば学校廃止運動が起こらないとも限らなかった。間違えれば、組織内に大混乱が起こるところだった。

昨夜の常任委員会で、会合の参加者たちが異口同音に君の発言をたたえたよ。あの中央委員の演説が終わった途端、間髪を入れず、痛烈な反撃をくらわせたばかりか、彼に追従していた人間たちを瞬間的に覚醒させる役割をしたといって……。君は一撃のもとに、あの厚顔無礼な男の鼻をへし折ったわけだよ。

君の発言に興奮したわが党員たちが、あの男に謝罪と発言撤回をつめよったので、彼は面目丸つぶれになり、遁走するほかなくなってしまったが、朝連中央にも大きな警鐘を鳴らしたことになった。会議の席上で、たびたびあの中央委員に会っていた書記長の行為が糾弾された。おそらく書記長は詰め腹を切らされることになるだろう」

蔡は中央の常任委員会の様子を克明に語った後、

「君はおとなしそうに見えながら、常に爆弾を抱えているような恐ろしい力をもって歩いている。文学的情熱を秘めているからだろうか……」

宋の顔を見直して、しみじみとした口調でそういった。

しかし、宋の心の中には、党に入って、かえって鬱積したものがわだかまっていた。新聞の連載小説を書いたり、春香伝を書いたりしていながらも、自分で書きたい本当のものを書いていないという、焦ら立たしさを感じた。怒りを感じていながら、それをそのまま表現できない自分のひ弱さや、だらしなさに、腹を立てないではいられなかった。

どろどろしたものを一気に吐き出し、憎むべきものに爆弾でも投げつけるような強さと激しさを発揮しなくてはならないと思った。

宋は、一つの人物をつくりあげることにした。

それは、植民地時代、日帝の手先の役割をし、同胞を裏切りながら日本の権力におもねて、自分の安逸ばかりを考えていた人間が、解放後は豹変して愛国者の仮面をかぶり、同胞たちの前に君臨する権力者の地位によじのぼって、言葉たくみに同胞を欺瞞しながら、弱い立場の同胞をせせら笑い、わが世の春を謳歌している人間像であった。

さんざん考えあぐねた末、宋はその人間像を主題に二十枚の短篇を国文で一気に書きあげた。宋はその人間像に、ありとあらゆる憎しみを凝縮させた。そして題は、「ケシエキ」とつけた。それは、日本語では犬の子という単語だが、ならず者、人でなし、人間の屑、といった憎しみのかたまりのような言葉だった。

宋は書き上げた原稿を何度も読み返してみた。これでよい、という気持ちの反面、表現の一つ一つが気になり、実に下らない作品のようにも思えた。破り捨ててしまいたい衝動にもかられたが、書き直せば、二度と同じ作品は書けないような気もした。

蛮勇をふるうほかないと思い、宋はその原稿を解放新聞社の編集部に持って行った。

編集部の責任者は一読して、

「これは傑作だ！」

といい、すぐ載せることを約束してくれた。

宋の書いたものが載った解放新聞が事務所に届いたのを読み終わった蔡は、うむ、と、うなるような声を出してから、

「これは宋君の入党記念作品といえるなあ……。異常な気迫がこもっている。きっと反響を巻き起こすよ！」

と、いったところへ、羅から宋に電話がかかってきた。

「いま、解放新聞にのった君の作品を読んだところだ。すごいものを書いてくれたねえ……。君はやっぱり小説を書くべき人だ。今度の文学仲間の発起人会でも、きっと話題になるね」

と、よろこびの声をあげた。

その日の午後、尹が事務所に宋を訪ねてきた。

「僕のためにわざわざ社まで行ってくれたのに、あいさつにも来ないで申しわけないことをした。結局僕は、次の日辞表を書いて社をやめた。再就職のあてもないので、昔の洗濯屋仲間にたのんで、小さな店を出す算段をしているが、一緒に暮らすことになった彼女は、せっかく文章を書く能力を持っているのだから、それを生かすことを考えるようにすすめるので、少しばかり迷っているところだ。

気が引けて、君にも会いに来られなかったが、実は今日、解放新聞をとっている知人がわざわざ持って来てくれたので君の作品を読んだ。ショックを受けたよ。描かれている人物が、あまりにも、あの不愉快な社長にそっくりじゃないか！　まるで君が僕のかわりに復讐してくれたような気がした。痛快きわまりない作品だよ。涙が出てとまらなかった。どうしても君に会って、いい作品を書いてくれたお礼がいいたくて……」

話しなかばに、尹は涙ぐんでしまった。

「僕は何も、あの人間を書いたつもりじゃなかったけれど……」

宋が言いわけがましくいうと、尹は、

「卑劣な人間にいためつけられた人なら、誰でもあの作品を読むと、自分に傷をおわせた人間がそこに描かれていると思うに違いない。君は否定的な人間の一つの典型を描いたわけだ。短い小説だが、光り輝くような作品だ」

と、激賞した。

次の号の解放新聞に、仮名による「ケシエキ」に対する感想文がのった。

「えせ者がはびこっている最近の世相のなかで、正義感のこりかたまりを破裂させたような作品であった。私のみた作者の宋君は、黙々として同胞のために仕事をしている実直な人のようにみえたが、鋭い感覚の文才の持ち主であることに驚かないではいられなかった。きわめて清新な感動を受けた。宋君の精進を願ってやまない」

と、愛情のこもった内容であった。

蔡は、その仮名の人の正体を宋に教えてくれた。それは、宋に朝連運動に入る契機を与えてくれた、朝連組織発足当時の中心的役割を果たした人であった。同胞たちの帰国が中断状態になったとき、朝連組織の運動の方向を協議するため、危険をおかしてソウル行きを敢行した人だった。

しかし、ソウルでは米軍政府が、自主的な独立政府を樹立しようとした進歩的な勢力に大弾圧を加え、その手先の役割をした右翼的な暴力が、南朝鮮全体を混乱状態に落とし入れていた。彼はめざして行った同志たちに会うこともできず、難をのがれてさまよったあげく憔悴して日本に戻ってきた。禁を犯して密航の往復をしたので、公然と公衆の面前に姿を現わすこともできなくなり、一部の同志たちにかくまわれて悶々の日々を送っているということだった。

組織の中では、誰よりも彼に対する尊敬の念を抱きつづけていた宋は、彼の暖かい激励の文章に感動しないではいられなかった。それだけでも、あの作品を書いた甲斐を感じた。

在日本朝鮮文学会を設立する

文学仲間の発起人会は、十二月のはじめに会合をひらくことになった。なるべく気楽に飲める場所でやってほしいという要望が強かったので、宋は羅と相談の上、枝川町の同胞のドブロクを売る店で開くことにした。

昼間は客のいない土曜の午後に集まった。羅や宋を含め、呼びかけた九人全員が集まった。先ず会の名称をきめることになり、羅の発案で、在日本朝鮮文学会とすることに全員賛成した。なるべく広範囲に呼びかけることになり、羅が朝連の組織を通して、文学活動をしている同胞を探し出し、入会を勧誘する案内状を送ることにしたが、発起人たちも交友関係を通して呼びかけることにした。財源を確保することは難問だったが、羅と宋が、朝連組織関係に訴えて、賛助者をつのることにし、資金が出来たら国文で機関誌を発行することもきめた。

会員募集ができたとき、発足大会を東京で開くことにしたが、それまでの事務責任は宋がになうことになった。

「いっそのこと、宋君を会長にしたら?」

と、琴が提案したが、

「準備段階で会長はおかしいから、書記長と呼ぶことにしよう」

と、羅がいい、みなそれに賛成したので、宋もうなずくほかなかった。

ドブロクがまわり出すと、みな陽気になり、誰からということなしに歌をうたいはじめた。尹が実にたくみな節まわしで、郷里の民謡を歌いはじめた。会話のときは、国語がへただからといって、日本語ばかり使っていた民主朝鮮の孫が、実に正確な発音で歌った。姜は、名調子で戦前流行した祖国の流行歌を歌った。

歌がうまそうに思えた琴は、音痴で駄目だといって歌わなかったが、民主朝鮮のあとの二人は、それぞれ楽しそうに民謡を歌った。京都の同志社大学を出、味のある短篇を書く朴は、きっすいの平壌っ子で、きれいな声で西道アリランを歌った。ソウルで育った羅は、歌はよく知っているはずなのに、しりごみした。郷里の民謡は何ひとつ歌えない宋は、子供のとき普通学校で習った童謡を歌った。

酒がすすむにつれて、歌のうまい連中の独壇場となり、尹は箸でテーブルを叩いてたくみに調子をとった。店の主人の同胞が感心して、

「みんな風流な人たちですねえ……。感心しました。あまり楽しそうだから、私はドブロク一升をおごります」

といって、皆をよろこばせた。暗くなって、ほかのお客が入りはじめたので、散会になり、

「楽しい親睦会だった」

皆そういって、帰って行った。

日曜の朝、はやく目をさました宋は、猛烈な創作意欲を感じ、終日部屋にとじこもって、停滞していた春香伝を一気に書きすすめていった。恋人どうしの悲恋の別離の場面を描きながら、自分でも涙ぐむほど

の熱のこもりかたであった。

ところが翌日、事務所に顔を出したところ、すぐ羅から電話がかかってきた。

「急用が出来たから、すぐ中央に来てくれ」

というので、宋はすぐかけつけていった。羅は、宋の顔をみるなり、

「大阪の米軍政部が、わが学校に押しかけてきて、難くせをつけているらしい。ただごとではなさそうだから、直ぐ行ってみる必要がある。宋君、悪いけど僕と一緒に行ってくれないか？」

と、短兵急にいった。そばから文教部長までが、

「是非、そうしてほしい」

と、宋に二の句をつがせなかった。

「夜行で出発するから、すぐ支度をして夕方までに来てくれないか？」

と、羅にいわれて、宋はうなずくほかなかった。事務所に戻って蔡に話すと、

「羅は神経質だから、一人で行くのは心細いのだろう。一緒に行くほかないね」

と、なだめるようにいった。


大阪駅に着いた二人は、まっすぐ問題が起こったという東成区の学校に行った。付近が戦災で焼けて休校状態になっていた校舎を、解放後、朝連が借り受けて民族学校にしたということであった。あたりが公園になっていたので、木造の古い二階建ての校舎が焼け残ったようであった。あらかじめ連絡してあったので、校長が校門のところで待っていてくれた。中央の文教部から来たというので、校長はひどく緊張していた。

備品はぼろぼろになっていたが、ゆったりした応接室があった。

二人が椅子にすわるのを待ちかねたように、校長は説明をはじめた。

三日前の午後、いきなり軍服姿の米軍人二人が来て、校庭に掲げてあった国旗（太極旗）を勝手にひきずりおろそうとした。たまたま玄関先にいた教員が、かけつけて行って、何をするか、と抗議したところ、白人の軍人が顔色をかえてどなり出した。

英語がききとれない教員がまごついていると、東洋人らしい顔の軍人が、

「校庭に日の丸の国旗をかかげてはいけないと指令してあるのに、なぜその指令を犯したのだ」

と通訳した。

「それは日の丸じゃなくて、太極旗という朝鮮の国旗です。あなた方はここを日本の学校と間違えたんじゃないですか？　ここは朝鮮学校ですよ」

と教員がいうと、通訳の軍人は、それを、怒っている軍人に通訳した。

怒鳴った軍人は、朝鮮学校ということが理解できないようであったが、ひきずりおろした旗をひろげてみて、日の丸の旗でないことはわかったようであった。

しかし、教員になじられたのが腹にすえかねたのか、校長はいないのか、と再び怒鳴り声を上げた。教員が留守だと答えると、

「とにかくこれは証拠品として没収して行く。返してもらいたければ、明日、校長が軍政部に来て、学校の説明をしろ！」

と言い残して、旗をもってジープで立ち去った。

しばらくして学校に戻った校長は、その報告をきいてびっくりしたが、軍政部というものがどこにある

のか、何をするところなのかも知らないばかりか、きいたこともなかった。

さっそく朝連大阪府本部に連絡をしたところ、

「それは重大事件だ。明日の朝、文教部長が一緒に行く」

という返事だったので、翌日、二人で軍政部に行った。

教育担当だという軍人が、いきなり自分の机の前に、紳士靴と、軍靴を並べておいて、何やら偉そうな口調でしゃべりまくった。そばにいた日本人二世らしい軍服の男が通訳をした。

「我々は相手の出方によって両方の靴を履く。おとなしく出てくれば紳士靴をはいて応対するが、反抗的に出れば、軍靴をはいて踏みにじってやるだけだ。昨日の教員の態度は非常に反抗的だった」

と、最初から威圧するような態度だった。府本部の文教部長は、われわれは米軍が朝鮮を解放してくれた恩人と思って感謝こそすれ、反抗する気持ちは毛頭ないと、言葉をつくして説明した。

校長も、教員は不意の出来事に誤解しただけで、反抗の意志があったわけではないと弁明した。通訳を通して二人の説明を聞き終わった軍人は、

「あなたたちが、反抗的でないのはわかった。一応押収してきた旗は返すが、私が昨日帰って来て調べたところでは、朝連という団体は常に反米的で、在日朝鮮人たちをアメリカに反抗するようにしむけているということだ。朝鮮学校は、父兄の朝鮮人の集合場所で、朝連の宣伝機関の一つだということもわかった。私はもっとくわしく調べてみるつもりだ。もしそれが事実なら、米軍は絶対に容赦しない。そう心掛けておくがいい」

と、最後まで威嚇的な態度をくずさなかった。

校長は、そのような経過を説明した後、

「国旗は取り返して来ましたが、なんだか不吉な予感がしました」

と、不安そうにいった。

そこへ学校の父兄会長がやってきた。羅たちが、わざわざ中央から来たということで、父兄会長は丁重に対応した。

羅が、府本部の文教部長に会って話をききたいから、府本部に行きたいというと、父兄会長も、自分も文教部長に会いたいから一緒に行こうといって、先に立って道案内をしてくれた。

大阪府本部の文教部長は、宋が大阪へ来た時に何度も会ってじっこんの間柄だった。羅とも親しいので、文教部長は両手をひろげて歓迎した。学校の父兄会長ともごく親しいようであった。

文教部長は三人を応接室に案内して、軍政部に行った時のことを詳しく話した。

「後のたたりはないかと、校長は不安がっていましたが……」

と、父兄会長がいうと、

「なあに、軍人特有の空威張りですよ。日本の役所や学校は、どこへ行っても平身低頭してはいつくばっているのに、いきなり抗議をされたものだから、頭に来たのでしょう。彼らは姿勢の高い日本人に会ったことがないのですよ。朝鮮人に会ったこともないし、朝鮮を全然知らないから、面くらってむかっ腹を立てたんだと思いますよ」

と、文教部長はひどく楽観的だった。

「でも、最近、米軍司令部は朝連を敵対視しているという噂じゃないですか？」

と、父兄会長がいうと、

「その点は気になります。最近、南朝鮮の状態が険悪で、朝連がどうしても米占領政策に批判的になるほかないから、彼らは機会があれば弾圧に乗り出すかもしれません。しかし学校は、神聖な教育機関です。彼らだって一応文化国家の人間たちだから、教育機関に対して滅多なことはできないでしょう……」

その文教部長の言葉に、

「それもそうですね……」

といって、父兄会長はなっとくしたような顔をした。

父兄会長は、大阪では有力な同胞の企業家のようであった。そのためか、応接室に、本部の委員長や副委員長が顔を出し、丁重なあいさつをした。そのあと、羅に全国的な学校状況などの質問があり、教育問題の懇談会のような形になった。

羅が、全国では小学校が五百四十校で生徒数が五万三千、中学校が六校で、生徒数が二千五百名程度だと説明した。

父兄会長は学校数の多さに驚いたが、大阪の文教部長が、大阪は小学校が三十五校で生徒数一万五千、中学校三校で生徒数は千三百五十名あまりで、なんといっても大阪は同胞数も多いが、民族教育の拠点地だと説明したので、宋ははじめてきく大阪の数字に感嘆した。

文教部長が、羅や宋が、大阪ではじめて開いた教員講習会に、東京から講師として来て、大阪の教員たちを教育した労苦を語ると、父兄会長はひどく感動した。

話がはずんで、とうにお昼時間が過ぎていた。気づいた父兄会長は、どうしても中央から来た二人を接待したいからといって、文教部長まで連れて、梅田駅近くの、同胞のかなり大きな飲食店に案内した。東京では、盛り場にまだこういう大きな同胞の店は出来ていなかった。

御馳走が驚くほどたくさん出て、父兄会長はさかんに酒をすすめたが、羅は、飲めないからといって固辞した。羅があまり酒を飲めないことを宋は知っていたが、コップに手をつけようともしない、そのかたくなさに、何か気になるものを感じた。

しかし、父兄会長や文教部長は、別に気にもしない様子で、宋が軽くコップを空けるのをみて、よろこんで酒をつぎたした。

「宋さんは豪酒家ですから」

と、文教部長がいうと、

「あまりすすめないでください。これから二人で兵庫県の本部に行く予定ですから」

と、羅がさえぎるようにいった。兵庫県に行くという話は、宋はまだ聞いていなかった。

すると、父兄会長が大きく手をふりながら、

「これから兵庫県に行っても、夕方になるから、今日は用は足せないでしょう。今夜は私の家にゆっくり泊まって、明朝はやく出かけたがいい」というと、文教部長も、

「その方がいい。そうしなさい」

と、強くいった。羅は気まずそうな顔だったが、

「では、お言葉に甘えてそうします」

と、答えた。

宋は羅のそうした態度が、すこし気になったが、何もいわずに三人で酒をかわし合った。

父兄会長は、上手に酒の相手をしたが、自分はあまり飲まなかった。

話題はもっぱら、大阪の同胞たちの活気にみちた活動ぶりについてであった。

中心地の梅田駅前ばかりでなく、大阪の繁華街のいたるところに、同胞の大きな店が続々と出来はじめたということであった。特に同胞の居住の多い生野区の鶴橋駅周辺は、横浜の中華街のように、同胞の店が立ち並びはじめたということだった。

宋は話をききながら、同胞のその活気が、民族学校の発展にも反映されているように思えた。羅もその話には興味が湧いたらしく、サイダーを飲みながら、さかんに料理をつつき、合間合間に質問を重ねたりした。

文教部長がほろ酔いかげんになり、日も暮れかけた頃になって、接待宴は終わり、父兄会長は二人をタクシーに乗せて自宅に連れて行った。その辺は戦災にあっていない地域らしく、門構えの古い大きな木造の二階建てだった。

応接室は広い洋間であった。おなかが一杯なので、夕食のかわりに熱いお茶が出された。

そのお茶をゆっくり飲みながら、父兄会長は、気になるのか学校の話をし、さり気なく、

「私たちは外国人として日本に住んでいるのだから、日本の人によく理解してもらい、日本の人に親しまれるようにしたがよいと思うんですよ。進駐軍のアメリカ人も、絶対の権限をもって君臨しているのだから、彼らにも理解してもらうのが大事なことだと考えます。朝連の運動も、柔らかい神経で、その面にもっと努力してほしいと思います」

と、いった。いつも考えている持論のようであった。

宋は、もっともな意見だと思った。ところが、羅は何を考えたのか、強い調子で、

「私たちは、植民地時代、あまりにも卑劣な奴隷的な態度で生きてきました。解放されても、同胞たちの生活意識の中から、まだ完全に奴隷根性が抜けきれていません。今、民族の誇りを取り戻すことが、何よ

りも大事だと思うのです」

といった。宋は、それも正しい意見だと思った。宋も常々そう考えていたからであった。基本的には通い合う意見であったが、しかしどことなくかみ合わない雰囲気があった。

あるじが不機嫌な表情になったのを見て、宋は立ち上がり、

「大変申しわけありませんが、酔いがまわってきたのか、眠くなってきました。先に休ませてもらいたいと思います」

というと、あるじも笑顔がもどり、

「文教部長とよく交わし合っていましたからねえ……」

といいながら、家人を呼んで客間に床をのべさせてくれた。

羅も一緒に客間に入った。二人床をならべてから、羅は、

「宋君、気をきかしてくれたね……。どうも僕は人付き合いが下手でいけない!」

と、自責するようにいった。

翌朝は早く起きたが、あるじはあいそよく二人をもてなし、出かける時にはタクシーを呼んでくれようとしたが、それは強く遠慮して、その家を出た。

「物質的に恵まれるということは、いいことでもあるんだなあ……。ここのあるじは学校のためにも多くの金を出しているのに違いないから……」

歩きながら、羅はしみじみといった。

兵庫県本部の文教部長は、二人とも初対面の人であった。

「大阪の学校で、そんなことがありましたか？　私は全然きいていませんでした。中央に知らせたなら、隣の県の私たちのところへも知らせてくれればいいのに……」

と、のんびりした口調で応対してくれた。四十代なかばの温厚そうな人であった。

「兵庫県は同胞の数は大阪の三分の一しかないけれど、学校の数は大阪の三十五より多い五十六校もあり、生徒数も大阪の半分近い七千四百名もあります。実質的には民族教育のもっとも盛んな県といえます。ただ残念なことは、中学校が神戸にはまだ出来ていなくて、姫路に一校あるだけですが、神戸市も来春の新学期には開校できるように運動を展開しています」

と、兵庫県の概況をのべてから、

「ただ困ったことは、東神戸にある小学校は日本の焼け残った学校を借りていますが、同じ建物の中に、朝連に反対する団体の建国青年同盟のつくった小学校があって、教員どうしのもめごとがあったり、生徒どうしの喧嘩もあったりして、頭を痛めています。

建青の運動は神戸市が拠点で、何かにつけて朝連に抵抗しているのです。朝連の学校が一階と二階を使い、建青の学校が三階を使っていますが、生徒数は、わが校の半分にもならず、教員も不足がちで、父兄たちはわが学校と統合することを望んでいるようであり、何回も統合するように建青を説得しているのですが、建青は頑強につっぱねています」

「どうして、一つの建物を二つの団体に貸すようなことを神戸市がしたのでしょうか？」

「実は建青の方が先に借りていたのです。開校が出来なくてもたもたしているところへ、朝連が開校したいからと、市に申し込んだところ、市では話し合って一つの学校にするようにといってくれたのです。ところが、建青が全市内から建青参加の家庭の子たちを集めてきて、もめ合ったあげく、三階を建青が使い、

一、二階を朝連が使うことに落着したのです。教員不足や、生徒の脱落者が増えたりしているので、いずれ建青の方から統合を申し出てくるものと思って、いまは静観しているところです」
　自信あり気にいう文教部長に、羅が、

「兵庫県では、米軍や日本の官庁から干渉されたりしたことはありませんか？」

と、きくと、

「全然ありません。無関心じゃないのですか」

　文教部長は、のんびりした答えかたをした。

　羅と宋が、その問題の学校を見に行きたいというと、文教部長はゆっくり立ち上がり、

「その前に、ここから近い、兵庫県内で一番生徒数の多い西神戸の学校に行ってみましょう。生徒数が千百名もあり、活気にみちています」

といって、二人を案内した。木造二階建ての古い校舎であったが、全学年三学級で、六十名を越える学級もあるということであった。

　こんな大きな民族学校をはじめて見る宋は、元気にとび廻る子供たちの騒音に圧倒されてしまった。なるほど活気にみちあふれていた。

　それにくらべ、問題の東神戸の学校は、鉄筋コンクリート建ての校舎で、廊下や教室も広く、各学級五十名平均ということであったが、きわめて静かな雰囲気であった。

　校長の説明をきいたが、三階の建青の学校は、生徒数も減り、教員も休みがちで、最近はもめごとも全然起こらないということであった。

「おそらく年末は、統合になると思います。教員の給料もちゃんと保証できてないようですから……」

という校長の言葉をひきとって、文教部長は、

「彼らにしては、よく頑張ってきた方だ……。いずれ彼らが朝連の県本部に申し出て来るはずだから、それまではそっとしておいたがいい」

と、笑顔でいった。


三宮駅から、東京行きの急行に乗ったが、車中は比較的空いていて、二人は向かい合って掛けることができた。

「ひどく緊張して来たのに、兵庫県に来てみて、何か拍子抜けした感じだな……」

羅はそういってから、しばらくして、

「米軍司令部は、何をたくらんでいるかわからない。やはり気になるなあ……」

と、心配そうにいった。

「僕はそれより、日本の党の中央委員会が、また朝鮮学校廃止論を持ち出しやしないか、それが気になります」

と、宋がいうと、

「神戸のあの学校の活気を見たら、誰が何をいい出そうと、わが民族教育は安泰だと思うよ」

羅は自信を取り戻したようにいった。

ところで宋は、せっかく関西へ来たのだから、大阪の新聞社に寄ってみようかと思っていた。連載小説の読者の反応もききたかったし、約束の原稿料の送金がないのも気になっていたからだ。しかし、中央の文教部が出張旅費を出してくれたのに、自分の用で個人行動をとることもできないと思い、羅には何もい

わなかった。

「文教部長には僕が報告をするから、君は中央の事務所に来ることはないよ」

夜遅く東京駅に着いて、羅は別れぎわにそういって、新宿行きの電車の出るホームに行き、宋は改札口を出て駅前のバス停留所に向かった。

ちょうど終バスに間に合いそうだったが、子供たちへのお土産を買ってないことを思い出し、待合室そばの売店に戻った。

急いだつもりだったが、停留所に戻った時は、終バスは出たあとだった。

やむなく都電の停留所まで歩き、錦糸町行きの電車に乗って木場三丁目の停留所で降り、二十分近く歩いて枝川町の家に帰った。

子供たちは、ぐっすり寝入っていた。宋は二人の子供たちの枕もとに土産物の二つの菓子袋を置いてやすんだ。

極東出版には、年内に原稿を完成させると約束していたので、蔡にことわり、なるべく事務所に出ないようにして部屋に閉じこもった。

春香伝の原作では、都に行った夢龍がいきなり科挙に首席で合格して、暗行御使という大官になることになっていた。しかし、いまの若い読者に納得させるのには唐突すぎた。そこで夢龍の都での思想的な成長過程や、春香に劣らず恋人への純情な節操を持ちつづけた経過を創作しなくてはならなかった。

そのため宋は、李朝中期以後の進歩的な学者たちである実学派の理論や彼らの伝記なども、文献をさぐりながら読みふけった。また夢龍が、当時の腐敗堕落した支配階級に憎しみを抱き、しいたげられた民衆のために革命的な詩を書く背景を浮き彫りにするために、革命的な人間像を描き出すことにした。

宋は意欲的に、幾日も徹夜を重ねながら熱中していった。はじめは四百枚くらいになると思っていたが、書き上げてみると、五百枚近い長編になった。単行本としては頃合の分量だった。

読み返してみると、甘さが気になり、部分的に書き直そうとしたが、一つひとつの描写に愛着があって、とても手をつけることができなかった。

「よくても悪くても、これが俺の春香伝だ！」

宋は、そうつぶやき、書き上げた原稿を出版社に持っていった。暮れの二十五日になっていた。

年内に完成すれば、三万円支払うという社長との約束だった。

ところが、社長の吉は、原稿を受け取ってもあまりうれしそうな顔をしないで、

「ここのところ、社の経営がはかばかしくない。一万円前貸ししたから、二万円支払わなくてはならんが、一万円だけで、しばらく我慢してください」

といって、一万円の小切手を切って渡してくれた。くどくどした愚痴をききたくもなかったので、宋は黙って小切手を受け取った。

それでも、宋はうれしかった。前借りした金は、子供たちに着せるものを買うために、高い闇値をはらったので、残りはわずかになっていた。組織の仕事を無償で手伝いながら、誰にも迷惑をかけないで生活できていることを、感謝しないではいられない気持ちだった。

一万円の札束を見て、妻は狂喜した。

「原稿を書いて、こんなにお金がかせげるのなら、これから売れる原稿を書いたら……」

と、いうのへ、

「これは偶然の機会にたのまれたからだ。僕に売れる原稿をたのみに来る人なんて、そういるわけがない。これからは、本当に無収入の状態がつづくはずだから、すこしでも長持ちするように倹約したがいい」

と、そっけない返事をした。

そこへ、下関の兄から、すぐ来いという電報がとどいた。兄は、はじめた商売が順調に発展して、下関の旧市内の中心街ともいえる唐戸(からと)というところに店を構えるようになったという知らせが前に来ていた。世話してくれる人がいて、若い娘と再婚したという知らせも受け取っていた。宋はすぐに下関へ向かった。

下関の東部の繁華街は戦災で焼け野原になっていたが、宋は下関駅に降りるなりバスで唐戸に行き、昔の記憶をたどりながら中心の通りを歩いていくと、兄の知らせてくれた山陽商会という屋号の大きな看板が目に入った。あたりで際立った新築の二階建てであった。店の前は客がたてこんでいた。しばらく店の前に立って様子を眺めていたところ、やがて奥から白い営業服を着た兄がとび出してきて、

「来たか！　待ってたぞ！」

といって、宋の手をひっぱるようにして店に入れ、すぐ二階に連れて上がった。

「実は今日、新築祝いをする予定だった。ところが暮れで客がたてこむので、店が終わってから近所の人たちを招待して、近くの中華料理店でお祝いをすることにした」

と、兄が説明しているところへ、やはり白い営業服を身につけた若い女の人が、お茶をもって上がってきた。

「女房だ」

と、兄はてれくさそうに笑いながら紹介した。

「弟だ」

と、兄が紹介するので、宋は手をついてあいさつをしようとしたが、相手が先にきちんと手をつき、

「はじめてお目にかかります。いつもお噂はきいていました。どうぞよろしくお願いします」

と、はきはきした声であいさつした。ほっそりした痩せがたの色の白い人だった。どことなく、昔兄がひどく好きだった初恋ともいえる人の面影に似ているように思え、宋は兄が本当に仕合わせな再婚をしたと思わずにはいられなかった。

「店がこんでいますので失礼します」

といって、兄嫁はすぐ下におりていった。

「よくあんなきれいな娘を嫁にもらったね……」

と宋がいうと、兄はてれながら、

「世話してくれた人が、生娘だというし、見合いのときに見てもうぶな感じだったので、そう思いこんでいたが、結婚式を挙げたあと、本人が、三カ月間だけ結婚生活をした経験があると正直に話してくれた。不正直でだらしない男だったから直ぐ別れたそうだ。とても実直な性格で、全然すれてないから、生娘と変わらないようなもんだ。仲人は彼女にも、俺が女房をなくした子供の居ない独身者だといっていたらしい。俺が子供は二人いると正直にいったら、いつ引き取るのかと心配しはじめた。子供たちはそれぞれ仕合わせに育っているから、引き取るようなことはないかもしれないといったら、安心したようだ」

「姉さんはどことなく、あの新地にいた八百屋の娘さんに似てやしない？　僕、そう感じたけれど……」

「俺もはじめて会った時、ちょっとそんな気がしたよ」

「兄さん、初恋の人に似た人をもらってよかったねえ……」

「いや、性格はまるで違うよ、あの人はなんでも気のきく人で、しんからやさしくて親切な人だった。今度の女房はあいきょうのない女で、商人には不向きだよ。正直なところは取柄だが……」

「でも、亡くなった姉さんよりは気に入っているでしょう?」

「たしかに情がうつるというか……。しんから可愛いと思うことが多い。その点、俺は仕合わせだと思う」

といったかと思うと、兄は話題をかえ、

「店を構えて商売が繁盛すると、人が信用してくれるというか、運が向いてくるというか、次から次へと思いがけないことが起こってくる。この店の敷地が買えたのも、地主が自分で買ってくれといってきたので、手に入れることができた。建築屋は、工事代は月賦払いでいいからといって、この家を建ててくれた。俺は食肉組合に加入して、屠殺権までもらうことができたよ。戦前なら想像もできなかったことだ。いっさい卸屋の手を通さないで、俺が博労から牛を買って、職人たちに牛を殺して四つ切りにさばいてもらい、それを店の冷蔵庫に持って来て売っているのだよ。卸屋から仕入れるのとは、利益の率が全然違う。人手さえあれば、支店を幾つでも出せる条件になったよ。銀行でも、売上げを日掛けで貯金してくれたら、いくらでも融資してくれるというのだ。もしお前が組織の仕事をしていなかったら、お前と手を組んで事業を広げれば大成しそうな気がする」

兄はなかば本気になって話していた。

その夜の祝いには、通りの両側の商店の主人たちが、十四、五人ほど集まって、中華料理店の狭いホールをぎっしり埋めた。商店会長という人が先ず祝辞をのべ、わずかの間に店を大きくし、立派な家を建てた兄をほめたたえた。

乾杯があり、兄が謝辞をのべたあと、会食がはじまったが、招かれた客たちは、一人ひとり立ち上がって兄の成功ぶりを賞賛した。

ひと通り祝辞が終わったところで、商店会長が兄に、

「今日、弟さんらしい人が同席しているようだが、紹介してくれませんか」

というと、兄が立ち上がり、

「私は戦前、死んだ女房の家に入り婿として入籍したので、日本籍となっていますが、弟はきっすいの朝鮮人で、いま東京で朝連の仕事をしています。学生時代から小説を書いていたので、その方で名をあげてくれればいいと思ったが、民族運動で貧乏暮らしをしているのが気がかりです」

といって、宋を立たせ、あいさつするように促した。宋は立って、

「私は宋永哲と申します。兄が新築の落成祝いをするというので、東京からやってきました。あの新しい立派な家を見て、私もびっくりしました。これはみな、皆様のご後援のたまものと思います。皆様に厚く感謝申し上げます。どうか今後とも兄をよろしくお願いいたします」

といって座った。すると、一人が立ち上がって、

「兄さんから、いつも弟さんの自慢話をきいていましたが、もすこし兄弟のことを話してくれませんか?」

と、せがまれ、皆がそれに拍手するので、宋はやむなくまた立ち上がった。

「私の家は、父が早く死に、ひどく貧乏でした。兄と私は普通学校を出るなり、町の日本人商店の小僧をしていました。私は勉強がしたくて、日本へ来れば苦学ができると思って、先に下関へ渡って来ましたが、兄もすぐあとから下関へやって来たのです。

私が東京で夜間商業に通っているとき、兄は下関で商売をはじめたのです。私が大学の予科に入る時は、兄が学費を送ってくれるようになりました。それで、金持ちしか通えない昼間の大学生活を五年間もつづ

けることができたのです。

私たち兄弟は煙草を吸ったことがありませんが、兄は絶対にむだ使いをしない人です。青春を犠牲にしながら、ひたすら私にみついでくれたのです。私は兄に甘え過ぎていました。勉強のためだといって、兄から大金をもらってソウル旅行をしたり、高い本を買って来たりもしました。若さから、理想を追って、同胞の少年院の補助になって無理をしたため、肺病になったりしました。しかしそれも、兄の世話で病気を治すことができました。病気が治って東京に戻ると、今度は特高につかまってほうり込まれました。兄には心配のかけ通しです。それでもどうやら大学を出て社会生活ができるようになったのは、一から百まで、すべて兄のおかげです。私たちは年は三つしか違いませんが、兄は私の親がわりでした。

兄が結婚をして、これからという時、戦争で商売ができなくなりました。それでも兄は田中町に大きな家を持っていましたが、それも戦災で焼けてしまいました。

戦後、兄は、兄嫁が病死するという不幸に見舞われ、二人の子供を手放すほかなかったのです。上の娘は秋田の兄嫁の母が育て、下の息子は東京で私が育てています。

兄はずいぶん迷っていましたが、意を決して下関に戻って商売をはじめたのです。兄の勤勉さが幸運を呼んだのかもしれません。さっき皆様がおっしゃったように、奇跡のようなはやさで、新築の大きな店を構えるようになったのです。

兄は昔の修身の本に出て来そうな人です。肉親や他人に対してはよく面倒をみますが、自分は他人に絶対に迷惑をかけない人です。だから兄はこれからは幸運に恵まれてもいいと思います。幸い、きれいな新しい兄嫁が来てくれたので、私はよろこんでいます」

話し終わって宋が座ると、皆が拍手喝采した。兄の目尻にすこし涙がにじんでいるのを見て、宋は胸の痛みをおぼえた。

暮れの三十、三十一日は猫の手でも借りたい忙しさだというので、宋も手伝うことにした。

三十日は朝早くから客が来はじめ、お昼頃には、金を受け取って釣銭をはらう仕事だけでも二人がかりでしなければ間に合わないほどだった。食事をとる暇もなく、店の人たちは立ったままパンをかじりながら客の相手をした。

九時近くになって、ようやく店をしめ、それまで二つの大きな袋につっこんだままの金を、二階の上がり口にある二畳ほどの部屋に空けると、ほとんど部屋いっぱいになった。

兄嫁が金の整理をするのを、そばで宋が手伝った。一番大きい百円札が五百枚以上もあった。十円札、一円札は、百枚ずつ輪ゴムでとめたが、それがうず高くつみ上がった。

計算するだけで、二人で一時間以上かかった。

総計が二十五万七千六百円にもなった。

「ふあぁ、たまげた！　ふだんの一カ月分近い売り上げよ！」

兄嫁が、とんきょうな声を上げた。

その大きな声におどろいて、店で明日の分の支度をしていた兄や店員たちがのぞきに来たりした。

兄や四人の店員たちが店の掃除を終えたのは、十時半頃だった。炊事をする暇がないので、兄嫁ははす向かいの飲食店から、どんぶりものを配達してもらい、兄は日本酒の一升瓶を持ち出して、店員たちにコップについで渡していた。

翌三十一日もおなじような忙しさだった。

夕方七時頃になって、いくらか客足が少なくなってきたが、そのかわり小さな飲食店のまとめ買いが増えてきて、売り上げはかえって伸びた。

八時半に閉店して計算した売上げは、二十八万円になっていた。

頼んであったとみえ、おせち料理が配達され、兄嫁は、やかんで酒のかんをした。

店の掃除を終えた兄や店員たちが、狭い二畳の部屋にひざをつき合わせてすわり、おせち料理を食べながら酒をのんだ。みなうれしそうに、客のたてこんだ話をした。

「おれ、目がまわった。ぶっ倒れるかと思った」

一番若い、二十くらいの若者がそういって笑うと、みな声をそろえて笑った。

食事がすむと、兄はのし袋を一枚ずつ店員たちに渡した。

「給料や年末手当は二十八日に渡したから、これは特別賞与だ」

皆は、もらいながら、うれしそうな笑顔になっていた。

店員たちが帰り、兄嫁が台所であと片づけをしているとき、兄は、

「予想外の売上げだった。これで一月早々三カ月分の月賦が払える。この調子だと半年で借金はなくなる。ところでお前は、うまくやりくりは出来ているのか？」

と、きいた。

「不思議に思いがけない原稿料が入ったりして、給料がなくても当分生活ができそうだ。先はどうなるかわからないけれど……」

「生活が不安定では、考え直したがいいよ」

「なあに……。僕もわりかた運に恵まれているらしい。心配することはないよ」

「子供たちに、ひもじい思いだけは絶対にさせてはいけないよ」

「そういう時が来たら、直ぐ兄さんところへ泣きこんでくるよ」

そういって、宋は明るく笑った。

二、三日ゆっくりしていけと兄に引き止められたが、宋は元日の朝、お土産の肉をしこたまもらって東京行きの特急に乗った。兄が下関駅まで送りにきて、切符を買ってくれた。小遣いをくれるといったが、それは断わった。
汽車の中で本を読んだりしたが、特急でも十八時間の長旅は退屈だった。

早朝、東京駅に着いて、一番バスで枝川町に帰った。子供たちは歓声をあげて両手にぶら下がった。

肉は、すき焼き用に切ったものや、ステーキ用に切ったもの、かたまり肉のままのもの、それぞれ大きな三つの包みで、買えば数千円はしそうな量だった。

「すごいわ！　ここ何カ月も肉なんか口にしたことがなかったのに！」

妻は感嘆の声をあげた。子供たちは不思議そうな顔をして肉の包みをながめた。

「先ず、すき焼肉を食べましょう。こんなに多いから隣り近所にわけてもいいけど、二、三軒だけにやると、すぐ噂が立って、みんな腹を立てるから、ステーキ肉と、かたまり肉は、醤油で煮しめておいて、毎日少しずつ食べるとしましょう。表で料理をしたのでは、においが出てたちまち噂になるから、七輪を部屋の中に入れて、こっそりやるほかないわ」

妻はそういいながら、

「兄さんとこは、すごく豪勢な生活をしているのねえ……」

と、うらやましげにいうので、宋は手短に兄の新築店の話や、商売繁昌の話などをしてきかせた。二日間で五十四万近くの売上げのあった話をすると、

「とても想像できない……」

といって、妻は頭をふった。

さっそくすき焼きにした肉に、子供たちは、おいしい、おいしいといいながら、むしゃぶりついた。妻はどんどん肉を煮て、子供たちが食べたいだけ食べさせた。

「そんなに一度に食べさせたら、おなかを悪くするぞ！」

と、宋がたしなめると、

「わたしも肉に飢えていたんですもの、おなかをこわすまで食べたら本望よ」

と、妻は気にもしなかった。

四日の朝、宋が事務所に行くと、蔡が、

「宋君、暮れに全然姿をみせなかったねえ。何かあったの……」

と、きいた。宋は、春香伝を書き終え、出版社に渡したら、下関の兄から電報が来たので、事務所に寄る暇もなく行ってきたことや、兄の商売ぶりなどを話した。

「そんな兄さんがいて、宋君は仕合わせだねえ……。僕は日本に肉身は一人もいないから……」

といってから、蔡は、

「今夜、三・一学院で、朝連中央グループの新年会がある。君も一緒に出席しよう」

と誘った。

三・一学院とは、中央グループが、入党希望の青年たちを教育する施設だった。宋は一度も行ったことがなかったので、蔡について行った。

広い畳の部屋に、三十数名の人たちが集まっていた。その中に、匿名で宋の作品「ケシエキ」を評してくれた金氏の姿を見つけたので、宋は胸をあつくして傍にいき、あいさつをした。金氏が忽然とソウル行きをしてから、はじめての対面であった。

宋は涙が出るほどうれしかった。金氏は、

「君の活躍ぶりはきいている。しっかり頑張るんだ」

と、手を握って激励してくれた。

会議がはじまると、金氏が座長格であった。

先ず、祖国の情勢分析の討論があった。米ソ共同委員会は完全に破綻し、アメリカは李承晩を立てて南朝鮮だけの単独選挙をたくらんでいるということであった。

しかし、南の有力な保守陣営の金九氏をはじめ多数の政客が強固に単独選挙に反対しているということであり、北の人民委員会が、これらの南の政客たちと連合戦線を結成しようとしているという報告もあった。

つづいて日本の情勢では、米軍司令部の保守政策が目立ち、朝連に対する弾圧政策は強化されるに違いないという報告があった。

それについての意見交換があったあと、座長の金氏は、

「今こそ朝連の中央は、警戒心を高めて総決起しなくてはならないのに、中央の幹部たちはだらけきっている」

といって、中央グループの責任者ともいえる書記長を槍玉にあげた。前の書記長は、日本の党の中央委員の民族教育廃止論の講演後、罷免になり、現在は金氏と同年輩の古い幹部にかわっていた。

金氏はその書記長の積極性のなさを非難し、中央の役職員全体をふるい立たせる、具体的な運動を展開することの必要を強調した。しかし、それについてあまり活発に発言する人はいなかった。

宋は、金氏のいらだった発言をききながら、運動の最先頭に立った指導者の能力が、運動全体に対して及ぼす影響について、あらためて考えさせられたような気がした。

のしかかる米軍政部の圧力

二月になって、朝連の組織に大きな変革があった。

中央の臨時大会が開かれ、宋も蔡と共に教育者同盟選出の代議員として参加した。そこでは、祖国の情勢の緊迫化に対応して、朝連の全般的な活動を積極化させる議案が討議された。

それらの議案の説明をききながら、宋はそこに金氏の息がかかっているような気がして、金氏は表面には立てなくても、朝連の運動方針の根幹の役割を果たしているように思った。

大会の焦点は、委員長制度を廃止して議長団制にすることにあった。宋も、今までの委員長がそのまま居すわっていたのでは、運動の発展の妨げになると感じていた。しかし委員長は、絶対に辞める気配はなかった。

委員長制は対立候補を立てて投票するというやりかただったが、議長団制は五人の候補を立てて、支持したい人を一人だけ投票してもいいし、二人か三人に投票してもよし、五人全員に投票してもいいという変則的なやりかたであった。

投票は異常な興奮のうちに行なわれた。

候補者は、今の委員長の尹権氏、いまは表面には出ていないもとの副委員長の金正洪氏、大阪府の委員長であった現在の副委員長の金民化氏、それに総務部長や文教部長を歴任した韓徳銖氏、ずっと外務部長をつとめてきた申鴻湜氏の五人であった。

宋が中央の部員会の代表委員をしているとき、部員会の中では、中央の常任委員のうち組織を利用して私腹を肥やさないのは、副委員長の金正洪氏、文化部長の李相堯氏、総務部長の韓徳銖氏の三人だけだという噂が流れていた。

ところが李氏は、宋が中学校の専任となって文化部をやめたあと、文化部長をやめて表面から姿をかくしてしまっていた。宋は、申氏のかわりに李氏が候補にあがるべきだと思ったが、裏面にどういういきさつがあったのか知りようもなかった。

開票がすすみはじめると、両金氏と韓氏の三人が、先頭にならび、現委員長の尹氏の票はその半分にも達しなかった。申氏はさらに尹氏の半分ほどの票であった。

開票が終わるまで、その数の開きは変わらなかった。そして三氏の中では、金正洪氏が十数票多く、次が韓氏で、金民化氏はそれより十票ほど下まわっていた。

開票の間中、尹氏はひな壇の委員長席にすわったまま、沈痛な表情で横を向いたままであった。投票の代議員のほとんど全員が三氏に投票し、代議員の半数ほどが尹氏にも投票し、四分の一程度が申氏の名も書き入れたという結果であった。

司会者は、開票が終わると、五人全員が議長団に信任されたことを宣言した。司会者が、

「金正洪氏が最高点ですから、当然、真っ先に新任の議長としてあいさつすべきですが、いま皆さんもご承知のように表面には出られませんから、次点当選の韓氏に、先にあいさつを願います」

と、紹介した。演壇に立った韓氏は、堂々と、

「投票の結果ですから、私が議長団の代表をつとめさせてもらいます」

といい、短い言葉で抱負をのべた。次に紹介された金民化氏は、

「いままでも副委員長でしたから、そのつもりでやります」

といって、代議員たちを笑わせた。三番目に紹介された尹氏は、蒼白な顔で演壇に立った。宋は、辞任するという言葉が出るのかと思った。ところが尹氏は、代議員席をにらむようにしながら、

「精いっぱいつとめさせてもらいます」

と、一言いっただけで壇をおりた。なぐさめとも激励ともつかない、まばらな拍手が、あちこちで起こった。

終わりに紹介された申氏は、

「私のような者を議長団の一人として推薦していただいて、名誉この上もありません。文化面のことなら、私にも理想がありますから、皆さんのお役に立ちたいと思います」

といって、かなりな拍手をうけた。


中央につづいて各地方本部でも、臨時大会が開かれた。東京本部の大会に、蔡が教育者同盟の代議員として宋に参加するように強くすすめるので、宋もやむなく参加した。

東京本部の会合は一日で終わったが、宋はいきなり本部の常任執行委員に選ばれ、その日のうちに文教部長に任命された。


宋はすっかりめんくらってしまったが、東京本部の委員長の姜氏が、

「いままで文教部長に適任者がいなくて困っていたが、君が推薦されてきたので、百人力を得たようなものだ。君にぴったりな仕事だ、よろしくたのむよ」

と、もろ手をあげて歓迎してくれたので、ただ黙って頭をさげるほかなかった。
宋を強く推薦したのは、蔡と、もう一人、入党のとき保証人になってくれた鄭という人だとわかって、宋は緊張しないではいられなかった。

大会の翌日、東京本部では朝から常任委員会が開かれ、新任の常任委員たちが紹介された。委員長のほか副委員長など数名をのぞいては、宋には初対面の人が多かったが、常任委員たちは、たいていの人が宋の名前を知っていた。民主朝鮮や解放新聞などで、宋の作品を読んだということだった。みんな宋より年上の人ばかりであったが、文教部の次長と社会部の次長の二人は同年輩だった。一番年配の副委員長が、

「若い有名人が文教部の部長になったから、これから文教部はにぎやかになるなあ」

といって、みんなを笑わせた。

文教部の部室は、一階の一番奥の方にあり、会館の中では閑静な方だった。次長が前から居た人なので、次長に案内されて部室に入ると、事務服を来た若い娘が立ち上がってあいさつをした。はっきりした朝鮮語だったので、宋は驚いて娘を見直した。若い同胞の娘で、国語が話せる人はめったにいなかったからだった。宋も朝鮮語で、

「宋永哲です。これからよろしくたのみます」

と、あいさつを返すと、そばから次長が、

「沈（シム）さんは埼玉の川口から通っていますが、感心な娘さんで、解放後、支部の夜学で言葉を習ったそうです。本部内では女子事務員の中で唯一の同胞の娘さんです」

と、紹介してくれた。

部屋の一番奥にあるのが部長の机であった。建てられていくらもたっていない新しい会館にふさわしく、机も真新しい大きなものだった。引き出しを開けてみると、中はむろん空で、使われた形跡も見当たらなかった。

「前の部長が病気でずっと休んでいたものですから、その机は一度も使われてないのです」

「じゃ、旧事務所にいた時から病気だったのですか？」

「そうです」

そういわれれば、中学校にいた頃も、東京本部の文教部長に会ったことはなかった。

「それでは、あなたが文教部長になるべきなのに……」

と宋がいうと、次長は笑いながら、

「私では都内の学校を指導する能力がありません。部長の噂は私もよくきいていましたから、すばらしい人が来てくれたと思って、私も期待していました」

言葉ではそういったが、どことなく釈然としない思いがあるようにも見えた。同年輩の新米に、いきなり上司の席にすわられては、誰だって面白くないに違いないと思い、宋は腰を低くし、

「私は東京本部内のことは何も知りませんから、何事につけ、いろいろ教えてください」

といって、次長に深く頭を下げた。次長は、とび上がらんばかりにして、

「私こそ、何でも教えてください」

といって、宋の手を握りしめた。その様子をそばで見ていた事務員の娘が、おかしそうにくすくすと笑った。

「この娘！　お行儀が悪いぞ！」

と、次長がニュアンスのある朝鮮語で大きな声を出しながら笑ったので、つられて宋も笑った。部屋の中がいっぺんになごんだような気がした。そこへ突然、羅がとびこんで来た。

「君がここの部長になったことを今きいた。実は急用ができたのだ」

といって、羅は宋の手をひっぱるようにして、二階の端にある教育者同盟の事務室にかけ上がった。次長を羅に紹介するゆとりもなかった。

今朝、いきなり日本の文部省から、朝連中央総本部あてに、速達の封書がとどいた。

最初、封を開けたのは総務部長だった。

「至急、懇談したいことがあるから、文部省の次官室にお越し願いたい」

という内容なので、総務部長が議長団室に封書を持って行った。

議長団室では文教部長を呼んで、封書を渡した。文教部長は、その封書を次長の羅に渡しながら、

「私は神奈川から来たばかりだから、あなたが行ってくれませんか」

と、いったということだった。

臨時大会で文教部長だった韓氏が議長団に選出されたので、韓氏は次長である羅に部長に就任するように勧誘したのだが、羅はほかに適任者がいるはずです、といって、固辞した。羅の心積もりでは、宋を推薦し、自分は手薄になった教材編纂に専心したいと思っていたのだった。

ところが韓氏は、羅の意中もきかずに、さっさと、以前神奈川の委員長時代に面識のあった人を、いきなり神奈川本部の常任から抜擢して、文教部長に任命してしまった。

羅はそういういきさつは何も説明しないで、文部省に行くには、日本の官庁のことに明るい宋と同行す

るのが一番いいと思って、宋が教育者同盟にいるものと信じ込んでいたので、この会館に来たのだと、わけを話した。

「それは宋君が一緒に行くのに越したことはない。しかし、宋君はまだ東京本部の文教部長の名刺が出来てないだろう。日本の官庁では、なんでも委員長の名がついている人が偉い人だと思うところがあるから、僕も一緒に行くとしよう。宋君は教育者同盟常任の名刺があるはずだから、それを出せばいい」

蔡がそういうと、羅がよろこんで、

「三人で行けば心丈夫だ。相手方も丁重な態度に出るだろうから」

といって、三人ですぐ出掛けることにした。

宋は大急ぎで文教部室にもどり、次長に急用で文部省に行くことを話した。


三人が文部省の次官室に行くと、秘書官が心得顔で応接室に案内し、

「しばらくお待ちください」

と、丁重な応対をした。やがて、秘書官に案内されて次官室に入ると、そこには、次官のほかに局長、課長、係長といった肩書の四人がすわっていた。次官が、

「わざわざお出でくださってありがとうございます」

と、あいさつをし、課長が書類のようなものを出して説明をはじめた。

「ここに、大阪府知事が文部大臣あてに出した公文と、文部大臣が大阪府知事あてに出した返書の写しがあります。ごらんください」

といって、三人の前に文書の写しを置いた。大阪府知事の文書は、

「朝鮮人学校は無認可で放任状態であるが、これをどのように扱い、どう対処すべきか、文部大臣の方針をうかがいたい」

という内容のものであり、文部大臣の返書は、

「新しく制定された教育基本法、学校教育法に基づいて管理統轄すべきで、早急にそれが実施できるように処置すべきである」

というものであった。三人がその写しを読み終わったところで、課長がまた説明をはじめた。

「文書は日本の官庁の公文書のようになっていますが、実は大阪府の文書は、占領軍の大阪軍政部が、命令で大阪府知事名の公文を出させたものであり、文部大臣の返書も、マッカーサー司令部の命令によって指示通り書いたものです。

実のところ、私たちは朝鮮学校のことは全然わかっていませんし、いままで米軍司令部から何の指示もなかったものですから、ただ放任して傍観してきたのは事実です。出しぬけに米軍司令部から、こういう指示や命令が来たものですから、私たちもまごついているところです。

とりあえず朝連にこの旨をお伝えし、朝鮮学校の現況をおうかがいしたくて、来ていただいたわけです」

と、弁明するようにいった。

先ず、蔡が質問をした。

「私は不勉強で、この教育基本法、学校教育法というものをまだ読んでいませんが、この法律によって、私たちの学校が具体的にどのような扱いを受けるのか、それをわかりやすく説明してくれませんか？」

すると、次官が、

「私たちも、ただ司令部の命令を伝達するようにいわれただけで、具体的にどう対応するのか、米軍司令

部の指示を受けなければ、何も申し上げることができません。今日は、私たちの勉強のために、みなさまから朝鮮学校の現況をおうかがいしたいと思います」

といった。つづいて、局長が、

「いま全国で、朝鮮学校はどのくらいあるのですか？」

と、きいた。羅が全国的な概数をのべると、次長が、どうしてそんなにたくさんつくられたのか、ときいた。

短い説明ではよく納得できないようなので、三人が交互に説明すると、次官や局長や課長も思いつくまま、いろいろな質問をした。その受け答えのなかで、次官が、

「日本は完全な義務教育を実施し、朝鮮の人たちもその恩恵をこうむったはずなのに、子供たちがかんたんに日本の学校に行かなくなるのは、不思議なことですねえ……」

といった。

「朝鮮人が義務教育を受けたと、本気でそう考えてるんですか？」

と、蔡が切りかえすように反問し、そこに同席している局長、課長、係長にも同じことをきいた。みな少し当惑した顔だったが、四人ともそう思っていると答えた。

蔡が慨嘆するように、

「日本は朝鮮で義務教育を施行したことは一度もありません」

というと、四人ともけげんな顔をした。宋は、日本が朝鮮で行なった教育の実態をかいつまんで話し、日本に来ている朝鮮人にも義務教育は該当されなかったことを具体的に説明した。

文部省の高官たちが、このように朝鮮人に対して無知であることに、三人とも驚かないではいられなか

った。それは、植民地である朝鮮で生活した日本人以外は、ほとんど全部の日本人が朝鮮について何もわかっていないということを証明するようなものであった。その無知さを指摘され、四人とも興ざめした顔をした。

せっかくなごやかに進んでいた会話がとぎれた時、次官は思いなおしたように、

「私たちも、米軍司令部にわかってもらうため、みなさんからうかがった学校の実情などは話したいと思いますが、肝心なことは、米軍司令部の指示で作った教育基本法と学校教育法を遵守するかどうかということです。米軍司令部はこのことだけは絶対ゆずらないと思いますよ」

といった。蔡が即座に、

「日本の学校や教育が、その法律を守って何の不都合も感じないとあれば、私たちだってその法律に反対する理由がありません。安心してください」

と答えると、

「よくわかりました」

と、次官は満足そうな表情をした。別れぎわに蔡が、課長に、

「これから、文部省の通達は私あてにしてください」

というと、課長は、

「わかりました。そうします」

と約束してくれた。

帰り道、宋が羅に、

「あまりにも朝鮮について無知な日本人たちを啓蒙するために、朝鮮総督府が発表した統計数字をならべて、犯罪的な差別の実態を解説した原稿を書いてみることにする」

というと、

「それがいい。原稿が出来たら、すぐ印刷して、先ず文部省の人間たちに配ってやる必要がある」

と、羅も大賛成した。

さっそくその晩、家に帰った宋は、資料をくりながら原稿を書きはじめた。

ちょうど一九三〇年代に総督府が発表した手頃な統計があった。

夢中になって書きはじめ、ほとんど徹夜をしたが書き上がらないので、その資料と原稿用紙とをもって、ねむい目をこすりながら東京本部に出勤した。そして事務所の机で、昼すぎまでかかってやっと書き上げた。原稿三十枚ほどの分量であった。

一九三〇年頃、朝鮮人人口は約二千万人で、朝鮮在住の日本人は三十万であった。比率にすると、ほぼ六六対一となる。

このうち日本人小学生数は三万九千、これは人口比率一二パーセントに当たり、児童全員の就学、つまり完全な義務教育が実施されていたことを意味していた。

一方、朝鮮人の普通学校生徒数は二十六万で、これは就学率が一〇パーセントにすぎないことを示していた。

また、中等学校の生徒数は、日本人生徒数が三万を越えているのに、朝鮮人生徒数はわずか四万であった。これは、日本人生徒のほとんどが中等学校に進学しているのに対し、朝鮮人の場合は比率の上でその数パーセントにしかならないことを示している。

専門学校以上の学生数は、人口比で一・五パーセントにすぎない日本人の方が倍も多く、朝鮮人が文字通り愚民政策によって学ぶ自由を奪われている実態を語っていた。

こうしたデータを挙げた上で、解説についてはあまり感情をこめないで、淡々とした記述にした。そして、一九三八年、なかば強制的な志願兵制度をしいて、いくらか就学率を高めようとつとめ、一九四三年には徴兵制をしいて、就学率を伸ばそうとしたが、それでも一九四五年四月の段階で就学率は三五パーセントになっただけだったことを結論につけ加えた。

書き終わって、宋は直ぐ羅に電話をかけた。

羅を待っている間、その原稿を蔡にみせたところ、蔡は原稿を読んで、

「僕もこんな具体的な数字は知らなかった。これは説得力があるなあ」

と、感嘆の声をあげた。とんで来た羅もすぐその場で読んで、

「すごい！　すぐ小さなパンフレットにしよう」

といって、原稿を持って帰った。


五日後、文部省から、来てほしいという連絡があった。

三人が行くと、次官室で前回と同じ顔ぶれが待っていた。次官は、

「米軍司令部に、あなたたちが教育基本法と学校教育法を守る意志があると伝えたところ、司令部の担当者は一応納得したような顔をしましたが、とにかくすべて日本の私立学校と同じように扱えというんですよ。教科書もすべて文部省の検定を受けたものを使わせる、教科課程もすべて規定通りにさせるというのです」

と、説明した。蔡が、

「私たちは独立した朝鮮国民ですよ！　朝鮮国民として、朝鮮国語による教育をしなくてはならんのですよ」

というと、次官は、

「それは当然ですね……。その点をはっきり説明して、米軍司令部の了解をもとめることにします。三日ほど余裕をください」

といった。

羅は持っていった薄いパンフレットを皆に渡しながら、

「これを読んでください。戦前の私たちの受けた教育の実態がよくわかるはずです。別に百部ほど持って来ましたから、文部省の仕事をしている主だった皆さんにも読ませてください」

といって、課長に渡した。

「それは、わざわざどうも……」

といって、課長はすなおに受け取った。


三日後に文部省から連絡があって行くと、こんどは次官室でなく、局長が三人を応接室に案内した。課長と係長が同席した。局長は、

「次官は、あなた方に顔を合わせる面目がないといって、失礼するということです。

実は、次官はじめ四人で米軍司令部に行って、さんざんやりこめられました。彼らのいうには、帰国しない在日朝鮮人は独立した朝鮮国民とは認めないというのです。すべて日本の法律に従うことになってい

るから、日本語を国語として教育すべきだというのです。朝鮮語を国語とする教育をいっさい認めてはならないと厳命されました。

私たちは、英語を国語として教育しろといわれても、それに従うほかない立場です。いっさいの抗弁は許されません。ただ命令に服従するだけです」

と、沈痛な表情でのべた。蔡は激昂して立ち上がり、

「それでは、私たちに植民地時代の奴隷に戻れというのですか！　それは絶対出来ません！　私たちは民族の尊厳を守るためにたたかっているのです。暴令には決して服従できません。私たちは自分たちの正義を守ってたたかうだけです！」

と、叫ぶようにいった。局長も課長も、一言もいわず黙り込んでしまった。

宋はとりなすようにいった。

「あなた方は、命令に服従して命令を伝達するだけだといいましたが、日本の教育行政に対しては、あなたたちが責任をになっているわけではありませんか？　いくら進駐軍の命令でも、その命令を執行できない事情があることを、進駐軍に反映させることはできるでしょう？　私たちの正当な怒りを米軍司令部に伝えてください。そのくらいの努力はできるはずです」

すると、課長が宋にいった。

「宋さんは正論をのべていますが、まだ私たちの立場がよくわかっていないようですね。私たちは命令を伝達するだけで、それ以外のことは許されてないのですよ。むろん、あなた方が日本語を国語とすることは絶対反対だということは報告します。しかし、米軍司令部は態度を硬化させるだけだと思います。これからどんな過酷な指示が出るかわかりません。あなた方の腹立ちはよくわかりますが、ここは賢明な対策

を考えられた方がいいと思いますよ」

と、むしろ説得するような口調であった。

「賢明な対策とは、どういうことですか？」

宋がきくと、

「それは、あなた方が考えるべきですよ。生殺与奪の権を握っている相手に正面衝突して粉砕されないためには、避けて通る道を考えるべきじゃないのですか？」

と、課長はあいまいないいかたをした。

すると、羅が鋭い口調で、

「結局は服従しろということじゃないですか？　そんなことはできません」

と、断ち切るようにいった。それを契機に、局長が、

「もう話すことはありません」

といって立ち上がった。課長も一緒に立ち上がった。

三人は憮然として引き揚げるほかなかった。


それからは文部省からの連絡は何もなかった。

ところが数日後、東京都の教育局長から、朝連東京本部の委員長あてに、学校問題で話があるから来て欲しいという連絡があった。

文教部長の宋が、教育局長のところに行くと、温厚な紳士風の局長が、丁重な言葉で、

「文部省からこのような通達がありましたのでお伝えします」

といって、文書を示した。

朝鮮学校に対しては、教育基本法、学校教育法に基づいて、これを遵守させよという内容であった。

宋は微笑をうかべながら、文部省に行って聞いたいきさつや、独立国民であることを無視して日本語を国語とせよという指令には従えないといって、拒否したことなどを詳細に説明しながら、

「米軍司令部が、一方的な指令を出し、日本の官憲を通して朝鮮人を弾圧しようというやりかたをとっているのです。何も私たちがアメリカ人の手玉にとられて、喧嘩をすることはありません。彼らがどのような圧力を加えてこようとも、私たちは冷静に対処しようではありませんか？」

というと、局長は、

「そこまで知っていらっしゃるとは、想像もしていませんでした。実はいきなり文部省の通達をもらって、私たちも戸惑っているところです。さっそく担当者を文部省に行かせて、くわしい事情を聞いてくるようにさし向けたところです」

といいながら、都内の朝鮮学校の実態などを質問した。

宋の説明をきき、それに対する感想をのべながら、局長は、

「実は、私は父が朝鮮総督府の官吏をしていたものですから、少年時代に朝鮮で暮らしたのです。三・一独立運動の時も、ソウルで現場を目撃しました。朝鮮の人たちが日本のひどいやり方にどんなに激しい憎しみを抱いていたかを、骨身にしみるほど感じたものでした。

私は都の仕事をしていて、朝鮮の人にかかわることはほとんどしていませんが、朝鮮の人たちに、二度とあのような苦しい思いをさせてはならないと考えてきました。

あなたが、何でもざっくばらんに話してくれるので、私は救われたような思いです。私もアメリカの手

先の役割をしたいとは思いません。私も、あなたのように何でも正直に話しますから、おたがいに協力してうまくやっていきましょう」

と、人情味あふれる誠実さを吐露した。

それから連日のように、各地方本部から朝連中央に、学校問題についての問い合わせが殺到した。朝連中央では緊急対策会議が開かれ、中央に教育弾圧に反対する闘争態勢をととのえ、その本部として対策委員会を設置した。そして、全国各本部ごとに決起大会を開き、同胞たちに教育弾圧の真相を訴えることにした。

たたかいの第一歩は、日本の政府に対する抗議行動であった。

対策委員に選ばれた十数名が、抗議文をもって首相官邸に向かった。その中に宋も加わっていた。

応待した事務官は、何のためらいもなく一行を応接室に迎え入れた。

そのまま一行をしばらく待たせたあと、戻ってきた事務官は、

「これは教育問題ですから、文部大臣がお答えしなくてはなりません。明日、文部大臣がこの場に来て、皆様にお会いしますから、ご足労でも明日この時間にお出でください」

と、丁重なあいさつをした。一同は黙って引き揚げるほかなかった。

宋は、応接間を出た広間の天井のシャンデリアが、こわれたままになっているのを見た。それを見て宋は、一九四六年十二月、十名の朝連幹部が強制送還される原因となった事件の形跡を、一年以上もたっているのに修理しないで放置しているのは、これをまた朝鮮人弾圧の口実として使うためではないか、という疑惑の念を持たないではいられなかった。

翌日、面会場所に現れた文部大臣は、

「先日、文部省に来た朝連代表に説明した通り、米軍司令部が直接指示した命令ですから、われわれとしては何もお答えすることができません。皆さんが善処してくれることを期待するだけです」

という短い答弁を残しただけで、護衛している多くの守衛たちに守られるようにして立ち去ってしまった。

具体的にどういう弾圧がやってくるのかは予測できなかったが、対策委員たちは、日本政府に対する抗議がかるくいなされた形になったので、みな気抜けしたような顔になっていた。

宋が他の委員たちと別れ、本部の文教部室に戻ったところへ、羅から電話がかかってきた。羅は今日の抗議行動には参加していなかった。

「中学校に緊急事態が起こったらしい。今夜、中学校グループの拡大会議があるから、宋君も必ず参加してほしい」

といわれ、宋は日暮れになるのを待って指定の場所に行った。

そこには、羅と中学校の校長のほかに、鄭など中学校の教員五名ほどが来ていた。

宋は、中学校の校長とは一度も話し合ったことがなかった。どことなく病弱に見える中年の人だった。

「どんな弾圧が来るかしれないこんな危機に、中学校の教員連中は勝手な謀反を起こしている。こんな連判状のようなものを中央の文教部につきつけてきた。宋君、読んでごらん」

といって、羅は巻き紙のようなものを宋にわたした。

筆で書かれた文章は、中学校が沈滞した空気で、生徒たちが動揺しているのは、無能な校長の責任である。よって校長を退任させ、教職員の中で最も信望の厚い人を校長に任命し、多数の新入生を迎える新学期を期して学内の空気を一新すべきである、もし校長が退任に応じないならば、われら教職員一同は退職するほかない、というのであった。

羅は、読み終わった宋を外につれ出し、

「議長は、ひどく心配している。できれば宋君に学校へ行ってもらって、教員たちや生徒たちをなだめてほしいといわれたが、宋君はどう思う?」

と、きいた。宋は、

「議長は校長を退任させる気はないの?」

と逆にききかえした。羅が答えた。

「温厚な人柄で、教員たちをおさえる力はないかもしれないが、別に非難すべき人ではない。問題は校長ではなく、教員たちの信望をあつめているという人間がくせ者で、以前、委員長制の時代に秘書役をしていた人間だ。宋君が学校を辞めた後、委員長の後おしで学校の職員になったが、権謀術数の巧みな男で、いつの間にか教員たちを籠絡してしまったらしい」

「それじゃ、その人間を辞めさせればいいじゃないの?」

「それが、尹議長の体面を考えて、すぐ彼だけを辞めさせるわけにもいかないから、うまくなだめるようにしたいようだ」

「それじゃ、いっそのこと、あの連判状の辞表をそっくりそのまま受理した方がいい。あとの教員の補完は、留学同にいくらでも候補者がいるはずだから!」

宋が強くいうと、羅は、

「じゃ、グループ会議で討議してみよう」

と答えて、会議室に戻った。

会議では、校長はほとんど発言しなかった。

辞意を表明した教員全員がいなくなっても、補完の人員を集めることができるかという羅の質問に、鄭は、可能だと答えた。黙っていた教員たちの中から、

「誘われて同調した人たちの中には、学校に残れといえば、かなりの人が残ると思いますよ」

と、発言した人がいた。

「じゃ、宋君のいう通り、この意見書は聞き入れられないから、辞意を受理すると決定していいですね」

と、羅が念をおすと、はじめて校長が賛成の意志を表明した。

羅が先に帰ったあと、鄭は、

「宋君は東京本部の文教部長になって、一段と決断がはやくなったようだね」

と、いくらかおもねるようにいった。

宋は、いつか琴にいわれたことを思い出し、その言葉を無視するように、

「あの文書には、琴君の名がなかったが、むろん彼は学校に残るだろうね」

と、きいた。

「彼はあの仲間じゃないから心配ない」

と答えながら、鄭はいくらか白けたような顔になった。

朝連東京本部主催の中央決起大会は、京橋の公会堂で催された。桜はまだ咲いてはいなかったが、暖かい日和の日曜とあって、都内在住の同胞たちは定刻前から続々と会場につめかけていた。

全国各地で、朝鮮学校に対する弾圧がはじまっているという知らせが伝わりはじめていたので、同胞たちはいきりたっていた。七、八百名入れば満員になる会場が、たちまち埋めつくされ、十時開会の時には通路まであふれて、文字通り立錐の余地もない状態になった。

決起大会の責任をになった蔡が開会のあいさつをした。その中で、日本の文部大臣から発表された朝鮮学校に対する弾圧令の本質を説明し、同胞が総決起してこれに反対しなければならないことを力説した。

次に宋が、文部省との交渉の経過報告をはじめたが、実際に弾圧令を出したのが米占領軍司令部であることをのべているうちに、だんだん興奮して、南朝鮮を占領して軍政をしいた米軍の無知と横暴さが南朝鮮のわが同胞を不幸のどん底につきおとしている実態を語り、南朝鮮のわが同胞が総決起して反米闘争を展開したように、日本にいるわれわれもみな命をかけてたたかうべきだと絶叫した。

感銘をうけた聴衆は何回も拍手をして熱狂的な反応をしめし、会場の雰囲気はいよいよ盛り上がった。発言を予定していた対策委員たちが次々と立って決意をのべたが、会衆の中からも何人かが発言を求めて壇上に上がり、たたかう意志を表明してさかんな拍手をうけた。

午後一時には終了する予定だった会合が、一時間半ものびて、最後に羅が文部大臣あての抗議文の草案を読んで満場の支持をうけた。

大会が終わっても熱気はなかなかさめないで、同胞たちは壇上からおりて見送りに出てきた対策委員たちの手を握りしめ、すぐには放そうとしなかった。

教育対策委員会の代表たちは、翌日、文部省に行って大臣に決起大会の抗議文を手渡そうとしたが、大臣は留守だというので、秘書官に抗議文を渡すほかなかった。

次官も留守だということで会えなかった。局長に会ったところ、一緒に行った対策委員の一人が、大学時代の恩師だといって、局長になつかしそうにあいさつをするので、もっぱら二人の会話が中心になってしまった。

局長は、公文は文部大臣名儀で地方官庁に伝達されたが、実際は米軍司令部の命令によるものであり、地方の各府県もその地の米軍政部の命令で動いているから、文部省は全然口をはさむ余地がないことを説明した。そして、なるべく米軍の弾圧を受けないように熟慮したがよいと、さとすようにいった。その委員が唯唯諾諾として傾聴しているので、ほかの人間は口をはさむ余地もなかった。

他の委員たちが帰ったあと、宋は一人で課長に会いに行った。彼なら、軍司令部の裏面の話も知っているように思えたからであった。

課長は宋の顔を見ると笑顔を向け、応接室へつれていった。課長は、地方から寄せられているいろいろな報告を伝えた後、朝連の中央に来ている朝連地方の状況報告などをきいたのち、

「地方の米軍政部の態度によって状況はまちまちだが、ただ心配なことは、四月の新学期早々から、日本の公共建築物をいっさい使用させてはならない、即時退去させる処置をとれ、という命令が出ていることだ。文部省では全く実態をつかんでいないが、朝連でわかっていたら緊急対策をたてたがいいよ」

と大変な情報を知らせてくれた。

宋は、東京本部の文教部にとんで帰り、中央の文教部の羅に電話をかけ、その情報を伝えた。大阪や神戸の、かなり大きな初等学校のいくつかが対象になるはずだった。

対策委員会では、日本の民主団体に呼びかけて、弾圧反対の協力を要請する連絡会議を開くことにした。

会場は、日本の施設の適当な場所を借りることが出来なかったので、結局、朝連東京本部の会館の二階の講堂を使うことになった。

決起大会の三日後だったが、開く直前になって、招請もしてなかったのに、米軍東京軍政部の教育担当の将校と通訳、南朝鮮米軍政府の東京出張所の米軍将校一名と朝鮮人事務官一人がやってきた。

これらの米軍将校が参加したことで威圧的な空気になり、労働団体の一部の人たちは、発言もしないで帰っていってしまった。

司会者の蔡が文部省からの指令の概要をのべ、朝鮮語を国語とすることを認めない、日本語を国語として教育せよという暴令に反対しているという主旨をのべたあと、参加者各位の意見を求めた。

先ず指名された教育者団体の代表ともいえる、教員組合の幹部は、

「朝鮮の人たちの立場を考え、その主張は正しいといえますが、私たちも米軍司令部から、活動の枠をはめられており、思うように所見をのべることもできないから、発言を遠慮します」

といって、すごすごと帰っていった。

次に、政党代表（共産党しか参加しなかった）の共産党の人が、

「今度の指令は不都合きわまるもので、朝鮮の人たちの反対は当然のことだから、極力支援したい」

と、かなり積極的な発言をした。次は、婦人団体代表の中年の女性が発言した。

「文部省の指令とはいっても、一から十まで米軍司令部の命令だというじゃありませんか？　日本に住んでいる朝鮮人のことを、何ひとつ理解していない人たちが、無茶苦茶な指令を出して、朝鮮人の教育を弾圧しようとしている。それこそ許すことができない問題です」

と、米軍司令部に対する辛辣な批判をしながら、弾圧に対して徹底的に抵抗しなくてはならないと、強

調した。そして、日本の民主主義勢力がまだひ弱な段階で、充分な支援ができない情けなさを慨嘆した。

宋は、きいていて涙がこぼれそうな感動をおぼえた。

あとは、誰も発言しようとしなかった。すると、朝鮮軍政府出張所の事務官が立って、朝鮮語で発言をした。

「自分は、朝鮮の同胞たちが苦しんでいることに対して、何ひとつ支援することもできない無力な立場です。ただ、米軍司令部の絶対的な支配下にあるのだから、その勢力にまともに反抗して破滅的な被害をこうむらないように、英知をはたらかせて、順応しながら生きのびる方法をとって欲しいと願うばかりです」

かなり条理をつくした言葉ではあったが、無条件屈服を勧誘しているようにきこえて、宋はむしろ腹立たしさを感じた。その発言が終わるのを待っていたかのように、東京軍政部の将校が立ち上がって、荒々しい口調でまくし立てはじめた。

通訳の、やはり軍服を来た日系二世らしい人が、ゆっくりした口調で日本語をしゃべった。

「進駐軍の指令には従わないで、このような反抗するかたちの集会を開くことが、第一けしからんことだ」

通訳の言葉が、まだ終わりきらないうちに、将校がまたがなり出した。将校は、共産党の人を指さしてわめきあげた。通訳は相手の顔を見ないで、真正面を向いて話した。

「共産党の代表というあなたの発言は、日本共産党を代表しての言葉ですか？　それとも、あなた個人の意見ですか？」

それをきいて、共産党の人は、少しひるんだように、小さな声で、

「共産党員である私の個人の意見です」

と、答えた。すると将校は、先ほど発言した婦人の方を向いてしゃべり出した。

ところが、驚いたことには、婦人は通訳が口をはさむ間もなく、流暢な英語で、将校に向かっていった。宋は、その言葉がききとれるわけもなかったが、婦人は米軍将校の非礼な態度をはげしくなじったようであった。

米軍将校は、そんな巧みな英語でなじられるとは夢にも考えていなかったようであった。あわてて、何か弁明がましくしゃべり出したが、婦人は容赦なく次から次へと攻撃的な言葉を重ねていった。

そのやりとりを、そばできいているのが耐えられなかったと見え、南朝鮮米軍政府出張所の米軍将校が、朝鮮人書記官をつれてさっさと退散してしまった。

東京軍政部の将校は、やがて開き直ったように威嚇的な口調でしゃべり出した。しかし、婦人もひるんではいなかった。二十分あまり二人の押し問答がつづいたあと、米軍将校は答えに窮したのか、席を立ちながら、

「こんな会合は二度と開いてはいけない」

と通訳させて、ほうほうの体で帰っていった。

米軍将校がいなくなってから、婦人は吐き捨てるようにいった。

「まったく無知な恥知らずな人間たちです。あんな手合いが、日本を占領して君臨しているのだから、情けない話です。きっと朝鮮総督府も、あんな連中が牛耳っていたんでしょうね」

蔡は詫びるように、

「彼らが顔を出すようなこんな会合を開いたのが間違いでした。あやまります。しかし、あの傲慢な米軍将校をやっつけた先生の勇気には感動しました」

といって、婦人に深く頭を下げた。

「奴隷的に屈服してはいけません。毅然としてたたかってください」

婦人は、そういい残して帰っていった。

会が終わってから、宋は蔡に、婦人のことをきいてみた。

「松岡洋子さんといって、アメリカで勉強をした人だそうだ。僕もよくわからんが、米軍司令部に高級職員として待遇するからと、強くたのまれたようだ。それを断わって、日本の婦人解放運動をはじめたそうだ。とにかく偉い女性だとはきいていたが、僕も会ったのは今日がはじめてだ」

「よほど進歩的な思想をもっているようですね」

「あの人の思想のことはわからないが、アメリカに長く暮らしたから、アメリカの良さも悪さも、よく知っている人だという話はきいたことがある。とにかく彼女が米軍将校をやっつけてくれたので、今日の会合の意義があった。彼女に感謝すべきだよ」

蔡はそういって、複雑な表情をした。

のしかかる米軍政部の圧力

弾圧の気配は、四月になって急に強まりはじめた。

四月早々、東京の検事局から朝連東京本部に対し、委員長ほか教育関係の幹部たちに来て欲しいという通知があった。教育対策委員会で協議した結果、委員長と文教部長の宋のほかに、対策委員二人が本部の委員長の車で同行することにした。

東京検事局では、検事正ほか検事局の重要幹部四、五人が待っていた。検事正の補佐役ともいえる首席検事が、来てもらった理由を説明した。

東京都の教育局長から、学校教育法違反として告発されれば、直ちに東京都内の朝連学校の責任者全員を検束することになるのだが、そういうトラブルを避けたいから、なるべく早く指令通りに教育法を遵守してほしいということであった。宋が、

「教育局長に依頼されて、今日、私たちを呼び出したのですか？」

ときくと、そうではないと答えたので、

「では、米軍の東京軍政部からの指示を受けたのですか？」

と、きき直した。首席検事は返答をしぶった。

「私たちは、日本の教育基本法や学校教育法は遵守するといっているのですよ。ただ、独立した民族として、自分たちの言葉である朝鮮語を国語として教育していきたいといっているだけです。それがいけないというのは、無法じゃありませんか？」

と、宋がいうと、

「今、日本は米軍司令部の指示には絶対服従しなければなりません。それは法令と同じようなものです」

と、首席検事が苦しそうな答弁をした。それをひきつぐように、検事正が、

「どうも朝鮮人は法を守る精神に欠けているようだ。一般的にも犯罪が多すぎる」

と、きめつけるようないいかたをした。宋はわめき上げたい衝動をおさえながら、静かな口調で検事正に向かっていった。

「法律は、民の生活と安寧を保護するためにあるものだと思います。日本国民はその法に保護されて生きてきたから、その法を守るのは当然と思うでしょうが、われわれ朝鮮人は、日本の法律のもとで差別され、迫害され、人権を蹂躙されてきました。われわれは人間であるから、その間違った法に反抗したのです。われわれは日本の法律に守られて安らかに暮らしてきたことはありません。われわれに法を守る精神が欠

けているというのは、われわれに対する差別意識の偏見から出た言葉ではないでしょうか？」

するど、検事正は、むっとして口をつぐんだ。首席検事が、とりなすように、

「とにかく占領軍の支配下にあることをよく考えてください。私たちも、命令とあれば、不本意なことをしなくてはならなくなります。その辺のことをよく考えて、なるべくトラブルが起こらないようにしてください」

といった。結局、かみ合わない議論を交わしただけで、一行は東京検事局をあとにした。

帰りの車の中で、委員長は、

「今日は、文教部長の独演会のようなものだったなあ……。連中はわれわれを威圧するつもりだったかもしれないが、文教部長の抗弁に手も足も出せなかった」

といって苦笑した。宋は、

「連中も、米軍の命令で仕方なしにやっていることだから、何もいえなくなってしまうだけですよ」

といいながら、じわじわと締めつけてくる米軍司令部の圧力を感じないわけにはいかなかった。

宋の予感した通り、翌日、米軍の東京軍政部から呼び出しがあった。

宋が、軍政部の教育担当の部屋に入って行くと、そこには東京都の教育局長も来ていた。

すでに顔を知っている米軍将校と、教育局長に目礼をすると、通訳の日本人二世の軍人が、米軍将校の座っている机の前の椅子にかけるように指示した。

米軍将校はさっそく尋問調できいた。

「まだ命令に従わないつもりか？」

宋は静かに答えた。

「私たちは、教育法には従うといっています。ただ、自分たちの母国語を国語として教育したいといっているだけです」

米軍将校は、激しい口調でしゃべった。通訳は、少し迷っているような表情をしてから、

「言い訳はききたくない。無条件に従うつもりはないのか？」

と、事務的ないいかたをした。

宋は、きっと顔を上げ、米軍将校をまともに見つめながら答えた。

「母国語を守るのは、私たちの使命です」

通訳の言葉をきいた米軍将校は、嘲けるようにいった。

「ここにいる都の教育局長が紳士だから、あなたは監獄に行かないでいるが、当たり前ならとっくに入れられたはずだ」

通訳は、わざとたどたどしい言葉づかいをしているようであった。通訳は、宋の顔を見ようとはしなかった。

宋は、その言葉に答える必要はないと思い、微笑をうかべて、米軍将校を見守った。米軍将校はいきりたってしゃべった。通訳は言いにくそうに、口ごもりながら、

「服従しないなら、あなたのために、監獄の中の良い部屋をあてがうであろう」

と、横を向いたままでいった。

宋は、にっこり笑ってみせながら、

「私は疲れきっていますから、監獄の中の良い部屋をあてがわれたら、よろこんで休息したいと思います」

と答えた。

通訳は、その言葉を、どう伝えてよいか戸惑っているようであった。

やがて、何かささやくように英語で伝えると、将校は烈火のように怒って、

「ゲラウッ!」

と、どなった。

それが、出て行け、という罵声であることはわかったので、宋は、ゆっくり立ち上がり、かるく目礼をして、黙って部屋を出た。

宋は、松岡女史が、無知で恥知らずな人間と評した言葉を思い出した。まったく単純な人間のように思えた。

米軍将校と宋がやりとりをしている間、都の教育局長は、沈痛な表情で黙って座っていた。その蒼白な顔が痛々しくもあった。

その教育局長のことが気になったので、宋は、都の教育局に行って帰りを待つことにした。

監獄の中の良い部屋をあてがうであろう、と通訳のいったことが、なんともユーモアのあるこっけいな言葉に思え、宋は思い出し笑いをしないではいられなかった。

また米軍将校の態度は、何もかも、学生時代に取り調べられたことのある警視庁の特高警察官の態度とよく似ているように思えた。ただ、警視庁の特高はすぐ暴力を振るい出したが、米軍将校は暴力を振るわなかったことだけが違っていた。

のしかかる米軍政部の圧力

東京都教育局の庁舎内は、局長が米軍の軍政部に呼ばれて行ったというので、ひどく緊張していた。

宋が一緒に呼ばれて行ったことを話し、局長のことが気がかりで、ここで帰りを待つつもりだというと、応対していた学務課長が、わざわざ局長室つきの応接室へ案内してくれた。

しばらくして局長が帰ってきた。疲れ切った様子で、しばらく口をきこうともしなかった。

次長以下、局内の首脳部が集まって局長を慰労している間、宋は席を外して部屋の外に出ていたが、やがて学務課長が呼びに来たので応接室に戻った。

局長はいくらか生気を取り戻していた。宋が、

「私たちのことで、いろいろご心配をおかけして申しわけありません」

と、あいさつをすると、局長は微笑をうかべて、

「若いあなたが、度胸のすわった態度だったのには感心しました。私はすっかり気が転倒してしまっていたのに、あなたの態度を見て、落ち着きを取り戻しました。むしろあなたに感謝したいくらいです。いずれにせよ、米軍司令部は、あなたたちを徹底的に押さえつける魂胆のようです。これから、どんな無理難題を押しつけてくるかわかりません。冷静に対処することにしましょう。何か事前にわかったら、すぐあなたのところに連絡することにします」

そう約束してくれた。

阪神民族教育大弾圧事件のてんまつ

弾圧の嵐は、全国的に吹き荒れはじめた。

各地方本部から朝連中央あてに、県庁に呼ばれたとか、県の検事局に呼ばれたという報告が、相次いで殺到した。

中央教育対策委員会は、いつ検挙がはじまるかわからないという事態にそなえ、長期抗戦の構えとして対策委員会を闘争本部とし、その責任者を二人ずつに限定した。

最初の責任者には蔡と宋が選任された。そしてその二人が検挙された場合は、次に選任された二人が責任をになうことにした。

このように三番目の責任者までを選定し、闘争本部は、朝連中央が交通不便な中央区のはずれにあるので、東京駅近くの交通の便がいい朝連東京本部会館内にある教育者同盟の本部におくことにした。地方からの連絡もこの闘争本部にとどくようにし、地方に対する通達もここから送達することにした。

闘争本部には、常時対策委員たちが待機し、夜間も交替で宿直することにした。宋は、同じ会館内であっても、本部の文教部室に居るより、この闘争本部に詰める時の方が多くなった。

憂慮していた通り、弾圧の火の手は、先ず神戸の日本の学校の校舎を借りている学校から上がった。

中央からの緊急通達で、退去命令が出ることを予測した兵庫県本部は、あらかじめ神戸市と兵庫県庁に、緊急に校舎建設運動を起こすから、校舎完成まではそのまま貸与してほしいと頼みこんだ。

最初、県と市は、子供たちの教育のためだから、そうすると約束してくれた。

ところが四月の新学期開始の日、米軍政部の命令で、どうしようもないからといって、退去命令を突き付けてきた。そして、翌日には県の検事局から、退去命令に従わない時は、警察力を動員して、学校から子供たちを強制退去させるという通告をよこしてきたのだった。

朝連の県本部は、父兄はもちろん同胞を総動員して、学校を守る体制をかためた。

三日目には、予告通り、多数の警官隊が出動してきたが、校門のところで待ち構えていた同胞の気勢に押され、しばらく押し問答を繰り返した後、引き返していった。

だが四日目には、軍政部の厳令だから断行するほかないといって、県下の武装警官隊を総動員した形で押し寄せ、抵抗する同胞たちを容赦なく検束して、トラックで刑務所に強制収容した。そして子供たちを学校から引きずり出そうとしたが、泣き叫ぶ子供たちには、さすが暴力は振るえなかったとみえ、そのまま引き揚げた。

この急報を受けた闘争本部では、兵庫県に隣接した近県の本部に、兵庫県に緊急援助に行くように通達するとともに、対策委員の一部を現地に派遣した。

解放新聞社でも、社の編集責任者である朴が、特派員として現地に向かった。

兵庫県警は、連日のように武装警官隊を総動員したが、次から次へと増えてくる同胞の集団にてこずり、手当たり次第に検束して刑務所に連行はしたものの、学校から子供たちを追いはらうことはできなかった。攻防戦は十日あまりも続き、学校周辺はまるで戦場のような騒ぎとなった。

そこで、県警は戦術をかえ、いったん全部引き揚げておいて、子供たちが下校し、同胞の守備陣が手薄になった夜間をねらって、大部隊で学校を急襲し、学校を完全に占領して、校門を封鎖し、一切の出入りを禁止してしまった。

この時、百名以上の同胞が検束されて、刑務所に連行された。

刑務所に収監された同胞は、延べ三百数十名にもなった。

県下の同胞たちはもとより、近県から応援にかけつけた同胞たちは、連日、兵庫県庁に押しかけて抗議デモを行なった。

四月二十四日、兵庫県では、県知事以下、教育関係、県警、地方裁判所等の首脳部が集まって、この事態に対処するための緊急対策会議を開いた。これを知った朝連の県本部は、数十名の代表を送って、検束者の全員釈放や、学校復活のための交渉をすることにした。

県庁に押しかけた同胞の数は、この日一万名を超え、県庁周辺は完全に同胞に包囲された形になった。その外側を、動員された武装警官隊が取り巻いて、いつ何が起こるかわからないような、ものものしい緊張状態となった。

交渉がはじまって一時間ほどたった頃、突如、米軍のジープ一台が県庁に乗りつけ、降り立った米軍のＭＰ二人が、いきなり拳銃を引き抜いて、入口付近にたむろしていた同胞たちに突き付け、即時解散しろ、とおどした。

たまたまそこに、同胞の婦人たちの一群がまじっていた。即座に中年の同胞の婦人二人が、ＭＰたちの前に立ちふさがり、撃つなら撃てといって、胸をはだけて迫って行った。多年、生活の上で日本の警察から迫害されつづけてきた在日同胞の婦人たちには、死を恐れない勇気と胆力があった。

女性から、このような激しい抵抗を受けたことのない米国の軍人たちは、本能的な恐怖感におそわれたと見え、二人とも、いきなり脱兎のように逃げ出してしまった。

交渉の場では、県自体が、学校が建つまでは校舎をつづけて使用してよいと約束しておきながら、米軍の命令という名目のもとに、いきなり武装警官隊を動員して多数の検束者を刑務所に収監するという暴挙は、あまりにも常識にはずれた不当行為ではないか、事態を円満に収拾するためには、収監者を即時釈放し、学校封鎖を解除して、約束通り校舎が完成するまで学校を続開させることだ、という正論に、県知事以下、県の首脳たちはみな返答に窮していた。

県の幹部たちは答えにつまると、米軍の軍政部に電話をかけ、いちいちうかがいをたてていたが、その途中、どうしたことか電話がとぎれて、通話が中断されてしまった。県の首脳たちはあわてふためいて、八方に電話をかけたが、要領を得ないまま一時間近くを空費してしまった。

わが代表たちは人間の誠意をつくしてうったえた。――県知事や首脳部は、行政の責任をになっているのだから、米軍には人道的な立場から真実をのべて説得すべきではないか？　あなたたちは人間としての良心的立場から、正義にかなう判断を示して欲しいという要求に、県の首脳たちは互いに膝をつき合わせて熟議した後に、

「学校が完成するまで貸与するという約束を破って、一方的に警官隊を動員して紛糾を起こした責任を感じて、

最初の約束は守る。

収監している全員を即時釈放する。

これ以上紛糾を起こさないために、今後はすべて話し合いの上で、平和的に事を運ぶ」

といった主旨の覚書を書いてくれた。

そして、その場で刑務所に電話をかけて、収監中の全員を即時釈放させた。

また、学校を封鎖中の警官隊にも電話をかけて、即時封鎖を解かせ、警官隊を全員引き揚げさせた。

県の首脳部と交渉に行った人たちは、感動の涙にむせびながら握手を交わした。

このことが、県庁を包囲中の同胞たちに知らされると、同胞たちは抱き合ってよろこびながら、万歳を唱えて家路についた。


この知らせが伝わると、兵庫全県下の同胞たちは歓呼の声をあげて躍り上がった。

「われわれの正義のたたかいが勝ったのだ！」

と、口ぐちに叫びながら、同胞たちは、寄るとさわると、祝杯をあげた。

ところが、翌四月二十五日の払暁を期して、神戸市内の同胞の全家庭が、いっせいに米兵の襲撃をうけたのである。

日本の警察が道案内をし、米兵の大部分が黒人部隊であった。

そして、十六歳以上の男子は一人残らず検束され、全員、神戸市内にある米軍基地の鉄条網の中にほうりこまれてしまった。

その朝のすべての新聞には、こぶし大の活字で、神戸で朝鮮人暴動が起こり、非常事態宣言が発令された、と報道された。

新聞には、横浜にある米第八軍の司令官であるアイケルバーガー中将が、飛行機で神戸に飛び、暴徒鎮圧作戦を指揮したと出ていた。そして、

「クインエリザベス号があれば、この朝鮮人どもを全員つめこんで本国送還させたいものだ」

という中将の談話記事がのっていた。

神戸事件の真相は、中央の闘争本部にはまだ何ひとつ届いていなかった。

宋は、この新聞記事を読んで、胸がつぶれるような思いがした。

蔡が出勤してきて兵庫県本部に電話をかけたが、電話は不通になっていた。

その二十五日、大阪府では四万の同胞が、神戸の事件に抗議する大会に集まった。

ところが、大会がはじまる前から日本の武装警官隊が動員され、消防車数十台の一斉放水で、参集した同胞たちを追い散らし、警官隊の実弾砲で十六歳の少年が即死し、十四歳の少女が瀕死の重傷を負った。

結局、大会は開会前に強制解散させられた。

午後になって、兵庫県下のいくつかの支部から、断片的な情報が本部に届きはじめた。

夕刊の新聞には、大阪でも大暴動が起こったかのように書きたてられ、学校閉鎖に反対する朝鮮人の阪神大暴動事件と報道された。

夕方になって大阪本部から連絡があり、新聞報道がまったくでたらめであることが知らされた。その後、ひきつづき寄せられてくる兵庫県下の各支部や大阪からの情報などで、神戸や大阪で起こった事件の輪郭をほぼつかむことができた。暴動とは、途方もないでっち上げで、米軍による一方的な非人道的犯罪行為と、大阪の警察の非道な殺人行為が明らかになった。

翌二十六日、闘争本部に集まった面々は、みな切歯扼腕した。しかし、どこにも訴えようがなかった。日本の新聞記者たちを集めて、いくら真相を伝えても、米軍司令部の検閲を恐れて、ただの一行も記事にするはずはなかったからだ。

結局、自分たちで真相を暴いたビラを作って配るほかないということを論じ合っているところへ、

「二十七日の早朝を期して、学校閉鎖令が発令されると同時に、学校の責任者たち全員が検挙される」

という情報がとびこんできた。

「責任者の二人が、いま検挙されるのはまずい。様子がわかるまで、安全な場所に隠れていた方がいい」

という意見が圧倒的に多かった。

宋が、

「米軍が出動して弾圧をはじめているのに、いまさらじたばたしてもはじまらないじゃないですか？　つかまっても、堂々と主張を述べてたたかっていくほかないでしょう」

というと、皆いっせいに、

「それは短見だ！　宋君も皆の意見に従って今夜は身を隠したがいい」

というので、それに逆らうこともできなかった。

その夜、宋は、次の代表委員に選定されている尹と許と共に、尹と昵懇の間柄という日本の党員の家に泊めてもらうことになった。蔡は、別の知り合いの家に泊まるといった。

それは言語学者として有名だった人の家であったが、その学者はすでに亡くなっていて、尹はその弟子の一人であったということであった。

尹はしじゅう出入りしているらしく、学者の娘という二人の娘さんたちと親しげに口をきいた。

夕食はすまして行ったので、一部屋を借りて三人で寝ることにした。

床につく前、宋より一つ二つ若いと思われる許が、

「さっき宋さんは、つかまったらつかまってもいいといったけれど、宋さんはつかまったことがないからでしょう。つかまると、ひどい拷問をかけられて、組織の秘密まで白状させられるのですよ」

といい出した。宋は苦笑しながら、

「僕は学生時代、特高につかまって、警視庁の鬼といわれた人間から何回もひどい拷問にかけられたことがありますよ。時にはこのまま殺されるのではないかと思ったこともあります。だが僕は、やつらがでっち上げようとした嘘の告白には、最後まで乗りませんでした。結局、自分自身の問題です。拷問を恐れることはありませんよ」

と答えると、許はびっくりして、

「宋さんにそんな経歴があるとは知らなかった。人が好さそうにみえたので、つい失礼しました」

といって、頭をぴょこんと下げた。そばできいていた尹が、

「蔡さんから、宋さんは心の強い人だときいていたけれど、いまの話で納得がいきます。あなたなら、た

とえ獄中でも堂々とたたかえるでしょう」

といった。

翌朝、起きがけに本部に電話をかけてみると、やはり各学校の責任者が検挙されたという知らせがあったということだった。

「僕はこれから、直ぐ東京検事局に抗議に行きます」

といって、宋が出掛ける仕度をすると、起きてきた上の娘さんが、

「すぐ朝食の仕度が出来ますから、召し上がってからにしたら……」

と、引きとめたが、

「一刻も早い方がいいですから」

といって、断わると、

「でも、外はひどい雨です。お貸しする余分の傘がありませんから、朝連の本部までお送りします」

そういって、上の娘さんは一緒に出かける仕度をした。たしかにかなり激しい雨で、好意に甘えるほかなかった。

通りは人通りもなかった。十分ほどの道のりを黙々と歩きながら、宋は一種の悲壮感にとらわれた。この雨の中を検束されていった東京都内の十四の学校の責任者たちの心中が思いやられ、誘われるままに一晩身を避けていた自分の卑怯さがくやまれた。

会館にたどりつくと、娘さんは、

「お気をつけてください。もしかすると、あなたも検挙される危険があるのでしょう?」

と、案じ顔でいった。

「覚悟してますから、何があっても平気です。それより、どうもお世話さまになりました」

そういって、宋が差してきた傘を返すと、娘さんは傘を受け取り、何かもの言いたげだったが、黙って帰っていった。

本部の部屋には、宿直の人が一人すわっているだけだった。備えつけの傘を一本取り出して、宋は大急ぎで検事局に向かった。

受付で、検事正か首席検事にお目にかかりたいといって名刺を出すと、受付の人は驚いた顔で宋を見返し、すぐ電話をかけた。

ほどなく首席検事がやってきて、宋を応接室に案内した。

「いきなり学校の責任者たちを検束するとは、不当なやりかたじゃありませんか？」

宋の抗議の言葉を聞き流して、

「ここで、しばらく待っていてください」

といって、首席検事は姿を消した。早朝なのに、検事局の主だった人たちはみな出勤しているようであった。

いくら待っても、首席検事は姿を現わさなかった。宋はあれこれと想像してみた。

都合よく朝連の東京都の文教部長が現われてくれたので、この場で逮捕するために、緊急会議をはじめているのか――？

あるいは、東京都の教育局と緊急連絡をとっているのか――？

もしかすると、米軍の東京軍政部に連絡をとって、指示を仰いでいるのかもしれない……。

いずれにせよ、宋はこの場で逮捕されるに違いないと思った。飛んで火に入る夏の虫の役割を、自分が演じているような気がして、宋は苦笑しないではいられなかった。

ずいぶん長い時間がたった。出勤時間になったとみえ、応接間の外の廊下を歩く足音が、にぎやかに聞こえ始めていた。

二時間以上も待たされて、ようやく首席検事が姿を現わした。

首席検事は、宋に発言のいとまを与えないで一人でしゃべりまくった。

「あなたも想像していたでしょうが、これは東京都教育局の告発の形式をかりた、米軍東京軍政部による直接指示の検挙事件です。いきなり十六人の学校責任者を検挙するのは、われわれにとってもはじめての大事件です。しかも、罪名は曖昧です。政治的な弾圧というほかありません。警察に入れては収拾がつかないので、警視庁に入ってもらいました。軍政部の指令で、当分は面会禁止です。

軍政部では、あなたも検挙するようにとのことでしたが、都の教育局の告発状には、あなたの名は書いてありませんでした。

あなたが、いきなり現われたので、私たちは困惑しました。東京都の教育局長の意向をきかないことには、あなたを検束するわけにはいかないのです。それで、都の教育局に連絡して、局長の直接の意向をきくのに手間がかかり、時間を費やしました。

局長は、絶対にあなたを検束してはいけないといいました。事態を円満に収拾するためには、あなたがいなくてはならないというのです。

局長は、東京では兵庫のような流血の惨事を絶対に引き起こしたくないといっています。そのために、あなたが必要だといっています。

私たちも、事態の円満な解決を痛切に望んでいます。どうか、都の局長とよく相談して、一日も早く円満な解決が出来るように努力してください。切にお願いします」

宋は、何も返す言葉がなかった。

検事局の帰りに、都の教育局に寄ったが、局長はまだ出勤していなかった。


本部の事務所に帰っていくと、蔡が出勤していた。蔡は、地方の各府県本部や学校などからかかってくる電話の応対に忙殺されていた。

宋は空腹を感じ、まだ朝食をとっていないことに気づいた。午前中に食事の出来る食堂は、有楽町の駅前まで行かなければならなかった。飯は売り切れて、うどんしかないということだった。

食事をすまして本部に戻ると、蔡も一息ついているところで、おたがいに報告し合っているところへ、にわかに外国人の記者たちの集団が訪ねてきた。

闘争本部に外国人の記者たちがやってきたのは、はじめてのことであった。

アメリカの記者たちやソ連の記者たち、そして、英、仏などヨーロッパ諸国の記者や、アジア各国、カナダ、ブラジルなどの北南米各国の三十数名の記者たちであった。

彼らも、朝連の情報が知りたくて、方々探し廻って、日本の記者たちから教わって来たということであった。

東京本部の講堂に彼らを案内し、本部に居合わせた蔡と宋が応対した。

彼らは交互にこの教育事件のいきさつについて質問した。

二人は、最初の文部省とのやりとりから、米軍司令部の指令で一方的な弾圧がはじまったことを詳細に説明した。

彼らは、なぜ、朝鮮人学校がこんなにたくさん出来たのかという質問をした。宋が、それをくわしく解説した。

中には、米軍司令部からきいたとみえ、朝鮮学校で教えている植民地時代や朝鮮農民の極貧状態を書いた教科書を問題にし、それは思想的な偏向教育ではないかという質問をしてきた記者もいた。

宋がそれについて具体的な実態の説明をすると、記者たちは一様に驚きの声をあげた。

「われわれは終始一貫、米軍司令部が要求する教育法は遵守するといっているのです。ただ、解放された民族として、自分たちの母国語を国語として教育したいといっているだけなのです。それをいけないといって弾圧するのは、理不尽じゃありませんか？　兵庫や大阪でも、われわれは暴力をふるったことはない。一方的な武力弾圧を受けただけです。この事実を、ありのままに伝えてください」

と、蔡が力説すると、記者たちは一様にうなずいた。

記者団の質問は延々三時間におよんだ。記者たちは帰りがけに、

「われわれは今まで、アメリカ軍司令部の発表や日本政府発表の文章しか読まされていなかった。はじめてあなた方から真相をきいた。それを本国に打電すれば、必ず反響が起こるはずだ」

と、口ぐちに語っていた。

通訳の言葉がもどかしくて、手ぶり身ぶりで、真相を伝えようとして必死に頑張ったので、記者団が帰ったあとは、二人とも疲労困憊していた。

「日本の新聞記者たちは、米軍の圧力を恐れて鼠一匹現われはしないのに、今日来た連中は、果たして本国の報道機関に正確に伝えるだろうか？」

蔡は半信半疑だった。

「ソ連の記者はちゃんと伝えるだろうけれど、一方的な同情だといわれるだろうし、中国の記者がとても真剣に質問していたけれど、あれは国民党系の新聞じゃないですか？」

と、宋がいうと、

「それでも、中国の新聞にはちゃんと出るだろう」

と、蔡もいくらか確信ありげにいった。

そこへ、警視庁に抗議かたがた面会を求めに行った都内の各学校の代表の人たちが、本部にやってきた。面会は許されなかったが、警視庁の対応はきわめて丁重だったと、みな驚いたように話した。

「なんでも一般の囚人とは全然別扱いで、特別に気をつかっているから心配することはないと、口をそろえていっていました」

「看守長のような人は、江戸末期の勤王の志士のような人たちだといって、敬意を表したということです」

「われわれが米軍から、非道な政治的弾圧をうけているということを、皆よくわかっているようです」

行って来た人たちは、口ぐちにそういって、

「むやみに反抗しないで、正々堂々とわれわれの主張だけを述べるようにといった闘争本部の指導方針は、やはり正しかったと思います」

といって、蔡や宋を苦笑させた。

責任者が検束されても、教員や生徒たちは平静をたもって授業をつづけるように、各学校へ指導に行った対策委員たちが、夕方になって本部に戻ってきた。

「わが教員たちは、みな筋金の入った立派な闘士たちだと思いました。不安におびえている人は誰もいま

せん。落ち着いて子供たちを変わりなく教えているものだから、子供たちもきちんと勉強していますよ」

一人がそういうと、皆それに賛同した。

「朝連の民族教育の大きな成果です」

「どんな弾圧を受けても、われわれは頑張り抜けますよ」

たがいにそういいながら、励まし合うような表情を交わした。

蔡と宋が、外国人記者団の訪問をうけた経過報告をすると、

「それはすごい！　きっと大反響が起こりますね！」

と、皆は歓声をあげた。

「いや、そんなに楽観したものではない。それより、われわれで出来る宣伝に力を入れなくては……。日本の報道機関は全然駄目だから、われわれで宣伝ビラを作って、それを配ることにするほかない。もうすぐメーデーだから、その日は中央会場だけでも十万人は集まるはずだ。五万枚くらいビラを作って配ることにしよう。

そのビラはせいぜい千字以内の短い文章じゃなくちゃいけない。それと、日本の大衆は一方的な宣伝にさらされているから、われわれに恐怖感めいた反感をもっていると思うのだ。だから、あまり過激な語句を使わずに、やわらかく説きほぐすようにして、われわれのたたかいの真相を伝えなければならない。

もう日にちの余裕はない。ここにいるわれわれが原稿を書くほかない。明朝までに、各自千字ずつのビラの原稿を書いて持って来てくれないか？

その中から選んで、二種類くらいのビラを作るとしよう。明日中に印刷所に渡せば、遅くとも三十日にはビラが刷り上がるはずだ。青年組織を総動員すれば、メーデー会場で五万枚くらいは完全に配れるはず

だから」

と、蔡は具体的な提案をした。誰にも異論はなかった。


その夜、何日かぶりで宋は家に帰った。

子供たちは、もう寝入っていた。妻は宋の顔をみるなり、

「学校の金先生がつかまっていったでしょう。あなたもきっとつかまっていったものと思っていたのよ。心配していたわ……。食事はどうしていたの？　まだ夕飯食べていないんでしょう？」

と愚痴をこぼしながら、食事の仕度をした。

「それより先に、風呂に行ってきたい。着替えを出してくれないか？」

新築した銭湯は、割に客が立てこんでいた。番台にすわっていた主人が、愛想笑いをしてみせた。

久しぶりに広い湯ぶねにつかりながら、宋はビラの語句をあれこれと考えつづけた。


翌日、ビラの原稿を書いてきたのは五人に過ぎなかった。蔡は、その五通の原稿を、集まった対策委員たち全員に読ませた。そして蔡は、

「やはり宋君は小説書きだけあって、抜群にうまい。これなら、朝鮮人に好感をもってない日本人でも、素直な気持ちで読んでくれるに違いない。最初から宋君に頼めばよかった。ほかの人たちの書いた原稿とは比較にならない。宋君の書いたものをビラにすることに、異存はないね」

と、断定するようにいった。全員、蔡の意見に賛成した。

「米軍司令部を名指しで非難する語句を一つも使っていない。日本政府の無責任な行為を攻撃する字句も

ない。それでいながら、事件の本質をわかりやすく解説し、われわれ朝鮮人が一方的に迫害されて非道な弾圧を受けている真相が、実に具体的に描かれている。これはウケるにきまっている」

尹が、感きわまったように激賛した。

「僕がその原稿を解放新聞社にもって行って、ビラに刷ってもらいましょう」

と、許がすすんで役目を引き受け、すぐ駆け出していった。

本部には、蔡と宋と尹だけが残り、他の委員たちはメーデーの日に青年組織を総動員するためにその工作に出かけた。

宋は、都の教育局から何の連絡もないのが気になり、自分から教育局に出かけた。

窓口になっている学務課長が、宋の顔を見ると、すぐ局長室に案内した。次長と学務部長も、すぐ局長室にやって来た。

「軍政部から、昨日、何回も、朝鮮人のデモ隊が押しかけて来なかったか？ という問い合わせが来ました。あなた方が挑発にのるような行動を一切しないで、静穏な状態をたもっているので、彼らは逆にあせりを感じているようです。動きがあれば、すぐ次の弾圧の手だてを考え出すでしょうが、こぶしの振り上げようもないようです。

それでも無気味なので、私たちも緊張状態で待機しているところです。あなた方が、学校の責任者が検挙されても、いっさい抗議デモをしないのは、実に賢明なやり方でした。彼らも策の施しようがないのでしょう。もう少し、このままの状態で我慢していてください」

局長はそういって、むしろ宋をなぐさめるような口調だった。

「文部省からは何もいってきませんか？」

と、宋がきくと、

「何をきいても、一切ほおかぶりです。傍観するほかないといっていますよ」

と、あきらめたような口調でいった。


朝連中央総本部の常任委員たちは、半数以上が、兵庫県本部の救援活動のために現地に向かっていた。兵庫県本部の委員長はじめ常任のほとんどは検挙されて、刑務所に収監されていた。

また当初は、神戸市内に居住する同胞の男子の四千名以上が、米軍基地の鉄条網の囲いの中に入れられ、雨ざらしの露天の下で、食事も与えられないで放置されていた。

しかし、兵庫県下や近県からかけつけた数万の同胞たちが、鉄条網にとりすがって釈放を叫びつづける騒ぎに、基地の米軍もさすがにたまりかねたのか、朝連の役員でない人たちは、四日目までにほとんど釈放し、本部、支部、分会などの役つきの人たちは刑務所に移監した。

神戸市内の民族学校は、閉鎖されたままであった。

現地に行った中央の委員たちは、地域の同胞たちの協力のもとに、神戸市内の朝連の組織を再編し、同胞の生活の安定をはかるとともに、学校の復活運動を展開しはじめた。


大阪では、日本の学校の校舎を借用していた二校は閉鎖されたが、近隣の民族学校に転校させて、大きな混乱もなく事態を収拾した。

ただ東京同様、全府下の学校の責任者たちが検挙されたが、教員たちは結束して授業を継続した。

進駐軍の軍政部のある地方の主要都市でも、いっせいに学校の責任者たちが検挙されたが、大きな混乱は起きなかった。

しかし、いつ大弾圧の旋風が吹き荒れるかわからない不安のもとに、連日、同胞たちは息をひそめて過ごしていた。

東京の闘争本部に詰めている蔡と宋も、刻一刻と時間がたっていくのが、息のつまるような苦しさだった。各地方からひっきりなしにかかってきていた電話も、すっかり途絶えてしまって、無気味な沈黙がつづいていた。

事務室にへばりついているのが息苦しくなり、宋は、連絡もないのに文部省に押しかけてみた。次官室に行くと、秘書官が、次官は留守だといった。局長室では、局長は出張中だといった。課長は、にやにやしながら、

「嵐の前の静けさというのですかねえ……。米軍司令部からは音沙汰なしです。気長に待つほかありませんねえ……」

と、他人事のようにいった。

拍子抜けして本部に戻ると、蔡が、

「明日はいよいよメーデーだ。対策委員たちは、明日のビラ配りの工作でみんな出払っている。ほら、ビラが出来てきている。ここには百枚だけで、五万枚全部、青年工作隊の手に渡っている。明日、どんな効果が現われるか楽しみだ。僕らはここに詰めていなくてはならんので、現場に行かれないのが残念だ」

といいながら、刷りたてのビラを一枚渡してくれた。

「日本の皆様に訴えます」

と、大きな活字の見出しで、読みやすい大きさの活字がぎっしり組まれた、わら半紙半分の大きさのビラであった。文末に、在日本朝鮮人連盟教育対策委員会というやや大きめの活字が刷りこまれていた。

「活字で読むと、ますます名文の味がする。わが同胞の怒りと、嘆きと、悲しみとがにじみ出るような感じがする。こういう文章が書けて、宋君は文学修業をした甲斐があったというものだ」

蔡にそうほめられたが、宋はむしろ泣きたいような気持ちになっていた。のしかかってくる重い暗雲を、とても払いのけることはできそうにない不安を感じていたからであった。

メーデーの当日はよく晴れていた。

東京本部の会館は、全員がメーデーに参加しているので、ひっそりした静けさだった。

蔡と宋だけが、取り残されたように事務所で向かい合っていた。

「宋君はいつも楽天家なのに、ここ何日かひどく憂うつそうだなあ……」

と、蔡が話しかけてきた。

「解放された民族だと、口ではいっても、自力で独立した民族ではないという悲哀を、痛切に感じているからですよ」

「しかし世界は動いている。今日はこうであっても、明日、何が起こるかわからないじゃないか？」

「その世界の動きをただ受動的に受けとるのでなく、自分が世界を動かす主動力にならなければ……」

「奇蹟が起こることだってある」

「僕も奇蹟が起こることを信じます。しかし、その奇蹟も、必ず起こる要因があります。その要因をつくる原動力にならなければ……」

「こんな抽象的な話でなく、ひとつ面白い話をしよう。実は僕、昨夜、面白い夢を見た。めったに夢など見たことがないのだが、僕は夢の中で、大きな猪をしとめた。大喜びしているところで目が覚めたんだが、何かいいことがありそうな気がしてならん。ひょっとしたら、われわれはこのたたかいで勝つのじゃないかと思って……」

「それこそ夢のような話ですねえ……」

「いや、夢であってはならん。だから、奇蹟が起こることを信じたいのだ」

そういって、蔡は大きな声を出して笑った。宋もひきこまれたように笑い出した。

そこへ、許が息をはずませながらかけこんできた。

許は、額ににじみ出た汗をぬぐいながら、

「メーデーの会場で、ある組合の集団がたむろしているところで、百枚ほどのビラを配りましたが、配り終わってその場を離れようとしたところ、いきなり若い女性が僕の袖をつかまえて、たった今あなたからもらったビラを一気に読んだけれど、涙が出るほど感動した、というんですよ。

いままで朝鮮人はこわいという話を何回かきいたことがあり、新聞で朝鮮人が暴動を起こしたという記事を読んで、よけいそう思っていたのに、このビラを読んで、朝鮮人がひどい目にあっているという事実をはじめて知りました、といって、もっとくわしい話をきかしてほしいというものだから、メーデーの演説なんかきくのはそっちのけにして、彼女と三十分ばかり話しました。

彼女はすっかり興奮して、これからは朝鮮人のたたかいをできるだけ応援したいといってくれました。

僕はうれしくなって、彼女と感謝の握手をしましたが、純真な日本人はこんなにはやく理解してくれるんですね。それにしても、ビラの効果はすごいものですよ。僕はその喜びを少しでもはやく本部の皆さんに知ってもらいたくて、メーデーのデモがはじまる前にとんで帰ってきました」

と、息せききって話した。蔡は、

「それは嬉しい話だ！」

といってから、にやにやしながら、

「許君がとびきりの美男子だから、その若い女性はよけい感動したんだと思うよ」

と、からかうようにいった。

「僕は本気になって話しているのに、そんな冗談をいっちゃいけませんよ！」

許がむきになっていうので、そばで見ていた宋もつい吹き出してしまった。

そこへ、対策委員たちが続々と帰って来はじめた。みな異口同音に、

「わが青年たちのビラ配りは大成功に終わった。メーデーの参加者たちは、みな意識の高い層なので、わが教育問題に対して関心が深く、ビラを奪うようにして受け取り、すぐ読み出した。いろいろな種類のビラが配られていたので、読みもしないで捨ててしまう人たちもいたが、われわれのビラだけは読みもしないで捨てるような人は一人も見かけなかった。

読んだ人たちは、いろいろな反応をしめし、ビラを配ったわが青年たちは、人気の的となって多くの人たちに取りまかれた。五万枚のビラは、瞬時のうちに配られ、はじめは心配していた青年たちも、戦果をあげた戦士のように、みな晴ればれとした笑顔になった。

日本のすべての新聞は、米軍司令部の検閲を恐れて、われわれに振り向きもしなかったが、メーデーに集まった日本の労働大衆は一挙にわれわれに視線を向けはじめた。おそらく今日一日で、数万の日本人たちが、われわれのたたかいに支援の気持ちを寄せるようになったと思われる」

と、感動を語り合った。

「われわれのたたかいが孤立無援のたたかいでないことが、今日で実証された。われわれはもっと自信をもってたたかいをすすめるべきだ!」

尹が、皆の気持ちを代弁するように叫ぶと、みんな歓声をあげて呼応した。


その翌日は無風状態の一日であった。

メーデーで気勢をあげた対策委員たちは、疲れが出たのか休んでいる人が多かった。

宋は午前中、都の教育局に顔を出してみた。学務課長は、どこからも、何の連絡もないといった。

宋は、その足で文部省に行ってみた。すっかり顔なじみになった課長は、

「あなたは実にまめな人ですね……。感心します。だが、あちらさんは、うんともすんともいって来ません。無気味ではあるけれど、私たちも一息ついているところです」

と、のんびりした声を出した。

本部に戻ると、蔡が、退屈していたとみえ、あくびをしながら、

「僕も疲れがたまっているから、一日くらいゆっくり休みたいが、君が少しも緊張をゆるめないで都庁や文部省に通っているのに、僕だけ休むわけにもいかない」

と、うらみがましくいった。

「なんなら、明日休んだらどうですか? 僕がしっかり留守番をするから」

「いや、僕も頑張るよ。君がいうように、いつ、何か起こるかわからないのだから……。それにしても、君の忠実さには頭が下がるよ。どうしてそんなに一生懸命になれるの?」

「別に大した理由はありませんが、僕は朝連の組織に申しわけなさを感じているからですよ。僕は朝連の中央の文化部の仕事をしている時は、給料をもらうのは当たり前だと思っていました。中学の仕事をしている時は、学校の財政のやりくりが大変だということを知っていましたから、給料をもらうのが気がひける気持ちも多少ありました。ところが、中学をやめて支部の委員長になってみると、支部の運営が並大抵ではない。とても給料などはもらえる状態ではなかったのです。幸い僕は原稿料が入ったので、給料をもらわないですませました。東京本部に入るまで、幸運な原稿料で生活ができるのを、むしろ誇りに思っていました。

東京本部に入って、東京本部の財政的運営が容易でないことにすぐ気がついたので、ここでも給料はちゃんともらえないものと覚悟していたのに、財政担当の人たちの献身的な働きで、常任全員に給料がきちんと出ているのです。

ところが、この教育闘争が起こったので、僕は東京本部の文教部長としての仕事は全然出来なくなってしまいました。それでも東京本部の常任委員会は、毎月、きちんと僕に給料をはらってくれているのです。僕は東京本部の常任たちに、なんともいえない申しわけなさを感じています。組織の有難さが身にしみているだけに、僕は自分の能力のすべてをつくして組織を守る仕事に熱中しなければならないと考えているのです。だから、組織の仕事のために動くのは少しも苦になりません。当然の仕事をしているのが喜びでもあるからです」

と宋が心情を語ると、蔡は溜息をつきながら、

「君はまるでピューリタンのような人だ。それはとても素晴らしいことだが、そこまで考えることはないのじゃないかなあ……。組織の仕事とはいっても、たいてい凡人のやることだ。君がなかなか入党できな

かったのも、その純粋さのせいだが、妥協できない純粋さは、かえって孤立する原因を作ることもある。時には息抜きも考えたがいいよ……」

と、案じるようにいった。

五月三日、午前中はやい時間に本部に電話がかかってきた。宋が受けると、相手は文部省の課長だった。

「そこは、朝連の教育問題の総責任をになっているところですか?」

と、いくらかこわばったききかたをした。

「そうです。総責任をになっている朝連中央教育対策委員会です」

「責任者は居られますか?」

「対策委員会の委員長は、ここに同席しています」

「ああ、よかった。これから、すぐお迎えに行きます」

といわれ、宋が、

「一体、どうしたことですか? 今まで何度文部省に行っても、責任部署の方たちはみな居留守を使って会ってもくれなかったのに……」

と、ききかえすと、

「事情はお目にかかって説明します。あなたも一緒に来てくれますね?」

と、念をおした。

「私が副責任者ですから、当然一緒に行きます」

と答えると、

「じゃ、これからすぐ行きますから」

といって、住所や道順をきいた。傍できいていた蔡が、

「何か異変があったの？」

と、いぶかるので、

「文部省の課長が、私たちを迎えに来るそうです。これこそ大異変じゃありませんか？」

と答えると、

「驚くべきことだねえ……。彼らがそんな丁重な姿勢で来るとあれば、悪いことではなさそうだね」

と、蔡は笑顔をみせた。


ものの十分もたたないで、文部省の車が会館の玄関に着いた。車から降り立った課長が、玄関で待機していた二人に、あらためて丁重にあいさつをした。

二人が車に乗りこむとさっそく課長が事情を説明しはじめた。

「今朝、米軍司令部からいきなり、早急に事態を収拾して円満解決をするように、という指令がありました。寝耳に水で、私たちも動転しましたが、いずれにせよ悪いことではないので、あなた方に文部省に来ていただいて、対策を立てることにしました。折り返し次官のところへ、何か次の指示が来ていると思います」

課長の簡単な説明ではよく納得できなかったので、宋が、

「いったい何があったのですか？　米軍司令部が態度を豹変させるとは、考えられないことじゃありませんか？」

と、きくと、

「私たちにも全然わかりません。米軍司令部は何の説明もしてくれませんから……」

といって、課長は口をつぐんだ。

文部省に着くと、二人は丁重に次官室に案内された。次官はもみ手をせんばかりの調子で、

「あんなに激しい調子で、次から次へと指令を出してくるので、私たちは、米軍司令部はあなたたちの学校を全部つぶしにかかっているものと思っていました。だから、あなたたちに会っても面目がないし、話す言葉もないものですから、ただ避けてばかりいたのです。

ところが今朝、突如、米軍司令部から何の事情の説明もなしに、早急に円満妥結をはかれ、といって来たのです。今日の二度目の指令で、今日中に妥結の文章を作成して差し出せというのです。

私たちの立場とすれば、あなたたちにお詫びのしようもありませんが、あなた方もこの機会を生かすために、何かいい知恵を出していただけませんか？」

と、懇願するようにいった。

「じゃ、妥結の文案でもあるのですか？」

と、蔡がきくと、

「文案などの指示は何もありません。ただ、米軍司令部の面目にかけて、教育基本法、学校教育法だけは遵守する項目は入れなければならないというのです。あとは何の指示もありません」

と、次官は答えた。蔡は、局長や課長に向かって、

「では、文部省としての何か妥結の草案がありますか？」

ときくと、局長は、

「私たちには何もありません」

と自信なげにいった。課長が、宋に、

「あなた方で何か適当な文案を考えてくれませんか？」

といった。宋は、

「私たちは、終始一貫して、二つの法律は守る、ただし解放された民族として、母国語である朝鮮語を国語として教育するといってきました。この原則を曲げるわけにはいきません」

と、強い調子でいった。すると課長が、

「母国語である朝鮮語を国語とするのは、あなた方としては当然のことでしょうが、米軍司令部がひどくこだわったことですから、何かやわらかい抽象的な表現はできないでしょうか？」

といった。それで宋は、課長がさし出した文部省の用箋に、

「　覚　書

1．朝鮮人の教育に関しては、教育基本法、学校教育法を守る。

2．朝鮮人学校の問題については、この法律の範囲内において、解放された朝鮮民族としての独自の教育を行う」

と書いて、蔡にみせた。

蔡がうなずいたので、それを課長に渡した。

課長は大喜びで、用箋を局長に渡し、局長はさらに次官にしめした。

次官は満足そうに、

「これを米軍司令部に持っていって、了承を得たら、文部省で具体的な文案を作成しますから、明日もう

一度この時間にここへ来ていただけませんか？」

といった。

帰りも、文部省の車で二人を送ってくれた。


本部の事務所に戻ると、対策委員たちが顔をそろえて待っていた。

二人の報告をきいた委員たちは、

「まるで狐につままれたようじゃないか？　米軍司令部の態度が豹変するなんて、考えられないことじゃないか？　いったい何があったんだろう？」

と、一様に不審な顔をしたが、

「とにかくすごいことじゃないか！」

「これで弾圧がなくなって、安心して学校が再開できるのなら、万万歳だ！」

と、よろこびを爆発させた。

翌日、蔡と宋が文部省に行くと、次官が、

「米軍司令部でも、ひどくよろこんでくれました。ただ、覚書の二、三の字句を訂正するようにいわれましたが、あなた方が書いた草案と、意味はすこしも変わりませんから、これを読んでください」

と、文部省作成の草案をしめした。

「1．朝鮮人の教育に関しては教育基本法及び学校教育法に従うこと。
2．朝鮮人学校問題については、私立学校として自主性が認められる範囲内において、朝鮮独自の教育を行うことを前提として、私立学校として認可を申請すること」

その草案を読んだ蔡は、宋に、朝鮮語で、

「われわれも、一日も早く子供たちを安心させて教育しなくてはならんのだから、このまま認めることにしよう」

と、ささやいた。

宋にも異論はなかった。それでうなずいてみせると、蔡は次官に、

「私たちも、子供たちを安心させたいから、一日も早い妥結を望んでいます。この案に賛成します」

というと、次官は深ぶかと頭を下げて、

「この草案を、米軍司令部に持って行って承認をもらって来ますから、明日また、もう一度来てくださいませんか？　文書の作成は、私の方でしますから、責任者の蔡さんの印鑑だけ持って来てください。文部大臣との間に、覚書の調印をしますから」

といって、手を差し出した。

次官は蔡と握手してから、宋とも握手した。局長と課長も、喜色満面で二人と握手をかわした。


こうして五月五日、正式に覚書が調印された。

課長は、

「局長通達として、明日正式な文書が全国に発送されますが、学校の認可は最小限の校舎の施設がなければなりませんので、その点は了承してください。学校が存続できない小規模な場合、日本の学校で教育を受けるかたわら、その施設で放課後とか夜間に民族教育を継続してよいのです。

そして、民族課目の教科書は米軍司令部の認可をうけなければなりませんから、その点も了解してください。

なお、今日中に、全国の主要都市に通知しますから、拘禁されている学校関係者は、遅くとも明日までには釈放になると思います」

といってくれた。

覚書に調印をすませて、文部省から出てきた蔡と宋は、一種の虚脱状態におちいっていた。歩きながら、蔡は、

「円満妥結できたのだから、われわれはたたかいに勝ったわけだが、ちっとも勝ったという実感が湧かないねえ……。何か、はぐらかされたような感じだ」

と、呟くようにいった。

「たしかに、一方的に振り回されている気がします。いったい何があったのか……。その真相を知らないと、だまされているようで……」

と、宋が答えると、

「米軍司令部が、われわれの運動をこっぱみじんに粉砕しようとしたのは、確かだ。朝鮮の統一に反対して、南朝鮮だけの単独選挙をたくらんだのは、南朝鮮をアメリカの植民地にして、かいらい政権をたてようとする企みだ。そのために、日本国内の反米的な朝連をぶっつぶすために、在日朝鮮人の精神的なよりどころとなっているわが学校を、根こそぎにしようとした。そのための弾圧だった。だから僕たちは、命がけでたたかうつもりだった。それが、どうして彼らが態度を変えたのか？　一度に絞め殺すより、なぶり殺しにする算段なのだろうか……？」

「そうとしか思えませんねえ……」

「すると僕らは、踊らされているピエロのようなものかもしれない……」

二人は懐疑的な言葉のやりとりをした。

「宋君、今日は早く家に帰って休んだがいいよ」

と、蔡がいったが、

「僕はこの足で都庁に行ってみます。何か話がきけるかも知れませんから」

宋がそう答えると、蔡は、

「君は相変わらずまめだなあ。大した話がなかったら、そのまま帰ったがいいよ」

といって、一人で本部に戻っていった。


宋が都の教育局の学務課に行くと、課長はにこにこしながら、

「文部省で妥結の調印をするという話はきいています。妥結したら、さっそく私立学校の認可申請をしなくてはなりません。その書類をつくるのが大変なんですよ！」

といった。

「なぜ米軍司令部が態度を急変させたのか、文部省では全然知らないといっていましたが、何か情報をきいていませんか？」

と、きくと、

「私たちは、何もきいていません。ただ円満妥結するというので、よろこんでいるだけです」

と答えた。

「私立学校の認可申請を出すとなると、どんな書類が必要なのか、何か見本のようなものがありますか?」

「きっと、そう来ると思って、用意しておきました。これは、この新学期に認可した私立学校の申請書の写しです。この通りの書類を作って、ここへ持って来てください」

といって、課長は分厚い書類の綴じたものを持ってきてくれた。

「これはすごい分量ですね……。こんなにたくさんの書類を作るとなると、大変な時間がかかるじゃありませんか?」

「普通、学校の認可申請の書類を作るのには二、三カ月かかるといわれています。しかし、緊急の場合だから、これをまねて、なるべく短期日のうちに提出するようにしてください。申請書は同じものを三部作って提出することになっています。わからないところがあったら、いつでも聞きに来てください」

と、いってくれた。

都内には、中学校と、十三の初等学校があった。十四の学校に、この書類の写しを作って渡す仕事からはじめなければならない。宋は東京本部の文教部長としての自分の責務を考え、その書類をもらって大急ぎで本部の事務室に帰った。

蔡は、宋の話を聞くなり、

「宋君はまったく手回しがいいなあ……。僕もこうしてはいられない。さっそく中央総本部の文教部に行って、全国の地方本部に、各県の教育担当部から申請書類の写しをもらって来るよう、緊急通達を出すように督促しに行かなくては」

と、とんで出て行った。

宋は、久しぶりに東京本部の文教部室に行き、ちょうど事務室で留守番をしていた次長に、文部省で覚書の調印をしたいきさつを話し、この書類の写しを作って十四の学校に緊急に配布するためには、どうすればいいだろうか、と相談をもちかけた。

「書類の写しを作るのは、私にまかせてください。それより、円満妥結の調印をした話を一刻も早く委員長に報告してください。常任全員、部長が中央の対策委員会の副責任者として活躍していることに、大きな期待をかけているのですよ。円満に解決したときけば、どんなによろこぶかわかりませんよ」

と、宋をせきたてた。

東京本部の委員長は、宋の顔をみるなり、

「同じ建物に居ながら、何日も顔を合わせてなかったけれど、相変わらず元気そうだねえ」

といって、手を握った。

宋がかいつまんで覚書の調印の話をし、遅くとも明朝までに検束された学校責任者たちが釈放されるだろうという報告をすると、

「それはよかった！　大勝利じゃないか？　緊急常任委員会を開いて、君の報告をきかせ、慰労の祝杯をあげたいが、あいにく常任がほとんど各支部に行って出はらっている。学校問題がどうなるかと思って、不安におびえている同胞たちの動静をききに行っているところだ。同胞たちも、円満解決ときけば、躍り上がってよろこぶよ！

それにしても、ここまでこぎ着けた対策委員たちの功績は大きいねえ。わけても文教部長はいつでも中心的な役割をしているときいていた。本当にご苦労さんでした」

と、激賛した。委員長がいろいろきくので、その説明に手間どり、ようやく文教部室に戻ると、次長が、

「謄写印刷をやっている友人に、電話をかけてきいたところ、簡単に複写する方法があるそうです。いま取りに来るといってくれました」

と話しているところへ、はやくも印刷屋さんがやって来た。

「学校問題が円満解決したそうですねえ……。本当によかった。そのためにお手伝いできる仕事だから、あらゆる手をつくして、明朝までに十四部の写しを作って来ます」

といって、印刷屋の同胞は両手をひろげてよろこびを現わした。

印刷屋の人が帰ったあと、次長は、

「これから各学校に電話をかけて、円満妥結したことを話し、明朝、書類を取りに来るように伝えておきます。部長は連日の奮闘で疲れているでしょうから、今日は早く帰って休んだがいいですよ」

と、いってくれた。

宋が、枝川町行きのバスの始発停留所のある東京駅の丸の内口に出ようとして、東京駅構内の通り抜けの通路を歩いていると、ふと前方から来た三十過ぎの人が、笑顔を向けて話しかけてきた。つい一週間ほど前に、本部に取材に来た外国人記者団の中にいた一人だった。たしか、中国の新聞の記者で、日本語を達者に話していた人であることが、すぐ思いうかんだ。

宋もうれしさがこみ上げてきて、思わずかけよって握手をした。

「あなた、急ぎでなかったら、近くの喫茶店に行って話をしましょう。たくさん話したいことがあります」

といって、相手は早足でどんどん歩き出した。丸の内寄りの構内の喫茶店に入って席についてから、記者は、

「あなた、私たちが書いた報道のニュースのこと、きいていませんか?」

とき出した。宋が何も知らないと答えると、

「日本の新聞、米軍の検閲で何も出てないから、わからないのは当たり前です」

といい、ときどき難しい日本語にはつまりながら、詳細に説明しはじめた。

それによると——四月二十八日、はじめて朝連の闘争本部で米軍司令部の教育弾圧事件の真相を知った外国人記者団は驚愕した。一部のアメリカ人記者は、二十五日の米軍の神戸の大弾圧が、朝鮮人の暴動によるものでなく、米軍の一方的な攻撃行為であることを、現場を目撃して知っていたので、ある種の疑惑はもっていたが、朝連の話をきいてその真相を知り、憤激のあまり、二十八日の取材の直後、それぞれ所属の新聞に詳細な暴露の記事を打電した。特にヨーロッパ各国の記者たちは、強く米軍の蛮行を非難した。

ヨーロッパ各国は、第二次大戦後ヨーロッパに進駐した米軍が、主人面をして横暴な振る舞いをすることに腹を立て、どこの国でも反米的な気運が盛り上がっていた。

二十八日から打電しはじめた駐日米軍蛮行暴露の記事は、二十九日から三十日にかけて日本を除いた全世界の新聞やラジオで、特大ニュースとして大々的に報道された。

五月一日のメーデーの日は、全世界的に米軍非難の声が巻き起こり、アメリカ政府に対する抗議の電報が全世界から殺到した。特に、アメリカ国内でも世論が沸騰した。

全世界の良識ある知識人や政治家たちが、相ついでアメリカ政府に抗議の電報を送った。

アメリカ本国の国民から、日本進駐米軍司令部に対する抗議の電報も殺到した。電報の中には、南朝鮮の親米の頭目といわれる李承晩からの抗議もまじっていた。

あわてふためいた米国政府は、日本の米軍司令部に対して、猛烈な叱責の矢を向けはじめた。

全世界の良識ある抗議に背を向けて、米国が南朝鮮で単独選挙を敢行しようとする矢先に、このような大失態をしでかしたことに、憤激やるかたない状態であった。

アジア各国でもまた、猛烈な米軍非難の声が上がった。

「米国の援助で、共産軍と戦っている中国の国民党の中でも、アメリカ非難の声が上がっています。私の勤めている上海の新聞でも、私の打電した記事が一面のトップをかざりました。上海の市民たちも、米軍非難のデモをはじめたくらいです。

全世界が日本の米軍司令部を攻撃の槍玉にあげているのに、日本の報道機関だけは声を失ったように沈黙しています。日本がものの見ごとに、アメリカの植民地になっている証拠ですね」

中国人記者は、せせら笑うようにいった。

宋は、その話を聞いて、はじめて米軍司令部の豹変したわけを理解した。

それで、文部省に呼ばれて、教育問題の円満妥結のための覚書を交換したいきさつを話した。

「アメリカらしいやり方です。自分たちの蛮行の尻ぬぐいを日本政府にやらせようとしているのです。私の見たところ、日本の政府は卑屈で卑怯です。朝鮮人に対する差別感情と優越感だけは、頑強に持ち続けているように見えます。

しかし、あなたたち朝鮮人は、よく勇敢にたたかいました。あなたたちが勇敢に抵抗したからこそ、全世界があなた方の味方になってくれたのです。あなたたちの払った犠牲は大きいが、あなたたちは、米軍司令部とのたたかいに勝ったのです。あなたたちの勇敢なたたかいを誉めたたえなければなりません」

中国人記者は、そういって宋の手を握った。

私立学校の認可おりる

宋が中国人記者と話し合っている時間に、警視庁に留置されていた東京の学校代表者全員が釈放されて、東京本部に報告に来た。

本部の委員長は大喜びで一同を講堂に案内し、居残っていた本部の職員全員を集めて、「出獄歓迎会」を開いた。委員長は一同の労苦を慰労し、民族教育のためにたたかって入獄した功績をほめたたえたあと、

「文部省に行って、円満妥結の調印をすませた文教部長が、皆さんの釈放は明日の予定だというので、帰って休んでもらうことにしたのですが、皆さんがこんなに早く帰れるのだったら、文教部長に調印に至るまでの経緯を報告してもらえたのに、どうも残念なことをしました。なんでも、文教部長の話によると、新しく学校教育法による私立学校の認可申請をするので、明日から書類作りが大変なようです。

何はともあれ、皆さんのたたかいの成果として、私たちは勝利をかちとったのです。明日からはまた忙しい仕事がはじまると思いますが、自信と勇気をもって邁進してください」

と、今後の活動への期待を述べた。出獄者を代表した形で、第二初等学校の金校長が答辞を述べたが、彼は演説口調ではなく淡々とした口調で、報告と謝辞を述べた。

「警視庁の監房に入れられる時、あまりにも物々しい警戒だったので、いささか緊張しましたが、簡単な身上調書をとられただけで、えらく丁重な扱いなのにはびっくりしました。最初の晩に出た食事が、留置

場のものとは思えないどんぶりものだったのにも驚きました。

そして、監守長という人が傑作でした。皆の入っている監房の前に直立した姿勢で立って、皆さんは幕末の勤王の志士たちのように憂国の志士としてここに来られた方たちです。だから、皆様に敬意を表し、皆様を慰労する意味で、ある勤王の志士が作った漢詩を朗吟します、といって、朗々たる声で詩吟をうたってくれたのです。われわれを慰労するのにはピントのはずれたものでしたが、その人間的な誠意だけは充分くみとれました。その人ばかりでなく、監守すべてが、きわめて丁重な態度で、かならず敬語をつかってくれました。

何の取り調べもなく、ひどく退屈な時間の連続でしたが、監房で特別待遇を受けたのはたしかです。このように、このたびの私たちの闘争は、多少ものを考える日本人たちには尊敬の目で見られたものだと思います。

何がなんだかわからないうちに一週間がたち、私たちは釈放される前に、警視庁の幹部の一人から、皆様の代表と文部大臣との間に円満解決の覚書が交わされ、皆様をこうして無事にお送りすることが出来るようになったことを、私たちも心からよろこんでいます、とあいさつされた時は、ああ、わが代表たちはよく頑張ってくれたなあという感謝の思いで、胸が熱くなりました。

本当に皆さん、ありがとうございました。お礼を申しあげます」

その晩、宋は、どうしても祝杯をあげたくなり、妻にドブロクを買って来てもらって、一升瓶が空になるまで飲みほしてしまい、夜明けまでぐっすりとやすんだ。

翌日、事務所に出勤した宋は、約束通り認可申請書の写し十四部が早々に届けられているのを知り、印刷屋の同胞の誠意に、感動しないではいられなかった。そして、よく気をきかしてくれた次長にも感謝したい気持ちで一杯になった。

出勤早々の時間に、委員長の発案で、緊急常任委員会が開かれた。

全員が気にし、胸を痛めていたことであったので、前日の夕方、警視庁から学校代表全員が釈放されたことが、先ず第一の話題となった。円満解決に至る過程も、皆が聞きたいことであった。

会議がはじまり、その間の経緯を説明した。あんなに矢つぎばやの弾圧を重ねていた米軍司令部が、なぜ急に態度を変えて文部省と妥結の調印をさせたのか、その謎がとけないでいたが、昨夕、偶然行き会った中国人記者から話をきいて、ようやくすべてが推察できたことをくわしく説明した。この中国人記者の話には、全員が嘆声をあげた。

次いで、学校問題が解決したので、これから私立学校認可申請の書類作りが大変だということを話すと、私立学校の認可をもらえば、どんな利益があるのかという質問があった。

「私もくわしくはわかりませんが、日本の一般の学校に与えられる配給物資がもらえるだけでも、大変な利益になると思います」

と宋が答えると、委員長が真っ先に、

「それだけでも大きな成果じゃないか？　今度の教育闘争は、われわれの大勝利に終わったようなものだ。ますます頑張らなくちゃ」

というと、常任一同はいっせいに拍手をした。

宋の報告をきくための常任委員会が終わり、部室に戻ると、次長がしみじみと、

「本当によかったですねえ……はらはらしながら部長の奮闘している姿を見つづけてきましたが、これか

ら安心して仕事ができますねえ……」

と、ねぎらうようにいった。

「僕こそ、いろいろ気をつかわせて申しわけないと思っています。この書類の写しがこんなに早く出来たのも、あなたのおかげです」

と、宋も感謝の言葉をのべた。

各学校から次々と、書類を受け取りに来た。三多摩本部管内の立川と町田の学校からも来た。部室は狭いので、各学校の人たちを講堂に集め、宋は、朝、常任委員会で報告したように文部省との交渉経緯や調印するまでの過程を説明し、このたびのわれわれの闘争が、全世界の人々の支持を得て勝利をおさめることになったと話した。みな歓呼の声をあげた。

「学校に帰ったら、さっそく父兄たちに集まってもらって、この報告を話してきかせなくちゃ」

と、大きな声でいう教務主任もいた。宋は、書類の写しを各学校に渡し、

「学校の設立目的や、教科目、時間表などは全国一律になるから、これは本部で作成します。学校の敷地、建物の図面、所有関係を証明する書類等は、各学校でそれぞれ事情が違うから、作るのに骨折るだろうと思いますが、図面だけは各学校で作ってください。それに教員の履歴書や学歴証明書をつけるようになっていますが、本国の学校出身は証明書をつけようもないから、それは都庁の人と相談して便法を講ずることにします。それと、教職適格審査書類のことも都庁と相談しますから、あとまわしで結構です。財政の予算表のことも、この写しの書類をみて作成してください。

今日、これから都の教育局に行って具体的な相談をして来ますが、遅くとも一週間後には申請書を提出することになると思います。だから、どうしても出来ない書類は後廻しにして、出来る書類から作ってく

ださい」

と説明すると、たいていの人たちが頭をかかえる有様だった。次々と質問が出てきたが、宋も、わからない点は都の教育局できいて来るから、と答えるほかなかった。

そうこうするうちに時間がたち、各学校の代表を送り出したのは正午が過ぎてからであった。

宋は気がせいていたので、昼食を食べるのも抜きにして都の教育局へ向かった。

学務課長は待ちかねていたように、

「局長が待っていますから」

といって、局長室に案内していった。局長は満面に笑みをうかべて、

「ご苦労さまでした。円満解決して何よりです」

といって、宋の手を握った。

学務課長が席をはずしてから、局長は、

「東京軍政部から、あなたを逮捕させるように告発状を書けといわれた時は、まったく困惑しましたが、直接学校の責任者でないのにそれは不合理だといって、頑張り通しました。あなたが無事でいてくれたから、文部省との交渉も能率的にはかどったと思います。

私も米軍司令部の態度が急変したのを不思議に思っていましたが、今朝、友人のある大新聞の幹部から、国際的な情勢を知らせてくれる電話があったので、裏面の事情も推察することができました。外国記者団があなたたちのところに行った時、あなたも立ち会ったのですか？」

ときいたので、宋が、

「はい」

と、答えると、

「短時間の説明で、適確な情勢を具体的に理解させたというのは、大した能力です。いずれにせよ、覚書交換にこぎつけたのは大成功でした。

課長から、あなたが昨日のうちに認可申請書の写しを持って行ったときましたが、大急ぎで認可が出るようにはからいますから、一日でも早く申請書を出してください。具体的なことは学務課長と相談してください。

私は悲劇的なことが起こるのではないかと、ずいぶん心配しましたが、こんないい結果になって、本当に幸運だったと思います。同胞のために死力をつくしているあなたたちの誠実さが、好運をもたらした最大の原動力だったと思います」

といって、局長はいま一度宋の手を握ってくれた。

そのあと学務課長のところへ行くと、課長は、

「各学校を督促して、今週中に申請書を提出するようにしてください。学務課総動員で待機していますから……」

と、せき立てるようにいった。

本部に戻った宋は、すぐ委員長に都の教育局長の話を報告し、日本の大新聞の幹部も中国の記者が伝えてくれたような国際情勢の話を彼にしたことを伝えると、委員長は、

「それは、すぐ中央に報告しないと……」

と、うながすようにいった。

対策委員会の本部には、蔡をはじめ全員が宋の帰りを待っていた。蔡が、

「たたかいは一応終結したので、中央と相談した結果、この対策委員会は今日で解散することにした。盛大な解散の祝宴を開きたいところだが、兵庫県にはまだ多数の同志たちが獄中にとらわれているから、宴会は遠慮することにしよう。

今日の各県本部からの報告によると、検束された学校責任者たちは、今日の午前中、全員釈放されたそうだ。昨日のうちに各地方ごとに私立学校認可申請の書類をもらいに行くように通知したから、今日はいっせいに着手していると思う。対策委員たちは、各自本来の部署に戻って、新しい認可獲得に協力するようにしてもらいたい」

と、解散のあいさつをのべた。宋は、あわてて発言した。

「なぜ米軍司令部が態度を急変させたのか、その謎の裏面がわかったので報告します」

「へえ、それはどういうこと?」

みな、いっせいに聞き耳を立てた。

宋は、偶然、中国人記者に会って聞いた話や、今日、都の教育局長から聞いた大新聞の幹部の話したことなどを詳細に説明した。

「じゃ、全世界がわれわれの闘争のことで沸きかえったということじゃないか?」

「米軍の非道な蛮行が世界中に暴露されたというのに、われわれは馬鹿みたいに何も知らずにいたということか?」

「米軍司令部が、全世界の非難をあびて無条件降伏したというのだな?」

「われわれは、大勝利を勝ちとったということになるじゃないか?」

みんな口ぐちに歓声をあげながら、互いに抱き合ってよろこびを爆発させた。

ひとしきり沸きたった後、騒ぎがしずまってから、蔡が、

「やはり宋君は勤勉に動き廻るから、誰よりも早く情報をつかむことができるんだね……。すごいことだ。この情報は一刻も早くわが同胞たちに知らせるようにしないと！」

というと、尹が、

「解放新聞も検閲があるから、むき出しに書くわけにもいかないだろうけれど、われわれのたたかいが勝利をおさめたことだけは、同胞すべてに認識させるような記事を書かせることにしよう」

といった。すると、それまで無言で端の方に立っていた羅が、

「われわれの勝利は、なんといっても、神戸で兵庫県の首脳部から覚書を勝ち取ったことにある。米軍の蛮行で犠牲は大きかったが、記念すべき勝利だよ。それを強調する意味で、このたびのわれわれの闘争を四・二四教育闘争と名づけたらどうだろう？」

と提案した。

「それは名案だ。他の地域では検束者が全員釈放されたのに、兵庫県だけはまだ多数の同志たちが獄中に居る。その同志たちを励ます意味でも、四・二四教育闘争と名づけるのは大賛成だ」

と、尹がすぐ賛成し、つづけて数名が賛成の発言をした。蔡は、

「よし、歴史に残る大勝利なのだから、四・二四教育闘争と名づけることにしよう。ほかに意見はありませんね？」

と断定するようにいった。全員賛成で、その名称がきまった。宋は、羅のそばに行って、

「今度、私立学校認可申請書に、学校設立目的を書く欄がある。それと教育課程、時間割などは全国一律

にした方がいいと思う。それに学校名もこの際、全国一律に朝連小学校として、校名に地名だけを入れればいいと思うけれど、どうだろう？　中央の文教部でその文案を作成してほしい」

というと、羅は、

「それも、この場で皆の意見を聞くことにしよう」

と提案した。

校名を、朝連小学校にすることに、全員が賛成した。ただ、中学校だけは、東京朝鮮中学校、大阪朝鮮中学校などと、固定した名称になっているから、そのままの方がいいということになった。

対策委員会の解散のつどいは、はじめてたたかいの集団にふさわしい盛り上がりをみせ、委員全員が勝利の快感を味わうような気分になっていた。責任者の蔡が解散の宣言をしても、立ち去り難い思いの人たちが、それぞれに話し相手をつかまえて、ながながとおしゃべりをつづけていた。

羅は、中央の文教部に各地方から報告がきているはずだといって、早々に帰っていった。

やがて二、三人ずつ連れになって帰りはじめ、暗い時刻になって、蔡と宋だけが事務所に残った。

「僕は明日から、教育者同盟の委員長としてこの事務所を守り、君は東京本部の文教部長として、自分の部署の仕事をするわけだが、どうも心残りがしてならない。やはり今夜は君と一杯酒を飲み交わさないと、しめくくりがつかない気持ちだ」

蔡はそういって、宋を有楽町の裏通りにある同胞の飲み屋に誘った。

ドブロクのコップを飲みほしてから、蔡は、

「宋君は文才にも恵まれているが、人をひきつける不思議な力をもっている。この間、外国記者団が取材

に来た時、君が要領よく具体的な闘争状況を説明するのを見ていて、僕はひそかに感歎していた。通訳をしていた日系二世の記者も、すばらしい才能をもっている人のように見えたが、君の説明があの通訳をとりこにしている具合だった。君とあの通訳のコンビのよさが、記者団の面々を感動させていた。それが全世界を震撼させる起点になったかもしれない。今日も君が現われてくれなかったら、実に味気ない解散の集いになっていたに違いない。君が都庁に行っているというので、会合を始めたのだったが、君の報告が空気を一変させた。事実の重みもあるだろうけれど、君の人柄の反映であったかもしれない」

そういって蔡は立てつづけにコップをあけ、宋のコップにも盛んにつぎたした。

すっかり酩酊した宋は、ようやく終バスに間に合った。蔡とはどこでどのように別れたのか、翌朝まで記憶になかった。

宋は、書類の進行状況の督促かたわら、各学校の実情を観察するために、都内の各学校を巡廻することにした。

このことは、文教部長として真っ先にやらなければならない仕事だったのだが、教育闘争にまぎれて、実行できないでいたことであった。宋は、学校の創立順に廻ることにした。

東京で最初に講習所を開いたのは、淀橋支部の管内であったが、正式の学校として出発したのは荒川支部に設けられた荒川初等学校であった。

荒川、台東の両支部が結集して荒川区役所に交渉し、戦災で焼失した荒川日暮里の小学校の跡地を借りることに成功し、一九四七年、都内ではじめて立派な木造の本格的な校舎を新築した。

位置も国鉄の三河島駅近くにあり、日暮里駅からも、鶯谷駅からも、歩いて五分ほどの便利な地点にあった。したがって、北区の支部の管内の子供たちもこの学校に集まって来たので、生徒数は三百五十名を越えていた。都内の学校では一番生徒数が多く、一年、二年は二学級の編成であった。

宋の学校訪問は初めてであったが、教職員は顔なじみが多く、大歓迎を受けた。書類の作成も、教職員全員が取り組んでいるので、二、三日中に完成の見込みだと自信あり気にいった。

二番目に創立の早い学校は、江東区深川の初等学校だった。

この学校の設立には、戦前からの次のようないきさつがあった。戦前、東京都は、東京湾の埋め立て地一帯をオリンピック会場（一九四〇年開催予定）にする計画で、当時埋め立て地一帯のあちこちにバラックを建てて居住していた同胞たちを強制的に深川の枝川町のごみ焼き場のそばに移住させた。こうして枝川町の朝鮮人集団部落が形成されたのであったが、都は同胞住民の反感をなだめるために、隣保館を設置して、診療所などを設けた。

戦後ここは、東京での朝連の活動の拠点の一つとなったので、学校設置もはやく、隣保館の建物をそのまま学校の教室に改造した。

都電の停留所からも遠く離れていて、バスしか通わない、交通の不便なところだったが、枝川町に住む生徒が大多数で、淀橋初等学校が分散するとき、その一部が都電の便を利用してこの学校に合併した。学級は各学年一学級ずつだったが、生徒総数は百六十名ほどであった。

ここは宋の居住地域なので、書類作成は順調に進んでいた。

三番目に創立されたのは、板橋初等学校で、この学校は四七年末、豊島支部内の初等学校を合併し、板橋区大谷口町の木造二階建ての古い建物を買い受けて教室に改造し、運動場はすぐ近くの空地を借りて使っていた。

生徒数は二百名で、各学年一学級ずつであった。教職員たちは熱気にあふれ、宋が教育闘争で活躍したことを高く評価して、訪れた宋を取りかこみ、いろいろと質問してきた。

書類作りでは、校舎や校地の図面がなかったので、多少製図の心得のある人が苦心しながら図面を描いていた。

四番目の学校は足立初等学校で、荒川放水路の外側の堤防の土手下に位置していた。

同胞居住数の多い支部の有力者たちが湿地だった広い敷地を借りて埋め立て、立派な新築の校舎を建てた。バスしか通わないところだったが、生徒数は徐々に増えて、三百三十名になり、荒川につぐ大きな学校になっていた。各学年一学級ずつであるが、音楽の専任教員もいた。

ここでも東京本部の文教部長が学校に来てくれたのは初めてだといって、教職員たちは大喜びだった。書類の進行も順調だった。

五番目は葛飾初等学校だった。京成電車の駅からかなり歩かなければならない不便な場所であったが、隣接している江戸川支部管内の生徒たちも通い出したので、生徒数も増えて二百九十名近くになっていた。

各学年一学級ずつで、教職員もよくそろっていた。文教部長が来てくれたことを歓迎しながら、書類の作成も順調に進んでいるといった。

一日目に、荒川、板橋の学校に行き、二日目に足立と葛飾の学校に行ったので、三日目は欲を出して三つの学校を廻ることにした。

六番目の学校は、大田初等学校で、東急電車の久ケ原駅近くにあった。

ここも、同胞居住数の多い大森支部と蒲田支部の共同で、畑であった敷地を借りて整地し、木造校舎を新築した。生徒数は二百八十名で、六学級であった。

宋は、教職員たちとゆっくり話もできないで、書類作成の進行状況をきいただけで学校をあとにした。

七番目の学校は、東急の目蒲線の目黒の次の不動前駅のすぐ近くにあった。

この学校は、目黒、港、品川、荏原の四つの初等学校が合併した品川初等学校で、合併したときに整理した財産で、戦災地の空地だった敷地を買い求め、木造校舎を新築した。校地、校舎とも自己財産の学校は、この学校だけだった。

生徒数は百九十名、六学級で、教職員たちは初めて来訪した宋に、学校の自慢をしながら、書類に添付する財産の登記謄本を見せてくれた。

八番目の世田谷初等学校は、渋谷から出る玉川電車の池尻駅のすぐ近くにあった。

この学校は、渋谷、世田谷の二つの学校が合併する時、旧陸軍の広大な敷地の一部を関東財務局から借り受け、木造の校舎を新築した。生徒数も三百名と、都内三番目の人数で、六学級あり、音楽の専任教員がいた。

ここはその日最後の三つ目の学校であったので、宋は教職員たちとくつろいで話す時間があった。

たまたま来合わせた父兄会の役員をしている婦人が、戦時中故郷に疎開し、解放直後、御里で女性運動に参加した経験があり、民主化運動を無慈悲に弾圧した米軍の軍政府に対して強い反感をもっていた。彼女は今度の教育闘争の中心部ではたらいた宋の噂をきいていて、さかんに質問をくりかえし、教職員を交えて活気のある座談になった。

学校の書類の作成は順調であった。

次の日は、杉並、墨田、文京の三つの初等学校を廻った。

九番目にあたる杉並初等学校は、国鉄中央線の阿佐谷駅から七、八分歩いたところにあった。中野、杉並の二つの学校を合併して、畑であった敷地を借りて校舎を建てはじめたが、資金難から工事なかばで停滞していた。そのため出来上がっていたのは職員室と三教室だけだったので、一・二、三・四、五・六の三つの複式学級で授業をしていた。

生徒数も百二十名、職員も三名しかいなかった。訪ねて行った宋に、職員たちは苦情をならべながら、書類も手つかずの状態だといった。

宋は、なだめたり、すかしたりしながら、書類の作成を急ぐように督促した。

十番目の向島初等学校は、墨田区のはずれの京成電車の四ツ木駅から五分くらい歩いたところにあった。最初は区内の日本の小学校の一部を借りて学校をはじめたが、皮革業者の多い同胞たちが奮起して、敷地を借り、木造の校舎を新築した。六学級で、生徒は百四十名だったが、教職員たちは意気軒昂としていた。

書類の作成も順調にすすんでいた。

都内最後の十一番目の文京初等学校は、小石川植物園の近くの、路地の奥にかくれているような小さい学校であった。

戦災の焼け跡地に、同胞たちが掘っ立て小屋を建てて居住し、小さな学校も建てた。歩いて通える範囲内の生徒たちで、開校以来三十名を越えたことがなかったが、支部の役員たちの猛烈な運動により、ちゃんと整備された三教室ができ、三名の教師が複式で六学年を三つの教室に分けて授業をするようになってから、四十五名に増えた。

三名の教師たちは宋の来訪をよろこんで迎えたが、敷地の所有者の所在もはっきりしない状態なので、書類の作りようもないといって愚痴をこぼした。

都内にはもう一つ、中学校があったが、庶務主任の李が何もかもよく承知しているので、電話連絡だけで充分用が足りた。

宋は、杉並、中野、文京の各支部に電話を入れて、学校の書類作成に積極的に協力するように連絡をした。そして、管轄の違う三多摩本部所属ではあっても東京都庁には宋が責任をもって書類を提出しなければならないので、一応、三多摩本部に連絡をしてから、立川と町田の二つの初等学校を訪問した。

立川初等学校は、西多摩の福生町にあった学校と、八王子にあった学校、調布にあった学校、三鷹にあった学校などを統合して、立川市の錦町に敷地を確保し、木造の校舎を新築した。

立川駅からは十分ほど歩かなければならなかったが、南武線の西国立駅のすぐ近くにあった。生徒数は一二七名で、四名の教員が六学年を複式で教えていた。

町田初等学校は、町田の学校と、調布の学校の一部が統合したもので、横浜線の原町田駅の近くに敷地を借り、小ぢんまりした校舎が建っていた。

生徒数は百名あまりで、やはり四名の教師が複式授業をしていた。

二つの学校とも、宋がわざわざ訪ねて来てくれたことにひどく感動し、都に提出する書類は、指定された期日までに必ず東京本部の文教部に持参することを約束してくれた。

申請書の冒頭につける全国一律の文案が中央の文教局から届いたので、宋はさっそく次長にたのんで、中学校はじめ都下十四学校の分を謄写してもらった。

学校名は、本部の常任委員会で緊急会議を開き、第一から第十一までの学校順に、一は荒川、二は深川、三は板橋、四は足立、五は葛飾、六は大田、七は品川、八は世田谷、九は杉並、十は墨田、十一は文京にすることに決定した。

立川と町田は、三多摩本部の意向があるので、三多摩、町田とつけることにした。

このあと宋が、都の教育局の学務課長のところへ行って、各学校の書類の作成状況を報告したところ、課長はせきたてるように、

「急ぐのだから、明後日までに全部提出してください。不備の点は後で補充するようにして、とにかく出来た分だけでも結構です」

と、強い口調でいった。

宋は大急ぎで本部の事務所に戻り、各学校に、何がなんでも明日中に、書類三通ずつをまとめて本部の文教部に持参するように督促した。

校名が決定した時、各学校に、校名のゴム印、校名印の角判を大至急作るように通知してあった。

また全国一律の冒頭につける文書は、本部に用意してあるから、書類は、本部に来て仕上げるようにいってあった。

翌日、早い学校は、午前中に書類を持ってきた。遅い学校も、午後三時頃までには持ってきた。心配していた第九と第十一も、昼過ぎにはやってきた。

本部の講堂で仕上げの作業をしたが、まるで戦場のようなさわぎであった。

三多摩の二つの学校も、きちんと持参した。

全校の書類が仕上がったのは、暗くなってからであった。

宋は書類の点検の役をしなければならなかったので、終始立ち通しであった。すぐ要領をおぼえた次長が、宋を手伝った。

作業をしている間、みな緊張していたが、楽しそうに動いていた。誰一人、不平がましいことをいう人はいなかった。

「明日、都の教育局に提出しに行く時は、みな一緒に行かなくてはなりませんから、午前九時までにここに集まってください」

と宋がいったときも、みなにこにこしてうなずいていた。

十四の学校の代表が、宋とともに都の教育局の学務課に学校認可申請書を提出した光景は、ちょっと壮観であった。てぐすねをひいて待っていた学務課では、課長が、

「皆さん、ご苦労さまでした。よく約束の期日に書類を提出してもらいましたので、私たちも張り合いを感じます」

とあいさつをしたあと、待機していた学務課の職員十四名が、各自一つの学校分三部ずつの書類綴りをかかえて、脱兎のように駆け出して行った。

あっけにとられている各学校の代表に、課長が、

「なるべく早く、認可が出るように努力します。文教部長の宋さんに連絡をしますから、また各学校の代表の人がここへ認可書を取りに来てください」

といった。そして、宋に、

「局長のところへあいさつに行ったがいいですよ。心配していましたから」

と、小声でささやいてくれたので、宋は、各学校の代表たちには帰ってもらい、局長室に行った。

局長は笑顔で迎えながら、

「よく、期日内に書類が出来ましたねえ。これでひと安心です。学校の認可が出たら、一応、あなたたちが文部大臣と交わした覚書が実践できたことになります。米軍司令部も、自分たちの面目が立ったことになるから、満足すると思います。東京軍政部の教育担当者の大尉は、こまめな男だから、何かとあなたたちに干渉がましいことをするかもわかりません。しかし、以前のように弾圧的な態度はとらないでしょう。あなたたちも、学校を守るためには、あの人たちの機嫌をそこねるようなことはしない方がいいでしょう。ほどよくつき合ってやるようにしてください」

と、それとなく忠告するようにいった。

宋は、局長に深ぶかと頭を下げて、その心づかいに謝辞をのべた。

翌日の午後、都の教育局の学務課から、宋に来てほしいという電話がかかってきた。

宋がとんで行くと、いつも課長につきそっていた係長が、にこにこして出迎えた。

「今日の午前中までに、審査に必要な判を全部もらいました。明朝には認可書を渡せますから、各学級とも十時までに来るように連絡してください」

と、いってくれたので、宋はびっくりし、

「そんなに早く出るのですか?!」

ときくと、係長は宋を応接室へつれて行って、

「認可を受けるには、三十五の部署の判をもらわなければなりません。当たり前なら、この書類の審査を

受けるのに、早くても三カ月はかかります。それを私たちは、まるで駅伝マラソン選手のようにかけまわって、判をもらったのです。

むろん、どの部署でも書類をめくって審査をする暇はありません。ただせかされるままに判を押してくれただけです。何がなんでも、一日も早く認可をするようにという、上部の指示があったからです。

こんな珍妙なことは、はじめての経験です。まるで茶番劇のようで、私たちも、かけめぐっていながら、おかしくてたまりませんでした。無理無体な弾圧を繰り返したかと思うと、急にてのひらを返すように最大の便宜をはかれというんですから、アメリカさんのやることは、さっぱりわけが分かりません。

とにかく、明日認可書を渡してしまえば、私たちの役目は一段落することになります。おそらく書類の不備などは問題にならないと思いますから、あとのことは心配ありません」

と、笑いながら説明してくれた。

本部に帰った宋は、すぐ委員長に報告した。

「それは、うれしいことじゃないか！」

委員長は、歓声をあげてよろこんだ。

宋はすぐ各学校へ電話をかけた。そんなに早く認可が出るとは思っていなかっただけに、各学校とも半信半疑の様子であった。

申請書を出した時と同じように、本部で勢ぞろいしてから、都の教育局に行くことにした。

翌朝、午前九時までに遅れた学校は一つもなかった。遠い三多摩の二つの学校も、三十分前に来ていた。

都の教育局は、本部から歩いて五分もかからない場所だった。一同が、学務課に勢ぞろいすると、課長が得意満面の顔で、東京第一朝連小学校から順次に認可書を手渡した。

東京朝鮮中学校まで、十四の学校に認可書を渡し終えてから、課長は、

「これで正式に認可された私立学校ですから、今まで皆様の学校に配給されなかった物資も、ちゃんと配給されることになります。

まず必要な国定教科書は、区の学務課に聞いてくれれば、指定の書店に連絡してくれます。給食の設備が出来る学校は、その材料も配給されますから、これも区の担当者と相談してください。

その他の物資の配給のことも、区の担当者が親切に教えてくれます」

と、説明した。

各学校の代表たちは、それぞれに学校で盛大な報告の催しを予定していたので、気もそぞろだったとみえ、質問などはしないで早々に帰っていった。

宋は課長とともに局長室に行って、お礼のあいさつをした。

「今、米軍政部の担当者に報告したところです。たいそう満足そうでした。あの大尉は、自分から各学校の視察に行きたいとも言い出しかねませんから、事前に教育局に連絡するようにいっておきます。彼のもてなし方は、学務課の係長がよく心得ていますから、あとで係長にきいてください」

といって、局長は苦笑した。

局長が、宋にいろいろ質問をはじめたので、課長は遠慮したのか、すぐ中座した。宋は、きかれるままに、都内の十四の学校の概況を説明した。

「戦後わずかの間に、よくそれだけの学校が建ちましたねえ……」

と、局長は感心したようにいった。それで宋は、民族学校設立のために結束して奮闘してきた同胞たちの熱気や、その歴史的な条件の背景などを簡明に話した。その話のなかで、宋が中学校設置のために奔走

したことなどを話すと、局長はあらためて宋の顔をみつめながら、
「あなたが朝連東京本部の文教部長であったことが、私たちにとっても幸運でした。こんなに短時日の間に、すべてが円満に解決したのも、あなたの功績といえます。出来るだけの協力をしますから、しっかり頑張ってください」
と、激励するようにいった。

新たに私立学校の認可を受けたということで、朝連の組織全体が活気づいていた。

東京ばかりでなく、全国各地の学校が、朝連小学校、朝連中学校として認可された。

ただ学校としての体裁を整えることができないところは、分校として認可を受け、学校の統合、校舎新築運動が急速に展開されていった。それに勢いを得たように、朝連中央でも、都心に朝連中央会館を建設する運動が起こり、全国的な基金募集がはじまった。

学校の認可を受けた翌日の朝、東京本部の緊急常任委員会で、宋は認可を受けた経過を報告し、認可を受けた意義を説明した。

「これで、私たちの教育闘争は完全な勝利をおさめたことになります。しかし、私たちは、学校をより充実させ、民族教育をより発展させるために、多くの改革を進めなくてはなりません。

いま現在は、一、二の学校をのぞいて、学校長は、教壇で実際に子供たちを教えたことのない地域の功労者が、かつぎ上げられています。しかし学校をよくするためには、実際に子供たちを教えている人が、校長として教員たちを統率し、子供たちを導いていかなくてはなりません。これを早急に断行すべきです。

それから、教員の待遇を早急に改善しなくてはなりません。教員たちは、文字通り全生命をなげうって

子供たちの教育に専念しなければなりません。それなのに、わずかの学校を除いて、教員たちの殆どはとても食べてはいかれないような状況に放置されています。父兄や一般同胞にも警鐘を鳴らして、教員たちが安心して教育に専念できるようにしなければなりません。これが何よりも急務です」

と、力説した。常任たちは、誰も考えていなかったことのようであった。委員長が、

「そのために、具体的にどうしたらよいか、文教部長に案があったら、いってください」

といったので、宋は即座に、

「本部の委員長主催で、緊急支部委員長会議を招集してください。いまの校長は大部分が支部の推薦になっていますから、各支部の委員長たちによく納得してもらって、実務者の校長を任命するようにしたがいいと思います。そして支部の委員長が中心になって、各学校の臨時父兄会や、有志の懇談会を開いてもらって、教員待遇改善のための具体策を討議してもらったらいいと思います」

と答えた。

委員長は、その場で常任委員たちに可否をきいた。

全員が、宋の意見に賛成した。委員長は笑顔になり、

「じゃ、組織部長、面倒でも明日の午後、緊急支部委員長会議がもてるように計らってくれませんか？重大な学校問題だから、委員長が出席できなければ、責任のもてる代理が必ず出席するように伝えてください」

といって、緊急常任委員会の閉会を告げた。

重大な学校問題ということがきいたのか、ほとんどの支部の委員長が出席し、二、三の支部は代理の参

席であったが、欠席した支部は一つもなかった。

開会のあいさつで、本部の委員長が、

「今日の会議は、文教部長が全責任をになっていますから、彼の話をよくきいてください。宋文教部長は、このたびの教育闘争で中央の対策委員会の副責任者をつとめた猛将ですから、骨のある話をしてくれるはずです」

と、笑顔まじりに紹介した。

発言台に立った宋は、教育闘争全般についての経過を述べ、今度の私立学校認可獲得によって、わが闘争は大勝利をおさめたという政治的意義を述べて拍手をうけた。

つづいて、教育の実体をより効果的に改革するために、教壇に立ったこともない人を校長の座にすわらせていることの弊害を指摘し、有能な教育の実力者を校長に任命し、教職員の結束をかため、生徒を完全に掌握して教育の質を高める必要性を述べた。そして、教員の待遇の劣悪さを具体的に説明し、教員が安心して職務遂行ができるように教員待遇改善のための具体策を講ずる必要を力説した。

また、そのため緊急父兄会を開いて、父兄が積極的に学費負担に参加するように訴えるとともに、有志を説得して学校経営援助に協力を求める方策をたてるべきだと述べた。

紋切り型の演説口調ではなく、こまかくかみ砕いた宋のやさしい話し方は、聞く人たちの共鳴を呼んだとみえ、宋が話し終わったとき、さかんな拍手が起こった。

一人の支部の委員長が立ち上がって、所感を述べた。

「うちの学校も、学校設立の時、たくさん寄附をしてくれた人が校長にかつぎ上げられたのだけれど、本人はその肩書きがよほど気に入ったとみえ、たまに学校に現われては、先生たちの前で空威張りをするのに手こずっていたが、本部の指令とあれば、本人も納得するでしょう。幸い、学校には校長にふさわしい人材がいるから、すぐ代わってもらうことにします」

といって、皆から拍手をうけた。そのあと、別の支部の委員長が、

「私のところは、教員がみな経験の浅い若い人ばかりで、肩書だけの校長を代えるとなると、新しく実力のある教員を迎え入れなくてはなりませんが、本部でそういう人材を推薦してくれますか?」

と、意見を述べると、すぐに二、三の委員長が、

「うちの学校もそうです」

と賛同する発言をした。宋は立ち上がって、

「私も文教部長になっていくらもたっていませんので、各学校の先生方の状態をまだ充分把握してはいませんが、それでも、いくつかの学校に有能な教員が集中していることを感じとりました。それらの学校の先生方とよく相談して、有能な人を校長として転任するように説得すれば、解決できると思います」

と答えた。

「では、校長の問題は、本部の文教部長に一任することにしてはどうですか? 文教部長が各学校を廻って、適当な人材を配置するようにすれば、万事円満に解決すると思います」

一人の支部委員長がそう提案すると、全部の人が賛同した。

ところが、教員の処遇改善の問題は意見が沸騰した。現在でも授業料を滞納する父兄が多いのに、授業料を増額することは不可能だという意見が圧倒的に多かった。

闇商売でもうけた有志が多額の寄附をしてくれる間はよかったが、闇商売の取り締まりがきびしくなり、財源も枯渇状態になっているので、教員の給料を引き上げるのは不可能だという意見が続出した。

そうかと思うと、一方では、学校運営の基礎を確立しなかったのが問題で、学校運営のための管理組合のようなものを設置すべきだという意見も出た。

いずれにせよ、父兄を中心として有力な同胞を総結集した学校単位の大衆的な会合を開くことが必要だという意見には、異論がなかった。何はともあれ、そのような会合を早急に開くということで意見が一致した。

「その会合には、本部の文教部長が来て、参席者たちをふるい立たせるような話をしてくれなければいけません」

一人の委員長がそう発言すると、全員がそれに賛同した。しかし、会合は急いで開かなくてはいけないのに、同じ日にいくつもの学校で開いたのでは、文教部長を呼ぶのは不可能になるという意見が出ると、みな沈黙してしまった。

それでまたしばらく議論がもめたが、認可の番号順に開くことで落着し、第一小学校はさっそく明後日の晩ということになった。

そんなに毎日、十三日もつづけたのでは体がまいってしまうという心配の声も出たが、宋が、

「私のつとめですから、頑張ります。心配ありません」

といったので、みなひと安心という顔をした。

本部の委員長は、所用があって開会のあいさつをしただけで退席していたので、会合が終わってから、宋が報告に行ったところ、委員長は、

「万事、君の見込み通りに終わったのはよかったが、君が十三日間も、連日各学校の父兄会を巡回するの

では、過労で倒れるかもしれないじゃないか？　すこし無茶だよ！」

と、本気になって心配した。宋は笑みをうかべ、

「解放直前、九州の炭坑を連日演説して歩いて、のどをからした経験がありますが、気力の問題です。学校運営の土台を築くための重要な会合ですから、必ず成功させるという信念で頑張ります」

と、胸を張って言った。

十三日ぶっ通しの「教育闘争報告」巡回講演

父兄会の開会は午後六時の予定であったが、宋は教員たちから学校の事情をくわしく聞きたいと思って、教員たちの退勤する三時前に学校に行った。この前来た時と違って、入り口には、

「東京第一朝連小学校」

という新しい立派な看板が、晴れがましく掲げられていた。職員室に入って行くと、出迎える教員たちの態度がきわだって好意的で、しかも丁重だった。

宋は気軽に教員たちと握手を交わしたが、ひどく恐縮がる人もいた。一番年長と見える教員が、

「文教部長が見えたら、すぐ支部に電話するようにいわれていますから」

といって電話をかけようとするのをとめて、

「その前に、先生たちと少し話がしたいから」

と宋がいうと、教員たちは、宋のかけた椅子のまわりに集まって、それぞれ椅子にかけた。宋はまず、

「東京本部の文教部に対して、何かききたいことはありませんか？」

と、きいた。すると、年上の教員が、

「いままで、東京本部の文教部長がこうして学校へ来て教員たちと話しをしたことなど一度もありませんから、本部に対して質問しようという考えを起こしたことがありません。それより、文教部長は、今度の

教育闘争で大活躍をしたときいています。その話をきかしてくれませんか？」

というと、教員たちもいっせいに手をたたいた。

「文部省の役人たちに会ったり、都の教育局長やそこの人たちと会っただけで、大したことは何もしていません。あとで先生たちも父兄会に参席するでしょうから、その時、今度の教育闘争の意義について話をしますから、一緒にきいてください。それより、何か困っていることがあったら、話してくれませんか？」

というと、最初に発言した教員とほとんど同年輩と思える教員が、

「支部の委員長からききましたが、本部の会議で、文教部長が教員たちの待遇を改善するように、強く主張なさったそうですね。うちの学校は、他の学校にくらべたらいくらかましな方ですが、それでも日本の学校にくらべたら半分以下の金額です。独身でも食べるのがやっとで、下着さえ満足に買えない状態です。」

教員たち全員、口にこそ出さないけれど、それがうっぷんの種でした。

文教部長は、部長になっていくらもたたないのに、どうしてそこに気がついたのですか？　僕ら、きいて感動しました。父兄会でそれが重要な議題になると聞いていますが、何か妙策はないものでしょうか？」

と、はっきりした口調でいった。宋は、相手が力量のある人だと直感した。

「結局、わが父兄たちから妙策を考え出してもらうほかないと思います。私たちが解放後民族教育をはじめて、まだ二年あまりしかたっていません。すべてはまだ未熟のままです。苦しみながら、新しい道を考え出すほかありません。当分、祖国にも帰れない。また祖国にも期待がかけられない以上、私たち自身が結束して開拓しなくてはどうにもなりません」

宋の話をきいて、教員たちは深刻な顔になった。そこへ、荒川支部の委員長が息せききってかけこんできた。本部へ電話をかけたところ、文教部長が学校へ出かけたというので、急いでやってきたということ

であった。

委員長は宋の袖をひっぱって、無人の教室へつれていった。

「一昨日の委員長会議で私がいったように、うちの学校は、この新校舎を建築するとき、一番多額の寄付をしてくれた有力者を校長として推薦したんですよ。少し頑固ではあるけれど義侠心の強い人で、同胞たちからも好かれていたのです。本人は校長という肩書がたいそう気に入って、学校へよく顔を出していたのですが、若い教員たちを自分の家の召使いかなにかのように扱うものだから、教員たちからひどく敬遠されていたのです。

本部の会議から帰ってきて、私はすぐ校長の家へ訪ねていって、本部の指令で教壇に立っている先生を校長に任命することになったと話したんですよ。そして、いま教務主任をしている金先生を、新しい校長に推薦してはどうかと相談したんです。校長は、金先生がえらく気に入っていて、自分の娘の婿にしたいから、私に口説いてくれというので、去年の秋、私が仲に立って校長の娘と結婚させたんです。二人は校長が買ってやった住居で仕合わせに暮らしています。だから、婿を新しい校長にすることに異存があるはずはありません。こころよく承知してくれました。それで今夜、父兄会を開く前に、文教部長から、金先生を新校長に任命すると宣言してくれませんか？　校長をやめる本人も、すごく喜ぶと思うんですよ」

支部の委員長からそういわれ、宋が、

「その役は喜んで引き受けますが、私は二、三度顔をあわせただけで、金先生のことをよく知らないし、教務主任であったことも、いまはじめてきいた話です。教員たちの履歴書綴りでもあれば、見せてくれませんか？」

というと、委員長は職員室に行き、履歴書綴りをもって来た。

筆頭に綴られている金正泰教員は一九一八年生まれで、宋の一つ年下であった。郷里で高等普通学校を卒業後、東京に留学して、教員養成で有名な専門学校の数学科を卒業し、解放直前、日本の工業学校に一年間勤務した経歴をもっていた。

宋はついでに綴りをめくり、教員たちの経歴を見た。先ほど発言した教員が、一九一九年生まれで、私立大学の専門部を出ていることもわかった。

開会前に、学校の管轄区域である台東支部の委員長もやってきて、荒川支部の委員長と何か打ち合わせをしていた。今の校長や、両支部の有力者たちが来ると、委員長たちはいちいち宋に紹介するので、宋はその応接に忙殺された。

委員長たちは、定刻までに父兄たちが集まってくれるかどうかをひどく案じていたが、予定の時間には二教室の仕切りをはずした講堂が満員になるような盛況だった。小さな子供をつれた婦人たちも多数参加していた。

開会のあいさつに立った荒川支部の委員長は、

「今日は大事な話なので、東京本部の文教部長がわざわざ来てくださって講演することになりました」

といって、宋を紹介してから、

「講演前に皆様にお知らせしなければならない大事な話があります。一昨日、東京本部で緊急支部委員長会議がありましたが、その時、学校の校長は、教壇に立って生徒を直接教育する先生でなければならないということが通達されました。

うちの学校は、この学校を新築する時、最も多額の寄付をしてくださった成万吉氏を校長に推戴しました。成さんは皆様がよくご承知のように、学校設立の最大の功労者であり、学校のためにもよく尽くしてくださいました。

しかし、教壇に立つ先生を新しい校長にするように本部から通達されましたので、成さんとも相談の結果、うちの学校で、教務主任として事実上学校を統率してきた金正泰先生を、新しい校長として推薦することにしました。

幸い本部の文教部長にも快く承諾していただきましたので、講演に先立って、本部の文教部長から、新校長任命の宣言をしてもらいたいと思います」

といって、宋をあらためて演壇に立たせた。宋は、会衆に向かって一礼してから、

「いままでの校長であった成万吉氏に対しては、その功績に深く謝意を表するとともに、今後とも変わりなく学校のためにご尽力くださることをお願い申し上げます。

新校長任命については、東京本部の委員長から辞令の伝達をすべきですが、急なことなので私が口頭でお伝えすることにします。金正泰先生、どうかここへ来てください」

といって、金を壇上に呼んだ。金は事前に何も知らされていなかったのか、ひどくうろたえていた。

宋は、厳粛な面持(おもも)ちで、

「金先生は、皆様もよくご承知だと思いますが、日本でも教員養成で名をとどろかしている学校の数学科を優秀な成績で卒業したすぐれた人材です。すでに学校の教務主任として、教職員や父兄の皆様から絶大な信頼を得ている先生です」

といって、一段と声をたかめ、

「金正泰先生！　あなたを、朝連東京本部の委員長の名によって、東京第一朝連小学校の新しい校長に任

命します。この学校の発展のために、一層努力されることを期待します」

といって、金と握手をした。会衆から万雷のような拍手が起こった。

つづいて荒川支部の委員長は、新任の金校長にあいさつをするように要請した。金はしどろもどろになって、

「あまり突然なことで、何をいってよいかわかりません。ただ子供たちのために、一生懸命頑張りたいと思います。よろしくお願いします」

といって深く頭を下げ、急いで席にもどって行った。またも会衆から、歓呼の声とともにさかんな拍手が起こった。

名目だけの校長でなく、実力のある先生が校長になったということで、父兄たちは沸き立ったようであった。

会衆のざわめきが静まってから、宋は、マイクのない会場にぎっしりつまった父兄たちが、よく聞きとれるよう、声をはり上げて話しはじめた。

演説口調ではなく、わかりやすい言葉で、全国に起こった教育闘争の全貌を説きあかしていった。特に、神戸で起こった弾圧の経過や、兵庫県庁を包囲したわが同胞の英雄的なたたかいによって、兵庫県知事以下、県の首脳部が無条件にわが主張を受け入れた覚書を書いてくれたこと、兵庫県下の同胞全体がよろこびを爆発させたことを具体的に話した。

それにつづく米軍の無慈悲で非人道的な暴圧行為を説明し、いまも多数の朝連幹部が米軍の軍事裁判にかけられている実情をのべた。

また、文部省との交渉の一部始終や、その後の全国的な弾圧状況も説明した。

宋はまた、五月になって米軍司令部の態度の豹変したことや、その背景となった国際的な反響についても語り、私立学校の認可を受けることになったいきさつもくわしく話した。

そして、この教育闘争が歴史的な大事件であり、輝かしい勝利を達成したことの政治的意義を強調した。

一時間半にわたる長い講演であったが、集まった父兄たちは、身じろぎもしないで聞きほれていた。

宋が、いったん話し終えると、場内は一瞬しんと静まりかえったが、やがて激しい拍手の嵐が起こった。

一息ついてから、宋は一段と声をたかめ、

「私たちは教育闘争において、輝かしい勝利をおさめましたが、たたかいはこれから始まると思わなければなりません。学校をよくし、教育の内実を高めるのが、最大の課題となっています。特に教員たちが安心して子供の教育に専念できるように、教員たちの待遇を改善する必要があります」

と、力説した。

「同胞たちは今、貧しい生活をしいられています。それなのに、父母たちにより多くの負担をかけさせるのは、大変無理なことではありますが、私たちは、かつて世界の歴史になかった、異国での民族教育を成功させた偉大な革命的力量を発揮したのです。どんな苦しみにも耐え抜いて、われわれの学校を発展させていかなければなりません」

といって、学校の財政を確立するために全同胞の力量を結集した新しい体制、つまり学校管理組合のようなものを早急に結成する必要を訴えた。

宋は参考として、かつて植民地時代に朝鮮に渡って行った日本人たちが、総督府から過分に保護された日本人学校に子弟を通わせながら、教師の待遇や、学校の施設拡充を補助するために、学校単位の管理組合を作って、税金を取り立てるように在留日本人全体から管理組合費を徴集していた事実を説明した。

むろん、彼らは一般朝鮮人とは比較にならない恵まれた生活をしていた。今、日本の私立学校に子弟を通わせて、高い学費を負担している日本の市民たちも、裕福な暮らしをしている。その人たちとは比較にならないことではあるが、新しい歴史をつくっている私たちは、新しい創造の力を発揮しなくてはならない。

渾身の力をこめて訴える宋の迫力に打たれたとみえ、会場は活気にあふれていた。宋の長い講演が終わったあと、すぐその場で活発な討論が展開され、学校管理組合を設置する案が満場一致で決定され、新しい組合長に、校長をやめたばかりの成万吉氏が推薦された。

二つの支部の委員長たちは、

「今夜の集会は大成功でした。文教部長のおかげです」

と、ほめそやしながら、宋を、三河島駅裏の同胞の店につれていった。そこには、選任されたばかりの組合長をはじめ、両方の支部の有志二十名ばかりが顔をならべていた。

それは、新しい管理組合発足の祝賀宴でもあり、宋の歓迎宴でもあった。夕食を食べてなかった宋は、すすめられる酒をのむより、夢中になって出された焼肉にかじりついていた。

二日目は、東京第二朝連小学校の江東区深川枝川町の校舎で、会合が開かれた。

これより先、本部の委員長会議の時、宋の後任として江東支部委員長になった姜は出席しないで、支部の総務部長の安が代わりに出席していた。

会が終わってから、安がわざわざ宋のそばに来て、

「地元だからといって、第二を軽く見てはいけませんよ。地元の同胞たちは、宋さんが本部の文教部長として活躍していることを自慢にしているくらいですから、宋さんの話があるときいたら大喜びで出席する

はずです。他地域の父兄たちも大勢来ますから、きっと、かつてない大盛況になると思います」

といって、「第二」に特に力を入れてくれるように要請した。

宋が文教部長になってから、金校長とはほとんど話す機会もなかったので、宋は開会二時間前に学校に行った。金校長も、警視庁に収監された一人だった。

「教員たちの生活を補助するために、学校で豚を飼う計画を立てたんだが、小屋を建てる敷地の問題がひっかかっている」

と、会うなり金は突っ拍子もないことを言い出した。

「そんなことが可能なんですか？」

「何か工夫しないと、今の給料じゃ、教員たちは生活が出来ないからねえ……」

「それにしても、いったい誰が豚を飼うのですか？」

「僕が毎朝、同胞たちから、ドブロクのかすをもらい集めるつもりだ」

「一日や二日のことではないでしょう。そんなことが続くはずはありませんよ。よしたがいいですよ」

と宋はたしなめたが、せっぱ詰まった金の心境を考えると、胸が痛くなった。

安の予告通り、定刻前に遠距離の同胞の父兄たちも続々と講堂に集まってきた。

珍しく亀戸の分会長が四、五人の同胞たちを連れて来た。

定刻になると、文字通り立錐の余地もなくなってしまって、かける椅子のない人たちは板の間にすわり込んでいるほかなかった。支部の総会の時の倍近い人数であった。

集会は、金校長がすべてを切り盛りした。

宋が演壇に立つと、盛大な拍手が起こった。前日、第一で話した同じ内容であったが、宋は顔なじみの同胞たちのせいもあって、くつろいだ形で話すことができた。

ひと通り教育闘争の話をし終えると、会場から大きな歓声があがった。

つづけて宋は、学校財政確立のため、学校管理組合の設置の必要性も訴えた。

しかし、第一の時とは違って、意見を述べようとする人はいなかった。ただ、会合の途中から顔を出して、後ろの方で立ってきいていた支部の委員長が、

「他の学校で管理組合が設置されるのに、うちの学校も負けてはいられません。早急に管理組合を作りましょう」

と発言して、拍手をうけた。

集会が終わると、亀戸の分会長が宋のそばに来て、

「あなたが支部の委員長をやめたときいて、残念でなりませんでしたが、本部の文教部長になって教育闘争で活躍しているという噂を聞き、さすがだと思っていました。今日のあなたの話を聞いて、あなたは支部の委員長であるよりは本部の文教部長の方が向いていると感じました。しっかり頑張ってください。私も、学校管理組合が出来たら、応分の協力はするつもりです。今日は教育闘争の話が聞きたくて、分会の有志たちを連れて来ましたが、みな満足しています」

といって、宋の手を強く握った。

三日目に行った第三小学校は、教育に熱心な板橋支部の委員長が、学校で宋の来るのを待っていた。

中学校開設の時、父兄会長になっていて、宋とはなじみ深い人であった。

「うちの学校も教壇に立っている教員に校長になってもらわなければならないが、実力の均衡した教員が

三人もいるので、人選に迷っていたところです。文教部長が来たら、相談をして決めたいと思って待っていたところです」

といって、委員長は用意していた教員の履歴書綴りを出して見せた。

三人とも、郷里で高等普通学校を出て東京に留学し、専門部を出た経歴だった。

「いま、東京都内の三つの学校から、実力のある校長を派遣してほしいという要望が来ています。だから、この中の一人を本校の校長にして、あとの二人は校長として、それらの学校に赴任させてはどうですか？」

「それは妙案だが、うちの学校から二人も実力ある教員を抜かれるのは痛手だなあ……」

と、委員長は思案顔になった。

「なあに、赴任する校長と引きかえに、その学校から経験のある教員を転任させれば、問題はないですよ」

宋にそういわれて、委員長は納得したが、

「しかし、三人のうち誰を残すか、簡単には決められないことなので……」

と、委員長はまた考えこんだ。

「こういうことは、三人の先生方に率直に打ち明けて、本人たちの意向をきいてみるのが解決が早いと思います」

と、宋がいうと、

「じゃ、文教部長にまかせますから、文教部長が三人の先生たちと話し合って決めてください」

委員長はそういって、自分の役目は終わったといわんばかりに、にこにこして立ち上がった。

宋は三人の先生を別の無人の教室につれ出して相談をはじめた。

東京本部の会合で、教壇に立つ先生を校長にすることにきまったいきさつを話し、ここへ来て支部の委員長から悩みを打ち明けられた話もした。そして、三つの学校から、校長を派遣してほしいという要望があることも話した。

宋は、三人の教員とはまだ一度も個人的な話し合いをしたことはなかった。

「三人の先生方の中から、一人がこの学校の校長になってもらい、あとの二人は校長として転任してもらいたいのです。要望のある学校は、足立にある第四、葛飾にある第五、大田にある第六です。先生方三人で、ざっくばらんに話し合ってくれませんか？」

宋にそういわれ、三人は少しとまどったような顔をして、おたがいの顔を見合った。

誰がこの学校に残るかという点では、すぐ意見が一致した。一番の年長で、すでに結婚して学校の近くに住居をかまえている教員が残るのが順当だということになった。

残る二人が、どの学校に行くかということで、いろいろ宋に質問があった。

宋も、それらの学校に一度しか行ったことがないので、くわしい状況はわかっていなかったが、大体つかんでいる学校の状況を説明した。すると、一人の教員が、

「足立の支部の常任をしている人が、私の郷里の先輩です。その人のそばに行けば、何かと心丈夫だろうから、僕は足立の第四に行くことにします」

といった。すると、もう一人が、

「僕は、電車の駅のすぐそばだという大田の第六を希望します」

といった。二人とも、宋よりは三つ年下であったが、まだ独身で覇気にみちていた。

こうして、難問題の一つはあっけなく解決した。

話し終わった四人が職員室にもどると、学校の管轄の豊島支部の委員長も来ていた。

木造アパートを改造した校舎なので、集会用に使う間仕切りをはずした二間つづきの教室には、中に大きな柱が、そのまま立っていた。椅子を並べたのでは入りきらないので、板の間にそのまますわりこんでいたが、二百人あまりの同胞がつめかけたので、後ろの方は、ほとんどの人が立っていた。

同じ内容をくりかえすので、宋もいくらかゆとりができ、かいつまんだ話を要領よくまとめることが出来た。しかし同胞たちは、教育闘争の経過に熱狂した。

講演会は大成功をおさめ、その場で学校管理組合の創立も決議された。

翌朝、宋は出勤早々、足立支部に電話をかけ、支部の委員長に、校長の適任者が決まったことを知らせた。支部の委員長は大喜びで、今日の集会前に新任の校長を連れて来てほしいといった。

宋はすぐ第三小学校に電話し、前夜きめた朴仁錫教員に出てもらって、午後二時までに東京本部に来てほしいといった。

朴は面くらったようであったが、ちゃんと時間通り本部に来てくれた。

足立の第四小学校は、国鉄の北千住駅で降りて、バスで行かなければならないので、学校に着いたのは三時半過ぎであった。

学校で待っていた四十前後の支部の委員長は、両手を広げて二人を歓迎した。

職員室のそばに宿直室のような部屋があり、そこで朴を紹介された委員長は、

「朴先生はまだ独身ですか？　それじゃまず奥さんを世話しなくちゃいけませんなあ。すぐ部屋を見つけますから、それまで窮屈でもこの部屋で二、三日我慢してください。引っ越し荷物が多ければ、部屋がきまってから荷物を運ばせてもよいですが、手軽なら、明日にでも支部から三輪車を出して運ばせます。食

事は、後で案内しますから、近くの食堂でとるようにしてください」

と、実にてきぱきした応対ぶりをした。

そのあと、すぐ職員室に行った委員長は、六人の職員たちに、先ず宋を紹介しようとしたが、宋は、この前も学校へ来たので、あわてて新任の校長を紹介した。

教員たちはみな若い人ばかりだった。みな好奇心いっぱいの目付きで、まだ若い朴を観察した。

「私はまだ未熟で、校長の職がつとまるかどうかわかりませんが、どうか皆さんで私を引き廻してください。よろしくお願いいします」

と、朴は謙虚な態度であいさつをした。教員たちは、いっせいに歓迎の拍手をした。

定刻になると、続々と同胞がつめかけてきた。三教室の間仕切りをはずした大きな講堂に、四百ばかりの生徒たちの椅子が並べられていたが、たちまち埋めつくされ、すわりきれない二百名ばかりが、後ろやまわりにぎっしり立ちならんだ。

開会のあいさつに立った支部の委員長が、先ず新任の校長を紹介して大きな拍手をうけた。

マイクの設備がないので、宋は力いっぱいの声を張り上げて講演をはじめた。

はじめはすこしざわめいていたが、やがてしずまると、声がよくとおるようになった。つぼをこころえはじめたので、宋は思うままに話をすすめることができた。

講演の途中から、同胞たちは熱中しはじめた。予定通り、学校管理組合の設置までが一瀉千里に進んで、会は大成功に終わった。

会が終わって、多くの有志たちが宋のまわりに集まった。その中に、中学の引っ越し騒動のとき物質的に大きな迷惑をかけた人がいた。恰幅のよい四十すぎのその人に、宋は深ぶかと頭を下げてあいさつをした。

「あなたのことは気にしていたので、しじゅう噂もきいていました。今夜のあなたの話には感動しました。情熱と誇りにみちあふれていました」

といって、その人は宋の手を強く握りしめた。

その夜も有志たちの懇談会に招かれて、宋はしこたまご馳走になった。帰りは北千住の駅まで車で送ってもらって、終電前の都電に間に合い、無事に家に帰ることができた。

宋は、第五小学校の校長候補として、中学の琴に注目していた。彼なら包容力もあり、立派に統率していけると見込んでいた。

次の朝出勤早々、委員長に会って、四つの学校の父兄会の経過を報告し、急いで中学に向かった。

琴は、幸い三時限目のあとは授業がないというので、琴を学校の裏の土手に誘って、単刀直入に、小学校の校長になることをすすめた。

「あんたのいうことなら、なんでも賛成したくなるが、出しぬけにいわれると面くらってしまう。正直いって、あんたがいなくなってから、僕も中学にいるのがつまらなくなることも多かった。僕の気持ちとしては、あんたのすすめに従いたいのは山々だが、僕は母を説得しなくてはならない難題がある。中学に入る時も、母を説得するのに苦労した。小学校の校長になるといえば、母も強いて反対はしないと思うが、説得するまで二、三日、返事を待ってくれないか」

と、琴は答えた。

「実は、今夜、第五小学校で父兄会がある。そこへあんたを連れて行って、新任校長として紹介したかった。今この場で即断することはできないだろうか」

そういわれて、琴は少し考えこんだが、

「よし、母は時間をかけて口説き落とすことにして、今日はあんたについて行こう！」

と、決断したようにいった。

学校が終わったら、すぐ東京本部に来てくれと言い残して、宋は中学を出た。

すぐ本部に帰った宋は、葛飾支部の委員長に電話をかけて、会合のはじまる定刻前に、新任の校長となる人を連れて行くからというと、委員長は、

「本当ですか？」

と、半信半疑のような声をだした。

葛飾支部の委員長は、支部の委員長会議があった直後から、校長の適任者を紹介してくれと本部に申し込んでいた。

「今日になってやっと決まったのです」

と宋が答えると、支部の委員長はたちまち晴れやかな声になって、

「大歓迎します。すぐ来てください！」

と、はずんだ声を出した。

琴は、思っていたより早い時間に本部に来てくれた。宋はすぐ琴をつれて、国鉄の日暮里駅まで行って京成電車に乗りかえ、青砥駅で降りて、しばらく歩いて学校に着いた。

支部の委員長は待ちかねていたように、琴を職員室に案内して、教員たちに紹介した。教員たちは丁重な態度で琴を迎えた。琴は、

「このようにして皆様にお会いするとは、夢にも考えていませんでした。これも天成の縁というのでしょうか。とにかく兄弟が一人増えたと思って、へだてなく付き合ってください」

と、ユーモアのあるあいさつをして教員たちを笑わせた。

三教室つづきの間仕切りをはずした広い講堂は、定刻までに超満員になった。ここでは最初から椅子を出さないで、全員板の間にすわってもらった。

教育闘争の話を聞きたいという同胞たちの熱意は、どこも変わりはなかった。江戸川支部もこの学校の管轄なので、宋といくらか面識のある人たちも来ていた。ここでの宋の講演も、同胞たちの熱烈な歓迎をうけた。

学校管理組合設置の案も決議され、得意満面になった支部の委員長は、江戸川支部の委員長と一緒になって、会が終わったあと、宋を同胞の店につれて行った。無理じいにドブロクをすすめられ、宋はすっかり正体を失って酔いつぶれてしまった。


目が覚めた時は、着のみ着のままで、薄いふとんを一枚かぶって、店のせまいたたみの上に寝ていた。店の柱にかかっている時計は五時をさしていた。宋は、少しためらったが、声をかけると、奥の部屋から中年のおかみさんが顔を出した。

「悪いですが、顔を洗わしてください」

というと、おかみさんは、

「支部の委員長さんから、朝の食事の支度をして出すようにたのまれているのですよ。まだ時間が早いですから、もう少しおやすみになってください」

といってから、

「ちゃんとした姿勢で、委員長さんたちの相手をしていたのに、いきなりぱたんと倒れて、大きないびきをかき始めたんですよ。それで委員長さんが、そのまま休ませるようにいうものですから、ふとんを一枚かけてあげただけなんですよ」

と、説明した。

宋は、満足に聞きもしないで、便所にかけこみ、用をすませて、便所前の蛇口で顔を洗った。そこにかけてある手ぬぐいはあまりきれいでなかったが、ごしごしと顔の水気をふき取った。

「もうすぐ電車の始発が出ると思いますから、帰ります。あとで支部の委員長さんによろしく伝えてください」

と言い残し、おかみさんが店の戸を開けてくれたので、宋はさっさと店を出た。

ふつか酔い気味で、胸がむかむかし、頭もすこし痛かったが、宋は京成電車の駅で始発の来るのを待ち、枝川町の家にまっすぐ帰った。

もう六時半になっていて、妻はびっくりした顔をしたが、何も聞こうとはしなかった。

宋は、顔をもう一度洗い直し、常備薬の胃散をのんだ。妻は急いで朝飯の支度をしてくれたが、とても食べる気がしなかった。

子供たちが起き出して騒ぎはじめたので、宋はやっと愛想笑いをしてみせただけで、すぐに家を出た。

本部の常任はまだ誰も出勤していなかった。

第三小学校に電話をかけてみたところ、ちょうどよく、今日、第六小学校へ連れて行く予定の殷教員が出て来たので、午後二時までに本部に来てくれるように伝えた。

中学校に電話をしたところ、庶務主任の李が出勤していたので、

「突然だが、国語担当の琴先生を東京第五朝連小学校の校長に任命することを本部で決定しましたので、学校でそのように処置してください。くわしいことは、いずれ私が中学校に行って説明します。よろしくたのみます」

と、話した。

李は、びっくりしたが、いつ学校へ来てくれるかときいた。ここのところ学校めぐりが忙しいので、それが終わってからにするといって、宋は電話を切った。

委員長が出勤してきたので、宋は昨日の第五小学校の集会のことを報告し、独断で中学校の琴教員を第五小学校の校長に任命したことを話した。学校のことはすべて宋にまかせている委員長は、何の異議もなかったが、

「顔色がひどく悪いが、無理がたたったのじゃないだろうねえ？」

と、心配そうにいった。

「いいえ、昨夜の集会が終わって、葛飾支部の委員長から飲まされ過ぎたせいです」

宋がそう答えて、笑顔をみせると、

「飲まされるのも付き合いの一つだから仕方がないが、充分気をつけたがいいよ」

と、案ずるようにいった。部室に戻ると、次長が、

「連日、どの学校でも大変な反響を起こしているようですね。組織部で毎日、各支部に連絡して情況報告をきいているようですが、どこの学校でも旋風を巻き起こしているというではありませんか」

と、感嘆するようにいった。

「大したことはないですよ。予定通りに進行しているだけです」

と、宋が苦笑しながら答えると、

「でも、ひどくくたびれているように見えますよ。体を悪くしないように気をつけてください」

と、気づかわしげにいった。

約束の時間通りに殷武石教員が本部に来てくれた。宋はすぐ殷をつれて、第六小学校に行った。五反田線の千鳥町駅のすぐ近くにある学校には、大森支部と蒲田支部の委員長たちが来て待っていた。新任校長を連れて行くことは、前もって連絡してあったので、両支部の委員長たちはえらく期待していたようであった。

大森支部の事務所は、学校と隣り合わせに建っていたので、宋はその事務所に行って、両委員長に殷を紹介した。年長の大森支部の委員長が、

「殷先生は、なかなかの美男子ですねえ……。まだ独身なら、若い娘さんたちからもてはやされたでしょう」

と、いくらかからかうように笑顔でいった。

「いいえ、学校の子供たちのことで夢中でしたから、わき見をしている暇もありませんでした」

殷は、にこりともしないでまじめな答えかたをした。

「うちの学校の父兄の中には、きれいな娘さんをもっている人もいるから、すぐ先生に目をつけはじめるに違いない」

蒲田支部の委員長も、大森の委員長に相づちを打つようにいって笑った。

殷が顔をまっかにするのを見かねて、宋は話題をそらせ、今夜の集会の準備具合などをたずねた。

「連日、大盛況であったという噂をきいて、うちの二つの支部でも、同胞たちに徹底的に呼びかけていますから、成功するに違いありません」

と、大森の委員長は自信あり気にいった。

「今度の教育闘争については、同胞のみんなが強い関心をもっていますからねえ」

蒲田の委員長も同様に自信を示した。

委員長たちがいったように、会場に満ちあふれた同胞たちが、外の廊下まで埋めつくした。

集会のはじめに、大森の委員長が新任の校長を紹介すると、会衆は大きな拍手で歓迎した。殷があいさつをすると、

「よく声がきこえないよ！」

という声が、あちこちで起こった。すっかり上気した殷は、ただ何回も頭を下げて演壇からおりた。

演壇に立った宋は、ざわめきがしずまるのを待って、精いっぱいの大声をはりあげて話しはじめた。

すっかり手慣れた講演なので、ここでも受けに受けた。

宋が話し終えると、会衆の中から手が挙がって、何人かが質問をした。それに答えるたびに、拍手が起こった。

ここでも、学校管理組合設置の案が一気に決議された。

会合のあと有志たちに誘われて酒席に参加した宋は、前夜飲み過ぎたからといって、ひたすら遠慮したが、次から次とすすめられる酒をこばむわけにはいかなかった。

それでも緊張していたせいか、終電の都電に間に合って、家に帰ることが出来た。

目黒駅からは歩いて十分ほどの距離であり、目蒲線の不動前駅の近くにある第七小学校には、目黒、港、品川、荏原の四支部の委員長が集まっていた。

統合される前は、品川の初等学校と港の初等学校の生徒数が圧倒的に多かったが、統合した学校の位置が目黒支部に近いので、学校独自の組織体を作ることは四支部とも共通した課題であった。

そのため、この集会で、学校管理組合設置を決定することを、最大の目標としていた。

四支部とも、同胞の動員に力を尽くしたとみえ、会合には五百名もの同胞たちが集まった。学校の父兄でない同胞の方がはるかに多かった。

六日連続の講演であり、連夜の飲み過ぎで、宋はひどく疲れを感じていたが、せっかく集まった同胞たちを失望させてはいけないと思い、気力をふりしぼって声をはりあげた。

これまでの学校と違い、この学校に集まった同胞たちは、あまりなじんでない、よその支部の同胞に対する遠慮もあったのか、静粛に話を聞いてくれた。

その雰囲気に引き込まれ、宋もだんだん元気が出て、連日以上の効果をあげることができた。同胞たちは熱狂した。

四支部の委員長たちが期待していた学校管理組合設置は、圧倒的な同胞たちの支持を受けて決定された。

その場で、四つの支部から、管理組合の委員たちが選出され、もっとも生徒数の多い品川支部の同胞が組合長に選ばれた。

集会が終わると、管理組合設置の祝賀会という名目で、有志たちが目黒駅裏の同胞の経営している大きな店に繰り込んで行ったが、ここでも宋は上席にすえられて、次々とはてしなく酒をつがれた。

八日目は、渋谷駅から玉川電車で三つ目の駅の三宿から二分もかからない距離にある第八小学校へ行った。

ここの校長は、宋と同年輩の人で、活気にあふれ、本部に何回も来ていたので、宋とは顔なじみになっていた。

世田谷支部と渋谷支部の初等学校が合併して作られた学校であるが、圧倒的に世田谷支部の勢力が強くて、世田谷支部独自の経営のようになっていた。しかし、この日の同胞の動員には渋谷支部も力を入れ、父兄でない同胞も多数参席していた。

間仕切りをはずした三教室つづきの講堂に、ぎっしりつまった同胞たちを前にして、宋はこの日もありったけの声をはりあげて講演をした。

講演が終わり、何人かの同胞が意見をのべたが、この前学校に来た時に会った婦人も立ち上がって熱弁をふるった。

彼女は、南朝鮮で民主勢力を弾圧している米軍の軍政府を猛烈に攻撃し、同じ穴のむじなの日本の米軍司令部の蛮行を激しく非難した。それに対して英雄的にたたかったわれわれの教育闘争は誇ってあまりあるものだと叫んで、大きな拍手をうけた。

あとで校長にきくと、彼女は戦時中子供を連れて故郷へ帰ったが、解放後、日本にとどまっている夫のもとへ戻って来た人であった。そして、解放直後、郷里で女性運動に参加して、検挙された経歴もあるということであった。学校の父母の会で、母親の代表をつとめ、事実上父兄会の責任者の役割をしている、と校長は話した。

この日の集会で、学校管理組合設置も決定されたが、還暦を迎えたという老人が圧倒的な支持を受けて組合長に選任された。校長の話によると、漢方医をしているということであったが、白い鬚のかくしゃくたる顔で、

「学校のために余生をかける」

と、気力にあふれたあいさつをした。

学校の近くには飲食店がないということで、集会のあと、ドブロクをつめた酒樽がいくつも持ちこまれ、祝いの酒宴がひらかれた。宋はここでも多くの有志たちから酒をつがれたが、集会で熱弁をふるった婦人がそばに来て、

「いい講演をしてくれて、本当に感動しました」

といいながら、宋のもっているコップに酒をついでくれた。

「僕も、あなたの話に感動しました」

といって、宋も相手に酒をつごうとしたが、

「私は体に悪いので、いっさい酒を絶っています」

といって、すぐ自分の席に戻っていった。チマ・チョゴリを端正に着ている彼女は、座中目立つようなきれいな姿であった。

中野支部と杉並支部が共同で建てている第九小学校は、国鉄の阿佐谷駅から十分ほど歩く距離だった。

この前来たとき気がついたことだったが、宋が学生時代、同級生が入院して病死した病院が学校へ行く道の途中にあった。才能に恵まれていながら、学業なかばで倒れた同級生を、何回も見舞いに行った記憶

が鮮明に残っていたので、宋は哀惜の念を新たにしないではおれなかった。

学校で、杉並支部の委員長と中野支部の委員長が、浮かない顔をして待っていた。

校舎の建築が未完成なので、集会は運動場で立ったままの形で行なうほかないということであった。

宋より二つほど年上の校長は、体格はよかったが、ぼくとつな性格であまりお世辞もいえない人であった。

校舎の建設委員長はあまり財力のない人で、自分の力で工事を推進させる力はなく、基金の募集がはかばかしくないのは両支部の委員長たちの誠意が足りないせいだといって、工事を中途で放棄した形なので、委員長たちはひどく困惑しているという話を、宋は本部の常任委員たちからきいていた。

校長は黙々として二人の教員とともに、運動場で開かれる集会の設営の準備をしていた。

そこへ、中年の人がオートバイを乗りつけてきた。杉並支部の委員長は、学校建設委員会の委員長だといって、宋に紹介してくれた。

「あ、本部の文教部長さんですか！　お噂はきいています」

といって、その人は宋の手を強く握りしめた。その人は、はずんだ声で、二人の委員長に、

「あんなにしぶっていた最大の寄付予定者が、明日、全額を手形で切ってくれると、いましがた電話で知らせてきました。弾圧されるのに校舎など建てても仕方がないといっていたのに、学校が私立学校として認可されたときいて、考えが変わったようです。

明日、手形を受け取ったら、即刻、工事請負者に持って行って、さっそく工事を再開してもらうようにするつもりです」

と、大きな声で叫ぶようにいった。二人の委員長は、それをきいてとび上がらんばかりによろこんだ。

そばできいていた校長が、

「これで、今夜の集会もはずみがつきますね」

と、大きな声を出した。

「一番苦労しているのは校長だからね」

といって、建設委員長は校長の手を取りうちふった。

定刻になると、三百名ほどの同胞が集まってきた。

二人の委員長は、こんなに多くの同胞が集まってくれるとは予想もしていなかったようであった。

杉並支部の委員長に紹介されて、宋は設営された演壇にのぼった。まだ暗くなる時刻ではないので、会衆の立ちならんだ顔がはっきり見えた。

宋もはずみがついていたので、力強く話をすすめることができた。

いつものように同胞たちの熱狂的な歓声を受けながら、宋は、米軍の弾圧をはねのけて勝利をかちとった民族的なたたかいの詳細を同胞たちがどんなに聞きたがっていたかを、あらためて痛感しないではいられなかった。

それが聞きたさに、同胞たちがこんなに集まってきたのだということを考え、宋はのどがつぶれても叫びつづけなければならないと思った。

同胞たちの熱狂ぶりは、大きな歓声にびっくりした学校のまわりの日本の住民たちが、わざわざ学校近くに寄ってきてのぞき見をするようなありさまであった。

ここでも、学校管理組合設置の案は一気に可決された。

建設委員長が演壇に立って、多額の寄付がもらえるという報告をしたので、同胞たちの歓声は一段とたかまり、その場で建設委員長が管理組合長に推薦された。

さすがに、この学校では、会合のあとの酒宴は用意されていなかった。宋は、救われたような思いで早目に家路につくことができた。

墨田区にある第十小学校は、浅草から出るバスに乗らなければならなかった。

戦前の本所区と向島区が合併して、戦後、墨田区となったのだが、戦前の本所区は東京で同胞が一番たくさん住んでいたところで、大阪の生野区と双璧のようにいわれたところだった。

ところが、一九四五年三月十日の大空襲で、本所、深川、亀戸が全滅してしまい、生き残った本所のわずかの同胞たちは、ほとんど向島の焼け残った地域へ移住していった。

そのため、朝連が結成され、この地に支部が出来たとき、向島支部と名づけられたのであった。

第十小学校での講演も大盛況だった。学校管理組合設置もきまり、組合長には、支部の委員長の遠戚だという人が選任された。

会合が終わると、支部の委員長は、学校からあまり離れていない自宅に宋を誘ってもてなしをした。

「文教部長は、故郷はどこですか？」

と、きくので、

「全羅北道です」

と、答えると、

「そうじゃないかと思った。故郷のなまりはないけれど、なんとなくそんな感じがした。私も全羅北道です。戦前、本所には同郷の人が多かったけれど、戦後はめったに同郷の人に会うことがありません」

といって、ひどくなつかしげに故郷の話をした。

翌日、本部に出勤した宋が委員長室に呼ばれて行くと、

「三多摩本部の委員長が、わざわざ文教部長に会いたいといって訪ねて来たんだよ」

と、来客を紹介した。四十代なかばの温厚そうなその人は、

「私立学校の認可をもらう時は、三多摩の二つの学校の面倒まで見てもらって、大変お世話になりました」

と、宋に礼をいい、

「東京の各学校を廻って、教育闘争についての講演をされているという噂をききました。すごい評判だということが、三多摩にも伝わっています。ぜひ、三多摩の二つの学校にも来て、講演をしてください。もう、東京の学校は終わったのでしょう？」

と、きいた。

「いいえ、今日、十一番目の小さな学校に行きます」

と、宋が答えると、

「じゃ、明日から来てもらえますね？　まず立川の小学校に来てください」

と、三多摩本部の委員長は、いやとはいわせないといわんばかりの意気込みであった。

即答しかねて、宋は無言のまま東京本部の委員長の顔を見上げた。

「文教部長は連日の強行軍で、疲れているようなので……」

と、東京本部の委員長は、しぶるようにいったが、三多摩の委員長のひたむきな顔を見ると、宋は期待を裏切ってはいけないと思い、

「では、明日の午後、立川の学校に行きます。この前、学校を一度訪問しているので、道は知っていますから」

というと、三多摩の委員長は両手で宋の手をわしづかみにしながら、

「ありがとうございます。これでわたしも面目が立った！　三多摩のみんなから、ぜがひでも口説いて来いと、はっぱをかけられて来たんですよ」

と、人のいい笑顔をみせた。

そのあと宋は、すぐ部室に戻って、各学校から送られて来はじめた書類の整理をはじめた。これまで文教部室には、都内の各学校に関する資料は何一つ置かれていなかった。そこで宋は、学校別の男女の生徒の人員数、教員の履歴書の写し、新設される学校管理組合の役員名簿などを、本部の文教部に文書で送付するよう、各学校に公文で通達しておいた。宋が各学校を巡視した効果はてきめんに現れて、連日、それらの文書が文教部に届けられてきていたのだった。

宋は部の女子事務員にいいつけて、件別にそれらの書類を綴らせ、表紙の厚紙にはタイトルを自分で筆字で書きこんだ。次長は感心して、

「前の部長は、名前だけの人で、何も具体的な仕事をしていなかったから、こんなことには関心もなかったけれど、部長が来て、ようやく文教部らしくなりました」

そういって、自分でさっそく庶務部にかけあい、それらの書類を並べる棚を一つもらって来た。

三多摩の委員長が帰ったあと、わざわざ委員長が文教部室におりて来て、

「無理をして、体にさわりはしないかねえ……」

と、宋を気づかった。

「大丈夫です。心配ありません」

と、宋が答えると、委員長は女子事務員の綴じた書類綴りをめくってみてから、

「なるほど、これがあれば一目瞭然、学校の実体が把握できるわけだ。文教部長は実務になれた人だから、こういうことが出来る。さっそく常任委員会で討議してもらって、各部にもこういう資料をととのえさせる必要があるなあ……。いい勉強をした」

と、感心したようにいった。


その日の第十一小学校は、生徒数四十五名の小さな学校で、教員二人に、支部の常任一人が手伝い、三つの教室で複式授業をしていた。

今度の私立学校認可申請に、どうしても必要な校地の所有関係の書類が出せなかったので、都の教育局では、第一小学校の分校として認可した。

しかし、集会には百名ほどの同胞が集まった。教育闘争の話を聞きたいという熱意に変わりはなかった。

宋は他の学校のときと変わらない、実のある話ができた。

この学校の事実上の経営責任をになっている文京支部の委員長は、戦前、労働運動で名をとどろかした闘士だった。学校管理組合の責任者までが選任されて、会合が終わると、委員長は、

「ほかの学校では、会合が終わると盛大な祝賀宴を聞いて、文教部長をもてなしたときいているけれど、うちの学校は貧乏なので、そんなゆとりはない。勘弁してください」

と、詫びた。

「とんでもない！　それより、こんな小さな学校に百名もの同胞を集めてくださった委員長のご苦労に感謝します。いままでのどの学校よりも、この学校の同胞たちが一番熱心に話をきいてくれたように思いました。それだけ愛国の熱意が高いせいでしょう」

と、宋が委員長の労苦をたたえると、委員長は、

「あなたの話をきいていて、闘士の風格があると思いました。解放前、特高につかまった経験がありますか？」

と、きいた。

「検事拘留にされたことがあります」

「さすが！　私の勘があたった！　あなたは立派な同志だ！」

委員長は感動を込めて宋の手を打ち振った。


立川の学校では、三多摩本部の委員長をはじめ、立川、八王子、武蔵野、府中、西多摩の各支部の委員長たちが、宋の来るのを待っていた。三多摩本部の委員長が、

「今日は大動員をかけたので、おそらく千名の同胞は集まると思います。教室の講堂の整備が出来ないので、運動場で集会を開くことにしました。日が暮れるまでに終える予定で、午後四時に開会することにします」

と、宋にいった。顔なじみになっている校長が、親しげに握手をしてきたが、校長が立川支部の委員長であることを、宋ははじめて知った。

運動場での講演の設営はきちんとできていた。三多摩本部の委員長の予想通り、定刻には千名近い同胞

が集まって、広くもない運動場を埋めつくした。

開会前に、校長が演壇に立って、大きな声で、

「私の声がきこえますか？　きこえるところまで近く寄ってください」

と、叫びつづけて、同胞たちを演壇近くに寄せ集めた。

校長の司会で開会が告げられ、先ず演壇に立った三多摩本部の委員長が、

「文教部長は東京の十一の学校を巡廻して、教育闘争についての講演をし、大旋風を巻き起こしました。その話を三多摩の同胞の皆様にもぜひきいてもらいたくて、無理に来てもらったのです。緊張して聞いてください」

といって、宋を紹介した。宋が演壇に立つと、万雷の拍手が起こった。

手なれているので、宋はよどみなく話をすすめた。宋が劇的な教育闘争の過程を話し、神戸における米軍の人道にはずれた野蛮な弾圧行為を糾弾すると、同胞たちは一様に怒りに燃え立った。

全世界の非難をあびて米軍司令部が態度を急変させたので、われわれは輝かしい勝利を確保し、晴れて私立学校認可をかちとることができたことを話すと、同胞たちはわれを忘れたように、小躍りしながら拍手かっさいをした。

宋はつづけて、学校の整備をし、学校の財政を確保するための管理組合設立の必要性や、教員の待遇改善のことを力説して、一時間半にわたる講演を終えた。

同胞たちは一様に興奮して、管理組合設置の案を一気に可決した。

集会が終わっても、同胞たちは立ち去りがたい様子で宋の周りを取り囲んだ。

ここでも、同胞の有志たちの発案で、立川駅近くの同胞の大きな店で管理組合結成の祝賀宴が開かれた。

宋は強くひきとめられたが、明朝、東京本部の常任委員会があるからと、宴なかばで抜け出し、終バスに間に合うように家に帰った。

常任委員会では、組織部長の発案で、六月十日の記念日を期して、本部主催の大運動会を開くことが論議された。六月十日の記念日とは、一九二六年、朝鮮最後の国王であった純宗の国葬の日に、ソウルで学生を中心に起こった独立示威の運動のことであった。

この運動は、一九二五年に結成された地下組織の朝鮮共産党が指導したもので、事前に情報を探知した朝鮮総督府が、万全の警戒網を敷いたにもかかわらず、ソウル市内数カ所で高等普通学校の学生が中心となって独立デモを敢行した。

運動はすぐ鎮圧されて失敗したとはいえ、日本の権力層や朝鮮の一般民衆に与えた影響は大きかった。朝鮮の愛国者たちは、一九一九年の三・一独立運動と同様に、独立運動の記念日として、この日を肝に銘じていたのであった。

組織部長は、

「教育闘争が、われわれの勝利で終わったので、同胞たちの気勢は盛り上がっている。それに、文教部長が各学校を巡廻して行なった講演は、大きな効果があった。全東京の同胞を集めて、われわれの革命的な気勢を、広く日本の市民層にも訴える必要がある。

幸い、プロ野球の移動日なので、六月十日は後楽園球場が空いているというので、交渉したところ、さほど高くない料金で貸してくれるといった。今日きまったら、さっそく手付け金を払って借りる契約をしたい」

と、提案した。誰も反対する人はなく、全員一致で議決された。

「六・一〇独立運動二十二周年記念、東京朝鮮人大運動会」という名称で、組織部が計画実行の責任を負い、都内の朝連の各支部を総動員して、運動会の準備を進めて行くことも、組織部の案通りきまった。

常任委員会が終わって、部室に戻ると、次長がいまいましげに、

「文教部長の講演が連日大人気で、すっかり東京中の支部を文教部長に牛耳られているように感じた組織部の連中が、やきもきしていたから、組織部の威勢を見せるつもりで考え出したことですよ。運動会は、本来、文教部が担当すべきことじゃないですか？　東京の朝連組織は、組織部が動かしているのだと、ふだんうぬぼれていたから、このさい文教部にひとあわ吹かせてやるつもりじゃないのですか？」

と、愚痴っぽくいった。

「六・一〇記念日に大運動会をやることはいいことです。どういう意図で計画したにせよ、よろこんで賛同してあげましょうよ。いま文教部に、大運動会を計画するゆとりもないのだから」

と、宋がなだめるようにいうと、次長の申は、

「部長は、まったく人がいいなあ……。感心しますよ」

といって苦笑した。

町田の学校には、町田支部と神奈川県の相模原支部の委員長が来て宋を待っていた。

宋より先に学校に来ていた三多摩本部の委員長が、宋に、

「電車の便がいいので、神奈川県の相模原支部の子供たちが、この学校に来ているんですよ」

と、説明してくれた。

町田の学校の校長も、支部の委員長をかねていて、教壇に立って子供たちを教えていた。同胞が三百名以上集まりそうなのに、教室が狭いから、やはり運動場で集会をするといった。校舎の下にあった畑を運動場に整地したということで、教室の外の狭い土間が演壇がわりになった。午後四時の開会の時刻までに、三百五十名もの同胞が集まった。校長が、この学校としてはこんなに多くの同胞が集まったのははじめてのことだといった。

ここでも、宋の講演は大受けだった。

学校管理組合設置のこともきまり、相模原居住の同胞が組合長に推薦されたが、やはり三多摩の人がいいと辞退したので、町田在住の人を推薦しなおすという一幕もあった。

講演に感動した有志たちが、三多摩本部の委員長と、宋をはじめ二つの支部の委員長までつれて小田急の原町田駅裏のかなり大きい同胞の店に案内して行った。

ドブロクと、さかなにはモツ焼きがふんだんに出た。

「この店は安いので有名なんですよ。思い切り食べて飲んでください」

先頭に立って案内した有志の一人がいった。

一行は、店の主人の住居と思われる部屋に案内されたが、かなり広い店のホールの中は、客で超満員であった。

味つけに独特な工夫をしているのか、モツ焼きはたいへん美味しかった。皆がおかわりをして食べる勢いにつられて、宋も何皿もおかわりをした。

宋のそばにすわっている校長が、

「この家の二人の子供が学校に来ています。店がこんなにはやって景気がいいものだから、毎月、学校へかなり多額の賛助金を出してくれています。そのおかげで、わずかな給料ながら、先生たちに毎月欠かさず支払うことができるのですよ」

と、小声でささやくように教えてくれた。

宋は、たくましく伸び上がる同胞の商売の一断面を見たような気がした。おそらく、この同胞も、はじめは小さな屋台か何かで、ドブロクとモツ焼きを売っていたかもしれなかった。それが、味つけに工夫をこらし、おいしさで客をひきつけはじめる。資金がたまり、地の利のいい人通りのはげしい駅近くに大きな店をかまえ、多数の従業員をかかえこむようになり、年中満員の繁昌する商売をするようになる。

こうなると、どんな経済の変動期が来ようとも、びくともしないで伸び上がるに違いない。

商売をはじめた同胞たちが、すべてこのように伸び上がることはできないものだろうか？

宋は、そういう考えにとらわれ、しばらく食べることも忘れていた。

後楽園球場での六・一〇独立運動記念運動会

十三日間にわたって、十三の学校の巡廻講演を終えた宋は、一応任務を果たしたという安堵感のせいか、どっと疲れが出て、二日ばかり寝こんでしまった。無理に大きな声をふりしぼったために、のども痛めていた。

出ていた微熱が下がったので、出勤すると、委員長が、

「やはり無理がたたったんだなあ……。少し休んで静養した方がいいのに……。そのしわがれ声は重症だという証拠だよ」

と、気づかわしげにいったが、

「微熱もとれて、もう大丈夫です。学校がみなうまく行っているのかどうか、それも気がかりで……」

と、いうと、

「支部の委員長たちから、お礼の電話が続々かかって来るくらいだから、調子よく行っていると思うよ」

と、楽観しているような返事をした。部室に戻ると、次長の申が、

「各学校の報告書類が全部とどいたので、みんな綴り合わせに棚に並べて置きました」

というので、宋は綴りを取り出し、ひと通り目を通した。各学校の管理組合の役員名簿までがそろっているのを見て、どの学校も活気を呈しはじめたという感じがした。

「大運動会の準備は、うまく進んでいるのかしらん？」

「各学校から、文教部に問い合わせの電話がくるので、てんてこまいをしています。組織部に聞きにいくと、連中、鼻高々です。後楽園の野球場が借りられたのは大成功でした。どの学校の子供たちも、後楽園球場で運動会をするというので、大はしゃぎのようです」

申は笑顔で、こまごまとしたことを報告してくれた。

そこへ思いがけなく、神奈川で『民主朝鮮』を出している金と張が宋を訪ねてきた。

「孫君はどうしたの？」

いつも三羽烏で歩いていたので、宋はきかずにはいられなかった。

「むずかしい頼みごとなので、彼は来づらかったのじゃないかなあ……。約束の場所に時間までに現われないので、僕たち二人だけで来た」

と、張がいった。

雑誌『民主朝鮮』は、朝連神奈川県本部が、孫を編集責任者にして発刊したものだったが、印刷工場が横須賀にあったので、雑誌発行所を横須賀に移して、孫、張、金の三人が事実上経営を切り盛りしていた。発刊当初は、はじめての日本語出版なので評判になり、財政援助をする同胞もかなりいたので、小さな印刷所を買い占め、経営も順調に行っていたが、だんだん経営が行きづまりはじめたようであった。

張はもともと口べたなので、金が用件を語りはじめた。

解放新聞の編集局長になった朴は、もともと京都出身で、家族も京都にいたが、朴が東京勤務になったので、家族を東京に転居させようとしたが、なかなか住居を見つけることができず、結局『民主朝鮮』の三人の口ききで、印刷所のすぐそばの、朝鮮初等学校の棟つづきの木造アパートの一室に越すこととなった。

ところが、朴は家族をつれて来て一週間とたたないうちに、神戸の教育闘争事件取材のために神戸に出張した。たまたま四・二四の県庁交渉の時、現場にいた朴は、交渉委員たちの先頭に立って発言をくりかえしていたので、責任幹部の一人として目をつけられ、米軍襲撃の一斉検挙の時、指導者たちと一緒に投獄されて、軍事裁判にかけられることになった。

教育闘争事件は解決したが、神戸で投獄された人たちは、いつ裁判が開かれるというめどもなく、獄中につながれたままであった。

「越して来たばかりの朴君の奥さんが大変だよ。小さい子供が二人いるところへ、今月が臨月で、いつ赤ん坊が生まれるかわからない有様だ。朴君があおいう状態なので、生活費もとぎれてしまっているらしい。それで、僕らが救援カンパを集めはじめたんだが、横須賀には彼の知人もいないので、やっと二千円くらいしか集まらなかった。君なら、東京本部の文教部長の顔を生かして、カンパも集めやすいだろうから、なんとか力になってくれないか?」

と、金にいわれて、宋は自分の怠慢に呵責を感じないわけにはいかなかった。朴とは、宋の方が古い付き合いで、朴の身辺のことに関心をよせなければならない立場だった。それなのに、東京のことに夢中になって、朴が神戸で検挙されたことは知っていたが、家族のことなどは今まできいたこともなかった。

「それで、家族は奥さんと小さい子供たちだけなの?」

と宋がきくと、

「奥さんのお母さんという人が、二、三日前、京都から来ているらしい」

と、張が答えた。

「大急ぎでやってみる。それで、出産の予定日はいつ頃なの？」

「よくはわからんが、近所のおかみさんたちの話によると、今月の二十日前後ということだ」

「手をつくして集めてみることにする。集まったら、すぐ横須賀に持っていくから、君たちも頑張ってほしい」

と、宋がいうと、二人は喜色満面になって帰っていった。

二人が帰ったあと、宋はカンパを集める手だてを、あれこれと考えてみたが、これという妙案はなかなか思い浮かばなかった。

その時、かかってきた電話をうけとっていた申が、

「四年生以上の各学級から、男女別の百メートル選手一人ずつと、学校対抗リレーに出る男女四人ずつの選手を出場させることになっています。団体競技はありません」

といって、電話を切った。

その話をききながら、天啓に打たれたように宋の脳裏にあるアイデアがひらめいた。

そうだ！　運動会の当日に、集まってきた同胞からカンパを集めれば、たちまち相当額になるはずだ！

そう思いつくと、すぐさま大通りにある大きな文具店に行って、奉加帳になるような安いノートを三冊買ってきた。そして表紙に筆で、

「神戸の教育事件で投獄された解放新聞の編集局長朴氏を救援しましょう」

と、大きく書き、次の頁に、やはり筆で、

「朴氏の夫人は、小さい子供二人を抱え、臨月なのに生活費もなくて困窮しています。救援のための緊急カンパをお願いします」

と、書いた。

宋がその奉加帳三冊を仕上げるのを見ていた申と女子事務員が、いぶかしそうな顔をしたので、宋はわけを説明し、あと五日後に迫った運動会の日にカンパを集めるつもりだと話した。

「じゃ、当日、私も手伝います」

と、女子事務員が協力をかって出た。


そうしているところへ、中央総本部の議長団室から呼び出しが来た。

中央総本部の会館建設運動は、意外な進展ぶりを見せて、東京駅の八重洲口のすぐ前の通りにある五階建てのビルを買うことになった。そのビルには、戦後の翌年に大きなキャバレーが出来て、はじめは進駐軍相手に大繁盛していたが、東京駅前の目につきすぎる場所だということで、進駐軍の出入りが禁止になってしまった。

その後、しばらく日本の市民相手に営業をつづけていたが、銀座に似たような店が出来ると、客の入りが急に減って、閉鎖してしまった。そのまま数カ月間空きビルになっていたのを、比較的安い価格で買うことになり、代金の一部を払い込んで入居できることになったということであった。

キャバレーだった痕跡を消す一部のペンキ塗りをしただけで、中央総本部はそのビルに移転した。

まだペンキの臭いがプンプンする階段を上って議長団室に入ると、もと文教局長であった主席議長が、

「やあ、宋君、君が教育闘争で活躍した話は、つぶさに聞いたよ」

といって、宋をなつかしそうに迎え入れた。

宋はどういってあいさつしてよいか分からず、ただ深く頭を下げると、

「今日、君を呼んだのは、文化担当の議長だ。すぐ帰って来るから、その椅子にかけて待っていなさい」

といわれた。しばらく待っていると、文化担当の議長がもどってきた。その人は、にこにこしながら宋を応接室へ連れていった。

宋は、その人とは個人的には一度も話し合ったことがなかった。

「宋君が『民主朝鮮』や解放新聞に発表した短編はいくつか読んだ。今、大阪の朝鮮新聞に長篇を連載しているね。なかなか評判がよいときいている。ところで、君は日本文で春香伝の長篇小説を書いたそうだが、いつ出版されるの？」

ときき出した。

「もう、とうに出ていいはずですが、出版社がぐずついているようです」

と、答えると、

「実は、中央で、オペラの春香伝を上演する計画を立てているのだよ。高木東六という有名な作曲家に依頼をして、もう作曲は完成している。日本で代表的な藤原歌劇団が上演する予定だが、オペラの上演は金のかかることだ。それで、同胞の有志たちを集めて基金の援助をお願いすることにした。その時、君に春香伝の話をしてもらいたいのだ。君が東京の各学校で教育闘争の講演をして絶賛をうけたという噂は、中央にも伝わってきている。君にぜひ、その役割をになってもらいたいのだ」

そう懇切にたのまれると、宋は無条件に承諾するほかなかった。

議長は、あらためて宋の学歴をくわしくきき、文学の経歴などをきいた。

「有志たちを集めるのはいつ頃の予定ですか？」

と、きくと、

「この六月の末頃になるはずだ」

というので、宋は安心した。運動会と重なったのでは大変だと思ったからだった。

運動会の当日、宋は、大きな紙袋三つに奉加帳一冊ずつを入れ、それをかかえて後楽園球場の会場に行った。

外野のグラウンドに一周二百メートルくらいのトラックの白い線が引かれていた。球場は運動会用にもよく使われているように見えた。

外野のスタンドの中央の下の方に本部席がもうけられていて、本部の常任たちは皆そこにすわらされた。

午前十時開会というのに、九時頃から同胞たちがつめかけはじめた。

開会式前に、中学校を先頭に小学校のナンバー順の入場行進が行なわれた。宋が中学校にいた頃は想像もできなかったことだが、中学校の吹奏楽隊ができていて、観衆の同胞たちを感動させた。

中学生が約千名、小学生が三多摩の二校まで合わせて十三校おおよそ二千六百名、かつてこういう連合運動会は一度も開かれたことがなかっただけに、同胞たちに鮮烈な印象を与えた。

入場行進の時には、外野席はほぼ満員になり、両翼の内野席にもかなりの人がつまっていた。優に一万五千は超えているように思われた。生徒たちの行進の間、同胞たちの感動的な拍手は鳴りやまなかった。

開会のあいさつの、東京本部の委員長の演説はごく短いものであったが、声が感動にふるえていた。

教育闘争のあと、私立学校の認可をうけ、はじめての連合大運動会というので、各新聞社の取材陣もたくさんつめかけて、さかんに写真をとっていた。

開会式が終わった直後に、中学生の集団体操があったが、体育の先生二人が心血を注いで指導したとみえ、見事な出来栄えであった。観衆たちの熱狂的な拍手かっさいが長く続いた。

競技種目の企画は、中学の体育教員たちが中心になっていたとみえ、簡単な内容ながら観衆をよろこばせるものが多かった。

宋は、本部席にすわって、興奮して見ていたが、そのうちカンパのことが気になって、落ち着いて見ていられなくなった。しかし、競技が行なわれている間は見物の邪魔になるので、昼食時間を利用するほかない。

ようやく昼食時間になった。手伝ってくれるといった女子事務員の姿が見えないので、宋は袋をかかえて同胞たちの密集している外野席の一番高い処にのぼり、大きな声をはりあげてカンパを訴えた。

すると、七、八名の青年たちが宋のまわりにかけよってきて、

「カンパなら、僕たちが手分けしてやりますから、文教部長は本部席に帰って待っていてください」

といって、宋のかかえていた袋をひったくるようにして持っていった。宋の学校の巡廻講演の時に、宋の話をきいた青年たちのようであった。

宋は、すなおに青年たちの好意を受けて、本部席に戻った。

「部長、どこに行っていたんですか？　弁当が出たんですよ」

といって、次長の申が弁当を渡してくれた。並んで食べながら、申は、

「組織部の抜け目のなさには感心しました。事前に工作していたと見え、各支部の有志たちから運動会の寄付金が続々と集まったんですよ。今日の運動会の費用の何倍かの金額になると思います。本部の基金に繰り入れるのか、組織部独自の財政にするつもりなのかはわかりませんが、見上げた腕前です」

と感嘆したようにいった。しかし宋は、朴のカンパのことが気になって、うわの空できいていた。

一時間の休憩時間であったが、宋には無限に長い時間であるような気がした。気を落ち着かせるために、便所に行って、無理して用をたそうとしたりした。

「昼食時間は終わりました。これから午後の競技に入ります」

という放送があったと同時に、汗ばんだ青年たちが宋のそばにやってきた。中の一人が、

「奉加帳に書いてくれた人もおれば、書かなかった人もいます。僕たちが、大ざっぱに数えてみたら、二万五千円ほど集まりました。百円札も十円札もごちゃまぜです」

といって、ふくらんだ三つの袋と奉加帳を渡してくれた。その八人の青年たちがどこの支部の誰なのかもわからないので、宋は礼をいいながら名前をきこうとしたが、青年たちは袋を渡してしまうと、逃げるように去ってしまった。

ぼう然としている宋に、そばにいた申が、

「すごいことですねえ、大した成果じゃないですか！」

といったかと思うと、すばやく立ってどこからか長いひもをもってきて、三つの袋を一つにくくりつけてくれた。そんな二人の様子に、本部席の組織部長が、

「一体、何事ですか？」

と、きいた。神戸で入獄した解放新聞の編集局長の救援カンパだと、申からきいた組織部長は、

「多くの同志たちが入獄しているのに、一人だけの救援カンパはまずいですねえ」

と、非難するようにいった。すると、申は色をなして、

「編集局長は文教部長の親友です。解放新聞社から夫人に給料もよこさないので困っているのに、何が悪いですか？」

と、つっかかるようにいった。憮然とした組織部長は、何もいわずに自分の席に戻っていった。

落ち着かなくなった宋は、申にそっと、

「僕はこれを一刻も早く、奥さんに渡してやりたいから、先に帰ります。あとはよろしく頼みます」

といって、脱け出るように球場を出た。

そして、まっすぐ家に帰ると、包みをほどいて金を数えてみた。百円札は百枚ほどで、あとはみな十円札であった。総計二万六千八百二十円であった。奉加帳に記入された名前は、三冊で三百名ほどで、記入されていた金額は一万五千円にみたなかった。おそらく、十円か二十円を出した人が圧倒的に多かったと思えた。

宋は金をきちんと束ねて、三つの袋につめなおした。

宋は、女房から、しまってある金のうちから二百円を出させ、奉加帳の末尾に自らの名を書き、二百円と書き入れた。それで総額は二万七千二十円になった。

時計を見ると、まだ三時だった。今から行けば暗くなる前に横須賀に着けると考えた宋は、袋と奉加帳を風呂敷に包んで大急ぎで家を出た。

横須賀駅に着いたのは、五時ちょっと過ぎであった。

民主朝鮮社には誰もいなかった。見当をつけて学校のそばの長屋に行ってみると、入口に朴の名刺をはった家があった。

玄関の戸を開けて声をかけると、還暦を過ぎたと思える和服のお婆さんが顔を出した。

「僕は朴さんの友人でこういう者です」

といって名刺を出していると、大きなお腹をした朴の奥さんと思える人が、のそりのそりと出てきた。

「まあ、よくぞお出でくださいました」

と、あいさつした。

「上がっていただくのも……一間だけの狭い部屋に子供たちがいて……」

と、ためらうのを、

「いや、ここで結構です。実は民主朝鮮の人たちから、お宅の事情をきいたものですから、大急ぎでカンパ活動をしました。私は奥さんたちが、ここへ越してきたことも全然知らないでいたものですから、朴君が神戸でつかまった話をきいても、お宅にあいさつにも来ないで失礼しました。カンパで集めた金ですから、十円札ばかりですが、この三つの袋に、二万七千円ばかり入っています。奉加帳に名前を書いてない人が多いですが、これも受け取ってください」

といって、宋は風呂敷をほどいて三つの袋と三冊の奉加帳を差しだした。

「まあ、どうしましょう……」

奥さんは絶句してしまった。

「朴君も教育問題が解決しましたから、きっと近いうちに帰されると思います。心配しないで待っていてください。では、今日はこれで失礼します」

とあいさつをすると、お婆さんが、

「お茶も出さないで……」

と、申しわけなさそうにいった。

「いいえ、私は少しでもお役に立ててほっとしています」

といって、宋は逃げるようにその家を出た。

帰りに民主朝鮮社にもう一度寄ってみたが、閉まったままだった。

宋は、どこかで乾杯でもしたい気持ちだった。どう考えても、二万七千円もの大金をあっという間に集めてもらったのが、奇蹟に思えてならなかった。宋にとっては見知らぬ八人の青年たちが、突然現われてくれたのも、不思議でならないことだった。

宋は、自分が、とてつもない幸運の星に生まれついたのかも知れないと思った。しかし、考え直してみると、生まれて来る朴の子供が、幸運の星を運びこんで来たのかも知れない……。

そんなことを考えながら、宋は横須賀からの電車の中で、神戸で入獄している同志たちも、きっと近く釈放されるだろうと思った。

その夜、家に帰った宋は、久しぶりに銭湯に行って、ゆっくりと垢を洗い流した。

中央の議長が計画した、オペラ「春香伝」の賛助会員をつのるための集会は、六月の中旬、上野の精養軒で開かれた。東京や関東の近県から、同志の有志百二十名ほどが集まった。

開会のあいさつで、中央の議長は、朝鮮の代表的古典である春香伝をオペラにして上演することは、すぐれた朝鮮文化の伝統を日本にひろめる上で偉大な役割をするばかりでなく、これが成功すれば世界的に影響を与えることだと述べた。

次に紹介された作曲家の高木東六氏は、演壇に立つなり、

「曲の一部をピアノで演奏し、オペラで『春香』を演ずる予定の歌手に歌曲の一節を歌ってもらう計画だったが、この会場にあるピアノは全然調律ができてなくて、とても演奏などできたものではない。残念き

わまりない」

といってさんざん不満をならべた。期待していた人々は失望して、会場には気まずい空気が流れた。

次に演壇に立った宋は、その気まずい空気をはらいのけるために、力をこめて春香伝の話をした。

春香伝のことは、同胞は誰でも知っていることであったが、原作を通読したり、演劇や映画になった春香伝を見た人はほとんどいなかった。だから、宋の話す春香伝の筋書きに、集まった人たちは真剣になって耳をかたむけはじめた。

春香伝がなぜ、朝鮮の代表的な名作として朝鮮の民衆の絶大な支持を受けつづけてきたかを、宋は克明に説き明かした。封建社会の身分差別をのりこえた純粋で激烈な愛、そして権力の不当な圧迫と弾圧に命を賭してたたかう勇気、また春香伝全篇をつらぬく革命精神、そうしたものを力をこめて語った。

そして最後に、朝連中央が計画している「オペラ春香伝」は、どんなことがあっても成功させなければならないことを力説した。

語り終わった宋が、演壇からおりて舞台の袖を通り過ぎようとしたとき、独唱するために待機していた有名な女性歌手が、わざわざ立ち上がって宋を凝視した。朝鮮語を知らないその日本人歌手が、宋の話を聞きとるはずもなかったが、聴衆を興奮させた宋の話しっぷりに強い関心をよせたようであった。

所用があって、宋は中座して東京本部に帰ったが、あとで聞いたところでは、中央の所期の額以上に多額の賛助記名があったということであった。

文化部次長の申は、いつも宋の健康を気づかっていた。

「無理にでも暇をつくって、二、三日、温泉に行ってゆっくり休養をとりましょうよ。委員長も心配していて、ぜひそうするようにとすすめてくれているんですから」

と、口癖のようにいっていた。

その頃、教育者同盟の本部の仕事をしている常任たちも、年中、東京本部の文教部と一緒になって仕事をするような状態になっていた。教育者同盟の委員長の蔡が、教育闘争のとき対策委員会の責任者になり、東京本部の文教部長の宋が副責任者をしていたという関係があり、また同じ会館の中に事務室があることもあって、何かにつけて一緒に仕事をするのが習慣のようになっていた。対策委員会は解散になったが、蔡以外の教育者同盟の常任たちは、毎日のように東京本部の文教部室に出入りしていた。

特に、文教部次長の申と、教育者同盟の総務の責任をもっている文とは、ひどく仲むつまじくなり、文教部の仕事の忙しい時は、文はほとんどその仕事を手伝っていた。したがって、宋と申と文は互いに話し合うことも多く、申が宋に温泉行きを説得するときも、文も一緒になって自分も行きたいからといい出していた。

結局、宋は二人に説得された形になって温泉行きを承諾した。宋は費用のことを心配したが、申が、

「万事、私にまかせておいてください。ちゃんと用意してありますから」

というので、宋はそれ以上きくのもはばかられた。

本部の常任委員会でも、疲労気味の宋に特別休暇を与えることを了承していた。

申は、湯河原温泉に知っている旅館があるようであったが、文が修善寺の温泉に行きたいといい出したので、修善寺に行くことになった。

申は万事心得ていて、宋は一週間の休暇届を出すことにし、申はその付き添いとして三日間ばかり休むという申告をしたようであった。

宋は学生時代、伊東から下田まで徒歩旅行をしたことはあったが、まだ一度も伊豆の温泉に泊まったことはなかった。

東京駅で修善寺行きの電車に乗った時から、文ははしゃぎまくっていた。修善寺駅からバスで温泉の中心街に着くと、申はためらいもなく、代表的な大きな旅館に二人を誘って行った。

「安そうな小さい旅館でもよかったのに……」

と、宋が呟くようにいうと、申は、

「今は客の少ない閑静期だから、交渉次第で安く泊まれますよ」

と、こともなげにいった。

旅館の部屋のすぐ下を、清流が流れていた。あたりは緑に包まれた見事な景観であった。浴場も広々としていて、浴槽の中にも開け放たれた窓を通して川の流れの音が気持ちよく響いてきていた。申のいった通り、客はあまりなかった。宋は、二人が先に湯から上がったあとも、心ゆくまで浴槽につかっていた。体がとろけていきそうな感じだった。

宋が湯から上がって部屋に戻ると、もう夕餉の食膳が運びこまれていた。清流でとれた川魚の料理が、ふんだんに盛られていた。料理を運んだ従業員たちが立ち去ったあとで、申は、

「こういうところで闇の飲み物を頼むと、宿賃より高くとられる心配がある。それで酒を持ってきた」

といって、鞄の中からブリキ製の缶を取り出した。二升は入りそうな大きさだった。

「特製の焼酎だから、四十度くらいの濃さがある。水で割って飲めば結構いける味だ。これだけあれば、ここにいる間はもつでしょう」

といいながら、三つのコップにすこし色のついた液体をついで、ほどよく水を入れた。

「さあ、味見をしてください」

といわれて、宋も口にふくんでみた。こうばしい感じがした。

「これはうまい酒じゃないですか！」

先に飲んだ文が、感歎したような声を出した。川魚の料理もおいしく、三人はすぐほろ酔い加減になった。

「気持ちよく酔ってきたせいか、僕は急におしゃべりがしたくなりました。僕の話をきいてください」

と申がいい出したので、宋と文は、申につられて姿勢を正し、彼の話に耳をかたむけた。

「僕はここ三カ月の間、部長の仕事ぶりを見ながら、いろいろなことを考えさせられました。これでいいのかという自己矛盾を感じはじめたのです。部長は僕の見たところ、いつも自己のすべてを投げ出して仕事にぶつかっていっているように見えます。ところが、僕はいつもいい加減に妥協して生きてきたような気がするのです。

僕の実家は没落して行く地主の家でした。兄は郷里の高等普通学校を出て、東京の専門学校を卒業すると、郷里に帰って郡庁に勤めはじめました。その下の二人の姉たちは郷里の女子高等普通学校に通っていましたが、家が没落しはじめたので中途退学をし、早々に嫁に出されました。次男の私は、男だというので、高等普通学校を出してもらい、兄の通った東京の専門学校に入学することができました。

ところが、家はすっかり左前で、一年の中途で学費が途絶えてしまったのです。それで新聞配達をしながら、どうにか学業をつづけていましたが、二年の時、学徒出陣にひっかかりそうになったので、学校をやめてしまいました。

しかし、東京にそのままいたのでは、憲兵や警察にさぐり出されて引っ張られそうになったので、今の女房にかくまわれて、彼女の実家のある東北の山奥で百姓仕事を手伝いながら終戦まで無事にのがれることができたのです。

女房は僕の働いていた新聞屋の近くの小料理屋で働いていました。新聞配達の先輩に誘われて、何度かその店に行っているうちに、知り合ったのです。彼女は僕より二つ年上のしっかり者で、すごく気転のきく娘でした。

その頃の僕はまだ純真で、彼女にひかれながらも手出しはできないでいたのです。しかし、僕が身の危険を訴えると、彼女は即座に自分の実家に連れて行ってくれたのです。彼女の実家は村から離れた一軒家のようなところだったので、人目にもつきにくかったのです。

彼女は東京へ働きに出て、実家へ仕送りをつづけていたので、親も娘には頭が上がらなかったらしく、僕を連れて行っても何もいいませんでした。父親が病弱で、いつ死ぬかわからない状態であり、母親一人と小さい妹だけでは、わずかの田畑を耕すのも大変だったようです。遠い親戚の息子が臨時に手伝いに来たということにしたので、別に関心を寄せる人たちもいませんでした。僕は小柄だったので目立たなかった点もあったようです。

四、五日いただけで、彼女は勤め先の東京の店に帰っていきましたが、それまでの間に、彼女の方から求めてきた形で、はじめて契りを結ぶことになったのです。

彼女は三カ月に一度くらいの割合で帰ってきました。その時は僕の方が猛烈で、ほとんど一晩中彼女を寝かせなかったこともありました。彼女は勤め先の先輩に教わったとかで、避妊の心得があり、過度の性行為をしてもみごもることはありませんでした。

戦争がひどくなり、小料理屋も店を閉めることになったので、彼女は実家に戻ってきました。二人はおおっぴらに夫婦生活をはじめたのです。

二人のことがようやく村の噂になりはじめた頃、戦争が終わりました。

僕はとにかく帰国したいと思いましたが、彼女も東京に行くのだといって、二人で戦後一カ月くらいで戻って来たのです。

幸い、彼女のいた店は戦災にあわないで残っていました。店は閉めたままなので、彼女の口ききで僕も居候をきめこむことができたのです。

機敏な彼女は闇市で同胞がドブロクを売っているのを見つけ、僕に仕入れの道をつけるように頼み込みました。僕は彼女を連れて闇市に行き、同胞から仕入れのルートを教わりました。

彼女はすっかり気力を失っている店の老夫婦を口説き落とし、店を彼女の名義で再開することになったのです。彼女は闇市の商人たちから、野菜や魚の仕入れの道をつけてもらい、彼女一人で細々とした商売をはじめました。酒がある限り店の客はひきもきらないで、すぐ売り切れになる繁盛ぶりでした。

そのうちに朝連の全国大会があり、僕の住んでいる台東区でも、支部結成の動きがはじまりました。僕も熱気にあおられた形で結成大会に参加し、専門学校中退という学力を買われて、支部の常任として組織の仕事に専従することになったのです。そして、東京本部の大会で、本部の常任の一人に推薦されて、文化部の次長という役割をになわされたのです。彼女は僕が帰国することをひどく恐れていたので、朝連の仕事をするのには大賛成でした。考えてみれば、僕はずっと彼女に養われつづけてきたような気がします。はじめて彼女の店に連れて行かれたとき、彼女はすごく愛想よく話しかけてくれました。僕は、きれいな人だなあ、という印象をうけましたが、別に深い関心をもったわけではなかったのです。それが、何度か通ううちに、彼女の変わらない愛想のよさにひかれて行ったのはたしかです。僕が彼女に身の危険を訴えたのは、頼る相手もいない孤独さから、つい発作的に行動に出たものでしたが、彼女が危険をかえりみないで僕を自分の実家に連れて行ったのは、僕に対して愛情をよせていたからだと、僕はその時そう考えたものです。しかし冷静に考えてみると、誘惑の多い環境であり、彼女の器量なら恋愛の経験もあって当然なはずです。ところがその時、僕は何ひとつそんなことを考える余裕はなかったのです。

彼女は一切そういう話をしたことがありませんから、僕はただ彼女の庇護のもとに彼女の愛にほだされて生きてきて、何も疑うことはなかったのです。しかしこのごろ、僕はこれでいいのだろうかと考えはじめて、彼女は僕に何か期待するものがありはしなかったかと思ったりしています。あるいは、彼女の方が男性的で、僕の方が女性的な性格なのかもしれません。

彼女はがむしゃらに頑張り抜いて、店に二人の若い従業員を雇うようになりました。店の主人の老夫婦は、彼女の闇商売におそれをなしたのか、店をかなり高額の家賃で彼女に貸し与え、自分たちは終戦直前、疎開のつもりで見つけておいた千葉の田舎の小さな家へ引っ越して行きました。彼女はいずれ、店を買い取るつもりで、千葉へ行った家主夫婦とは値段の約束までしているようです。

つい一カ月ほど前、店を買い取るために積み立てている貯金は、およそ半額に達したといってよろこんでいました。僕は彼女に食べさせてもらって、何の心配もなく組織の仕事に専念すればいいのですが、さて、具体的に何をすればいいのかという問題にぶつかると、何ひとつはっきりしたものが見えて来ないのです。

組織が結成された初期の頃は、革命的な言葉をならべて熱弁をふるえば、同胞たちが感動したけれど、いま相変わらず紋切り型の演説をしてみたって、誰もよろこびはしません。いま何よりも切実なことは、同胞たちの生活の安定をはかることですが、組織の力を通して、何ひとつ具体的な成果をあげることのできない状態です。むしろ同胞たちが、それぞれ生活のために必死にもがきながら、手さぐりに自分たちで自分の生き方をみつけています。

台東区では、商売をしている同胞がほとんどですが、組織の力をたよらなくても、それぞれ自分たちの工夫と努力で生きる道をさぐり出しています。僕は時たま彼女の商売を手伝うことがありますが、統制されている酒が、いくらか生産が増えはじめたので、以前から営業をしている店にはいくらかの配給が復活したという話をききつけました。さっそく酒の問屋や酒の小売店などをかけずり廻って、小さい小料理屋にも若干の配給ができるようになったと知り、すぐ手続きをしたところ、微量ながら配給がもらえるようになりました。

彼女は大喜びでした。微量でも配給の酒を売れば、闇酒だけを売っているという汚名をまぬがれるからです。そんな経験から、僕も組織の仕事よりは商売に熱中した方が、自分の素質に合うのではないかと考えるようになったのです」

申のながい述懐をきいて、宋は胸をしめつけられるような思いをした。

しかし文は、すぐ頓狂な声で、

「申さんは、すごくもてたんですね。うらやましい限りだ！」

と、はやすようにいった。

「いや、僕はのろけ話のつもりでいったのではない」

申がそう言い出したのをさえぎるように、宋は、

「僕は、申さんの話に感動しました。申さんが、どんなに真正直に生きて来たのか、その真情がにじみ出ている話です。ある意味では、申さんは今、人生の重大な岐路に立っているのかも知れません。迷うこと

なく、申さんが正しいと思った道を進むべきです」

と、力をこめていった。申は真剣な顔になり、

「じゃ、部長は、僕が組織をやめて商人の道に入っても非難しませんか？　組織をやめて商売人になったりすると、裏切り者のようにいう人たちもいるけれど……」

と、はばかるようにいった。

「そういう人がいるのは事実だけれど、人生の生き方にはさまざまな道があります。自分の生き甲斐をみつけて、最大の努力をするのが、一番いい生き方じゃないのですか？」

「部長からそういわれて、僕は心の迷いがいくらかうすらいだような気がします。くよくよしないで、明るく考えることにします」

と、申は笑みをうかべていった。

「それにしても、申さんの話をききながら、なんてすばらしい奥さんかと思いました。文君がいったようにうらやましい限りです。いつも女房を人生のお荷物のように考えている僕は、本当に感歎しないではいられません」

と宋がいうと、文も、

「僕も感動していったことです。申さん、奥さんを大事にしないと」

と、口を添えた。

「そういわれると、お二人に女房を紹介しないといけないような気がするけれど、彼女は意外に人見知りするたちのようです。僕が台東支部の仕事をするとき、支部の常任たちがよく僕の家へ押しかけて来たけれど、彼女は出来るだけ避けるようにしていました。他人に生活を干渉されるのがいやなのかもしれませ

ん」

　と申がいうのを、

「それは、押しかけた同胞たちがはしゃぎ過ぎたからだと思いますよ。押しつけがましいのは、わが民族性の最大の弱点の一つだから」

　と、宋がうち消すようにいった。

「それより、酒がすっかりさめちゃった。少し飲み直しませんか」

　と、文がいい出したので、三人は笑いながら酒を飲みなおした。


　夜中に目をさました宋は、無人の温泉の浴槽にゆっくりつかった。それがきいたのか、二人が起き出すまでぐっすり寝こんだ。

　朝風呂に入って朝食をすますと、申と文はせっかく景色のよい所に来たのだからといって散策に出かけた。宋は一人、川の流れを眺めてはお湯に入り、床をとって昼寝をした。疲れがたまっていたのか、いくらでも眠れた。

　旅館では、昼食を出さないので、外食をすることになっていたが、宋はひもじくもなかったので、お湯に入っては眠りつづけた。

　夕方になって、二人はにぎやかに帰ってきた。バスに乗って景勝の地を南に下り、渓谷の温泉に入ったり、うまい物を食べたりしてさんざん散財をしてきたといった。宋が終日眠ってばかりいたときいて申は、

「それが一番の薬です。せっかく保養に来たのだから、僕らは明日帰りますから、今週いっぱいここに泊まったがいいですよ」

と、強くすすめた。

三人でお湯に入って戻ってくると、もう食膳が運びこまれていた。前日とほとんど変わりない料理だった。

前夜と同じ酒を飲みながら、二人は今日の楽しい散策の話をくりひろげた。渓谷の湯につかって気分がよくなった文が得意の歌を歌ったところ、すぐそばの湯ぶねに入っていた若い女たちがさかんに拍手をしながらアンコールを催促した。それにつられて文は、四曲も五曲も歌うことになり、やんやの喝采を受けたということだった。

「大いにもてたわけじゃないか」

と、宋がからかうようにいうと、

「もてたのなんのって、大胆な女の一人が、さかいの垣根を越えて、こちらの湯ぶねに裸身でのぞきに来たくらいだから」

と、申も大声でいった。文は、

「僕もあんな経験は、はじめてです。旅に出ると野放図になるというけれど、いや驚きました。僕の方が緊張してしまって、もう歌えなくなってしまった」

と、照れくさそうに笑った。

ほろ酔いかげんになって夕食を終えると、二人は昼間の疲れが出たのか、早く寝床に入ってしまった。しかし宋は、昼間中眠りつづけたので、すぐ眠れそうになく、宿の下駄をつっかけて川べりに出た。

宿のすぐそばの橋の欄干に、旅館のゆかたを来た若い男女が、もつれるようにして立っていた。そばを通りながら見ると、女が男の胸にもたれかかって、むせび泣いているようにみえた。顔をそむけるようにして通り過ぎたが、宋はなんとなく気になった。

川に沿っている細い道をしばらく歩くと、旅館が両側に並んだにぎやかな通りに出た。五分ばかり歩くと人家がつきて、街燈もなく道が暗くなったので、その道を戻りはじめた。通りにはほとんど人影がなかった。

ゆっくり歩いて、橋の欄干のところに来ると、十四、五分はたったと思われるのに、もたれ合った男女は、そのままの姿であった。急いでそばを通り過ぎ、宿の玄関のところで振り返ってみると、橋の上の男女の姿は一幅の墨絵のように、ぼんやりした輪郭だけが見えた。

部屋に戻ると、二人は高いびきであった。手持ちぶさたになった宋は、また湯に入ることにした。

広い浴場には誰もいなかった。ゆっくり浴槽につかりながら、宋は二人の男女のことをあれこれと想像してみた。歓喜をきわめたあとの余韻の涙であろうか？　それとも悲劇的な別離のための悲嘆の涙であろうか？　いずれにせよ、恋の葛藤のてんめんとした一情景であることには違いなかった。

ふと、宋は、いま自分が大阪の新聞に連載している小説のことを考えた。情緒的な恋愛場面をほとんど描いていないので、読者たちは欲求不満を感じているかもしれなかった。

半月分ほどは原稿を送ってあるので、この温泉に泊まっている何日かの間に、恋の場面を盛りこむ構想を練ることにしようと考えた。宋は急に意欲を感じ、急いで浴槽から上がった。

翌朝、朝食をすました申は、帰り支度をととのえてから、

「部長は今週いっぱいこの宿に逗留してください。休暇届も出してあるんだから、早く帰ったのでは恰好がつかないでしょう。宿賃も前払いしておくつもりでしたが、昨日散財したりしたので、今日の分まで清算しておきました。あとの分は送金するからと、帳場に話しておきましたから、心配することはないです

よ。酒はまだ半分近く残っています。一人で存分にやってください。空き缶は捨てていいですから……。部長が、この湯に合うようなので、僕も無理に誘って来た甲斐がありました。僕も文君と一緒に、十分たのしみましたから大満足です」

といい残して、文と一緒に帰って行った。宋は、少し気がひけたが、黙って甘えることにした。


二人が帰ったあと、宋は温泉街に出て、たった一軒しかないという文房具屋で、原稿用紙を買った。二十枚ずつ折りたたんだものしかないというので、それを百枚買った。

宿に帰ると、番頭が、

「お一人なので部屋を変えることにしました」

といって、浴場に近い奥まった六畳に案内した。川のせせらぎはきこえないかわりに、日本庭園に面した静かな部屋で、ものを書くのにはかえってうってつけの場所であった。

酒の缶を番頭に見つけられないように、宋は急いで服や鞄などと一緒に荷物をその部屋に移した。

「お帰りのお客さまから、お昼を出すようにいわれましたので、そばくらいしか出来ませんが、お昼に持って来させることにします」

と番頭はいって、宋が台の上にひろげた原稿用紙を見てから、

「書きものをなさるんですか？　それならこの部屋の方が落ち着きます」

と、得意げな顔をした。宋も、

「気をつかっていただいて、すみません」

と、礼をいった。

宋はさっそく、構想を練った恋愛場面を書きはじめたが、いざ書き出してみると、なんだか散漫で気に入らなかった。結局、四、五枚書き損じただけで、ペンを置いてしまった。

そこへ、いままで見かけなかった若い女子従業員が、もりそばを運んできた。そばは思いのほかおいしかった。

食べ終えると、宋はまた浴場に行った。湯から上がると、自分で押入れの中のふとんを取り出して敷き、すぐ横になった。

いつの間にかぐっすり寝入っていて、目をさましたのは四時近かった。台の上の入れ物はきれいに片付けられ、お茶道具が置いてあった。

起きてお茶をのみ、宋はまた浴場へ行った。自分でもおかしくなるほど温泉に魅入られた感じだった。部屋に帰ると、ふとんはきちんとたたまれて部屋のすみに置いてあった。

夕飼の膳を運んできたのも、その若い従業員だった。料理の皿を台の上にならべながら、

「お連れさんたちがお帰りになって、お一人では寂しいでしょう」

と、話しかけてきた。

「僕を湯治させるために、わざわざ連れて来てくれたのだから、僕は感謝しているところです」

「よっぽどお風呂がお好きのようですね」

「ここの温泉は僕の体に合うようです。湯から出るとすぐ眠くなるので、体にたまっている疲れがきれいに取れていくようです」

「でも、湯づかれが出て、かえって熱が出ることもありますのよ。お気をつけないと……」

「僕は長崎の小浜という温泉で、湯づかれで熱を出したことがあります。そこはものすごく熱い湯でした。

ここの温泉はそんなに熱くないから大丈夫のようです」

「方々旅行なさったんですねえ……」

「仕事のためにずいぶん歩き廻りました。でも、この頃はあまり旅行する機会がありません」

「お仕度ができました。では、ごゆっくり召し上がってください」

と、彼女は笑顔をみせて、きちんとあいさつをして部屋を出て行った。

宋はおもむろに押入れから取り出した缶の酒を湯のみについで、お湯をそそぎ、味をたのしみながら飲みはじめた。さかなもおいしかった。

一人で飲むとピッチが早くなり、たちまち酔いがまわりはじめた。それでも宋は、酒の缶をきちんと押入れにしまい、ごはんや汁物もちゃんと食べて、入れ物をのせた台を部屋の入口の方に寄せておき、ふとんを敷いた。

便所の行き帰りに、いくらか脚がふらつく感じがした。しかし床につくとすぐ眠ってしまい、従業員があと片付けに来たのも気がつかなかった。

翌日から宋は、日本文で少年の頃のはかない思い出を短篇に描いた。ひそかに好意を寄せていた少女が、胸を患って死んでいく話を、宋は二日がかりで一気に書き上げた。

五十枚ほどの原稿だったが、別に発表のあてがあるわけではなく、誰かに見せようという気もなかった。胸の奥に秘めてきたことを、ただ衝動的に書いてみただけであった。

ちょうど書き終わった時に番頭が来て、

「いま、お客さんのあさって分までの宿泊料が届きました。領収証は、しあさってのおたちのときに差し上げますから」

といって、帰っていった。

原稿に書いた思い出の記憶がよみがえり、宋は泣きたいほどの切なさを感じていた。宋は宿のゆかた姿のまま、街はずれの人通りのない道を、二時間ばかりさまよった。

申が残していった酒はその日の晩のうちに底をついてしまった。鞄の中に入れて来た小説も読んでしまったので、原稿でも書かなければ間がもたなかったが、書く気になれなかった。ひたすら浴槽につかり、ただ眠りをむさぼりつづけた。たしかに、充分な休養がとれたような気がした。

そういう客に好感をもっていたのか、宋が宿を発つとき、番頭ばかりか多くの従業員たちが盛大に見送ってくれた。部屋の係をしてくれた娘は、宋の鞄を持ってバスの停留所まで送ってきた。

「またいらしてくださいね。待っていますから……」

といった別れのあいさつも、ただのお愛想ではなく、惜別の情がこもっているように宋は感じた。

朝鮮文化学院と夜間学校

　一週間ぶりに出勤した宋に、中央から呼び出しの連絡があった。中央の組織部に行くと、担当の部長が、

「君の小説が連載されている大阪の朝鮮新聞が、ここのところ立て続けに朝連批判の記事を書いている。大阪本部に連絡して真相を究明させているが、朝連の組織に加盟していた社員たちをほとんど辞職させて、反朝連的な色彩を濃厚にしているようだ。君の作品が問題になっているわけではないから、君の作品を継続して発表することは構わないが、どうも困ったことだ……」

　と、沈痛な口調で語った。

「朝連にたてつく特別な理由でもあるのですか？」

「はっきりはわからないが、南朝鮮の単独選挙と関連して、親米的な反動組織の動きが活発になっているが、どうもそれとのかかわり合いがあるようだ」

「それがはっきりすれば、僕も作品の連載は中断します」

「そうか、君がはっきりした態度を示してくれれば心配はない。いずれにせよ、ここ四、五日のうちにはっきりした方針がきまると思うから、それまで待ってくれないか」

　と、部長はほっとしたような顔でいった。

　東京本部に帰って来ると、その大阪の朝鮮新聞の東京支局長から電話がかかってきた。

「本社の社長が来て、ぜひあなたに会いたいといっていますが、人目につくところでは困るというので、悪いですが、京橋の交差点の角のところまで出て来てくれませんか？　車で迎えに行きますから」

というので、約束の場所に行くと、二、三分もしないでタクシーが傍に来てとまった。

助手席に支局長がいて、後ろに社長がすわっていた。

社長には大阪の自宅にも招待されたことがあり、なんでも話し合える仲だった。

宋が乗りこんで社長の横にすわると、助手席の支局長が、

「じゃ、私はここで失礼します」

といって、降りていった。

「あなたと二人で、じっくり話がしたかったので、支局長に気をきかしてもらったのです」

といってから、タクシーの運転手に日本語で、

「目黒の駅へ向かって、ゆっくり走らせてください」

といってから、

「あなたも噂はきいていると思いますが、うちの新聞と朝連との間がぎくしゃくしているので、頭を痛めています」

と、ざっくばらんに話しはじめた。

はじめ、朝連の中央委員をしている朴が編集部長をしている頃は、朝連の機関紙といわれるくらいに朝連機関との間は緊密で、読者もほとんどが朝連の盟員であり、朝連中央の機関紙だと自負している解放新聞に較べ、発行部数が倍以上もある勢いだった。

ところが、解放新聞からの横やりがあったのか、朴が東京の支局長になりたいといってきたので、編集

部長をかえることになった。新しい部長はまじめな性格ではあったが、朝連の極左的なやり方には反対で、編集部に多数を占めていた朝連の盟員たちといざこざが絶えなかった。朴が、解放新聞の編集部長となって、大阪の朝鮮新聞と絶縁になったのも打撃だった。

「教育闘争が起こったことが、決定的な契機でした。朝連系の編集部員たちは、たとえ新聞が米軍司令部の弾圧をうけてもかまわないから、米軍の非道な弾圧ぶりを徹底的に暴露すべきだと言い出したのです。編集部長は、新聞がつぶされるような極左行動は避けるべきだといって反対するので、部内がごたごたし、新聞が発行できなくなったことが何回もありました。

そのあげく、朝連の盟員の部員たちがほとんど退職するさわぎになったのです。大阪の朝連本部は、猛烈に朝鮮新聞を攻撃しはじめました。それに反駁する記事が出たので、騒ぎはいよいよこじれてきたのです。

読者がほとんど朝連の盟員ですから、このままでは新聞はつぶれてしまいます。朝連に反対する親米派の団体が私の方に働きかけて来たのは事実ですが、私は相手にする気持ちはありません。彼らは在日同胞の中では微々たる勢力で、同胞大衆の支持を受けてもいません。

この事態を解決するためには、朝連の中の有力な人に編集部長になってもらって、昔のように朝連と仲良くやっていくほかないと思うのです。それで、私はあなたが最適任と思って、あなたを口説きに来たのです。ぜひうちの新聞に来てくれませんか？」

といって、社長は、住宅を提供し、将来にわたって最大の待遇をするという条件をならべたてた。社長の苦境はわかったが、それに応じることはできなかった。

「僕は朝連東京本部の文教部長になって、教育闘争の中枢の役割をしました。いま一段落してはいても、いつどんな事態が起こるかわかりません。とてもいま東京を離れるわけにはいきません。それより、今度の事件で神戸で入獄している朴さんが、近いうちに釈放になると思います。神戸の刑務所に行って彼に面会し、彼にもう一度、編集部長に戻ってもらうように交渉してみてください」

宋がそういうと、社長は憮然として、

「人間の付き合いには、うまが合うというのが一番大事な条件です。私はあなたとなら、何でもうまくやっていけそうな気がしますが、朴さんとは、どうもうまが合わないようです。あなたに来てもらえないなら、別な方法を考えるほかありません」

と、がっかりしたようにいった。

話が一段落したあと、宋は、連載小説の原稿料をまだ一度も送ってもらってないことを話した。

「そんなことはない！　支局を通して、半年分として五千円を渡したはずです」

「いいえ、僕は一銭も受け取っていません」

「じゃ、途中で手違いがあったのかもしれない……」

そんなやりとりのあと、社長は鞄の中から一万円の札束を出して渡してくれた。

「何がなんでもあなたを説得して、仕度金として渡すつもりで用意してきた金です。もう一度ゆっくり考え直してください。大阪へ帰って二、三日、吉報の来るのを待っています」

と言い残して、社長は帰って行った。

結局、朝連と大阪朝鮮新聞は全面戦争のかたちとなった。朝連は大阪朝鮮新聞が朝連の運動にたてつき、利敵行為に走っているといって糾弾した。

それで、原稿を送ることを中断していた宋は、大阪の新聞社からあとの原稿の督促をうけたので、

「不本意ながら、作者も朝連の盟員である以上、連載は中断するほかない。物語りに出る人物たちの結末は、それぞれ波風にもまれながら生き抜くほかないことになった」

という結末の原稿を書き送った。

申は、自分で述べたように、商人として立つ覚悟をきめたようであった。

家主に支払う金の工面をして、正式に店を譲り受けると、協力してくれる建築会社を見つけ、店の新築工事をはじめた。

東京本部には辞職願いを出すといったが、宋は、事業の土台が確立するまで、休暇願いを出すように説得した。

東京本部には、女性同盟が主導している小さい洋裁学校があった。本郷の焼け残った小さいビルの一階に洋裁店を聞いている同胞の女性が、三階に二十名ほどの同胞の娘たちを集めて洋裁を教えていた。

それを、女性同盟の東京本部が協力し、娘たちに国語や歴史も教えはじめ、その学監として、留学生同盟の文化部長だった人を委嘱した。名称も、東京朝鮮文化学院と改めた。

その文化学院の学監の呉英徳が、宋を訪ねてきた。

「うちの学生たちも、教育闘争については関心をもっているようですから、一度来て話をしてくれませんか?」

というので、すぐ承諾したところ、

「明日が土曜ですから、午後一時に来てください」

と、たのまれた。

朝鮮文化学院は、御茶の水駅から歩いて七、八分くらいの距離にあった。焼け残ったビルを改修したものだったが、大通りに面した四つ角にあって、すぐ目についた。

洋裁店の横の狭い階段の二階は店の住居に使われているらしく、三階の十二、三坪ほどの広間に、洋裁用の大きな木製の板の台や、丸椅子などが雑然と置かれていた。

宋が入って行くと、四階に上がる階段からにぎやかな話し声が聞こえ、どやどやと一群の娘たちが降りて来たが、宋の姿を見かけると、少しひるんだように静かになって、それぞれ所定の丸椅子に腰かけはじめた。

娘たちの一番後から階段をおりて来た呉が、宋を見つけると、うれしそうな顔をして、

「あ、文教部長、もう来てくれましたか？　いまちょうど昼食の時間を終えたところです」

といって、宋を黒板のかかっているところに案内した。前に小さな事務机ひとつと、木製の椅子が置いてあった。

「さっき話した東京本部の文教部長さんだ。あいさつをしなさい」

と呉が紹介すると、娘たちはいっせいに立ち上がって、

「アンニョンハシムニカ」（ごきげんよう）

口をそろえて大きな声であいさつをし、深く頭を下げた。

はずみで、宋も頭を下げてあいさつを返したが、若い娘たちのいぶきがむせ返るように感じられた。

「今日は文教部長の教育闘争の話が聞けるというので、二十二名全員、一人の欠席もなくそろっています。ただ半分ほどは、まだわが国語を充分聞き取ることができませんから、日本語で話してください。それで

はお願いします」

と呉にいわれ、宋は静かに話しはじめた。

「いま日本全国にわが民族学校が建てられていますが、どうしてこんなにたくさんの学校がつくられたのか、そのわけを知っていますか？」

ときくと、半分ほどがあいまいな表情をした。それで宋は、民族学校設立のいきさつをかいつまんで話した。そして、解放前、日本の学校で迫害された歴史を語る前に、皆に日本の学校に通った経験があるか、いじめられたことがあるかを聞いてみた。

全員が手を挙げて、いじめられたことがあるといった。

話にはずみがついた宋は、よどみなく教育闘争の全貌を語ることができた。阪神における凄惨なたたかいや、全世界の世論の支援を受けて、輝かしい勝利を獲得できた結果をのべると、全員手をたたいてとび上がらんばかりによろこんだ。

話の途中に、一階の店の主人で、この学院の院長でもある女性同盟の幹部も上がってきて、話をきいていた。

一時間半ほどで話し終える予定だったが、生徒たちが次々に立ち上がって質問をするので、四時近くになってようやく終わることができた。活発な生徒の一人は、

「呉先生の話では、すごい経歴の人だというので、四十くらいにはなっている人だと思ったのに、呉先生とあまり年の違わない若い先生じゃありませんか。先生、まだ独身なんでしょう？」

といって、皆を笑わせた。

院長の三十四、五と思われる女史は、

「文教部長の話は含蓄があって、生徒たちのためになると思います。これからも週に何回か話しにきてください。呉先生、文教部長にたのんで何か科目を受け持ってもらいなさいよ」
と、強くいった。そんなことで、宋は、週に一回だけ、文化学院に行って歴史の話とか社会問題の話をすることになった。

都内の各学校で何か問題が起こると、必ず文教部に問い合わせが来た。電話だけではすまされない用が多くて、宋は絶えず学校へ出向いていかなければならなかった。

各学校に管理組合が出来、学校経営の財政的基礎が固まってきはじめてはいたが、地域的な格差があって、順調にすすんでいる学校がある一方、教員の人件費の支給がいつも滞るところがあった。困窮している学校では、管理組合の役員会議に宋を呼び出し、うまく行っている学校の実例などを説明させたりしていた。

若い教員の異動も激しかった。欠員が出ると、東京本部に代わりの教員をよこしてくれと、矢のような催促が来たりした。

狛江では教員養成の講習は続いていたが、修了した講習生は優先的に地方へ派遣されることになっているので、東京では地域で解決するため、随時、本部へ相談に来る青年たちに、簡単な考査をし、適当と思える人たちを予備軍として用意しておくことにした。

教員の補充はそれほど難問ではなかったが、校長を交替させることは容易ではなかった。管理組合の役職員と校長との意見対立があるときは、宋が呼び出されて仲裁役をすることがしばしばであった。

たまたま一人の校長が、遠く関西にいる老いた親が病気になり、親もとに帰って事業を引き継ぐことになった。後任の校長としては、宋に、中学校で教員をしている意中の人があって問題はなかった。しかしその学校は、四つの朝連支部が連合して統合した学校であり、管理組合も四つの支部が連合して設置されており、後任の校長を派遣するとなると、四つの地域の幹部たちに事前の了承を得る必要があった。

宋は四つの支部を歴訪して、それぞれの委員長たちに、後任の校長となる人物の人柄を伝え、四支部の委員長と管理組合長が列席した場所に当人を連れて行って紹介した。管理組合長が気をきかして、酒も用意してあったので、会合は和やかに進んだが、後からあいさつに来た現職の校長が、ひどく機嫌を悪くした。宋が事前に、自分に紹介してくれなかったことに対する不満のようであった。宋はその態度に腹が立ったが、ひたすら感情をおさえ、現職の校長に腰を低くしてわびた。

現職の校長は出席しているほかの人たちへの遠慮もあってか、機嫌を直して、

「文教部長さん、ご苦労さまでした。おかげさまで、私も安心して親もとへ帰れます。ありがとうございました」

と、あいさつをして先に帰ったが、気まずい空気は残っていた。一人の委員長が、

「文教部長は気をつかい過ぎる。こういうときは、官僚主義でやった方がさばさばする。事前の了解なんか得る必要がない。現任の校長が辞職して去ったあとに、後任の校長を辞令一本で赴任させれば、誰も文句はいえないはずです」

といって、大きな声で笑った。

「いまの校長は、個人的な事情で学校を去ることになったが、心情としては、心残りがしてならないのでしょう。その気持ち、わからんこともないが、少し我執が強すぎる。しかし文教部長、よく我慢してくれました」

もう一人の委員長が、そういって宋の肩をたたいた。
それでその場はおさまったが、宋は一つの教訓を得たような気がした。

朝連東京本部会館には、新しく産業技術研究所という団体の事務所が設けられた。有志たちによって、祖国の産業技術研究に貢献しようという理想のもとにつくられたものだったが、最初に集まったのは、仙台の東北大学の工学部を卒業した人たちが中心になっていた。その事務室が文教部の隣の空き部屋にきめられたので、開始の日から、文教部の人たちとは親しく語り合うようになった。所長という人は、朝連東京本部の初代の委員長だった人で、そのために東京本部会館に事務所を置くことになったのだが、めったに事務所には顔を出さなかった。

事務室のリーダー格は洪東一という人で、松本高等学校を卒業して東北大学工学部に進学し、抜群の成績で卒業すると、母校の松本高等学校で教師になった。解放前の朝鮮人としては稀な出世コースをたどった人であったが、解放直後、長野県にも朝連組織が結成されると、彼は喜び勇んで組織活動に加わった。しかし彼は、解放前、全然民族教育を受けていなかったので、親たちの話すなまりの濃い方言を、片言程度しゃべれるくらいで、朝鮮文はまったく読むこともできなかった。

民族運動の指導者となるためには、母国語で演説をし、母国語を自由に書き現わす能力を持たなければならない。彼はひそかに独学をはじめたが、地方都市では指導してくれる同胞の先輩もいなかった。屈辱を受けることに堪え切れなくなり、また母校に戻るつもりで学校の責任部署にいる恩師に会って相談したところ、

「日本に帰化したがいいよ」

と、断定的にいわれた。しかし、彼の父が朝連の県の幹部になっており、帰化などとは、口が裂けても父の前で言えることではなかった。

彼は意を決して、単身、東京へ出て来て朝連の中央に行き、そこで偶然いまの所長に会った。彼の苦衷を聞いた所長は、

「表面的な運動の指導者になるより、君の能力を最大限に生かして祖国に奉仕する道は無限にあるはずだ」

といって、彼を激励してくれた。そして二人で熟考を重ねた結果、この研究所をつくることに決定し、若干の準備の費用は所長が有志から寄付をつのることにした。

彼は東北大工学部出の後輩たちに呼びかけて、この会に参加させることにし、さらに手をひろげて、他の大学の工学部や理学部を出た有能な人たちに参加をすすめているということであった。

たまたま、洪と宋は同年生まれだという気安さもあって、包みかくさず、何でも話し合えるようになった。祖国を建設するためには、何よりも科学技術を発達させ、豊かな産業国家にしなければならないということで、二人はたちまち意見が一致した。

また同胞たちの技術習得の問題は、宋が常々考えていたことであった。そこで、小学校や中学校の教育も大事だが、働きながら勉強したい同胞たちのために、夜学をつくる必要性を洪に話したところ、洪は即座に賛成した。宋は少年時代、東京に来て夜間商業に通った経験を話し、

「今、東京中にあるわれわれの学校の施設を利用すれば、たちどころにいくつもの夜間学校をつくることができる」

と話すと、洪は、

「先ず手始めに、模範的な夜間学校を一つつくることにしたら」

といった。

東京中の同胞たちが通うのに便利な場所は、荒川の第一小学校が最適所であった。施設も一番よく出来ているし、学校の経営も一番安定している学校なので、夜学のために学校に多くの負担をかけなくてもすみそうであった。

洪は、設立する夜間学校は商業学校でなく、工業学校にしたがいいという意見を出した。むろん、宋に異論はなかった。教科目の担当教師は、洪が責任をもって推薦するといった。

問題は夜間学校を開校するための具体的な対策であったが、それはすべて宋が責任を持つことにした。学校経営の責任は、朝連東京都本部が負うべきだと考えた。それで、東京本部の常任委員会に、夜間学校設置案を提議し、その決定を得ることからはじめた。

そのため宋は設置趣意書を作成し、校舎は第一小学校の校舎を借用すること、教科目、教師の選定、入学志望者の募集要項、開校予定日、学校認可申請の件などを、ことこまかに書いて、先ず東京本部の委員長に見せて相談した。

委員長は宋の話をきき、用意した書類をひと通り見てから、

「働きながら勉強をしたいという若い同胞たちのために、夜間学校をつくることは私も大賛成です。しかし、これをはじめるとなると、具体的に本部の中で手伝える部署はどこにもない。一から十まで文教部長の負担になるが、いまでも多忙な文教部長が、こんな大仕事をはじめて、はたして体がもつかどうか、それが心配だ」

といった。

「私のことは心配いりません。それより、常任委員会にかける前に、荒川の第一小学校の承認を得る必要

がありますから、これからさっそく学校と荒川支部に行って相談をしてみます」

といって、宋はすぐ出かけた。


事前に電話を入れておいたので、学校では校長と管理組合長が待っていた。宋が、夜学を開きたいという趣旨を説明すると、管理組合長は、

「東京本部でやることなら、無条件に賛成します」

と、即座に承諾した。校長は、

「私もかねてから、働いている若い同胞たちのために、夜学は必要だと考えていました。この学校ではじめることなら、積極的に協力します」

と、喜びをあらわにした。


二人に快諾されて意気があがった宋は、その足で荒川の支部に行き、委員長に第一小学校の校舎で夜学を開く意向を話した。説明をきいた委員長は、

「この地域の中にも、そんな夜学が出来れば、通わせたい若者がたくさんいます。台東支部にも連絡して協力させせますから、募集要項が出来たらすぐ送ってください。それにしても、文教部長はいいことを計画しましたねえ、きっと成功しますよ」

と、はずんだ声をだした。


喜び勇んで本部に戻った宋は、委員長に校舎使用を快諾された報告をし、本部の常任委員会に提案したい旨を述べた。委員長は、異論があるはずもないから、明朝の朝会で説明するようにいってくれた。

その日のうちに、宋は都の教育局の学務課に行き、課長に、夜学を開きたいので認可申請を出したいが、どのような手続きが必要かときいた。宋の説明をきいた課長は、

「工業学校は実験設備の施設などが必要なので、私立の夜間工業学校はなく、都立があるだけです。正式な工業学校の認可申請は難しいから、認可の簡単な各種学校にしてはどうですか？　各種学校の認可は、各区の学務課で出しているから、荒川区の学務課に行ってきいてみなさい。面倒なことをいうようだったら、ここで便法を講じてみることにします」

と、いってくれた。

荒川区の学務課の責任者は、ひどく無愛想な男だった。何か民族的な偏見でもあるような口ぶりで、

「そんな面倒なことはきいたこともないから、ここでは受け付けられません」

と、つっぱねるような言い方をした。

翌朝の本部の臨時常任委員会で、宋は夜間工業学校設置の案を説明して、審議を求めた。組織部長が質問をしただけで、全員が案に賛成した。組織部長は、

「校長は誰がなるのですか？」

と、きいた。すると、委員長が、

「それは、文教部長がなるのが当然です。一人で学校設置の準備をしているのだから、文教部長が学校の責任を背負うほかないでしょう」

と、答えた。皆が拍手したので、宋が校長ときまった。

そのあと、宋はもう一度、都の教育局の学務課長のところに行き、前日、荒川の区役所の責任者の対応ぶりを話した。課長は苦笑しながら、

「この前、各学校の認可申請をしたので、要領はわかっているでしょう？　あれと同じように、書類を二通作って持って来てください。今度は三通でなく、二通で結構です」

と、気安く答えてくれた。

本部に戻った宋は、すぐ隣の部屋の洪に、いままでの経過を話した。

「まったく、宋さんの活動ぶりは超人的ですねえ……。そんな込み入ったことを一瀉千里に片付けるんだから……」

と、洪は感歎したようにいった。

「あとは募集要項と入学願書を刷って、各支部に配布する仕事です。開校の予定は、もうすぐ夏休みに入るから、二学期の初めにしてはどうでしょうか」

と、宋がいうと、

「いいですね。すると、入学試験はいつにしますか？」

「開校一週間前の日曜日の午前中にしては……」

「そのくらいでいいでしょう。開校の宣伝も必要でしょう。ポスターを作ったらどうですか？」

「解放新聞に開校を知らせる記事を書いてもらうことと、入学試験日の広告を出してもらうことにしたいと思います。ポスターは東京都内や近県の朝連支部に送って貼ってもらうことにして、誰か図案を描いてくれる人はいないでしょうかねえ……」

そんなことを話し合ったが、洪は東京都内のことには慣れていないので、彼に具体的な仕事をたのむわけにはいかなかった。宋はいまさらのように、次長の申のいなくなったことが悔やまれた。

募集要項も簡単な書式にした。それと、入学願書の原稿を印刷所にたのむと金もかかり、日にちもかかることなので、宋が原紙を切り、本部備え付けの謄写版で刷ってもらった。その仕事は、女子事務員と教育者同盟の文が手伝ってくれた。

ポスターの原画を書いてくれる画家をたのむのも、それを印刷するのも金のかかることなので、筆字のうまい文に、文具屋で紙を買って来て書いてもらった。

文案は宋が書いたが、文はくろうとはだしの筆跡で百枚ものポスターを書き上げた。目立つように、重要な言葉の横には赤線を引いたりした。

文は、先ず書き上がったポスターを本部の玄関の入り口の目立つところに貼った。

宋は女子事務員に、ポスター一枚と、募集要項一枚、入学願書一枚を持たせて中央の文教部に届けさせ、三多摩、千葉、埼玉、神奈川の支部の住所を写して来させた。そして、その日のうちに、東京本部管内の各支部をはじめ、近県の七十余支部に、ポスター一枚、募集要項、入学願書、各五枚ずつを発送した。また近県の本部には、ポスター二枚、願書十枚、要項十枚ずつを送った。この仕事は、洪のほか、その事務所に来ていた三人も手伝った。

その翌日、宋は解放新聞社にポスターと要項と願書を、各一枚ずつ持っていって、夜間学校開校予定のいきさつを説明し、記事を書いてくれることと、適当な時期に広告をのせてくれることをたのんだ。

居合わせた新聞社の人たちは、みな宋と顔見知りの人たちなので、宋の顔を見るなり、宋が神戸で入獄中の朴のために、多額のカンパをつのって家族に渡したことを口ぐちにほめたたえながら、朴が近日中に釈放されて帰って来ることを話してくれた。

新聞社では、宋の文教部長としての活躍ぶりをよく知っていた。それればかりか、宋が大阪の朝鮮新聞の社長の勧誘を断わったことまでも知っていた。そして、連載小説を中断したことは、朝連所属の読者たちに大きな影響をあたえ、ほとんどが新聞購読をやめてしまったので、大阪の新聞は経営の危機に陥ったことも話してくれた。

「この夜学の開校は、わが民族教育の発展のためにも、大きく寄与することだから、社としても積極的に協力します」

と、約束してくれた。

都の教育局に出す認可申請の書類も、五日目には出来上がって、学務課に提出した。やるだけのことはやってしまったので、あとは反応を待つほかなかったが、入学願書が提出されてくるのは、ひと月半も後のことなので、宋はいくらか気抜けしたような気がした。

ところが、意外に早く朴が釈放されて帰ってきた。宋が都庁から本部に帰ってくると、朴が文教部室で待っていた。

会った瞬間、二人は抱き合って、言葉もなくおたがいの顔を見つめ合った。朴の目に涙がにじみ出た。宋もこみ上げてくるものをおさえ切れないで、顔をそむけるほかなかった。激情がしずまると、朴は、

「昨日、早朝に釈放された。神戸の同胞たちが歓迎集会を開いてくれたので、夜行列車で今朝、東京に着いた。すぐ解放新聞社に行って、君が家に金を持って行ってくれた話もきいた。社で皆につかまって、いろいろな話をきいたりしていたが、どうしても君と話がしたかったので、先ず家に帰ってみなくちゃと言い訳をして抜け出してきた。君は仕事で忙しいだろうけれど、一緒に外へ出てくれないか？」

朴が速射砲のようにしゃべり出したので、宋も急いで朴のあとについて表に出た。

道を歩きながらも、電車に乗ってからでも、朴は瞬時も口をやすめようとはしなかった。

「戦前、特高にやられた時のような拷問もなかったし、無茶な取り調べもなかった。それどころか、いきなり刑務所の独房に入れられて、全然調べにも来ないで放ったらかされていた。

ひもじくない程度に食物はあてがわれていたが、四六時中、独房の中で瞑想にふけっているということも、たまらないことだった。読む物も一切入れてくれないで、禅坊主になったつもりで、無念無想の境地になろうとつとめても、雑念をはらい切ることもできない。家族のことも気がかりだったが、誰かが面倒を見ていてくれるに違いないと、強いて楽天的に考えたりした。

二週間近くになって、ようやく面会が許され、神戸朝連の人たちが来てくれるようになった。教育事件が急転回して、朝連中央と文部省の間に覚書が交わされ、学校が私立学校として認可されることになったという話をきいて、いきさつはよくわからないが、われわれのたたかいは勝ったんだという自信を取り戻すことができた。

読み物も入れてもらえるようになって、退屈さをまぎらわすことはできるようになったが、一切取り調べがないので、どういうことになるのか、かえって焦りを感じはじめた。進駐軍はわれわれを軍事裁判にかけるといっておいて、何の指示もしないものだから、刑務所側もただ傍観しているだけ、看守たちに何をきいても、自分たちは何もわかりませんと答えるばかりだった。

面会に来てくれる人たちは、近いうちに釈放になるという見通しをくりかえすだけで、誰も確信はないようだった。一緒に収監された兵庫県本部の朝連の委員長が、老齢で急に重態になり、病院に移されたが、その経過も一切知らせてはもらえなかった。

一日一日が自分とのたたかいだった。不屈の信念をもちつづけることの大変さを、あらためて教えられているような気がした。進駐軍はわれわれを徹底的に弾圧するつもりで、武力を発動してわれわれを刑務所に閉じこめてはおいたものの、彼らの内部に混乱が起こり、責任のなすり合いをする間に、だらだらと時間を空費したものと思われる。

しかし、自由になることは素晴らしいことだ。学生時代に味わった感動とは、また違うもののような気がする……」

朴は息もつかずに語りつづけた。

二人は闇市の、下手をすれば目がつぶれるかもしれないという、いかがわしい酒を、酔いがまわるまでに痛飲した。やがて、朴は横須賀で待っている家族のところへ帰るといって、ちゃんと東京駅に行って横須賀行きの電車に乗った。宋も、ふんばって、朴の乗った電車が発車するのを、ホームで見送った。

翌日の朝はふつか酔い気味ではあったが、緊張して早めに出勤した。

それを待っていたかのように、文化学院の呉から電話がかかってきた。

「洋裁の先生が急用があって、今日、授業に来られないといいますから、先生が来て生徒たちに歴史の話をしてくれませんか？　先生の授業は生徒たちに大人気ですから」

と、懇願されると、断わるわけにもいかなかった。

出勤してきた女子事務員に、しっかり留守番をするように頼んでおいて、本郷の文化学院にかけつけた。

宋が洋裁の先生のかわりに歴史の話をするというと、生徒たちは大喜びで手をたたいた。

祖国の歴史は何も知らない生徒たちは、退屈な話でない限り、目を輝かしてきいてくれた。隋や唐の大軍を打ち破ったわが高句麗の愛国的な将軍たちのことを、物語り風に話したので、生徒たちが大喜びで聞いているうちに午前中の授業時間が終わった。

呉は午後も二時間ほど話をしてほしいといったが、文教部のことが気がかりで、電話をかけてみると、

「中央の議長室から部長に、明日の午前十時頃に来るようにという連絡がありました。第四と、第五の学校から電話がありましたが、部長が留守なら、またかけるからといいました」

「じゃ、ここで午後三時まで授業をして、三時半頃、事務所に戻るから」

といって、呉に話すと、呉は大声で、

「先生が午後も二時間話してくださるそうだ」

と、生徒たちにいった。生徒たちは、またはしゃいで歓声をあげた。

呉と、近くのうどん屋に行って、昼食にうどんを食べた。朝、欠食していたので、とても美味しかった。

午後の二時間は、高句麗、新羅、百済の三国の争いのことや、新羅が中国の唐と組んで百済や高句麗を滅ぼした悲劇的な話をするうちに、宋はつい興奮して悲憤慷慨の口調になり、生徒たちを驚かした。

事務所に戻ると、隣室の洪が顔を出し、

「ずいぶん忙しそうですねえ。昨日、神戸の刑務所から出てこられた解放新聞の編集部長と一緒だったでしょう？　親友だそうですねえ？　英雄的な闘争をした人の話をぜひきかせてください」

というので、おそくまで洪と話しこむことになった。

翌日、中央の議長団室に行くと、オペラ春香伝を企画している議長が、

「いよいよオペラの公演が本ぎまりになった。十一月の初旬から、有楽座で藤原歌劇団がやる予定だ。同胞の観客動員を、君にも手伝ってもらうことになる。準備がすすめば、君に連絡するからよろしく頼む。主演の男優は、金永吉が演じる。君ともじっこんの間柄だから、何かと相談にのってほしい」

と、意気ごんで説明してくれた。それは、宋にとってもうれしいことであった。

事務所に戻り、さっそく出版社に電話をかけて、オペラの公演前に本が出版されるように督促した。

その日の夕方、文化学院の呉が事務所に宋を訪ねてきた。

「暑くなればとても授業はできないから、夏休みにするほかありませんが、二学期になっても、授業が続けられるかどうか、深刻な事態です」

と、学院経営の苦衷をうったえた。

「洋裁店を経営している学院の院長が、自分一人で毎日生徒たちを教えるのは体力の限界を感じるというのです。助手を雇うのは経済的に無理なので、女性同盟の委員長に相談してみたが、女同は補助する力がないということであり、朝連の東京本部で力を貸してくれなければ、学院の存続は無理のようです。文教部長が、本部の委員長に交渉してみてくれませんか？」

そうたのむので、宋は呉をつれて委員長室に行き、委員長に事情を説明した。委員長はしぶい顔で、

「文化学院を開校する時、女性同盟から相談は受けていました。女同の活動で、経済的な負担は責任を負うということだったので、安心していたのだけれど、本部が支援するとなると、本部の財務部長とも相談してみなくてはなりません。しかし、せっかく開校して、二十数名の娘さんたちが熱心に通っているというのに、廃校にするのは組織としても大問題ですから、さっそく女同の委員長や、財務部長と相談してみます。二、三日後に、女同の委員長から学院の院長に返答が届くようにします」

というと、呉はひどく感動していた。委員長室から戻って、呉は、

「生徒たちを連れて、まだ一回も遠足をしたことがありません。夏休み前に、生徒たちとどこか海辺に行ってみたいと思います。その時は宋先生もぜひ参加してください」

と、懇願した。

「日曜日だったら、僕も同行できます」

と宋が答えると、呉は、

「じゃ、さっそく生徒たちと相談してみますが、今度の日曜日に予定を組んでおいてください。行く場所と、集合時間は、あとで電話でお知らせします」

と、来た時の意気消沈ぶりとは違って、さっそうとした勢いで帰っていった。


宋は毎日、各学校や支部からの連絡で、夜の会合に引っ張り出されることが多く、終バスに乗りおくれて、都電で木場三丁目から枝川町まで行き、二十分近い道を歩いて帰る日が多かった。疲労が蓄積して、日曜くらいゆっくり寝ていたかったが、呉から、

「三浦三崎の城ヶ島に行くことになりました。午前九時に京浜電車の品川駅で待ち合わせることにします。遅れないように来てください」

という知らせがきた。

当日、時間までに品川駅にいったところ、呉が、

「みんな、はじめてのことなので、電車の乗り換えなどにまごついているのか、まだ半分しか集まりません。もう少し待ってみましょう」

と、心配そうにいった。三十分待ったが、まだ六名の顔がみえなかった。

「全員、張り切って、必ず時間までに行くといっていたのに、若い女の子だから、家で心配して行くのに反対したのかもしれません。それにかなり電車賃がかかるので、それも影響しているのかもわかりません」

呉は、いらいらして待っていたが、

「これ以上待たせては、せっかく早く来てくれた生徒たちに悪いから、出発しましょう」

と、決断したようにいった。

もう海水浴の季節に入っていたので、始発の駅からかなり込んでいた。宋はかけさせてもらったが、呉や半分ほどの生徒は立ったままだった。急行電車なので、途中いくつかの大きい駅で乗り降りがあり、全員かけることができたが、電車の混みかたは一層ひどくなった。

一時間半かかって終点の駅に着いたが、バスに乗りかえるのがまた大変なさわぎだった。結局、城ヶ島の船着場に着いたのは、午前十一時過ぎだった。

「生徒たちが便所に行きたいといっていますから、近くの公園に行きましょう」

といって、呉が船着場で道をきき、皆をつれて五分ほど歩いた丘の上の小公園に行った。小さい便所が一つしかなく、全員が用をすますのに、多少時間がかかった。

眼下に城ヶ島や海が見下ろされ、公園の木陰のベンチにかけると、風が涼しくて心地よかった。へんぴな港町の公園なので、どこにも人影はなかった。

「ここがいいわ！　眺めもいいし。暑くて歩くのもいやだから、城ヶ島に渡るのはやめましょう。ここから島が全部見えるじゃないの」

生徒たちがそういい出したので、呉は、渡し船に乗るのをやめることにした。

生徒たちは、若い女の子らしく、それぞれ小公園の先の林の中を歩きまわったり、はしゃぎながらおしゃべりをしたりして、結構楽しそうに遊んでいた。

宋と並んでベンチにかけた呉は、

「いま時分ここへ来るのなら、海水浴の支度をさせて、海水浴でも楽しませた方がよかった。僕も経験がないものだから、今日の企画は失敗しました。こんなことなら、電車賃のかからない、江戸川べりの遊園地にでもすればよかった」

と、悔やむようにいった。

「でも、だれも城ヶ島に来たことはないのだから、有名な名勝地に来ただけでも思い出になるだろうよ」

宋は、そういってなぐさめた。

やがて生徒たちは、それぞれ用意して来た弁当を食べはじめたので、宋は呉と一緒に船着場近くの食堂に行った。漁港なので、にぎり定食の魚がひどく美味しかった。

昼食のあと、一時間ほど海岸沿いを歩いたり、岩場に出て海水に足を浸したりして遊んでから、早めにバスの始発の停留所に行って、全員ゆっくり腰をかけて電車の始発駅に行き、電車もすいた席にかたまり合ってすわり、ようやく楽しい遠足気分になった。しかし、発車時刻になると電車は満員になり、品川の終着駅に着いたときは、生徒のほとんどが眠りこけていた。

夏休みになり、本部の常任たちも交互に休暇をとって、一週間くらいずつ休むことになったが、宋だけは休むわけにはいかなかった。八月末に予定していた夜間学校の入学試験に対する反応が、どこからも全然なかったからであった。

宋は都下の朝連の各支部や、近県の支部に電話をかけて、夜間学校開設の浸透状況や、志望者の有無などを問い合わせてみた。

七十余の支部に電話をかけるだけでも、三日がかりの仕事だった。たいていが、

「どうも関心がないようで、うちの支部から行きたいという人はまだ誰もいません」

という、絶望的な返答だった。隣室の洪に、

「僕たちの思い上がりの理想主義から出た計画だったのだろうか？」

と、悲観論を述べると、

「せっかちに考え過ぎですよ。試験日になってみないと、わからないじゃありませんか」

と、たしなめられたりした。

そんな時に、呉が訪ねてきた。

「学院の院長が、女性同盟の委員長に呼ばれて、絶対に学院をつぶしてはいけない、朝連の東京本部も協力してくれると約束したから、助手を雇う人件費は女同の本部が責任をもつ、といわれたそうです。院長は張り切って助手になる人を探しはじめました。

僕は遠足が失敗だったと思っていたのに、行った生徒たちは大喜びでした。参加しなかった生徒たちは、たいてい休日で家に留守番がいなくて出られなかったそうです。夏休み前、全員二学期もきちんと通うといってくれました。評判をきいて、二学期から編入したいという志望者も出ています。二学期も、先生、協力してくださいよ」

と、きわめて楽観的な話をした。

呉と入れ違いに、教育者同盟の文がやってきて、

「昨夜、文教部の次長だった申さんの家によばれて行ってきました」

と、話しはじめた。

「申さんは、まったく人が変わったように張り切っていました。改築したという浅草の店に行ったのです

が、なかなかしゃれたつくりで、客席も七、八十ほどある広い店です。僕が行ったときは超満員の盛況でした。日本酒もビールも、ドブロクも、改造酒も売っているのです。肴も多種類で、焼肉の味付けがきわだってうまいのです。値段も割方やすいので、はやるわけです。申さんはまっ白な調理服を着て、調理場で働いていました。

調理場だけでも、四、五人の人がいました。客席の従業員も五名ほどいました。夕方五時から、夜中の十一時まで、客の途切れることがないそうです。あんなに繁昌している店なら、きっとものすごくもうけているのに違いありません。僕が行っている間、申さんが店に出てきて僕の相手をしてくれました。奥さんにも紹介されましたが、申さんの年上には見えない若々しいきれいな人でした。レジに立っていて、実にてきぱきと客をさばくのです。その奥さんの指示に従って、従業員たちがこまねずみのように動き回るのです。繁昌する店の典型を見ているような気がしました。

申さんは、毎朝仕入れに築地にも行くそうで、朝から晩まで休む暇もないようです。申さんは部長を一度、招待したいけれど、仕事の邪魔をしてはいけないと思って遠慮しているようです。もともと申さんは部長を深く尊敬していましたから、気をつかい過ぎているみたいですね。何もかもふっきって、商売に徹するようになれたのは、部長のおかげだといっていました。顔も出さないのに、台東支部では申さんを商工人の幹部にまつりあげたといって笑っていました。ほんのわずかの間に、申さんは商人として大成功しましたねえ……。もともとその方面に才能があったのでしょうか」

と、文は感嘆していった。

「申君に、そのような才能もあっただろうけれど、理想的な奥さんにめぐり合ったおかげもあるだろうねえ……。とにかく素晴らしいことだ」

宋は、文の話をきいて、鬱積していたものが晴れたような気がした。

夜間工業学校の出発

夜間工業学校開校予定の十日ほど前になり、東京都教育局の学務課から、宋に来てくれという連絡があった。宋が行くと、課長が笑顔で、

「夜間工業学校の認可申請についていろいろ相談してみたのですが、正規の工業学校として認可するのはやはり難しいようです。それで、前にもいったように各種学校としての認可は区の所管だから、荒川区の担当者に意見をきいてみました。しかし区の担当者たちは何か誤解があるらしく、都の教育局は朝鮮学校に甘すぎるといって、不満があるようです。

説得するのには時間がかかることであり、学校がはじまると、生徒たちの通学定期券を買う必要があるでしょうから、学務課で仮の認可書を出すことにしました。これを複写して、定期を買う駅に出せば、定期を売ってくれるはずです」

といって、教育局用の用箋に書いた角判の押してある認可書を渡してくれた。

「　認可書

東京都荒川区日暮里二ノ二九二

朝鮮工業学校（夜間）

学校設置を認可します。

昭和二十三年八月二十日

東京都教育局学務課長」

という、ごく簡単なものだった。

学務課長の苦肉の策のように思えたが、宋はその心遣いがうれしくて、よろこんでもらって来た。

そしてそれを本部の委員長に見せて事情を説明し、さらに隣室の洪にも見せた。

「受験料は必要ない。

入学願書は、受験当日、現場に持参してよい」

としてあったので、試験日の前日までに、文教部あてには入学願書は一通も提出されなかったが、受験一週間ほど前にいくつかの支部から、入学願書を送ってくれという連絡があり、当人が本部の文教部に用紙を取りに来たりして、合計五十枚ばかりの入学願書が受験生の手に渡っていた。

受験日の前日の土曜に、宋は荒川の第一小学校へ行って、校長や教務主任と、翌日の入学試験に使う教室の打ち合わせをした。教務主任が、

「私が日直ですから、お手伝いします」

と、こころよく引き受けてくれた。

洪と相談して、入学試験の筆記試験は、国語と算数の二科目だけにし、簡単な口頭試問をすることにした。

朝鮮国語が書ける人は国文で、国語の書けない人は日本文で、簡単な生い立ちと、学校を志望した動機

を書いてもらうことにした。算数の試験は、洪が問題を作成して、それを百枚ばかり謄写印刷した。

実際に何名の受験者があるのか見当がつかなかったが、国語の話せる人は宋が、国語を話せない人は洪が受け持って、働いている人なら仕事の内容と、学校に通える条件などをきくことにした。

そして、成績をみて、学級を一つにするか、あるいは二つにするかをきめるが、受験者はなるべく全員、入学を許可することにした。


試験は十時からとしてあったが、宋と洪は朝九時までに学校へ行って、受験者たちの集まるのを待つことにした。宋は、まるで自分が入学試験を受けに行った時のような緊張を感じていた。

宋は、八時半頃に学校に着いたが、校門のところで、十五、六歳の少年が一人、もじもじとあたりをうかがっていた。宋が声をかけると、少年はうれしそうな顔で、

「ここが試験を受ける学校でしょうか？」

と、きいた。宋は、試験場の表示をしていなかったうかつさに気付き、

「ごめん、ごめん、ここだよ。さあ、こっちへおいで」

と、教室へ案内し、

「ずいぶん早く来たねえ……。十時からなのに、どうしてこんなに早く来たの？」

と、きいてみた。

「僕、すごくうれしかったんです。僕たちの夜学が出来るときいて、何日もよく眠れませんでした」

と、はきはきした声で答えてくれた。それをきいた途端、宋は目頭が熱くなるのを感じた。

このような子供がいたのだ！　宋は少年を抱いて慟哭したいほどの感動をおぼえた。

そして、大急ぎで学校の職員室に行き、日直の教務主任に筆と紙をもらって、

「東京朝鮮工業学校入学試験場」

と、大きく書いて、教務主任にたのんで校門に貼り出してもらった。

やがて洪が来たので、宋は、洪の手をつかんで、

「第一号の入学志願者が来ています。あの教室に行って、その少年に会ってみてください。僕は少年のひと言をきいて、涙が出てたまらなかった」

というと、洪は驚いた顔で教室へすっとんで行った。

前日、洪と二人で、五十名も集まってくれれば、おんの字だが、三十名は越えてほしいと語っていた。それが、十時定刻には五十五名の志望者が集まった。

洪は少年と話してよほど興奮したとみえ、試験の始まる直前まで話し込んでいた。

宋は、先ず全員に入学願書を出してもらった。すると、願書を持って来ていない者が三名いた。念のために用紙を持って来ていたので、その場で願書を書いてもらった。

試験を始める前に、朝鮮語が聞きとれない人に手を挙げてもらったところ、半数以上が手を挙げた。それで、朝鮮語が書ける人は朝鮮語で、書けない人は日本語で作文を書いてもらうことにした。

用紙を配って、書きはじめるようにいったところ、「あのう……書く物を持って来ていませんが……」といい出した者が四人もいた。宋は、小学校の教務主任にたのんで、学校にある鉛筆を貸してもらった。かんで含めるように説明したので、すぐ書きはじめる者が大部分だったが、なかなか書き出せない者もいた。

早い者は三十分もたたないで作文を提出したが、中には一枚の用紙では書ききれないといって、二枚目

を要求する者もいた。

時間が来たので、皆に作文を提出してもらった。やはり、二、三行しか書いてない者が数人いた。

二時間目の算数の試験は、洪が受け持ってくれたので、宋は職員室の机を借りて答案の作文を読んだ。国語で書かれていたのは、三枚だった。故郷で普通学校に少し通った経歴が書かれていた。日本に来て勉強をしたかったが、その夢がかなえられなかった。今度こそ、ぜひ夢をかなえたいという希望が書かれていた。

三人ともかなり年をとっているように思えたので、願書をめくってみると、三十近い年齢であった。

日本語の作文は、多種多様であった。先ず短い作文から読んでみた。

文字の書き具合からみて、全く基礎学力がないと思えるのが二枚ほどあったが、ほかにも気持ちがうっ積して、何をどう表現してよいかわからないといった文章が五枚ほどあった。

一方、きちんとした字で、用紙の表裏にぎっしり書いた作文もあった。

学童疎開で、山奥の温泉場に行っている間に、本所に居た両親が空襲で亡くなり、浅草に居る遠い親戚に引き取られて、靴職人の見習いをさせられている身の上が書かれていた。国民学校六年生で、当然、中学に進学出来ると思ったのに、養ってもらえるだけでも感謝しなければならない孤児になった。疎開から帰った同級生の日本の子たちが中学に進学するのを見て、血を吐くような思いだったということも書かれていた。

解放後、親戚の家の子たちが、新しく出来た民族学校に通うのをみて、自分も行きたくてたまらなかったが、口に出していうこともできなかった。東京朝鮮中学が出来て、一つ年下の親戚の子は一年に入学した。仕事が休みの日曜日に、一人でその中学校を見に行ったこともあった。見習いをしていくらかの給料をもらうようになったが、着るものや洗面道具を買うのが精いっぱいなので、勉強をするのはあきらめるほかなかった。

　ところが、その親戚から、新しく夜学が出来るという話をきいた。そして、その学校が出来たら、昼間は仕事をして、夜、学校に行ってもいいといわれた。

　それをきいて、天にも昇るような気持ちになった。それから、入学試験の日が待ち遠しくてならなかった。指折り数えて待っていた。

　とうとうその日がやって来た。今こうして入学試験の作文を書いている。

「僕はよろこびで胸がはち切れそうだ！」

という語句で作文は終わっていた。宋は、直感で、朝一番で来た子に違いないと思った。

　急いで願書をめくってみた。台東区浅草の住所で、梁光一という筆跡が同じであった。

　宋は、この子のためにも、立派な学校にしなくてはならないという、使命感のようなものを感じた。

　もう一つ、二枚にわたる長文の作文は、すごい迫力がこもっていた。

　小学校二年の頃から、喧嘩ばかりしていたという書き出しであった。海岸の埋め立て地の同胞の集団部落に家があったが、学校に行き出して、日本の子たちにいじめられるので、腹立ちまぎれに歯向かっていった。たびたび集団暴行にあった。だが、一対一でたたかえば決して負けなかったので、隙をうかがっては一人ひとりに復讐をした。担任の教師からは目のかたきにされ、いつもひどい体罰を受けた。

　四年生の時、ひどい集団暴行をうけて怪我をし、一週間ほど寝こんだ。また一対一の復讐をはじめたが、相手も警戒して束になってかかってくるので、痛い目にあうことが多かった。口惜しさのあまり、小さいナイフを買って、一人ひとりを傷つけた。それで、担任から警察につき出された。

少年保護院に入れられることになったが、部落の同胞たちが怒って抗議をしたので、保護院に入れられる代わりに、ほかの学校に転校させられた。その学校では、よほど警戒されたとみえ、誰もいじめはしなかったが、いつも仲間はずれにされた。

学校がつまらなくなり、五年からはほとんど学校へ行かなくなってしまった。それでも、どうやら国民学校の卒業証書はもらえた。

勉強は好きなので、中学校に行きたかったが、昼間の中学は入学試験で落ちてしまい、夜間中学校に入学して一年間通った。しかし東京空襲がひどくなり、学校は休校状態になった。

解放になり、朝連の民族学校が出来たので入ってみたものの、小さな子供たちと一緒なので気恥ずかしくなり、すぐやめてしまった。

「この夜学が出来る話を聞いたので、今度こそ勉強をし直す決心をかためた」

という最後の語句を読んで、宋は願書をたしかめてみた。もう十七歳になっている少年であった。うまくいけば、こういう少年が学級の中心になるかもしれないと思った。

二時間目の試験が終わって、洪が答案の束をかかえて戻ってきた。

「どうも、学力の差のでこぼこがひどいようだ。よく出来る者もいれば、全然できない者もいる。これを一つの級にして教えるのは大変だが、何か新しい方法を考える必要がある」

と、洪は少しがっかりしたような表情でいった。

宋が作文も同じような状態だというと、洪は、

「初めてつくる学校なのだから、いろいろ困難もあるだろうけれど、知恵をしぼれば、すごい発想が湧くかもしれない」

といって、笑顔をみせた。

弁当を持って来た者たちのためには、小学校の教務主任が茶の用意をしてくれたが、弁当を持って来ない者が半数近かった。宋は洪と一緒に、それらの受験生たちを近くのうどん屋に連れていった。

食事をしている間、洪と相談して、午後の口頭試問は、個別に行わないで受験生全員と、新しい学校の進め方について話し合うことにした。その司会は、洪が積極的に、自分がつとめるといってくれた。

個々の口頭試問をしないで、全員で会議をするということに、受験生たちはいくらかとまどったようだったが、ほっとしたような様子もあった。

洪が、会合を始める前に校長の宋が、全員を合格させる趣旨を説明した方がいいというので、宋が先ず教壇に立った。

「私も少年時代、東京に来て、昼間は工場で働きながら夜間学校に通いました。とても学校などは行かれそうにない環境に育ったけれど、勉強したい意欲があったからです。勉強したい意欲さえあれば、どんな処にいても学問をすることはできるのです。

解放されて、日本全国いたる処に民族学校が出来ました。東京都内にも、三多摩地区を合わせて十三の小学校と一つの中学校があります。

しかし、みんな昼間の学校で、夜間の学校はありません。朝連の各支部で、夜の国語講習などをやっていますが、なかなか続かない現状です。私は今年、朝連東京本部の文教部長になって、昼間は働いていて昼間の学校へは通えないが、夜なら学校へ行って勉強したいという同胞がたくさんいるに違いないと考えました。

その同胞たちのために、夜間学校を作る計画をたてたのです。東京本部の会館の中に、産業技術研究会という団体があって、そこに優秀な若い学者たちが大勢来ています。そこの代表者である洪先生と、夜間学校を開くことについていろいろ相談しました。幸い、東京本部の常任委員会の承認を得て、学校を開くことができました。場所は、東京中の希望者が一番通いやすい交通の便を考えて、この荒川の東京第一朝連小学校の校舎を借りることにしたのです。

充分に宣伝する期間がなかったので、まだ知らない同胞は多いと思いますが、今日の入学試験にこれだけの人が集まりました。私は皆さんに感謝したい思いでいっぱいです。熱意をもって集まってきた皆さんに、ぜひ一緒に勉強してもらいたいと思います。

だから、この入学試験は選抜するための試験ではなく、一緒に勉強をするための心構えを語り合う会合にすることにしました。

学校の名称を工業学校にしたのは、これからのわが国は、先ず工業を発達させなくてはならない。そのために勉強する学校にしたかったからです。だから、今日受験した皆さんは、全員わが工業学校の一期生として合格したことにします。

学費は、本当は無料にしたかったのですが、東京本部の財政もやりくりが大変なので、学校に必要な費用の一部を皆さんに負担してもらうことにして、入学金二十円、授業料月額二十円を納入してもらうことにしました。これは昼間の中学の半額です。

教科書は、九月一日の入学式の後、必要なものを皆さんに買ってもらうことにします。私が通った郷里の普通学校でも、東京で通った夜間学校や大学でも、授業料を滞納すれば、学校へくるなといわれましたが、私たちの学校ではそういう不人情なことはしないつもりです。

これで、私の話は終わりにします。これからの会合で、皆さんの熱意や希望を、思う存分のべてください」

そう述べて一礼すると、受験生たちはいっせいに拍手をした。

あとは、洪が気楽に司会が出来るように、宋は席をはずして職員室に戻った。

職員室では、日直の教務主任が一人で何か事務の整理をしていた。

「今日もお昼のお茶の世話をしてもらいましたが、九月から夜学が始まると、出勤する教員や生徒たちのためのお茶のみ道具とか備品が必要になると思います。それに夜学専用の書類棚も一ついるし、専用の机も一つは必要です。この学校に余分があれば、当分借用するとしても、必要な物は買わなければなりませんが、先生が考えてみてくれませんか？」

と、宋は頼みこんだ。

「支部の委員長から、なんでも協力するようにいわれています。心得て用意しますから、気をつかわないでください」

と、教務主任は快く引き受けてくれた。しばらくして、宋が受験生たちの教室に戻ってみると、教室の中は活気にみちていた。

一生懸命に発言する受験生に拍手が起こり、次から次へと手が挙がった。洪はてんてこまいをしていたが、楽しくてならないといった顔つきだった。

宋が教室に戻ってきたのを見つけた一人が、手を挙げて発言した。

「さっき、先生が全員合格だといってくれましたが、やはり合格通知書を家あてに送ってください。その方が、家のみんながよろこびます。それに、入学金や授業料の金額も、きちんと書いてください。その方が、お金がもらいやすいです」

その発言に、どっと歓声がおこった。受験生全員に、うれしくてたまらないといった空気がただよっていた。

一時間の予定だった会合は、二時間もつづいた。

終わって帰る時は、受験生どうしが、すっかり打ち解け合って、おたがいに握手をしたり、仲良く話し合ったりしていた。

みんなを送り出したあと、洪は、

「個々の口頭試問にしないで会合にしたのは、大成功だった。僕たちの理想が、そのまま反映したようだ。今日集まった受験生たちは、おそらく一人残らず入学式に来ると思うよ。学校の出発は、万々歳と思わなければ」

と、大満悦であった。

家に持ち帰り、明朝文教部室に持参するからといって、洪は算数の答案を自分の鞄の中につめこんだ。宋も、入学願書と作文の答案を風呂敷に包んだ。

帰り道、学校から近い国鉄の三河島駅まで歩いたが、宋はこのまま洪とは別れ難い気持ちだった。三河島の駅の裏に、同胞のドブロクを売る店がある。二人は連れ立って入った。

ほろ酔い機嫌になった洪は、

「宋さんと一緒に楽しい学校が出来そうだなあ……。生徒たちの学力の差がどうであれ、勉強したい熱意があるのだから、教える人間たちの誠意と愛情さえあれば、どんな理想的な教育だって出来るはずだ。宋さんが最初から校長になってくれて、本当によかった」

と、しみじみと述懐するようにいった。

翌朝、早く出勤した宋は、本部の委員長に昨日の夜学の入学試験の経過を報告した。

「志望者が五十五名もあったとは、大きな成果じゃないか」

と、委員長はよろこんだ。

ついで、教育者同盟に行って、委員長の蔡に夜学の話をした。

「宋君の宿願の学校が出来るわけだな。君の実行力には感心するよ」

と、蔡は感歎したような声を出した。

十時頃、洪が採点した算数の答案の束を持って来てくれたので、宋は作文の採点したものと合わせ、女子事務員にたのんで、それぞれ表裏に厚紙の台紙をつけて綴じ込んでもらった。

それから、総務部の部長のところに行って、工業学校のゴム印と校長のゴム印、それに学校と校長の角判と校名入りの封筒をたのみたいから、すぐ業者を呼んでくれるよう依頼した。

その後、中学校に電話をかけて庶務主任の李に出てもらい、夜学を作ることにした経過を説明し、生徒の出席簿をつくる用紙一枚と、国鉄の通学証明書の用紙六十枚ほどを、女子事務員を使いに出すから渡してもらえないかと頼んだ。李は、

「学校の認可をもらったの？」

と、心配そうにきいた。

「都の教育局の学務課長から、仮認可書をもらった」

と答えると、

「それなら大丈夫だ。あんたのやることだから、抜かりはないと思うけれど、それにしても大変な仕事をはじめたねえ……。成功することを祈るよ」

と、いってくれた。

女子事務員を使いに出した直後に、総務部がたのんだ業者が来たので、宋は文案を書いて渡した。

「大至急必要だから、明後日までに作ってください」

というと、業者は笑いながら、

「皆さん、そうおっしゃるので、急ぎ仕事は慣れています。明後日の午後にはきちんとお届けします」

と、請け負った。

業者が帰ったあと、宋は受験生たちの採点表を作りはじめたが、出席簿を作る必要もあるので、名簿を朝鮮音のカナダ順にした。洪も読めるように、朝鮮文字と漢字名をならべた。朝鮮文字を習いはじめたばかりの洪は、朝鮮文字は読めても、漢字の朝鮮音読みはまだできなかったからだ。

表を作っている時に、参考のためにと思いつき、中学の李にまた電話をかけ、

「入学試験のあと、父兄に合格通知を送っているでしょう？　その用紙があったら、その通知書と入学誓約書一枚とを、いま事務員がそちらに向かっているから、それも合わせて渡してください」

といったところ、

「たったいま来たところです。文教部長のあなたを大変尊敬しているとみえて、あいさつの言葉にその感じがにじみ出ていました。あなたにも感心しているけれど、女子事務員も、かしこいきれいな娘ですね」

と、感想をもらした。

しばらくして、女子事務員は額に汗をにじませて帰ってきた。出席簿の用紙には、裏表の台紙までそえてあった。しかし、合格通知書には、朝鮮文字で、入学試験に合格したことを通知します、と書いてあるだけであった。女子事務員は汗をふきふき、

「中学の庶務主任さんは、ずいぶん親切な方ですねえ。帰りにわざわざ十条の駅まで送ってくれて、駅前の喫茶店でアイスクリームをご馳走してくださいました。いろいろ部長のことをきかれたので、とてもよく仕事をする方だと話しました」

と、上気した顔でいった。

「さっき電話で、きみのことを、かしこくてきれいな娘さんだとほめていたから、それで特別のもてなしをしたんだと思うよ。きれいに見られることは得だね」

というと、

「からかわないでください。部長のことをとても親身になってきいたのですよ！」

と、怒ったようにいった。

それから宋は、さっそくガリ版で、入学許可書を書いた。「入学試験に合格したことを通知します」という国文のそばに、同文を日本文でも書きならべた。そして端の方に、九月一日午後六時からの入学式当日、入学金二十円と、授業料月額二十円とを持参してください、と書きそえた。

入学誓約書は出させないことにするつもりで書かなかった。

「これを明後日、学校の封筒と学校印が届いたら、すぐ発送するから、明日中に六十枚謄写してください」

と、女子事務員にたのんだ。

「はい」

と、女子事務員は明るい声で答えた。

翌々日、業者は約束の時間通りに印判や校名を刷った封筒を持って来た。さっそく、謄写してある入学合格通知書に学校と校長のゴム印を押し、朱肉の校長の角判を押し、学校名の入った封筒に入れ、宛名を書いて発送する作業に取りかかった。その作業に教育者同盟の文も来て手伝った。

作業が終わった頃に、洪があたふたとかけつけてきた。

「上野で事業をやっている同胞に呼ばれて、その相談にのっていたものだから、おくれました。もう作業は終わったのですか？　それにしても手廻しがはやいですねえ。学校名入りの封筒に、学校の印判までそろえるなんて、立派なもんじゃないですか！」

と、感嘆した声をあげた。それから洪は、受験生たちの採点表や出席簿などを見て、

「宋さんは事務能力でも抜群ですねえ。学校事務のベテランでも、こんな短時間にやるのは容易じゃないはずなのに……」

と、恐れ入った顔をした。

「あとは入学式の準備と、時間割の作成と、担任課目の教師の選任をすることです。それを洪さんと相談したかったのです」

宋がそういうと、

「朝連の東京本部がつくる学校ですから、本部の委員長が来て祝辞をのべるのは当然でしょう。普通なら教務主任が、学校のあらましを説明し、校長の訓示があるべきでしょうが、はじめての学校だから、そう

いうことは宋さんにやってもらって、あとは入学する生徒代表の決意をのべてもらえばいいじゃないのですか？　長い時間をかけて入学式をやる必要はないと思いますよ。最初の日から、実のある授業をはじめたがいいと思います」

と、洪は意見をのべた。

「私も賛成です。午後六時からの入学式は一時間で終わって、七時から、学校が終わる九時までに、洪さんがいつかいっていた集中的な授業をやったらと思います」

と、宋がいうと、

「その集中的な授業は、僕が責任を負います。僕は算数の基本的なものを完全に身につけるためにはどうすればいいかを、実際に教えてみたかったのです。それを実験してみることにします」

と、洪がいってくれたので、

「僕も大賛成です。それで入学式の日の行事は終わりますから、授業時間割の作成を考えなくてはなりませんが、新しい試みとして、集中授業制を進めていくべきか、それとも在来の学校教育のように科目別の割り当てをするかということですが……」

と、宋がいうと、

「一番基本的なものから、当分の間、集中的に始めてはどうでしょうか？　僕は日本の教育ばかり受けて、民族的な教育を全然受けてないから、朝鮮人としては半ぱ者だということを痛感しています。僕たちはこれから、真の朝鮮人の教育をしていかなくてはなりませんから、朝鮮語を短時間で身につける集中授業が当然必要です。

それから、最も大事な祖国の歴史や地理、文化のことを教える必要があります。

だから、最初の一カ月ほどは、朝鮮語の身につけ方、それから祖国の歴史や文化、それに科学教育の基礎になる算数教育を徹底的にやって、それから中等学校の科目別教育をはじめてはどうですか？」

と、洪が意見をのべた。宋もその意見には賛成であった。

「じゃ、入学式の時、新入の生徒たちにその意向を徹底させ、一カ月の間は三つの集中授業をつづけることにしましょう。それで、洪さんは、一カ月間、毎日その授業をつづけられますか？」

ときくと、洪は断固として答えた。

「僕は万難を排して、やる覚悟です」

「朝鮮語の基礎を教えるのは、中学校の先生より小学校の先生の方が手慣れていると思われます。幸い荒川の小学校にはいい先生がいるので、教務主任と相談して誰かに引き受けてもらうことにします。歴史や文化を教えるのは、僕がやることにします。僕は手さぐりの勉強ではありましたが、学生時代から朝鮮の歴史や文化の本を読みつづけてきました。狛江の講習会や、中学校で教えてみた経験もあるので、やれる自信はあります。

では、最初の一カ月間、それで頑張り通して、あとの授業の時間割のことはその時になって相談することにしましょう」

と、宋は結論をのべた。

まったく奇想天外といってよい、新しい学校の出発計画であった。

翌日、宋は第一小学校を訪ねて校長と管理組合長に会い、二学期のはじまる九月一日に、夜学の入学式を行うことを話し、校門の学校の標札のそばに「東京朝鮮工業学校」の標札を掲げることを許してほしいと頼んだ。夜学の開設に最初から賛成していた二人は、よろこんで承諾してくれた。

つづいて宋は、国鉄の三河島駅の駅長を訪ね、丁重なあいさつをした後、都からもらった学校認可書を示し、九月一日の入学式の後、通学の生徒たちに通学定期券を販売してほしいと依頼した。そして、東京朝鮮中学の印刷した通学証明書の校名を墨で消し、新しい校名のゴム印と角判を押したものを見せて、新しい用紙を印刷するまで、この証明書で便宜をはかってほしいと頼んだ。

中年の駅長は、文教部長の肩書の宋の名刺を見ながら、用紙のゴム印をたしかめ、

「あなたが校長さんですか。若いのにえらい仕事をなさるんですね。結構ですよ」

といって、生徒の数などをきいた。


九月一日は関東大震災の記念日であり、同胞にとっては、震災の時の大虐殺事件のいまわしい思い出の日でもあった。

朝の緊急常任委員会で、宋は夜学開校の経過を報告し、入学式には委員長が祝辞をのべることも説明した。組織部長から、いろいろ質問があった。宋はそれに答えながら、

「今度の夜学は、産業技術研究所の洪君が全面的に協力してくれました。彼の建議もあり、学力も不ぞろいの五十五名の新入生たちのために、開校一カ月間は、徹底的な基礎教育の集中授業を行なうことにしました。いままでの学校になかった新しい試みです」

と、説明した。

「新しく学校を始めるとなると、相当な経費がかかるだろう？」

と、財務部長が案ずるようにいった。

「準備の費用は、文教部の事務費でまかないました。これから教員の人件費と、校舎使用の電気代その他多少の実費負担をしなくてはなりませんが、少額ではあっても授業料の収入でやりくり出来るように努力していくつもりです。本部の財政にいくらか迷惑をかけるようになるかもしれませんが、その時は事前に相談することにします」

宋が答えると、委員長が、

「文教部長が夜学をやるといってから、金の請求をするに違いないと思っていたのに、今まで一回もその相談はなかった。感心していたのですよ。恐らくうまくやっていくと思いますよ」

と、応援するようにいった。みな拍手で、常任委員会は終わった。

その日は入学金や授業料を受け取るために、女子事務員に一緒に行ってもらうことにした。そのための領収書や、準備した学校に必要な書類なども女子事務員に持たせた。

本部の委員長も張り切って、本部の自動車で行くというので、宋と洪、そして女子事務員も同乗して行った。

学校には、夜学の入学式を行なうというので、荒川支部と台東支部の委員長や常任数人も来ていた。

第一小学校の教務主任は、約束通り、夜学用の専用棚を一つ、職員室の隅に用意してくれていた。また専用机も一つ、その棚のそばに置いてあった。宋は、女子事務員に持参させた学校の書類をその棚に整理させ、その机にすわって事務をとってもらうことにした。

一行が学校に着いたのは午後五時半だったが、もうかなりの新入生たちが教室に来ていた。宋はすぐ女子事務員を連れて教室に行き、新入生が持参した入学金と授業料を受け取らせた。教務主任の任が、自分から買って出てそれを手伝った。

宋が生徒代表としてのあいさつを依頼しようと思っていた、朝鮮語の作文を書いた李栄男と、感動的な作文を書いた梁光一とが、二人ともすでに来ていたので、二人を廊下に連れ出し、今日の入学式に、生徒代表として決意をのべるようにたのんだ。

偶然なことであったが、李は最年長で、梁は一番年下であった。李は、宋とは二つしか年が違わなかった。落ち着いた口調で、

「では、やらせてもらいます」

と、はっきりした朝鮮語で答えた。一方、梁ははにかんで、

「僕にあいさつなんか出来そうにありません」

と、しぶったが、

「君が作文に書いた通りのことを、日本語で話せばいいのだ」

と重ねていうと、ようやくこっくりとうなずいた。

宋は職員室にもどって、洪に、李と梁の二人に生徒代表としてあいさつしてもらうことにしたことを話すと、洪は、

「僕、考えたんだけれど、いくら式を簡単にすませるといっても、はじめっから校長のあなたが出づっぱりでは少しおかしいから、司会は僕がやろうかと思った。でも、われわれの行事に、最初から日本語をじゃいけないから、この学校の教務主任の任先生にやってもらいましょう。僕が任先生にたのみます」

と、いった。

「任先生は、いま教室で手伝ってもらっている」

と宋がいうと、洪はすぐ教室の方へ走っていった。すぐつづいて女子事務員が急ぎ足で宋のそばに来て、

「今、入学試験を受けなかったという女子生徒三人が連れだってきました。どうしましょう」

というので、

「持って来た入学願書の用紙に書かせて、一緒に受け付けなさい」

と答えて、宋は教室に行ってみた。受付に立っていた任が宋のそばに来て、

「洪さんから、いきなり入学式の司会をするようにいわれて、めんくらってしまいました。洪さんが朝鮮語がよくしゃべれないのでは仕方がないので、引き受けることにしましたが、式の順序はどうすればいいのですか？」

「じゃ、黒板に白墨で書いてください。

『開式
　学校設立運営問題　校長
　入学生代表決意表明
　来賓祝辞　朝連東京本部委員長
閉式』

これで、六時に始めて一時間以内で終わることにします」

任はいわれた通りに書いてから、

「これなら、簡単だからやれます。それで、入学生代表の名前は？」

「はじめは国語で、李栄男が、二番目に日本語で梁光一がやります」

「わかりました」

といって、任は二人の生徒の名を自分の手帳に書き込んだ。

入学願書の用紙をもって来た女子事務員がさっそく三人の女子生徒に記入事項を指示し、順番を待っていた生徒たちの受け付けをはじめた。宋は用意してきた出席簿を任に渡し、

「式のはじめに姓名の点呼をとってください。呼ばれたことで、入学したという実感が湧くはずです。国語で読んで返事がない時は、日本語音で読んでください。まだ本名を呼ばれたことがない子もいるはずです」

というと、

「これはいい思いつきです」

と、任は笑顔で答えた。

六時定刻になったので、職員室に来ていた全員が、生徒たちの着席している教室に入っていった。小学校の教員たちがあらかじめ気をきかし、机はみな廊下に運び出し、新入生のすわる六十の椅子を教室の中央にならべ、両わきに同伴してきた父兄や来客たちのすわる椅子を並べておいてくれていた。

宋と洪は、落伍者はいないかと心配していたが、全員が顔をそろえ、今日のかけ込み三人を加えて総員五十八名になった。うち女子生徒は六名だった。任が張りのある声で、

「東京朝鮮工業学校の入学式をはじめます」

と宣言して、出席簿をもって新入生たちの点呼をとりはじめた。朝鮮語で呼ばれ、元気良く、

「ネエ！」

という返事がひびいていったが、案の定、まごついて、日本語音で呼び直されて、

「はい」

と答える子も出てきた。今日、手続きをした三人の女生徒たちも、最後にちゃんと名を呼ばれ、うれし

そうに答えた。

「全員五十八名、一人の欠席者もなくそろいました。これから式順に従って、校長先生から、学校設立と、これからの運営についてお話があります」

と任に紹介され、宋は教壇に上って深々と頭を下げた。そして、

「皆さんの入学を、熱烈に歓迎します！」

と国語で述べてから、

「新入生の半分以上は、まだ国語が聞きとれません。それで、これから日本語で話すことにします」

とことわって、日本語で話しはじめた。

宋は先ず歴史的な教育闘争の成果を語り、新たに私立学校の認可を受けて、わが民族教育が大きく発展しはじめたことをのべた。そして、夜間学校の必要性を痛感し、朝連東京本部が学校設置のために努力してきた経過を語った。

宣伝不足もあり、同胞の間に広く伝わっていないと思ったのに、入学試験に五十五名の志望者が集まったことや、試験の過程を説明し、志望者全員を受け入れる決意を語った。

つづいて、学力のそろわない全員にこれから一カ月間、徹底した基礎教育をして、中等教育を始める土台を築く新しいやり方をはじめることをのべた。

そして、われわれの教育目的は祖国や同胞のために役立つ働き手を養うことであり、祖国や民族を愛する基本的な精神を植えつけることだと語り、未来を背負う人間となるために科学教育の基礎となる算数の知識を徹底的に身につけさせる集中授業を行なうことを語った。そしてその集中授業を行なう三名の教師――数学を担当する洪先生、国語を担当する任先生、祖国の歴史と文化を担当する宋自身を紹介した。洪

先生は、東北大学を卒業して母校の松本高校の教師となった秀才だと説明すると、生徒たちの中から驚きのどよめきが起こった。

最後に、新入生全員に、われわれの期待にこたえるよう全力をつくして勉強してくれることを願って、宋は話を終えた。

入学式ではふつう考えられないことであったが、新入生全員が立ち上がって熱烈な拍手をした。

次に、新入生代表として全生徒の前に立った李は、とつとつとした言いまわしではあったが、しっかりした朝鮮語で、普通学校を卒業して日本に渡ってきて、絶えず勉強することを夢見ていたが、廻り道をしてその機会をつかめなかったことを話し、今度こそはこんな素晴らしい先生たちに巡り会え、宿願を果たすことができそうだと、力強い決意をのべた。

次に紹介されて立った梁光一は、いきなり、

「私の両親は戦争中空襲で死にました。私は孤児です」

と、叫ぶようにいって皆を驚かせた。たかぶる感情をおさえるように、しばらく目をつぶった少年は、

「今は靴職人の下で見習いをしています」

と話し出し、あふれて来る涙で声をつまらせながら、

「集団疎開から戻って来た同級生の日本の子たちが、みな中学校に行くのを見て、私も中学に行きたくてたまりませんでした。でも、親方に食べさせてもらうのがやっとで、学校どころではありません。そのうち朝鮮中学校が出来て、知り合いの同胞の子たちが行きはじめたのに、私は涙をこらえて我慢するほかなかったのです。仕事の休みの日に、こっそり学校を見に行ったこともありました。

朝連で夜間中学をつくるそうだから、お前も行っていいよ、と親方にいわれた時、私はとび上がってよ

ろこびました。待ちかねた入学試験の日、一番に学校に来て、やさしい同胞の先生たちに会い、私は勉強できるよろこびで胸が張り裂けそうでした。

そしてこの入学式に、あいさつをするように先生からいわれたとき、とても出来そうにないと思いましたが、先生に強くすすめられて、することにしたのです。私たちのために、この学校をつくってくださった先生方に、感謝したい気持ちでいっぱいです。好きな勉強ですから、私は一生懸命頑張りたいと思います。

見ると、新入生はみな、私のお兄さんやお姉さんばかりのように見えます。どうか私をひっぱって行ってください。お願いします」

といって、頭を下げるのを見て、場内から万雷のような拍手が起こった。司会の任も目がしらをおさえながら、

「まったく感動的な決意表明でした。

それでは式の最後に、朝連東京本部の委員長の祝辞をいただくことにします」

と、紹介した。満場の拍手をうけて教壇に立った委員長は、

「はじめての入学式に、どんな祝辞をのべればいいかと迷っていましたが、この入学式は教えられることばかりのような気がしました。特に最後の新入生のあいさつは胸にひびきました。私もこんなすばらしい学校をはじめてくれてありがとうと、お礼をいわずにはいられません。

東京本部がはじめた学校とはいっても、文教部長と、ここに居る産業技術研究所の洪君とが、骨折って作った学校です。この二人は、この学校を素晴らしいものに発展させてくれると思います。東京本部としても、最大の力をつくして学校の発展に協力していくつもりです。

通学の便がいいというので、荒川の第一小学校の皆さんにご無理なお願いをしたわけですが、快く協力してくださってぶじ入学式を挙げることが出来て感謝にたえません。この学校を建てた荒川支部、台東支部の皆さんに心からお礼を申し上げます」

それから委員長は、日本語に変えて、

「新入生の皆さん、入学おめでとう！　皆さんの先生方は、本当に立派な人たちです。どうかしっかり勉強して、期待にそうようにしてください」

と委員長は祝辞を終えた。

こうして入学式は、予定通り一時間で終わった。同行してきた父兄はごく少数で、来客の大部分は荒川、台東の支部の人たちばかりであったが、式があっけなく終わったので、いくらか物足りない様子であった。

宋は女子事務員に、用意してきた通学証明書を生徒全員に配ってもらい、三河島駅で通学定期を買うように説明した。そして、

「今夜はこれから九時までの二時間、洪先生が算数の集中授業を行ないます。緊張してきいてください」

というと、生徒の間から歓声があがった。

「部長、今日受け取った入学金と授業料です。合計二千三百二十円です」

といって、職員室に戻って来た女子事務員は大きな紙袋を差し出した。

「それは、あんたが持って帰って、明朝、銀行に、新しい学校の普通預金口座を作って預金しなさい」

というと、

「少し心配だなあ……。とられるといけないから、委員長の乗ってきた車の運転手さんに預かってもらい

ましょうか?」

「じゃ、そうお願いしたらいい」

というと、女子事務員は運動場にとめてある自動車の方へ袋をかかえてかけていった。そばで見ていた委員長が、

「入学金も授業料も、ずいぶん安いんだなあ。いくらずつなの?」

「二十円ずつです」

「それじゃ、うどん一杯代にもならんじゃないか?」

「無料にしたかったんですが、働く少年たちの負担にならないようにしようと思って……」

「理想主義者らしい考え方だなあ。しかし、一人残らず持って来たんだから、よいやり方なのかもしらんなあ」

と、感心したように呟いた。

荒川と台東の支部の委員長たちは、せっかく来てくれた本部の委員長を、そのまま帰すわけにはいかないといって、強引に誘った。そして、宋も一緒にと、強く誘った。

宋は、洪が一人で授業をはじめているので、気がひけたが、第一小学校の校長や管理組合長も同行するといい、一緒に行ってほしいというので、断わるわけにもいかなかった。宋は女子事務員を先に帰し、教室に行って授業をはじめた洪に断わってから、ついて行った。

三河島駅裏通りの一軒だったが、その店の二階にはかなり広い広間があった。入学式に来た客の半数以上が参加していた。

酒がまわると無礼講になり、入学式に本部の委員長が来るというので、時局の政治解説もあるという期

待もあって多数の人が参加したのだといい出した。宋から教育闘争の話もきいた人たちで、出発したばかりの南朝鮮の新政権のことや、いま行なわれている北の人民委員会の選挙のことも気がかりだといった。

皆からせっつかれた形になり、本部の委員長は困ったように、

「私たちにも特別な情報が入ってくるわけではありません。皆さんが読んでいる日本の新聞記事や、ラジオの時局解説の放送をきくだけですから、新しいことは何もわかっていないというほかありません。文教部長はわかりやすい話をするし、大衆の集会でも歓迎されているから、いまの祖国の政治情勢の動きを、上手に説明できると思いますから、文教部長に話してもらうことにしましょう」

といったので、皆が拍手をして賛成し、宋はしょうことなしに立たされることになった。

ざわめいていた酒席は瞬間静まりかえった。

「私も皆さんがよく知っていることしかしゃべれませんが、南朝鮮の単独選挙は、まったくアメリカの独断的な政策によるものだと思います。南北を問わず、すべての愛国的な同胞が単独選挙に反対でした。四月の済州島の反抗をはじめ幾多の事件があり、金九など保守的な立場であった人たちも、愛国的な立場から北との連合政府をつくるために努力をしました。しかしアメリカはすべての反対をおしつぶして単独選挙を強行しました。

日本の新聞では李承晩が単独選挙の中心勢力であるように報道していますが、彼がはじめからアメリカのかいらいでしかなかったことは、彼が代議員選挙に立候補して当選するまでのいきさつを見てもよくわかります。

彼が立候補したソウルの選挙区には、はじめ十名の候補者が立っていました。それを買収したり、権力で強迫したりして全員を辞退させて、彼が無投票で当選するというインチキなやり方をしています。彼個

人に、そんな力があるわけはありません。すべてアメリカの軍政府がやったことであり、アメリカの政策であったことは明らかです。国会なるものが開かれ、そこで彼が大統領に選ばれたわけですが、その過程も買収と強迫によるものです。

解放後、アメリカが李承晩を亡命先のアメリカから連れて来て、アメリカ支持政策の先頭に立たせたのです。彼を国父などとあがめさせたのは、インチキきわまりないことで、彼は上海の臨時政府の同志たちを裏切ってアメリカへ逃げたのであり、アメリカ在住の同胞たちからも、いかがわしい人間として毛嫌いされた人間です。

その李承晩が、大統領としてこの八月十五日に大韓民国の建国を宣布したわけですが、愛国的な人たちは支持するはずがありません。しかし、生活する大衆は生きていくためには権力に追随するほかありません。こうして、アメリカのかいらい政府が南朝鮮に君臨することになったのです。

北の人民委員会は、これに対抗して、全民族の支持を受けた政府をつくるために、北で人民委員会の選挙をはじめるとともに、南朝鮮の津々浦々でも、弾圧のさなかで人民委員の秘密選挙を行っています。その詳細はわかりようもありませんが、いたるところで愛国的な闘争がくりひろげられていると思います。

何はともあれ、この九月はじめに、全国で選ばれた人民委員たちが平壌に集まり、統一的な政府が新しい国家の樹立を宣布するはずです。

日本に住んでいる私たちは九八パーセントまでが南の出身であり、朝連の盟員も皆そうですが、新しく平壌で樹立される国家が、わが真の祖国だと思わずにはいられません。不充分ですが、私の観察です」

宋が話し終えると、拍手が起こった。しかし同時に、ほとんどの人たちが大きな溜息をついた。統一した祖国が出来ないことに、悲しさといらだたしさを覚えているのであった。

共和国の建国と東京朝鮮高校の開設

入学式のあとの洪の集中授業は、生徒たちに深い感銘をあたえたようであった。それは洪が数学に精通しているせいでもあり、話術がたくみなせいでもあった。二時間の間、途中五分の休憩をしただけで、皆を笑わせながら、算数の基礎の大事さを身にしみるように語ってきかせた。

次の日からの集中授業は、午後六時から七時までを洪が受けもち、五分休憩の後、八時までは任が国語を早く上手に学べる法を綿密に教えた。任は学力のそろわない子供たちを短時間で国語になじませるために、さまざまな工夫を重ねた。彼は綴字の複雑さを、面白おかしく説いてきかせることには熟練していた。

五分休憩の後、九時までの授業は宋が担当したが、先ず、国を愛するということはどういうことか、民族を思うこととはどういうことかということから語りはじめた。

何よりも大事なのは、生徒たちを退屈させないで、ふるい立たせる雰囲気をつくることだった。洪はたくさんの問題を作ってきて、生徒たちに運算をやらせながら、よく出来る子が出来ない子に解き方を教えるという、グループ教育をたくみに取り入れていた。出来る子は仲間を教えることに真剣になり、退屈するどころではなく、出来ない子は仲間に教わることで恥をかきたくないという気持ちから、覚えこむことに熱中しはじめていた。だから、一時間という時間はあっという間に過ぎていった。

任も、発音のよく出来る子に、なかなか正確な発音のできない子を、辛抱強く教えこむことをやらせはじめた。皆が一緒に勉強しているという連帯意識が、急速にたかまっていった。

宋は歴史教育をしながら、いつも面白い昔話のように話した。生徒たちは、ほっとしたような顔でうっとりと聞き入っていた。

三人の授業がよく調和したのか、生徒たちの間に活気がみなぎり、休む生徒はほとんどいなかった。

しかし、根をつめた授業を連夜つづけると、疲労困憊してしまい、宋は帰り道、歩きながら居眠りをするほどになった。洪と任も、同じような疲れを感じたとみえ、一週間たった後、洪が、

「たしかに理想的なやり方ではあったが、体が疲れて続けられそうにないから、やはり普通の学校の通り、時間割を編成して、四十五分ずつの授業にしましょう」

といい出し、任もすぐ賛成した。

「僕も歩きながら居眠りをする始末なので、そうするほかありませんねえ」

と、宋も同意した。

それで、相談の結果、授業開始を五時五十分にし、四十五分授業で五分休憩にし、四時限の終了は午後九時五分にすることにした。

教科課程は、週二十四時間を、国語五時間、日本語二時間、英語三時間、数学五時間、理科三時間、歴史二時間、地理一時間、音楽一時間、体操二時間と配分することにした。

体操を一時間とし、製図を一時間いれる案も出たが、二年生になってから変更することにした。

教科担任は、任がそのまま国語を担当し、日本語、英語、数学、理科は、洪が産業技術研究所の仲間に振り当てることにした。歴史、地理は宋が受け持ち、音楽、体操は、任が小学校の適任の先生にたのむことにした。

教科書は、東京朝鮮中学で使っているものを援用するが、産技の仲間たちが適当な教科書を探し出したら、それを使うことにした。

方針変更をきめた次の日、授業がはじまる前に、宋が生徒たちに説明し、三日後から新しい教科の時間割で授業を行なうことを伝えた。

宋が生徒たちに事情を話したところ、せっかくみんな張り切っていたのにと、すこし不平がましい声も出たが、先生がくたびれて病気になったら大変だと、すぐ納得してくれた。

任が新しく編成した時間割を知らせ、洪がつれて来た新しい教科担任の先生たちを紹介すると、みな歓声をあげて歓迎した。生徒たちも、新しい教科書を買って、中等学校の生徒になった気分を味わうのがうれしいような気配だった。

宋自身も、新しい教科課程になって、すっかり解放されたような気がした。地理や歴史の担当の時間も、教科書があるので、音読させたりして楽な授業ができ、しかも週のうち三日間は、教務主任がわりをしてくれる任にすべてをまかせ、学校へ行かなくてもすむようになった。

九月九日、朝鮮民主主義人民共和国が建国を宣布した。

朝連は、全組織をあげて盛大な祝賀行事をくりひろげた。

新しく制定された三色に赤い星のついた国旗は、古臭い封建色の濃い、旧韓国の国旗、発足した大韓民国の国旗とは比べものにならないほどさっそうとして見えた。

朝連中央総本部主催の慶祝大会には、東京本部はじめ近県の本部が合同して、上野公園の会場には無慮三万人以上の同胞が参加した。広い会場は共和国の旗でおおわれていた。前月の八月十五日、大韓民国建国祝賀大会が、千五百人ほどを集めて日比谷で屋内集会を開いたのとは、あまりにも対照的であった。

在日同胞の圧倒的多数は朝連に結集しており、在日同胞のほとんどが南朝鮮の出身であるのにもかかわらず、南朝鮮のソウルで発足した大韓民国を祖国とは思わないで、北朝鮮のピョンヤン（平壌）で建国を宣布した朝鮮民主主義人民共和国こそが、わが祖国だとして支持していることを表明したものであった。

各学校でも記念式典が開かれ、生徒たちに、新しく出発したわが祖国、朝鮮民主主義人民共和国がどんなに素晴らしい国であるかということを解説した。

新設された夜間学校の東京朝鮮工業学校でも、祝賀の集会が開かれた。宋は、この集会で、生徒たちに記念演劇に取り組ませることを考え、原稿三十枚ほどの戯曲を書いた。

南朝鮮の一山村で、ピョンヤンの建国大会に参加する代議員を選出するための秘密投票を行ない、その投票用紙を運ぶ途中に、警察に探知されて撃ち殺された愛国闘士の最期を描いたものだった。

もののけにつかれたように、一気に書き上げたものであったが、国語能力の低い生徒たちに短時間で教え込むのは不可能だった。それで、集会の場で、生徒たちにその台本を日本語に訳してきかせ、最後に主人公が息をひきとる場面だけを国語で語ってきかせた。

突き上げる激情にかられた宋は、声をつまらせながらようやく語り終えた。生徒たちはびっくりしていたが、やがて熱烈な拍手をした。同席していた洪が、

「宋さんは、まったく才能に恵まれた人ですねえ……。生徒たちが完全に理解したかどうかはわからないにしても、愛国的な闘士たちの犠牲的な活動によって人民共和国が建設されたということだけは、よくわかったと思います。名演技よりもはるかに感動的でした」

と、宋をたたえた。

本部の文教部長としての仕事も、多忙をきわめた。

九月の半ば過ぎ、中央の議長団室に呼ばれた宋は、首席議長から、

「東京朝鮮中学は、中央の文教部が直接指導していたが、中央の新任の文教部長が朝鮮中学についてよく知らないし、今まで教育の担当だった羅君も、教科書編纂の仕事と、狛江の教員養成の仕事のために、中央の文教部を辞めてそちらの仕事の専任になった。

やはり東京中学の指導は、東京本部の文教部が責任を負うべきだと思うのだ。新しい校長は議長の一人が引き受けたが、大阪選出なので、絶えず大阪に出張している。東京中学で緊急の相談があるというから、君が行って相談にのってくれないか？　学校には、東京本部の文教部が指導の責任を持つことになったと知らせておいたから」

と、いわれた。

宋が中学に行くと、教務主任の鄭と庶務主任の李が出迎え、

「中央から東京本部の文教部長の指導を受けるように伝達されています。よろしくご指導ください」

と、あらたまったあいさつを受けた。宋はくすぐったさを感じながら、

「緊急な相談があるときいて来たんだけれど」

と、事務的な口調でいうと、

「高等学校を設置する問題です」

と、李が笑顔でいった。

李はふだんと変わりなく、屈託がなかった。一方、鄭はすこし切り口上で、

「去年の一月、二年生に繰り上げた生徒たちが、この九月末で中学卒業となるが、ほとんど全員、高校進学を希望しています。十月五日が開校記念日だから、その時、中学の卒業式と、高校入学式を兼ねてやってはどうかと思うのです」

と、具体的な意見を出した。

「それは素晴らしい。大賛成です」

と、宋はいっておいて、実情をききはじめた。

現在の三年生は五十二名で、うち女子生徒三名が家庭の都合で進学しないといっているが、男子生徒は全員高校進学を希望しているということであった。一方、校舎の方は新築や改築工事が進行しているので、教室は充分余裕があるということだった。

教職員も全員高校設置に賛成で、そのための教科担任の予定も組んでいるということであった。

また、中学校が東京都教育局から私立学校として認可されているので、高等学校設置の認可申請を出すための書類の作成もはじめているといった。

一応、組織の許可をもらうのが筋なので、中央の文教部にうかがいをたてたところ、東京本部の文教部の指導を受けるようにとの伝達があったということだった。

「たとえ三名だけでも、高校進学をしない生徒がいるのに、卒業式と入学式を兼ねるというのは、その三名につらい思いをさせることになりはしませんか?」

と、宋が意見をのべると、鄭は、

「その三名にきいてみたけれど、たとえ高校に通えなくても、高校に入学した感じは味わいたいというの

ですよ」

と、答えた。

「それでは、僕も無条件に賛成します」

と、宋が笑顔でいうと、李が、

「やっぱり東京本部の文教部の指導を受けることになって、本当によかった。僕も中央の文化部出身だけれど、どうも中央の人たちと応対するのは、なんとなく気が重かったけれど、宋さんだと万事やりやすい。都の教育局に書類を出しに行く時は、宋さんが一緒に行ってください。宋さんは都庁の絶対信任を受けているのだから」

と、うれしそうな声を出すと、鄭が、

「宋さんは、夜間の工業学校を設置して、すごいことをしたと思いますよ。本当はこの中学校に夜間部を設けるべきでした。家庭の事情で中学を中途退学する生徒たちを見ていて、痛感していたことです。どうしてこの中学の校舎を使わないで、荒川の第一小学校の校舎で開設したんですか？」

と、いい出したので、

「夜間の生徒たちの交通の便がよいと思ったからですよ。生徒たちの希望があれば、いつでもここへ移動しますよ」

と、宋が答えると、

「設置のときに、相談を受けたかったなあ……」

と、鄭は残念そうにいった。その言葉をきいて、宋は虚をつかれたような気がした。

鄭の功利的な人柄に疑念をもちはじめたのであったが、中学を開校する時は心血を注ぎ合って同志的誓いを立てた仲間であった。鄭の言葉に、同胞に対する教育の熱情は今も変わりがないということを思い知らされたような気がしたからであった。

本部に帰った宋は、委員長に、中央の議長団室に呼ばれたことや、東京朝鮮中学に行って、高校設置のことをきめたことなどを報告した。委員長は、

「文教部長は、仕事運に恵まれ過ぎている。それではますます忙しくなるばかりじゃないか?」

と、半ばあきれたようにいった後、

「東京朝鮮中学の指導を中央の文教部から東京本部の文教部に移されたことは、組織に関する問題だから、常任委員会に報告したがいいと思うよ。今度の常任委員会の時、文教部長が説明してください」

と、いった。

東京朝鮮中学校の第三回目の開校記念日である一九四八年十月五日、東京朝鮮中学校の第一回卒業式と、東京朝鮮高等学校の開校式ならびに第一回入学式が、新装なったばかりの講堂で行なわれた。講堂は旧日本陸軍の火薬庫の建物の一部を改築したもので、三百名ばかりが収容できる小じんまりしたものだった。

中学生全員はとても入り切れないので、在校生代表として二年生三百名と、卒業する五十二名で、講堂は超満員になった。

校長のあいさつのあと、教務主任の鄭が経過報告をした。

教室の整備も全然出来ていない草原の中で開校式を行ない、この二年間の苦悶にみちた学校建設のなかで、教職員と生徒たちが一体となってたたかってきた経過を語り、第一回の卒業式の栄光を迎えた喜びの

経過が語られた。

つづいて鄭は、高校が開設され、ほぼ全員高校に進学できる喜びを語った。卒業生たちは感無量になって涙ぐむ者が多かった。

司会をつとめる庶務主任の李が、

「来賓祝辞のはじめに、朝連東京本部の文教部長があいさつを行ないます。文教部長は、卒業生諸君と苦楽を共にした宋永哲先生です」

と紹介すると、卒業生たちはどっと、ときの声をあげた。

「私が東京本部の文教部長という肩書をもっているので、最初の祝辞をのべることになりましたが、私は卒業生諸君と一年間、涙と笑いを共にしてきた仲間でした。

思えば、われわれ在日朝鮮人が解放された後、民族教育運動をはじめたのは、世界歴史に例のない輝かしい記録のはじめでした。そしてたくさんの初等学校が出来、ここにわれわれの中学校がつくられたことは、わが民族の誇りといえます。

私たちは激しい弾圧をはねのけ、わが民族教育を守るたたかいに輝かしい勝利をおさめました。諸君はわがたたかいの最先頭に立っていたのです。今日、わが中学第一回の卒業の栄誉をになう諸君は、記念すべき栄光の歴史を刻んで行く輝かしい戦士といえます。

今日、新しく東京朝鮮高等学校がつくられ、諸君はひきつづいて、その栄光の歴史を刻んで行く第一回のわが高校の新入生となるのです。

諸君はこの学校で誇りある教育を受け、やがてはわが在日同胞をささえてゆく立派な指導者となる人たちです。諸君の奮闘を願ってやみません」

といった内容を、約五分間にわたって切々と訴えた。

宋があいさつを終えると、卒業生たちは総立ちになって歓声をあげた。

第一回中学卒業、兼高校入学という歴史的な行事は、熱狂的な雰囲気の中で終わった。中学卒業だけで高校進学はしないという三人の女子生徒の暗い影は、最後まで見つけることができなかった。式が終わっても、生徒たちは肩を組み合って校歌をたからかに歌いつづけた。

資料——一九四七年初頭と四九年五月における民族学校の学校数・生徒数・教員数

「はじめに」でのべたように、最初の民族教育の出発は、帰国する同胞たちによる、帰国までの間に、子供たちに祖国の言葉や文字を教えてほしいという要求からであった。

一九四五年十月、在日本朝鮮人連盟が結成されると、直ちに全国都道府県に本部がつくられ、同胞の居住するあらゆる地域に支部や分会が結成された。その支部や分会に、寺子屋のようなにわか作りの学校が開かれていった。

しかし一九四六年二月、祖国の状況で帰国が不可能となる。帰国できなくなった同胞たちの最大の悩みの一つは、子弟の教育問題であった。

全国各地で学校建設運動が起こったが、困難な状況下では、規模の小さいものがほとんどだった。

第Ⅰ部でその全貌を描くことができなかったので、不充分ではあるが、ここに一九四七年初頭の全国的なデータをしるして、その実態をしめすことにする。

▼北海道本部〈札幌市三条西五丁目二五七五〉

支部数＝一四、分会数＝三六、同胞盟員数＝八四五八、初等学校数＝三（札幌市＝二、北見市＝一）、生徒数は札幌不明、北見二六名、教員数は、札幌二名、北見二名、それが後に札幌一校になり、教員二名、生徒数四七名となった。

▼青森県本部〈弘前市富田町四九〉

支部数＝一三、分会＝一、盟員＝一一七八、初等学校＝二（弘前＝一、五所川原＝一）、生徒数は弘前＝三〇、五所川原＝一〇、教員数は弘前＝三、五所川原＝二。それが後、上北郡三本木町に教員二、生徒二四となった。

▼岩手県本部〈盛岡市葉園町一三〉

支部＝一五、分会＝三、盟員＝二五九一、学校＝三、生徒数＝八〇、教員数＝四とあるが、所在地は明確でない。後に、盛岡に一校が残った。

▼宮城県本部〈仙台市仲杉山通六五〉

支部＝一三、分会＝三〇、盟員＝三七二〇、学校＝七（仙台市＝二、生徒四四、教員二、塩釜市＝生徒五〇、教員一、石巻市＝生徒一五、教員一、名取郡岩沼町＝生徒二〇、教員一、栗原郡築館町＝生徒一五、教員一、登米郡石森町＝生徒二五、教員一）

▼秋田県本部〈秋田市長沼一二四〉

支部＝一二、分会＝七、盟員一七五〇、学校＝四、生徒＝一二〇、教員＝五とあるが、当初は秋田市、花輪町、大舘町、本庄町、象潟町、大曲町、角舘町、横手町の八カ所に学校があった。ただし、その数は明確でない。

▼山形県本部〈山形市春澄町小鎵四二五〉

支部＝八、分会＝二、盟員＝一三三五、学校＝二（小口町＝生徒三八、教員二、山形市＝生徒七七、教員二）

▼福島県本部〈福島市新浜町一三ノ一〉

支部＝一二、分会＝四四、盟員＝四九〇三、学校＝八（会津若松市、喜多方町、熱海町、須賀川町、穂積町山口、福島市森合、双葉郡木戸村、石城郡四ツ倉町）とあるが、生徒数、教員数は明確でない。おそらく一七〇名前後はいたと思われる。

▼茨城県本部〈水戸市西原町三三七四〉

支部＝二〇、分会＝二二、盟員＝四八八五、学校＝一九（水戸＝生徒一〇二、教員八、下舘＝生徒五六、教員三、大宮町＝生徒二〇、教員一、笠間＝二校、生徒六〇、教員二、太田町＝生徒一八、教員一、上管谷＝生徒一九、教員一、多賀町＝生徒三五、教員三、高萩町＝生徒四三、教員二、古河町＝生徒二七、教員二、土浦市＝生徒五二、教員三、鉾田町＝生徒三〇、教員二、竜ヶ崎＝生徒三九、教員二、上小川＝生徒四四、教員二、日立市＝生徒六四、教員四、水海道＝生徒五七、教員一、谷田部＝生徒五七、教員一、北條町＝生徒二三、教員一、塩子＝生徒数などは不明）。県の総数では生徒数七四六名、教員数四一名となっている。

▼栃木県本部〈宇都宮市元石町九二二〉

支部＝九、分会＝六、盟員＝三六六〇、学校＝五（栃

木＝生徒四九、宇都宮＝生徒四三、足利＝生徒五八、安蘇郡葛生町＝生徒四九、茂木町＝生徒二六）。総計二四五名、教員数は不明であるが、おそらく一四、五名はいたはずである。

▼群馬県本部〈前橋市田中町六九〉

支部＝一一、分会＝一六、盟員＝三九三六、学校＝八（桐生、高崎、伊勢崎、碓氷、沼田、前橋のほかは不明であるが、太田、藤岡にもあったと思われる）。生徒数は総計三〇〇名、教員数は一六名となっている。

▼埼玉県本部〈浦和市高砂町三ノ三八〉

支部＝一七、分会＝三八、盟員＝三七〇一、学校＝五（大宮＝生徒二八、教員一、志木＝生徒四七、教員二、戸田＝生徒二五、教員二、川越＝生徒二三、教員二、豊岡＝生徒一四、教員一）とあるが、このほかにも、児玉、朝霞、川口、深谷、大沢にもあった。生徒数も二〇〇名を越えたはずであるが、数字は明確ではない。

▼東京本部〈中央区京橋二ノ一〉

支部＝二三、分会＝一六四、盟員＝二万二三八二、学校一九（足立＝生徒二九四、教員六、深川＝生徒一四一、教員七、葛飾＝生徒二二〇、教員八、向島＝生徒一三六、教員三、荒川＝生徒二二八、教員七、文京＝生徒二八、教員一、豊島＝生徒三九、教員一、板橋＝生徒一〇八、教員三、淀橋＝生徒七二、教員二、中野＝生徒六二、教員二、杉並＝生徒一一二、教員三、世田谷＝生徒一八二、教員五、渋谷＝生徒四〇、教員二、目黒＝生徒二九、教員二、港＝生徒七〇、教員二、品川＝生徒九七、教員四、荏原＝生徒二三、教員一、大森＝生徒二一〇、教員六、蒲田＝生徒六九、教員二）。東京本部内は生徒総数二一六〇名、教員六七名であった。

▼三多摩本部〈立川市錦町一ノ七四〉

支部＝六、分会＝四四、盟員三九五〇、学校＝七（立川＝生徒二九、教員三、府中＝生徒七八、教員二、八王子＝生徒二〇、教員一、三鷹＝生徒三〇、教員一、町田＝生徒六〇、教員一、福生＝生徒三五、教員一、府中＝生徒二九、教員一）。このほかにも西多摩郡二宮村に学校があった。

▼千葉県本部〈千葉市本町二ノ八五〉

支部＝一六、分会＝八一、盟員＝七一八二、学校＝九（千葉＝生徒八八、教員二、船橋＝生徒一三四、教員四、柏＝生徒四四、教員一、佐倉、成田の二校で、生徒一〇三、教員二、東金、横芝の二校で、生徒七〇、教員二、

茂原＝生徒九五、教員一、勝浦＝生徒七四、教員一）となっているが、茂原と勝浦は教員二名ずつのはずであった。

▼神奈川県本部〈横浜市中区日之出町二ノ一五九〉

支部＝二一、分会＝九七、盟員＝二万〇八七八、学校＝二五（川崎＝生徒二六九、教員六、横浜＝生徒一一七、教員七、長津田＝生徒九九、教員三、戸塚支部内には三校あり、生徒九九、教員三、藤沢＝生徒四〇、教員三、西横浜＝生徒四五、教員＝一、神奈川＝生徒四三、教員二、磯子＝生徒五三、教員二、高津＝生徒六九、教員二、鶴見＝生徒一〇四、教員五、鎌倉＝生徒四八、教員三、茅ヶ崎＝生徒四一、教員一、大和＝生徒六〇、教員三、平塚＝生徒三〇、教員一、小田原管内には、小田原、真鶴、湯河原の三校があり、三校合わせて、生徒八八、教員四、逗子＝生徒四一、教員＝二、横須賀管内には大滝、浦郷、三崎の三校があり、合わせて生徒一八一、教員六、金沢＝生徒六、教員一、中原＝生徒八〇、教員二）。

神奈川県の生徒数は総計一五四八名、教員数五九名であった。

▼山梨県本部〈甲府市桜町一ノ三〉

支部＝一〇、分会＝一九、盟員＝三四四四、学校＝二（塩山町＝生徒三〇、教員一、大月町＝生徒四〇、教員二）

▼長野県本部〈長野市岡田町六二〉

支部＝一一、分会＝三九、盟員＝五〇七五、学校＝四（松本＝生徒四二、教員二、大町＝生徒三〇、教員一、平岡村満島＝生徒六〇、教員一、長野＝生徒二〇、教員一）

▼新潟県本部〈三条市大字一ノ木戸川寄三八〇〉

支部＝一〇、分会＝一八、盟員＝二六三八、学校＝四（三条＝生徒三三、教員二、高田＝生徒七四、教員三、中郷村二本木＝生徒四五、教員二、新井町東雲＝生徒六四、教員三）

▼富山県本部〈富山市新町五〉

支部＝七、分会＝二八、盟員＝二八七〇、学校＝四（富山＝生徒四一、教員二、婦中町＝生徒五七、教員二、高岡＝生徒八六、教員二、岩瀬白山町＝生徒八〇、教員二）このほかにも東砺波出町、魚津町、氷見郡下伊勢などに学校があった。

▼石川県本部〈金沢市上胡桃町四一ノ三〉

支部＝四、分会＝二九、盟員＝三一八〇、学校＝六（金沢＝生徒一四二、教員五、七尾支部管内二校＝生徒一三〇、教員三、小松支部管内の三校で生徒二四一、教員五）

▼**福井県本部**〈福井市堀田町二三〉

支部＝一三、分会＝二、盟員＝四九〇三、学校＝一二（福井＝生徒一一〇、教員三、芦原＝生徒六〇、教員一、丸岡＝生徒六八、教員二、松岡＝生徒六八、教員二、大野＝生徒一〇七、教員二、勝山＝生徒六五、教員二、敦賀＝生徒九三、教員三、小浜＝生徒二四、教員一、大飯支部管内の二校で生徒一〇三、教員二、武生＝生徒二七、教員一、神明＝生徒四〇、教員一）

▼**岐阜県本部**〈岐阜市加納清野町二ノ五〉

支部＝一二、分会＝四七、盟員＝一万八九四四、学校＝二六（岐阜支部二校で生徒一〇五、教員三、大垣＝生徒四八、教員二、吉城＝生徒五三、教員四、多治見支部二校＝生徒一四三、教員七、飛騨支部三校で生徒一五三、教員七、可児＝生徒八三、教員二、加茂＝生徒四八、教員二、不破支部二校で生徒七〇、教員二）

岐阜県は生徒総数一四〇五名、教員五八名であった。

▼**静岡県本部**〈静岡市追手町二四五〉

支部＝二二、分会＝六、盟員＝六五二九、学校＝六（富士宮＝生徒一七、教員一、下田＝生徒五〇、教員一、清水＝生徒二四、教員一、浜松支部二校で生徒一四六、教員一〇、二俣＝生徒五六、教員一）

静岡県にはこのほか松崎、沼津、浦川町、三島などにも学校があった。

▼**愛知県本部**〈名古屋市中村区泥江町三ノ七〉

支部＝二九、分会＝三九、盟員＝二万七九三一、学校＝四〇（名中＝生徒二四四、教員三、三遠＝生徒三六、教員二、碧海支部は上郷、碧南、矢作の三校で生徒二〇〇、教員五、中村＝生徒二一七、教員三、西加茂支部は二校で生徒一九〇、教員二、小坂町＝生徒二〇〇、教員二、名東＝生徒二六一、教員六、一宮＝生徒二二、教員一、岡崎支部内は三校で生徒一五四、教員三、瀬戸＝生徒二五、教員一、名南支部は三校で生徒三八五、教員七、幡豆＝生徒一六〇、教員二、横須賀＝生徒一七七、教員三、東春支部は四校で生徒一四九、教員四、知多支部は五校で生徒二七一、教員七、東加茂＝生徒二四、教員一、西春＝生徒九〇、教員一、海部＝生徒四九、教員一、豊橋市東三支部の二校で生徒四八〇、教員四、愛知郡支部は二校で生徒四六、教員二、守山＝生徒一〇六、教員二、名港＝生徒二〇七、教員二、中川＝生徒二〇九、教員二、

瑞穂＝生徒一五七、教員一）

愛知県は学校総数四〇校、生徒数四一五八、教員数六五であった。生徒数が多いのに、教員数がきわめて少ないのは、支部の役員が教員を兼任していたせいであった。

▼滋賀県本部〈大津市膳所粟津町東一ノ一〇二九〉

支部＝一七、分会＝四四、盟員＝八七二二、学校＝一八（大津支部七校で生徒三二四、教員八、甲賀支部二校で生徒四〇、教員二、八幡支部二校で生徒八二、教員二、彦根＝生徒四五、教員二、堅田＝生徒五七、教員一、米原＝生徒四三、教員一、八日市＝生徒七九、教員一、能登川＝生徒三〇、教員一、醒井＝生徒三四、教員一、高島＝生徒四〇、教員一）

▼三重県本部〈津市丸ノ内一〇五〉

支部＝九、分会＝二四、盟員＝五一六九、学校＝一一（四日市支部三校で生徒二五〇、教員七、山田＝生徒一〇〇、教員二、鈴鹿＝生徒五一、教員二、名張＝生徒三七、教員一、上野＝生徒六〇、教員二、桑名＝生徒一二五、教員二、多気＝生徒二一、教員一、津支部の二校で生徒六八、教員五）

▼奈良県本部〈奈良市杉ヶ町四〇〉

支部＝九、分会＝五一、盟員＝四六二五、学校＝九（桜井支部の三校で生徒一〇三、教員四、北萬支部の二校で生徒五一、教員二、大宇陀支部の二校で生徒五六、教員二、五条＝生徒三〇、教員一、奈良＝生徒五九、教員一）

▼和歌山県本部〈和歌山市友田町四ノ二六〉

支部＝一五、分会＝五〇、盟員＝三五九〇、学校＝八（和南＝生徒四一、教員一、和北支部二校で生徒九八、教員四、海草＝生徒四〇、教員二、金屋＝生徒三八、教員一、勝浦＝生徒三二、教員一、新宮＝生徒二九、教員一、伊部＝生徒三六、教員一）

▼京都府本部〈京都市下京区西九条島町八〉

支部＝二二、分会＝一〇六、盟員＝三万九五八六、学校＝三七（堀川支部三校で生徒二〇九、教員四、七条＝生徒三一二、教員五、西陣支部六校で生徒一九八、教員八、下鴨支部の二校で生徒二八二、教員四、伏見支部三校で生徒二〇七、教員五、太秦支部七校で生徒四二〇、教員七、川端支部二校で生徒九五、教員二、久世支部二校で生徒一一八、教員四、東宇治＝生徒四〇、教員二、乙訓＝生徒五九、教員二、船井支部二校で生徒六七、教員三、福知山＝生徒六五、教員二、舞鶴支部三校で生徒二二三、教員五、与謝＝生徒四三、教員一、中郡＝生徒

三五、教員二、細野＝生徒五一、教員二）
京都府下は生徒数二四二四、教員数六一名であった。

▼大阪府本部〈大阪市北区中崎町四三〉
支部＝二八、分会＝一四六、盟員＝一三万二九四四、学校＝三五（生野支部は五校で生徒四五六七、教員六七、布施＝生徒一一九一、教員一三、西成＝生徒六一五、教員一三、東住吉阿倍野＝生徒二六六、教員八、西淀川＝生徒四六〇、教員一三、大正＝生徒一一四、教員三、住吉＝生徒三二五、教員八、港＝生徒六七、教員三、東南＝生徒二〇〇、教員五、北＝生徒四六五、教員六、西＝生徒一二一、教員四、北河内支部は二校で生徒六三〇、教員一二、吹田＝生徒一九三、教員三、池田市豊能＝生徒三六三、教員五、泉大津＝生徒一六五、教員四、中河内東＝生徒一二二七、教員三〇、高槻＝生徒一五六、教員三、泉南＝生徒二二七、教員三、泉北＝生徒三二三、教員五、旭都＝生徒二八五、教員八、堺支部は二校で生徒七九五、教員一四、東淀川＝生徒五三一、教員一六、城東＝生徒六四九、教員一三、中河内西＝生徒五三九、教員八、岸和田＝生徒一五六、教員四、三島＝生徒一五四、教員三、東成支部は二校で生徒一〇五一、教員一七）
大阪府は、生徒数一万五八三五、教員数二九一名であった。

▼兵庫県本部〈神戸市長田区浜添通一ノ七〉
支部＝二一、分会＝一一四、盟員＝四万二六〇三、学校＝五六（西神戸支部は三校で生徒一三一二、教員一九、東神戸支部は二校で生徒五一八、教員六、阪神支部は七校で生徒四七五、教員一七、尼崎支部は八校で生徒八四四、教員一三、伊丹支部は四校で生徒三六二、教員一四、川辺＝生徒二三三、教員三、宝塚支部は二校で生徒七〇、教員四、有馬支部は三校で生徒二〇三、教員六、三木町＝生徒一五六、教員三、鈴蘭台＝生徒五一、教員一、多可西脇＝生徒一一七、教員五、篠山＝生徒四二、教員三、明石支部は二校で生徒二二一、教員五、加印支部は四校で生徒二九二、教員四、姫路支部は四校で生徒五一一、教員五、但馬＝生徒一四五、教員二、網干＝生徒一六六、教員四、飾磨支部は四校で生徒一一四二、教員八、赤穂支部は三校で生徒三三七、教員四、淡路支部は二校で生徒九七、教員二、加東＝生徒三八〇、教員一二）
兵庫県内は、生徒七三九七名、教員一三九名であった。

▼岡山県本部〈岡山市内田本町一五四〉
支部＝一一、分会＝九四、盟員＝一万二三六二、学校＝二三（岡山支部は四校で生徒四八八、教員一一、倉敷＝生徒四八四、教員一二、阿哲支部は三校で生徒一九一、

教員四、真庭支部は四校で生徒一三六、教員四、津山＝生徒一九一、教員二、和気＝生徒四七、教員二、赤盤＝生徒四七、教員一、邑久上道＝生徒五〇、教員一、玉野市南支部は四校で生徒一四四、教員四、玉島＝生徒三四、教員一、福渡＝生徒四六、教員二）

岡山県内は、生徒一八五九名、教員四四名であった。

▼広島県本部〈広島市仁保町東堀越二一四三〉

支部＝一八、分会＝三三、盟員＝一万四〇九二、学校＝二〇、生徒一〇六三、教員六四名となっているが、所在が明確でない。後の資料では、呉市の二校、御調郡土生町、比婆郡三校、広島市宇品、加茂郡芸津町、安芸郡船越町、佐伯郡二校、広島市江波東町、三次町、広島市己斐、三原市、広島市南観音町にそれぞれ学校があったとされている。

▼山口県本部〈下関市竹崎町五二〉

支部＝二三、分会＝一九七、盟員＝二万五〇二九、学校＝三五（下関支部は二校で生徒七五〇、教員九、彦島＝生徒一四三、教員三、豊浦支部は二校で生徒一七一、教員三、西市支部は三校で生徒一四一、教員五、厚狭支部は二校で生徒一二五、教員四、小野田支部は三校で生徒三四六、教員七、宇部支部は五校で生徒二四八、教員六、船木支部は三校で生徒一四一、教員四、小郡＝生徒五七、教員一、山口＝生徒三〇、教員一、防府＝生徒六九、教員一、佐波＝生徒二八、教員一、徳山西＝生徒四〇、教員一、徳山東＝生徒五五、教員一、光＝生徒二六、教員一、柳井＝生徒六〇、教員二、岩国支部は三校で生徒一四七、教員四、萩＝生徒一〇九、教員二、大津＝生徒一三、教員二、徳佐＝生徒三四、教員一）

山口県は、生徒二八四一名、教員五九名となっている。

▼鳥取県本部〈米子市富士見町二ノ一七〇〉

支部＝五、分会＝九、盟員＝二六八一、学校＝一（鳥取＝生徒五〇、教員二）

▼島根県本部〈松江市雑賀町二ノ二六三〉

支部＝一二、分会＝一四〇、盟員＝五三四九、学校＝一〇（浜田支部は二校で生徒一四〇、教員二、益田町＝生徒九〇、教員二、松江＝生徒三〇、教員一、出雲＝生徒九〇、教員二、安来＝生徒五八、教員一、都川＝生徒三〇、教員一、都茂＝七二、教員一、仁多＝生徒二〇、教員一、江津＝生徒四一、教員一）

▼香川県本部〈高松市栗林町〉

支部＝六、分会＝一六、盟員＝一四五六、学校＝一（高

松＝生徒三五、教員一）

▼**徳島県本部**〈徳島市下助在町三ノ三〉
支部＝五、分会＝一、盟員＝八六二、学校＝なし

▼**高知県本部**〈高知市南新町一ノ七二〉
支部＝六、分会＝六、盟員＝一九七〇、学校＝なし

▼**愛媛県本部**〈松山市三津住吉町四〇八〉
支部＝六、分会＝八、盟員＝三三六六、学校＝四（新居浜支部は二校で生徒二〇〇、教員六、松山＝生徒六〇、教員二、八幡浜＝生徒三〇、教員二）

▼**福岡県本部**〈福岡市新博多駅前〉
支部＝二〇、分会＝九七、盟員＝四万一〇〇〇、学校＝一八、生徒＝一八四三、教員＝二五となっているが、所在が明確でない。後にわかったところでは、芦原、八幡市黒崎、八王子町昭和区、鞍手郡中山、志賀島村西戸崎、門司市、八女郡川崎村山町、戸畑、若松、築上郡入屋町、小倉、福岡市馬出浜松町、京都郡苅田町、飯塚市、田川郡勺金村、筑紫郡大野村、遠賀郡芦居町等に学校があった。

▼**佐賀県本部**〈佐賀市赤松町城内三六ノ九〉
支部＝七、盟員＝一六九八、学校＝なし

▼**大分県本部**〈大分市春日裏埋立地〉
支部＝一七、分会＝四、盟員＝一万〇二九二、学校＝五（中津＝生徒四七、教員一、北海郡坂ノ市＝生徒四六、教員一、別府＝生徒八〇、教員二、大分＝生徒四九、教員一、北海郡大在林＝生徒四五、教員一）

▼**熊本県本部**〈熊本市西辛島町一九〉
支部＝一五、盟員＝四〇五〇、学校＝なし

▼**宮崎県本部**〈宮崎市宮田町五〉
支部＝一〇、盟員＝三〇三四、学校＝一（宮崎＝生徒六四、教員二）

ほかに三カ所の学校があり、生徒数は一一〇名あったとあるが、明確でない。

▼**長崎県本部**〈長崎市梅子崎町八〉
支部＝七、分会＝五、盟員＝四七〇〇、学校＝三（長崎＝生徒五〇、教員二、佐世保＝生徒四〇、教員一、北松浦郡志佐町＝生徒二〇、教員一）

▼対馬島本部〈鶏知町一二五〇〉
支部＝一、分会＝一三、盟員＝一八〇〇、学校＝三、生徒一二〇、教員三

▼鹿児島県本部〈鹿児島市加治尾町五〉
支部＝七、盟員＝一六二二、学校＝四、生徒一二〇、教員九、とあるが、所在が明確でない。

＊

この資料の統計によると、全国の朝連の盟員数は五三万一七四八名となっているが、これは当時の在留同胞数の九〇パーセント近い数字であり、在日同胞のほとんどが朝連に結集していたことを示している。

また初等学校数は総計五三六校、生徒数五万二九一三名、教員数一二六二名、となっている。おそらく多い時は、五五〇校五万五千名に達していたと思われる。

なお、一九四七年当時の中学校は次の通りである。

校名	生徒数	教員数	所在地
東京朝鮮中学	六五三	二二	東京都北区
建国中学	八二六	三一	大阪市住吉区
大阪朝鮮中学	三九六	一七	大阪市生野区
槿花中学	三三	八	大阪市東成区
京都朝鮮中学	四〇	不明	京都市左京区
岡山朝連中学	二四〇	五	岡山市東田町
朝連飾磨中学	一〇〇	五	姫路市飾磨区

教員養成機関としては、次の二校があった。

朝連中央師範	五〇	一〇	東京都北多摩郡狛江
大阪朝鮮師範	一〇三	一四	大阪市北区菅栄町

また青年幹部養成学校としては次の七校があった。

朝連中央高等学校	東京都狛江
三・一政治学校	東京都渋谷区
東北朝連高等学校	仙台市元柳町
中部朝連高等学校	名古屋市中村区
京都朝連高等学校	京都市東山区
神奈川朝連高等学校	横浜市中区
九州朝連高等学校	福岡市

このほか青年教養学校として、愛知県に七校、大阪府に一二校、群馬県に一校があった。そこで各種の講習会が随時開かれた。

教育者同盟の資料にみる
一九四九年五月の全国の民族学校の状況

一九四八年の四・二四教育闘争は、壮絶なたたかいであったが、結果的には輝かしい勝利に終わり、朝連の建てた学校は、私立学校として認可を受けた。

しかし、たたかいの傷跡は深く、受けた被害は大きかった。

小さい学校は、運営難から閉鎖されることになり、学校数も生徒数も激減した。存続した学校は、施設の改善や運営の充実をはかり、中学校設置や高等学校開設運動が各地に起こった。

＊

一九四九年九月、マッカーサー司令部は朝連を強制解散し、朝連の財産は没収された。

つづいて同年十月の学校閉鎖令により、民族教育運動は壊滅状態になった。

そのため朝連の各機関の書類はいっせいに廃棄され、ほとんどの資料が散逸し、学校の運営状況も闇に葬られてしまった。

その中で唯一残されているのが、一九四九年五月、在日本朝鮮人教育者同盟が作った「全国朝聯学校及び教同組織一覧表」である。

教育者同盟は、朝連学校の教員の組織体で、その出版活動も微々たるものであり、集めた資料も限られたものであった。

そのため、この資料はきわめて不充分なものであるが、それを基準にするほかない。

この統計表によると、盟員（すなわち教員）数は、一一七二、学校数は、中学校以上が一九、小学校二八八、生徒及び児童数は合計三万五八六八となっている。

これを、一九四八年二月の朝連中央の統計にある数字――中学校以上＝九、小学校＝五三六、生徒及び児童数合計＝五万五三四四と比較すると、中学校以上は一〇校が増えているものの、小学校数は二四八校も減っていて、生徒及び児童数の合計は一万九四七六名も減少している。

以下、この教育者同盟の資料によって、全国の民族学校の一九四九年五月の状況をたどってみることにする。

＊

北海道は小学校三校で児童九二名、教員四名となっているが、所在は明確でない。

推定すれば、札幌、函館、北見に各小学校があったと思われる。

青森県は小学校三校で、児童四八名、教員七名となっているが、青森市、弘前市、五所川原町に学校があったと思われる。

岩手県は一校で、児童数三五名、教員二名となっている。釜石、宮古の連合会支部の宮古駅前に宮古朝連初等学校があった。

秋田県は鹿角郡花輪町旭町に、児童数二〇名、教員一名の花輪朝連小学校があった。

山形県は山形市香澄町の朝連山形初等学校（児童三五名、教員一名）と、西場郡小田町に、朝連小国初等学校（児童三八名、教員一名）の二校があった。

宮城県は、小学校三校、児童八〇名、教員三名で、仙台市、塩釜市、名取郡岩沼町に学校があったと思われる。

福島県は、小学校二校、児童三六名、教員二名となっているが、福島市と会津若松市に学校があったと思われる。

東京都

学校名	所在地	児童数	教員数
東京第一朝連小学校	荒川区日暮里	三七四	九
文京分校	文京区御殿町	四七	三
第二朝連小学校	江東区深川枝川町	一六五	六
第三 〃	板橋区板橋	二〇〇	七
第四 〃	足立区本木町	三三二	八
第五 〃	葛飾区奥戸本町	二八九	九
第六 〃	大田区久ヶ原	二八三	六
第七 〃	品川区大崎本町	一八九	六
第八 〃	世田谷区三宿町	二九七	七
第九 〃	杉並区阿佐谷	一二二	三
第十 〃	墨田区吾嬬町西	一四二	五
三多摩 〃	立川市錦町	一二七	四
町田 〃	南多摩郡町田町原町田	一〇二	四
計 一三校		二六六九	七六
東京朝鮮中学校	北区上十条	九三六	二八
〃 高等学校	〃	一七六	一〇
〃 工業学校	（荒川より北区に移転）	六八	八
朝連中央高等学院	北多摩郡狛江村和泉	百名前後	講師は一〇名
〃 師範学校	〃	〃	前後

神奈川県は児童数、教員数の数字が出ていないため、ここでは大体の推定数を記入した。

川崎朝連小学校	川崎市浜町	三六〇	六

磯子朝連小学校	横浜市磯子区杉田町	七〇	三
鶴見　〃	横浜市鶴見区小野	八〇	三
金沢　〃	横浜市金沢区六浦町瀬戸	五〇	二
神奈川　〃	横浜市神奈川区七島町	九〇	三
横須賀　〃	横須賀市大滝町	一一〇	四
大和　〃	高座郡大和町	五〇	二
南武　〃	川崎市溝ノ口	一二〇	四
長津田　〃	横浜市港北区恩田町	九五	三
計　九校		一〇二五	三〇
千葉県			
第一朝連小学校	千葉市今井町	六〇	三
第二　〃	船橋市本町	一三〇	四
第三　〃	長生郡茂原町高師	七〇	二
分校		二二	一
第四　〃	東葛飾郡柏町豊四季	一三一	三
計　五校		四一三	一三
埼玉県			
大宮朝連小学校	大宮市土手町	二八	二
川口　〃	川口市元郷町	六一	四
戸田　〃	戸田郡蕨町御殿町	二八	二
第二朝連小学校	入間郡入間川町	三四	三
計　四校		一五一	一一
茨城県（学校別の人員は明確でない）			
朝連中央小学校	土浦市小松町		
鉾田分校	鹿島郡鉾田町七軒町		
日立分校	日立市本山宮鈴		
那珂分校	那珂上管谷上宿		
多賀分校	多賀郡多賀町大字泉町		
下舘分校	真壁郡下舘町稲荷町		
計　六校		三八五	二四
茨城朝連中学校		七五	五
栃木県			
宇都宮朝連小学校	宇都宮市簗瀬町	四九	二
芳賀　〃	芳賀郡茂木町下横町	二〇	二
足利　〃	足利市伊勢町	五八	二
計　三校		一二七	六
群馬県			
前橋朝連初等学校	前橋市田中町	三〇	二

桐生　朝連初等学校	桐生市稲荷町	六〇	二
高崎　〃	高崎市本町	三〇	二
計　三校		一二〇	六
山梨県			
朝連都留小学校	南都留郡谷林町	五〇	二
長野県			
朝連溝島学院		五六	二
新潟県			
新潟朝連小学校	中蒲原郡新津町大字道家	八八	六
信越分校	高田市南城町	四三	二
計　二校		一三一	八
富山県			
呉県東　朝連初等学校	富山市安養房	三二	二
呉西　〃	高岡市古城公園	五二	二
計　二校		八四	四

石川県

この資料には石川県の学校名がない。最初、金沢市にあった初等学校は、旧陸軍の兵器庫本部内にあったので、教育弾圧のとき廃校処分になり、また七尾市にあった学校も日本の小学校内にあったので、これも廃校させられたと思われる。

小松市八幡町にあった小松初等学校は生徒数一三八名であった。

一九四七年の朝連本部の統計では、県内に七校、生徒五四三名、教員一三名と、北越方面としては比較的活発な活動が行われていた。

小松の校舎も使用出来なくなり廃校となったものと思われ、ここは教育弾圧の最大の被害地域であった。

福井県

ここも教育弾圧の時、全県内の学校が一時閉鎖になった。ひどい干渉を受けたために認可も殆ど分校の形となった。

福井朝連小学校	福井市豊島中町	九三	二
勝山分校	勝山町	六五	二
松岡分校	松岡町台町	六六	二
武生分校	武生市幸町	一六	一
丸岡分校	丸岡町	四六	二
敦賀分校	敦賀市津町	五三	一

大飯分校	大飯郡若狭本郷	六五	一
大野朝連小学校	大野町五番地	一〇五	四
計　八校		五〇九	一五
岐阜県			
岐阜朝連小学校	岐阜市加納清野町	五八	三
各務原分校	稲葉郡各務村池端	六三	二
大垣分校	大垣市高屋町二丁目	五一	二
不破分校	不破郡赤坂町西町	一一五	三
可児分校	可児郡今渡町下恵土	一〇二	二
加茂分校	加茂郡川辺町中川辺	八五	三
高山分校	高山市八軒町	四四	三
計　七校		五一八	一七
静岡県			
浜松朝連小学校	浜松市東田町	一三一	六
三島　〃	三島市小中島	一二三	一
下田　〃	下田町	三三	一
二俣　〃	二俣町	四二	二
静岡　〃		三八	二
計　五校		二六七	一二
浜松朝連中学校		四三	四

愛知県

第一朝連小学校	名古屋市中村区牧野町	二八四	七
第二　〃	千種区豊年町	一三二	五
瑞穂分校	瑞穂区妙音通	一三四	三
南分校	南区鳴浜町	一三一	三
第三　〃	港区港栄町	九七	三
中川分校	中川区小山町	二四三	九
南陽分校	海部郡南陽村	四〇	一
第四　〃	岡崎市南康生町	一一一	四
幡豆分校	幡豆郡平坂町平坂	五七	二
上郷分校	碧海郡上郷村大字上野	二五	二
矢作分校	〃矢作町小針	七五	三
第五　〃	東春日井郡守山町守山	一九〇	四
坂下分校	〃坂下町杉森	三三	一
瀬戸分校	瀬戸市原町一丁目	一一一	三
小牧分校	小牧町西町	三〇	一
鳥居松分校	春日井市駅前	六〇	二
篠岡分校	篠岡村	一七	一
第六　〃	宝飯郡小坂井町字宿古	二三〇	五
第七　〃	半田市上川西浜田	一三〇	六
普昌分校	知多郡河和町切山	二五	二
横須賀分校	〃横須賀町字太田川	二五三	五
第八　〃	一宮市石野町	五七	三

楽田分校	楽田村字長塚	三〇	二
第九朝連小学校	西春日井郡新川町西堀江	七九	三
第十 〃	豊橋市中八町市役所構内	一五六	四
大崎分校	〃 大崎町西里	一三八	三
花田分校	〃 往究町字往還	五七	三
三遠分校	盤田浦川町	四二	二
計 二七校		三三一五	八八
中部朝鮮中学校	名古屋市東区布池町	二八六	一〇

滋賀県

藤尾朝連小学校	大津市藤尾町奥藤尾	二五	一
錦織 〃	〃 錦織山上町	三五	一
三雲 〃	甲賀郡三雲村三雲	三八	一
八日市 〃	神崎郡八日市町	三七	一
八幡 〃	蒲生郡八幡町出町通六丁目	二八	一
安土 〃	〃 安土村豊浦松原	二八	一
鏡山 〃	〃 鏡山村八重谷	三二	一
米原 〃	坂田郡米原町大字南町	三五	一
配井 〃	〃 配井村大字枝所	二三	一
膳所 〃	大津市膳所錦北昭和町	一四五	三
旧大津朝連小学校	大津市金塚町	八三	二
石山 〃	〃 膳所粟津東一丁目	四七	一
別保 〃	〃 膳所別保町上保	二四	一
計 一四校		五八〇	一七

三重県

三重県朝連小学校	桑名市堤原町	一四五	四
橋北分校	四日市市東阿倉川	一二九	三
四郷分校	〃 西日野町	五七	二
鈴鹿分校	鈴鹿市道泊町	六四	三
松阪分校	松阪市日野町二丁目	一一三	三
山田分校	宇治山田市宮町	一〇〇	三
計 六校		四九八	一七

奈良県

この資料には奈良県の学校名がない。一九四七年の県本部の資料には、九つの初等学校があって、生徒数二九九名、教員一〇名であった。小規模なので、新しい認可の対象にならなかったものと思われる。

和歌山県

中之島朝連小学校	和歌山市中之島天王	三四	一
笠田　〃	伊奈郡笠田町	三八	二
下津　〃	海草郡下津町神田	三四	一
計　三校		一〇七	四

京都府

京都府は一九四七年九月の県本部の統計によると、初等学校に三七校、生徒二四二四名、教員六一名であった。ところが、この資料によると、認可を受けた朝連小学校は八校で、児童数は一〇一八名、教員四〇名と激減している。

京都は戦前、日本国内で珍しく、わが子供たちが日本の学校内でひどい差別を受けない地域であった。私立中学校などでも同胞の子弟を喜んで受け入れてくれた。そのため、朝鮮からの中学留学生がきわだって多かった。

そうした地域の特殊性から、教育弾圧により一時学校が閉鎖された時、父兄たちが子供を日本の学校に転校させてしまったものと思われる。

この統計表には、新しく統合してつくった西陣朝連小学校の数字だけが出ている。

西陣朝連小学校	京都市中京区御前通り丸太町下る	二五三	九

京都第一朝連小学校	下京区東九条		
梅津　〃			
西舞鶴　〃			
東舞鶴　〃			
久世　〃	久世郡山倉村字伊勢田		
興謝　〃			
園部　〃			
京都朝連中学校		二〇〇	五

大阪府

大阪府は日本で同胞の居住数が最も多い地域で、戦前は五〇万を超えていた。一九四六年春、帰国が途絶えた時にも、一八万の同胞がいた。

したがって、民族教育運動もここが拠点となっていた。一九四七年の統計でも、大阪府下には分校を合わせ六二の初等学校があり、生徒数は一万五八三五名、教員二九一名に達していた。

教育弾圧の時には、兵庫県と共にもっともひどい打撃を受けたところであった。

この資料によると、生徒数が半減している。

朝連東成学園小学校	大阪市東成区西今里	七七四	二〇

朝連東成学園 岸和田小学校	岸和田市南町	一〇九	四
〃 城東 〃	城東区北中浜町	三五五	七
〃 北 〃	北区葉村町	三〇〇	七
〃 柏原 〃	中河内郡柏原町森脇町	一五一	五
〃 港 〃	港区八雲町	六八	三
〃 加美 〃	中河内郡加美村福井戸	二三二	六
〃 中河内 〃	〃 巽町矢柄	三七四	七
〃 枚岡 〃	〃 枚岡町額田	七〇	三
〃 鶴橋 〃	生野区鶴橋南之町	九四〇	一六
〃 田島 〃	〃 田島町	四九〇	七
〃 御幸森 〃	〃 猪飼野町中	四二四	一二
〃 東中川 〃	〃 新今里町	九〇七	一七
〃 舎利寺 〃	〃 猪飼野町東	四四五	七
〃 堺 〃	堺市甲斐町西	一七六	四
〃 朝鮮中学附属 小学校	八尾市宣塚	一五四	四
〃 高槻 〃	高槻市大字別石	一〇八	四
建国中学附属 小学校	住吉区遠里小野町	二一〇	六
朝連寝屋川 小学校	北河内郡寝屋川町神田	九〇	四
〃 東淀川 〃	東淀川区小松通	一一七	五
〃 福島 〃	福島区新家町	一〇一	六
〃 布施 〃	布施市長栄寺	八二二	一七
〃 豊能 〃	池田市石橋町	一五四	四
〃 鞍作 〃	中河内郡加美村 南鞍作町	九五	四
〃 泉北 〃	泉北郡八坂町市之町	二九三	六
〃 旭都 〃	旭区中宮町	一〇〇	三
〃 佃 〃	西淀川区佃町		
〃 姫島 〃	〃 姫島町	四〇	一
〃 野里 〃	〃 野里町	八〇	二
〃 西成 〃	西成区梅通五丁目	三三一	八
〃 住道 〃	北河内郡南郷村大字田	一〇〇	三
〃 泉大津 〃	泉大津市春日町	一五二	六
〃 住吉 〃	東住吉区桑津町	一〇〇	二
海東学院 〃	東淀川区寺町	八〇	二
計 三三校		八〇五〇	二一五
大阪朝鮮中学校	大阪府八尾市萱振	九三六	二八
朝鮮東成中学校	東成区西今里	一三八	七
大阪建国中学校	住吉区黒木栄之町	八五五	二五
大阪朝鮮 高等学校	八尾市萱振	四一〇	一九
大阪朝鮮 師範学校	中河内郡矢田村	八〇	一五

兵庫県

民族教育を守るたたかいで、一九四八年四月二四日、兵庫県庁においての全面的な勝利の覚書をかち得たのは、歴史的な事件であった。四・二四教育闘争の記念日は永久に忘れられないことである。

しかし、米軍の無慈悲な弾圧により、四千余名の同胞が検挙され、多数の兵庫県の朝連幹部が軍事裁判にかけられた。加えて兵庫県本部の委員長が獄死するという痛ましい犠牲をはらった。

一九四七年末、五六の初等学校に七三九七名をかかえていたのが、新しい認可をうけて四七八七名と減少した。だが、この輝かしい闘争の成果で、一九四九年朝連解散、学校閉鎖後も、兵庫県は民族教育を一貫して続けた栄光の記録をもっている。

この資料には各学校別の教員数の記録はない。

朝連東神戸小学校	神戸市葺合区旗塚通	三四五
〃西神戸〃	〃長田区浜添通	五五四
長田分校	〃六番町	四二
垂水分校	〃垂水区垂水川原辺四丁目	五五
〃尼崎小学校	尼崎市西字中惣新田	五一三

常松分校	〃常松字山中	三〇
花田分校	〃三厚田	四八
大島分校	〃今北字	五六
園田分校	〃園田小中島	七九
武庫分校	字小松道	一四九
〃姫路小学校	姫路市本町	三六二
〃高砂〃	加古郡高砂町木魚町	一七九
〃川辺〃	川辺郡川西町小花字猿田	一五一
〃紀上〃	多紀郡篠山町上立町	五三
〃明石〃	明石市船上大坪	一七〇
〃網干〃	姫路市網干区	一八二
〃有馬〃	有馬郡三輪町三輪島西	七五
〃伊丹〃	伊丹市東桑津町	二二〇
〃宝塚〃	川辺郡小浜村川面字大川原	一四五
〃飾磨〃	姫路市飾磨区英賀甲	四七七
〃八木〃	明石郡大久保町八木城ケ谷	四三
〃相生〃	相生市那波町大浜町	二五〇
〃多可〃	多可郡西脇町下戸田口	九五
〃美乃〃	美乃郡別府村小林字釜ケ谷	一一九

〃阪神〃	西宮市宮前町	四〇五	
計 二四校		四七八七	一三四
神戸朝鮮中学校	神戸市長田区浜添通	一三七	六
西幡朝連中学校	姫路市飾磨区栄町	二三〇	一〇

岡山県

岡山朝連初等学校	岡山市東田町	四九三	八
和気分校	和気郡伊部町浦伊部砂浜	九四	二
水島〃	浅口郡連島町亀島新田	五七〇	八
児島分校	児島市味野町赤崎	六七	二
津山朝連初等学校	津山市大谷仲河原町	八四	二
吉岡分校	久米郡吉岡村藤原	九一	二
備北朝連初等学校	阿哲郡石磐村井倉	一九八	七
第二分校	〃円治部村大字円治部		
第三分校	上房郡中井村大字花木		
〃倉敷初等学校	倉敷市向市場町	一〇四	四
計 一〇校		一七〇六	三六
岡山朝連中学校	岡山市東田町	一一一	六
水島〃	浅口郡連島町亀島新田	九二	四

広島県

呉朝連小学校	呉市阿賀田町仲通	五六	二
落谷〃	比婆郡八鈴村大字原落合	三五	二
大竹〃	佐伯郡大竹町小島新開	四七	二
安芸〃	安芸郡船越町花都	二二九	五
安佐〃	安佐郡古市町本通	二三四	七
広島〃	広島市天満町	一二二	三
観音分校	〃観音町	九八	三
宇品分校	〃宇品町電車通一〇丁目		
賀茂〃	賀茂郡安芸津町大字三浦町	三九	三
呉祝市〃	呉市岩市方通	三一	一
東部朝連小学校	尾道市上堂町海岸通	七〇	二
五日市〃	重町	二一	一
可部〃	安佐郡可部町五丁目	四五	二
西条〃	賀茂郡西条町	三〇	二
計 一四校		一〇二七	三五

鳥取県

鳥取県は一九四七年一〇月の統計では、鳥取市内に初等学校があり、生徒五〇名、教員二名であった。

　この資料には鳥取県の学校名がない。おそらく閉鎖されたものと思われる。

島根県

　島根県は一九四七年の統計では、一〇の初等学校に、生徒四一二名、教員一七名と出ていた。

　この資料には都茂分校の児童数が出ていないが、教員二名の数字は出ている。推定で二四名と思われる。

　黒渕朝連小学校には数字が出ておらず、以前の資料と照らしてみても不明である。

出雲朝連初等学校	出雲市北本町	五二	四
浜田　〃	浜田市	六四	三
江津朝連小学校	江津町	二九	二
美鹿　〃	美濃郡益田町	一七四	五
都茂分校	〃都茂町	二四	二
黒渕　〃	鹿足郡柿木村黒渕		
計　五校		二四三	一六

山口県

下関朝連小学校	下関市東大坪	八九三	一六
小月分校	豊浦郡小月町京伯	一〇九	三
殿居分校	〃　殿居村佐町	五四	一
彦島分校	下関市彦島本町	六八	二
西市分校	豊浦郡西市町矢田	一〇八	三
園田分校	下関市園田町	四一	一
宇部朝連小学校	宇部市西区万来町	三三二	六
小郡分校	山口市小郡町	五八	二
山口分校	〃　東白石町	五二	二
防府分校	防府市八王子町	四〇	二
共和村分校	美弥郡共和村	三六	一
小野田　〃	小野田市東高伯	一三三	四
舟木分校	厚狭郡舟木町西山	一四五	三
小野村分校	〃　小野村	五二	一
生田分校	〃　生田町	三八	一
厚狭分校	〃　厚田町	三九	二
小野田分校	小野田市有帆厚南	八二	二
岩国　〃	岩国市今津三笠町	一六二	五
東徳山分校	徳山市遠石町	七二	二
西徳山分校	〃　富田町	四〇	一
光分校	光市	五七	二
柳井分校	柳井町	三〇	一
三勝分校	能毛郡三丘村安田	三〇	一
計　二三校		二六一一	六五
下関朝連中学校	下関市東大坪	六九	七

宇部　〃	宇部市万来町	五〇	三

香川県

高松市栗林町三〇一に、香川朝連小学校があり、児童数七三名とあるが、教員数は出ていない。おそらく二名と思われる。

愛媛県

松山朝連小学校	松山市築山町	四四	二
新居浜　〃	新居浜市橋本町	一四三	三
計　二校		一八七	五

徳島県と**高知県**は同胞の居住数も少なく、しかも分散しているので、民族学校をつくる運動はおこらなかった。

福岡県

この資料には、初等学校の学校別の教員数は記録されていない。

朝連八幡初等学校	八幡市八王寺町二丁目	二〇六	
〃　小倉　〃	小倉市中津口三丁目	三〇二	
〃　福岡小学校	福岡市大石町博多駅前	二八五	
若松朝連小学校	若松市北港埋立地町	一〇七	
香春　〃	田川郡勾金村宮尾	五〇	
築城　〃	筑上郡筑城村	八三	
芦屋　〃	遠賀郡芦屋町中ノ浜	三六	
戸畑朝連小学校	戸畑市仲之町四丁目	一四〇	
門司　〃	門司市白木崎三丁目		
八幡　〃	八幡市黒崎駅前	二二三	
京都　〃	京都郡苅田町堤	二五三	
筑豊　〃	飯塚市西萩田仲通	二一一	
高麗学院	筑上郡八尾中央区	三五	
東明学院	粕屋郡志賀島村西戸崎本通	七二	
計　一四校		二三〇一	六五
九州朝連中学校	小倉市中津口	三五二	一七

長崎県

長崎朝連小学校	長崎市梅ヶ崎	五七	三
佐世保　〃	佐世保市白岳町	四〇	一

対馬島

対馬第一朝連小学校	下県郡鶏知町	六七	二
朝連仁田小学校	上県郡仁田村越之坂	二〇	一

芦ヶ浦京崎分校	下県郡船越村芦ヶ浦京崎		
上県朝連小学校	上県郡佐須奈村大字佐須奈		

対馬は、長崎県本部とは別に対馬島本部が置かれていた。盟員数も長崎県本部が一一四〇名であるのに対して、対馬は一八〇〇名の多数であった。

対馬は歴史的に朝鮮半島との関係が深い。戦前、平野がなく山地ばかりのこの島は、山林を利用した炭焼きが盛んであった。

警察の渡航証明がなければ、日本に渡ることが出来なかった当時、対馬は証明書がなくても自由に往来ができた。人手不足の折柄、密航者を定着させて炭焼きの人夫に使うのがねらいだったと思われる。

解放直後の対馬の同胞は、ほとんどが炭焼きを仕事としていた。

一九四七年統計にも、三つの初等学校に一二〇名の生徒がいた。

熊本県

一九四七年の統計には、熊本市に初等学校が一校あって、三五名の生徒がいたが、この資料には記入されていない。

宮崎県

宮崎朝連小学校	宮崎市広島通三丁目	六四	二

大分県

一九四七年の統計には、別府初等学校に八〇名、大分初等学校に四九名、中津初等学校に四七名、北海部郡の明心初等学校に四六名、大在初等学校に四三名の生徒がいたが、この資料には記録がない。運営不能で閉鎖になったものと思われる。

鹿児島県、**佐賀県**は共に民族教育を行った記録がない。同胞の居住数も少ないので、運動がおこらなかったものと思われる。

*

以上、全国の状況をのべたが、今日になってみると、これは貴重な資料というほかない。

これらの学校を守るために、同胞たちがどれほどの汗と涙を流したことか、思えば感慨無量なものがある。

あとがき

一九四五年十月、朝連結成とともに、全日本に展開された民族教育運動は、かつて世界歴史に類例をみない奇蹟的な出来事であった。

その全貌を描きたいのは筆者の長年の夢であったが、ここにようやくその一部を書きあらわすことができた。

資料でしめしたように、同胞の居住した日本の津々浦々に、祖国の言葉や文字を学びたいわが子供たちが集まり、心血をそそいで教えることに熱中したわが先生たちが、ささやかな学舎（まなびや）をつくっていったのであった。

どんなに小さな学舎であっても、そこには感激的な物語があり、血のにじむような労苦の跡があった。

一九四八年四月の米占領軍の大弾圧は、わが学舎に致命的な打撃をあたえたが、わが先生や子供たちは、ひるむことなく立ち向かって英雄的にたたかった。

それからすでに五十四年の歳月が流れ去った。

その当時、青春の血をたぎらせて奮闘したはたらき手たちは、大半が幽明を異にする世界に旅立ってしまった。

筆者にとって感慨ひとしおである。

この稿は一九四八年十月までを描いたが、翌四九年九月、米占領軍による朝連解散、つづく十月の学校閉鎖令により、わが民族教育は壊滅的な打撃を受けた。

しかし、民族教育を守る不屈のたたかいは粘り強くつづけられた。

筆者はいま、その続編を書きつづけているところである。

一九五〇年六月、朝鮮戦争勃発によって寒風は吹き荒れるが、民族教育は依然として命脈をたもちつづけた。

この書の発刊にあたっては、高文研の梅田正己氏の絶大な支援があった。深く感謝しないではいられない。

二〇〇二年　一月九日

李　殷　直

李　殷直（リ・ウンジク）

1917年、朝鮮全羅北道に生まれる。1928年３月、新泰仁公立普通学校(小学校に当たる)を卒業。29年から３年余、郷里の日本人商店で住み込みの小僧として働く。33年５月、日本での苦学を志し、地元の警察に25回ほど通ったすえ渡航証明書を得て渡日。１年間、下関で小僧として働いたのち、34年６月、上京。硝子工場で働きつつ夜間商業学校に編入、以後、転々と職をかえながらも37年３月、夜間商業を卒業。同年４月、作家を志望して日本大学予科文科に入学、41年12月、同大学法文学部芸術科文芸学専攻卒業。翌42年１月、日本学芸通信社編集部入社。45年２月、同通信社解散により、厚生省中央興生会新聞局に移る。

45年８月の解放後、11月より在日本朝鮮人聯盟(朝連)の活動に参加、以後、一貫して同胞の民族教育文化事業にたずさわる。60年、財団法人・朝鮮奨学会の理事となり、その後30年、育英事業に従事した。

作品・著書：日本大学予科在学中、最初の長編「ながれ」を月刊『芸術科』に連載（芥川賞候補に推されたが、検閲により連載を中断された)。解放後の著作として『新篇春香伝』、長編三部作『濁流』(新興書房)、長編五部作『朝鮮の夜明けを求めて』(明石書店)、『朝鮮名将伝』(太平出版社)、『朝鮮名人伝』(明石書店)がある（このうち『濁流』『朝鮮名人伝』は韓国で翻訳出版)。他に、朝鮮文による『ある商工人の話』(2002年１月、人民共和国で出版）や作品「任務」「誠米」などがある。

「在日」民族教育の夜明け
◆一九四五年一〇月～四八年一〇月
●二〇〇二年四月一日――第一刷発行
著者／李殷直
発行所／株式会社高文研
東京都千代田区猿楽町二－一－八
三恵ビル（〒一〇一＝〇〇六四）
電話　03＝3295＝3415
振替　00160＝6＝18956
http://www.koubunken.co.jp
印刷・製本／三省堂印刷株式会社
★万一、乱丁・落丁があったときは、送料当方負担でお取りかえいたします。

ISBN4-87498-279-4　C0036